KB141319

백석 시 꼼꼼하게 읽기

※ 순천대학교 교연비 사업에 의하여 연구되었음.

백석 시 꼼꼼하게 읽기

오성호 지음

일러두기

1. 이 책에서 백석 시 인용(표기법, 띄어쓰기 등을 포함해서)은 모두 오랫동안 백석 연구에 매진해 온 고형진 교수가 펴낸 『정본 백석 시집』(문학동네, 2007)에 실린 '정본'과 '원본' 중에서 '원본'을 따랐다. 발표 당시의 표기를 오자(誤字)까지 그대로 살린 '원본'에 백석의 의도가 가장 정확하게 반영되어 있다고 생각했기 때문이다.

2. 북한에서 발표한 작품의 경우는 해당 작품이 수록된 신문이나 잡지에 실린 원문 그대로를 인용했다. 따라서 표기법도 당시 북한의 표기법을 그대로 따랐다. 단 「집게네 네 형제」의 경우는 원래 「지게게네 네 형제」라는 제목으로 발표했던 작품을 개작한 것인데, 이 책에서 는 동시집 『집게네 네 형제』(조선작가동맹, 1957)에 수록된 「집게네 네 형제」를 인용했다.

3. 이 책에 실린 글은 국내 전문학술지에 발표했던 논문을 수정한 것이다. 이 책에 실린 글의 제목과 원래 논문의 제목과 발표지는 아래와 같다.

   열거, 혹은 개별적인 존재의 호명__「백석 시의 열거와 그 의미에 관한 연구」, 『남도문화연구』 25, 순천대학교 남도문화연구소, 2013.12.

   두 개의 모닥불__「두 개의 모닥불: 백석 시 〈모닥불〉에 대한 새로운 해석의 가능성」, 『배달말』 58, 배달말학회, 2016.6.

   공산주의 교양과 북한 아동문학의 향방__「백석의 동시와 '아동문학논쟁'」, 『한국문학연구』 53, 한국문학연구회, 2017.4.

   "그때 거기"의 꿈과 좌절__「백석의 만주 체험과 시」, 『배달말』 60, 배달말학회, 2017.6.

   '북한'시인의 길과 북한'시인'의 길__「분단 이후의 백석 시 연구」, 『국제어문』 73, 국제어문학회, 2017.6.

   근대의 시선과 무속__「백석 시와 무속」, 배달말 64, 배달말학회, 2019.6.

   구술문화의 전통과 방언 사용의 의미__「구술문화의 전통과 백석 시」, 『배달말』 65, 배달말학회, 2019.12.

   '길 위의 삶'과 영혼의 허기__「백석 시에 나타난 음식과 그 의미」, 『배달말』 66, 배달말학회, 2020.6.

   「남신의주 유동 박시봉 방」과 해방 전후의 백석__「〈남신의주 유동 박시봉 방〉과 해방 전후 백석의 삶」, 『배달말』 68, 배달말학회, 2021.6.

나는 20대 초에 시에 입문을 했고, 30대 초부터 한국 현대시 연구자로 살아왔으며, 30대 말부터 은퇴를 눈앞에 둔 지금에 이르기까지 현재 재직하고 있는 대학에서 한국 현대시를 가르쳐 왔다. 그러니까 이 책은 한국 현대시 연구자로 살아온 나의 반평생을 정리하는 마지막 작업의 결과물이라고 할 수 있다. 집과는 거리가 먼 대학에 자리를 잡은 터라 시계추처럼 집과 직장을 오고 간 세월만 27년이다. 쉽지는 않았지만 그동안 내 나름으로는 대학에서 가르치는 사람으로서 부끄럽지 않는 삶을 살기 위해 애썼다. 그래서 할 수 있는 한 나의 관심 분야와 관련된 책과 자료를 부지런히 찾아서 읽고, 어렵게 잡은 생각의 실마리를 붙잡고 씨름해서 논문으로 써냈다.

하지만 주말마다 집과 직장 사이를 오가면서 공중에 뜬 것 같은 생활을 하다 보니 뜻대로 되지 않은 부분이 적지 않다. 우선 관심 분야와 관련된 연구 동향을 파악하고 따라가기가 쉽지 않았고 자료에 접근하는 것도 만만치 않았으며, 학문적인 관심사나 고민과 관련해서 진지하게 대화하고 토론할 만한 학문적 동지와 만나고 교류할 수 있는 기회도 제한될 수밖에 없었기 때문이다. 그러니 대개의 경우 홀로 머릿속에서 구상한 내용을, 그것이 과연 객관성과 타당성을 지닌 것

5

인지, 또 관련 분야 연구에 얼마나 보탬이 될지 제대로 검토해 보지 못한 채 무작정 글로 써낼 수밖에 없었다.

그러나 이런 여건의 불리함에도 불구하고 내 나름으로는 최선을 다했다고 생각한다. 대학교수라는 공적 신분에서 벗어나기 전에 그동안 썼던 논문들을 엮어 책으로 펴낼 수 있게 된 것은 그런 노력의 결과라고 할 수 있다. 따라서 여러 가지로 부족하지만 이 책에 실린 글들에 대해서는 꽤 애틋한 마음을 가지지 않을 수 없다. 그런 마음으로 이 책에 실린 논문들에 대해서 간단한 설명을 덧붙인다. 이 책에 실린 아홉 편의 글은 모두 백석의 시와 삶에 대한 것으로 꽤 오랜 기간에 걸쳐 학회지에 발표한 논문들을 모은 것이다. 하지만 처음 발표한 그대로 책에 실은 것은 아니다. 무엇보다 내 논문이 품고 있는 이런저런 결함과 부족함에 대한 불만, 그리고 내 생각을 제대로 담아내지 못했다는 아쉬움 때문에 도저히 원래 발표했던 그대로 출판할 수는 없었다. 더욱이 시간이 흐르는 동안 새롭게 제출된 연구 성과들을 반영해야 한다는 생각 때문에 대대적인 수정과 보완 작업을 해야 했다. 그래서 지난 몇 달 동안 거의 새로 논문을 쓰는 기분으로 이미 쓴 논문을 고치고 다듬고 보완하는 데 힘을 쏟았으니, 어떤 면에서는 처음 쓸 때보다 더 많은 시간과 공력이 들어갔다고 할 수도 있겠다. 이런 수정, 보완을 통해서 전체적으로는 큰 변화가 없더라도 애초 학회지에 실렸던 것보다 조금은 나아졌으리라고 생각한다.

책 제목은 이리저리 고민하다가 『백석 시 꼼꼼하게 읽기』로 정했다. 여기서 말하는 '꼼꼼하게 읽기(close reading)'는 물론 낡은 방법이라고 할 수도 있을 것이다. 하지만 신비평의 그것과는 좀 다른, 나만의 '꼼꼼하게 읽기'이니 완전히 구닥다리라고 할 수는 없을 것이다. 이런 방법을 택한 것은 작품 자체에 대한 정밀하고 정확한 이해가 선행되지 않은 문학 연구는 사상누각이나 다를 바 없다고 생각하기 때문이다. 그래서 무엇보다 작품의 언어에 충실한 읽기에 각별하게 신경을 썼다. 그리고 발화 주체와 발화 상황 및 양자 사이의 관계에 대해 면밀하게 검토하면서 시적 발화의 의미를 세밀하게 분석하고자 했다. 이와 함께 몇몇 작품에 대해서는 아예 작정하고 별개의 작품론을 쓰기도 했다. 이 작품들에 대한 기왕의 독법에 선뜻 동의할 수 없었기 때문이다. 또 작품론의 대상으로 삼지 않은 다른 작품들을 분석할 때도 미리 설정한 개념이나 가설의 틀에 맞추려고 하는 대신 작품 전체를 꼼꼼하게 분석한 뒤에 이를 바탕으로 논지를 펼치려고 했다. 물론 글의 분량에 대한 부담 때문에 모든 작품을 그렇게 꼼꼼하게 읽지는 못했다. 하지만 지나친 흥분이나 감격에서 벗어나서 좀 냉정하고 객관적으로 백석 시를 읽을 수 있었다고 생각한다. 이런 생각 때문에 이 책에 어떤 특별한 의미를 부여하는 제목을 달아볼 생각도 하기도 했지만, 그것은 성미에도 맞지 않고 백석 시를 연구하는 수많은 동업자들에 대한 예의도 아니라는 생각에서 그냥 이런 평범한 제목을 달기로 했다.

한 가지 아쉬운 점을 말하자면, 처음부터 책의 출판을 염두에 두고 쓴 것이 아니라서 일정한 체계나 완결성을 가지지 못한 단순한 논문 모음이 되고 말았다는 점이다. 다시 말해서 백석 시의 변모, 발전 과정을 시간적, 논리적 순서에 따라 살펴보는 대신, 몇 가지 중요하고 특징적인 양상에 초점을 맞추어 살펴보았기 때문에 논문들 사이의 연계성이 떨어질 수밖에 없다는 것이다. 발표 순서를 따지자면 백석 시에서 나타나는 열거기법(엮음)을 다룬 논문을 제일 먼저 썼고 가장 마지막으로 발표한 것은 「남신의주 유동 박시봉 방」에 관한 글이다. 하지만 이 책에서는 그런 발표순서와 상관 없이, 주제의 연관성, 혹은 논리적 선후 관계 같은 것들을 고려하여 논문을 배열했다. 북한에서 쓴 작품들에 대한 논문은 당연히 마지막으로 돌렸다.

내 나름으로는 부지런히 새로운 연구 성과들을 찾아 읽으려고 했지만 그동안 축적된 방대한 연구 성과 전부를 검토하지는 못했다. 그리고 몇몇 자료들은 그 중요성에도 불구하고 직접 확인하지 못하고 다른 연구자의 논문을 통해서 간접적으로 접했기 때문에 자료에 대해 내 나름으로 검증하는 과정을 거치지 못했다. 자료에의 접근이 쉽지 않았기 때문이라고 할 수도 있고, 수많은 자료들이 디지털화되어가는 정보화 과정에 제대로 적응하지 못했기 때문이라고 할 수도 있겠지만, 어쨌든 기왕의 연구 성과와 자료들을 모두 검토하지 못한 것은 연구자로서 나의 게으름과 부족함 때문이었음을 고백하지 않을 수 없다.

이 책의 논문을 고치고 다듬는 과정에서 한때 같은 직장의 동료로 인연을 맺었던 동국대학교 한만수 교수에게 크게 신세를 졌다. 그는 충분히 다듬어지지 않은 필자의 논문들을 꼼꼼하게 읽고 세심한 논평을 가함으로써 수정, 보완의 방향을 찾아가는 데 큰 도움을 주었다. 또 이 책에 실은 글들의 최초 형태, 그러니까 학회지에 투고한 논문의 심사를 맡아준 익명의 심사위원들에게도 적잖이 신세를 졌다고 해야 할 것이다. 심사의견에 항상 동의한 것은 아니지만, 심사위원들의 지적은 내가 쓴 논문에 대해 다시 생각해 보고, 논지를 가다듬는 데 많은 도움이 되었다. 이밖에 수많은 선행 연구자들의 연구 성과에 빚을 졌다는 점도 언급해야 할 것이다. 그중에는 그대로 수용한 것도 있고, 단순히 참조한 경우도 있으며, 때로는 비판적으로 수용하거나 아예 거부한 경우도 있다. 하지만 어느 경우든 선행 연구와의 비판적인 대화가 내 생각을 구체화하고 가다듬는 데 도움이 되었다는 것은 말할 나위가 없다. 이런 비판적 대화와 이를 통한 발전의 흔적은 내

글에 어떤 형태로든 남아 있을 것이다. 그러니 이 책에 실린 글들은 형식상으로는 내가 쓴 것이 분명하지만, 내용적으로는 비슷한 학문적 관심사를 가지고 있는 수많은 동업자 집단과의 대화와 협력을 통해서 쓴 것이라고 해도 좋을 것이다. 그 가운데는 각주를 통해 그 출처나 출전을 밝힘으로써 내가 그들에게 학문적인 빚을 지고 있음을 분명하게 밝힌 경우도 있지만, 그렇게 하지 못한 경우도 없지 않다.

그러나 가장 크게 빚을 진 것은 아무래도 늘 내 곁을 지켜준 가족들에게였다고 하지 않을 수 없다. 특히 결혼 이래 지금까지 거의 반 너머 집을 비웠을 뿐 아니라 살림살이에도 별 도움이 되지 못한 남편의 무심함을 묵묵히 견뎌준 아내와 성장기의 대부분을 아비의 부재 속에서 보냈음에도 불구하고 밝고 건강하게 자라서 따로 연구자의 길을 걷고 있는 딸에게 진 마음의 빚은 두고두고 갚아야 할 것이다. 끝으로 책의 출판을 맡아준 경진출판 양정섭 대표에게도 감사의 인사를 전한다.

이제 이 책을 마지막으로 일일이 주석을 달고 출전을 밝혀야 하는 딱딱하고 재미없는 공식적 글쓰기의 부담으로부터 해방된다. 하지만 앞으로 쓰고 싶을 때 형식이나 격식에 구애받지 않고 자유롭게 쓰는 창조적인 글쓰기가 가능할지, 그리고 그렇다면 그 시간이 얼마나 남아 있을지 모르겠다. 날은 저무는데 길은 멀기만 하다고 했던 선배들의 탄식이 새삼 절실하게 느껴진다.

2021. 10.
27년간 나의 일터이자 감옥이었던
난봉산 자락의 연구실에서
오 성 호

차례

일러두기 ___ 4
책머리에 ___ 5

열거, 혹은 개별적인 존재의 호명 ___ 13
  1. 전통의 계승과 쇄신 ·· 13
  2. 전통시가의 열거법과 백석 시의 열거법 ············ 16
  3. 개별적인 존재의 호명, 혹은 차이의 미학 ·········· 23
  4. 이질적인 것의 동(질)화 ··································· 42
  5. 세계와의 교감, 그 풍요로움 ···························· 48

두 개의 모닥불 ___ 51
  : 「모닥불」에 대한 새로운 해석
  1. 「모닥불」에 대한 오해 ··································· 51
  2. 서사적 시간의 도입과 '숨은 주인공' ··············· 56
  3. 축제의 모닥불, 그 상징적 의미 ······················ 62
  4. 재앙의 모닥불과 '슳브력사'의 흔적 ················ 69
  5. 모닥불에 담은 소망 ····································· 79

근대의 시선과 무속 ___ 83
  : 백석 시에 나타난 무속
  1. 무속을 바라보는 몇 개의 시선 ······················· 83
  2. 세계의 재마법화와 백석의 무속 ······················ 88
  3. 「마을은 맨천 구신이 돼서」에 숨겨진 의미 ········· 96
  4. 속신(俗信)의 이면 ······································· 109
  5. 무속을 보는 제3의 시선 ······························ 114

구술문화의 전통과 방언 사용의 의미___117
: 백석 시의 '입말' 지향성을 중심으로
1. 근대화와 구술문화/입말의 운명 ························ 117
2. 토속적 생활세계와 구술문화 ························· 123
3. 백석 시의 "방언/입말" 지향 ························· 131
4. 백석 시의 방언과 조선어 안의 이질성 ················ 159

'길 위의 삶'과 영혼의 허기___163
1. 음식과 개인의 정체성 ······························· 163
2. 음식, 그리고 '먹는다는 것'의 의미 ·················· 169
3. '영혼의 허기'와 유년의 음식 ······················ 172
4. 음식과 공동체의 역사 ····························· 181
5. 영혼의 음식 '메밀국수' ···························· 188
6. 사적인 것을 통해 만나는 공동체 ··················· 198

"그때 거기"의 꿈과 좌절___201
: 시인으로서의 자의식과 '게으름'의 미학
1. 백석과 만주 ···································· 201
2. 만주를 대하는 착종된 시각 ······················· 207
3. "그때 거기"와 "지금 여기" ······················· 221
4. 시인으로서의 자의식과 '게으름'의 미학 ·············· 237
5. 귀환에의 꿈과 소망 ····························· 249

「남신의주 유동 박시봉 방」과 해방 전후의 백석___253
1. 「남신의주 유동 박시봉 방」, 풀리지 않은 매듭 ·········· 253
2. 자책과 자기연민의 드라마 ························· 257
3. 대조의 미학: "춥고 누긋한 방-화로"와 "먼 산-갈매나무" ·········· 265
4. 백석의 해방 전후 ······························· 280
5. '낮은 곳'으로의 귀환 ···························· 288

'북한'시인의 길과 북한'시인'의 길___291
1. '북한'시인의 길로 ······························· 291
2. 해방, 그리고 침묵과 모색 ························· 297

3. 전후 북한 시단의 변화와 창작의 재개 ……………………… 309
4. 북한'시인'과 '북한'시인의 거리 ………………………………… 317
5. 유일지도체계의 정착과 '북한'시인의 삶 …………………… 337
6. '시인'의 죽음 ……………………………………………………………… 345

공산주의 교양과 북한 아동문학의 향방 ____349
: 백석의 동시와 "아동문학 논쟁"을 중심으로
1. '새 인간'의 창조와 아동문학 ………………………………………… 349
2. 백석의 동시관(觀)과 동시 ……………………………………………… 353
3. '아동문학 논쟁'의 경과와 그 의미 ……………………………… 369
4. 현지파견 이후의 동시 …………………………………………………… 381
5. 절필과 '문학 지도원'의 삶 ………………………………………… 387

참고문헌 ____391

열거, 혹은 개별적인 존재의 호명

1. 전통의 계승과 쇄신

　백석 시에 대해 연구해 온 대부분의 연구자들은 백석 시의 중요한 특징 중의 하나로 열거와 반복 기법을 지적하고 그 기원을 전통시가에서 찾고자 했다. 그 중에서도 판소리와 사설시조는 백석 시에 자양분을 제공한 대표적인 시가 양식으로 자주 거론된다.[1] 이런 논의의

---

1) 백석시의 열거기법에 주목한 연구로는 다음과 같은 논문들을 꼽을 수 있다.
　고형진, 「백석시와 '엮음'의 미학」, 박노준·이창민 외, 『현대시의 전통과 창조』, 열화당, 1998; 박혜숙, 「백석 시의 엮음구조와 사설시조와의 관계」, 『중원인문논총』 18, 건국대학교 중원인문연구소, 1998; 김헌선, 「한국 시가의 엮음과 백석 시의 변용」, 『한국 현대시인 연구』, 신아, 1998; 이경수, 「한국 현대시의 반복기법과 언술 구조」, 고려대학교 박사논문, 2002; 김응교, 「백석 〈모닥불〉의 열거법 연구」, 『현대문학의 연구』 24, 한국문학연구학회, 2004.

근저에는 대다수 한국문학 연구자들이 공유하고 있는 어떤 무의식적 욕망, 즉 한국문학의 내재적 발전을 입증하는 움직일 수 없는 증거를 찾아내려는 욕망이 작용하고 있지 않나 생각된다. 이 경우 백석 시의 열거기법과 전통시가에서 나타나는 열거기법의 상관성은, 한국 현대시가 전통 위에 굳건히 발을 딛고 있음을 말해 주는 분명한 증거가 될 수 있다.

　하지만 백석 시에서 나타나는 열거기법을 판소리나 사설시조, 혹은 서사무가 같은 전통시가에서 나타나는 열거기법과 연결 짓는 이런 논의들은 그 타당성에도 불구하고 다소 일면적일 수 있다고 생각된다. 우선 사설시조나 판소리에 특권적 지위를 부여함으로써 다른 시가 양식이 현대시에 영향을 미쳤을 가능성을 외면하거나 과소평가하는 결과를 낳을 수 있다는 점을 지적할 수 있다. 즉 근대시의 형성·발전에 영향을 미친 시문학사의 다양한 흐름을 단선화할 위험성이 있다는 것이다. 아울러 백석 시의 열거기법과 전통시가의 열거기법 사이의 유사성, 연속성을 강조하다가 결과적으로는 양자 사이에 존재하는 차이점을 놓치게 될 수 있다는 점도 지적할 수 있다. 그러므로 백석 시와 전통 시가의 연관성을 이야기해야 한다면, 전통의 계승이라는 측면보다는 차라리 전통의 쇄신, 혹은 창조적 수용이라는 측면에 초점을 맞추어야 하지 않을까 생각한다.

　이 글에서는 바로 이런 관점에서 백석 시에서 나타나는 열거의 문제를 살펴보고자 한다. 이를 위해 미리 밝혀두어야 할 것은 백석 시의 열거기법이 전통시가의 열거기법과는 달리 생활세계를 구성하고 있는 세목(細目)들 하나하나의 고유한 특질과 개성을 살려냄으로써 생활세계의 풍성함과 다양함을 드러내는 방법이라는 사실이다. 백석이 자신의 시에서 여러 가지 사물(사람, 행위, 속성 등)의 이름을 나열하는 방법을 자주 활용한 것은 각각의 존재가 지닌 고유한 특질과 개별성, 즉 어떤 일반적인 개념이나 범주로 포섭될 수 없는 개별자의 고유성을 드러내기 위한 것이었다. 이와 함께 그는 그 각각의 사물(사람)과의 관계 속에서 형성된 독특한 체험과 미세한 감정의 결을 시화하려고 했다. 이 때문에 백석의 시를 통해서 우리는 단색으로 통일된 세계가 아니라 각각의 존재들이 저마다의 색깔과 향기를 내뿜으면서 조화를 이루고 있는 세계의 다양성과 풍요로움을 경험할 수 있게 된다.

백석 시에서 열거되는 것은 근대의 도래와 함께 소멸이나 쇠퇴의 운명에 놓인 것, 혹은 주변화되어 가는 것으로 간주되는 존재들이었다. 그의 시에서 근대에 대한 미적 저항의 자취를 읽어낼 수 있는 것은 이 때문일 것이다. 물론 그것은 의식적인 것이라기보다 낯선 것에 대한 본능적인 거부감과 익숙한 것에 대한 무의식적인 이끌림에서 비롯된 것이라고 하는 것이 타당할 것이다. 그럼에도 불구하고 모든 것을 균질화, 보편화하는 근대화의 과정에서 배제되고 주변화되어 가는 것들에 대한 기억을 되살려낸 그의 시작 행위는 넓은 의미에서 근대에 대한 미적 저항의 한 형태로 이해할 수 있다. 이 글은 이런 관점에서 백석 시에 나타나는 열거기법이 개별적인 존재들을 호명함으로써 동시에 '동일성 속의 차이, 혹은 소문자 역사의 복원'을 지향하는 시작 행위이자 때로는 '이질적인 것의 동질화'를 지향한 것이기도 하다는 문제틀 속에서 고찰해보고자 한다. 참고로 이 논문에서의 백석 시 인용은 특별한 문제가 없는 한,[2] 가장 처음 발표한 판본을 따랐음을 밝혀둔다.

---

2) 판본에 따른 백석 시의 표기 문제와 관련해서는 이지나의 연구(「백석 시 원본과 후대 판본의 비교 고찰」, 『한국시학연구』 15, 2006)가 좋은 참고가 되었다.

2. 전통시가의 열거법과 백석 시의 열거법

백석 시에서 열거기법이 자주 사용되며, 그것이 전통시가의 열거기법과 일정한 관계가 있다는 점은 여러 논자들에 의해 지적되어 왔다. 가령 이를 판소리의 '엮음'과 연관된 것으로 이해한 고형진의 견해나 사설시조와의 연관성을 강조한 박혜숙 등의 견해가 대표적이다. 그리고 최근에는 단편적이기는 하지만 백석 시와 무가와의 관련성을 시사하는 연구 성과도 제출된 바 있다.3) 이런 견해들은 백석의 시, 그리고 나아가서는 한국 현대시가 단순히 서구시 형식이나 기법을 차용한 것이 아니라 전통의 토대 위에 굳건히 서 있음을 강조하는 이른바 '내재적 발전론'의 연장선상에서 도출된 것이라고 할 수 있다.

그러나 백석 시에 나타난 열거기법을 특정한 시가 양식의 직접적 계승이라는 식으로 이해하는 것은 별로 바람직한 생각이라고 보기 어렵다. 사물의 이름을 나열하는 엮음의 기법은 판소리나 사설시조 같은 시가 양식만이 아니라 경기체가 같은 과도기적 양식에서부터 시작하여 민요나 무가 등, 한국 시가문학에서 두루 나타나기 때문이다. 그럼에도 불구하고 백석 시의 열거기법을 굳이 판소리나 사설시조와 연관시켜서 설명하려고 하는 것은 국문학계에서 관행적으로 인정되어 온 판소리와 사설시조의 특권적 지위를 강하게 의식했기 때문인 것으로 생각된다.

하지만 판소리 연행 범위가 주로 중부 이남에 한정되었던 사실과 관련해서 보자면 서북 출신인 데다가 일찍부터 신식 교육을 받은 백

---

3) 김응교, 「백석 시 〈가즈랑집〉에서 평안도와 샤머니즘」(『현대문학의 연구』 27, 2005.11), 김은석의 「백석시의 '무속성'과 식민지 무속론」(『국어문학』 48, 2010.2)도 무속과의 관련성을 논한 글로 주목된다.

석이 판소리의 리듬과 기법을 자기의 시에서 자유롭고 능숙하게 활용할 수 있을 만큼 판소리에 친숙했다고 보기는 어렵다. 사설시조의 경우는 판소리보다 더 넓은 지역에서 가창되었지만 주로 성인들의 세계에서 불려졌으므로, 마찬가지로 그 리듬과 표현기법을 활용할 수 있을 만큼 백석에게 내면화되었다고 보기는 어렵다.4) 그리고 무엇보다 판소리나 사설시조와의 연관성을 논한 이 논의들은 겉으로 드러난 열거기법 자체를 제외하면, 이렇다 할 만한 직접 증거를 제시하지 못한다는 점에서 문제적이라고 생각된다.5)

따라서 백석 시의 열거기법은 특정한 시가 양식이 아니라 전통시가에서 두루 발견되는 열거기법과 관련된 것으로 보는 것이 훨씬 사실에 가깝다고 생각된다. 그가 태어나서 성장한 것은 20세기 초였고 따라서 생활의 모든 국면에서 전통시가와 폭넓은 접점을 유지하고 있었기 때문이다. 하지만 굳이 특정한 시가 양식과의 연관성을 따진다면 무가와의 연관성을 따져보는 것이 더 생산적이지 않을까 생각된다. 무가의 흔적은 「산지」(『조광』, 1935.11), 「오금덩이라는 곧」, 「삼방」, 「미명계」, 「가즈랑집」(이상은 『사슴』, 1936) 등 백석 시 곳곳에서 확인되기 때문이다. 이처럼 백석 시에 무가의 흔적이 자주 나타나는 것은 그가 어린 시절부터 불교 행사를 포함한 다양한 무속 행사를 직접 접하면서 성장했기 때문일 것이다.6) 따라서 어린 시절의 백석이 강렬

---

4) 「모닥불」을 예로 들어 백석의 시작 방법이 사설시조의 작시 원리에 기반을 두고 있음을 주장한 견해도 있다. 신연우, 「시조시의 전통과 백석 시의 위상」, 『조선조 사대부 시조의 연구』, 박이정, 1997, 285~297쪽.

5) 고형진, 「백석 시와 판소리 미학」, 『현대문학이론연구』 21, 2004. 고형진은 이 논문에서 반복적 열거 이외에 백석시의 서사지향성과 관련하여 "장면에 대한 장황한 서술과 묘사의 조합을 추구하는 독특한 스타일의 '이야기시'"라는 점을 들어 백석 시가 판소리 양식에 접맥되어 있음을 강조했다.

한 시각적, 청각적 자극을 동반한 무속 행사와 거기서 불린 무가에서 깊은 인상을 받았고 이 기억들이 그의 시작에 일정한 영향을 미쳤다고 추론하는 것이 자연스럽다고 생각된다.

하지만 좀 더 중요한 것은 백석이 단순히 전통시가의 열거기법을 답습한 것이 아니라 그것을 새롭게 쇄신했다는 점을 인정하는 것이 아닐까 생각된다. 왜냐하면 전통시가에서 나타나는 열거기법이 문자 그대로의 기법, 즉 창자의 견문(見聞)이나 입담을 과시하는 수단, 혹은 귀중한 사물의 이름을 나열함으로써 청중들에게 풍요의 환상을 제공하거나 그 사물들에 대한 청중들의 즉물적인 욕망을 자극하기 위한 수단에 지나지 않았던 데 비해 백석의 시의 열거는 사물과 세계를 지각하고 그것과 관계를 맺는 백석 자신의 독특한 방법, 혹은 세계관과 깊은 관련을 맺고 있다고 할 수 있기 때문이다.[7]

전통시가에서 사물의 이름을 나열하는 방법을 보여주는 가장 두드러진 예로는 경기체가(景幾體歌)를 들 수 있을 것이다. 다양한 사물의 이름을 나열한 뒤에 '景 긔 엇더하니잇고'라는 후렴구를 덧붙이는 경기체가의 표현 형식은 고려 말기에 현실 정치의 표면에 나서서 결국 조선 건국의 주역이 된 신흥 사대부들의 욕망과 취향, 그리고 자신감을 반영한 것이다. 가령 "唐漢書 莊老子 韓柳文集/李杜集 蘭臺集 白樂天集/毛詩尙書 周易春秋 周戴禮記/위 註조쳐 내외온 景 긔 엇더하니잇고"(「翰林別曲」 2장)에서 볼 수 있는 것처럼 다양한 사물의 이름을 나열한 뒤에 덧붙인 후렴구, 즉 '경 긔 엇더하니잇고'라면서 나열한 사물

---

6) 이경수, 「백석 시에 나타난 문화의 충돌과 습합」, 『한국시학연구』 23, 2008.12, 22~27쪽.
7) 이 점에서 백석의 시에서 나타나는 열거를 지칭할 수 있는 새로운 용어가 필요하다고 할 수 있지만 이 논문에서는 부득이 열거 혹은 엮음 같은 기존의 용어를 사용한다.

(이 경우에는 옛 중국 문인들의 문집이나 경전)들이 어떤 느낌을 주는가를 묻는 이 후렴구는, 그것에 대한 소유의 욕망과 함께 자신들이 누리는 부와 문화적 교양과 취미를 과시하려는 욕구를 드러낸 것이라고 할 수 있다. 이와 함께 조선 건국 이후 자신들이 만든 여러 가지 새로운 통치 기구들을 나열하면서 그들이 이룩한 정치적 업적을 과시하려는 욕구를 드러낸 경우도 있었다. 그러나 사대부들의 이와 같은 자기 과시 욕구를 표현한 경기체가가 하나의 미적 양식으로 승화되었다고 하기는 어렵다.[8]

사물의 이름을 나열하는 방법은 다른 시가 양식에서도 드물지 않게 나타난다. 가령 경기체가보다 훨씬 오랜 연원을 지닌 민요나 무가, 그리고 후대의 사설시조나 판소리 등에서도 다양하고 풍성한 열거기법이 사용되고 있다. 하지만 이들 시가 양식에서 나타나는 열거기법도 본질적으로 경기체가의 그것과 크게 다르지 않다. 다양한 물목의 이름을 나열하는 판소리의 엮음이나 진설된 제물의 이름을 나열하는 무가의 경우, 그 뒤에 "경 긔 엇더하니잇고"라는 후렴구를 붙인다고 해도 문맥상 크게 무리가 없다는 점이 이를 시사한다. 이는 전통시가의 열거 기법이 주로 풍요의 환상, 그리고 경기체가의 그것과 유사한 과시 욕구와 관련된 것임을 시사한다.

멀리 번뜻하게 높이 돋는 해 그림이 있는 일광단, 아름다운 호수를 구경하던 악양의 성루와 강소성 고소산에 있는 누대에서 이태백이 쓴 시에 나오는 초승달을 그려 넣은 월광단, 선녀인 서왕모가 자신이 사는 연못에서 잔치를 벌일 때 바치던 복숭아를 그린 천도문, (…중략…) 경치

---

8) 조동일, 『한국문학통사』 2, 지식산업사, 1983, 289~297쪽.

좋은 초가집에서 천하 영웅 제갈공명이 벼슬에 나가기 전에 살던 모습을 그린 와룡단, 온 세상이 시끄럽도록 요란스럽게 천둥이 치는 듯한 무늬가 그려진 비단 등이 있었다.[9]

위의 예에서 볼 수 있듯이 판소리에서 열거되는 물목은 조선 후기 상공업 발전과 관련해서 새롭게 등장한 상품(사치품), 즉 주로 부유한 양반이나 농민만이 소유하거나 향유할 수 있는 귀한 물건들인 경우가 많았다. 따라서 열거되고 있는 사물의 물목은 판소리 광대의 실제 삶이나 소유와는 무관한, 이름만의 나열에 불과하다.[10] 다시 말해 열거되는 사물의 물목은 단순한 사치품들의 카탈로그(catalogue)에 지나지 않고 소리 광대는 단지 머리로 외운 사물의 이름을 주워 섬길 뿐이다. 그리고 청자는 비록 환상 속에서이긴 하지만 온갖 사치품들로 이루어진 풍요의 공간을 엿봄으로써 물질적 욕망의 대리충족을 경험하게 된다. 그런 의미에서 보자면 판소리의 엮음은 자신의 견문과 입담을 과시하려는 창자의 욕망, 그리고 광대가 제공하는 풍요의 환상을 통해서 현실에서 좌절된 소유의 욕망을 보상받고자 하는 청중들의 욕구가 만들어낸 표현 형식, 혹은 기법이라고 할 수 있다.

물론 엮음이 여기에 국한되는 것은 아니다. 엮음은 때로 무엇에도 구애받지 않는 상상력의 활달함과 자유로움을 보여주기도 한다. 놀부의 심술을 묘사한 「흥보가」의 유명한 대목은 이를 보여 주는 전형적인

---

9) 「김연수 바디 홍보가」, 윤영옥 외 편, 『현대역본 심청가 홍보가』, 민속원, 2005, 364쪽.
10) 이런 양상은 무가나 민요 등에서도 두루 확인할 수 있다. 가령 "칠성님 맵씨 호사 볼작시면/일몸행건(二毛網巾) 대모풍잠(玳瑁風簪) 서실넝띠 쩔끈 매고/(…중략…)/당사향으로 벽을 바르고/우황청심환으로/볼요를 하여 덮고/불로초로 불을 대인들/이 내 병 고치기난/문무로구나". 민요, 「제전」(김태갑, 조성일 편주, 『민요집성』, 연변인민출판사, 1981, 219쪽) 등이 그러한 예에 해당된다.

예라고 할 수 있다. 여기에서 소리광대는 시골마을의 소악(小惡)패들이 흔히 저지르는 애교스러운 악행에서부터 범죄적인 행위에 이르기까지, 즉 상상 가능한 온갖 악행을 모두 나열함으로써 놀부의 성격을 과장, 희화화하고 있다. 이런 식으로 실제의 행위나 사건이 아니라 상상 가능한 온갖 행위, 사물, 혹은 속성을 열거함으로써 자신의 입담과 견문, 상상력을 과시하는 방식은 사설시조나 무가, 민요 등 전통 시가에서 어렵지 않게 찾아볼 수 있다.

시어머님 며늘아기 나빠 벽 바닥 구르지 마오
빚에 받은 며느린가 값에 쳐온 며느린가 밤나무 썩은 등걸에 회초리 난 이같이 앙살피신 시아버님 볕 뵌 쇠똥같이 되종고신 시어머님 삼년 결은 망태에 새 송곳 부리같이 뾰족하신 시누이님 당피 갈은 밭에 돌피 난 이 같이 샛노란 외꽃 같은 피똥 누는 아들 하나 두고
건밭에 메꽃 같은 며느리를 어디를 나빠 하시는고11)

온갖 새가 날아든다./온갖 새가 날아든다/남풍 좇아 떨쳐나니/구만장 천의 대붕새/문왕이 나계시니/기산조양의 봉황새/(…중략…)/주란동정 돌아들어/관명우절 황새/비입심상 백성가/왕사당전 저 제비/양류지당 담당풍에/둥둥떴는 진경이12)

성주 지둥을 비러갈 적에/앞집이넌 김대목(金大木)아/뒷집이넌 이대 목(李大木)아/버들 유자(柳字)는 유대목(柳大木)아/(…중략…)/여러 대목

---

11) 작자미상, 사설시조, 김흥규 외(편), 『고시조대전』, 고려대학교 민족문화연구원, 614쪽.
12) 「새타령」, 김태갑·조성일 편주, 앞의 책, 190~191쪽.

(大木)들 다 나와서 성주야 도리지둥을 비러가자 하니/대목으는 있다만
은 연장 없어 어찌할꺼나[13]

　이상의 인용에서 보듯 사설시조, 민요, 무가 등에서 열거되는 사물
은 특정한 상황을 그리기 위해 관례적으로 동원된 것이며, 따라서
실제와 상상이 뒤섞여 있다. 가령 앞에 인용한 사설시조에서는 현실
과 상상을 넘나들면서 며느리를 구박하는 시집 식구들, 그리고 그들
의 성품과 행위를 일일이 열거하고 있고 「새타령」에서는 창자가 한
번도 보지 못한 이국적인 새(공작, 앵무새), 그리고 심지어는 상상의
새(대붕, 봉황, 채란새, 청조)까지 나열된다. '온갖 새가 날아든다'는 모
두의 진술을 뒷받침하기 위해 일종의 조류 목록을 동원한 셈이다.
또 무가인 「성주굿」에서 서로 성(姓)이 다른 여러 대목(大木)들을 열거
한 것은 실제의 벌목, 또는 치목 과정을 이야기하기 위한 것이 아니라
집을 짓는 데 필요한 기둥을 마련하기 위해 수많은 목수들이 온갖
정성을 다했음을 말하기 위한 것이라고 할 수 있다.
　이상에서 간단하게 살펴본 것처럼 전통시가에서 열거되는 사물,
행위, 사건 등은 모두 작자(혹은 창자)의 직접적이고 구체적인 체험과
는 무관하고 현실과 상상이 뒤섞여 있는 경우가 많다. 따라서 창자와
열거되는 사물들 사이의 실제적인 관계나 감정적 연루는 전무하다고
해도 지나치지 않다. 여기서의 열거는 일차적으로 리듬 효과의 창출
을 위해 마련된 장치인 동시에 묘사되고 있는 상황과 관련해서 풍요
의 환상을 창출하기 위해 마련된 관례적인 표현기법에 지나지 않는

---

13) 울진 지역 무가, 「성주굿」, 김태곤 편, 『한국무가집』, 원광대학교 민속학연구소, 1971,
　　287쪽.

것이다. 전통시가에서 사물의 이름(사건이나 행위)을 나열하는 것이 단순히 광대(창자)의 입담과 견문을 과시하는 수단에 지나지 않았다고 할 수 있는 것은 이런 이유에서이다.

3. 개별적인 존재의 호명, 혹은 차이의 미학

백석의 시에서 두드러지게 나타나는 특징 중의 하나는 무수한 인간 군상 속에 묻혀 있는 개별적인 인간과 그 특성에 대한 지속적인 관심이다. 그리고 이를 통해 백석은 대문자 역사(History)에 포섭되거나 그것에 의해서 규정되기 어려운 살아 있는 인간의 삶, 즉 소문자 역사(history)를 그려낸다. 「정주성」(『조선일보』, 1935.8.30)에 등장하는 '메기수염의 늙은이'는 바로 그런 예에 해당되는 인물이다.

山턱 원두막은 뷔였나 불비치 외롭다
헌겁심지에 아즈까리 기름의
쪼 는 소리가 들리는 듯하다

잠자리 조을든 문허진城터
반디불이 난다 파 란魂들 같다
어데서 말 있는 듯이 크다란 山새 한머리가
어두운 골작이로 난다

헐리다 남은城문이
한울빛가티 훤 하다

날이밝으면 또 메기수염의늙은이가

청배를팔러올 것이다

―「정주성」 전문

　이 시에서 그려진 정주성의 퇴락한 모습과 적막한 분위기는 정주성의 특별한 역사와 무관하지 않다. 조선시대 내내 외침을 막는 요새의 역할을 해 왔던 정주성이 폐허가 된 것은 홍경래의 난(1811)을 진압하는 과정에서였다. 관군이 성내에서 저항하는 반란군을 진압하기 위해서 북장대 아래 무려 1800근에 달하는 화약을 묻고 폭파시킨 것이다. 이후 성내로 진입한 관군에 의해서 가혹한 처형이 이루어졌으니[14] 정주 출신인 백석이 정주성을 바라보는 감회는 착잡한 것일 수밖에 없었을 것이다. 그런 점에서 이 시는 이 '풍경화된 역사'를 통해서 백성들에게 한없이 가혹했던 봉건왕조의 어처구니 없는 몰락과 함께 식민화의 비극을 동시에 문제화한 작품이라고 할 수 있다.[15] 하지만 국가의 소멸과 함께 본래의 기능을 상실하고 단순한 구경거리로 전락한 정주성에서 백석이 발견한 것은, 역사의 상흔을 묵묵히 견디면서 자기만의 삶을 일구어 가는 이름 없는 사람들의 모습이었다.

　성터를 덮은 어둠 속을 날아다니는 반딧불이를 '파란 혼(魂)'에 비유한 대목은 정주성과 관련된 역사의 비극과 관련하여 대단히 의미심장하다. 그것은 이 반딧불이가 봉건 왕조의 가혹한 폭력에 희생된

---

14) 이 과정에서 사로잡힌 2,983명 가운데 1,917명이 참수되고 여성 842명과 10세 이하 남자아이 224명만 목숨을 건졌다고 한다. 1814년에 건립된 추모비에 따르면 관군의 경우도 348~425명이 사망한 것으로 알려졌다. 이에 대해서는 김선주, 『조선의 변방과 반란, 1812년의 홍경래 난』, 푸른역사, 2020, 277~281쪽.

15) 이숭원은 이 시를 이미지의 연쇄로 이루어진 풍경시로 보았다. 이숭원, 「백석 시에 나타난 자아와 대상의 관계」, 『한국 시학연구』 19, 2007, 216~217쪽.

사람들의 원혼을 떠올리게 만들기 때문이다. 하지만 백석이 단순히 역사의 폭력에 대한 원한을 상기시키는 데 그쳤다면 이 시를 높이 평가하기는 어렵다. 시의 말미에서 언급된 "메기수염의늙은이"의 존재가 새삼스러운 것은 이 때문이다. "메기수염의늙은이"란 수염이 성기고 볼품없는, 즉 꾀죄죄한 입성에 볼품없이 수염을 기른 늙은이를 뜻한다. 그는 말할 것도 없이 정주성터를 구경하러 온 사람들에게 '청배'를 팔아서 생계를 유지하는 장사꾼이다. 하지만 그를 단순히 정주성의 쓸쓸한 풍경에 변화를 주기 위해 동원된 소도구라고 할 수는 없다. 오히려 그는 가혹한 역사의 시련과 폭력에도 불구하고 끈질기게 삶을 이어가는 민초들의 강인한 생명력을 환기하기 위해 의도적으로 등장시킨 존재 존재라고 할 수 있다. 백석은 퇴락한 정주성 앞에 이 늙은이가 "청배를팔러올 것"이라고 말함으로써 묵묵히 역사의 상흔을 극복하고 자기 나름의 삶을 일구어 가는 민중의 강인한 생명력을 보여주려고 한 것이다.

이 시가 이처럼 정주성을 무대로 살아가는 사람들의 강인한 생명력을 보여준다는 사실은 2연 마지막 행의 "어디서 큰 말 있는 듯이 큰 새 한 마리" 운운한 부분을 통해서도 확인할 수 있다. 여기서 말하는 큰 새는 부엉이나 올빼미 같은 야행성 맹금류임에 틀림이 없다. 그리고 "말"은 마을을 가리키는 것으로 이해할 수 있다.16) 따라서 "어데서 말 있는 듯이 크다란 산새 한머리('마'의 오식인 듯—필자)가/어두운 골작이로 난다"는 구절은 부엉이나 올빼미 같은 야행성 맹금류가 먹이 사냥을 위해서 마을 부근의 개활지 같은 곳으로 날아간다는 뜻으

---

16) 김이협, 『평북방언사전』, 정신문화연구원, 224쪽과 1981쪽. 평안도에서만이 아니라 표준어에서도 "마을"의 준말로 "말"이 사용된다.

로 이해할 수 있다. 이렇게 보면 2연은 봉건 왕조의 가혹한 보복과 처형에도 불구하고 성안에서나 성밖에서나 강인한 생명의 흐름이 이어지고 있음을 말한 것으로 이해할 수 있다. 1연의 "원두막의 불빛", 2연의 "반디불"과 "큰새"는 모두 삶을 이어가기 위해 애쓰는 '산 것'들의 모습을 암시한다고 할 수 있기 때문이다. 특히 "반디불"은 앞에서 말한 것처럼 '원혼'을 암시하기도 하지만 이런 생명 활동과 연관해서 이해할 수도 있다. 반딧불이가 꽁무니에 불을 달고 날아다니는 것은 짝짓기를 위해서이고 생식 활동이 끝나면 곧 죽기 때문이다.

이 '산 것'들이 살기 위해 지어내는 다양한 행동 가운데서도 특히 인상적인 것은 앞에 나온 "메기수염의늙은이"이다. 이 늙은이의 모습은 백석이 국가나 민족 같은 거창한 이념의 틀에 얽매이지 않고 살아 있는 인간 그 자체의 삶을 있는 그대로 포착하려고 했음을 시사한다. 즉 이 '메기수염의늙은이'는 현실 속에 살아있는 구체적인 인간, 즉, 어떤 개념에도 포섭되지 않는, '날것 그대로'의 인간이라고 할 수 있다. 백석의 시에서는 이처럼 어떤 추상적인 개념으로 일반화하기 어려운 사람들의 모습이 자주 나타난다. 물론 그 가운데는 「여승」(『사슴』, 1936)이나 「팔원」(『조선일보』, 1939.11.10)처럼 '식민지화로 인한 민족의 수난과 고통'(혹은 가족의 해체)[17]이라는 말로 일반화할 수 있는 경우도 없지 않다. 하지만 「황일(黃日)」, 「삼방(三防)」, 「정문촌(旌門村)」, 「성외(城外)」(이상은 『사슴』, 1936), 「산곡(山谷)」(『조광』, 1937.10) 등에서처럼 단순히 식민지화로 인한 수난이나 고통이란 말로 일반화하기 어려운 사람들, 즉 어떤 개념으로도 일반화하기 어려운 평범한 일상을 살아가는 보통 사람들의 모습도 자주 등장한다. 또 백석의 시에는 「모닥불」의

---

17) 최두석, 「백석의 시 세계와 창작방법」, 『우리 시대의 문학』, 문학과지성사, 1987, 266쪽.

할아버지처럼 그 나름으로 역사의 상흔을 이겨낸 사람들의 모습이 그려지기도 한다.

이로 미루어 보면 백석은 대문자로서의 역사(History)보다는, 궁극적으로는 이 대문자 역사에 포섭되지만, 때로는 그로부터 벗어나기도 하는 소문자로서의 역사(history), 즉 저마다 다른 개인들의 삶에 주목했다고 할 수 있다. 그에게 있어 개개인의 삶이란 단순히 대문자 역사(History)를 예증하는 사례가 아니라 대문자 역사의 소용돌이 속에서 건져내고 복원해야 할, 그 자체의 고유성을 지닌 것, 혹은 그 자체로서 존중되어야 할, 소문자의 역사(history)였던 것이다. 이런 시각은 사물에 대해서도 마찬가지로 적용된다. 그는 어떤 동질성에 기반하여 다수의 사물을 하나로 묶는(추상적 일반화) 대신 개개의 사물을 그 자체로서, 즉 그 사물들 하나하나의 '있음'에 주목하고자 했다. 사소한 것들은 바로 사소하기 때문에 한데 뭉뚱그려지고 그 차이 또한 무화되기 십상이다. 하지만 백석은 이 사소한 것(사람)들이 만들어내는 소문자 역사, 그 하나하나의 숨결을 자신의 시에서 세심하게 되살려내고자 했다. 이 때문에 백석의 시는 사소한 소재들을 다루는 경우에도 풍성하고 다양한 화폭을 만들어낸다.

백석이 이처럼 동일성 속의 차이를 발견할 수 있었던 것은 그가 생활 속에서 마주치는 삶의 세목(細目), 미세한 사물, 사람 등에 대해서 깊은 관심과 이해를 지니고 있었기 때문이라고 보인다. "이山골에 들어와서 이木枕들에 새깜아니때를 올리고 간 사람들을 생각한다/그 사람들의 얼골과 生業과 마음들을 생각해 본다"고 한 「산숙(山宿)」(「산중음」, 『조광』, 1938.3) 같은 시에서 보듯이 백석은 대문자 역사에서 흔히 무시되는 사람들의 삶에 대해서 깊은 관심과 애정을 가지고 있었던 것이다. 뿐만아니라 갓 부화한 거미 새끼가 추위에 노출되어 있는 모습을 보면서 그에 대한 연민의 감정을 토로한 「수라(修羅)」(『사슴』, 1936) 같은 시에서 보듯이 그는 작은 사물 하나도 소홀히 하지 않고 그것과 깊은 감정적 교감을 나누고자 했다. 이처럼 백석은 오랜 응시와 깊은 감정적 연루를 통해서 파악된 사물, 혹은 대상의 존재를 자신의 시에서 되살려내고자 했다.

이런 이유에서 백석 시에서 열거되는 사물(사람)은 단순한 소도구나 장식이 아니라 그 자체의 고유한 특질을 통해 존재의 아름다움과 빛을 드러내게 된다. 그리고 독자는 그의 시를 통해서 낱낱의 사물이 저마다 고유한 빛깔과 향기를 뿜어내는 풍요롭고 조화로운 세계를 발견할 수 있게 된다. 다시 말해서 백석은 어떤 동질성을 앞세워 계열에 사물들을 일반화하는 대신 그 동질성의 이면에 존재하는 미세한 차이를 드러내는 데 주력했다는 것이다. 다음 시는 이 점을 잘 보여준다.

> 거리는 장날이다
> 장날거리에 녕감들이 지나간다
> 녕감들은
> 말상을하였다 범상을하였다 쪽제피상을하였다
> 개발코를하였다 안장코를하였다 질병코를하였다
> 그코에 모두 학실을 썼다
> 돌체돗보기다 대모체돗보기다 로이도돗보기다
> 녕감들은 유리창같은눈을 번득걸이며
> 투박한 北關말을 떠들어대며
> 쇠리쇠리한 저녁해속에
> 사나운 즘생같이들 사라졌다
>
> —「석양」 전문

이 시는 장날 풍경을 그리고 있지만 제목으로 미루어 보면 한창 장이 섰을 때의 풍경이라기보다는 파장 직전, 그리고 파장 후 집으로 돌아가는 사람들의 모습을 그린 것이라고 할 수 있다. 그 점에서 장터 풍경을 그린 다른 시, 예컨대 '함주시초'에 포함된 「노루」(『조광』, 1937. 10)나 '서행시초'에 포함된 「월림장」(『조선일보』, 1939.11.11)과는 약간 다른 모습을 보여준다. 이 시들은 장에서 거래되는 다양한 상품(자본제 상품이 아니라 자연물이거나 농산물)에 대한 시적 주체의 관심이 두드러진다. 즉 「노루」의 경우에는 조만간 약재로 팔려나갈 운명임에도 불구하고 자기를 잡아온 산골사람의 "손을 핥으며/약자에 쓴다는 흥정 소리를 듣는 듯이/새까만 눈에 하이얀 것이 가랑가랑"하는 새끼 노루의 모습을 보면서 느끼는 애잔한 감정을 그렸고 「월림장」에서는 장터에서 거래되는 각종 상품, "산 멧도야지 너구리가죽 튀튀새", 그리고 "가얌에 귀이리에 도토리묵 도토리범벅"처럼 장에 나와 팔리기를 기다리는 동식물들을 그렸다. 이와 함께 "샛노랗디 샛노란 햇기장쌀"을 주므르며 기장쌀로 만든 여러 가지 음식을 열거하면서 그 맛에 대한 기억을 불러내기도 한다. "기장쌀은 기장찻떡이 좋고 기장차랍이 좋고 기장감주가 좋고 그리고 기장쌀로 쑨 호박죽은 맛도 있는 것을 생각하며 나는 기쁘다"는 것이다. 이 두 편의 시가 장에서 거래되는 물건(자본제 상품이 아니라 자연의 산물)들과 그것에 대한 시적 주체의 감정, 혹은 소박한 욕망에 초점이 맞추어져 있다면, 「석양」에서는 작품의 배면에 숨어 있는 시적 주체의 시선에 포착된 몇 명의 인물, 즉 "녕감"들의 외관과 그들의 외모가 만들어내는 인상에 포커스가 집중된다.

이 시에 등장하는 '녕감'들은 얼른 보기에는 구별이 되지 않을 정도로 비슷비슷한 외모와 입성을 한 동질적인 존재, 즉 장 구경을 나온 시골영감들이다. 하지만 거리를 띄워놓고 바라볼 때는 동질적인 것처럼 보이던 이들의 모습도 자세하게 들여다보면 각각 달리 나타나기 마련이다. 이 차이는 얼굴 형태를 가리키는 "말상", "범상", "쪽제피상" 같은 어휘, 그리고 사람의 인상에 결정적인 영향을 미치는 코의 형태를 가리키는 "개발코", "안장코", "질병코" 같은 어휘를 통해서 분명하게 드러난다. 그리고 그 코 위에 얹힌 돋보기로 인해서 이 인상의 차이가 좀 더 두드러지게 부각된다.

그런데 여기서 주목해야 할 것은 이 돋보기의 상표—"돌체돋보기", "대모체돋보기", "로이도돋보기"[18]가 구체적으로 나열되고 있다는 사실이다. 돋보기가 잔 글씨를 읽거나 하는 특수한 경우에 사용되는 기물(器物)이라는 사실을 감안하면 이는 사실상 불필요한 것일 수 있다. 그럼에도 불구하고 돋보기의 상표와 재질을 이처럼 상세하게 적시한 것은, 그것들이 박래품(舶來品)이자 최첨단의 상품임을 강조하기 위한 것이라고 할 수 있을 것이다.[19] 다시 말해서 이런 자본제 상품이 시골 장터에까지 침투해서 팔리고 있음을 시사하고 있는 것이다. 그런데 문맹률이 매우 높았던 1930년대의 상황에서, 그리고 돋보기를 사용할 만한 일이 거의 없는 시골 장터에서 이런 자본제 상품이 팔린다면, 그것은 실제의 용도 때문이 아니라 일종의 위세 상품으로서

---

18) 이동순의 어석(『백석 시전집』, 창작과비평사, 1987)에 따르면 돌체돋보기는 석영 유리로 테를 만든 안경, 대모체돋보기는 대모갑, 즉 바다거북의 등껍데기로 테를 만든 안경, 그리고 로이도돋보기는 둥글고 굵은 셀룰로이드 테로 만든 안경을 가리킨다. 미국 희극배우 로이드가 이 안경을 쓰고 영화에 출연한데서 이런 이름이 붙었다. 이 점을 고려하면 굳이 이 상표 이름을 거론한 것은 이런 자본제적 상품과 그 상표가 소유자의 기호, 취미, 경제력을 말해주는 기호로 작용하고 있음을 암시하기 위해서라고 생각된다.

19) 최정례, 『백석 시어의 힘』, 서정시학, 2008, 43쪽. 최정례는 이 시를 김기림이나 김광균이 도시적 풍물이라고 생각되는 것은 '새로움'과 관련시켜 대상화하던 표면적 형식과는 달리 "육화된 근대적 시선으로서 '새로움'을 포착하는 형식"을 보여준 것으로 평가했다.

팔렸다고 할 수 있다.

구체적인 상황에 대한 서술이 생략되어 있어서 확언하기는 어렵지만, 이 부분을 시골 영감들이 돋보기를 쓰고 있는 모습을 그린 것이라고 보기는 어렵다. 시골 장터에서 돋보기를 써야 할 만한 상황, 즉 잔글씨를 읽어야 하는 상황은 그리 흔한 것이 아니다. 그렇다면 시골 영감들이 돋보기를 가지고 장에 나왔을 가능성은 별로 없다고 해야 한다. 따라서 이 돋보기들은 장터에서 팔리는 상품일 가능성이 높다. 그리고 이들의 인상에 대한 간략한 정보를 제시한 뒤 곧바로 돋보기의 상표와 재질을 언급한 것은 이들이 이 돋보기의 상표와 재질을 검토하면서 그것을 살 것인지 말 것인지를 놓고 고민하는 상황을 암시하기 위한 것으로 이해할 수 있다. 상표와 재질을 강조함으로써 그들이 박래품이자 값비싼 상품임을 강조한 것은, 이 시골 영감들이 그것을 구매, 또는 소유했을 때의 심리적 만족감과 자신의 주머니 사정을 따지면서 고민하는 상황을 암시하고 있는 것이다.

이렇게 보면 이 시는 상당히 희극적인 내용을 담고 있는 작품이라고 할 수 있다. 특히 앞에서 말한 영감들의 얼굴과 코 형태, 그리고 그 위에 얹혀 있거가 장차 얹히게 될 돋보기와 어우러져서 만들어내는 인상을 생각하면 더더욱 그러하다. 돋보기를 쓸 때는 어지럼증 때문에 대개 코끝에 걸치기 마련인데, "개발코", "안장코", "질병코" 위에 돋보기를 걸치는 순간, "말상" "범상" "쪽제피상"을 한 이들의 인상이 어떻게 달라질지는 충분히 상상할 수 있을 것이다. 한편 "녕감들은 유리창 같은 눈을 번득걸이며"라는 구절은 이들이 돋보기를 사서 걸치고 집으로 돌아가는 모습을 암시하는 듯이 보이지만, 앞서 말한 어지럼증을 고려하면 그럴 가능성은 거의 없다. 하지만 만일 이들이 돋보기를 쓰고 집으로 돌아가는 것으로 그린 것이 맞다면 그것은 앞에서 말한 희극적 효과를 극대화하기 위한 의도적인 연출이라고 보아야 할 것이다. 다시 말해서 신기한 기물이자 값비싼 최신 상품 돋보기를 자랑하려는 허영심 때문에 어지럼증을 참고 비틀거리며 걸어가는 우스꽝스러운 광경을 연출했을 가능성이 있다는 것이다. 이 경우 이 시는 영감들의 허영심 이외에 이들 사이에 존재하는 미묘한 경쟁의식, 즉 오랜 세월 동안 같은 마을에서 비슷한 배경 아래 고만고만한 삶을 함께 살아왔기 때문에 아주 친하면서도 각자의 성취와 관련된 경쟁심을 버리지 못한 채 티격태격하며 살아가는 치기 어린 모습을 연상케 하는 효과를 발휘한다고 할 수 있다. 이렇게 보면 이 시는 이 시골 영감들의 우스꽝스러운 모습을 통해서, 치열한 욕망의 뒤얽힘과 생존을 위한 부대낌만이 존재하는 곳으로 스테레오 타잎화되는 장터 풍경에 생생한 활기와 구체성을 부여한다고 할 수 있다. 그들 각자의 개성 있는 외모와 함께 돋보기를 써 보는 모습, 주머니 사정과 돋보기를 구입했을 때의 효과를 견주어 보면서 살 것인가 말 것인가를 놓고 고민하는 모습, 흥정 끝에 돋보기를 사서 쓰고 어지럼증을 참으면서 집으로 돌아가는 영감들의 모습이 주는 가벼운 웃음이 시골 장터 풍경을 생기있게 만드는 것이다.

이 점을 놓치면 이 시의 올바른 독해는 불가능하다고 생각된다. 아울러 "쇠리쇠리한 저녁 해 속으로" 사라져가는 이 시골 영감들의 뒷모습도 놓쳐서는 안 된다. 장이 파해서 집으로 돌아가는 영감들의 뒷모습도 그렇지만, 그것을 비추는 저녁 햇살은 어떤 비애의 정서를 환기하기 때문이다. 또 시에 직접 그려지지는 않았지만 온갖 인간 군상이 뒤얽혀서 흥성거리던 번잡한 장터가 파장과 함께 어딘가 모르게 스산하고 쓸쓸한 분위기를 띠게 된다는 점도 염두에 둘 수 있다. 다시 말해 하루 내내 장터를 지배하던 흥성스러운 활기와 거기에 활력을 불어넣는 영감들의 치기어린 경쟁, 그 모든 것들이 "쇠리쇠리한 저녁 해" 속에 스러져 가는 모습이 잔잔한 비애의 정서를 환기하는 것이다.[20]

한편 이 마지막 장면을 포함해서 이 시의 묘법(描法)이 영화의 카메라 워크(camera work)를 연상시킨다는 점도 주목할 필요가 있다. 우선 롱 셋(long shot)으로 장터의 전체적인 풍경을 보여주고 난 뒤 관심의 대상이 되는 몇몇 인물을 클로즈 업(close up)해서 이들의 특징적인 외모에 초점을 맞추었다가 다시 "쇠리쇠리한" 저녁 햇살 속으로 사라져가는 이들의 뒷모습을 롱 셋으로 처리하고 있는 것이다. 클로즈 업을 통해 드러나는 외모와 인상의 차이가 그들 각각의 개성, 그리고 나아가서는 그들이 살아온 삶의 내력 등을 암시하는 효과를 지닌다면 이들의 모습을 원경으로 잡아내는 롱 셋을 통해서는 이들이 살아가는 삶의 조건, 상황, 이들 앞에 펼쳐질 운명 등을 암시한다고 할 수 있다. 이 때문에 이 시에서 우리는 단색의 장터 풍경이 아니라 총천연색으로 그려진 살아 움직이는 장터와 시골 풍경, 그리고 그런 배경 속에서 살아가는 다양한 인간의 모습을 직접 보고 있는 듯한 생생한 느낌을 받게 된다.

생활공간 속에서 여러 가지 기능을 수행하는 귀신들을 이름을 열거하고 있는 「마을은 맨천 구신이 돼서」(『신세대』, 1948.5) 역시 동질적인 것들 속에 내재하는 차이를 부각시킨 작품의 예로 들 수 있다.[21] 이

---

20) 일찍부터 백석을 사숙한 것으로 알려진 신경림의 시 「파장」(1970), 특히 "어느새 긴 여름 해도 저물어/고무신 한 켤레 또는 조기 한 마리 들고/달이 환한 마찻길을 절뚝이는 파장" 으로 마무리 되는 마지막 부분은 이 비애의 정서를 자기화한 것으로 보아도 좋을 것이다.

21) 백석의 열거기법이 다른 시가 양식보다 무가와 더 깊은 관련을 맺고 있으리라는 앞서의 추정은 다음의 예들을 통해서 보강될 수 있다. "지붕 우엔 봉용장군/집웅 알노 퇴용실령/ 사지동에 동주실녕 안방 건너 방굴단각씨/(…중략…)/마굿간에 확대장군/뇌위두간 천직

시에서 열거되고 있는 것은 다양한 생활공간을 관장하는 귀신들의 이름이다. 하지만 귀신이라고 해서 다 같은 귀신이라고 할 수는 없다. 이 귀신들이 깃들어서 관장하는 공간도 다르고 그 이름과 생김새와 역능(力能) 또한 다르기 때문이다. 그리고 이 귀신들이 사람들에게 주는 구체적인 느낌 또한 다를 수밖에 없다.

> 나는 이 마을에 태어나기가 잘못이다
> 마을은 맨천 구신이 돼서
> 나는 무서워 오력을 펼수 없다
> 자 방안에는 성주님
> 나는 성주님이 무서워 토방으로 나오면 토방에는 디운구신
> 나는 무서워 부엌으로 들어가면 부엌에는 부뜨막에 조앙님
>
> 나는 뛰쳐나와 얼른 고방으로 숨어 버리면 고방에는 또 시렁에 데석님
> 나는 이번에는 굴통 모통이로 달아가는데 굴통에는 굴대장군
> 얼혼이 나서 뒤울안으로 가면 뒤울안에는 곱새녕 아래 털능구신
> 나는 이제는 할수 없이 대문을 열고 나가려는데
> 대문간에는 근력 세인 수문장

신/각방(各房) 우에 죄실녕(諸神靈)이/안젓다가 못바던내/섯다가각 못바던내/허지를 마옵시고/고루고루 바드시고/안위안정 허소사"(김헌선 역주, 「필사본 무가자료」, 『일반무가』(한국고전문학전집 18), 고려대학교 민족문화연구소, 1995, 403~404쪽). "홀아비 죽어 하무자귀야/총각 죽어 몽달귀야/너도 먹고 가게 서라/무당 죽어 걸닙귀야/쇠경 죽어 신선궤야/너도 먹고 가게서라/선달 죽어 호반궤야/처녀 죽어 간신궤야/과부죽어 탄식귀야/(…하략…)"(「귀신쫓기」(정주지방 민요), 김소운 편, 『문언 조선구전민요집성』, 민속원, 1988, 464쪽).

나는 겨우 대문을 삐쳐나 밖앝으로 나와서

밭 마당귀 연자간 앞을 지나가는데 연자간에는 또 연자망구신

나는 고만 디겁을 하여 큰 행길로 나서서

마음 놓고 화리서리 걸어가다 보니

아아 말 마라 내 발뒤축에는 오나가나 묻어 다니는 달걀구신

마을은 온데 간데 구신이 돼서 나는 아무데도 갈수 없다

—「마을은 맨천 구신이 돼서」 전문

이 시에서 열거되는 귀신들은 잠재적으로 위험의 요소를 내포하고
있는 생활공간(가령 부엌이나 헛간, 뒷간, 굴뚝 같은)으로 활동 영역이
제한되어 있고 사람들이 심기를 건드리지 않는 한 결코 모습을 나타
내지 않는다. 이들이 출현하는 것은 사람들이 이 공간에서 몸가짐과
행동을 삼가지 않을 때인데, 이런 위반에 대해서 귀신은 여러 가지
방식으로 사람들을 놀라게 하거나 이른바 '동티'를 내서 생활공간의
기능을 일시적으로 중지시킨다. 따라서 이 귀신들은 사람들에게 치명
적인 위해를 가하는 악귀(惡鬼)들이 아니라 잠재적인 위험 요소를 내
포하고 있는 생활공간에서 바람직하지 못한 몸가짐과 태도를 규제하
기 위해 마련된 사회적 금기에 신격(神格)을 부여한 것이라고 할 수
있다.

이 귀신들이 특별한 의미를 지니는 것은 주로 아이들의 세계에서이
다. 아이들에게 이 귀신들은 두려움의 대상이기도 하지만 호기심의
대상이기도 하다. 이 귀신들은 거소, 이름, 기능, 모양이 다 다르며
따라서 아이들이 귀신들에 대해 느끼는 두려움의 강도와 질 또한 서
로 다르다. 귀신에 대한 이 같은 두려움 때문에 아이들은 부모의 보호
와 감시가 없는 상황에서도 귀신들이 관장하는 생활공간(위험요소를

내포한 생활공간)에서의 몸가짐과 행동을 스스로 규제하게 된다. 귀신들 때문에 "오력을 펼 수 없"다는 진술은 바로 이 같은 금기(다양한 귀신들의 감시)로 인해 행동의 자유를 얻을 수 없는 상황에 대한 탄식이라고 할 수 있다. 시적 주체는 귀신들이 관장하는 생활공간과 그 이름을 하나씩 나열함으로써 생활의 곳곳에서 다양한 금기에 긴박되어 있는 처지를 한탄하는 한편 그로부터 탈주하려는 욕망을 드러내고 있는 것이다.

귀신이 생활공간 곳곳을 지배하는 이 세계는 말할 것도 없이 탈마법화가 실현되기 이전의 세계, 즉 전근대적인 세계이다. 따라서 시적 주체가 자신의 행동을 제약하는 귀신을 피하기 위해 '행길'로 나서는 행위는 전근대적인 세계로부터 탈출하기 위한 것이라고 해도 좋을 것이다. '행길'은 식민지 근대의 물리적 표상인 신작로의 다른 이름인 바, '행길'로 나서는 행위는 주술적인 세계의 어둠에서 벗어나 근대적인 합리성과 밝음이 지배하는 세계로 나아가기 위한 것, 즉 세계의 탈마법화를 지향하는 근대적인 욕망을 실현하기 위한 것이라고 할 수 있다. 동시에 그것은 불가해한 세계에 대한 유소년기의 막연한 불안과 공포에서 벗어나 더 넓은 세계로 나가려는 성장의 욕망과 관련된 것이기도 하다. 시적 주체는 신비로 가득 찬 희미한 어둠의 공간에서 이성과 과학이 지배하는 빛의 세계로, 그리고 여러 가지 금기들에 의해서 보호받으면서 동시에 억압당하는 유년의 상태에서 벗어나 스스로의 행위에 대해 책임을 지는 성년의 세계로 발돋움하고자 하는 것이다.

그러나 이 시가 시사하고 있듯이 이 탈주는 쉽게 성취되지 않는다. 그리고 이 세계와의 절연이 반드시 바람직한 것이라고 할 수만도 없다. 귀신들은 어둠 속에 숨어서 행동 하나하나를 감시하고 제약하지만, 동시에 잠재적인 위험으로부터 아이들을 보호해 주기도 하기 때문이다. 그뿐 아니라 귀신들이 숨어 있는 어둡고 칙칙한 공간은, "넷말이 사는 컴컴한 고방('데석님'이 사는—필자)의 쌀독 뒤에서 나는 저녁 끼때에 부른 소리를 듣고도 못 들은 척 하였다"(「고방」, 『사슴』, 1936) 같은 구절에서 보듯 어른들의 시선, 혹은 이성의 밝은 빛이나 근대의 파노팁콘적 시선이 미치지 못하는, 지극히 편안하고 안온한 느낌을 주는 공간이기도 했던 것이다. 따라서 이 시는 단순히 귀신들로 가득 찬 마을에 대한 공포와 환멸, 그리고 그로부터 벗어나려는 탈출의 욕망만과 함께 두려움과 신비(보호와 규제)가 공존하고 있는 토속적인 생활공간이나 세계에 대한 은밀한 애착을 표현한 것으로 이해할 수 있다.

백석은 「가즈랑집」(『사슴』, 1936)이나 「넘언집 범 같은 노큰마니」(『문장』, 1939.4)처럼 자신과 감정적으로 깊이 연루된 인물들에 관한 시를 다수 썼지만, 한 편의 시에서 자신과 깊은 관계가 있는 다수의 인물을 그려내면서 유년기의 행복한 기억을 풍성하게 되살린 작품으로는 아무래도 「여우난곬족」(『조광』, 1935.12)을 들지 않을 수 없다. 이 시에서 나열되는 인물들은 고모들과 삼촌이다. 그런데 주목할 것은 이들의 이름이 각각의 고유한 개인사와 성품에 대한 적확하고 개성적인 묘사와 함께 나열되고 있다는 사실이다. 하지만 이 시는 앞의 시처럼 영화적인 묘법을 동원해서 객관적인 거리를 유지하면서 이들을 하나하나 비추어주는 대신, 인물 각각의 외모와 성격과 삶에 대한 압축적인 묘사를 통해서 그들 각각의 개성은 물론이고 그들에 대해서 시적 주체가 느끼는 미묘한 감정의 차이까지 보여준다. 이처럼 정확한 세부의 선택과 조직을 통해서 대상 인물의 개성화에 성공했다는 점에서[22] 고모들과 삼촌에 대해 묘사한 이 부분은 한국시에서 가장 뛰어난,

시적 묘사의 백미에 해당된다고 할 수 있다.

　명절날나는 엄매아배따라 우리집개는나를따라 진할머니진할아버지
가있는큰집으로가면

　얼굴에 별자국이솜솜난 말수와같이눈도껌벅거리는 하로에베한필을
짠다는 벌하나건너집엔 복숭아나무가 많은 新里고무 고무의딸 李女 작
은李女

　열여섯에 四十이넘은호라비의 후처가된 포족족하니성이잘나는 살빛
이매감탕같은 입술과젖꼭지는더깜안 예수쟁이마을가까이사는 土山고
무 고무의딸承女 아들承동이

　六十里라고해서 파랗게뵈이는山을넘어있다는 해변에서 과부가된 코
끝이 빨간 언제나힌옷이정하든 말끝에설게 눈물을쌀때가많은 큰곬고무
고무의딸 洪女 아들洪동이 작은洪동이

　배나무접을잘하는 주정을하면 토방돌을뽑는 오리치를잘놓는 먼섬에

---

22) 이숭원, 『백석 시의 심층적 탐구』, 태학사, 2006, 56~59쪽. 이런 구절은 백석이 겉을 통해
서 속을 들여다보는, 한의학적 개념으로 말하자면 "망진(望診)" 방식으로 사람들을 관찰
하고 있음을 시사한다(이숭원). 이 때문에 우리는 그의 시에서 그려진 인물의 외모를
통해서 그 인물의 개인사와 성격, 그리고 각각의 인물에 대한 시적 주체의 태도와 감정을
엿볼 수 있게 된다. '앞니가 뻐드러진 범이'(「주막」), '메기수염의늙은이'(「정주성」), '얼굴
이 해쑥한 처녀'(「柿崎의 바다」), '파리하고 쓸쓸한 얼굴의 여인'(「여승」), '노루새끼를 닮은
산골사람'(「노루」), '말상, 범상, 쪽재피상을 한 영감'(「석양」), '여래 같은 상을 하고 관공
같은 수염'(「고향」)을 드리운 의원, '손이 밭고랑처럼 터진 계집아이'(「팔원」) 등이 그
예이거니와, 이와 같은 외모 묘사는 그대로 인물의 고유한 개인사와 성품을 압축적으로
드러내준다.

반디젓닭으려가기를좋아하는 삼춘 삼춘엄매 사춘누이 사춘동생들

—「여우난곬 족」 1~5연

　고모들의 특징적인 외모와 성격은 그들의 개인사나 생활환경과 밀
접한 연관이 있다. 가령 "별자국이 솜솜 난" "신리고무"의 외모와 "말
수와 같이 눈도 껌뻑거리는" 모습에서 드러나는 그녀의 순하고 어진
성품은 "하로에 베 한 필을" 짜는 놀라운 일솜씨, 그리고 알뜰한 살림
살이와 밀접한 관계가 있다. 야무진 일솜씨와 살림솜씨로 얼굴이 얽
은 신체적 핸디캡을 보완함으로써 결과적으로 넉넉한 살림살이를 일
구어내었음을 시사하고 있는 것이다. 시적 주체가 이 "신리고무"에
게 마치 엄마와 같은 푸근함을 느낄 수 있는 것도 "말수와 같이 눈도
껌뻑거리는" 어질고 순한 성품, 그리고 넉넉한 살림살이에서 오는
인심 때문이라고 할 수 있다. 이에 비해 "토산고무"는 그 뾰족한 성격
때문에 은근한 경원의 대상이 된다. 이 성격은 무엇보다 "열여섯에
사십이넘은호라비의 후처가된" 사연과 무관하지 않을 것이다. 이런
사정은 그녀의 히스테리칼한 성격과 "살빛이매감탕같은 입술과젖꼭
지는더깜안" 비정상적인 건강 상태, 그리고 "예수쟁이"의 삶을 살게
된 이유를 설명해준다. 또 일찌감치 과부가 된 "큰골고무"는 연민의
감정을 갖게 만드는 존재이지만 다른 한편으로 아무 때나 눈물바람
을 해서 다른 사람들에게 은근히 부담감을 느끼게 하는 인물이라고
할 수 있다. 이처럼 고모들의 서로 다른 성격 때문에 시적 주체가
그 고모들에 대해 느끼는 감정 또한 각각 다르다(신리 고모: 엄마와
같은 푸근함, 토산 고모: 은근한 경원, 큰골 고모: 연민과 부담스러움). 또
삼촌과 관련해서는 개인사나 외모 대신 그의 야성(野性)과 용력(勇力),
능력과 낭만적 기질 등을 언급함으로써 그의 낭만적 기질과 다양한

재주에 대한 은근한 선망의 감정, 그리고 야성과 용력에 대한 은근한 두려움을 동시에 드러낸다. 삼촌은 "나"에게 닮고 싶은 롤 모델인 동시에, 은근한 경원의 대상이 되고 있는 것이다. 이처럼 백석의 시 속에서 고모와 삼촌들은 각기 고유한 개성을 지닌 살아 있는 존재로, 그리고 시적 주체와 다양한 방식으로 감정적인 교류를 하는 존재로 그려진다.

한편 이런 개성과 살림 형편의 차이는 잠재적인 갈등의 요소가 되기도 한다. 이와 관련해서 특히 주목해야 하는 것은 "열여섯에 사십이 넘은 호라비의 후처가 된 토산고무"의 존재이다. 이런 사연은 "토산고무"가 그 부모들에 대한 원망의 마음, 그리고 다른 동기들에 대해 은근한 선망과 질시의 감정을 품고 있으리라는 점을 암시한다. 또 이따금 주사를 부리는 삼촌 역시 잠재적인 갈등의 요인이 될 수 있는 존재다. 명절날은 이런 잠재적인 갈등이 현재화하기도 하지만, 궁극적으로는 이런 묵은 감정들을 해소하고 구성원들의 유대를 회복하는 시간이다. 이 시의 후반부에서 일가의 아이들이 모여서 노는 다양한 놀이의 이름에 대한 열거에 대해서도 마찬가지로 말할 수 있다. 놀이의 이름을 하나씩 언급한 것은 노는 방법, 그 놀이가 주는 즐거움이 각기 다르기 때문이며, 계속 이어지는 놀이를 통해서 친척 아이들끼리 깊은 유대를 다져가고 있음을 강조하기 위해서이다. 또 여인들이 이런저런 이야기를 하면서 음식을 준비하는 모습을 그린 것 역시 이를 통해 개개인의 성격이나 생활환경의 차이에서 빚어진 미세한 감정의 갈등과 균열을 치유하고 봉합하고 있음을 보여주기 위해서라고 할 수 있다. 이처럼 백석은 주변 인물 하나하나의 구체적인 삶, 그리고 그들이 만들어내는 생활의 세부들을 통해서 명절을 쇠면서 유대를 다지는 친족공동체의 모습을 생생하게 시화했다. 이 친족 공동체가 생생하고 구체적인 느낌으로 다가오는 것은 바로 이 때문이라고 할 수 있다. 즉 이런 묘사를 통해서 이 "여우난곬족"은 흔히 말하는 것처럼 구성원들이 사랑, 신뢰, 이해, 희생, 헌신 등으로 굳게 결속된 천의 무봉(seamless)한 것으로 미화되는 대신, 다양한 개성과 성장 배경을 지닌 구성원들이 얽혀서 살아가는, 따라서 항상 균열과 갈등의 요소를 지니고 있으면서도 그것을 치유하고 봉합함으로써 유지되는 살아 있는 친족공동체로 다가오게 되는 것이다.

백석 시의 열거법이 단순한 기법이 아니라 세계관이나 창작방법과 긴밀하게 관련된다고 말할 수 있는 것은, 백석이 이를 통해서 어떤 이념에 의해 포섭되거나 개념에 의해 추상화되기 이전의 날것 그대로의 개별자의 '있음'을 생생하게 그려내고 있기 때문이다. 이렇게 보면 백석 시에서 자주 사용된 열거법은 근대의 도래와 함께 본격화된 일반화, 동질화, 표준화의 큰 흐름 속에서 지워져 가고 있는 삶의 세목들을 되살려내기 위한 것, 동시에 대문자 역사에서 지워진 소문자 역사를 복원하는 작업, 혹은 소문자 역사의 주체라고 할 수 있는 개별적인 인간을 역사의 어둠 속에서 불러내기 위해 선택한 방법이라고 할 수 있다. 미개와 야만의 흔적으로 주변화되거나 배제되어 가는 토속적인 삶의 흔적들(가령 무속으로 대표되는 민속적 세계)에 주목하는 한편 생활세계를 구성하고 있는 사물들을 하나씩 호명함으로써 그것들 각각의 개별성과 고유성을 드러내려 한 것도 마찬가지로 이해할 수 있다. 그의 시는 추상적인 개념에 의해 동질화된 세계가 아니라 다양한 사물과 인간들이 다양한 방식으로 어우러지고 있는, 그리고 시적 주체와 긴밀하게 교감을 나누는 생생한 생활세계를 재현하는 데 초점이 맞추어져 있는 것이다.

하지만 그가 깊은 애착 속에서 회상해내고 있는 전근대적인 삶,

토속적인 생활 세계를 무작정 미화했다고 할 수만은 없다. 그는 전근대의 희미한 어둠으로 둘러싸인 유년의 세계를, 공동체적 유대와 결속을 포함해서 근대가 제공할 수 없는 모종의 편안함과 일체감을 제공해주는 것으로 기억해낸다. 동시에 그것이 불합리한 미신과 주술에 묶여 있는, 따라서 극복되어야 할 세계라는 점을 분명하게 보여주고 있기 때문이다. 그런 의미에서 백석은, 근대와 전근대를 선과 악으로 대비시키고 근대의 흡인력에 맹목적으로 투항하는 대신 달리 전근대와 근대를 동시에 상대화하면서 그 자신의 성장, 그리고 근대화의 진전과 함께 기억의 저편으로 사라져 버린(혹은 사라져가는) 유토피아를 상상적으로 복원하기 위해 노력했다고 할 수 있을 것이다.

4. 이질적인 것의 동(질)화

백석의 시에서 나타나는 열거 기법은 앞에서 살펴 본 전통 시가의 열거 기법과는 달리 단순한 기법이나 수사적 장치 이상의 의미를 지니고 있다. 적어도 백석은 전통시가의 그것처럼 단순히 자신의 입담이나 견문을 과시하기 위해서 사물의 이름을 길게 나열한 것은 아니다. 백석이 자신의 시에서 열거하고 있는 사물들은, 무엇보다 그 자신이 실제로 깊은 관계를 맺어 왔고, 잘 알고 있을 뿐 아니라 감정적으로 깊이 연루된 것들이다. 따라서 이들의 이름을 일일이 호명하는 것은, 자신의 입담을 과시하기 위한 것이 아니라 그 각각의 존재를 드러내는 한편, 그것들 각각에 대한 자신의 특별한 느낌과 감정을 드러내기 위한 것이었다. 다시 말하자면 백석은 개별적인 존재(사람, 사물) 그 자체에 대한 관심과 애정을 드러내기 위한 방편으로 열거 기법을 사용하고 있는 것이다. 백석의 열거 기법이 사물과 세계를 지각하는 방법과 관련되어 있다고 말할 수 있는 것은 이 때문이다.

이와 함께 주목해야 할 것은 백석의 시에 사용된 열거기법이 때로 상반되는 역할을 수행하기도 한다는 점이다. 즉. 백석 시에서의 열거 기법은 주로 동일 계열에 속하는 것들 사이의 차이를 드러내기 위해서 사용되지만 때로는 이질적인 것을 동질화하는 효과를 발휘하기도 한 것이다. 열거를 통해 이질적인 것을 동질화하는 양상은 음식과 관련된 시에서 자주 나타난다. 이는 서로 다른 재료들을 조합함으로써 각각의 재료를 물리적으로 총합한 것과는 전혀 다른 맛을 창조해 내는 조리의 특성 때문일 것이다.[23] 여기서는 열거되는 사물들 사이의 이질성이 명백하게 드러나므로 개별 사물의 고유한 물성(物性)에 대한 수식은 생략되는 경우가 많다.

가령 "인간들은 모두 웅성웅성 깨어있어서들/오가리며 석박디를 썰고/생강에 파에 청각에 마눌을 다지고//시래기를 삶는 훈훈한 방 안에는/양염냄새가 싱싱도하다"(「秋夜一景」, 『삼천리문학』, 1938.1) 같은 구절에서 보듯 각각의 식재료는 각기 다른 물성을 지니고 있으며 그 풍미 또한 다르다. 하지만 여기서 재료 자체의 물성이나 재료들 사이의 차이는 중요한 것이 아니다. 이 이질적인 식재료들은 조리 과정을 통해서 원래의 물성을 그대로 보존하면서 새로운 음식으로

---

23) 백석의 시에서는 다양한 식재료 각각이 지닌 풍미와 식감의 차이까지 언급한 시도 다수 발견된다. "또 인절미 송구떡 콩가루차떡의 내음새도 나고 끼때의 두부와 콩나물과 뽂은 잔디와 고사리와 도야지비계는 모든 선득선득하니 찬 것들이다"(「여우난곬족」), "내일같이 명절날인 밤은 부엌에 째듯하니 불이 밝고 솥뚜껑이 놀으며 구수한 내음새 곰국이 무르끓고 방안에서는 일가집 할머니가 와서 마을의 소문을 펴며 조개송편에 달송편에 쥔두기 송편에 떡을 빚은 곁에서 나는 밤소 팥소 설탕 든 콩가루소를 먹으며 설탕 든 콩가루소가 가장 맛있다고 생각한다"(「古夜」), "호박잎에 싸오는 붕어곰"(「酒幕」) 등이 그런 예에 해당된다.

재탄생되기 때문이다. 따라서 여기서는 다양한 식재료들 사이의 조화, 그리고 그것을 통해 얻어지는 새로운 맛이 중요하다. 이렇게 보면 백석이 식재료들의 이름을 일일이 나열한 것은 이처럼 다양하고 이질적인 재료들이 조화를 이루어 하나의 음식으로 변용되는 요리의 마술적 효과를 강조하기 위해서라고 할 수 있을 것이다.

이처럼 조리를 통해서 하나의 음식으로 동질화된 재료들은 다시 그것을 먹는 사람에게 동화된다. 가령 "우리들(흰밥과 가재미와 나—필자)은 모두 욕심없이 히여졌다/착하디 착해서 세괏은 가시하나 손아귀하나 없다/너무나 정갈해서 이렇게 파리했다"고 한 「선우사」(『조광』, 1937.10)는 이 점을 잘 보여준다. 음식을 먹는 것은 내가 아닌 것을 내 속으로 끌어들여 나로 만드는 것, 다시 말하면 물질대사(metabolism)의 한 축인 동화 작용을 뜻한다. 내가 먹은 음식이 분해돼서 나에게 흡수되고 나의 신체를 이루는 것이 동화작용이다. 흰 밥과 가재미는 그렇게 나에게 동화된다. 즉 "우리들"은 모두 "맑은물밑 해정한 모래톱에서 하구긴날을 모래알만 헤이며 잔뼈가 굵은탓"(가재미), "바람좋은 한 벌판에서 물닭이소리를 들으며 단이슬먹고 나이들은탓"(흰밥), "외따른 산골에서 소리개소리배우며 다람쥐동무하고 자라난탓"(나)에, 다시 말하면 맑고 깨끗한 환경 속에서 정하게 자란 흰밥과 가재미를, 역시 맑고 깨끗한 환경 속에서 욕심 없이 자란 내가 먹기 때문에 존재의 벽을 허물고 하나로 동화될 수 있다고 상상하는 것이다. 백석은 거기서 한 발 더 나아가 흰 밥과 가재미의 내적 품성까지 나에게 동화되고 있다고 상상한다. 이런 상상력 속에서 나와 세계(사물)는 분리된 것이 아니며 그 사이의 경계 또한 의미가 없다. 물질대사를 통해서 사물(음식) 끊임없이 나에게 동화되며 이를 통해 나는 육체적으로나 정신적으로 계속해서 새로워지기 때문이다.

이런 상상력은 "삼에 숙변에 목단에 백봉령에 산약에 택사의 몸을 보하는 육미탕이다"라고 한 「탕약」(『시와 소설』, 1936.3), 그리고 "명태 창난젖에 고추무거리에 막칼질한무이를 뷔벼 익힌 것을/이 투박한 북관을 한없이 끼밀고있노라면/쓸쓸하니 무릎은 꿀어진다"고 한 「함주시초-北關」(『조광』, 1937.10)에서도 확인할 수 있다. 거기다가 이 시는 "시큼한 배척한 퀴퀴한 이 내음새 속에 나는 가느슥히 여진의 살내음새를 맡는다//얼근한 비릿한 구릿한 이 맛속에선/깜아득히 신라백성의 향수도 맛본다."고 함으로써 "여진"과 "신라"를 현재의 "나", 혹은 내가 그 일부인 민족에 동화시킨다. 근대의 산물인 민족의 상상(베네딕트 앤더슨)이 고대에까지 확장됨으로써 종족의 차이와 시간적·공간적인 거리가 지워지고 동질화되는 것이다. 이런 양상은 "또 털도 안뽑는 고기를 시껌언 맨모밀국수에 언저서 한입에 끌꺽 삼키는 사람들을 바라보며/나는 문득 가슴에 뜨끈한것을 느끼며 /소수림왕을 생각한다 광개토대왕을 생각한다"(「北新」, 『조선일보』, 1939.11.9)고 한 데에서도 마찬가지로 확인된다. 이처럼 현재의 관점에서 과거의 역사를 전유하는 시적 상상력, 즉 과거와 현재, 혹은 아직 민족으로서의 자의식을 가졌다고 하기 어려운 먼 옛날의 다양한 부족을 하나의 민족으로 동질화하려는 모습은 「北方에서」(『문장』, 1940.7) 같은 시에서 좀 더 분명하게 드러난다. "아득한 녯날에 나는 떠났다/夫餘를, 肅愼을, 渤海를, 女眞을, 遼를, 金을/興安嶺을 陰山을 아무으르를 숭가리를"에서 보듯이 서로 다른 부족(부여, 숙신, 여진)과 국가(발해, 요, 금), 그리고 지역(흥안령, 음산, 아무으르, 숭가리)의 이름들이 열거되면서 이 모두가 민족의 상상 속에서 하나로 동질화된다. 단일민족의 상상 속에서 원형민족이라고 할 수 있는 다양한 부족, 혹은 국가의 이질적인 역사가 동질화되는 것이다. 이 시에서 다양한 부족과 국가들을 동질화하는 것은 바로 근대의 산물인 민족의 상상이라고 할 수 있다. 다시 말해서 현재의 시선으로 과거를 전유하고 동질화하고 있는 것이다. 그리고 이로써 그 속에 내포된 시간적·공간적 거리와 이질성은 말소되고 만다. 이처럼 현재의 관점에서 과거를 전유하거나 동질화하는 양상은 만주 체류 시절에 쓴 시들, 가령 「수박씨 호박씨」(『인문평론』, 1940.6), 「두보나 이백 같이」(『인문평론』, 1941.4)처럼 중국인들과의 만남을 그린 시들에서 좀 더 분명하게 나타난다.

　이 적고 가부엽고 갤족한 히고 깜안 씨가
　조용하니 또 도고하니 손에서 입으로 입에서 손으로 올으날이는 때
　벌에 우는 새소리도 듣고싶고 거문고도 한곡조 뜯고싶고 한 오천말 남기고 함곡관도 넘어가고싶고
　기쁨이 마음에 뜨는 때는 히고 깜안 씨를 앞니로 까서 잔나비가 되고
　근심이 마음에 앉는때는 히고 깜안 씨를 혀끝에 물어 까막까치가 되고

　어진 사람이 많은 어진 나라에서는
　오두미를 벌이고 버드나무아래로 돌아온 사람도
　그 넓차개에 수박씨 닦은것은 호박씨 닦은것은 있었을 것이다
　나물먹고 물마시고 팔벼개하고 누었든 사람도
　그 머리 맡에 수박씨 닦은것은 호박씨 닦은것은 있었을것이다
　　　　　　　　　　　　　　　　　　　　　　　　　　　—「수박씨 호박씨」 3~4연

　이 시에서도 현재의 시선으로 과거를 전유하는 양상을 확인할 수 있다. 수박씨와 호박씨를 까먹고 껍질을 뱉어내는, 꿔즈(瓜子)라고 불리는 이 풍속은 송대(宋代)에 생겨난 것으로 알려져 있다.24) 하지만

백석의 상상 속에서 그것은 아득한 중국의 고대로까지 소급된다. 그리고 그 과정에서 시인의 눈앞에서 수박씨나 호박씨를 까먹고 있는 중국인들은 빛나는 문화를 창조한 중국의 옛 현인·문사들과 동질적인 존재, 혹은 그들의 높은 정신을 이어받은 "어진 사람"으로 동질화된다. 백석의 상상력 속에서 시대와 역사의 차이는 무화되는 것이다. 그뿐 아니라 만주와 중국의 지리적 경계, 역사적 차이 또한 무화된 채 백석의 문화적 교양에 의해서 이상화된 중국에 동화되어 버린다. 그의 상상력 속에서 그가 몸담고 있는 현재, 그리고 만주 땅은 노자, 공자, 그리고 도연명의 고아한 정신과 문화의 향기를 이어받은 "어진 사람"들이 사는 "어진 나라"로 동질화되는 것이다.

만주는 청조가 세워지기 전까지만 해도 중국을 위협하는 '오랑캐'들이 사는 곳이었다. 그리고 청조가 세워진 후 곧바로 봉금 지역으로 선포됨으로써 한족들이 발을 들여놓을 수 없는 공간이 되었다. 만주의 봉금이 해제된 것은 1860년대의 일이었고 1932년 만철과 관동군에 의해 급조된 만주국이 수립되면서, 청을 대신해서 등장한 중화민국(1912)으로부터 분리된다. 그러나 이 시에서 왕조의 차이, 종족의 차이, 역사의 차이, 시공간의 차이들을 모두 중국, 그리고 찬란한 중국의 옛 문화와 정신 속으로 수렴된다. 그리고 그가 마주친 중국인들은 그의 상상 속에서 노자, 공자, 도연명, 그리고 두보, 이백(「두보나 이백같이」, 『인문평론』, 1941.4) 등의 흔적, 혹은 그들이 남겨놓은 찬란한 문화와 고아한 정신의 향취를 이어받은 존재들로 동질화되는 것이다.

이처럼 이질적인 것을 동질화하는 것은 자칫 타자에 대한 주체의 폭력으로 귀결될 수 있다. 주객 동일성을 지향하는 근대적 사유 방식에

---

24) 왕염려, 「백석의 만주시편 연구: 만주 체험을 중심으로」, 인하대 석사논문, 2010, 48쪽.

대한 비판이 제기되는 것도 그 때문이다. 미학적 차원에서 이질적인 것의 상상적 동질화를 지향하는 은유가 근대적인 사유의 산물로 간주되는 것도 같은 이유 때문이다. 하지만 백석의 시에서 이처럼 이질적인 것을 동질화하는 경향은 앞에서 거론한 몇몇 작품을 제외하고는 나타나지 않는다. 이는 백석이 근대적 사유의 한계를 자각한 결과라기보다는 그에게 체질화된 사물과 세계의 지각 방법과 관련된 것이라고 할 수 있다. 다시 말해 그는 사물 하나하나의 고유성, 그리고 그것과의 감정적 연루에 더 많은 관심을 기울였던 것이다. 백석의 시에서 은유가 그다지 많이 발견되지 않는 대신 이질적인 사물(사람)들의 병치가 두드러지게 많이 나타나는 것도 이런 맥락에서 이해할 수 있다.

5. 세계와의 교감, 그 풍요로움

앞에서 살펴본 바와 같이 백석 시의 중요한 특징인 열거는 단순한 기법 이상의 의미를 갖는다. 그것은 단순한 기법이 아니라 개별적인 존재를 하나하나 호명함으로써 서로 다른 사람, 사물들로 구성된 세계의 다양함과 풍요로움을 드러내기 위한 백석 고유의 창작방법이다. 그런 점에서 백석 시의 열거는 단순히 풍요의 환상을 창출하기 위해서 사용된 전통 시가의 열거기법을 충실히 계승한 것이라기보다 차라리 그것을 쇄신했다는 측면에서 이해할 필요가 있다.

백석 시에서 열거는 호명되는 사물(사람) 하나하나에 대한 구체적인 관심과 이해에 바탕을 두고 있다는 점에서 전통시가의 그것과는 확연하게 구별된다. 백석에게 있어서 사물과 세계는 어떤 보편적인 개념으로 환원될 수 없는, 그 나름의 고유성을 지닌 것이었다. 백석 자신의 실제적인 체험과 섬세한 감각을 통해 포착된 이 개별적인 것들의 고유성은 그의 시 속에서 호명됨으로써 다시금 생생하게 되살아난다. 관심의 대상이 되는 사물을 일일이 호명하는 것은 그것들 하나하나가 다른 것으로 대체되거나 동질화될 수 없는 그 자체로서 소중한 것이기 때문이다. 따라서 백석의 시에서 열거는 사물, 혹은 사람들의 고유한 존재를 환기시키는 방법이자, 그것들로 구성된 세계의 다양함과 풍성함을 일깨우는 방법이라고 할 수 있다.

백석이 자신의 시에서 소환해낸 것은 주로 근대의 도래와 함께 점차 주변화되고 배제되어 가는 것(토속적이고 무속적인 세계), 주변화되어 가는 사람들이었다. 그것들은 아주 섬세한 영혼에 의해서가 아니면 잘 포착되지 않는 것, 어쩌다 포착된다고 해도 도매금으로 야만과 미개의 흔적으로 치부되는 것들이다. 바로 이런 존재들의 고유성을 포착하고 형상화해냄으로써 그 존재 가치를 드러낸 것이야말로 백석 시의 특장이라고 할 수 있다. 이는 물론 의식적인 행위라기보다 친숙한 세계에 대한 본능적인 애착과 이끌림에서 비롯된 것이라고 할 수 있다. 그렇지만 식민지 근대화가 본격화되어 가는 시점에서 백석이 보여준 이런 노력이 거의 맹목적이라고 할 만큼 미화되고 있던 근대를 상대화하는 효과를 지니고 있다는 사실을 부인할 수는 없다. 백석 시에서 근대에 대한 근대에 대한 미적 저항의 흔적을 찾을 수 있다고 말할 수 있는 것은 이 때문이다.

두 개의 모닥불

: 「모닥불」에 대한 새로운 해석

1. 「모닥불」에 대한 오해

이동순의『백석 시 전집』(창작사, 1987)이 출간되고 이른바 납월북 문인에 대한 해금조치 이래[1] 백석의 시는 수많은 독자들의 사랑을 받아 왔다. 그리고 백석과 그의 시에 대한 학문적 관심의 열기 또한 뜨겁다. 한 연구자의 조사에 따르면 2006년까지 발표된 백석 관련 연구 논문이 무려 800여 편을 상회할 정도였으니[2] 지금은 아마 1,000

---

[1] 납월북 문인에 대한 해금 조치 이전에 백석을 다룬 예는『정주군지』(1975)에서 발견된다. 이 책에서는 백석을 토속적인 시를 쓴 시인으로 소개하면서 「여우난곬족」과 「주막」을 그 예로 들었다. 정주군지발간위원회,『정주군지』, 정주군지편찬위원회, 1975, 433~435쪽.

[2] 고형진,『백석시 바로 읽기』, 현대문학, 2006. 이 책 말미에는 그 동안 발표된 백석 관련 논문 목록이 제시되어 있어 연구자들에게 좋은 길잡이가 되고 있다.

편이 훌쩍 넘었다고 해도 좋을 것이다. 이런 연구의 열기는 다수의 전집과 평전 등의 출간으로도 이어졌다.3) 하지만 백석의 생애는 물론이고 시편 모두에 대해 엄밀하고 객관적인 해석과 평가가 이루어졌다고 하기는 어렵다고 생각된다. 특히 분단 이후 백석의 삶과 시에 대해서는 아주 기초적인 사항들만 알려졌을 뿐이다. 또 해방 전의 시 역시 남한의 연구자들이 이해하기 어려운 평북 방언, 그리고 심지어는 사전에 등재되어 있지 않은 시어들로 되어 있어 연구자들을 곤혹스럽게 만드는 경우가 많았다. 이밖에 백석에 대한 과도한 애정 때문에 엄밀한 학문적 검증 없이 백석을 고평하는 경우도 있고 심지어 뚜렷한 근거나 고증도 없이 그의 작품 목록에 새로운 작품을 추가하는 일4)도 심심치 않게 일어났다.

물론 그동안 백석 시에 사용된 방언 어휘들에 대한 상세한 어석(語釋)이 이루어졌을 뿐 아니라 다양한 연구 성과가 축적되면서 백석 시에 대한 이해의 수준 또한 비할 바 없이 높아진 것이 사실이다. 하지만 여전히 백석 시에 대한 오독이 완전히 극복되었다고 할 수는 없다. 오랫동안 백석에 관심을 기울여온 전문 연구자들이 '바로 읽기'나 '깊이 읽기' 같은 제목의 연구서를 출간한 것은 이런 점을 의식했기 때문이라고 할 수 있을 것이다. 또 연구자들이 잘 다루지 않는 시까지

---

3) 전집으로는 이동순 편의 『백석전집』(창작사, 1987), 김학동의 『백석전집』(새문사, 1990), 송준의 『백석시전집』(학영사, 2004)과 『백석 시 전집』(탄생 백주년기념판 흰당나귀, 2012), 김재용 편의 『백석전집』(실천문학사, 1997, 2003), 고형진의 『정본 백석시집』(문학동네, 2007) 등을 꼽을 수 있고, 전기로는 송준의 『시인 백석』(흰당나귀, 2012), 김영진의 『백석평전』(미다스북스, 2011), 안도현의 『백석평전』(다산글방, 2014) 등이 있다. 회고록으로는 백석의 연인이었던 김영한('자야')의 『내 사랑 백석』(문학동네, 1995)을 들 수 있다. 이밖에 다수의 연구서가 있으나 구체적인 서지는 생략한다.

4) 이에 대해서는 이동순, 「백석 시의 연구 쟁점과 왜곡 사실 바로잡기」, 『실천문학』, 2004년 여름.

포함해서 백석 시 전편에 대해 상세한 해설을 시도한 해설서들이 출간되는 것 역시 이런 사정과 무관하지 않을 것이다.[5] 이 중 가장 최근의 것으로는 다수의 연구자들이 참여하여 다양한 연구 성과를 참조하면서 백석 시 전편을 해설한 『다시 읽는 백석 시』(소명출판, 2014)를 꼽을 수 있다. 이런 연구서나 해설서들이 일종의 지침서 역할을 하면서 백석 시에 대한 일반 독자들의 이해 수준을 끌어올리는 데 기여한 것은 부인할 수 없는 사실이다. 하지만 기왕의 연구서나 해설서들에 의해서 채워지지 않은 빈틈은 여전히 존재한다. 우선 연구자들의 바로 읽기, 깊이 읽기의 노력은 대개 중요 작품에만 초점을 맞춘 경우가 많다. 이는 지면의 제한 때문이기도 하지만 때로는 연구자의 개인적인 편향 때문인 경우도 없지 않다. 그리고 해설서의 경우는 전편 해설을 목표로 하고 있어서 작품의 중요도에 상관없이 모든 작품을 비슷한 비중으로 다루는 경우가 많으므로 진지한 작품론의 대상이 되어야 할 작품까지도 이런 양적 평준화의 희생물이 되는 경우가 없지 않다.

　그중의 한 예로 「모닥불」을 들 수 있다. 이 작품은 『사슴』 발간 당시부터 높은 평가를 받아왔고 「여우난곬족」(『조광』, 1935.12), 「여승」(『사슴』, 1936), 「남신의주 유동 박시봉 방」(『학풍』, 1948.10) 등과 함께 백석의 대표작 중의 하나로 꼽힌다. 따라서 백석 시를 다루면서 이 작품에 대한 언급을 빠뜨리는 연구자는 거의 없을 정도이다. 하지만 정작 이 작품에 대한 본격적인 작품론이라고 할 만한 연구 성과는 두어 편에 불과하다.[6] 그리고 그에 대한 해석과 평가도 주로 모닥불

5) 이숭원, 『백석 시의 심층적 탐구』(태학사, 2006)와 『백석을 만나다』(태학사, 2008); 고형진, 앞의 책; 최동호 외, 『백석 시 읽기의 즐거움』(서정시학, 2006); 현대시비평연구회 편, 『다시 읽는 백석 시』(소명출판, 2014) 등.
6) 「모닥불」에 대한 본격적인 작품론으로는 「모닥불」의 열거법을 분석한 김웅교의 「백석

속에서 타고 있는 여러 사물의 이름을 열거한 첫 번째 연을 중심으로 이루어지고 있는 듯이 보인다. 그 결과 이 작품에 대한 대부분의 논의 는 "'모닥불'이라는 합일의례의 공간 속에서 작품에 등장하는 모든 개체적 사물들이 혈연관계로 결합된 가족의 집합체, 즉 하나의 확대 가족 개념으로 군단화(群團化)되어 가는 과정을 보여준다"고 한 이동 순의 해석에서 크게 벗어나지 않는다고 생각된다.[7]

가령 이 시가 "비천하고 미약한 존재"들이 모닥불을 피워내는 것처 럼 "온갖 사람과 사물, 짐승들의 포용과 화합, 그리고 평등한 공존의 세계를 구축"하는 모습을 보여준다거나[8] "외지인까지 포섭할 수 있 는 향촌 공동체의 개방성"을 보여준다는 견해,[9] 혹은 이전 시에서 전혀 볼 수 없었던 "대동화합, 평등공존의 사상"을 드러낸다는 견해[10] 등이 그런 예에 해당된다. 또 모닥불이 "구별과 분리라는 모순을 통 합"함으로써 "아우라처럼 사물을 휘감고 있다"고 설명한 경우도 마찬 가지다.[11] 이 견해는 단순하게 모닥불의 온기가 '평등한 화합의 공동 체'를 만들어내는 힘이라고 설명한 견해에 비해서는 좀 더 설득력이 있지만 여전히 이동순이 제시한 해석의 틀 안에 갇혀 있다고 생각된 다. 이처럼 이동순의 해석은 이론의 여지가 없는 정설로 굳어져 가고 있는 것처럼 보인다.

〈모닥불〉의 열거법 연구」(『현대문학의 연구』 24, 한국문학연구학회, 2004)와 라깡의 이론 에 기대어 「모닥불」의 은유와 환유구조를 분석한 신용목의 「〈모닥불〉의 은유와 환유 구조」(『한국시학연구』 33, 한국시학회, 2012)를 들 수 있다.

7) 이동순, 「민족시인 백석(白石)의 주체적 시 정신」, 이동순 편, 앞의 책, 169쪽.

8) 신용목, 「백석 시의 현실인식과 미적 대응」, 고려대학교 박사논문, 2013, 42쪽.

9) 김영범, 「백석시에 나타난 '슬픔'의 의미」(한국어문학국제학술포럼 발표문), 2007, 213쪽.

10) 이숭원, 앞의 책, 65쪽.

11) 소래섭, 「백석 시에 나타난 음식의 의미 연구」, 서울대학교 박사논문, 2008, 66쪽.

하지만 그것은 모닥불이 만들어내는 화합과 일치의 환상12)을 아무 유보 없이 이 시에 적용했기 때문이라고 생각된다. 그리고 모닥불 속에서 타는 여러 사물들의 이름을 열거한 첫 연에 지나치게 집중한 나머지 발화 상황과 화자, 그리고 모닥불을 피우게 된 전후 상황, 1연의 모닥불(현재)과 3연의 모닥불(과거)의 관계와 의미를 소홀히 취급한 것도 이런 식의 오독을 낳은 원인이라고 할 수 있다.13) 이 글에서는 이런 관점에서 「모닥불」에 대한 기존 해석의 타당성을 검토하고 새로운 해석의 가능성을 짚어보고자 한다. 이를 위해서 이 글에서는 무엇보다 작품에 대한 '꼼꼼하게읽기'를 통해서 발화 상황과 화자의 관계, 다시 말하면 모닥불을 피우게 된 구체적인 정황을 분석하고 화자의

---

12) 단체 행사 같은 데서 일정한 의식과 함께 피우는 모닥불(의식)은 참석자들에게 유대감이나 일체감을 갖게 하고 공동체 의식과 화합의 감정, 다시 말하면 자신이 더 큰 존재의 일부가 되었다는 느낌을 갖도록 만든다. 그리고 이 일체감은 집단이 추구하는 목표에 대한 구성원들의 자발적인 충성과 복종을 이끌어내는 동력이 된다. 이와 관련하여 북한 시에서 자주 등장하는 "혁명의 우등불"을 생각해 볼 수 있다. 북한 시에서 이 우등불은 흔히 생산과 건설 현장에 투입된 청년 돌격대원들에게 일체감을 부여하고 혁명정신을 고양시키는 것으로 그려진다. 또는 19세기 이후 독일에서 불이 지닌 상징적 의미를 바탕으로 다양한 형태의 불(횃불, 전례의식에 사용되는 불 등)을 대중을 국민화(natioalization)하는 과정에서 이용했던 극단적인 예를 상기할 수 있다. 불, 혹은 '신성한 불꽃(sacred flame)'이 민족적 통합(national unification)의 상징으로 대중을 국민화하기 위한 다양한 의식(ritual)에 자주 동원된 것이다. George Mosses, *The Nationalization of The Mass*, Howard Fertig(New York), 1975, pp. 41~46. 하지만 특별한 의례와 결합되지 않은 모닥불은 불가에 모여 있는 사람들로 하여금 각자 자신만의 상념에 빠지도록 만든다. 노변정담(爐邊情談)이란 말이 시사하듯이 난로불이 대화를 이끌어낸다면 모닥불은 대개 대화를 이끌어내기보다는 저마다의 생각에 빠져들게 만드는 것이다. 따라서 모닥불을 피우게 된 구체적인 상황, 그리고 그 이유나 목적에 대한 분석 없이 이 모닥불이 '차별 없는 평등한 공동체'를 만들어낸다고 하는 것은 오독이라고 생각된다.

13) 1연의 모닥불과 3연의 모닥불을 뭉뚱그려 "'모닥불'은 삶의 보편적 국면을 내포하고 있지만, 개별적인 기억을 담고 있다는 점에서 '모닥불' 그 이상의 것이 된다"면서 두 모닥불의 의미를 비교한 경우도 없지 않지만, 여기서 '모닥불'이 대표하는 "삶의 보편적인 국면"이 무엇을 뜻하는지 모호하다. 이경수, 「1930년대 시에 나타난 식민지 조선어의 위상: 김기림·정지용·백석을 중심으로」, 고려대학교 박사논문, 2008, 135쪽.

진술 방식과 태도 등을 살펴보게 될 것이다. 또 현재의 모닥불과 과거의 모닥불을 하나로 연결하는 중심적인 역할을 하는 '할아버지'와 그의 삶을 통해 모닥불이 지닌 다양한 상징적 의미를 분석하는 것 또한 이 글의 주된 목표이다.

2. 서사적 시간의 도입과 '숨은 주인공'

「모닥불」을 거론한 대부분의 연구자들은 모닥불 속에 던져진 다양한 사물들의 이름과 모닥불 주위에 모여 있는 사람들을 일일이 거명하는 열거기법에 주목했다. 그것은 화자가 자신의 존재를 명확하게 드러내지 않고 대상을 객관적으로 제시하는 이 시의 특성과도 무관하지 않다. 이 때문에 독자는 시의 화자와 그가 진술하고 있는 시의 내용 및 발화상황의 관계, 그리고 모닥불을 피우게 된 구체적인 이유와 배경을 따지기에 앞서 우선 눈앞에 제시된 모닥불의 강렬하고 선명한 인상, 열거되는 사물과 사람들의 다양성에 관심을 기울이게 된다. 하지만 이 시의 올바른 독해를 위해서는 텍스트가 제공하는 언어 정보를 토대로 발화 상황을 재구성하고 시의 화자와 발화 상황 그리고 발화 내용이 맺고 있는 관계들을 정확하게 이해하지 않으면 안 된다. 이를 위해 먼저 시 전문을 검토해 보기로 하자.

새끼오리도 헌신짝도 소똥도 갓신창도 개니빠디도 너울쪽도 집검불도 가락닢도 머리카락도 헌겊조각도 막대꼬치도 기와장도 닭의짖도 개털억도 타는 모닥불

재당도 초시도 門長늙은이도 더부살이아이도 새사위도 갓사둔도 나
그네도 주인도 할아버지도 손자도 붓장사도 땜쟁이도 큰개도 강아지도
모두 모닥불을쬐인다

모닥불은 어려서우리할아버지가 어미아비없는 서러운아이로 불상하
니도 몽둥발이가된 슳븐력사가 있다

—「모닥불」 전문(『사슴』, 1936)

인용에서 볼 수 있는 것처럼 1연과 2연에서 화자는 마치 카메라의
눈(camera eye)처럼 자신의 전혀 존재를 드러내지 않은 채 모닥불 속
에서 타고 있는 사물과 불가에 모여 있는 사람들을 하나하나 열거하
고 있다. 마치 렌즈가 피사체를 잡아내는 것처럼 모닥불 속에 '던져
진' 사물들과 모닥불 주위에 모여 있는 사람들을 '객관적'으로, 그리
고 '낱낱이' 그려내고 있는 것이다. 따라서 1~2연은 마치 연속되는
두 장면을 보는 듯한, 혹은 한 장면 안에서 카메라 초점의 이동을
통해 나타나는 피사체의 변화를 보고 있는 듯한 느낌을 준다. 혹은
모닥불에 초점을 맞추었던 카메라가 뒤로 후퇴하거나 회전하면서 나
타나는 장면의 변화를 보여준다고 해도 좋을 것이다. 거기에 할아버
지가 유년기에 겪은 모닥불의 기억을 언급한 3연까지를 포함하면 이
시 전체에 이질적인 장면을 중첩시키는 몽타주의 기법이 적용되었다
고 이해할 수도 있다.14)
  물론 카메라의 경우도 피사체의 선택, 혹은 그것을 비추는 앵글의

---

14) 조용훈은 2연을 "긴장과 충돌의 몽타주 기법"이 적용된 예로 설명하고 있다. 조용훈,
  「한국현대시에 나타난 영화적 양상 연구: 백석 시를 중심으로」, 『시학과 언어학』 15,
  시학과언어학회, 2008, 196쪽.

선택 과정에서 촬영하는 사람의 주관이 개입되기 마련이다. 따라서 시에서 그려지고 있는 사물과 사람들을 선택하는 과정에 화자의 주관이 관여했다고 볼 수밖에 없다. 하지만 화자의 존재가 분명하게 드러나는 것은 3연에서일 뿐이고, 1~2연에서 화자는 대상에 대해 엄격하게 거리를 유지하거나 자신의 존재를 숨기는 서술 전략을 택함으로써 대상의 객관성이 두드러지게 만들고 있다. 이처럼 화자가 시 속에 전혀 모습을 드러내지 않거나 화자의 개입을 최소화하고 객관적인 장면이나 이미지의 제시에 주력하는 수법은 『사슴』 소재 시편만이 아니라 백석 시에서 두루 발견되는 중요한 특징 중의 하나다.15)

숨어 있던 화자가 자신의 존재를 드러내는 것은 "우리할아버지가 어미아비 없는 서러운아이로 불상하니도 몽둥발이가 된 슳븐력사"를 언급한 3연에 이르러서이다. 이미 2연에서 모닥불을 쬐고 있는 사람들을 언급할 때 스치듯이 자신을 언급하고 지나쳤던 손자가 직접 존

---

15) 물론 「여우난곬족」, 「여우난골」, 「고방」, 「여승」(이상은 모두 『사슴』, 1936) 등에서처럼 화자가 직접 전면에 등장해서 작품 내적 상황에 대해 감정적인 개입을 하는 경우도 없지 않다. 하지만 이보다는 화자의 존재를 드러나지 않고 대상을 객관적으로 묘사한 작품들이 더 많다. 이런 표현 방법은 일단 사진 기법과 관련된 것으로 이해할 수 있다. 특히 이는 그의 부친 백시백(용삼)이 '조선 최초의 사진기사'였고 후에 『조선일보』 사진부장을 지내기도 한 것과 무관하지 않다고 생각된다. 비교적 일찍부터, 그리고 자주 사진과 접한 경험이 시작에도 영향을 미쳤다고 볼 수 있기 때문이다. 한편 백석은 영화의 기법도 자주 활용했다. 클로즈 업(close up)과 롱 셧(long shot) 같은 영화적 기법을 구사함으로써 장터의 풍경과 거칠고 투박한 시골 영감들의 모습을 생생하게 그려낸 「석양」 같은 시를 그 예로 들 수 있다. 이 점에 대해서는 이 책 32~33쪽을 참고할 것. 이와 함께 머릿속을 스쳐가는 상념들을 마치 영사막에 비추어진 활동사진처럼 연속적으로 그린 「흰 바람벽이 있어」도 그런 예로 들 수 있다. 이 책 247~248쪽을 참고할 것. 하지만 과문한 탓인지 몰라도 백석 시와 사진과의 연관성에 대한 연구는 거의 없는 듯싶고 영화 기법과의 관련성에 대한 연구도 조용훈의 앞의 논문과 「흰 바람벽이 있어」를 시네포엠(cinepoem)의 개념을 빌어 설명한 김응교의 논문(「신경(新京)에서, 백석 흰바람벽이 있어: 시인 백석 연구(4)」, 『인문과학』 48, 성균관대학교 인문과학연구소, 2011)을 제외하면 별로 이루어지지 않은 듯싶다.

재를 드러내고 할아버지의 슬픈 과거에 대해 진술하고 있는 것이다.16) 이로써 이 시의 화자가 '할아버지'의 손자이며 할아버지에 대해 특별한 감정적 애착을 가지고 있다는 사실이 드러난다. 그뿐 아니라 화자는 2연에서와는 달리 할아버지의 불행한 유년기 경험에 대한 연민의 감정을 직접적으로 드러내고 있다. 즉 "서러운", "불상하니도" "슲븐" 등의 감정형용사를 연속적으로 사용함으로써 할아버지가 겪은 불행과 고통에 대한 연민의 감정을 직접적으로 표현하고 있는 것이다. 백석으로서는 상당히 이례적이라고 할 만한 이런 진술 방식(대상에 대한 감정적 개입)은 2연에서 스치듯이 언급하고 지나간 할아버지가 사실은 화자가 조명하고자 하는 핵심 인물이라고 판단할 수 있는 근거가 된다.

화자에 의해 소환된 이 '모닥불'의 기억은, 앞 세대의 경험과 기억이 구술을 통해 다음 세대에게 전승되는 전통 사회에서 흔히 그런 것처럼 할아버지를 통해서 손자에게로 이전된 것이라고 할 수 있다.17) 그리고 이 불행한 기억을 들추어낸 3연으로 인해 이 시가 최소한 수십 년에 해당하는 시간을 내장하고 있음이 드러나게 된다. 1연의 모닥불과 3연의 모닥불 사이에 존재하는 이 수십 년의 시간적 거리는 결국

---

16) 이런 식으로 화자가 자신을 "손자"로 객관화하는 양상은 「여우난골」, 「고방」(『사슴』) 등에서도 확인된다.

17) 박순원, 「백석 시집 『사슴』의 시어 양상 연구」, 『한국시학연구』 44, 한국시학회, 2015, 212쪽. 이 연구에 따르면 『사슴』 소재 시편의 시어 반복지수는 1.58 정도에 지나지 않는다. 그에 비해 '할아버지'란 시어는 「여우난굵족」, 「여우난골」, 「고야」 등에서 거듭해서 등장한다. 이는 백석과 조부의 감정적 친밀도를 말해 주는 증거라고 할 수 있다. 특히 「고야」의 할아버지는 '귀머거리'인 것으로 그려지는데, 이는 송준이 밝혀낸 전기적 사실과 일치한다. 송준, 『시인 백석』, 흰당나귀, 2012, 48쪽. 하지만 「모닥불」에서 두 번이나 언급되는 할아버지가 다른 시에 등장하는 할아버지와 동일한 존재로 보아야 할지에 대해서는 확언하기 어렵다.

할아버지의 고통스러운 성장 과정과 함께 어엿한 일가를 이루기까지 그가 겪어야 했던 신산스러운 삶을 아우르는 것이다.

따라서 이 두 모닥불의 의미를 제대로 이해하려면 양자 사이의 시간적 거리가 지닌 의미를 물어야 한다. 이 시간은 말할 것도 없이 "어미아비없는 서러운아이로 불상하니도 몽둥발이가된" 할아버지가 그 상처와 고통을 극복하고 입신(立身)하게 되기까지의 과정을 아우르는 것이다. 그런 의미에서 두 모닥불 사이에 가로놓인 수십 년의 시간은 온갖 사연으로 가득 찬 서사적 시간이라고 할 수 있다. 다시 말해 이 시 속에는 할아버지를 주인공으로 하는 서사, 다시 말해서 뜻하지 않게 닥쳐온 역사의 재앙을 극복하고 행복하고 평화로운 현재에 이르게 되기까지의 서사가 내장되어 있는 것이다. 따라서 이 시를 이해하기 위해서는 일종의 서사적 상상력이 필요하다. 주지하다시피 시간은 인물과 환경의 대립을 통한 인물의 변화와 발전을 추동하는 동력으로, 서사의 핵심적인 범주를 이루는 것이기 때문이다.

이처럼 시인이 직접 서사를 제시하는 대신 독자로 하여금 시에서 언급되지 않은 서사를 복원하도록 만드는 표현수법, 즉 서사의 장면화, 혹은 서사의 이미지화는 백석 시에서 드물지 않게 나타난다. 가령 "섭벌 같이 나아간지아비 기다려 십년이갔다" 같은 압축적인 진술, 혹은 "도라지꽃"과 "돌무덤"을 연결시킴으로써 "딸아이"의 비극적 죽음을 심미화한(「여승」, 『사슴』, 1936) 대목을 그런 예로 들 수 있다. 여기서 어린 딸아이와 함께 남편의 부재를 견뎌야 했던, 그리고 기다림 끝에 남편을 찾아 나선 여인이 딸과 함께 겪어야 했을 세세한 고초는 극도로 압축된 서술로 대체되고 굶주림이나 질병 끝에 죽음에 이르게 되었을 딸아이의 사연 역시 돌무덤과 도라지꽃의 간결한 이미지로 대체된다. 또 「여우난곬족」에서 고모나 삼촌의 외모 또는 행동에 대한 묘사를 통해서 그들의 생애를 압축적으로 드러내는 방식도 이런 맥락에서 이해할 수 있다.

이처럼 백석은 극도로 축약된 표현을 통해 직접적으로 언표되지 않은 이야기(서사)를 시 속으로 불러들이는 독특한 표현 방법을 즐겨 구사했다. 따라서 백석의 시를 읽기 위해서는 시에 직접적으로 언표된 것과 언표되지 않은 것 사이의 긴장에 주목함으로써 그 배후에 숨겨진 서사를 복원할 필요가 있다. 이는 「모닥불」을 제대로 이해하기 위해서는 과거의 모닥불과 현재의 모닥불을 하나로 이어주는 서사의 '숨은 주인공' 할아버지에게 주목해야 한다는 것을 뜻한다. 하지만 할아버지의 삶에 대한 정보는 3연에 제시된 것이 전부이다. 따라서 두 모닥불을 연결하는 할아버지의 삶을 이해하기 위해서는 각각의 모닥불을 피우게 된 구체적인 상황이나 이유를 살펴보지 않을 수 없다.

모닥불은 말할 것도 없이 추위를 면하기 위해서 피우는 것이다. 하지만 1연과 3연의 모닥불을 피운 주체나 구체적인 이유, 혹은 상황은 결코 같지 않다. 그리고 두 모닥불의 용도와 의미도 다르다. 따라서 이 시에서 나오는 '모닥불'의 의미를 제대로 이해하려면 먼저 모닥불 피우는 것이 비일상적인 행위라는 사실부터 짚고 넘어가야 한다. 대개 모닥불은 어한(禦寒)을 위해서 피우는 것이지만 동절기의 활동이 주로 실내에서 이루어졌던 20세기 초 농촌 상황을 고려하면 이 시에 등장하는 모닥불은 극히 비일상적이고 특별한 일 때문에 피운 것이라고 해야 한다. 이런 비일상적인 일로 우선 생각할 수 있는 것은 혼상례 같은 특별한 행사, 혹은 민란이나 전란 등으로 일상적인 삶의 질서가 붕괴되고 길 위의 삶을 피할 수 없게 된 상황을 떠올릴 수 있을 것이다.

1연의 모닥불은 혼례와 관련이 있는, 정확하게 말하자면 혼례가 열리기를 기다리는 하객들을 위해서 피운, 축제적인 성격이 다분한 것이라고 할 수 있다. 2연에서 열거되는 다양한 인물군, 그 중에서도 "갓사둔" "새사위"의 존재는 이 모닥불이 혼례식과 관련된 것임을 시사하는 강력한 증거이다. 이에 비해 3연의 모닥불은 일상적인 삶의 질서가 파괴된 비상 상황과 관련된, 그리고 '할아버지'에게 엄청난 불행과 고통을 가져온 재앙의 모닥불이라고 할 수 있다. 이 점은 할아버지가 "몽둥발이"가 된 사건과 그 이후 할아버지의 삶을 "슳븐역사"로 요약한 데서 짐작할 수 있다. 이렇게 보면 이 시의 의미는 이 두 개의 모닥불, 즉 '축제의 모닥불'과 '재앙의 모닥불'이 내포한 의미에 대한 상세한 분석을 통해서만 드러날 수 있다고 하지 않을 수 없다.

3. 축제의 모닥불, 그 상징적 의미

1연에 등장하는 모닥불, 더 정확하게 말하자면 모닥불 속에 있는 사물의 의미를 올바르게 이해하기 위해서는, 평소라면 같은 공간에 모여 있을 가능성이 극히 낮은 다양한 인물 군(群)의 면면과 심지어 짐승까지 열거하고 있는 2연부터 살펴볼 필요가 있다. 20세기 초 조선 농촌에서 이런 다양한 신분의 사람들이 한데 모여서 불을 쬐는 것은 극히 이례적인 일이었다. 하지만 "갓사둔도 새사위도", 그리고 "주인도 할아버지도 손자도"라는 시어는 이런 어색한 풍경이 만들어진 것이 다름 아닌 혼례식 때문임을 시사한다. 모닥불 주위에 모여 있는 사람들 가운데 가장 핵심적인 인물은 혼례와 직간접적으로 관련된 사람, 즉 '새 사위'와 '갓사둔', 그리고 혼주와 그 가족이라고 할 수 있는 '주인' '할아버지' '손자'들이다. 그리고 그들 주위에 함께 모닥불을 쬐고 있는 '문장 늙은이'나 '재당' 같은 일가친척, 초시 같은 마을 유지, 그리고 더부살이 아이, 나그네, 심지어는 뜨내기 장사꾼(붓장사, 땜장이) 등은 잠시 뒤에 열리게 될 혼례식과 거기에 이어지는 잔치를 기다리는 사람들이라고 할 수 있다. 말하자면 조만간 열리게 될 혼례와 잔치 때문에 이런 이질적인 사람들이 한 자리에 모여 모닥불을 쬐는 어색한 상황이 만들어진 것이다.[18]

그런데 혼례의 주인공인 '새 사위'와 그의 아버지임이 분명한 "갓사둔"을 포함해서 향촌의 가장 웃어른인 "재당"[19]과 마을의 유지인 "초시", 문중(門中)의 가장 웃어른인 "문장 늙은이"[20]처럼 특별한 대접을 받아야 할 중요한 손님들까지 실내가 아닌 모닥불가에 모여 있는 것에 대해서는 다소의 설명이 필요하다. 그것은 무엇보다 혼례를 치르는 집이 좁고 실내 공간이 충분치 않을 뿐 아니라 마당도 협소하기 때문일 것이다. 전통 혼례를 치르는 집에서 대개의 실내 공간은 음식

---

18) 이 점에서 「모닥불」의 열거는 다른 시에서의 열거와 다른 독특한 면모를 보인다. 즉 대개 백석 시에서 열거된 사물들이 친족집단의 구성원이나 아이들 놀이(「여우난곬족」), 음식 이름(「고야」, 「가즈랑집」 등)처럼 강한 동족성을 지닌 것들임에 비해 「모닥불」에서 열거되는 사물이나 사람들 사이의 동족성보다는 이질성이 더 두드러진다. 한편 1~2연에서 열거되는 사물과 사람들은 모두 은유와 환유의 점층적, 중층적 짜임에 의한 것으로 무한한 확장 가능성을 지니고 있다고 할 수 있다. 신용목, 앞의 논문, 256~266쪽.

19) 『우리말 큰사전』(어문각, 1992)에는 재당(齋堂: 식당을 가리키는 불교용어)과 재당(在堂: 집에 계심) 두 낱말을, 그리고 『조선말사전』(조선민주주의 인민공화국 과학원 언어문학연구소, 1962)에는 '재당(在堂)'만 소개하고 있지만 이 시에 나오는 '재당'과는 거리가 멀고 그것과 가장 비슷한 말로는 아버지의 육촌 형제를 뜻하는 '재당숙: 재종숙'이라는 말을 들 수 있다. 한편 『다시 읽는 백석 시』에서는 '재당'을 '재당숙'의 뜻으로 새긴 어석을 포함하여 기존 연구에서 제시한 어석들을 소개하고 있는데(68쪽) 필자의 견해로는 이 중에서 '향촌의 최고 어른에 대한 존칭'을 뜻한다는 어석이 시의 문맥에 가장 어울린다고 생각된다.

20) 「모닥불」의 2연에서 "신분이나 서열이 무화(無化)되는 '화합의 공동체'에 대한 지향"을, 그리고 1연에서 "공동체의 부활"에 대한 염원을 읽어낸 "만물화합의 높은 정신"을 담고 있는 것으로 본 김응교는 '문장늙은이'가 문중에서 소외된 존재라고 보았다. 이는 '늙은이'를 비하하는 말로 오해한 데서 비롯된 판단이다. 김응교, 앞의 논문, 291~296쪽. 하지만 앞에서 인용한 『조선말사전』에 따르면 '늙은이'는 낮춤말이 아니라 '늙으신네'(높임말), '늙정이, 늙다리'(낮춤말) 사이에 끼인 예사말이다. 『조선말사전』, 과학원출판사(평양), 788쪽.

준비를 포함한 혼례 준비를 담당한 여성들에게 할당되고, 기타의 실내 공간 역시 신부와 사돈댁의 여인들에게 우선적으로 제공되기 마련이다. 그리고 마당에는 초례청을 차리는 한편, 하객들의 식사를 위해 멍석을 깔고 비워두게 된다. 따라서 실내 공간이 부족하고 마당이 협소한 농가의 혼례 준비 과정에서 혼례 준비에 별 도움이 되지 않는 남정네들은 자연히 집 바깥으로 밀려나게 된다. 모닥불 주위에 모인 사람들이 모두 남성인 것은 이 때문이라고 보아도 좋을 것이다. 그리고 모닥불은 당연히 이들을 위해 피운 것으로 이해할 수 있다.

하지만 2연에서 열거되는 인물의 면면, 특히 문장 늙은이나 초시까지 하객으로 참여한 것으로 미루어 보면 이 집안이 경제적인 능력과 상관없이 일가친척들 사이에서나 동네에서 꽤 인정받는 집안임을 짐작할 수 있다. 일반적으로 혼례식 하객의 신분, 그리고 범위와 숫자는 주로 혼사를 치르는 집안의 위세나 공동체의 평판에 달려 있기 때문이다. 그런데 남자들이 집 밖으로 밀려난 데서 짐작할 수 있듯이 그다지 잘 사는 집이라고 하기 어려운 이 집안의 혼사에 집안의 어른이나 마을의 유지가 모두 참석했다는 것은 이 집안이 공동체 내부에서 상당히 긍정적인 평판을 얻고 있음을 시사하는 것으로 이해할 수 있다. 그리고 그 평판의 대부분은 사고무친의 "몽둥발이"가 되었던 할아버지가 어엿한 일가를 일구어냈다는 사실, 그리고 그것을 가능케 한 성실성과 끈기 같은 미덕 같은 것과 무관하지 않을 것이다. 동시에 평소 이웃과 원만한 관계를 맺어온 것도 마을의 평판에 영향을 미쳤을 수 있다. 특히 "더부살이 아이", "나그네", "땜쟁이, 붓장수" 같은 미미한 존재들까지 앞에서 말한 '귀한' 손님들과 같은 공간에 머물도록 한 것은, 이 집안이 이런 이들을 내치거나 차별하지 않고 대접할 정도의 인심을 가진 집안임을 짐작할 수 있게 해 준다.

하지만 너무 뻔한 사실이라 그런지 이 시를 분석한 연구자들 가운데 이 시가 혼례식과 관련된 것이라는 사실을 지적하거나 거기에 적극적인 의미를 부여한 경우는 거의 없는 듯이 보인다. 2연과 관련하여 모닥불로 인해 "너와 나의 구별의식이 완전히 소멸되고 이미 확대가족 개념으로 모든 존재가 군단화되고 있다"고 한 이동순의 '확대가족'론도 이 시가 혼례식과 관련된 것임을 말한 것이라기보다는 모닥불 주위에 있는 모든 사람이 일체화된 상태를 가리키는 다소 모호한 개념인 듯이 보인다. 그리고 이후의 연구자들은 이 '확대가족'이라는 말의 모호성을 해소하기보다는 이를 좀 더 확장해서 아예 차별 없는 평등한 공동체(에 대한 염원)를 뜻하는 것으로 확대 해석했다고 생각된다. 이 시와 관련해서 계속 비슷한 해석이 재생산되고 있는 것은 이 때문이라고 할 수 있다.

하지만 1~2연의 모닥불이 혼례식과 관련된 것이라는 사실에는 의문의 여지가 없다. 그리고 이렇게 보아야 「모닥불」에 나오는 두 모닥불의 상반되는 의미가 분명하게 드러난다. 사고무친의 고아가 되었던 할아버지에게 손녀의 혼인은 일가의 번성을 의미하는 것이며, 따라서 수많은 하객들과 더불어 모닥불을 쬐며 혼례식을 기다리는 일은 더없는 기쁨이자 행복을 의미하는 것일 수 있다. 이런 관점에서 보면 1연의 모닥불은 다분히 축제적인 성격을 지닌 것, 그리고 할아버지가 이룩한 삶 자체, 혹은 현재의 할아버지가 누리는 평화와 기쁨, 그리고 집안의 번성에 대한 소망 등을 두루 상징하는 것으로 볼 수 있다. 이와는 반대로 3연의 모닥불은 할아버지에게 닥친 뜻밖의 재난과 불행을 뜻하는 것으로 읽을 수 있다. 이렇게 보면 「모닥불」에서 등장하는 두 개의 모닥불이 각각 할아버지 삶의 양 극단—유년 시절의 불행과 고통, 그리고 평화롭고 행복한 만년—을 암시한다는 사실은 금세 드러난다. 아울러 양자 사이에는 할아버지가 스스로의 삶을 개척해온 힘든 시간이 가로놓여 있음도 쉽게 짐작할 수 있다.

따라서 이 점을 넌지시 알려주는 화자의 존재, 그리고 화자와 할아버지, 화자가 시적 상황과 맺고 있는 관계와 진술 방식이 중요한 의미를 지닌다. 이 시의 화자는 할아버지의 손자로 2연에 나타난 것처럼 ("할아버지도 손자도") 다른 하객과 함께 모닥불 주위에 자리하고 있다. 이것이 화자의 신원을 짐작할 수 있게 해 주는 유일한 단서이다. 하지만 문맥으로 미루어 보면 그가, "새사위"와 함께 혼례의 또 다른 주인공인 신부의 오빠쯤 되는 존재임을 짐작할 수 있다. 화자의 어조나 어투로 미루어 보면 화자는 성인이라고 할 수 있지만, 당시 정주 지방의 혼인 풍습에 비추어 볼 때 신부는 10대 후반쯤으로 볼 수 있기 때문이다.21) 이런 혼인 풍습은 "열 여섯에 사십이넘은호라비의 후처가된 토산고무"(「여우난곬족」) "열다섯에 늙은말군한테 시집을" 간 "정문집가난이"(「정문촌」, 『사슴』, 1936)의 예를 통해서도 확인된다.

이 경우 시의 화자를 시인과 동일시할 수 있는가, 즉 시의 내용과 시인의 경험을 일대일로 대응시킬 수 있는가 하는 문제가 남기는 한다. 그러나 『사슴』 소재 시편, 특히 〈얼럭소 새끼의 영각〉이라는 부제로 묶인 시들이 대부분 자신의 고향인 정주 지방의 삶과 풍속, 특히 가족 및 촌락공동체의 깊은 유대를 그리고 있다는 점에서 보면, 평북 방언으로 되어 있는 이 시의 배경을 이루는 혼례가 그의 고향을 배경으로 하고 있고 친족 집단과 밀접한 관계가 있는 것이라고 해도 큰 무리는

---

21) 정주 지방에서는 조혼이 일반적이었다. 대개 신랑이 7~8세 때 정혼(定婚)을 하고 실제 혼례는 13~14세 때 치른다. 신부는 신랑보다 5~6세 연상인 경우가 많다. 성례(成禮)는 신부 집에서 하며 수 개월, 혹은 수 년 후에야 시집으로 간다고 한다. 정주군지편찬위원회, 앞의 책, 114쪽.

없을 것이다.[22] 하지만 현대시에서 시의 화자 역할을 하는 '나'가 허구 화된 존재("fictionalized I")이며 따라서 시인과 직접적으로 동일시할 수 없다는 관점에서 보더라도, 다시 말해서 이 혼례를 굳이 백석의 개인사와 연관시키지 않더라도 별 상관은 없다. 어느 경우든 시의 주제에 변화가 생기는 것은 아니기 때문이다.

이 시가 혼례식을 배경으로 하고 있다고 보면 1연에서 열거되고 있는 사물의 의미는 달리 해석되는 것이 마땅하다. 1연에서 열거된 사물들은 흔히 강조되는 것처럼 "모닥불을 피워내는"[23] 땔감도 아니고 "비천하고 미약한 존재들이 뭉쳐 발휘하는 폭발적인 에너지의 잠재성을 암시"하는[24] 것이라고 보기도 어렵다. 그것들은 모두 순식간에 타서 없어지거나 아예 타지 않는 것이다. 다시 말해서 모닥불을 피우는 데 필요한 불쏘시개도 아니고 불땀을 좋게 하는 땔감도 아닌 것,[25] 다시 말하자면 평소 농가 마당에서 흔하게 볼 수 있는 잡동사니

---

22) 「모닥불」과 시인의 관련성을 추론하기는 대단히 어렵다. 백석의 조부 백종지(白宗智)가 사망한 것은 1927년이다. 따라서 이 시에 등장하는 할아버지가 백석의 조부라면 이 시의 시간적 배경은 1927년 이전이 될 것이다. 그런데 이 시기에 백석의 친가 쪽에는 출가할 만한 여식(女息)이 없었다. 물론 "죽은 누이"(「가즈랑집 할머니」) 이외에도 현숙이라는 이름의 누이가 있기는 했지만 그녀는 1925년 생이다. 또 백부인 백시병에게는, 백석의 동생을 양자로 들여 뒤를 잇게 했다는 점으로 미루어 볼 때 후손이 없었던 것으로 보이고 숙부인 백시상은 백석의 부친과 10세 이상의 나이 차이가 있어 역시 시집보낼 만한 딸이 있었다고 보기 어렵다. 백석의 가족관계나 주요인물의 생몰연대에 대해서는 송준, 앞의 책, 2012, 30~48쪽 참고. 하지만 이 혼례의 주인공이 가까운 친족, 가령 고모의 딸(고종사촌)일 가능성을 완전히 배제할 수는 없다. 그리고 이렇게 보면 2연에서 '아버지' 대신 화자와의 관계를 특정하기 어려운 "주인"이란 말을 선택한 이유를 이해할 수 있을 것이다. 이 경우라면 혼례식이 치러진 시기는 1927년 이전이고 이 시는 성년의 시점에서 과거의 기억을 재생한 것으로 보아야 할 것이다.

23) 고형진, 『백석 시 바로 읽기』, 문학동네, 186쪽.

24) 김미선, 「백석 시에 나타나는 측은지심(惻隱之心)」, 『한국시학연구』 43, 한국시학회, 2015, 373쪽.

25) 이 시에 나오는 어휘의 의미에 대해서는 현대시비평연구회(편), 앞의 책, 68쪽의 「시어대조표」를 참고할 것. 1연에서 열거된 사물들은 일단 가연성 물질과 불연성 물질로 구별할

이거나 쓰레기들에 지나지 않는 것들이다. 이 쓰레기들은 혼례식이 치러질 마당을 치우는 과정에서 나온 것이고, 달리 처리할 방법이 없기 때문에 마침 피워놓은 모닥불 속에 쏟아 부은 것으로 볼 수밖에 없다. 다시 말해서 하객들이 몸을 녹이도록 하기 위해서 피운 모닥불을 쓰레기를 태워서 혼례 마당을 정화하는 실질적인 용도로 이용하고 있는 것이다. 물론 이외에도 이 모닥불은 신랑 신부의 앞날과 일가의 번성을 축원하는 상징적인 의미도 지닌다고 할 수 있다. 그뿐 아니라 뒤에서 살펴보겠지만, 할아버지의 삶과 관련해서 또 다른 의미를 획득하게 된다.

수 있다. "새끼오리, 헌신짝, 소똥, 갖신창 너울쪽 집검불, 가락닢, 머리카락, 헌겊조각, 막대꼬치 닭의 짗, 개털억" 등은 당연히 전자에 해당되고 "개니빠디. 기와장"은 후자에 해당된다. 가연성 물질 가운데서도 "새끼오리, 헌신짝, 너울쪽, 집검불, 가락닢, 머리카락, 헌겊조각" 등은 순식간에 타버리는 것들이라 화력에 거의 영향을 미치지 않는다. 고형진은 소똥을 타지 않는 것으로 설명하고 있지만(고형진, 「백석 시의 언어와 미적 원리」, 『백석 시를 읽는다는 것』, 문학동네, 2013, 101쪽), 이는 잘못이다. 불이 붙기까지 다소 시간이 걸리기는 하지만 일단 불이 붙으면 꽤 오래 탈 뿐 아니라(이 점은 갖신창도 비슷하다) 화력도 좋아서 농가에서 이따금 소똥을 땔감으로 사용하는 경우가 있기 때문이다. 그밖에 논란의 소지가 있는 시어로 '너울쪽'을 들 수 있다. 대개의 연구자들이 '너울'을 '널', 즉 판자를 뜻하는 말로 보아 '너울쪽'을 판자쪼가리로 해석하고 있지만 '너울'과 '널'은 분명히 다른 말이다. 실제로 『조선말사전』에는 "너울", "널", "널쪽"이 모두 별개의 표제어로 실려 있다. 과학원언어문화연구소 사전연구실, 『조선말사전』, 과학원출판사, 1962, 727·729·730쪽. 이 사전에서는 '너울'의 뜻으로 면사포란 뜻과 함께 "봉건 시대의 여인들이 얼굴을 가리기 위하여 머리에서 허리까지 내려오도록 자루 비슷하게 만들어 쓰던 천"이라고 소개하면서 "혼행(婚行)'이나 상여 뒤를 따를 때 여자 종들이 얼굴을 가리기 위해 썼다"고 설명하고 있다. 이밖에 김이협의 『평북방언사전』(한국정신문화연구원, 1981)에서도 '널'과 '너울'을 구별해서 소개하고 있다. 또 백석이 교열기자 출신이라는 점을 감안하면 그가 '널'과 '너울'의 차이를 고려하지 않고 '너울쪽'이란 말을 사용했다고 보기는 어렵다. 따라서 '너울쪽'은 '널쪽'이 아니라 '너울'과 '쪽'이 결합된 합성어로 보는 것이 낫다고 생각된다.

4. 재앙의 모닥불과 '슱브력사'의 흔적

3연에서 언급되는 모닥불은 1연의 모닥불과는 수십 년의 시간적
거리를 두고 있는, 즉 어린 시절의 할아버지에게 불행과 고통을 가져
다준 재앙의 모닥불로 1연의 모닥불과는 완전히 상반되는 의미를 지
닌다. 이 점을 이해하기 위해 우선 주목해야 할 것은, 3연에서 비로소
자기 존재를 드러낸 화자와 그가 할아버지에 대해서 보이고 있는 각
별한 감정이다. 화자는 모닥불과 관련된 할아버지의 불행과 고통에
대한 연민의 감정("불상하니도")을 숨기지 않는다. 화자는 정작 혼례
당사자인 누이가 아니라 할아버지, 특히 할아버지를 불행과 고통에
빠뜨린 '모닥불'에 관심을 기울이고 있는 것이다. 따라서 1연의 모닥
불이 지닌 진정한 의미는 3연에 나오는 모닥불에 비추어짐으로써,
즉 할아버지의 삶과 관련해서만 올바르게 이해할 수 있다.

3연에서 화자는 "모닥불은 우리할아버지가 어미아비없는 서러운
아이로 불상하니도 몽둥발이가된 슱브력사가있다"고 함으로써[26] 수
십 년 전의 모닥불(과 관련된 할아버지의 기억)을 현재로 소환해낸다.
여기서 주목해야 할 것은 할아버지가 겪은 고통과 불행을, '슬픈 사연'
이 아니라 "슱브력사'로 표현하고 있다는 사실이다.[27] 그것은 할아버

---

26) 『조선말사전』에서는 '몽둥발이'를 "딸려 붙어 있던 것이 다 떨어지고 몸뚱이만 남아 있는
물건"이라고 설명하고 있다(1449쪽). 따라서 이를 조실부모했다는 뜻으로 이해할 수도
있지만 이 경우 "어미아비없는 서러운 아이"라고 한 앞 구절과 동어반복이 된다. 특히
'몽둥발이'를 수식하기 위해 별도의 형용사 '불상하니도'를 사용한 것으로 보아 이 말은
고아가 아니라 불구가 되었다는 뜻으로 이해하는 것이 옳다고 보인다. '몽둥발이'를 이런
식으로 해석한 예로는 유종호, 「시원회귀와 회상의 시작」(『문학동네』, 2001년 겨울, 270
쪽)을 들 수 있다.

27) 고형진은 3연의 모닥불을 "한 개인의 구체적인 삶의 역사"를 담은 것으로 다소 막연하게
해석했다. 고형진, 앞의 책, 2006, 189~190쪽.

지가 부모를 한꺼번에 잃고 몽둥발이가 된 것이 단순히 개인적인 차원의 불행이 아니라 역사가 남겨놓은 상처임을 짐작케 한다.[28] 따라서 이 구절을 이해하기 위해서는 역사적 상상력을 가동시킬 필요가 있다. 어느 시대, 어느 사회에서든 어린 자식이 부모를 한꺼번에 잃는 일은 역병이나 전란과 같은 극히 비상한 상황에서나 일어날 수 있는 일이다. 이런 비상한 상황으로 우선 떠올릴 수 있는 것은 1850년대 말과 1880년대 말에 조선을 강타했던 호열자(콜레라),[29] 혹은 19세기 말과 20세기 초에 일어났던 일련의 민란과 전란들이다. 하지만 앞에서 언급한 것처럼 "몽둥발이"를 불구를 뜻하는 것으로 이해한다면 3연의 모닥불과 그것이 강제한 "슳븐력사"는 아무래도 인명이나 신체의 손상을 동반하기 쉬운 민란이나 전란 같은 것을 암시하는 것으로 이해하는 것이 좋을 것이다.

물론 이 시는 이런 역사적 사건을 특정할 만한 정보를 전혀 알려주지 않는다. 하지만 이 시의 창작, 혹은 발표 시기를 기준으로 해서 할아버지의 나이를 역산(逆算)하면 대략의 추정이 가능하다. 백석의 데뷔작 「정주성」이 1935년에 발표(『조선일보』, 1935.8.31)된 데 비해 「모닥불」이 다른 매체에 발표된 적 없이 곧바로 시집 『사슴』(1936)에 수록된 것으로 미루어 보면 「모닥불」의 창작 시기는 대략 시집 발간 즈음(1935년과 1936년 사이)이라고 해도 별 무리가 없을 것이다. 그리고 앞에서 언급한 정주의 혼인 풍속을 고려하면 손녀의 혼례를 앞둔 할아버지의 나이는 최소한 40대 후반 이상으로 추정할 수 있다. 또

---

28) 할아버지가 '몽둥발이'가 된 사연과 모닥불 사이에 모종의 관계가 있을 수도 있음을 지적한 예로는 이명찬, 「백석 시집 『사슴』의 시편을 읽는 또 하나의 방법」, 『한국시학연구』 34, 한국시학회, 2012, 81~82쪽.

29) 송호근, 『시민의 탄생』, 민음사, 2013, 58쪽.

할아버지가 "어미 아비 없는 몽둥발이"가 된 때를 성혼(成婚) 이전의 나이, 즉 10살 전후라고 본다면 할아버지가 이런 불행을 겪은 것은 대략 19세기 말에서 20세기 초쯤이라고 할 수 있다. 그렇다면 할아버지에게 재앙을 안겨준 '모닥불'이 타올랐을 만한 역사적 사건의 후보로 동학농민전쟁과 청일전쟁(1894), 그리고 러일전쟁(1904~05)을 꼽지 않을 수 없다.

주지하다시피 동학농민전쟁은 '민란의 시대'라고 일컬어질 정도로 민란이 빈발했던 19세기 최대 규모의 농민봉기였다.30) 그리고 그 여파는 청일전쟁을 전후하여 황해도와 평안도 지방까지 확산되었다. 이를 이른바 제2차 동학농민전쟁31)이라고 하는데 이는 주로 황해도 지역을 중심으로 전개되었으므로 이 시에서 언급한 "슳브력사"와 직접 연결하기는 어렵다. 이에 비해 청일전쟁은 이 시가 언급한 "슳브력사"와 직접적인 관련이 있을 가능성이 대단히 높다. 그중에서도 특히 주목해야 할 것은 청일전쟁을 종결짓는 계기가 되었던 '평양성 전투(1894.9.12~15)'이다. 이 전투 이후 '의주가도'(평양에서 정주, 안주를 거쳐 의주로 이어지는 도로) 연변에 거주하는 조선인들이 실로 막대한 피해를 입었기 때문이다.32) 특히 패주하는 청군의 퇴각로 주변에서 살고 있던 사람들은 청군과 그들을 추격하는 일본군에 의해 엄청난 인적, 물적 피해를 입었다.33) 청나라 군인들이 야영을 위해 민가를

---

30) 배항섭, 『조선후기 민중운동과 동학농민전쟁의 발발』, 경인문화사, 2002. 특히 1장과 3장을 참고. 홍경래의 난을 포함할 경우는 19세기 전체가, 이를 배제할 경우는 대략 1860년대부터 동학농민전쟁이 일어나는 1894년까지가 '민란의 시대'에 해당된다.

31) 강효숙, 「황해·평안도의 제2차 동학농민전쟁」, 『한국근현대사 연구』 47, 한국근현대사학회, 2008, 114~148쪽.

32) 강효숙, 앞의 논문, 128~129쪽.

33) 후지무라 미치오, 허남린 옮김, 『청일전쟁』, 소화, 1997, 149~162쪽.

부숴서 모닥불을 피우는 일이 빈번했고 일본군도 다르지 않았던 것이다. 따라서 구체적인 자료를 통해서 확인할 수 없다고 하더라도 이 과정에서 적지 않은 피해가 수반되었으리라는 것은 불문가지이다.

이 점을 고려하면 "우리할아버지"에게 불행을 가져다 준 "모닥불"과 "슳븐력사"는 청일전쟁, 특히 평양성 전투 이후의 상황과 연관된 것으로 이해할 수 있다. 물론 이 경우 모닥불은, 어떻게 해서든 무장세력의 눈을 피해야 했을 피난민들이 피운 것이라기보다는 청군이나 일군이 야영을 위해 피운 것으로 보는 것이 자연스러울 것이다. 이렇게 본다면 할아버지를 "어미아비없는서러운아이로 불상하니도 몽둥발이"로 만든 것은 이 '모닥불'을 피운 자들의 군사 활동으로 인한 것이라고 추론할 수 있다. 이와 관련하여 이인직의 『혈의 루』(1906) 첫 대목에 주인공 옥련이 평양성 전투의 와중에서 일본군의 총탄에 맞아 부상을 입은 장면이 그려진 것은 무척 시사적이라고 할 수 있다. 이렇게 보면 "슳븐력사"라는 구절은, 할아버지의 불행이 단순히 개인적인 것이 아니라 역사의 사나운 발톱에 할퀸 결과임을 말하기 위해 신중하게 선택된 표현으로 해석할 수 있을 것이다.

물론 러일전쟁(1904~1905)도 일단은 "슳븐력사"의 후보로 꼽을 수 있다. 정주는 러일전쟁 당시 러시아군과 일본군이 최초로 지상전을 벌인 곳이기 때문이다. 실제로 1904년 3월 초에는 정주에 주둔한 러시아의 미쉔꼬 까자크부대와 일본군이 정주에서 본격적인 교전을 벌여 다수의 일본군 사상자가 발생하기도 했다.[34] 그뿐 아니라 1904년 가을 무렵부터 러시아군의 주도로 함경도와 평안도를 포함한 여러 지역에서 한인의용군을 편성하여 일본군과 맞서도록 하는 계획이 수립되

---

34) 심헌영, 『한반도에서 전개된 러일전쟁 연구』, 국방부 군사편찬연구소, 2011, 105~109쪽.

기도 했다.35) 이런 점들로 미루어 본다면 러일전쟁 과정에서 정주에 사는 조선인들이 상당한 인적, 물적 피해를 입었으리라는 데에는 의심의 여지가 없다. 이 경우도 '모닥불'은 러일 양군의 군사 활동과 관련된 것으로, 그리고 "우리할아버지가 어미아비없는 서러운아이로 불상하니도 몽둥발이가 된" 사연은 양군의 교전 과정에서 발생한 민간인의 희생과 연관지어 이해할 수 있다. 하지만 이 경우라면 시에 등장하는 할아버지 연령은, 아무리 올려 잡는다 해도, 『사슴』 발간 연도를 기준으로 볼 때 불과 40대 초중반 정도에 지나지 않게 된다. 이 지역의 조혼 풍속을 감안하면 이 나이라고 해도 손녀를 여의는 것이 전혀 불가능한 일만은 아니지만 너무 이른 감이 있다. 따라서 할아버지의 나이를 그보다 더 올려 잡는 것이 좀 더 설득력이 있다고 생각된다. 그렇다면 "슳븐력사"는 러일전쟁보다는 청일전쟁 당시 평양성 전투 이후에 벌어진 일련의 사건을 가리킨다고 할 수 있을 것이다. 이 경우라면 할아버지가 불행을 당했을 때의 나이를 10살쯤으로 보더라도 『사슴』이 발간되는 1936년 무렵에는 대략 50대 초중반, 즉 손녀를 여읜다고 해도 하나도 이상할 게 없는 나이가 되기 때문이다.

그렇다면 문제 삼아야 할 것은 화자가 혼례식을 앞두고 피운 모닥불과 하객들에 대해 언급하다가 느닷없이 수십 년 전 할아버지의 묵은 상처를 들추어낸 이유일 것이다. 그것은 양자의 대비를 통해 할아버지가 이룩한 (현재) 삶의 위엄과 광휘, 그리고 그가 누리고 있는 노년의 평화로움을 강조하기 위해서라고 짐작된다. 조선말에서 일제강점에 이르기까지, 즉 19세기 말과 20세기 초의 역사적 격변 속에서

---

35) 위의 책, 176~180쪽과 국방부 군사편찬연구소 편, 『러일전쟁과 한반도』, 국방부 군사편찬연구소, 2004, 306~311쪽 참조.

사고무친의 고아에 "몽둥발이"가 되기까지 한 할아버지가 어떤 삶을 살았을지를 짐작하는 것은 어려운 일이 아니다. 그럼에도 불구하고 할아버지는 온갖 간난신고를 이겨내고 어엿한 일가를 이루었고 이제 하객들과 함께 모닥불을 쬐면서 손녀의 혼례식이 열리기를 기다리고 있다. 그리고 화자는 그런 할아버지 옆에서 함께 모닥불을 쬐면서 그가 살아온 신산한 삶을 떠올리고 있다.

고통의 당사자인 할아버지가 아니라 손자를 회상의 주체로 만듦으로써 현재에 이르기까지 할아버지가 거쳐온 삶의 역정을 객관화하고 독자들로 하여금 그 내용을 상상하도록 만든 것이다. 할아버지의 입장에서라면 이 혼인은 자신의 삶을 돌이켜 보는 한편 자신이 어렵사리 일군 집안의 번창을 간구하는 시간이라고 할 수 있다. 마찬가지로 할아버지의 손자인 화자의 입장에서도 할아버지가 일구어낸 이 일가가 계속해서 번성하기를 소망하는 지극히 것은 자연스러운 일이 아닐 수 없다. 이로써 1연에서 화자가 모닥불 속에서 태워지는 쓰레기와 잡동사니들에 대해 상세하게 언급한 의도는 좀 더 분명해진다. 즉 화자는 과거의 모닥불을 현재로 불러내서 1연의 모닥불과 대비시킴으로써 이 혼인이 할아버지가 거쳐온 신산한 삶에 대한 보상일 수 있음을, 또 그렇기 때문에 모닥불이 타오르는 것처럼 집안의 번성으로 이어져야 할 것임을 강조하고 있는 것이다.

물론 3연에서 화자가 '말한 것'은 할아버지로부터 화자에게 이전된 '모닥불'의 단편적인 기억뿐이다. 하지만 그것은 할아버지가 거쳐 왔을 신산스러운 삶에 대한 독자의 상상을 자극한다. 봉건왕조의 붕괴와 식민지화가 급속도로 진행되는 과정에서 조실부모한데다가 '몽둥발이'가 되기까지 한 아이의 삶이 어떠했으리라는 것은 설명이 필요하지 않은 일이다. 그것은 이 시에서 스치듯 언급된 '더부살이 아이'와 다를 바 없는, 아니 어떤 의미에서는 그보다 더 못한 것이었을 가능성이 높다. 이렇게 보면 "슲븐력사"는 할아버지를 고아에 몽둥발이로 만든 특정한 역사적 사건만이 아니라 그 이후로도 오랫동안 할아버지의 삶을 짓눌러온 역사의 그림자 모두를 아우르는 표현이라고 해도 좋을 것이다. 이런 점을 고려하면 할아버지가 성가(成家)하기까지 거쳐온 불행한 성장 과정을 알고 있는 있는 화자가 모닥불을 쬐고 있는 할아버지의 모습에서 연민 이외에 어떤 감정을 느낄 것인지는 충분히 짐작할 수 있다.

그것은 한마디로 외경(畏敬)의 감정이라고 할 수 있을 것이다. 사고무친의 "몽둥발이"가 된 할아버지가 19세기 말에서 20세기 초에 걸친 영사의 격변 속에서 이처럼 어엿한 일가를 이룰 수 있었던 것은 오로지 스스로의 의지와 노력에 힘입은 것, 한마디로 인간 승리라고 평가해도 좋을 만한 것이기 때문이다. 하지만 2연에서 화자는 할아버지에 대해 군중 속에 묻혀 있는 존재로, 거의 냉담에 가까울 정도로 담담하고 객관적으로 언급하고 지나간다. 대개의 연구자들이 할아버지의 존재에 관심을 기울이지 않는 것은 이런 무심한 듯이 보이는 진술 태도 때문이라고 할 수 있다. 그러나 이런 진술 방식은 치밀하게 계산된 서술 전략의 소산이라고 판단된다. 다시 말해서 화자가 직접 할아버지의 삶에 대한 평가를 내리는 대신 독자가 스스로 자신의 상상력을 가동시키고 할아버지의 과거와 현재를 대비시킴으로써 그가 일구어낸 삶과 그 의미를 이해하고 평가하도록 만들기 위해서 할아버지에 대해 객관적인 거리를 유지하고 있는 것이다.

역사의 상흔과 그것을 딛고 일어서기 위해 고투하는 평범한 인간의 모습을 담담하게 대비시킨 예는, 백석의 데뷔작인 「정주성」(『조선일보』, 1935.8.30)에서도 볼 수 있다. 특히 무너진 성터에서 날아다니는 반딧불이를 가리키는 "파란 혼(魂)"과 청배를 팔러오는 "메기수염의늙은이"의 대비는 이런 맥락에서 이해할 때 비로소 확연한 의미를 지니게 된다. 전자를 홍경래의 난(1811~12)을 진압하는 과정에서 관군들에 의해 억울하게 처형당한 백성들의 원혼을 암시하는 것으로 이해할 수 있다면 후자는 그 이후 오랫동안 해당 지역 사람들에게 가해졌던 억압과 차별, 그리고 식민지화의 고통을 딛고 일어서서 묵묵히 삶을 일구어온 민초들의 모습을 그린 것으로 이해할 수 있다. "메기수염의 늙은이"의 이미지는 이 점을 이해하는 중요한 단서가 된다. "메기수염"이란 입가에 난 몇 가닥의 빈약한 수염을 가리키는 말로 가난하고 힘 없는 민초들의 궁상맞고 추레한 삶을 암시한다. 그러나 이 추레한 외모는 청배를 파는 행위에 연결되면서 역사가 남긴 상흔을 극복하기 위해 고투하는 민중들의 강인하고 끈질긴 모습을 연상하게 만든다. 이 "메기수염의 늙은이"가 가난하고 추레한 외모에도 불구하고 만만치 않은 위엄과 의미를 지닌 존재로 다가오는 것은 이 때문이라고 할 수 있다.36)

이런 관점에서 보자면 「정주성」이나 「모닥불」은, 『사슴』 소재의 다른 시편들과 마찬가지로 백석이 '대문자 역사'에 포섭되지 않은 소문자 역사, 혹은 개별적인 존재의 삶과 그들의 구체적인 일상에 더 많은 관심을 기울이고 있었음을 말해준다고 할 수 있다. 다시 말해서 백석은 봉건국가의 붕괴, 식민지화로 이어지는 역사의 소용돌이 속에서도 꾸준히 이어져 온 민초들의 삶에 관심을 기울인 것이다. 「모닥불」의

---

36) 「정주성」에 대한 다양한 해석에 대해서는 박호영, 「〈정주성〉 시 해석의 일 방향」(『한중인문학연구』 36, 한중인문학회, 2012, 68~70쪽)을 참고할 것. 박호영은 이 시 3연에 등장하는 청배를 팔러오는 "메기수염의늙은이"에서 식민지 체제에 대한 저항을 읽어내고 있다. 하지만 이는 필자의 견해와는 상반된다. 이에 대해서는 이 책 24~26쪽을 참고할 것.

할아버지도 그런 민초 가운데 한 사람이라고 할 수 있다. 이 할아버지의 모습은 영웅적인 것과는 거리가 멀다. 하지만 오로지 그 자신의 의지와 노력에 의지해서 불리하고 적대적인 환경과 맞서 스스로의 삶을 개척한 할아버지의 삶은 결코 가벼이 취급될 수 없다. 바로 이 점에서 현재의 모닥불은, 빛이 어둠에 대한 승리를 상징하는 것과 같은 의미에서 역사의 어둠을 이겨낸 할아버지의 삶, 그리고 그가 일구어낸 일가의 지속적인 번창에 대한 염원을 담은 것으로 이해할 수 있다.

이쯤에서 1연에서 나열되고 있는 사물, 즉 쓰레기들과 그것을 소각하는 일에 내포된 상징적인 의미를 다시 생각해 볼 수 있다. 쓰레기란 삶의 과정에서 배출된 삶의 흔적이자 소멸되어야 할 찌꺼기들이다. 그렇다면 모닥불 속에 던져진 이 쓰레기들은 혼례 마당의 정화를 위해서 당연히 제거되어야 할 쓰레기인 동시에 할아버지가 "슲븐력사"를 딛고 일어서는 과정에서 겪은 모든 부정적인 경험이나 기억, 말하자면 부정되거나 소멸되어야 할 과거의 찌꺼기들을 상징하는 것으로 이해할 수 있다. 따라서 모닥불의 불길 속에 그것들을 던져 넣는 일은 행복한 현재와 더 나은 미래를 위해 고통스럽고 어두운 과거의 그림자를 지우는 정화 의식, 그리고 이를 통해 할아버지가 이룩한 집안이 더욱 번창하기를 축원하는 제의(祭義)적인 성격을 지닌 행위라고 할 수 있다. 모닥불을 쬐고 있는 다양한 군상을 그린 2연은 이 상황에서 시의 화자가 꿈꿀 수 있는 최대치—할아버지가 어렵사리 일구어낸 이 일가가 모닥불처럼 주위의 사람들에게 고루 온기를 나누어 줄 수 있을 정도로 번창해가는 것—라고 할 수 있을 것이다.

하지만 그것을 모닥불의 온기 속에서 주변에 모인 모든 존재들이 차이와 차별이 소멸된 평등한 공동체를 이루어간다는 것으로 읽는 것은 지나친 해석이라고 생각된다. 모닥불가에 모여 있는 사람들이 흔히 지적되는 것처럼 '차별 없는 평등한 공동체'를 이루어가고 있다고 볼 수 있는 근거가 전혀 없기 때문이다. 그들이 불 가에 모여 있는 것은 혼례식과 그 뒤에 이어지게 마련인 잔치를 기다리는 동안 추위를 피하기 위해서일 뿐이다. 따라서 모닥불의 온기가 상징적인 차원에서라도 그들 각자를 구별 짓는 다양한 차이(신분, 연령, 친소관계, 직업 등)를 해소해 준다는 설명은 과잉 해석이라고 하지 않을 수 없다. 이 경우의 평등이란 일정한 체온을 유지해야 하는 온혈동물들의 공통된 속성, 즉 생물학적 반응의 동질성, 그리고 그나마도 극히 일시적으로만 유지되는 것에 지나지 않기 때문이다. 하지만 주지하다시피 평등이란 사회·정치적인 가치이고, 일상의 삶 속에서 항구적으로 정착될 때 비로소 의미를 지닌다.

그러나 불가에 모인 사람들은 혼례식이 끝나면 다시 자기 삶의 자리로 돌아갈 사람들이고 그들 사이의 신분 차이 역시 변하지 않는다. 특히 나그네, 땜장이, 붓장수들은 공동체의 구성원이 아니라 그저 스쳐 지나가는 존재들에 불과하며 '더부살이 아이'의 신세 또한 변함없이 유지될 가능성이 높다. 따라서 이 모닥불과 '모닥불을 쬐는 사람들'의 모습을 근거로 '차별 없는 평등한 공동체' 운운하는 것은 오독도 이만저만한 오독이 아니라고 생각된다. 모닥불을 쬐고 있는 사람들이 차별 없는 상태에 있다고 보기도 어렵고, 그렇게 될 가능성도 거의 없으며, 지속적인 교류와 소통을 통해 '하나의 공동체'를 구성할 만한 공통의 가치, 신뢰, 유대감, 결속력을 공유하고 있다고 보기도 어렵기 때문이다.

그럼에도 불구하고 이 시를 합일의 정신, 차별 없는 평등한 공동체의 형성을 노래한 것으로 해석하는 견해가 오랫동안 통용되어 온 것은 뛰어난 시인에게서 시인으로서의 비범성 이외에 정신적, 도덕적 비범성까지 기대하는 연구자들의 오래된 무의식 때문이 아닐까 싶다. 하지만 비범한 시인이라고 해서 굳이 비범한 도덕적, 정신적 높이에 달한 인물이어야 할 필요는 없을 것이다. 또 시의 주제가 반드시 평등이나 대동화합 같은 고상한 이념과 관계된 것이어야 할 이유도 없다. 모닥불과 그 온기를 나누는 사람들의 모습을 통해서 일가의 경사를 축하하고 일가가 지속적으로 번성해 가기를 바라는 소박한 마음을 아름답게 표현한 것만으로도 충분히 그 가치를 인정할 수 있기 때문이다.

5. 모닥불에 담은 소망

백석의 시 「모닥불」은 흔히 화합과 합일의 공동체에 대한 꿈을 표현한 것으로 해석된다. 하지만 본고에서는 발화 상황과 발화주체(화자)의 관계를 분석함으로써 기존의 해석과는 다른 해석을 제출하고자 했다. 특히 이 글에서는 1연과 3연의 모닥불, 즉 축제의 모닥불과 재앙의 모닥불의 대비가 가지는 의미에 주목했다. 이와 함께 대다수의 연구자들이 이 시와 관련하여 '차별없는 평등한 공동체'를 강조한 것은 이 시의 발화 상황과 발화 주체, 그리고 의도를 간과한 때문임을 밝히고자 했다. 이와 함께 이 글에서는 1연과 3연에 등장하는 모닥불의 대립적 의미를 밝히는 데 주력했다. 특히 이 상반되는 모닥불을 연결하는 매개고리의 역할을 하는 할아버지의 "슳븐력사"를 통해 이 시를 새로운 각도에서 해석하고자 했다.

이 시를 이해할 수 있게 해 주는 단서를 제공해 주는 것은 2연이다.

2연을 통해서는 1연의 모닥불이 다름 아닌 혼례식과 관련된 것이라는 사실이 드러나기 때문이다. 이 점을 이해해야 1연에서 모닥불을 피운 사정, 그리고 평시라면 같은 공간에 함께 있기 어려운 이질적인 사람들이 한 자리에 모여서 불을 쬐고 있는 어색한 상황을 이해할 수 있다. 3연에서는 할아버지의 유년기 체험과 관련된 모닥불이 언급되면서 화자와 할아버지의 관계가 드러난다. 그리고 이로써 서로 상반되는 의미를 지닌 현재의 모닥불과 과거의 모닥불은 하나로 연결된다. 1~2연과 3연 사이에 존재하는 수십 년의 시간적 거리는 할아버지의 생애와 일치하며, 현재의 모닥불은 자신에게 닥친 불행을 극복한 할아버지 생애의 정점에서 피워진 것이라고 할 수 있다.

3연의 모닥불은 할아버지에게 모진 시련과 고통을 가져다 준 재앙의 모닥불이다. "슳븐력사"라는 진술은 3연의 모닥불이 개인의 삶에 가해진 역사의 폭력과 관련된 것임을 시사한다. 그것은 구체적으로 말하자면 청일전쟁을 종결짓는 평양성 전투와 그 이후 청일 양군의 군사적 활동과 관련된 모닥불일 가능성이 높다. 이렇게 보면 역사의 폭력에 의해 조실부모한데다가 신체의 손상까지 입은 할아버지가 2연에서처럼 모닥불가에 서 있게 되기까지의 삶은 문자 그대로 고난의 연속이었을 가능성이 높다. 그런 의미에서 현재의 모닥불은 할아버지가 어렵사리 이룩한 삶의 광휘를 상징하는 것일 수 있다. 그리고 1연에서 열거되는 사물들을 모닥불 속에 던져 넣어 불태우는 것은 혼례 마당을 정화하는 데 그치지 않고 할아버지의 고통스러운 삶과 기억을 정화, 치유하는 제의적인 의미를 지닌다고 할 수 있다. 이렇게 보면 백석은 화자의 입과 눈을 빌어 역사의 상처를 딛고 일어선 할아버지의 인간 승리에 대한 외경의 감정, 그리고 할아버지가 이룩한 집안이 모닥불처럼 주변에 온기를 나누어주는, 물심양면으로 넉넉한 집안으로 번성하기는 바라는 마음을 표현했다고 이해할 수 있다.

물론 「모닥불」이 비춰주고 있는 할아버지의 인간 승리에 좀 더 적극적인 의미를 부여할 수도 있을 것이다. 즉 스스로의 의지와 노력을 통해 역사의 상처를 극복한 할아버지의 삶에서 민족공동체가 마주하고 있는 역사의 시련을 이겨낼 수 있는 어떤 가능성을 읽어냈을 수도 있다는 것이다. 주위의 사람들에게 온기를 나누어주는 이 모닥불이 공동체가 겪은 수난과 고통의 역사를 이겨내는 작은 희망일 수 있다는 의미에서이다.

근대의 시선과 무속

: 백석 시에 나타난 무속

1. 무속을 바라보는 몇 개의 시선

백석이 그린 고향은 근대적인 것, 즉 베버(M. Weber)가 지적한 합리화(rationalization), 분화(differentiation)에 의해서 특징지어지는 근대 세계와는 거리가 먼 토속적인 생활 세계였다. 이 세계는 주술적인 세계관과 거기서 비롯된 비이성적이고 불합리한 삶의 관행들, 그리고 완강한 봉건적인 윤리와 관습 같은 것들의 지배 아래 유지되는 세계였다. 삶의 제반 영역들은 아직 분화되지 않고 매일 매일의 생활세계속에 통합되어 있었다. 그뿐 아니라 자연의 변덕과 횡포, 그리고 그로인한 물질적 궁핍과 질병의 고통에서 벗어나지 못했다. 따라서 그들은 초월적인 세계에 의지하거나 주술적인 세계관에 기대어 이 난폭하고 불가해한 세계를 이해하고 그에 대처하고자 했다.

하지만 큰 틀에서 보자면 이 전근대적인 생활세계는 근대와 분리된 것이 아니라 근대의 자장 속에 놓여 있었다. 원했건 원하지 않았건 조선은 20세기의 개막과 함께 근대 세계체제 속에 편입되었고 이에 따라 근대의 물결이 '경성'을 중심으로 해서, 그리고 근대적인 교육을 통해서 빠른 속도로 확산되어 가고 있었기 때문이다.1) 외부로부터 가해진 충격과 함께 이를 주도한 것은 남보다 한발 앞서서 근대를 체득한 지식인들이었다. 이들은 근대의 시선에 기대어 전근대적인 것 일체를 미개와 야만의 흔적으로 타자화하고자 했다. 이 근대의 시선은 대부분 식민지 체제에 의해서 굴절된 것이지만, 근대에 매료된 지식인들은 '근대 따라잡기'의 열망 때문에 그것을 절대화한 것이다. 이와 함께 조선적인 것 일체를 전근대적인 것으로 타자화하거나 척결의 대상으로 삼았다.

　그중에서 근대 지식인들이 가장 큰 문제라고 파악했던 것은 무속을 핵심으로 하는 토속신앙이었다. 이해조의 『구마검』(1908) 같은 신소설의 예에서 볼 수 있는 것처럼 근대 초기부터 무속을 포함한 토속신앙은 근대 지식인들의 주된 공격 대상이었다. 한편 일제 강점기 이후 무속을 포함한 조선의 민속과 토속신앙은 미개와 야만의 증거로 타자화되는 한편, 일제의 관학자들에 의해 주도된 문화인류학 연구의 대상이 되었다. 그리고 이를 통해 획득된 지식은 훗날 일제의 관학자들

----

1) 근대성과 전근대성이 혼효되어 있는 이 상황은 '비동시성의 동시성'이라는 블로흐(Bloch)의 개념을 빌어 설명할 수도 있다. 이 개념은 전근대, 근대, 탈근대가 공존하는 1930년대 독일의 상황과 관련해서 도출된 것으로 흔히 이질적인 두 시대가 중첩되어 있는 근대의 성격을 설명하기 위해 사용된다. 하지만 블로흐의 이 개념은 비동시적인 것들이 단순히 공존하고 있는 것이 아니라 끊임없이 간섭하고 대립하면서 서로 영향을 미치는 역동성을 충분히 담아내지 못한 것이라고 할 수 있다. 이런 이유에서 임혁백은 다양한 비동시적인 "시간들의 충돌(collision of temporalities)"이란 개념을 내세워 이 개념을 보완하려고 했다. 임혁백, 『비동시성의 동시성』, 고려대학교 출판부, 2015, 28~32쪽.

이나 최남선에 의해서 이른바 일－선 '동조동근론(同祖同根論)'의 근거로 활용되었다.[2] 이런 사실들에 비추어보면 무속과 토속신앙, 그리고 이 모든 것들을 그 속에 감싸 안고 있는 토속적인 생활세계에 대한 백석의 관심은 각별한 의미를 지닌다고 하지 않을 수 없다. 백석의 시는 근대의 물결에 밀려 주변화되거나 사라져 가는 것들, 그 중에서도 여전히 민중들의 삶에 깊은 음영을 드리우고 있는 무속의 존재와 가치를 일깨우는 한편 그 의미를 다시 생각해보도록 만들었다고 할 수 있기 때문이다.

무속에 대한 백석의 관심은 어떤 외부적 요인, 즉 일제의 식민지 통치 전략과 관련된 인류학적 관심에 의해서 촉발된 것도 아니고 낯설고 신기한 것에 대한 호기심 때문이라고 볼 수도 없다. 백석의 무속에 대한 관심은 차라리 자기 존재의 근원을 탐색하려는 열망, 혹은 자기 정체성을 확인하고자 하는 내발적 욕구와 맞닿아 있다고 하는 것이 옳다고 생각된다. 무엇보다 무속은 백석이 태어나서 성장하는 동안 줄곧 그의 삶에 큰 영향을 미쳐온 것이기 때문이다. 따라서 식민지 근대에 대한 저항이나 민족적인 것을 보존하려는 의지에 앞서 강조해야 할 것은, 무속에 대한 그의 지속적인 관심이 백석을 백석으로 만들어준 모든 것, 다시 말하자면 자기 존재의 근원을 탐색하려는 열망, 혹은 자기 정체성을 확인하고자 하는 내발적 욕구에서 비롯된 것이라는 사실일 것이다.

물론 큰 틀에서 보자면 근대적인 교육을 받은 백석도 근대의 시선으로 무속과 토속신앙을 바라보았다고 해야 할 것이다. 하지만 무속

---

2) 전성곤, 「'샤먼' 개념을 통한 아이덴티티의 재편 논리: 도리이류조(鳥居龍藏), 최남선, 이하후유(伊波普猷)를 중심으로」, 『동아시아 고대학』 19, 동아시아고대학회, 2009, 359~368쪽 참고.

을 대하는 백석의 시각은, 무속을 척결해야 할 미신으로 간주한 식민지 지식인들의 그것과도 다르고, 통치에 필요한 지식의 대상으로 삼으려 했던 제국의 시각과도 다르다. 또 백석은 문명인의 호기심을 자극하는 낯설고 신기한 구경거리로 무속을 그린 것도 아니고 미개와 야만의 흔적으로 타자화하려고 하지도 않았다. 오히려 백석은 일체의 선입견이나 가치판단을 유보한 채 객관적으로 그것들을 그리고 있는 듯이 보인다. 백석은 사라져가는 것을 지켜보는 안타까움이나 애잔한 감상을 내세우지도 않았고, 그것을 미화하거나 신비화하려고 하지도 않았다. 그 대신 그는 일체의 판단이나 평가를 유보한 채 자신의 시선에 포착된 무속을 담담하게 그려내고자 했다.

하지만 겉으로 객관적인 태도를 유지한 것처럼 보인다고 해서 백석이 무속에 대해 가치중립적이었다고 말할 수는 없다. 무속을 척결되어야 할 미신으로 몰아세우는 시대 상황 속에서 무속을 자기 시의 소재로 택한 것 자체가 그것에 대해 긍정적인 입장을 가지고 있었음을 의미하기 때문이다. 이는 백석이 성장 과정에서 무속과 깊은 관계를 맺고 있었다는 사실과 무관하지 않다. 실제로 그의 고향 정주의 풍속이나 개인사와 관련하여 무속은 백석 삶의 무시할 수 없는 일부를 이루고 있었다. 따라서 백석은 무속이 삶 속에서 지닌 의미와 발휘하는 기능에 대해 그 나름으로 깊은 이해와 공감을 가지고 있었다고 할 수 있다. 그의 시에서 무속이 단순한 미신이 아니라 인간의 힘으로 이해할 수도 극복할 수도 없는 불가해하고 난폭한 세계에 대처하는 하나의 방식으로 그려진 것은 이 때문이라고 해도 좋을 것이다. 말하자면 백석은 무속을 통해 근대와는 다른 방식으로 세계를 이해하고 거기에 대처하면서 살아가는 사람들의 모습을 그렸다고 할 수 있다.

이런 시적 지향은 겉으로 드러난 백석의 삶과 뚜렷하게 대비된다.

그는 일찍부터 고향을 떠나 근대도시를 중심으로 살아갔으며, 그의 외양, 옷차림, 생활 방식 또한 당대를 대표하는 모던 보이 중의 한 사람으로 평가될 정도로 분명한 모던 지향성을 드러냈다.3) 따라서 이런 모던한 취향과 무속을 포함한 토속적인 생활 문화에 대한 관심/애착이 어떻게 공존할 수 있었는가를 설명하는 것이 백석 시 이해의 관건이 된다고 할 수 있을 것이다. 하지만 백석 시에 나타나는 무속에 주목한 연구4)를 포함해서 기존의 백석 연구는 대부분 이 점을 간과하고 있는 듯이 보인다. 따라서 이 논문에서는 이 모순을 설명하는 데 주력하게 될 것이다. 이를 위해 일차적으로 주목해야 할 것은 의식의 차원에서 나타나는 근대 지향성과 전근대적인 것에 대한 무의식적 이끌림이다. 말할 것도 없이 전자는 근대 교육이나 근대 도시에서의 삶과 관련된 것이고 후자는 토속적인 생활문화와 그 일부인 무속의 영향 아래서 이루어진 성장 체험과 관련된 것이라고 해야 할 것이다. 하지만 이 문제는 이런 개인적인 차원만이 아니라 근대성 자체의 본질과 관련된 것으로 이해할 수 있다고 생각된다. 이에 따라 이 글에서는 이 문제를 근대성의 변증법(dialectics of modernity)5)이라

---

3) 평론가 김문집은 '인물평'에서 김남천, 백석, 이헌구를 가리켜 "문단에 모던 보이가 세 명"이라고 불렀다. 김문집, 「문단 인물지」, 『사해공론』, 1938.8. 이외에도 백석의 모던 취향과 관련해서는 '자야', 그리고 문단 동료, 제자 등의 다양한 증언이 있다.

4) 백석 시와 무속과의 연관성을 다룬 연구 성과로는 다음의 논문들을 들 수 있다. 이숭원, 「백석 시와 샤머니즘」(『인문논총』 15, 2006); 이경수, 「백석 시에 나타난 문화의 충돌과 습합」(『한국시학연구』 23); 전형철, 「백석 시에 나타난 〈무속성〉 연구」(『우리어문연구』 32, 2008); 오태환, 「혼과의 소통, 또는 무속적 요소의 문학적 층위: 김소월, 이상 백석 시의 무속적 상상력」(『국제어문』, 2008); 김은석, 「백석 시의 무속성과 식민지 무속론」(『국어문학』 48, 2010); 오문석, 「한국시에 나타난 샤머니즘 연구」(『한국시학연구』 38, 2013).

5) Edward A. Tryakianm, "Dialectics of Modernity: Reenchantment and Dedifferentiation as Counter Process", Hans Haferkamp and Neil J. Smelser(eds.), *Social Change and Modernity*, Univ. California Press, 1992, pp. 78~92. 널리 알려진 것처럼 베버(Weber)의 근대성 개념에서 특히 중요한 의미를 지니는 것은 합리화(rationalization)와 분화(differentiation)이다.

는 좀 더 확장된 맥락, 특히 탈마법화(de-enchantment)와 그에 대한 반명제(antithese)로 나타나는 재마법화(re-enchantment)의 개념에 비추어 이 문제를 살펴보고자 한다.

2. 세계의 재마법화와 백석의 무속

백석의 시에서 고향은 대부분 자아와 세계 사이의 적대적인 관계나 개인과 공동체 사이의 균열이 없는 자족적이고 평화로운 공간으로 그려진다. 그것은 이 세계 속에서 사는 사람들이 자신의 의지와 욕망에 따라 자연을 마구잡이로 변형시키고 지배하려 드는 대신 자연의 질서를 거스르지 않고 살고 있었기 때문일 것이다. 아울러 이들은 매일 매일의 삶에서 서로의 존재를 확인할 수 있는 '대면의 공동체' 안에서 살고 있기 때문에 자아와 세계 사이의 결렬에서 비롯되는 근원적인 갈등으로 인한 고통을 면제받을 수 있었다고 할 수 있다. 하지만 이 세계가 무한정 평화롭고 조화로웠다고 할 수만은 없다. 때때로 질병, 기근, 홍수 등 자연의 변덕스러움과 광포함 때문에 고통을 겪어야 했고 심지어는 생존 자체가 심각한 위기에 내몰리는 일도 빈번하게 일어났기 때문이다. 또 이 세계에는 비이성적이고 어두운 욕망과

이 중 합리화의 급속한 확장과 합리적 계산에 의한 마법의 대체(the replacement of magic by rational calculation), 혹은 정확한 계산(caculations)을 통한 세계의 장악(mastering of world)이 주술적인 세계관과 그 권위를 해체하고 세계를 탈마법화(de-enchantment)시키는 결과를 낳는다. 하지만 동시에 그에 대한 반발, 혹은 근대성에 대한 공포가 근대성으로부터의 탈주를 부추긴다. 즉 탈분화(de-differentiation)와 재마법화(re-enchantment)의 경향이 근대성 내부에서 동시적으로 작동되는 것이다. 이성과는 상반되는 무의식의 세계나 감정에 주목한 초현실주의나 낭만주의 등은 그런 맥락에서 이해할 수 있다.

충동, 무지나 불합리한 봉건적인 관습과 윤리, 가난 등에서 비롯된 다양한 형태의 불행과 고통이 함께 존재했다. 「넘언집 범같은 노큰마니」「쓸쓸한 길」에서 볼 수 있는 애장,[6] 즉 굶주림이나 질병 때문에 죽은 아이들이 거적에 덮어 내다버리는 풍속, 「흰밤」(『조광』, 1935.12)에서 볼 수 있는 것처럼 수절과부로 하여금 목을 매고 죽도록 만드는 완강한 윤리적 억압 또한 존재했던 것이다.

전근대적인 세계에서 사는 사람들이 겪었던 이런 불행과 고통은 이성의 진보, 그리고 그에 기초한 삶과 제도의 근대화가 진전됨에 따라 삶에 대한 계측 가능성(calculability)이 증대되면서 완화되거나 극복된 것으로 간주된다. 근대가 안고 있는 무수한 모순과 문제점에도 불구하고 근대성의 신화가 사람들을 매료시킨 것은 이 때문이라고 할 수 있다. 하지만 근대성이 실현된 사회에서도 사람들이 겪는 불행과 고통은, 단지 그 내용이 변화되었을 뿐 줄었다고 할 수 없다. 아니, 어떤 면에서는 이전에 찾아볼 수 없었던 새로운 비극과 고통이 양산되고 있다고 하는 것이 옳을 것이다. 이 점을 인정하면 근대성의 신화에 의해서 야만과 미개로 타자화되었던 전근대적인 삶에 대한 새로운 성찰이 가능해진다. 즉 근대를 진보와 동일시하고 근대 이전을 야만과 미개와 동일시함으로써 근대 이전과 이후를 계서화하는 태도에서 벗어나서 이 두 세계가 단순히 야만/문명, 혹은 미개/진보로 규정할 수 없는, 서로 '다른' 원리에 기반을 둔 사회임을 이해할 수 있게 되는

---

6) 「쓸쓸한 길」(『사슴』, 1936)에서 "거적장사하나 산ㅅ뒤넙비탈을을운다"는 구절은 죽은 아이의 장사(애장)와 관련된 내용이다. 「넘언집 범같은 노큰마니」(『문장』, 1939.4)의 "아이들이 큰마누래에 작은마누래에 제구실을 할때면 좋아지물본도 모르고 행길에 아이 송장이 거적뙈기에 말려나가면 속으로 얼마나 부러워 하였고"라고 한 구절에서도 애장 풍속을 확인할 수 있다. 이처럼 죽은 아이를 거적에 말아 숲에 내다버리는 애장 풍습은, 1920~30년대 농촌소설에서 자주 그려졌다.

것이다.

전근대 세계에서 중요한 의미를 지니는 것은 어떤 초월적이고 신비한 힘이나 존재가 자신들의 삶을 지켜 줄 것이라는 믿음이었다. 자연의 예기치 않은, 그리고 통제할 수 없는 폭력(각종 재난)과 질병 등은 흔히 이 초월적인 힘이나 존재의 뜻을 거슬렀기 때문인 것으로 이해되었다. 과학적 이성과 그에 기반을 둔 기술의 진보를 통해 인간이 자연을 어느 정도 이해하고 관리하고 통제할 수 있게 되기까지 전근대 사회의 인간은 이처럼 자연의 변덕스러움과 거대한 위력 앞에 무방비 상태로 노출되어 있었다. 그리고 이 세계에 사는 사람들은 세계의 위협으로부터 자신을 지키기 위해 다양한 방법으로 초월적인 세계와 소통함으로써 자신들의 소망을 이 신비한 힘에 가탁하고자 했다. 이 소통을 매개하는 것은 다름 아닌 샤먼(무당)이었고, 샤먼에게 그 소통의 장을 열어주는 행사가 무속이었다. 조선에서 무속이 강력한 힘을 발휘해온 것은 이런 맥락에서 이해할 수 있다.

하지만 주지하다시피 근대 초입에 들어서면서부터 조선에서는 미신 타파가 가장 중요한 과제 중의 하나로 떠올랐다. 그리고 근대교육의 확대와 과학적 세계관의 보급과 더불어 무속이나 토속신앙에 대한 부정적인 인식이 확산되면서 무속과 토속신앙은 점차 주변화되고 쇠퇴할 운명에 처해 있었다. 그러나 당장에는 조선 사회 도처에서 여전히 다양한 무속 행사가 벌어지고 있었다. 이 시기 조선인들이 일상적으로 섬기는 신의 숫자와 종류가 헤아리기 어려울 정도로 많다는 관학자들의 조사 결과[7]는 이와 관련하여 이해할 수 있다. 근대

---

7) 무라야마 지준(村山智順), 『조선의 귀신』(3판), 동문선, 1993. 이 책은 원래 조선총독관방 총무과의 위촉으로 만들어진 『조사자료』 제25집으로 1929년에 간행된 책의 1부 '민간신앙'에 해당된다. 이 조사가 앞에서 말한 '심전개발운동'과 관련이 있음은 말할 것도 없다.

성의 진전에도 불구하고 대다수의 삶은 여전히 전근대적이고 주술적인 세계관의 영향 아래 있었던 것이다. 무속을 포함한 조선인의 생활문화 전반이 조선 총독부에서 주도한 문화 연구의 대상이 된 것이나 이른바 '심전개발운동' 같은 관(官)이 주도하는 행사가 벌어진 것은 이런 맥락에서 이해할 수 있다.[8]

백석의 고향 정주 역시 이런 주술적 세계관의 지배를 받는, 그리고 유달리 무속이 성행하는 지역이었다. 심지어 남들보다 빨리 근대를 접했다고 할 수 있는 그의 집안도 향촌사회의 이런 무속적 분위기로부터 자유롭지 못했던 것으로 보인다. 「가즈랑집」(『사슴』, 1936)에서 볼 수 있는 것처럼 "나"는 태어나면서부터 무당인 "가즈랑집 할머니"가 섬기는 "대감님"의 양자가 되었고,[9] 그 이후로도 다양한 무속 행사를 접하면서 성장했다. 이 가즈랑집 할머니는 "나"로 하여금 인간의 생사화복에 영향을 미치는 초월적이고 신비한 세계에 대해 일찌감치 눈을 뜨게 만들었을 뿐 아니라 여러 가지 방식으로 "나"의 삶에 개입한다. 이런 기억 때문에 "나"는, 홀로 '귀신집'에 살면서 자신이 앓는 병조차 "신장님달련"이라고 생각하는 오갈데 없는 "구신의 딸"[10]인

---

8) 오문석은 백석 시에 나타나는 샤머니즘을, 신사를 보급하려는 총독부의 주도로 이루어진 "심전(心田) 개발운동"에 의해서 촉발된 조선 민속에 대한 관심의 연장선상에서 놓인 것으로 보았다. 오문석, 앞의 글, 114~117쪽. 김은석도 이와 비슷하게 샤머니즘에 대한 백석의 관심을 '식민지 무속론'과 향수의 관점에서 설명한 바 있다. 김은석, 「백석 시의 무속성과 식민지 무속론」, 『국어문학』 48, 2010.

9) 이 일은 나름대로 근대를 경험한 그의 부친보다는 훌륭한 후손이 태어날 것을 암시하는 신비스러운 태몽을 꾼, 그리고 일가에 강한 영향력을 미치는 "노큰마니"에 의해서 주도되었을 가능성이 높다.

10) 남쪽 지방에는 세습무가, 북쪽 지방에는 강신무가 많다는 점(황루시, 「한국무속의 특성」, 김열규 외, 『한국의 무속문화』, 민속당, 1998, 31쪽), 그리고 병을 앓을 때면 "신장님 달련"을 받는 것으로 생각한다는 내용으로 보면 가즈랑집 할머니는 강신무임에 틀림이 없다. 따라서 이 가즈랑집 할머니는 '트랜스 포제션'(트랜스: 무녀 자신의 엑스타시, 포제션: 외부의 영(sprits)이 무녀에게 깃드는 현상)에 의한 영력으로 점을 치고 가무로 본격적인

이 가즈랑집 할머니에게 깊은 연민의 감정을 느낀다. 이처럼 그에게 무속은 낯설고 괴기스러운 것이 아니라 출생 때부터 그의 삶에 깊이 연루된 친근한 것으로 기억된다. 백석이 다른 근대 지식인들과는 달리 무속을 포함한 다양한 토속신앙에 대해 각별한 관심을 갖게 된 것은 이런 성장 배경과 무관하지 않은 것으로 보인다.

이후로도 백석은 촌락공동체 곳곳에서 벌어지는 다양한 무속 행사, 즉 굿을 직·간접적으로 경험하면서 성장했다. 굿은 주지하다시피 접신(接神)을 위한 것, 다시 말하면 무당이 초월적인 세계와 세속세계를 오갈 수 있는 신통력을 발휘하도록 만들어주는 제의(祭儀)이다. 이 접신은 망아(忘我)와 황홀경(ecstasy) 상태에서 이루어진다. 굿에서 흔히 볼 수 있는 빠르고 격렬한 음악과 춤은 무당을 이런 망아와 황홀경 상태로 이끄는 가장 중요한 요소이다. 특별한 볼거리가 없는 시골에서 굿이 제공하는 화려한 이 스펙터클(spectacle)—타악기와 관악기의 합주가 빚어내는 강렬하고 자극적인 음악소리, 오방색으로 된 깃발과 무복, 무녀의 격렬한 춤사위와 신 내린 무당의 공수, 혹은 작두를 타는 괴기스러운 모습, 다양한 음식이 진설된 제사상 등—은 어린 백석의 감성에 큰 영향을 미쳤음에 틀림이 없다. 백석 시에서 나타나는 무속에 대한 관심과 애정은 이처럼 그 자신의 개인적인 성장 체험과 관련하여 설명할 수 있다.

하지만 더 중요한 것은 무속에 대한 그의 관심과 애정을 더 큰 맥락, 즉 근대성 자체의 문제와 관련해서 이해할 수 있는 여지가 있다는 사실이다. 이와 관련해서 앞에서 거론한 바 있는 근대성의 변증법에

굿을 하며 굿 도중에 변신하여 신의 역할을 하고 집안에 신을 모신 신단을 지니는 전형적인 무당에 해당된다. 무녀의 트랜스-포제션에 대한 설명은 김태곤, 「한국 샤머니즘의 정의」, 앞의 책, 7~19쪽.

대해 좀 더 상세하게 살펴보기로 한다. 이성에 기초한 세계의 탈마법화(de-enchantment)가 근대성의 핵심을 이룬다는 사실에 대해서는 많은 학자들이 동의하는 바이지만, 이 탈마법화는 동시에 이성만으로 해결할 수 없는 삶의 어둡고 비합리적인 측면에 대한 관심과 열망을 불러 일으켰다. 분업의 전면화가 가져온 결과인 분화(differentiation)에 대해서도 마찬가지로 말할 수 있다. 분화는 결과적으로 삶의 총체성에 균열을 일으키고 인간의 삶을 파편화, 왜소화하는 결과를 낳는다. 이처럼 합리성의 증대와 분화의 가속화가 그에 대한 불안을 부추김에 따라 그에 반하는 재마법화(re-enchantment), 탈분화(de-differentiation)의 흐름이 등장하게 되는 것은 필연적이라고 할 수 있다. 다시 말해서 근대성의 내면에는 그에 대한 반명제 또한 포함되어 있었던 것이다. 근대성의 변증법이란 이처럼 근대성 자체 속에서 탈마법화—재마법화, 그리고 분화—탈분화가 변증법적으로 대립하고 있는 상황을 개념화한 것이다. 물론 그것이 완전히 새로운 것이라고 할 수만은 없다. 근대성과 관련하여 흔히 강조되는 블로흐의 '비동시성의 동시성' 개념 속에도 이미 미약하지만 근대성에 내재된 모순을 시사하는 내용이 포함되어 있다고 할 수 있기 때문이다.

근대성의 변증법을 작동시키는 동력은 근대 자체에 내재된, 혹은 도구적 이성의 폭력적인 성격에 대한 공포라고 할 수 있을 것이다. 근대는 수천 년 동안 지속되어 왔던 순환적 시간관에서 미래를 향해 직선적으로 나아가는 새로운 시간관으로의 근본적인 변화를 가져왔다. 이른바 '진보'의 관념이 그것으로, 진보에 대한 열망은 시간의 흐름을 비할 수 없을 정도로 가속화시켰다. 이처럼 미래를 향해 무서운 속도로 질주하는 근대는 마르크스의 지적처럼 "모든 단단한 것을 대기 속으로 녹아 없어지"게 만들었다. 이 급속한 변화의 흐름 속에서 근대인은 자연히 끝없는 정체성의 위기와 마주서게 된다. 이와 함께 밝은 이성의 빛 앞에 자기 존재가 송두리째 노출되어 버리는 데서 오는 피로감과 불안감도 증대된다. 이성의 결핍이 초래한 전근대의 깊은 어둠이 두렵고 고통스러운 것이었던 만큼 이성의 과잉이 초래한 근대의 과도한 밝음도 마찬가지로 두렵고 고통스러운 것일 수 있었던 것이다. 따라서 근대인들은 이 끝없는 변화를 정신없이 뒤쫓거나, 즉 더 새로운 것을 뒤따라가면서 스스로의 정체성을 유동적인 것으로 만들거나 변화에 대한 두려움 때문에 변하지 않는 것, 혹은 이성의 빛이 미치지 못하는 어둡고 신비하고 낯선 세계에 탐닉 또는 몰입하게 된다. 이처럼 이성의 밝은 빛에 대한 공포로 인해 그 반대편에 있는 어둡고 신비한 세계에 경도되는 현상을 재마법화라고 할 수 있다. 서구의 경우 이 재마법화 경향은 이성보다는 감정을 강조한 낭만주의나 무의식에 주목한 초현실주의에서 현저하게 나타난다. 19세기 후반에 등장한 낭만주의는 근대성의 중요한 축인 비개성적이고 익명적이고 표준화되고 합리화되고 생기 없는 기술관료적인 산업질서를 거부했다. 그리고 더 나아가서 상상력 속에서 인간 에너지의 창조적 핵심, 눈앞에 있는 산업질서와는 다른 질서를 만들거나 불러낼 수 있는 잠재력을 추구하고 발견하려고 했다. 이 이외에도 낭만주의는 감정, 폭력, 그리고 분위기, 명백하고 대중적인(exoteric) 것과 대립되는 은밀하고 비의적인(esoteric) 것을 강조했다. 이 때문에 낭만주의에서 시공간의 속성(properties)은 객관적인 과학적 산업적 질서의 망(matrix)과는 다른 것으로 받아들여졌다. 즉 과학적-산업적 질서가 새로운 과거와 미래를 함께 가져옴으로써 현재를 새롭게 변화시킬 수 있다고 본 것이다. 현대에서도 이 재마법화의 흐름은 환상, 상상적이고 그로테스크한 것, 신화적인 것, 특히 악마적인 것과 '어둠

(darkness)'에 대한 매혹 속에서 나타난다.[11]

백석의 시에서 나타나는 토속적인 생활세계와 무속에 대한 관심은 일차적으로 그 자신의 성장 체험과 관련해서 이해할 수 있지만, 위에서 말한 재마법화의 개념에 의지해서 이해할 수도 있다. 특히 백석 자신의 외적인 삶과 백석 시에 나타나는 토속적이고 전근대적인 생활세계의 모순은 이 재마법화 개념을 통해서 좀 더 잘 설명할 수 있다고 생각된다. 그는 의식적으로 서울말을 사용하려 했고[12] 잘 알려진 것처럼 '모던'한 옷차림과 부르주아적 취미를 즐기는 당대의 대표적인 모더니스트였다. 하지만 그의 시에서는 그것과는 상반되는 경향, 즉 방언과 무속이 지배하는 토속적이고 전근대적인 생활세계에 대한 관심이 두드러지게 나타난다. 뿐만 아니라 그는 근대 도시 주변을 맴도는 삶을 살고 있으면서도 끊임없이 세상 밖으로 뛰쳐나가려는 충동을 드러냈고(「나와 나타샤와 흰 당나귀」), 급기야 낯설고 광활한 자연에 둘러싸인 세계, 즉 만주로의 이주를 단행하게 된다. 하지만 좀 더 넓은 세상과 원초적인 자연, 그리고 원시적 생명성에 대한 갈망에도 불구하고 실제로 그는 최첨단의 근대도시로 '모던과 하이 모던'을 동시에 구가하고 있던,[13] 그리고 세속적인 욕망이 뒤엉켜 분출되고 있는 만주국의 수도 신경을 거의 벗어나지 않았다. 달리 말하자면 그는 끊임없이 모던한 삶을 좇는 듯한 모습을 보여주었지만, 그 이면에서는 토속적이고 원시

---

11) Edward A. Tryakianm, *ibid.*, p. 85.

12) 백석이 서울말을 쓰려고 의식적으로 노력한 것은 서울살이를 위해서, 그리고 『조선일보』 교열기자로서 피치 못할 일이었다. 하지만 기분이 상했을 때나 친구들과 이야기할 때는 "야릇한 고향 사투리를 일부러 강하게" 사용했다는 회고(김자야, 『내 사랑 백석』, 문학동네, 1995, 111쪽)로 미루어 보면 백석에게 서울말(표준어)이란 자신의 감정을 제대로 표현할 수 없는 '거짓'말, 혹은 불구의 말에 지나지 않는 것이었다고 할 수 있을 것이다.

13) 모던과 하이모던의 개념에 대해서는 한석정, 『만주 모던』, 문학과지성사, 2016, 40~45쪽.

적인 것에 대한 갈망14)이 작동되고 있었다고 할 수 있다. 그럼에도 불구하고 그가 그런 원시적인 세계로 이행할 수 없었던 것은 그가 근대적인 삶의 방식에 너무 길들어 있었기 때문이라고 할 수 있을 것이다. 백석의 삶과 시에서 나타나는 외적 삶과 내적 지향 사이의 이 같은 모순은 앞에서 말한 근대성의 변증법의 관점에서 이해할 수 있다.

3. 「마을은 맨천 구신이 돼서」에 숨겨진 의미

무속 행사에서 빼놓을 수 없는 것은 무당이 부르는 다양한 형식의 무가이다. 따라서 무속 행사와 자주 접하다 보면 자연히 무가의 형식과 내용에 익숙해지게 마련이다. 백석 역시 일찍부터 다양한 무속 행사와 무가에 접하면서 그것들에 익숙해졌다고 할 수 있다. 굿의 기억이 그의 시에서 다양하게 재생될 수 있었던 것도 마찬가지다. 하지만 백석의 시에서 무속은 단순한 구경거리나 타파해야 할 미신으로 그려진 것이 아니라 어떤 초월적인 존재에게 자신과 가족들의 안전을 위탁하기 위한 인간들의 간절한 소망을 담은 행사로 그려진다. 「산지」(『조광』 창간호, 1935.11)와 「삼방」(『사슴』, 1936) 두 편의 시에서 똑같이 나오는 "아래ㅅ마을에서는 애기무당이 작두를타며 굿을하는 때가 많다"는 구절은 이런 관점에서 이해할 수 있다. 이 구절은 「산지」에서는 "아비가 앓른가부다/다래먹고 앓른가부다"라는 구절 뒤에, 그

---

14) 김재용, 앞의 글, 180~181쪽. 김재용은 백석이 바이코프의 『식인호』(1942)를 번역한 것은 그 자신의 내면에 자리잡은 원시적인 것에 대한 갈망 때문이라고 보았다.

리고 「삼방」에서는 약수터 앞의 풍경(1연)과 약물을 받으러 오는 아이 (2연)의 모습을 그리고 난 뒤에 나온다. 따라서 이 두 작품은, 일반명사 '산지'에서 고유명사 '삼방'으로 바뀐 제목의 변화를 빼면 사실은 동일 한 작품이라고 할 수 있다.

시의 무대가 약수터로 유명한 삼방[15]임을 감안하면 아이가 "나무 뒹치차고 싸리신신고 산비에촉촉이젖어서 약물을받으려" 온 것이 환 자에게 먹일 약수를 뜨기 위해서일 것이라는 점은 쉽게 짐작할 수 있다. 또 "애기무당이 작두를타며 굿을하는때가많다"는 진술은 환자 가 약수를 포함한 어떤 방법으로도 치유가 되지 않을 정도로 위중한 상태에 있음을 시사한다. 다시 말해서 "애기무당이 작두를타며" 굿을 벌이는 것이 의약에 의한 치료도, 약수를 이용한 치료도 기대하기 어려운 상황에서 기댈 수 있는 마지막 수단임을 암시하고 있는 것이 다. 비록 묘사 대상에 대해 객관적인 거리를 유지한 채 자신의 감각에 포착된 장면만을 담담하게 진술하고 있지만, 그 밑바닥에 깔려 있는 것은 이처럼 지푸라기에라도 매달릴 수밖에 없는 것 같은 절박한 상 황에 처한 사람들의 심정에 대한 공감이나 연민 같은 것이라고 할 수 있다.

"국수당 돌각담의 수무나무 가지에 녀귀(女鬼)의 탱"을 걸고 "비난 수"하면서 "잘 먹고 가라 서리서리 물러가라 네 소원 풀었으니 다시 침노 말아라"며 축귀의식을 수행하는 "젊은 새악시들"의 모습을 그린 「오금덩이라는 곧」(『사슴』, 1936)도 같은 맥락에서 이해할 수 있다.

---

15) 함경남도 안변군 신고산면 삼방리에 있는 약수터로, 다량의 탄산·규산·칼슘·나트륨 등의 광물질을 함유하여 만성소화불량·신경쇠약·빈혈·성병 등에 효과가 있는 것으로 알려져 있다. 한국학중앙연구원 한국민족문화대백과, https://100.daum.net/encyclopedia/view/ 14XXE0026591.

백석은 이 축귀의식을 어떤 논평도 없이, 그리고 어떤 감정적 개입도 하지 않고 담담하게 그리고 있다. 하지만 이 객관적인 태도는 사실상 그런 축귀의식에 대한 묵시적 인정이나 다름없다고 생각된다. 이는 백석이 시시때때로 삶을 침범하는 다양한 형태의 재액을 악귀(惡鬼)의 소행으로 보고 이를 막기 위해 어떤 초월적인 존재에게 치성을 들이는 것을 무작정 미신으로 치부하지는 않았음을 시사한다. 다시 말해 객관적인 듯이 보이는 백석의 태도 이면에는 무속에 대한 공감과 이해, 즉 어떻게 해서라도 빈번하게, 그리고 아무 예고 없이 닥쳐오는 변고와 재앙으로부터 평화롭고 안정된 삶을 지키려는 사람들의 절실한 심정에 대한 공감과 이해가 깔려 있다고 할 수 있다. 무속은 갖가지 질병과 재앙의 원인에 대한 과학적인 이해도 부족했고, 제도의 보호, 의료의 혜택도 기대할 수 없었던 근대 이전 사회의 사람들이 의지할 수 있는 마지막 수단이었기 때문이다. 해방 후 발표된 「마을은 맨천 구신이 돼서」16)는 이와 관련해서 많은 것을 생각하게 만드는 작품이다. 이 시에서 호명되고 있는 귀신들은 모두 집과 가족, 더 나아가서는 마을의 안녕을 지켜주는 존재들이다. 하지만 시적 주체는 어떻게 해서든 이 귀신들로부터 도망치려고 한다.

나는 이 마을에 태어나기가 잘못이다
마을은 맨천 구신이 돼서

---

16) 이 시는 해방 후 허준이 대신 발표한 것이다. 허준은 이 시의 말미에 이 시가 백석이 "전쟁전부터 하나 둘 써노했든 작품들 중의 하나"로 우연히 자신이 보관하여 두었던 것이라고 밝혔다. 허준은 백석이 만주로 간 뒤 아예 만주로 솔가하여 신경에서 한동안 백석과 이웃해서 지낸 것으로 알려져 있는데, 이 시는 아마 그 무렵 허준이 보관하게 되었던 것이라고 생각된다. 송준, 『시인 백석』 1, 406쪽. 이 무렵 백석이 발표한 「허준」(『문장』, 1940.11)이란 제목의 시는 두 사람 사이의 우정의 깊이를 말해준다.

나는 무서워 오력을 펼 수 없다
자 방안에는 성주님
나는 성주님이 무서워 토방으로 나오면 토방에는 디운구신
나는 무서워 부엌으로 들어가면 부엌에는 부뜨막에 조앙님

나는 뛰쳐나와 얼른 고방으로 숨어 버리면 고방에는 또 시렁에 데석님
나는 이번에는 굴통 모통이로 달아가는데 굴통에는 굴대장군
얼혼이 나서 뒤울안으로 가면 뒤울안에는 곱새녕 아래 털능구신
나는 이제는 할수 없이 대문을 열고 나가려는데
대문간에는 근력세인 수문장

나는 겨우 대문을 삐쳐나 밖앝으로 나와서
밭 마당귀 연자간 앞을 지나가는데 연자간에는 또 연자망구신
나는 고만 디겁을 하여 큰 행길로 나서서
마음 놓고 화리서리 걸어가다 보니
아아 말마라 내 발뒤축에는 오나가나 묻어다니는 달걀구신
마을온 온데 간데 구신이 돼서 나는 아무데도 갈 수 없다
　　　　　　　　　—「마을은 맨천 구신이 돼서」, 『신세대』(1948.5)

　이 시에서 우선 주목해야 할 것은, 사물의 이름을 일일이 나열함으로써 그 개별성에 주목하도록 하는 백석 특유의 창작방법이 잘 나타나고 있다는 사실이다. 이 시에서 시적 주체는 다양한 귀신의 이름을 각각의 그 귀신이 관장하는 생활공간에 따라 일일이 호명하고 있다. 이런 내용과 창작방법은 무가(혹은 무가 계열의 민요)에서 차용한 것이 분명하다. 이 시를 다음에 예시하는 두 편의 무가—이 중 한편은 정주

지방에서 불린 「귀신쫓기」(축귀요)라는 민요이고 다른 한편은 서울 지방에서 채록된 것이지만 대개의 굿에서 불려지는 「굿거리」이다— 와 비교해 보면 이 점은 아주 분명하게 드러난다.

> 호래비 죽어 하무자귀야/총각 죽어 몽달귀야/너도 먹고 가게서라/무당 죽어 걸닙귀야/쇠경 죽어 신선궤야/너도 먹고 니가서라//선달 죽어 호반궤야/처녀 죽어 간신궤야/과부 죽어 탄식귀야/너도 먹고 니가서라/오동추야 달 밝은데/처녜 총각 단둘이 놀다가/불알이 튀데 죽은 귀야/너도 먹고 가게서라//시오마니 몰래 쌀 퍼주구/엿 사먹다 목구녕 메여 죽은 귀야/너도 먹고 니가서라/천만 리로 방송하고/억만 리로 가소사—/쾽—칭—쾽—칭—

—「귀신쫓기」17)

> 지붕 우엔 봉용장군/지붕알노 퇴용실령(土龍神靈)/사지동에 동주실녕/안방건너 방굴단각씨/마루귀틀 부든실(령)/다락 벽장에 노대실녕/콩밧두지 두퇴실녕/쌀독에 귀밀황제/갈우독에 부여각씨/주앙(?王)애 금덕귀신/살공 우에 퇭공각씨/물독 우에 용궁각씨/물독 알노 흘림각씨 아궁지에 금덕귀신/굴둑에 굴대장군/짐치각에 최조각씨/장독간에 귀밀황제/사랑행랑에 손찬각씨/마굿간에 확대장군/뇌위두간 천직신/각방

---

17) 김소운 편, 『언문 조선구전민요집성』, 민속원, 1988, 464쪽. 이 노래는 고정옥의 『조선민요연구』(수선사, 1948; 도서출판 서광 번인, 1989)에도 똑같이 수록되어 있다. 두 책 모두에서 이 노래를 민요로 수록한 것은 이 노래가 길이가 짧은데다가 제의적인 노래에 요구되는 엄숙성이 결여되어 있어서 굿판에서보다는 일반 민중에게 널리 불려졌기 때문이 아닌가 생각된다. 특히 "처녜 총각 단둘이 놀다가/불알이 튀데 죽은 귀야/너도 먹고 가게서라//시오마니 몰래 쌀 퍼주구/엿 사먹다 목구녕 메여 죽은 귀야" 하는 다소 장난스럽기도 하고 외설스럽게도 보이는 구절은 제의적 엄숙성을 요구하는 굿판에는 어울리지 않는다.

우에 죄실녕(제(諸)신령(神靈)이/안젓다가 못바던내/섯다가가 못바던내/허지를 마옵시고/고루고루 바드시고/안위안정 허소사/남영산 여영산/이팔청춘 소년영산/이리동자 아동초목동자/영산 다물려 주소사/꿈에 뵈든 영산이며/요물사물 저차가고/사무요물 물이여서/눈 큰놈을 저츠시고/발 큰놈을 저츠셔서/도독실물 순재식물/다저처 주소사…

　　　　　　　　　　　　　　　─「귀신─굿거리」(『굿거리책』)18)

일단 위에서 인용된 무가들을 보면 「마을은 맨천 구신이 돼서」가 정주 지방에서 불린 민요 「귀신쫓기(축귀요)」와 깊은 관련이 있다는 사실을 쉽게 눈치챌 수 있을 것이다. 이 「귀신쫓기」는 「오금덩이라는 곧」에서 "국수당돌각담의 수무나무가지에 녀귀의탱을 걸고나물매 갖후어놓고 비난수를 하는 젊은새악시들"이 불렀음직한 노래이다. 이 민요에서 등장하는 귀신들은 「마을은 맨천 구신이 돼서」와는 달리 생전의 신원(身元)이나 죽게 된 사연과 관련된 이름, 즉 "하무자귀" "몽달귀" "걸닙귀" 등으로 불린다. 그리고 이 이름은 이 귀신들이 모두 생전에 심각한 욕망의 좌절을 겪었거나 억울한 죽음을 당한 원귀(冤鬼)들로 사람들에게 치명적인 위해를 끼칠 수 있는 귀신들임을 알려준다. 따라서 이 민요는 귀신의 이름을 차례로 호명하면서 그때마다 "너도 먹고 니가서라"며 귀신을 쫓은 데 이어 마지막에 이르러서는 아예 "천만 리로 방송하고/억만 리로 가소사"라며 이 귀신들에게 방송(放送)을 명하는 것으로 마무리된다.

이에 비해 「굿거리」는 호명된 귀신의 방송을 명하는 대신 이 귀신들

---

18) 김헌선 역주, 『일반무가』(한국고전문학전집 18), 고려대학교 민족문화연구소, 1995, 403~404쪽.

에게 각기 관장하는 공간에서 '안위안정하소사'라며 축원을 하는 것으로 마무리된다. 여기서 귀신들의 '안위안정(安位安定)'을 축원하는 것은 이 귀신들이 재액을 가져오는 원귀가 아니라 모두 특정한 생활 공간을 관장하면서 사람들의 생활을 보호하는 특별한 역능(力能)을 발휘하는 귀신들이기 때문이다. 「마을은 맨천 구신이 돼서」에 등장하는 귀신들의 이름은 "굴대장군"을 제외하면 「굿거리」의 그것과 하나도 일치하지 않지만 특정한 공간에서 특수한 역능을 발휘하는, 따라서 '안위안정'되어야 할 귀신, 즉 집과 가족을 보호하는 '가신(家神)'[19]이라는 점에서는 동일하다. 그렇다면 「마을은 맨천 구신이 돼서」는 「귀신쫓기」와 「굿거리」를 융합하는 동시에 변용시킨 작품이라고 해도 좋을 것이다. 즉 정주 지방의 「귀신쫓기」 노래에 대한 오래된 기억과 서울 생활을 하면서 접한 「굿거리」에 대한 새로운 기억을 접합하고 변용시켜서 자신의 시에 수용한 것이다.

이렇게 보면 백석 시의 중요 창작방법으로 거론되는 나열, 혹은 열거의 방법이 어디에 기원을 둔 것인가 하는 문제에 관한 새로운 논의가 필요하지 않을까 생각된다. 그동안 이 기법은 연구자에 따라 판소리, 사설시조 등에서 유래한 것으로 거론되어 왔고[20] 해당 연구자들은 각기 그 나름의 논리와 근거를 내세워 이를 입증하려 했다. 그 결과 백석의 이 독특한 창작방법은, 판소리에서 끌어온 "엮음"이라는 용어로 지칭되기도 한다. 하지만 앞에서 인용한 두 편의 민요(무가)와 「마을은 맨천 구신이 돼서」의 내용과 표현 방식은 간접적이거나

---

19) 전형철, 「백석 시에 나타난 무속성 연구」, 『우리어문학연구』 32, 2008, 160쪽.

20) 이런 견해를 대표하는 연구로는 박혜숙의 「백석 시의 엮음 구조와 사설시조와의 관계」 (『중원인문논총』 18, 1998)와 고형진의 「백석 시와 판소리의 미학」(『현대문학이론연구』 21, 2004)을 들 수 있다.

정황적인 증거를 통해서가 아니라 직접적으로 무가(민요)와 백석 시의 관련성을 보여준다고 할 수 있다. 사실 사물의 이름, 혹은 사물의 속성이나 상태, 움직임 등을 일일이 나열하는 표현 방법은 민요와 무가를 포함한 구전가요에서 자주 나타난다.[21] 특히 무가에서는 제상 위에 진설된 제물의 이름을 나열하거나 치성을 드려야 할 귀신의 이름, 무당의 다양한 동작이나 행위를 나열하는 것을 흔히 볼 수 있다. 백석은 이런 무가의 표현 형식을 자신의 시에 도입했다. 집안 곳곳을 관장하는 귀신의 이름을 하나씩 호명함으로써, 그것들이 발휘하는 역능, 그리고 모습(비록 상상된 것일지라도)과 느낌의 차이를 부각시키고 있는「마을은 맨천 구신이 돼서」는 이 점을 분명하게 보여준다.

  이 시는 또 다른 측면에서도 주목할 필요가 있다. 왜냐하면 이 시에서 집과 마을을 에워싼 귀신들과 이들을 피하려는 시적 주체의 모습은 단순히 주술적인 세계관에 긴박되어 있는 전근대적인 삶에서 벗어나려는 노력과 그 좌절을 그린 것 이상의 의미를 지닌 것으로 이해할 수 있기 때문이다. 이 시에 등장하는 다양한 귀신들은 달리 보자면 봉건적인 관습, 윤리, 도덕을 포함하여 나의 삶과 의식을 억압하고 구속하는 일체의 것, 즉 근대의 시선에 의해 타자화되는(혹은 근대로의 이행을 가로막는) 모든 것을 지칭하는 것으로 볼 수 있다. 이렇게 보면 이 귀신들 때문에 "오력을 펼 수" 없게 된 내가 귀신을 피해 "행길"로 나서게 된 상황은 쉽게 이해할 수 있을 것이다. 여기서 "행길"은 근대의 물리적 표상이라고 할 수 있는 신작로의 다른 이름, 즉 빛으로 충만한 합리적인 세계, 근대로 이어지는 길이자 근대 그 자체를 상징하는 것일 수 있다. 그리고 백석 자신의 이력에 비추어 이해하자면

---

21) 이에 대해서는 이 책 18~23쪽을 참고할 것.

그가 받은 근대 교육과 동경, 서울, 신경 같은 근대도시를 오간 그의 삶은 모두 이 "행길"에 나서는 것과 등가의 의미를 지닌다고 할 수 있다. 따라서 "행길로 나서서 마음 놓고 화리서리 걸어"가는 시적 주체의 행위는, 이성의 빛에 비추어지 않은, 즉 주술적인 세계관과 비합리적이고 봉건적인 윤리와 관습이 지배하는 어둡고 음습한 집과 마을을 벗어나서 좀 더 넓고 개방된 빛의 공간, 근대적 합리성 위에 구축된 새로운 세계로 나가기 위한 것이라고 할 수 있다.

하지만 이미 본 것처럼 귀신들로 가득 찬 마을을 탈출해서 빛의 세계로 나아가려는 시적 주체의 소망은 이내 좌절된다. "내 발뒤축에는 오나가나" "달걀구신"이 묻어 있기 때문이다. 이 "달걀구신"은 아이들의 상상 속에서 흔히 얼굴, 즉 눈, 코, 입이 없는 무면귀(無面鬼)로 각인되어 있는 존재다. 이런 특성은 '달걀구신'이 앞에서 열거한 귀신 전체, 혹은 그를 옭아매고 있는 일체의 전근대적인 것, 즉 주술적 세계관을 포함해서 비합리적이거나 불합리한 일체의 관습과 관행, 윤리, 도덕, 생활양식 같은 것들을 가리키는 것일 수 있음을 암시한다. 무면귀인 '달걀구신'이란, 특정한 공간을 관장하는 것도 아니고 특정한 모습으로 규정되어 있지도 않은, 어떤 모습으로든 변할 수 있고 언제, 어디서라도 나타날 수 있는 귀신이기 때문이다. 따라서 "오나가나(내 발뒤축에—필자) 묻어다니는" "달걀구신"은 시적 주체의 내면, 혹은 무의식 속에 자리잡고 있는 전근대적인 윤리와 관습을 상징하는 것으로 읽을 수 있다. 말하자면 얼굴이 없는 "달걀구신"은 그 모습도 형태도 잡아내기 어려울 만큼 나의 삶과 무의식 깊숙이 자리잡고 있는 전근대적 억압기제의 다른 이름일 수 있는 것이다.

이렇게 보면 이 시는 시적 주체가 처한 모순적 상황, 즉 머리로는 밝은 세계를 지향하지만 몸, 그리고 심층적인 무의식의 차원에서는 여전히 어둠에 얽매어 있는 상황을 시사하는 것으로 읽을 수 있다. 다시 말해 의식의 차원에서는 어둠으로부터 벗어나 빛의 세계로 나아가려 하지만 그 모든 노력을 도로(徒勞)로 만드는 주술적 세계관(전근대적인 윤리와 관습)의 완강한 구속력을 인정할 수밖에 없는 데서 오는 안타까움을 토로한 시로 볼 수 있는 것이다. 그의 발목을 잡는 어둠은 집안과 마을에 국한된 것이 아니라 마치 달걀귀신처럼 그 형태를 확인할 수 없을 정도로 조선 사회에, 그리고 그 자신의 내면에 은밀하게, 그리고 깊이 자리잡고 있는 것이기 때문이다. 그것은 당대 조선인들의 삶에 침투해 오고 있는 근대적인 요소와 실제 삶을 지배하고 있는 전근대적인 요소의 양적, 질적 비대칭에서 기인하는 것일 수 있다. 근대적인 제도가 확산되고 근대적 가치를 지향하는 사람이 늘어나고 있기는 했지만, 근대는 의식의 표층에만 머물러 있었고 심층에서는 여전히 전근대적인 습속이 작동하고 있었기 때문이다. 일제 강점기 조선사회의 근대성은, 전근대와의 단절, 혹은 그로부터의 비약을 의미하는 것이 아니라 비대칭적으로 공존하는 상황, 혹은 '비동시성의 동시성'이라는 형용모순(oxymoron)이나 '근대성의 변증법'이라는 말로 설명할 수밖에 없는 것이었다고 할 수 있다.

이밖에 「마을은 맨천 구신이 돼서」의 귀신들이 「굿거리」의 귀신들처럼 "안위안정"되어야 할 존재들이라는 사실에 대해서는 좀 더 논의가 필요하다. 왜 백석은 하필 '방송'되어야 할 원귀 대신 '안위안정'되어야 할 가신들을 호명하고 있는가. 그것은, 이 가신(家神)들이 재앙을 가져오는 원귀들과는 달리 실제의 삶속에 들어와 일상적인 생활 공간을 관장하고 가족들을 보호하는 존재들이기 때문일 것이다. 즉 이 귀신들은 원귀의 침습을 막고 가족 구성원과 집의 안녕을 담보하는 기능을 수행하는 것이다. 이 점은 이 귀신들의 역능을 통해 이해할 수 있다. 이 시에서 열거되는 공간은 모두 집과 가족들의 안전과 건강을 위해 중요한 의미를 지니는 공간들이다. 그리고 각각의 귀신들은 그것들이 관장하는 공간을 중심으로 가족의 안전과 집안의 안녕을 담보하는 역능을 발휘한다. 물론 이 귀신들도 사람들이 자신들의 역능을 거스르는 경우에는 사람들을 놀라게 하거나 '동티'를 내기는 하지만, 기본적으로는 집안의 평안과 무사, 그리고 가족의 건강과 안전을 보호하는 존재들인 것이다. 따라서 이 귀신들이 제자리를 지키는 것, 즉 '안위안정'은 집안과 마을의 화평(건강, 무사안녕, 재복 등)을 위해 중요한 의미를 지닌다.

이렇게 보면 이들을 섬기는 것은 미신은 미신이되 간단하게 부정해야 할 미신으로 치부될 수는 없는 그 나름의 합리성과 존재 가치를 가진 행위라고 할 수 있다. 이 합리성은 두 가지 측면에서 설명될 수 있다. 그 하나는 이 귀신들의 존재에 대한 믿음이, 각각의 공간이 삶에서 차지하는 의미와 가치, 그리고 삶의 소중함과 가치를 아이들에게 일깨워준다는 것이고 다른 하나는 특정한 귀신이 특정한 공간에 존재한다는 믿음, 그리고 이 귀신들에 대한 두려움이 아이들로 하여금 그 공간에서 위험한 행동을 삼가도록 해 준다는 것이다. 전자와 관련해서는 이런 귀신들에 의해서 자신들의 삶이 보호받고 있다는 믿음이 주는 심리적 안정감을 지적할 수 있다. 그것은 제도의 보호를 받지 못하는 평범한 사람들의 삶을 지탱하는 데 크게 도움이 될 수 있다. 이 귀신들에게 치성을 드리고 이들의 "안위안정"을 축원하는 것은 주로 이 때문이라고 할 수 있다. 후자는 어른들의 항상적인 돌봄과 보호를 기대하기 어려운 아이들의 안전 및 그들에 대한 교육 효과와 관련해서 이해할 수 있다. 이 귀신들을 무서워하는 것은 주로 아이들이다. 이 두려움은 각 귀신이 관장하는 공간에서의 행동을 삼가도록 만든다. 이 귀신들은 부엌이나 헛간, 굴뚝이나 변소, 대문처럼 삶에서 차지하는 비중과 중요성이 큰, 그렇지만 동시에 위험을 내포한 공간을 관장한다. 가령 부엌은 불과 칼을 다루는 공간, 더구나 어두컴컴하기 때문에 자칫하면 큰 화를 불러올 수 있는 여러 가지 잠재적인 위험이 도사린 공간이다. 농기구와 수확물을 보관하는 헛간, 아궁이의 불길과 연기를 빼는 굴뚝 등도 마찬가지로 이런 위험을 안고 있는 공간이다. 따라서 특정한 귀신들이 이런 공간을 관장한다는 믿음은 아이들에게 그 공간들이 삶에서 차지하는 의미와 중요성을 일깨워주는 한편, 해당 공간에서 조심스럽게 행동하도록 만든다. 이 귀신들이 원귀와는 달리 생활의 안정과 지속을 담보하는 존재들이라고 할 수 있는 것은 이런 이유에서이다.

이 귀신들이 아이들에게 두려움을 심어주고 아이들의 행동을 규제한다는 측면에서 보자면 "나는 무서워 오력을 펼 수 없다"는 진술의 진실성은 의심할 여지가 없다. 그리고 이 귀신들을 피해 달아나려는 시적 주체의 태도도 충분히 이해할 수 있다. 하지만 이 귀신들로부터 벗어나기 위해 '행길'로 나서는 행위는 동시에 이 귀신들이 제공하는 보호(안전망)로부터 벗어나는 것을 의미할 수 있다. 환한 이성의 빛 앞에 나서는 것이 그 긍정적인 의미에 못지않게 부정적인 결과를 수반할 수 있는 것과 마찬가지다. 칸트(I. Kant) 식으로(「계몽이란 무엇인가」) 설명하자면, 이 시는 미성년 상태에서 성년의 세계로 발돋움하려는 욕망과 노력이, 성년으로서 감당해야 할 모든 것에 대한 두려움과 유년 시절에 대한 본능적인 애착 때문에 좌절되는 모습을 그린 것으로 이해할 수도 있을 것이다. 앞에서 거론한 '근대성의 변증법'도 이런 맥락에서 이해할 수 있다. 의식적으로는 근대를 지향하면서도 다른 한편으로는 이런 주술적 세계관에 사로잡힌 토속적 생활세계에 깊은 애착을 보이는 이 모순된 태도는 근대에 대한 공포와 불안에서 비롯된 것으로 이해할 수 있기 때문이다. 다시 말해서 근대, 혹은 이성의 빛과는 대척적인 위치에 존재하는 고향의 '어둠'을 통해서 근대로부터 받은 상처를 치유할 수 있으리라는, 막연하지만 이유 있는 기대가 무속에 대한 지속적인 관심으로 표출되었다고 할 수 있는 것이다.

실제로 백석의 시에서는 어둠의 공간이 제공하는 모종의 편안함(혹은 신비스러운 치유의 힘)에 대한 무의식적 끌림을 보여주는 장면이 드물지 않게 나타난다. 가령 "넷말이사는컴컴한고방의쌀독뒤에서나는 저녁끼때에불으는소리를 듣고도못들은척하였다"고 한 「고방」(『사슴』, 1936) 같은 구절이 이에 해당된다. 「마을은 맨천 구신이 돼서」대로라면 이 '고방'은 "데석님"이 관장하는 음습하고 무서운 공간이지만 '나'는 다른 사람의 눈이 미치지 않는 이 '고방'의 어둠 속에서 한없는 편안함을 느낀다. 고방에서 요구되는 금기를 어기지 않는 한, 즉 "데석님"의 심기를 거슬러서 동티를 낼만한 행동을 하지 않는 한, 이 세계는 그 익숙함 때문에, 그리고 모든 것을 감싸주는 어둠의 포근함 때문에 '나'를 편안하게 품어주기 때문이다. "연자망('당'의 오식인 듯—필자) 구신"이 관장하는 '연자간' 역시 마찬가지다. 이 연자간은 연자방아를 돌릴 때나 분주할 뿐, 그 이외의 시간에는 사람들이 얼씬하지 않는 곳이다. 동네 개나 닭을 비롯한 온갖 짐승들이 이 연자간에 모여들어서 편히 쉴 수 있는 것은 그 때문이다. 한편 연자간은 생활이나 농사일의 필요에서 잠시 풀려난 온갖 농기구들을 보관하는 곳이기도 하다. 따라서 사람들의 간섭도 눈길도 미치지 않는 이 공간에서 모든 사물은 각기 제자리를 지키면서 그 본래의 모습대로 편안히 휴식을 취한다. 즉 "대들보 위에 베틀도 채일도 토리개도 모도들 편안하니/구석구석 후치도 보십도 소시랑도 모도들 편안하니"(「연자ㅅ간」, 『사슴』,

1936) 제 자리를 지키고 있는 것이다. 이런 질서가 유지되는 한, 그리고 모든 것이 조화롭고 평화롭게 제자리를 지키고 있는 한 "연자망구신"이 현현할 가능성은 없다.

4. 속신(俗信)의 이면

샤마니즘은 가장 원초적인 신앙형태이다. 그런 만큼 그 기원이 오래되었고 사람들의 삶과 의식에 깊은 음영을 드리워 왔다. 그러나 샤마니즘을 샤먼(무당)에 의한 초월적인 세계와 인간 세계의 중개를 전제로 한 신앙 형태로 한정한다면 전통 사회에는 딱히 샤마니즘으로 규정하기 어려운 다양한 형태의 토속신앙과 속신들이 함께 존재하고 있다고 해야 한다. 그것들은 샤마니즘과 마찬가지로 어떤 합리적, 과학적 토대를 갖고 있지 않지만, 그럼에도 불구하고 오랫동안 사람들의 삶에 깊숙이 스며들어 커다란 영향을 미쳐왔다. 백석의 시에서는 이처럼 무속만이 아니라 무속으로 규정하기 어려운 다양한 토속신앙과 속신들이 자주 등장한다. 그뿐 아니라 조상숭배 의식은 물론이고 민간신앙과 습합되면서 오랫동안 민중들의 삶에 깊은 영향을 미쳐온 불교 의식도 종종 등장한다. 「고야」는 오랫동안 생활 속에서 전승되어 온 속신과 속방에 기대서 살아가는 사람들의 모습을 보여준다.

섯달에내빌날이들어서 내빌날밤에눈이오면 이밤엔 쌔하얀할미귀신의눈귀신도 내빌눈을받노라 못난다는말을 든든이여기며 엄매와나는 앙궁웋에 떡돌웋에 곱새담웋에 함지에 버치며 대냥푼을놓고 치성이나드리듯이 정한마음으로 내빌눈약눈을받는다

이눈세기물을 내빌물이라고 제주병에 진상항아리에 채워두고는 해
를묵여가며 고뿔이와도 배앓이를해도 갑피기를앓어도 먹을물이다
                                                  —「고야」 마지막 연

  '납일(臘日)날'에 내리는 눈을 신령스러운 치유의 힘을 지닌 것으로
보는 생각은 말할 것도 없이 과학적으로 검증되지 않은 속신에 해당
된다. 그럼에도 사람들이 "내빌눈"을 받고 "내빌물"을 약처럼 먹는
것은 어떤 실제적인 효능 때문이 아니라 '그랬으면' 하면 소망과 오랫
동안 되풀이되어 온 관습 때문이라고 할 수 있다. 그 속에는 어떤
신비롭고 마술적인 힘에 의지해서라도 질병의 고통에서 벗어나려는
간절한 마음이 깃들어 있다고 할 수 있다. 이런 믿음이 지속적으로
이어져 내려올 수 있었던 것은 그런 속방이 때때로 일종의 위약(僞藥:
플라시보) 효과를 나타냈기 때문일 수 있다. 이런 불확실하고 우연한
효과가 간절한 소망과 합쳐지면 그것은 쉽게 거부할 수 없는 관습으
로 정착된다. 그리고 그때부터 그 행위의 효과에 대한 과학적 검증은
뒷전으로 밀려나고 오직 행위 자체만 남아서 이어지게 된다. 이 시에
서도 "내빌물"이 고뿔(감기), 갑피기(이질)에 효험이 있느냐, 없느냐는
전혀 문제가 아니다. 단지 그 나름의 소박한 기대를 품고 옛날부터
전해 내려오는 관습을 그대로 따라할 뿐이다. 잘되면 기대한 대로의
치료 효과를 나타내지만, 잘못되더라도 아무런 해가 없는 행위이기
때문이다.
  "벌개눞역에서 바리깨를뚜드리는 쇠ㅅ소리가 나면 누가눈을앓어
서 부증이나서 찰거마리를 불이는 것"으로 이해해서 "피성한 눈슭에
절인팔다리에 거마리를 붙"이는 치병(治病) 행위를 하기도 하고 "여우
가 주둥이를 향하고 우는 집에서는 다음날 으레히 흉사"가 있다는

믿음 때문에 "잠 없는 노친네들은 일어나 팥을깔이며 방요"를 한다고 한 「오금덩이라는 곧」(『사슴』, 1936)의 속신(俗信)도 마찬가지로 이해할 수 있다. 이런 속신과 속방의 일부는 경험에 기반을 둔, 따라서 일정한 효과를 발휘하기도 하지만, 대부분은 근거가 없는 것이다. 눈병이 나면 으레 눈가에 "찰거마리를" 붙이는 관행이 전자에 해당된다면, '여우 울음소리'와 '흉사'를 연결짓는 것, "팥을깔이고 방요"를 해서 '흉사'를 막을 수 있다는 생각은 후자의 예에 해당된다.

근대의 시선으로 보면 어처구니없는 이런 행동 속에는 예고 없이 닥쳐오는 불행을 미연에 방지하여 삶을 지키고자 하는 소망이 담겨 있다. 특히 이 시의 배경이 되는 '오금덩이'처럼 의료를 포함해서 어느 하나도 제대로 된 문명의 혜택을 받을 수 없는 산간 오지에 사는 사람들은 더더욱 그럴 수밖에 없었다. 따라서 백석이 이런 속신을 통해서 보여주려 한 것은, 모든 것이 열악한 상황에서도 어떻게 해서든 세계의 압도적인 위세로부터 주어진 삶을 소중히 지켜가려고 애쓰는 사람들의 마음이었다고 할 수 있다. 이런 모습은 백석의 고향은 아니지만 고향과 비슷한 수준의 시골로 짐작되는 외갓집에서도 목격된다. 이 외갓집은 수시로 장난을 부리는 도깨비들 때문에 자주 곤욕을 치르는 것으로 그려진다. 이 외갓집은 "밤이면 무엇이 기왓골에 무리돌을 던지고 뒤우란 배낡에 쩨듯하니 줄등을 헤여달고 부뚜막의 큰 솥 적은 솥을 모주리 뽑아놓고 재통에간 사람의 목덜미를 그냥그냥 나려눌러선 잿다리 아래로 쳐박고/그리고 새벽녘이면 고방 시렁에 채국채국 얹어둔 모랭이 목판 시루며 함지가, 땅바닥에 넘너른히 널리는 집이다"(「외갓집」). 외갓집이 겪는 이 모든 소란의 주역은 도깨비이다.

도깨비는 통상적인 의미의 귀신이 아니라 오랫동안 사람의 손길을 타면서 일종의 영성(靈性)을 지니게 된 사물들이 인간에게 버림을 받앉을 때 나타나는 것으로 간주된다.[22] 도깨비가 인간에게 심각한 위험을 가져오는 것이 아니라 놀라게 만드는 것으로 그려지는 것, 그리고 도깨비의 어리석음과 신통한 능력을 이용해서 인간이 원하는 바를 성취하는 것으로 그려지는 것은 이 때문이라고 할 수 있다. 요컨대 도깨비 이야기 속에는 손때 묻은 사물들을 함부로 대하지 말라는 교훈, 모든 것이 부족했던 시대를 살았던 사람들의 지혜가 담겨 있다고 할 수 있다. 이런 맥락에서 보면 이 시에서 그려진 도깨비의 "작난"이란, 함부로 방치한 사물들이 바람 때문에 위치가 달라진 것, 혹은 어둠 속에서 함부로 행동하다가 여기저기 방치된 물건들에 발이 걸려 넘어진 것을 가리킨다고 할 수 있다. 즉 사람의 실수와 부주의로 인해서 생긴 크고 작은 일들을 도깨비의 탓으로 돌리고 슬쩍 넘어가는 것이다. 결국 이 시에 등장하는 외갓집은 도깨비가 사람을 위협하는 무서운 곳이 아니라, 어린아이들을 즐겁게 해 줄, 그러면서도 일정한 교훈을 주는 도깨비 이야기가 생성되는 곳으로 그려진 셈이다.

토속신앙과 습합한 불교의식은 가령 "어데서 서러웁게 목탁을 뚜드리는 집이 있다"(「미명계」, 『사슴』, 1936)처럼 인근에서 망자의 넋을 천도하는 49재 같은 의식이 거행되고 있음을 시사하는 구절에서 확인할 수 있다. '재(齋)'는 사자의 명복과 극락왕생을 비는 불교의식이다. 여기서 중요한 것은 그것이 과학적, 합리적 근거가 있는가, 혹은 실제

---

22) 앞에서 인용한 무라야마 지쥰은 도깨비를 "빗자루, 낡은 절구, 낡은 절구공이에 피가 묻었거나 길바닥에 버려진 낡은 빗, 토우(土偶)를 아무 곳에나 방치해 두면" 이것들이 변해서 '독각귀(도깨비)'가 된다고 보았다. 무라야마 지쥰, 앞의 책, 192쪽. 그는 이 '독각귀'도 귀신의 일종으로 간주하고 있지만, '도깨비'는 귀신과는 좀 다른 존재이다. 그런 점에서 도깨비의 존재에 대한 믿음은 샤머니즘보다는 애니미즘에서 유래하는 것으로 볼 수 있다. 이 도깨비가 모습을 드러낼 때는 대개 인간과 비슷한 모습을 지닌 것으로 나타나지만, 이 시에서 언급된 소란은 '비가시적 도깨비'의 장난이라고 할 수 있다. 이에 대해서는 김종대, 『한국의 도깨비연구』, 국학자료원, 1994, 40~59쪽 참조.

로 이루어지는가 하는 것이 아니라 앞에서 살펴본 치병과 관련된 속신이 그런 것처럼, 그 의식 속에 투영되는 소망의 간절함이다. 이 시는 바로 이 점을 암시하고 있는 듯이 보인다. 그것은 「고야」에서 '내빌물'을 받아서 묵혀두는 속신이 그것의 치유 효과가 사실인가 아닌가와 무관하게 유지되는 것과 다르지 않다. 재 또한 그 속에 투영된 소망의 실현 여부와 상관없이 죽은 사람의 명복을 비는 소망의 간절함 때문에 계속되어 왔고 계속되어 갈 것이기 때문이다.

또 "순례중이 산을 올라간다./어젯밤은 이 산 절에 재가 들었다"(「추일산조」, 『사슴』, 1936)는 구절도 마찬가지로 이해할 수 있다. 이 시에서 지난 밤에 "재"가 열린 "산절"을 찾아가는 "순례중"의 모습은 "염불보다 잿밥"이란 속담과 관련해서 이해할 수 있을 듯하다. 이 절 저 절 찾아다니는 만행(萬行) 중인 순례 중, 즉 운수납자(雲水衲子)는 항상 곤궁한 처지에 있기 마련이다. 따라서 이 중이 간밤에 재가 열린 절을 찾아가는 것은 구도의 열정만이 아니라 좀 더 나은 공양(供養), 즉 잿밥을 기대했기 때문이라고 할 수 있다. 이렇게 보면 이 시의 핵심은 가을 아침의 맑고 청정한 분위기와 육신의 욕망에서 벗어나지 못한 "순례중"의 대비에 있다고 할 수 있다.[23] 마지막 연에서 "무리돌이굴어내리는건중의발굼치에선가"라는 물음을 던지는 것도 이와 관련해서 이해할 수 있다. 무릿돌이 굴러내리는 것은 여전히 욕망을 벗어나지 못한 몸의 무게가 실린 중의 발걸음 때문일 텐데, 이를 의문문으로 처리함으로써 절에 올라가는 중의 행동이 인간적 욕망과 그것을 초월한 구도적 열정 사이에 걸쳐 있음을 시사하고 있는 것이다.

---

23) 이숭원은 단지 이 시가 가을 산의 한가로운 정취를 그린 것으로 이해했다. 이럴 경우 나무하는 사람과 중은 단지 가을산의 그윽한 정취를 돋보이게 만드는 소품에 지나지 않게 된다. 이숭원, 『백석을 만나다』, 태학사, 2008, 111쪽.

이상에서 본 것처럼 백석은 무속, 그리고 다양한 토속신앙과 속신을 그렸다. 하지만 그는 그것들을 터무니없는 미신으로 타자화하는 대신 그 속에 내재된 가치와 의미를 드러내는 데 초점을 맞추었다고 보인다. 제대로 된 문명의 혜택을 받을 수 없는 사람들에게 있어서 무속과 토속신앙들은 자연의 변덕과 횡포로부터 자신의 삶을 지키기 위한 간절한 소망을 표현한 것이라고 할 수 있기 때문이다. 그리고 그런 한 무속을 포함한 토속신앙은, 단순히 미개하고 야만적인 습속으로 치부될 수 있는 것이 아니라 근대적 합리성과는 다른 차원의 합리성을 지닌 것으로 이해해야 할 것이다. 무속을 다룬 시에서 백석이 주목한 것은 바로 이런 부분이었다고 할 수 있다.

5. 무속을 보는 제3의 시선

대다수의 연구자들이 동의하는 것처럼 무속과 관련된 체험은 백석의 시에서 대단히 중요한 의미를 지닌다. 그 가운데 무속의 영향을 가장 직접적으로 보여주는 작품으로는 「마을은 맨천 구신이 돼서」를 들 수 있다. 특히 이 작품은 백석 특유의 창작방법으로 흔히 지적되는 '엮음' 기법의 어디서 비롯된 것인가 하는 문제를 새롭게 이해할 수 있는 귀중한 단서를 제공해 준다. 이 시의 내용과 형식은 정주 지방에서 불려지던 「귀신쫓기」라는 민요, 그리고 무가의 일부인 「굿거리」와 깊은 관련을 맺고 있다. 그뿐 아니라 이 시는 그 내용을 통해서 주술적인 세계관이 지배하는 전근대적인 세계와 근대 사이에 끼인 주체의 복잡한 내면을 보여준다는 점에서도 특별한 의미를 가진다.

이 시에서 호명되는 귀신들이 모두 생활에서 중요한 의미를 지니는 가신(家神)들로, 가정의 평안과 무사, 가족구성원의 건강과 안녕을 수호하는 존재들이라는 점에서 보면 이런 귀신들을 섬기는 것은 미신은 미신이되, 단순히 미개와 야만으로 치부될 수 없는 특별한 의미를 지닌다. 이 귀신들이 지배하는 공간을 벗어나는 것은, 한편으로 주술적인 세계에서 벗어나 근대적 합리성이 지배하는 빛의 세계로 나아가는 것을 의미하지만, 다른 한편으로는 전근대적인 세계가 제공하는 삶의 안정과 평화로움을 포기하는 일일 수도 있다. 그렇게 보면 근대에 대한 갈망과 그것의 좌절이란 말로 요약할 수 있는 이 시의 주제에 대한 새로운 이해가 가능하다. 즉 시적 주체의 발목을 잡는 것은 과학적 세계관의 등장과 함께 이미 힘을 잃어가고 있는 귀신들이 아니라 전근대적인 세계가 주는 모종의 편안함에 대한 미련이나 무의식적 이끌림이라고 할 수 있기 때문이다. 이 점은 백석을 포함한 지식인들의 근대 수용이 결코 단선적으로 이루어진 것이 아닐 수 있음을 시사하는 것으로 이해할 수 있다. 근대성 내부에 근대성에 반하는 움직임이 존재하고 있음을 말하는 '근대성의 변증법'을 운위할 수 있는 것도 이 때문이다.

무속 이외의 토속신앙이나 속신을 그린 시들도 비슷한 맥락에서 이해할 수 있다. 이 비합리적이고 비과학적인 신앙과 의식들은 모두 문명의 혜택을 거의 받을 수 없는 산간 오지의 삶과 관련된다. 백석이 이런 시들을 통해서 보여주려고 한 것은, 이해할 수도 없고 피하거나 극복하기도 어려운 자연의 거대한 위력 앞에서 어떻게 해서든 자기와 가족들이 삶을 지키기 위해서 안간힘 쓰는 사람들의 모습이다. 다시 말하자면 그런 주술적인 방법, 혹은 무속에 의지해서 살아갈 수밖에 없는 사람들의 모습과 그에 대한 연민의 감정이 그 핵심을 이루고 있는 것이다. 세계의 탈마법화가 다른 한편으로는 자연에 대한 이성의 폭력으로 이어지고, 분화가 삶의 총체성을 파괴하고 인간의 삶을 파편화하는 결과를 낳았다는 점에 동의할 수 있다면, 백석의 이런 문제의식은 충분히 눈여겨 볼만한 가치가 있다고 생각된다. 백석의 무속은, 척결의 대상도 아니었고 식민지를 타자화하는 데 필요한 지식의 대상도 아니었으며, '식민지 심전개발'의 관점과도 다르고 '민족적인 것'을 일깨우려는 민족주의적 열망과도 무관한 독특한 모습을 보여주기 때문이다. 무속은 근대의 시선으로는 미개와 야만의 소산일 수 있는 것이지만, 백석은 그것을 어떻게 해서라도 주어진 여건 안에서 자신들의 삶을 지키려 했던 인간들의 안쓰러운 노력 같은 것으로 이해한 것이다.

구술문화의 전통과 방언 사용의 의미

: 백석 시의 '입말' 지향성을 중심으로

1. 근대화와 구술문화/입말의 운명

백석 시의 대부분이 토속적인 생활세계를 그린 것이라는 사실은
잘 알려져 있다. 그리고 그것은 흔히 백석의 시를 근대에 대한 미적
저항의 한 방식이라고 평가하는 근거가 되기도 한다. 이 글에서는
이런 상식화된 평가 위에서 다양한 토속적 생활세계와 삶에 대한 관
심, 그리고 자신의 시에서 평안도 말을 적극적으로 부려 쓴 백석의
노력이 그 자신의 정체성을 확인하는 과정이자 문자화의 과정에서
불가피하게 뒷전으로 밀려나거나 소멸되는 '입말'을 복원하려는 노
력의 소산이기도 하다는 관점에서 그의 시를 살펴보고자 한다.[1] 그

---

1) 김신정, 「'시어의 혁신'과 '현대시'의 의미」, 『상허학보』 4, 1998, 93~95쪽.

단서가 되는 것은 시집 『사슴』의 첫 번째 속표지에 표기된 '얼럭소 새끼의 영각소리'란 부제이다. 영각소리란 주지하다시피 "황소가 암소를 찾아 길게 뽑아 우는 소리"를 뜻하는 말이지만 여기서는 어미를 찾는 송아지의 울음소리라고 이해할 수 있다. 그렇다면 백석이 속표지에 굳이 '얼럭소 새끼의 영각소리'라는 부제를 넣은 것은 『사슴』(1936)의 시편들이 어미를 찾는(혹은 그 자신이 비롯된 곳을 찾아가는) 송아지의 울음소리와 동질적인 것임을 암시하기 위해서였다고 해도 좋을 것이다.

그런데 눈여겨볼 것은 백석의 시에서는 고향의 전통과 역사에 대한 자부심과 긍지, 혹은 풍경의 아름다움 등에 대한 관심이 거의 나타나지 않는다는 사실이다. 이 점은 시를 통해 자기 고향을 미화하거나 특권화하려고 하는 대다수 시인들의 시와 구별되는 백석 시의 독특한 점이다. 그뿐 아니라 정주가 조선시대 5백 년간 경기지역보다 더 많은 과거 급제자를 낳을 정도로 문풍(文風)이 융성한 고장이었다거나 근대 초기의 선각자들을 다수 배출한 지역이라는 사실을 강조하는 정주 출신들 인사들의 자부심2)과 비교해 볼 때도 특기할 만한 사실이다. 또 백석은 자신의 가문, 즉 정주에서 세 번째로 큰 대성(大姓)인 수원 백씨 집안의 가풍과 내력 같은 것에 대해서도, "수원 백씨 정주 백촌"을 언급한 「목구」(『문장』, 1940.2)를 제외하고는 별 관심을 보이지 않았다.

대신 그가 주목한 것은 고향 사람(당대 민중)들의 다양하고 토착적

---

2) 정주군지 편찬위원회, 『정주군지』, 정주군지편찬위원회, 1975, 320쪽. 이 점을 강조한 이면에는, 홍경래난의 충격에도 불구하고 서북 출신에 대한 차별을 거두지 않은 조선 왕조에 대한 짙은 무의식적인 원망과 선망이라는 모순된 감정이 깔려 있다고 보인다. 하지만 백석에게는 지배계급 문화에 대해서 철저히 무관심한 모습을 보여준다.

인 생활세계였다. 백석은 이런 민중들의 토속적인 문화를 자기 정체성의 기반으로 인식하고 있었음을 시사한다. 하지만 백석은 이 토속적인 생활세계를 미화하거나 이상화하는 대신 그 밝은 면과 어두운 면을 있는 그대로 보여주고자 했다. 이 세계는 공동체적인 삶의 미덕과 가치가 살아있는 밝고 건강한 세계이지만, 동시에 봉건적인 관습과 윤리의 속박에서 벗어나지 못했을 뿐 아니라, 질병과 재액의 공포에서 자유롭지 못한 세계이기도 했다. 그런 점에서 백석이 그린 고향은 정지용이 그린 소박한 유토피아로서의 고향(「향수」)과는 거리가 멀다. 백석이 그린 고향은 관념적으로 추상화된 유토피아가 아니라 다양한 인간들이 얽히고설켜 살아가는, 그래서 밝음과 어둠, 혹은 비극과 희극이 뒤섞여 있는 구체적인 생활세계였다. 백석은 이 세계를 여러 면에서 부족하고 불완전하지만 그렇다고 간단히 미개와 야만으로 타자화할 수는 없는, 그 나름의 원리와 질서에 따라 유지되는 '살만한' 세계로 그린 것이다.

여기서 주목해야 할 것은 이런 토속적인 생활세계에 대한 깊은 애착과 풍부한 지식이 책이나 의식적인 학습을 통해서 얻은 것이 아니라 그 자신의 성장 과정과 생활을 통해서 '온몸으로' 체득한 것이라는 점이다. 이 과정에서 결정적인 역할을 한 것은 다양하고 중층적인 인간관계를 통해서 공동체의 경험과 기억을 다음 세대에게 전하는 구술문화였다. 고향 사람들이 살아가는 다양한 모습에 대한 지식과 감성은 모두 직접적인 대면과 말을 통해서 그에게 전해진 것이다. 실제로 이 구술문화는 백석 시의 내용과 형식 모두에 깊은 흔적을 남겼다. 그는 설화나 민담, 전설, 민요(무가)는 물론이고 민간에서 오랫동안 널리 활용되어온 속신(俗信)이나 속방(俗方)까지 자신의 시에 담아냈다. 이 모든 것들이 매일매일의 생활 속에서 만나는 사람들과의 교류 그리고 그들과 주고받은 입말을 통해서 그에게 전해진 것임은 말할 나위도 없는 일이다.

그러나 주지하다시피 구술문화를 매개하는 입말은 근대화, 그리고 출판 자본에 힘입은 인쇄문화의 전면적인 확산과 함께 급속히 역사의 뒷면으로 밀려나게 된다. 인쇄문화가 급속히 확장·보급되면서 입말 대신 비인격적·비개성적인 글말이 사회적 소통을 지배하게 되고 구술문화와 입말은 주변적인 위치로 밀려난 것이다. 이런 상황에서 백석은 구술문화의 내용들을 다양한 방식으로 자신의 시에 담아냈을 뿐 아니라, 그것들을 그에게 전해준 입말까지 시에 살려 쓰려고 했다. 그가 되살리려고 한 입말은, 그가 태어나서 성장하는 동안 줄곧 사용해 온, 따라서 수많은 기억과 정감이 배어 있는 평안도 말이었다. 그것은 비개성적이고 비인격적인 문자로 기록된 것(글말)이 아니라 생활 속에서 발화 행위를 통해 음성으로 실현된 말(입말)이었다.

성장 과정에서 습득한 이 평안도 말은 소통의 도구이자 그의 감성과 세계관을 형성하는 밑바탕이 되었다. 그 속에는 다른 어떤 것을 통해서도 표현할 수 없는 성장 과정의 온갖 경험, 기억, 정서가 짙게 배어 있었다. 하지만 이 평안도 말로 시를 쓰는 순간, 다시 말해서 실제로 발화되던 평안도 말을 문자로 고정하는 그 순간 그 기원인 말소리의 대부분은 지워지고 그 속에 담겨있던 기억과 정서 또한 훼손된다. 문자로 표기할 수 있는 것은 말소리의 극히 적은 일부, 즉 그 음가(音價)에 지나지 않고 실제의 발화에서 나타나는 억양, 어조, 강세, 발화 상황이나 발화자의 심리상태에 따라 달라지는 말소리의 미묘한 변주 등은 도저히 문자로 담아낼 수 없다. 문자화되는 순간 비개성적이고 비인격적인 문자가 말하는 사람의 개성과 온기와 정서가 담겨 있는 말소리를 지워버리기 때문이다. 그러므로 어린 시절의 경험과 기억을 시화하기 위해서 표준어(서울말)이 아닌 방언(평안도 말)를 선택했다고 해도 시를 문자로 기록하는 한 원래 평안도 말의 말소리와 그 울림을 제대로 살려낼 수는 없었다. 백석은 이처럼 문자 행위로서의 시 쓰기를 통해서는 도저히 살아 있는 입말, 그 자신의 기억과 정서가 배어 있는 평안도 말을 고스란히 재현할 수 없다는 사실 때문에 고심한 듯이 보인다. 그리고 문자로 담아낼 수 없는 입말의 다른 요소들, 특히 입말 구문과 말소리의 울림과 호흡 등을 시에 담아내기 위해서 다양한 시도를 했다.

백석 시에서 나타나는 〈조선어 맞춤법 통일안〉(이하에서는 〈통일안〉으로 표기)의 맞춤법 규정에 대한 잦은 위반은 이런 관점에서 이해할 수 있다. 그는 서울말 대신 평안도 말을 시어로 선택함으로써 표준어 규정을 위반한 데 이어 맞춤법 규정까지 위반한 것이다. 실제로 백석 시 구문은 〈통일안〉에 제시된 문법 기준에 들어맞지 않는 비문법적인 문장(비문)인 경우가 많다. 문법과 탈문법 사이를 오가는, 그렇지만 소통에는 아무 지장이 없는 문장이 빈번하게 나타나는 것이다. 그뿐 아니라 맞춤법이나 띄어쓰기 규정에 어긋나는 표기 등도 무수히 나타난다. 하지만 그것은 표준어에 대한 방언의 저항이란 관점에서 설명할 수도 없고, 문법 지식의 부족이나 부주의 때문이라고 할 수 없다. 시인이자 기자이기도 했던 백석으로서는 표준어의 불가피성을 인정하지 않을 수 없었고 이에 따라 그 나름으로 표준어 규정 또한 숙지하고 있지 않으면 안 되었기 때문이다. 또 실제 생활에서도 그는 표준어(서울말)의 압력 아래 살아가고 있기도 했다. 그럼에도 불구하고 그가 표준어(서울말) 대신 방언(평안도 말), 그리고 문법 규범의 틀에 갇힌 글말 대신 살아있는 입말을 택한 것은, 위에서 말한 것처럼 그것만으로는 자신의 기억과 내밀한 감정을 제대로 담아낼 수 없다는 불안감이나 불만 때문이었다고 할 수 있다. 이성적인 차원에서는 표준어와 맞춤법 규정의 불가피성을 인정하지 않을 수 없었지만 그것만으로는 어린 시절의 경험과 정서를 생생하게 되살려낼 수 없었기 때문에 입말에 의지하지 않을 수 없었고 어떻게 해서든 입말의 생생함을 되살려내기 위해서 의도적으로 글말의 규범성에 대한 일탈을 감행하지 않을 수 없었던 것이다. 마침표로 명확히 완결되는 글말과는 달리 끊어지지 않고 계속 이어지는 백석 시 구문의 개방성과 비문법성, 그리고 비논리성 등은 모두 입말의 중요한 특징을 반영한 것이라고 할 수 있다. 그리고 표기법이나 띄어쓰기 규정의 위반은 실제 발화 과정에서 나타나는 발음의 변이, 발화의 호흡 등을 최대한 재현하기 위한 방법이었다고 할 수 있다. 물론 이런 일탈을 통해서도 평안도 말 특유의 억양이나 어조 같은 것은 살려낼 수 없었지만, 〈통일안〉의 규정에 따라 지워질 수밖에 없었던 말소리의 상당 부분을 되살려낼 수 있었다고 할 수 있다.

그동안 백석이 시어로 택한 평안도 말에 대해서는 다양한 논의가 이루어져 왔고[3] 그 결과 백석 시의 어휘에 대한 어석(語釋), 그리고 백석 특유의 언어 구사법 등에 대해 어느 정도 해명이 이루어진 것이 사실이다. 하지만 백석 시에서 나타나는 평안도 말을 입말의 관점에서 살펴본 연구는 지금까지 거의 없었다고 보인다. 따라서 이 글에서

---

3) 이런 연구로는 다음과 같은 것들을 들 수 있다. 김동우, 「현대시의 방언과 공간적 상상력」, 『한국시학연구』 28, 한국시학회, 2010; 조영복, 「백석 시의 언어와 정치적 담론의 소통성」, 『한국 현대시와 언어의 풍경』, 태학사, 1999; 방소현, 「소리 뜻 중심의 백석 시 리듬 연구」, 『한국문예창작』 13, 한국문예창작학회, 2014; 김용희, 「백석 시에 나타난 구술과 기억술의 이데올로기」, 『한국문학논총』 38, 한국문학회, 2004.;전봉관, 「백석 시의 방언과 그 미학적 의미」, 『한국학보』 98, 일지사, 2010; 조영복, 「백석 시의 언어와 정치적 담론의 소통성」, 『한국현대시와 언어의 풍경』,

는 기왕의 연구 성과를 수용하는 한편, 그것을 입말과의 관련 속에서 다시 살펴보고자 한다. 이를 위해 이 논문에서 예시하는 작품들은 모두 백석이 최초로 발표한 판본의 표기를 따랐다. 최초 판본이 표현 형식이나 표기법과 관련된 시인의 의도를 가장 정확하게 반영하고 있다고 생각했기 때문이다.

2. 토속적 생활세계와 구술문화

백석은 근대의 시선을 통해서 고향의 삶을 재조명하는 가운데 그 가치와 의미를 재발견했다. 그리고 거기에 신선한 시적 형상을 입힘으로써 새로운 의미를 부여하였다. 그는 고향 사람들의 토속적인 생활세계를 야만과 미개의 흔적으로 타자화하는 대신, 그 다양성과 풍성함을 보여줌으로써 근대에 익숙한 사람들이 잊어버렸거나 잊고 싶어하는 이 모든 것들이 사실은 여전히 그들과 함께 살아 숨 쉬는 자연스러운 삶의 방식이며 간단히 부정될 수 없는 것임을 일깨워준 것이다. 러시아 형식주의의 용어를 빌어서 말하자면, 백석은 자기 시의 내용과 형식을 통해서, 너무도 자연스러운 것이어서 그에 대한 인식이 아예 습관화, 자동화되어 있었던 삶의 방식과 내용을 '낯설게' 보이도록, 그리고 이를 통해 그것들을 다시 보는 그 의미를 다시 생각해보도록 만들었다고 할 수 있을 것이다. 백석이 평안도 말을 사용한 것도 이런 '낯설게하기(defamiliarization)'의 한 방법으로 이해할 수 있다.4) 그런 의미에서 본다면 백석은 자기 시의 내용과 형식 모두에서

---

4) 무카로브스키, 김성곤·유인정 옮김, 『무카로브스키의 시학』, 현대시학, 1987, 14~18쪽.

'낯설게하기'의 방법을 적용함으로써 지극히 일상적이고 범속한 고향의 삶에 신비스러운 광휘와 심미적 가치를 부여하는 데 성공했다고 해도 좋을 것이다.

백석이 그린 토속적 생활 세계는 가족이나 친지를 중심으로 이루어지는 식사 행위나 친교, 놀이 같은 일상적인 일들에서부터 혼례, 명절 치레, 제사나 굿 등의 제례 등 비일상적인 것을 두루 포괄하고 있다. 요컨대 백석은 성장 과정에서 자신이 보고 듣고 겪은 생활문화를 다양한 방식으로 자신의 시에 담아낸 것이다. 이처럼 상상적 복원의 대상이 된 생활문화들이 의식적이고 인위적인 노력, 즉 학습을 통해 습득된 것이 아니라 태어나서 성장하는 과정에서 자연스럽게 체득된 것이라는 점은 특별히 기억될 필요가 있다. 이 과정에서 가장 중요한 의미를 지니는 것은 친족공동체와 친족공동체의 확장판인 촌락공동체의 삶, 그리고 그리고 공동체 구성원들 사이의 다양한 인적 네트워크를 통해 전승되는 구술문화이다.5)

근대 이전의 친족/촌락공동체는 매일 매일의 삶 속에서 자라나는 아이들에게 생활에 필요한 다양한 기능과 지식을 전수하는 거대한 교육의 장이었다. 이 친족/촌락공동체는 '상상의 공동체'(베네딕트 앤더슨)가 아니라 매일 매일의, 그리고 직간접적인 대면(對面)을 통해 형성된 친밀한 인간관계를 기초로 한 '대면의 공동체'였다. 친족공동

무카로프스키는 시에서의 방언 사용을 이런 관점에서 이해했다. 물론 무카로브스키가 사용한 개념은 낯설게하기가 아니라 '전경화(前景化, foregrounding)'였지만, 그 내용은 널리 알려진 '낯설게하기'와 다르지 않다.

5) 월터 J. 옹, 『구술문화와 문자문화』, 문예출판사, 1995, 42쪽. 옹은 구술문화의 가장 두드러진 특징으로 정형성과 상투적인 표현을 들었다. 그것은 기억을 통한 전승을 위해서는 '고정되고 형식화된 사고패턴'(42쪽)이 필요하기 때문이다. 하지만 이 논문에서는 이런 외적 특징보다 구전문학 자체보다 구술을 통해 이루어지는 전승, 그리고 그 매재인 입말의 특성에 대해 주로 논의하게 될 것이다.

체는 생활문화 대부분의 전승이 이루어지는 가장 기초적인 공간이고 촌락공동체는 이 친족공동체와의 긴밀하게 관계를 맺으면서 다양한 방식으로 이 전승 과정에 참여한다. 친족/촌락공동체는 단순한 인적 자원의 재생산을 통해서가 아니라 이런 전승을 통해 공통의 가치관이나 세계관, 도덕, 삶의 지혜, 다양한 민속과 신앙 등을 재생산함으로써 그 연속성을 유지해 온 것이다. 후자의 재생산은 새로운 공동체 성원과 기존 성원들 간의 다양한 상호작용을 통해서 이루어진다. 그리고 공동체의 연장자들은 당연히 공동체의 경험과 축적된 지혜를 다음 세대에게 전해주는 교사의 역할을 담당했다. 이 과정에서 매일 매일의 생활과 구술문화가 핵심적인 자리를 차지한다는 것은 불문가지이다.

친족공동체는 다양한 생활문화의 전승이 이루어지는 가장 기초적인 공간이다. 그리고 그 구성원은 다양한 형태의 접촉을 통해 오랫동안 전승되어 온 생활문화를 아이들에게 전해준다. 동시에 친족공동체는 아이들이 더 다양한 지식과 경험을 쌓을 수 있도록 촌락공동체에 접속시켜 주는 일종의 허브(hub) 역할을 한다. 촌락공동체도 친족공동체와 마찬가지로 그 속에 크고 작은 갈등의 요소, 그리고 근대적 관점으로는 이해하기 어려운 비극을 내포하고 있다. 가령 「힌 밤」(『조광』, 1935.12)에 나오는 수절과부의 자살, 「쓸쓸한 길」(『사슴』, 1936), 「넘언 집 범같은 큰마니」(『문장』, 1939.4)에서 언급된 영아 사체 유기,[6] 「여우난곬족」의 "토산고무", 「정문촌」의 "정문집가난이"(『사슴』, 1936)처럼 부모의 강제에 의해 이루어지는 조혼, 「적경」(『사슴』, 1936)의 혼자 아이를 낳는 "나어린 안해"와 홀로 미역국을 끓이는 "늙은홀아버('비'의 오식—필자)의시아부지"에서 볼 수 있는 것처럼 가난과 봉건적인

---

6) 이 책 89쪽 각주 6)을 참고할 것.

관습으로 인한 불행과 고통이 그치지 않는 것이다. 하지만 친족공동체와 마찬가지로 촌락공동체 역시 이런 상처와 고통들을 스스로 극복하고 치유하면서 유지된다. 그리고 아이들은 다양한 촌락공동체 내의 인적 네트워크를 통해서, 혹은 「하답」(『사슴』, 1936)에서 볼 수 있는 것처럼 또래집단의 다양한 놀이 등을 통해서 육체적으로나 지적, 정신적으로 성숙된 공동체의 구성원으로 성장해 간다. 일상생활 그 자체가 삶에 필요한 모든 것을 가르치고 배우는 교육의 장 역할을 하는 이 세계에서 특별한 의미를 지니는 것이 바로 입말, 그리고 이를 통해 전승되는 구술문화였다.

　근대적 교육제도가 보급되기 이전 소수의 지배계급을 제외한 대다수는 위에서 언급한 것처럼 공동체 내에서 맺는 다양한 인간관계를 통해서, 즉 그들과의 직접적인 접촉과 구술을 통해서 삶에 필요한 모든 것, 그리고 공동체가 축적한 경험과 지혜를 전수받았다고 해도 과언이 아니다. 요컨대 생활의 모든 국면이 공동체가 축적한 경험과 지혜, 즉 생활문화의 전승이 이루어지는 교육의 장이었고 공동체 내에서 관계를 맺는 모든 사람들이 서로에게 기억과 경험의 전수자 역할을 했던 것이다. 이 점과 관련해 기억해야 할 것은 백석의 시에서 노인(할아버지 할머니)들이 특히 자주 등장한다는 사실이다. 예부터 노인들은 그 자신과 공동체의 경험과 기억, 그리고 그로부터 도출된 다양한 지식과 삶의 지혜를 후손들에게 전수하는 역할을 담당한 교사였거니와, 백석 시의 노인들도 마찬가지였다. 고방 구석에서 "소신같은집신"을 삼는 할아버지(「고방」, 『사슴』, 1936), "병이들면 풀밭으로가서 풀을뜯소는 人間보다영해서 열거름안에 제병을낳게할 약이있는줄앎다"는 지혜를 일러주는 "七十이넘은로장"(「절간의 소이야기」, 『사슴』, 1936)이나 "넘언집 범같은 노큰마니", "가즈랑집 할머니"(「가즈랑집」,『사슴』, 1936) 등은 이처럼 공동체와 자신들의 경험과 기억을 다음 세대에게 전해주는 노인들의 모습을 생생하게 보여준다. 「모닥불」(『사슴』, 1936)에서 "어려서우리할아버지가 어미아비없는 서러운아이로 불상하니도 몽둥발이가된 슳븐력사"를 손자에게 전하는 것 역시 할아버지였다.

한 아이가 가족공동체를 매개로 해서 촌락공동체라는 좀 더 큰 세계와 연결되고 이 과정에서 공동체의 성원들에게 큰 영향력을 행사하는 샤머니즘적 세계와 접합되는 과정은 「가즈랑집」을 통해서 확인할 수 있다. 가즈랑집 할머니는 나에게 "토끼도살이올은다는때 아르대 즘퍼리에서 제비꼬리 마타리 쇠조지 가지취 고비 고사리 두릅순 회순 산나물"의 이름을 알려줄 뿐 아니라 계절에 따라 "달디단물구지우림 둥굴네우림… 도토리묵 도토리범벅" 같은 음식을 해 먹이기도 하는 등 나와 각별한 관계를 유지한다. 다시 말해 가즈랑집 할머니는 나의 보호자이자 후견인이면서 교사이기도 했던 것이다.

이 가즈랑집 할머니와의 인연으로 인해 일찍부터 무속과 깊은 연관을 맺게 된 백석은 촌락공동체 곳곳에서 벌어지는 다양한 무속행사를 직, 간접적으로 경험하면서 성장한다. 이 경험은 백석에게 대단히 강렬하고 인상적인 것이었다고 할 수 있다. 그리고 이 기억은 주지하다시피 그의 시 속에 다양하게 재생된다. "애기무당이 작두를타며 굿을하는"(「삼방」,『사슴』, 1936) 것이나 "국수당돌각담의 수무나무 가지에 녀귀(女鬼)의탱을 걸고 나물매 갖후어놓고 비난수를하는 젊은새악시들"이 "―잘먹고가라 서리서리물러가라 네소원풀었으니 다시침노말아라"(「오금덩이라는 곧」,『사슴』, 1936)며 축귀의식을 수행하는 장면이 여기에 해당된다.[7] 이밖에도 백석의 시들은 여전히 주술적인 세계관에 긴박된 공동체 구성원들의 모습과 그들이 행하는 주술적인 행위를 다각적으로 그려낸다. 이 세계에 속한 사람들은 "벌개 늪역에서 바리깨를뚜드리는 쇳소리가나면 누가눈을앓어서 부증이나서 찰거마리를 불으는 것"으로 이해해서 "피성한눈슭에 절인팔다리에 거마리를 붗"이는 식으로 속방(俗方)에 따른 치병(治病) 행위를 하기도 하고 "여우가 주둥이를향하고 우는집에서는 다음날 으레히 흉사가있다"는 속신(俗信) 때문에 "잠 없는 노친네들은일어나 팟을깔이며 방요"를 하기도 한다(「오금덩이라는 곧」). 이런 모습은 도깨비들의 심술 때문에 자주 곤욕을 치르는 외갓집의 모습을 그린 데서도 확인된다. 이 외갓집은 "밤이면 무엇이 기와곬에 무리돌을 던지고 뒤우란 배낡에 쩨듯하니 줄등을 헤여달고 부뚜막의 큰 솥 적은 솥을 모주리 뽑아놓고 재통에간 사람의 목덜미를 그냥그냥 나려 눌러선 잿다리 아래로 쳐박고/그리고 새벽녘이면 고방 시렁에 채국채국 엱어둔 모랭이 목판 시루며 함지가, 땅바닥에 넘너른히 널리는 집이다"(「외가집」, 『현대조선문학전집(시가집)』, 1938). 외갓집이 겪는 이 모든 소란의 주역은 도깨비이다.

이런 이야기들은 모두 입말을 통해서 그에게 전해진 것들로 그의 시에 큰 영향을 미쳤다. 그의 시에서 자주 등장하는 설화나 민담은 이 점을 좀 더 분명하게 보여준다. 「산」(『새한민보』, 1947.11)의 화자는 깊은 산속에서는 "겨드랑이에 짓이 돋아서 장수가 된다는/덕거 머리 총각들이 살어서/색씨 처녀들을 잘도 업어 간다고 했다"는 이야기,

---

7) "국수당 스무나무"와 관련된 이야기는 백석의 수필 「편지」(『조선일보』, 1936.2.21)에도 나온다. 여기서 백석은 처녀들의 '축귀의식' 대신 "육보름밤"(정월보름을 뜻하는 말로 보임)의 풍속을 소개하는 가운데 "새악시 처녀들"이 국수당의 스무 나뭇가지를 꺾어다가 그 가시에 하얀 솜을 달고 거기에 "울긋불긋한 각시와 하얀 할미"를 세워서 굴뚝이나 담벼락에 세워놓고 목화 농사가 풍년들기를 기원하는 모습을 그리고 있다.

혹은 "벼락을 맞아 바윗돌이 되었다는/큰 땅괭이"의 전설 같은 것들을 들으며 미지의 세계에 대한 공포와 호기심을 키워간다. 또 「고야」(『사슴』, 1936)에서는 온갖 심술궂은 장난을 하고 재물을 털어가기도 하는 '조마구 군병'[8]들 때문에 오줌 누러 가기조차 두려워하는 시적 주체의 모습을 그리기도 했다. 그뿐 아니라 4연과 5연 역시 구술을 통해서 다양한 생활문화가 전승되는 모습을 보여준다.

내일같이명절날인밤은 부엌에쩨듯하니 불이밝고 솥뚜껑이놀으며 구수한내음새 곰국이무르끓고 방안에는 일가집할머니도와서 마을의소문을펴며 조개송편에 달송편에 쬔두기송편에 떡을빚는곁에서 나는 밤소 팥소 설탕든콩가루소를먹으며 설탕든콩가루소가 가장맛있다고 생각한다. 나는 얼마나반죽을 주믈으며 흰가루손이되어 떡을 빚고싶은지 모른다.

---

8) 북한의 과학, 백과사전출판사에서 나온 『현대조선말사전』(1981)에 따르면 '조마구'는 1) 작은 주먹을 귀엽게 이르거나 얕잡아 이르는 말, 2) 조무래기 등의 뜻을 가진 말이다(1809쪽). 이 설명과 시에 언급된 내용으로 미루어 보면 백석 시에 나오는 '외발가진조마구'이야기는 부자들의 재물을 털어 지하세계에 쌓아놓은 '조마구'와 '조마구' 군병을 퇴치하고 재물을 되찾는 '지하괴물 퇴치담'일 가능성이 높다고 생각된다. 이경수는 조희웅이 인용한 '조마구' 이야기(『한국구비문학대계』1~4, 한국정신문화연구원, 1981)를 소개하면서 이 조마구가 엄마를 살해한 존재이기 때문에 화자가 조마구에 대해 공포감을 느끼고 있다고 설명했다(이경수 외, 「백석 시 「고야」에 나타난 설화적 특성」, 『어문논집』 45, 중앙어문학회, 2010, 387~396쪽). 하지만 이 경우 이야기의 기본 골격과 핵심 화소(話素: 모친 살해와 복수)가 시에 나오는 '조마구'의 행적(기껏해야 도둑질)과 전혀 일치하지 않는다는 점을 지적할 수 있다. 또 앞에서 거론한 『한국구비문학 대계』에 실린 설화에서는 '조마구'라는 이름 대신 '꼬리 닷발 주둥이 닷발 짐승'이란 이름이 사용되는데 이는 '조마구'라는 이름이 담고 있는 뜻과는 거리가 멀다. 참고로 임석재가 1930년대 평북 선천 신성학교 교사로 재직하면서 채집한 민담 가운데 '주먹만한 아이'라는 이야기가 있다. 이 이야기의 주인공은 백석의 '조마구'와 같은 뜻을 가진 '주마구'(주먹만한 아이)라는 이름을 가지고 있지만 그 내용은 전혀 다르다. 임석재, 『임석재 전집(한국구전설화-평안북도 편)』 1, 평민사, 1987, 257~258쪽. 이런 점들로 미루어 보면 「고야」에서 나오는 '외발가진 조마구' 이야기는 전승 범위가 대단히 협소하거나 다양한 변이형을 가진 민담이라고 생각된다.

설달에내빌날이들어서 내빌날밤에 눈이오면 이밤엔 쌔하얀할미귀신
의눈귀신도 내빌눈을받노라 못난다는말을 든든이여기며 엄매와나는 앙
궁웅에 떡돌웅에 곱새담웅에 함지에 버치며 대냥푼을놓고 치성이나드
리듯이 정한마음으로 내빌눈 약눈을 받는다 이눈세기물을 내빌물이라
고 제주병에 진상항아리에 채워두고는 해를묵여가며 고뿔이와도 배앓
이를해도 갑피기를 앓어도 먹을물이다

—「고야」 4~5연

　　인용에서 볼 수 있듯이 시적 주체는 설달 그믐밤 엄마와 일가집
할머니가 모여서 설음식을 준비하는 자리에서 "엄매에게" "평풍의
새빩안천두의이야기"를 듣기도 하고 "내빌날"과 관련된 풍습과 토속
신앙에 대해 배우기도 한다. 이 자리는 단순히 설 음식을 준비하는
자리일 뿐 아니라 이처럼 친숙한 인간관계와 그들 사이에서 오가는
정감 어린 말을 통해서 다양한 생활문화, 앞 세대의 경험과 지식, 구전
설화 등이 전승되는 자리이기도 했다. 이런 이야기들, 그리고 생활
속에서 그런 이야기들을 접한 경험은 아이들의 지적·정신적·정서적
성장에 큰 영향을 미친다. 그리고 아이들은 그 자리에 함께하면서
이야기에 참여하는 사람들과 긴밀한 정서적 유대를 맺음으로써 공동
체의 일원으로 성장해 간다.9) 백석이 유달리 말과 말소리에 강한 애착
을 보인 것은 어린 시절부터 이런 입말의 힘과 효과를 경험했을 뿐
아니라, 구술문화의 전승이 이루어지는 공동체와 생활공간과 관련된
행복한 기억들을 마음속 깊이 간직하고 있었기 때문이라고 할 수 있다.

---

9) 월터 J. 옹, 앞의 책, 113~118쪽.

3. 백석 시의 "방언/입말" 지향

구술문화로부터 받은 영향은 앞에서 본 것처럼 백석 시의 내용에 깊은 자취를 남겼을 뿐 아니라 시 형식에도 깊은 영향을 미쳤다. 그것은 물론 의식적으로 노력한 결과이기도 했지만, 그 이전에 그의 내면과 감성에 작용한 구술의 강력한 힘 때문이라고 할 수 있다. 구술은 화자와 청자의 직접적인 대면을 전제로 한 것이거니와, 서로 감정적으로 깊이 연루된 화자와 청자 사이를 오가는 말소리의 울림은 그 속에 담긴 정서를 청자의 육신과 영혼에 깊이 각인시킨다. 또 말의 억양과 어조 등을 통해서 전달되는 생생한 정감은 화자와 청자 사이의 공감과 유대감을 강화함으로써 이들을 하나의 공동체로 엮어간다. 백석 시에 남아 있는 구술문화의 다양한 흔적은 이처럼 성장기에 겪은 구술문화의 체험을 통해서 그의 내면에 깊이 각인된 것들이라고 할 수 있다.

따라서 백석이 자신의 어린 시절 기억과 체험을 시로 형상화하면서 평안도 말을 적극 부려 쓴 것은 자신의 내면과 정서를 표현하기 위한 최선의, 그리고 어쩔 수 없는 선택이었다고 할 수 있다. 서울말이 아니라 그의 몸과 영혼에 새겨진 평안도 말(입말)을 통해서만 그 자신의 내밀한 정서를 온전히 표현할 수 있었기 때문이다. 입말의 흔적은 단순히 어휘 수준에서만 확인되는 것이 아니다. 그의 시에서 사용된 표기법과 띄어쓰기, 시 구문 역시 백석의 입말 지향성을 분명하게 보여준다. 따라서 백석 시에 나타나는 평안도 말은 두 가지 측면에서 의미를 부여할 수 있다고 생각된다. 즉 인쇄문화의 확산과 함께 급부상한 문자와 문자문화에 대한 말과 구술문화의 저항(즉 '입말지키기')이란 측면에서, 그리고 서서히 표준어의 지위를 얻으면서 점차 특권화되어 가고 있는 서울말에 대한 평안도 말의 저항이란 측면에서 이 해할 수 있다. 특히 후자는 이미 고향과 멀어진 삶, 그리고 막 표준어 의 지위를 부여받게 된 서울말에 포위된 채 살고 있는 백석 자신의 불안감과도 맞닿아 있다고 할 수 있다. 백석 시가 낯익으면서도 낯선 느낌을 주는 것은 낯선 평안도 말과 그 속에 담긴 토속적인 생활세계 의 모습 때문이기도 하지만 이런 입말의 흔적 역시 낯선 느낌을 유발 하는 데 일조한다고 할 수 있다. 문자문화/글말과 구술문화/입말, 그 리고 〈통일안〉의 공표와 함께 대두된 표준어의 이상과 지방어 사이의 대립, 혹은 근대와 전근대라는 대립 구도 속에서 백석 시는 앞서 말한 것과 같은 '낯설게하기' 효과를 발휘하게 되는 것이다.

1) 방언 사용의 의미와 한계

입말의 생생함을 되살리려는 백석의 노력은 우선 평안도 말 사용에 서 두드러지게 나타난다. 그것은 흔히 표준어에 대한 저항으로 이해 된다. 하지만 이는 오늘날의 관점에서 가해진 결과론적 해석이라고 생각된다. 왜냐하면 『사슴』이 간행된 1936년은 표준어 제정의 필요성 에 대한 합의가 막 이루어져 가는 시점, 따라서 표준어의 개념만 제시 되었을 뿐 서울말이 표준어로서 지위를 굳혔다고 하기는 어려운 시기 였다. 따라서 이 시집에 실린 시들이 대부분 〈통일안〉 이후에 창작된 것이라고 보더라도 백석의 평안도 방언을 표준어에 대한 저항으로 간단하게 규정해 버리는 것은 다소 지나친 감이 있다.

근대 이후의 조선어는 미증유의 경험을 겪게 된다. 우선 지적해야 할 것은 인쇄문화의 급속한 성장으로 인해 글말이 사회적 소통의 핵 심을 차지하게 되고 오랫동안 소통의 중심적 역할을 담당했던 입말의 지위와 존재가치는 점차 하락하고 주변화되어가고 있었다는 점이다. 이와 함께 일제의 강점과 함께 조선어가, 조선어를 일본어에 부속된 지방언어로 만들려고 한 제국의 기획 속에 포섭되고 있었다는 점도 지적할 수 있다. 조선총독부 학무국의 주도 하에 만들어진 '조선어 철자법'(1912)은 그런 기획의 산물이었다. 이런 상황 속에서 조선어를 민족적 정체성을 담보해 주는 민족어의 지위로 격상시키려는 노력 또한 나타나게 된다. 조선어학회 주도로 〈통일안〉이 제출되고 이와 함께 표준어를 정하려는 움직임이 나타나는 것이다. 표준어를 제정하고 통일된 맞춤법 규칙을 만들려는 움직임은 인쇄문화의 급속한 발전과도 깊은 관계가 있다. 인쇄매체의 원활한 유통을 위해서는 무엇보다 낱말의 어형을 고정시키고 표기법을 통일시킬 필요가 있었기 때문이다. 〈통일안〉에 지지를 표한 것이 주로 문자 행위에 종사하는 문인, 언론매체였다는 사실이 이 점을 말해준다. 하지만 조선어학회의 〈통일안〉이 공표되고 수용되기까지는 적지 않은 진통이 따랐다. 그중에서 특히 중요한 것은 맞춤법과 관련하여 표음주의 원칙을 내세운 조선어학연구회와 형태주의 원칙에 따른 맞춤법을 고수한 조선어학회 사이의 대립과 갈등이다.[10] 이 대립은 상당히 치열하게 전개되지만, 1934년 대다수의 언론출판 기관, 그리고 다수의 문인들이

---

10) 〈통일안〉이 등장할 때까지 표기법의 역사적 변천 과정에 대해서는 이강언, 「조선어 표기법에 있어서의 형태주의와 표음주의 논쟁」, 『어문학교육』 4, 한국어문교육학회, 1981, 318~333쪽. 표음주의와 형태주의의 이론적 입장과 관련해서는 임동현, 「1930년대 전반기 민족어 규범 형성과 철자법 정리·통일 운동」, 고려대학교 석사논문, 2011, 22~29쪽을 참고할 것. 조선어학연구회는 과거로부터 전승된 '현재' 문자의 전통성을 강조하는 입장을 취했다. 그리고 훈민정음을 음절문자로 보고 칠종성 원칙에 따른 표음주의를 주장했다. 반면에 반면에 조선어학회는 식민지 상황에서 훼손된 문자를 복원한다는 입장을 취하면서 조선문자를 음절문자로 보는 견해는 조선문자를 일본문자에 흡수되도록 만드는 것이라는 입장을 취했다.

〈통일안〉에 대한 지지와 환영의 뜻을 밝힘으로써11) 조선어학회의 〈통일안〉의 승리로 귀결된다. 그것은 말에 대한 글의 승리—결과적으로는 구술문화에 대한 인쇄문학의 승리를 가져온—를 의미하는 것이었다.

이 무렵 평안도 방언 사용자인 백석은 누구보다 표준어의 압력을 강하게 받는 처지에 있었다고 하지 않을 수 없다. 왜냐하면 그는 『조선일보』 교정 기자를 거쳐 동사에서 발행하는 잡지 『조광』의 편집자로 일하고 있었기 때문이다.12) 즉 근대적인 교육의 경험, 또 기자이자 시인이라는 직업과 신분 등 모든 면에서 문자문화의 위력과 표준어 제정의 불가피성을 절감할 수밖에 없는 처지에 있었을 뿐 아니라 표준말로 지정된 서울말에 포위된 채 살고 있었던 것이다. 그렇지만 몸에 밴 평안도 말의 흔적은 쉽게 털어낼 수 있는 것이 아니었다. 이성적, 의식적인 차원에서는 표준어의 불가피성을 인정하고 서울말을 익혀 쓰기 위해 애쓰지 않을 수 없었지만, 몸에 밴, 그리고 심층적인 무의식을 지배하고 있는 평안도 말을 털어버릴 수 없었던 것이다. 언어적 정체성과 관련된 이 혼란과 갈등은 백석이 평소에는 서울말을 쓰려고 노력했지만, 이따금 감정이 격해질 때는 자신도 모르게 평안도 사투리를 썼던 데서도 확연하게 드러난다. 따라서 그가 시에서 평안도 말을 부려 쓴 것은 이처럼 위기 상황에 처해 있는 자신의 언어

---

11) 형태의 통일성을 강조한 철자법(형태주의)을 내세운 조선어학회와 소리를 중시한 철자법(표음주의)을 내세운 조선어학연구회 사이의 격렬한 대립은 1934년 7월 9일 문필가들이 조선어학회의 맞춤법 지지성명서를 발표하고 이어서 『동아일보』와 『조선일보』 역시 같은 입장을 밝힘으로써 조선어학회와 형태주의 표기법의 승리로 귀결되었다. 시정곤, 『훈민정음을 사랑한 변호사 박승빈』, 박이정, 2015, 511~530쪽.

12) 백석은 『사슴』 출간된(1936.1) 다음달(2월)에 『조선일보』 출판부 편집기자 직을 사직하고 같은 해 4월에 함흥 영생고보 영어교사로 부임했다. 이숭원, 『백석 시의 심층적 탐구』(태학사, 2006)에 실린 「백석연보」(285~286쪽) 참조.

적 정체성을 재확인하고 지키기 위한 것이었다고 할 수 있다.

다시 말해서 그가 굳이 평안도 말을 시어로 택한 것은 평안도 말이 방언으로 전락하고 주변화되어 갈 위기 상황에 대한 대응 이전에 서울에서 평안 방언 사용자로 살아가야 하는 그 자신의 처지에 대한 대응으로 이해할 수 있다. 그는 서울말에 포위되어 있었고 의식적으로 서울말을 쓰려고 노력하지 않으면 안 되는, 따라서 시간이 가면서 점점 평안도 말에 대한 기억이 흐려질 수밖에 없는 상황에 놓여 있었던 것이다. 그러므로 그가 시에서 평안도 말을 사용한 것은 무엇보다 그 자신의 언어적 정체성을 확인하고 유지하기 위한 것이었다고 할 수 있다. 물론 더 크게 보자면 백석이 평안도 말을 부려 쓴 것은 다양한 방언을 내포하고 있는 복수의 조선어를 단일한 규범에 의해서 통일된 단수의 조선어로 만들려는 노력, 다시 말하자면 조선어 내부의 이질적인 것(방언)을 억압, 배제함으로써 균질적인 조선어를 만들어 내려는 노력에 대한 불만과 저항이라는 의미를 부여할 수도 있을 것이다. 하지만 그에 앞서 백석 자신이 처한 이 같은 실존적 상황을 고려하지 않으면 안 된다. 『사슴』 출간 당시만 해도 조선어학회의 〈통일안〉이 아직 이렇다 할 강제력을 발휘할 수 있는 상태에 있지 않았다는 점도 이런 실존적 상황에 무게를 더하게 한다.

한편 앞에서 말한 것처럼 〈통일안〉이 공표되고 난 뒤 그에 대한 문인들과 언론 기관의 지지가 표면화되기는 했지만, 〈통일안〉이 단순한 '안'이 아닌 공통의 어문규범으로 정착되기 위해서는 교육기관과 언론매체의 동의와 협력, 그리고 교육을 통제하는 조선총독부 학무국의 승인이 필요했다.13) 이 시기까지 〈통일안〉은 여전히 '안'이었

---

13) 이혜령, 「한글운동과 근대 미디어」, 『해방 전후사의 재인식』 1, 책세상, 2006, 563~574쪽.

을 뿐 어문 생활을 규정하는 강제적인 규범으로 정착되었다고 할 수는 없었던 것이다. 또 개별 어휘의 수준에서 표준어/방언의 구별이 명확하게 이루어졌던 것도 아니다. 따라서 조선어학회에서는 〈통일안〉을 교육에 반영시키기 위해 다각도로 노력하는 한편, 자신들이 제시한 표준어의 원칙과 기준에 따라 표준어 어휘를 확정하고자 했다. 그 결실이 바로 『사정한 조선어 표준말 모음』(1936, 이하 『표준말 모음』으로 표기)이었다. 조선어학회는 이 『표준말 모음』의 '일러두기'에서 "현재 중류사회에서 쓰는 서울말"을 표준말로 정한다는 기왕의 원칙을 재확인하면서 "가장 널리 쓰이고 어법에 맞는 시골말도 적당히 참작하여 취"하겠다는 비교적 '유연한' 입장을 취했다. 하지만 『표준말 모음』에서 제시한 어휘의 수가 그다지 많지 않다는 점, "'갑'을 취하고 '을'을 버린" 명확한 근거와 이유를 제시하지 않은 점 등은 이 표준어 사정 작업의 한계를 말해 준다.14) 이를 통해서 알 수 있는 것처럼 〈통일안〉이 제시한 '표준어'의 개념과 맞춤법은 상당기간 동안 문자 그대로 '안(案)'에 머물러 있었던 것이다.

이런 상황이었으니 백석이 『사슴』에 실린 시들을 쓸 때는 물론이고 시집을 발간할 때까지도 자신이 사용하는 말이 표준어인지 아닌지를 판단할 수 있는 명확한 기준이 없었다고 할 수 있다. 물론 백석은 〈통일안〉을 지지하는 언론사 소속의 기자이자 문인이었으니, 당연히

---

14) 조선어학회, 『사정한 조선어 표준말 모음』(5판), 조선어학회, 1946, 2쪽. 이 책의 머리말에서는 사정의 방법과 관련하여 기왕의 표준말 규정 이외에 "가장 보편성이 있는 시골말"도 적당히 참작하기 위해 사정위원은 각 지방을 망라하여 조직했다고 밝혔다. 이에 따르면 전체 73인 가운데 경기 출신이 절반이 넘는 34명이고 그중 서울 출신이 26명이었다. 이런 구성은 이 사정 과정이 '서울말'에 특권적 지위를 부여하기 위한 것이었음을 시사하는 것으로 이해할 수 있다. 표준말 결정권이 경기도 출생 위원에게 있으며 이의가 있을 경우에는 재심리에 붙이고 그 말의 분포 지방을 조사하여 숙의한 뒤 전체 표결로 결정하는 것으로 되어 있는 것도 마찬가지다.

조선어학회가 제시한 표준어의 개념과 기준, 그리고 맞춤법을 숙지하고 있었다고 해야 할 것이다. 하지만 앞에서 말한 이유에서 개별 어휘 수준에서 표준어와 방언을 명확히 구별하고 있었다고 하기는 어렵다. 개별 어휘 수준에서 표준어/방언의 명확한 구별이 이루어지려면 『표준말 모음』에서처럼 먼저 '표준말' 어휘가 확정되어야 했기 때문이다. 하지만 『표준말 모음』이 나온 것은 한참 뒤의 일이었고, 이 책에 담긴 '사정한 표준말'의 숫자 역시 대단히 빈약했다. 요컨대 대다수 어휘들은 여전히 '사정'의 범위 밖에 있었던 것이다. 따라서 『사슴』을 발간할 무렵 평안도 말은 방언으로 평가절하되고 주변화되어 갈 운명에 처해 있었던 것이 아니라 여전히 서울말과 대등한 가치와 의미를 지닌 말로서 평안도 출신들의 자부심과 긍지의 원천이었다고 하는 것이 옳을 것이다.15) 위기에 처한 것은 평안도 말이 아니라 서울말의 압력 속에서 스스로 평안도 말의 사용을 억압해야 했던 백석 자신의 언어적 정체성이었다고 할 수 있다.

평안도 말은 그가 태어나면서 성인이 될 때까지 익혀 온 것, 따라서 그 자신의 정체성의 바탕을 이루는 것이었다. 따라서 평안도 말이야말로 '어미 소'와 소통할 수 있는 '영각 소리', 그리고 그 자신의 내면과 감정을 생생하게 표현할 수 있는 진정한 의미의 모국어(mother tongue)였다고 할 수 있다. 입말, 그리고 그것의 구체적인 표현 형태인 방언은

---

15) 이 점은 표준어로 정해진 서울말에 맞서 평양말을 지키려는 노력이 백석만이 아니라 평양 중심의 기독교 세력에게서도 나타났다는 사실을 통해서 확인할 수 있다. 특히 "조선의 예루살렘"으로 불렸을 정도로 기독교 세력이 왕성했던 평양과 평안도 지방의 기독교 세력은 성경 철자 개정 문제, 특히 한자어 처리 문제와 평안도 방언의 배제 문제 때문에 "경성어"에 기반을 둔 신철자법을 거부하는 입장을 취했다. 이혜령, 앞의 논문, 592~593쪽. 이 갈등의 이면에는 평양이 문화적인 면에서 경성에 못지않다는 평양 지식인들의 자존심이 자리잡고 있었다고 할 수 있다.

모체의 자궁 속에서부터 들어온, 그리고 엄마 품 안에서 아기를 어르는 소리나 자장가를 들으면서, 또 친족 및 촌락공동체 속에서 수많은 사람들과 접촉하면서 자연스럽게 습득한 말이기 때문이다. 이처럼 성장 과정에서 오랜 시간에 걸쳐 습득한 것이기 때문에 입말/방언(평안도 말)은, 활자와 책을 통해서 익힌 글말/표준어(서울말)와는 달리 그 사용자의 몸과 영혼에 깊이 각인된다. 그리고 입말 속에는 생활의 정서와 기억, 그리고 정감이 깊게 배어 있다. 이 때문에 문자, 혹은 인쇄문화와 밀접한 관계가 있는 표준어를 엄격한 규칙성과 완결성을 요구하는 "아버지의 말"이라고 할 수 있다면, 글말과는 다른 개방성과 유연성, 그리고 풍부한 정감을 지닌 입말은 '어머니의 말'이라고 부를 수 있다. 입말/방언이 글말/표준어로 쉽게 대체될 수 없는 이유도 여기서 찾을 수 있다.

이런 관점에서 보면 방언 사용자가 '아버지의 말'인 표준어로 시를 쓴다는 것은 '어머니의 말' 속에 각인되어 있는 삶의 기억과 정서를 포기하는 일이 될 수밖에 없다. 마찬가지로 평북 방언 사용자였던 백석이 〈통일안〉이 제시한 표준어, 그리고 표기법의 틀과 원칙에 따라 시를 쓴다면, 그것은 그 자신의 언어적 정체성 그리고 그 말에 담겼던 기억과 정서를 포기하는 일이나 다름없는 일이 될 수밖에 없었다. 더구나 생활 속에서 이미 강력한 서울말의 압력 속에 놓여 있던 백석의 입장에서라면 그런 위기감은 더욱 클 수밖에 없었을 것이다. 이미 서울말에 포위된 상황, 그리고 서울말을 쓰지 않으면 안 되는 상황에서 시, 그것도 주로 고향의 품 안에서 성장했던 어린 시절의 추억들을 그린 시마저 서울말로 쓴다면, 자기 삶의 내밀한 기억과 정서들은 자연히 망각되거나 말소될 수밖에 없었기 때문이다. 이런 관점에서 보면 백석이 시에서 평안도 말을 사용한 것은 무엇보다 그 자신의 언어적 정체성을 확인하고 고수하기 위한 방편이었다고 하지 않을 수 없다. 평안도 말이 아니면 자신의 경험과 기억, 그리고 내밀한 감정을 적확하게 표현할 수 없었기 때문이다.16)

물론 문자에 의지해서 시를 쓰는 한 백석의 방언 사용은 명확한 한계를 지닌 것일 수밖에 없었다. 아무리 평안도 말을 쓰고자 해도 표준어로 부상하고 있는 서울말의 압력을 완전히 벗어날 수는 없었기 때문이다. 그리고 고향을 벗어나서 서울에서 생활하는 백석은 이미 순수한 의미의 방언 사용자가 아니었고, 따라서 평안도 말에 대한 기억도 완벽했다고 하기는 어렵다. 이 점은 '넝각'(132), '개떳벌기'(19), '넨쟀간'(134), '날버들티'(276) 같은 평안도 말을 각각 '영각'(『사슴』 속표지 제목), '반디불'(「정주성」), '연자ㅅ간'(「연자ㅅ간」), '날버들치'(「하답」) 같은 표준말로 쓴 데서도 확인된다.17) 이는 이 말들이 백석이 그다지 자주 접하지 않은 사물을 지칭하는 말이라서 기억이 희미해졌거나 표준말로 대체해도 정감을 표현하는 데 별 지장이 없었기 때문이라고 할 수 있다. 이런 점들을 고려하면 백석의 시는 표준어(혹은 표준어로 부상하고 있는 서울말)의 바탕 위에서 자신이 기억하는 평안도 말을 부려 쓴 것이라고 하는 것이 옳을 것이다. 하지만 설령 백석이 모든 시어를 완벽한 평안도 말로 대체했다고 하더라도 그것으로 평안도 말 특유의 어감—말속에 담긴 기억과 정감적 가치를 온전하게 되살려낼 수는 없었다고 해야 한다.18) 방언의 방언다움

---

16) 평소 서울말을 쓰던 백석이 화를 낼 때나 친구들과 대화할 때는 강한 억양의 평안도 사투리를 사용했다는 증언(김영한, 『내 사랑 백석』, 문학동네, 1995, 111쪽)은 이 점을 시사한다. 서울 말은 폭넓은 의사소통을 가능케 하는 도구일 수는 있었지만 내밀한 감정을 섬세하게 담아낼 수 없는, 외국어나 다를 바 없는 말이었던 것이다.

17) 김이협 편, 『평북방언사전』, 한국정신문화연구원, 1981. 괄호 안의 숫자는 해당 어휘가 실린 쪽수를 표시한 것이다.

은 개별 어휘 차원에서가 아니라 그것이 실제 발화될 때 나타나는 다양한 울림, 즉 단편적인 어휘보다는 통사적인 차원에서, 그리고 실제 발음을 통해서 실현되는 음성적 가치—어조, 억양, 장단, 강세 등을 통해서만 제대로 드러날 수 있다. 실제로 방언의 인지와 식별은 개별 어휘보다는 실제 발화할 때 실현되는 여러 가지 음성 자질(억양, 어조 등)나 해당 방언 특유의 종지법(용언의 종결어미)을 통해서 이루어지는 경우가 많다. 하지만 문자로는 음가를 제외한 이런 음성적 가치들을 제대로 드러낼 수 없다.19) 문자로 기록되는 순간 입말,

---

18) 전봉관, 「백석 시의 방언과 그 미학적 의미」, 『한국학보』 26(1), 일지사, 2000, 147~153쪽. 백석의 방언 및 표기법과 관련된 논의는 이 논문에서 시사받았다. 전봉관은 백석의 방언을 A) 표준어와 방언이 기표만 다른 경우, B) 순수 정주지방어(표준어에 그 사상(事象)이 존재하지 않는 경우), C) 표준어-비표준 공용어(표준어 표기법 규칙에 어긋난 경우)의 세 유형으로 나누어 고찰했다. 이로써 백석 시에 나타난 방언을 좀 더 입체적으로 이해할 수 있게 되었지만, 세부적인 면에서는 다소의 오류가 발견된다. 가령 순수한 정주 지방 방언으로 제시한 수리취, 어치, 삼굿, 땅버들(갯버들) 등은 사전에 등재된 표준어다. 또 "붕어곰"와 "거적장사"는 "붕어+곰" "거적+장사"처럼 두 개의 표준어 어휘가 결합된 합성어이며, "날버들치"는 "버들치" 앞에 접두사 '날'이 붙어서 된 파생어이므로 표준어로 보아도 무방할 것이다. 이밖에 반디젓(밴댕이젓), 내빌날(납일臘日), 눈세기물(눈석임물), 시라리타래(시래기타래), 자벌기(자벌레), 나무뒝치(나무둥치-큰나무의 밑둥) 등은 표준어와 기표만 다른 경우(A)에 해당된다. 그러므로 표준어로는 "기의가 비어 있는" 기표에 해당되는 정주 고유의 방언(B)은 극히 드문 것으로 생각된다.

19) 표준어의 보급으로 개별 어휘 수준에서 표준어와 방언의 차이가 줄어든 현재에도 방언은 개별 어휘 차원이 아니라 고유한 어조와 억양, 혹은 통사 구조(특히 종결어미)에 의해서 식별되는 경우가 많다. 따라서 방언은 개별 어휘 차원에서보다는 몇 가지 외적 특징, 혹은 문법 요소들을 통해서 인지된다고 할 수 있다. 가령 평안도 방언의 경우 ㄷ, ㅌ, ㄸ이 구개음화가 실현되지 않는 것, 다른 방언에서 볼 수 없는 '-래(레)' 같은 조사, 그리고 ㅆ 받침이 사용되지 않는 점(가겠어요-가갓서요) 등에 의해서 식별된다. 백석은 "돌덜구의 물"(『사슴』 속표지, 1936), "딥세기"(「넘언집 범같은 노큰마니」), "동티미국"(「국수」(『문장』, 1941.4), "나가디두 않고" "턴정"(「남신의주 유동 박시봉 방」(『학풍』, 1948.10) 등에서 볼 수 있는 것처럼 부분적으로 구개음화가 되지 않은 평안도 말을 사용하기는 했지만 표준말처럼 구개음화된 어휘를 사용한 경우도 적지 않다. 또 평안도 방언에서는 "절(拜)"과 "덜(寺)", 그리고 "집(家)"과 "딮(藁)"을 구별하지만(「평북방언에 대하여」, 김이협, 『평북방언사전』, 한국정신문화연구원, 1981, 578~581쪽), 백석은 "절"(「추일산조」), "집신"(「고방」)으로 썼다. 아울러 "나는 서글퍼서 울상을 한다"(「오리 망아지 토끼」, 『사슴』, 1936)의 경우도 평안도 말로는 "내래 서글퍼서 울상을 한다(했디)" 정도가 되어야 할 것이다. 또

즉 말소리의 울림은 지워져 버리기 때문이다.

이런 지적이 백석이 자신의 시에서 평안도 말을 살려내기 위해 애쓴 것을 평가절하하기 위한 것은 아니다. 그는 단순히 고향 정주 지방의 삶을 그린 시에서만이 아니라 이른바 '기행시', 그리고 심지어는 '만주시편'들에서도 다양한 평안도 말을 부려 썼을 정도로 평안도 말에 깊은 애착을 보였다.[20] 백석이 사용한 평안도 말은 주로 체언(특히 명사)에 해당하는 말들인 것으로 알려졌다.[21] 그것은 체언들이 주로 그가 익숙하게 경험한, 따라서 깊은 정감이 배어 있는 사물들을 가리키는 말이기 때문일 것이다, 이런 말들을 다른 말로 대체할 경우 그 말에 배어 있는 정감과 기억은 소실되고 만다. 하지만 백석 시에서 평안도 말의 가치를 좀 더 잘 드러내는 것은 체언이라기보다 형용사나 부사라고 하는 것이 옳을 것이다. 실제로 백석은 체언에 못지 않게, 아니 그 이상으로 수많은 형용사나 부사를 평안도 말로 썼다. 그것은 형용사나 부사의 경우 사실상 서울말로 대체하는 것이 불가능했기 때문일 것이다. 체언의 경우라면 어감의 미세한 변화를 감수한다면 그에 대응되는 상대어를 찾는 것이 어렵지 않을 수 있지만, 형용사나 부사는 그럴 수가 없었던 것이다. 외국어 번역 과정에서 형용사나 부사에 대응하는 어휘를 찾기 어려운 경우가 많은 것도 이 말들이

제목에서는 표준말 '망아지'를, 시 본문에서는 방언 '매지'를 사용한 것도 백석의 방언 사용이 상당히 제한적이었음을 말해 준다. 이밖에 평북 방언의 특징에 대해서는 임정남, 「평북 정주지방의 방언연구」, 중앙대학교 석사논문, 1982, 10~65쪽 참고.

20) 백석이 여행지의 방언도 시에 적극 활용했다고 주장하는 연구자도 있지만, 그 근거가 무엇인지는 불확실하다. 하지만 이 주장을 받아들인다고 하더라도 이때 여행지의 방언은 평안도 방언과는 의미가 전혀 다르다. 여행지의 방언이란 백석 자신의 기억이나 정서가 배어 있지 않은, 단지 눈 앞에 펼쳐진 풍물의 이질감을 환기하기 위한 장치에 지나지 않기 때문이다.

21) 고형진, 「백석의 시 세계와 시사적 의의」, 『정본 백석 시전집』, 문학동네, 2010, 292~293쪽.

발화자의 미세하고 미묘한 정서를 담고 있기 때문이다. 형용사나 부사는 이처럼 섬세하고 내밀한 감정의 표현과 관련하여 중요한 의미를 지닌다. 백석이 평안도 방언에서 유래한 형용사나 부사를 즐겨 사용한 것도 같은 이유에서라고 할 수 있다.

백석이 사용한 형용사로는 "그느슥한"(「성외」, 『사슴』, 1936), "장글장글하니"(「황일」, 『조광』, 1936.3), "세괏은"(「선우사」, 『조광』, 1937.10), "잠풍하니"(「산곡」, 『조광』, 1937.10), "구붓하고"(「바다」, 『여성』, 1937.10), "쇠리쇠리한"(「석양」, 『삼천리문학』, 1938.4), "가펴러운"(「절망」, 『삼천리문학』, 1938.4), "보득지근한" "째듯하니" "넘너른한"(「외가집」), "잘망하니" "재릿한"(「동뇨부」, 『문장』, 1939.6), "시펄하니"(「안동」, 『조선일보』, 1939.9.13), "어득시근한(『문장』, 1940.2)" 등을 들 수 있다. 그리고 부사로는 "가제"(「수라」, 『사슴』, 1936), "보해"(「황일」, 『사슴』, 1936), "덕신덕신"(「창원도」, 『조선일보』, 1936.3.5), "지중지중"(「바다」, 『여성』, 1937.10), "들문들문"(「산숙」, 『조광』, 1938.3), "쩌락쩌락"(「향악」, 『조광』, 1938.3), "출출이"(「나와 나타샤와 흰 당나귀」, 『여성』, 1938.3), "씨굴씨굴"(「외가집」), "늘늘히"(「남향」, 『조광』, 1938.10), "먼바루"(「야우소회」, 『조광』, 1938.10), "주룬히"(「넘언집 범같은 노큰마니」), "호호히"(「목구」) 등을 들 수 있다. 이런 형용사와 부사들은 그 말을 사용하는 사람들의 실제 삶에서 우러나온 특유의 정서와 미감을 섬세하고 풍부하게 표현하는 데 이바지한다. 따라서 백석의 방언이 실제로 빛을 발하는 부분은 체언보다는 이런 형용사나 부사에서라고 하는 것이 옳을지 모른다.

물론 이처럼 시에서 평안도 말을 쓰려고 한 백석의 노력이 문자화로 인해 말의 음성적 가치가 소실, 또는 망각되어 가는 상황 자체를 극복하는 데까지 나아갈 수는 없었다. 하지만 그런 한계에도 불구하고 백석은 평안도 말을 시어로 택함으로써, 즉 평안도 말의 질감과 고유성을 되살려내고자 했다. 그리고 이로써 그 말, 혹은 그 말이 가리키는 사상(事象)과 관련된 자신(혹은 평안도 정주 사람들이 공유하고 있는)의 기억과 정서를 생생하게 복원하는 데 어느 정도 성공했다고 할 수 있다. 그런 의미에서 백석은 방언을 문자화함으로써 "청각적 언어성을 환기시키며 음성의 '현전성'을 느끼"도록 만들려 했다고 해도 좋을 것이다.22) 특히 그가 어린 시절 경험한 토속적인 삶의 미세한 결과 감정의 무늬들은 이런 평안도 말을 통해서만 제대로 표현될 수 있었다. 이 평안도 말은 책상 위에서 만들어진 인공어로서의 표준어와는 다른 자연어로서의 입말을 가리킨다. 매일매일의 삶에서 사용되는 입말 특유의 소리와 울림23)에 의해서만 그 말(혹은 그 말이 지칭하는 대상)과 관련된 다양한 기억들, 그리고 미세한 정서의 결이 제대로 표현될 수 있었던 것이다. 따라서 이때 말을 통해서 복원되는 기억과 정서는 백석 개인만의 것이 아니라 백석과 같은 말을 사용하는 공동체 전체가 공유한 것이라고 해도 좋다. 이런 이유에서 백석의 방언은 표준어에 의해 배제되는 방언과 문자의 뒷전으로 밀려난 말의 존재를 일깨우는 한편 균질화된 조선, 혹은 균질적인 조선어라는 상상에 균열을 일으키는 역할을 했다고 할 수 있다. 다시 말해서 백석의 시는 '조선적인 것'이라는 추상적인 규정에 의해 은폐되거나 말소된 것, 즉 '조선적인 것' 내부에 은폐, 또는 억압되어 있던 이질성을 복원하는 한편 글말에 압도되어 점차 그 존재가 희미해져 가고 있는 입말의 가치와 힘을 다시금 일깨워주었다고 할 수 있는 것이다.

---

22) 김용희, 「백석 시에 나타난 구술과 기억술의 이데올로기」, 『한국문학논총』 38, 2004, 10쪽.
23) 말소리가 지니는 의미와 그 시적 기능에 관해서는 무카로브스키, 앞의 책, 45~634쪽 참조. 아울러 백석 시에 나타난 '소리'의 문제에 대해서는 한수영, 「백석의 시에 나타난 소리의 의미와 시적 기능」, 『어문연구』 72, 어문학연구회, 2012, 465~479쪽.

2) 시 구문(構文)의 개방성

백석은 자신의 시에서 가능한 한 평안도 말의 질감을 살려내기 위해 애썼다. 하지만 그 스스로도 문자를 통해서 말이 지닌 본래의 음성 자질을 복원하는 일의 불가능성을 모르지는 않았을 것이다. 이런 상황에서 그가 선택할 수 있었던 것은 글말에 의해서 밀려나는 입말을 가능한 한 원형에 가깝게 복원하는 것이었다고 할 수 있다. 그가 문법 규칙에 딱 들어맞지 않지만 그렇다고 해서 비문이라고 할 수만은 없는, 그리고 이해하는 데도 아무 지장이 없는 독특한 문장, 다시 말하면 글말이 아니라 입말에 가까운 문장을 구사한 것은 이런 맥락에서 이해할 수 있다. 백석 시 구문에서는 주술관계가 분명히 드러나지 않는 경우도 많고 행위나 동작의 주체가 불확실한 경우도 많다. 또 서로 인과적, 논리적 연관성이 없는 내용들이 하나로 연결되기도 하고 문장이 완결되지 않은 듯한 느낌을 주는 경우도 자주 나타난다. 이런 비문법성, 비논리성, 비완결성은 입말에서 흔히 나타나는 것으로, 문법이나 글말의 관점에서 보면 심각한 결함으로 지적됨 직한 특성들이다. 하지만 입말은 화자와 청자가 발화 상황을 공유한 면대면의 상황에서 발화되므로 엄격한 문법 규칙과 논리를 따르는 대신 발화 과정에서 계속 변하는 생각의 흐름을 따르는 경우가 더 많다. 따라서 백석 시 구문에서 나타나는 이런 비논리성, 비완결성 등은 결함이라기보다 입말 고유의 특성을 반영한 것으로 이해할 수 있다.

이런 백석 시 구문의 특징을 '눌변(訥辯)의 미학'으로 설명한 논자도 있지만,[24] 그보다는 차라리 '구어적 개방성'이라고 하는 것이 좀 더

---

24) 이숭원, 앞의 책, 106~113쪽. 하지만 이 '눌변'이란 단순히 언어 능력의 부족을 뜻하는

적절할 수 있다. 문자가 음성을 시각적 형태 속에 가두고 고정시키는 폐쇄성을 가진다면, 발화되는 순간 소멸되는 입말은 시시각각 변화하는 발화 상황이나 화자와의 관계에 따라 말의 내용과 구조가 변화될 수밖에 없다. 그런 점에서 입말은 문법의 틀에 가두어지지 않으며 마침표로 완결되는 문장의 폐쇄성과는 다른 유연성과 개방성을 지닌다고 할 수 있다. 백석의 시가 다소 낯설거나 어눌한 듯이 느껴지면서도 마치 어린 시절 옛날이야기를 들을 때처럼 편안하게 읽히는 것은 이 때문이다. 비문과 문법적 문장 사이에 아슬아슬하게 걸쳐 있는 백석 시 구문의 특징은 그의 시 전반에 걸쳐 두루 나타나지만 그중 한 예로 다음 같은 구절을 들 수 있다.

이눈세기물을 내빌물이라고 제주병에 진상항아리에 채워두고는 해를묵여가며 고뿔이와도 배앓이를해도 갑피기를 앓아도 먹을물이다.

—「고야」 마지막 연

문법적으로 따지자면 이 문장은 비문에 해당된다. 우선 전체 구문의 서술어에 해당하는 "물이다"에 걸리는 분명한 주어가 없을 뿐 아니라 부속절에 사용된 동사의 주어나 목적어도 명확하게 나타나지 않기 때문이다. 또 행위 주체와 대상 간의 관계에 따라 사동형으로 쓰거나 피동형으로 구별해서 써야 할 동사들을 구별 없이 사용한 것도 문법에 어긋난다. 이런 점들을 고려하여 이 문장은 다음과 같이 고쳐 쓸 수 있다. "(엄매는) 이눈세기물을 내빌물이라고 (해서) 제주병에 진상항아리에 채워두고는 해를묵여가며 (다음 해 내빌날까지 보관했다.) (이

___
것이 아니라 시적 효과를 위해 의도적으로 선택한 것이라고 해야 할 것이다.

물은) 고뿔이와도 배앓이를해도 갑피기를앓어도 (내가/식구들이) 먹을 물이다."25) 괄호로 표시한 부분은 이 문장의 주술관계와 내용을 분명하게 드러내기 위해서 보충하거나 수정되어야 할 부분들이다. 글말의 차원에서 보자면 이는 분명히 흠결이라고 할 수 있지만 입말에서라면 이는 전혀 문제가 되지 않는다. 발화 상황을 공유한 대면 상태에서 발화되는 입말에서는 군이 엄격한 문법 규칙을 따르지 않아도 의사소통에 별 지장이 없기 때문이다.

이처럼 비문법적인 문장은 백석 시에서 일일이 예를 들기 어려울 정도로 많이 나타나지만, 여기서는 간단한 예 한두 가지만 짚고 넘어가기로 한다. 가령 "산곬사람은 막베등거리 막베잠방등에를입고/노루새끼를 닮았다"(「노루」, 『조광』, 1937.10)는 "막베등거리 막베잠방등에를입은 산곬사람은/노루새끼를 닮았다"라고 해야 올바른 문장이 된다. 또 "재안드는 밤은 불도없이 캄캄한 까막나라에서/조앙님은 무서운 이야기나하면/모두들 죽은 듯이 엎데였다 잠이들 것이다"(「고사」, 『조광』, 1937.10) 같은 구문도 상당한 문법적, 논리적 결함을 지닌 구문이다. 앞에서 거대한 규모의 부뚜막과 아궁이가 주는 위압감, 그리고 거기서 만들어지는 음식, 부엌에 널려 있는 그릇들에 대해 이야기하다가 느닷없이 화제를 전환했지만, 이로 인해 생겨난 공백에 대한 설명이 생략되어 있기 때문이다. 그 결과 "모두들 죽은 듯이 엎데였다 잠이 들것이다"라고 한 구절에서 "모두들"이 누구를 가리키는 것인지, 그리고 잠이 드는 장소가 어딘지, 즉 공양간이라는 것인지, 아니면 거기에 딸린 방이라는 것인지 불확실하다. 이야기를 듣다가 잠이 들 것이라는 표현과 관련해서 보면 잠이 드는 주체는 어린아이들이라고

---

25) 여기서 제시한 것은 하나의 예일 뿐 얼마든지 다른 문장으로 수정할 수 있다.

해야 할 터인데, 이 아이들이 어째서 공양간에서 잠이 드는 것인지도 불확실하다. 이 공백을 다 메우기는 힘들지만, 일단 이 구문의 내용은 "재(齋)가 들지 않는 날에는 음식을 하지 않아서 불도 켜지 않은 공양간에 모여 놀던 아이들은 '까막나라'(캄캄한 공양간이나 공양간에 딸린 방을 가리키는 듯)에 엎드려서 무서운 조앙님의 이야기를 듣다가 모두 죽은 듯이 잠이 들 것" 정도로 정리할 수 있을 것이다.

입말의 특성을 보여주는 또 다른 예로 들 수 있는 것은 내용들 사이의 인과적, 논리적 관계가 무시되는 경우가 많다는 점이다. 이 경우 문법적인 일탈도 함께 나타난다. 「탕약」(『시와 소설』, 1936.3)의 다음 구절은 내용들 사이의 연관성을 엄밀하게 따지지 않고 다른 내용들을 연결한 작은 예에 해당된다.

그리고 다딸인약을 하이얀 약사발에 밭어놓은것은/아득하니 깜하야 만년넷적이 들은듯한데/나는 두손으로 공이 약그릇을들고 이약을내인 넷사람들을 생각하노라면/내 마음은 끝없시 고요하고 또 맑어진다

—「탕약」 2연

이 시 구문 역시 문법적 측면에서 보자면 비문에 해당된다. 이는 몇 개의 문장으로 나누어 써야 할 것을 하나의 문장으로 엮는 과정에서 종속절의 주어가 무리하게 생략되거나 끼어들면서 주술관계가 불명확졌고 그 결과 내용들 사이의 논리적 인과 관계가 명확하게 나타나지 않기 때문이다. 이 점을 염두에 두면서 이 문장을 고쳐 쓰면 다음과 같이 될 것이다. "그리고 다 달여서 하이얀 약사발에 밭여 놓은 약은 아득하니 까매서 (그 속에는 마치) 만년 옛적(옛사람들의 지혜, 정성 등—필자)이 담겨 있는 듯하다. (그래서) 두 손으로 고이 약

그릇을 들고 이 약을 내인 옛사람들을 생각하노라면 내 마음은 끝없이 고요하고 또 맑아진다." 백석의 시 구문에서는 이처럼 진술되는 내용들 사이의 인과적, 논리적 관계가 명확하게 드러나지 않거나 뒤섞여 있는 경우가 많다. 이처럼 문장 앞뒤의 인과적 연관성을 무시하고 연결한 예는 다음 시에서도 확인할 수 있다.

"예순이넘은 아들없는가즈랑집할머니는 중같이정해서 할머니가 마을을가면 긴담배대에 독하다는막써레기를 멫대라도 붗이라고하며"

—「가즈랑집」 3연

이 구문은 우선 부자연스러운 느낌을 준다. 그 이유 중 첫째는 "가즈랑집할머니"를 수식하는 수식어구의 서술 순서 때문이고 둘째는 전반부와 후반부가 일정한 인과 관계가 있는 듯이 연결되고 있기 때문이다. 앞부분은 "아들(도) 없는 가즈랑집 할머니는 예순이 넘어서도" 정도가 되어야 자연스럽다. 아들이 없어서 제대로 (아들, 혹은 며느리의) 공궤나 봉양을 받지 못함에도 불구하고 예순이 넘도록 "중같이 정"한 성품을 유지하고 있다고 해야 그녀의 "정"한 성품이 좀 더 분명하게 드러날 수 있기 때문이다. 또 그녀의 "중같이 정"한 성품과 그녀에게 "막써레기를 멫대라도 붗이라"고 하는 마을 사람들의 친절 사이에도 특별한 인과 관계가 없다. 마을 사람들의 친절은 그녀의 "정"한 성품 때문이라기보다 무녀이자 수많은 산나물에 대해 해박한 지식을 갖고 있는 그녀에게 직간접적으로 신세를 졌거나 그녀가 발휘할지도 모를 주술적 힘에 대해 은근한 두려움을 갖고 있기 때문일 가능성이 높다. 하지만 백석은 이런 산문적 논리를 무시한 몇 개의 문장을 결합하여 시 구문을 만들어냈다. 이처럼 내용들 사이의 논리적, 인과적 관계를 엄밀히 따지지 않은 문장 구성 역시 백석이 글말보다는 입말의 논리, 혹은 이성이 아닌 시적 상상력을 따르고 있음을 시사한다.

이처럼 인과적, 논리적 연관성을 무시하고 떠오르는 생각을 그대로 엮어간 또 다른 작품으로 「나와 나타샤와 힌 당나귀」(『여성』, 1938.3)를 들 수 있을 것이다. 가령 "가난한 내가/아름다운 나타샤를 사랑해서/오늘밤은 푹푹 눈이나린다"에서 내가 나타샤를 사랑하는 것과 눈이 내리는 것 사이에 아무 연관성이 없다는 것은 누구나 알 수 있는 일이다. 하지만 이 시에서는 계속해서 나타샤에 대한 사랑과 눈이 내리는 것 사이에 마치 모종의 인과 관계가 있는 듯이 서술되고 있다. 그 결과 나와 나타샤의 사랑이 천지와의 감응 속에서 이루어지는 순결한 사랑인 듯한 느낌을 만들어낸다. 이처럼 백석 시의 구문에서는 산문적인 논리, 다양한 사상(事象)이나 사태들 사이의 논리적, 인과적 연관성보다 그것을 뛰어넘어 하나로 엮는 시적 상상력이 더 우세한 힘을 발휘하고 있다고 할 수 있다.

이런 예에서 볼 수 있는 것처럼 백석 시 구문은 문법 규칙이나 논리, 혹은 인과 관계를 따지기보다는 생각의 흐름에 따라 자유롭게 말을 엮어가는 입말에 가깝다. 그리고 내용들 사이의 인과적·논리적 연관성을 따지지 않는, 병렬과 첨가의 방법에 의지한 문장 엮기 방식을 택하면 문장 길이가 한없이 길어질 수 있다. 물론 사물의 이름을 죽 나열하는 독특한 창작방법('엮음') 때문에 시 구문의 길이가 늘어나는 경우도 없지 않지만, 대개는 이처럼 내용들 사이의 인과적 논리적 연관성을 무시한 채 계속 다른 요소들을 첨가하기 때문인 경우가 많다.26) 전자와 관련해서는 무가(혹은 무가적 성격이 짙은 민요), 즉 정주 지방에서 불린 「축귀요」와 여러 지방에서 두루 불리는 「굿거리」를 접합시키고 변용시킨 「마을은 맨천 구신이 돼서」(『신세대』, 1948.5)를 예로 들 수 있다. 후자와 관련해서는 단 하나, 또는 두 개의 문장으로 된 「넘언 집 범같은 노 큰마니」, 「칠월백중」(『문장』, 1948.10) 같은 시나 「고야」, 「고야」, 「동뇨부」(『문장』, 1939.6), 「목구」(『문장』, 1940.2), 「외가 집」(『현대조선문학전집(시가집)』, 1938) 같은 시들을 예로 들 수 있다. 특히 각 연의 마지막 부분을 설명형 어미 "-는데"로 마무리한 뒤 다른 연으로 연결함으로써 결국 시 전체를 하나의 문장으로 만든 「넘언집 범같은 노큰마니」는 이런 구술적 특징을 잘 보여준다. 심지어 이 시에 서는 주술관계가 명확하게 드러나지 않아서 그 내용이 쉽게 파악되지 않는 경우도 있다. 다음과 같은 구절이 그 예에 해당된다.

집에는 아배에 삼촌에 오마니에 오마니가 있어서 젖먹이를 마을 청능 그늘밑에 삿갓을 씌워 한종일내 뉘어두고 김을 매려 단녔고 아이들이 큰마누래에 작은 마누래에 제구실을 할때면 종아지물본도 모르고 행길 에 아이 송장이 거적뙈기에 말려나가면 속으로 얼마나 부러워 하였고 그리고 끼때에는 붓두막에 박아지를 아이덜 수대로 주룬히 늘어놓고 밥 한덩이 질게한술 들여틀여서는 먹였다는 소리를 언제나 두고 하는데
—「넘언집 범같은 노큰마니」 3연

화자와 청자가 발화 상황을 공유하는 면대면의 상황에서 이루어진 발화라면 이 연의 내용은 무리 없이, 그리고 아무 어려움 없이 전달될 수 있을 것이다. 하지만 발화 상황이 제거된 비대면 상황에서라면

---

26) 월터 J. 옹, 앞의 책, 61~92쪽. 옹은 쓰기담론(wrtten discourse)에 비해 구술담론(oral discourse)은 '첨가적'이란 특징을 지닌다고 보았다.

이 구절의 해독이 그리 간단치 않다. 더구나 이 구절의 내용이 노큰마니로부터 독자에게 직접적으로 전달되는 것이 아니라 오래 전의 경험을 되풀이하는 노큰마니의 이야기를 들은 화자가 이를 간접적으로 전달한 것이기 때문에 더더욱 그렇다. 따라서 이 구절의 내용을 이해하려면 상당한 주의를 기울여야 한다. 이 연의 내용은 시집 식구와 어른들(시동생, 시어머니, 시할머니)에게 아이를 돌보아 달라고 부탁할 수 없어서 젖먹이 아기를 밭까지 데리고 나와 밭 가장자리의 나무 그늘 아래 눕혀 놓고 김을 매러 다녔을 정도로 시집살이가 힘들었다는 것, 아이들이 천연두(큰마누래)나 홍역(작은마누래)을 앓을 때는 아이들의 고통을 차마 지켜볼 수 없어서, 혹은 들일·집안일과 함께 아이를 간병하는 일이 너무도 힘들어서, 우연히 "거적뙈기"에 "아이 송장"을 싸서 묻으러 가는 것을 보게 되면 차라리 병을 앓는 아이들이 죽기를 바랐을 정도였다는 것으로 정리할 수 있다. 이 경우 "노큰마니"가 "부러워"한 것은 죽은 아이가 아니라 아이가 죽어서 간병의 수고로움에서 벗어나게 된 아이의 엄마였다고 해야 할 것이다. 이어지는 구절은 먹을 것이 변변치 않아서 '끼니 때에는 부뚜막에 아이들 수 대로 바가지를 늘어놓고 거기에 밥 한술과 반찬(질게)을 함께 떠 넣고 그것을 먹였다' 정도로 정리할 수 있을 것이다. 다시 말하면 젊은 시절 '노큰마니'가 겪은 시집살이와 육아의 어려움을 이야기한 것이다. 이는 그 다음 연에서 노큰마니가 집안에서 일가들에게 행사하는 압도적인 권위가 어디에서 비롯되었는지를 알려주는 것이지만 이야기된 사건들 사이의 시간적 선후 관계나 논리적 연관성은 명확하게 드러나지 않는다.

이처럼 백석은 주술관계의 정확성이나 문장 내용의 논리성, 혹은 그것을 이해할 수 있게 해 주는 발화 상황을 정확하게 재현하는 데 힘쓰기보다는 발화 내용 그 자체의 전달에 초점을 맞추고 있다. 그 결과 때로 문법의 경계를 넘나들 뿐만 아니라 인과성이나 논리에 들어맞지 않는 어색한 시 구문을 만들어냈다. 이처럼 백석이 문법적 정확성과 논리성을 지닌 문장과 비문 사이를 오가는 독특한 시 구문을 구사한 것은 〈통일안〉이 제시한 문법 규칙, 그리고 근대적인 한글 문체가 정착되지 않은 과도기여서 아직 뚜렷한 문장 규범이 확립되지 않았다는 점과도 무관하지 않을 것이다. 또 당대까지도 널리 읽히고 있던 한글소설 문체와의 연관성도 고려할 수 있을 법하다. 하지만 교열기자 출신으로 〈통일안〉의 의미와 중요성을 모르지 않았을 백석이 이처럼 문법 규칙에서 벗어난 시 구문을 만들어낸 것은 다분히 의도적인 것이라고 하지 않을 수 없다. 이는 백석이 문법적 정확성과 논리성을 갖춘 글말의 딱딱함과 냉정함보다는 정확성과 논리성에 다소 결함이 있더라도 화자와 청자를 하나로 이어주는 입말의 정겨움[27]을 되살리려했음을 시사한다. 다시 말해 입말의 생생함과 현장성, 인간적 요소를 담아내려는 시인의 미학적 전략과 의도가 이런 비문법적인 시 구문을 구사하게 만든 이유라고 할 수 있는 것이다.

3) 표기법과 띄어쓰기의 문제

백석 시의 표기법과 관련하여 먼저 염두에 두어야 할 것은 일찍이 1912년에 조선총독부 학무국의 주도로 표음주의 원칙을 따른 〈보통학교용 언문철자법 대요〉가 만들어졌다는 점, 그리고 백석이 학창 시절에 배운 것은 바로 여기에 기반을 둔 언문철자법이라는 점이다.[28] 따라서 백석으로서는 제정된 지 불과 몇 년 되지 않은 〈통일안〉

---

27) 월터 J. 옹, 앞의 책, 113~118쪽.

의 표기 원칙보다 표음주의 원칙에 따른 철자법이 더 익숙했다고 할 수 있다. 그리고 지나치게 이론적인 측면에 치우친 조선어학회의 형태주의 표기법보다 어문일치의 이상에 좀 더 가까이 다가갔다고 할 수 있는 표음주의 표기법이 방언 사용자인 백석에게 좀 더 기꺼운 것일 수도 있었다고 생각된다. 균질화된 공통어로서의 조선어라는 이상에 따라 만들어진 인공적인 언어(표준어)의 표기를 위해서는 형태주의에 입각한 표기가 불가피한 측면이 있지만, 실제로 발화되는 자연어[29]를 적는 데는 표음주의에 입각한 표기가 더 나을 수 있었기 때문이다. 다수의 언중(言衆)이 표음주의 원칙에 따른 표기법에 좀 더 호의적인 태도를 보였던 것 역시 이와 무관하지 않다.

　표음주의 원칙에 따른 표기가 말을 그대로 문자로 옮기는 것, 즉 어문일치의 이상에 좀 더 가까이 간 것이라면, 형태주의에 입각한 맞춤법 규정은 문자의 음성적 기원에 대한 망각을 강제한다. 그것은 말에 대한 문자의 우위, 어법에 대한 문법 규칙의 우위를 전제로 한 것이기 때문이다. 물론 표음주의에 따른 표기의 경우 연철이 불가피하고 따라서 낱말의 형태 역시 뒤에 붙는 조사나 어미의 성격에 따라 변하게 되므로 글말에서 사용하기 어렵다는 단점이 있다. 이에 비해

---

28) 조선총독부 학무국이 제시하고 교과서 편찬에 적용한 '언문철자법'(1912)은 기본적으로 '경성어'를 표준으로, 그리고 표음주의 표기를 원칙으로 한 것이었다. 이 철자법은 1921년에 '보통학교용 언문철자법 대요'로 개정되었고 이후 1931년에 3차 개정안이 나오지만 그것은 '순수한 조선어나 한자음을 불문하고 발음대로 표기함'을 원칙으로 한 것이었다. 허재영, 『일제강점기 어문정책과 어문 생활』, 경진출판, 2001, 290~304쪽. 말을 시각적 기호(문자) 속에 가두는 방법과 관련된 것이라는 점에서 보자면 형태주의나 표음주의 사이에 큰 차이가 없다고 해야 하지만 정인지가 강조한 훈민정음 창제의 이상, 그리고 그 이후 사용된 언문 표기법, 당대 민중들의 반응 등을 고려하면 표음주의 원칙은 간단히 무시될 수 없는 것이었다고 해야 할 것이다.

29) 최정례, 「1930년대 시어, 자연어와 인공어의 구도」, 『한국시학연구』 13, 2005, 58~64쪽. 최정례는 백석의 시어를 자연어로, 김기림의 시어를 인공어로 구별하고 있다.

형태주의 표기는 낱말의 형태가 고정되도록 분철 표기를 하므로 글말에 적합하다는 이점이 있기는 하지만, 언어학 이론이나 문법 규칙을 내세워 말을 억압한다는 점에서 언중들의 지지를 받기 어려웠다. 조선어학회가 제시한 〈통일안〉은 이 형태주의 원칙에 입각한 것이었지만, 조선어학연구회와 언중들의 반발에도 불구하고 대세로 굳어져 가고 있었다. 이런 상황에서 백석은 실제의 말에 가까울 뿐 아니라 익숙하기도 했던 표음주의 원칙을 따를 것인가, 아니면 이미 대세가 되고 있는 형태주의 원칙을 따를 것인가를 놓고 고민하지 않을 수 없었다고 보인다.30) 그가 산문에서는 대체로 연철식 표기를 따른 데 비해 시에서는 분철식 표기를 따른 것은 그런 갈등과 무관하지 않을 것이다.

그런데 백석이 시에서 엄격한 분철 원칙을 따라 표기했다는 전봉관의 주장31)과는 달리 시에서도 연철식 표기를 완전히 포기하지는 않았다. 표기와 관련된 혼란에서 완전히 벗어나지는 못했거나 의도적으로 연철식 표기를 했을 가능성도 없지 않다. 백석이 구사한 연철식 표기는 다음과 같은 시 구절들을 통해서 확인할 수 있다. "불비치외롭다"(「정주성」,『조선일보』, 1935.8.30), "산국을 끄린다", "미역국을 끄린다"(「적경」), "자즌닭"(「미명계」,『사슴』, 1936), "무이징게국을끄리는"(「여우난ㅅ골족」,『조광』, 1935.12), "옷은 또 함북저젓다" "소피를 너코 두부

---

30) 표음주의와 형태주의의 갈등은 훈민정음 창제 당시부터 존재했던 것으로 볼 수 있다. 그리고 받침으로 사용할 수 있는 글자를 제한하지 않은 종성부용초성 원칙과 여덟 개의 자음만 받침으로 사용할 수 있다고 본 팔종성가족용법도 각각 형태주의적인 입장과 표음주의적 입장을 반영한 것으로 볼 수 있다. 이에 대한 자세한 논의는 이강언,「국어 표기법에 있어서의 형태주의와 표음주의의 갈등: 그 역사적 변천 과정을 중심으로」,『어문학교육』4, 한국어문교육학회, 1981, 319~333쪽.

31) 전봉관, 앞의 논문.

를 두고 끌인"(「구장로」, 『조선일보』, 1939.11.8), "맨모밀국수에 언저서 한입에"(「북신」, 『조선일보』, 1939.11.9), "옛말속 가치" "이러케 추운 아침에도"(「팔원」, 『조선일보』, 1939.11.10), "주먹다시 가튼 떨당이에" "마가을 벼테" "기장차랍이 조코 기장감주가 조코"(「월림장」, 『조선일보』, 1939.11.11), "녕나즌집 담나즌집"(「통영」, 『조선일보』, 1936.1.23), "나드리를 온 것이다" "그 긴 허리를 구피고"(「허준」, 『문장』, 1940.11), "지나 사람들과 가치 목욕을 한다"(「조당에서」, 『인문평론』, 1941.4) 등에서 밑줄 친 부분은 모두 연철식 표기에 해당된다. 하지만 이와는 반대로 "골작이"(「정주성」), "토끼도살이올은다는때"(「가즈랑집」), "골작이" "쓸어벌인다" "달어나벌이며" "아물걸인다"(「수라」, 『사슴』, 1936), "일은 봄"(「광원」, 『사슴』, 1936), "논으로날여간지" "아배를불으며울다가" "모다던져벌인다"(「오리 망아지 토끼」, 『사슴』, 1936) 등에서 볼 수 있는 것처럼 잘못되거나 과도한 분철을 한 어휘도 적지 않다. 이런 예들에서 볼 수 있는 것처럼 백석은 시에서도 연철과 분철 사이에서 혼란을 겪고 있었거나 의식적으로 〈통일안〉의 분철식 표기 원칙을 위반했다.

표기법의 혼란이나 고의적인 위반은 여기서 그치지 않는다. "베나무"(「적경」, 『사슴』, 1936), "밤나무"(「창의문외」, 『사슴』), "복숭아 낡"(「초동일」, 『사슴』), "수무낡에"(「넘언집 범같은 노큰마니」)처럼 '나무'와 '낡'처럼 뚜렷한 원칙도 없이 ㄱ곡용어를 혼용한 경우도 있고,[32] "이불웋" "웋목" "상웋엔" "앙궁웋에 떡돌웋에 곱새담웋에"(「고야」), "교우 웋에 모신 신주앞에 환한 초불밑에 피나무 소담한 제상웋에"(「목구」, 『문장』, 1940.2), "질화로웋에"(「탕약」)처럼 고어 ㅎ종성체언의 'ㅎ'을 살려 쓰

---

32) 조선어학회, 앞의 책, 〈소리의 증감에 관한 말〉이란 항목에는 "나무, 남구, 낡" 중에서 "나무"를 표준어로 취한다고 되어 있다.

기도 했다. 또 "쇠메듦도적"(「고야」), "슲븐 력사"(「모닥불」, 『사슴』),
"슲븐날이있었다"(「여승」, 『사슴』), 슲버한다"(「수라」), "뚫이면"(『고방』),
(「고야」), "흖한데다"(「노루」, 『조광』, 1937.10), "앎다고"(「절간의 소 이야
기」, 『사슴』), "벌배먹어곻읍다는곬에서 돌배먹고앓은배를"(「여우난곬」,
『사슴』), "반디젓 닭으러"(「여우난곬족」), "새뺠안"(「고야」) 등에서 볼
수 있는 것처럼 용언의 기본형에 대해 의도적인 오분석을 한 경우도
있다. 그리고 "읈다"(「산지」, 『사슴』), "쇠듦밤"(「고야」), "쇠메듦"(「가즈
랑집」), "멧비둘기가닳다"(「산비」, 『사슴』), "문을엹다"(「머루밤」)처럼
어근에 이중자음 "ㄹㄴ"을 받침으로 사용해서 표준어의 기본형과는
다른 어형을 만들어내기도 했다. 또 "놓어굴면서" "안간에들뫃여서"
(「여우난곬족」), "게뫃이고"(「연자ㅅ간」, 『조광』, 1936.3), "곻이"(「탕약」)
처럼 뚜렷한 이유 없이 용언 어휘의 어근에 'ㅎ'을 첨가하기도 했다.
그밖에도 "맞나기나 했으면 좋으렸만"(「수라」), "기장찿떡이 흖한데다가"
(「노루」)처럼 〈통일안〉의 표기법에 어긋날 뿐 아니라 그 기원을 짐작
할 수조차 없는 표기도 자주 등장한다.

　이런 표기는 의도적으로 〈통일안〉의 표기법 규정을 위반한 예에
해당된다. 백석이 이처럼 자기만의 표기법을 고집한 것은 문자화로
인한 말소리의 소실에 대한 우려, 그리고 지역에 따른 말의 차이를
지우고 하나의 형태로 단일화하는 결과를 낳을 수밖에 없는 〈통일안〉
의 표기 원칙에 대한 불안과 불만 때문이라고 할 수 있을 것이다.
전봉관은 이를 책상 앞에서 만들어진 표준어에 대한 문필가의 당연한
불만, 혹은 "언어의 미적 효과를 극대화시키기" 위한 미학적 전략에
따른 것이라고 설명하고 있다. 여기서 전봉관이 지적한 미학적 전략
의 내용은 문자화의 과정에서, 그리고 〈통일안〉의 표기법을 따를 경
우 소실될 수밖에 없는 평안도 말/입말의 질감을 보존하기 위한 것,

혹은 자신의 내밀한 감정을 가장 잘 담아낼 수 있는 말소리의 울림을 살려내기 위한 것이라고 할 수 있다. "이불옿" "옳다" "닭으러" "곻옵다" 등으로 표기가 된 이상, 그것을 읽는 사람은 실제 발음 여부와 상관없이 사용된 자음의 음가를 떠올리지 않을 수 없기 때문이다. 이렇게 보면 표기법 위반은 이미 돌이킬 수 없게 된 문자문화의 틀 안에서 그 기원인 입말의 존재를 드러내고 그 생생함과 현장성, 그 속에 담긴 풍성하고 다양한 감정의 울림[33]을 되살려내기 위한 고의적인 일탈이었다고 하는 것이 옳다고 생각된다. 입말의 생생함과 현장성을 살려내기 위한 또 다른 노력은 단어별로 띄어 쓰되 조사는 윗말에 붙여쓸 것을 요구한 〈통일안〉의 규정과는 달리 입말의 호흡 단위로 띄어쓰기를 한 데서도 확인된다.

> "자즌닭이울어서 술국을끄리는듯한 鰍湯집의부엌은 뜨수할것같이
> 불이 뿌연히밝다//초롱이히근하니 물지게군이우물가로가며/별사이에
> 바라보는 그믐달은 눈물이어리었다//행길에는 선장대여가는 장군들의
> 종이燈에 나귀눈이빛났다/어데서 서러웁게 木鐸을뚜드리는 집이있다"
> ─「未明界」(『사슴』) 1연

〈'통일안〉이 제시한 띄어쓰기 원칙을 적용하면 위에 인용한 시는 "자즌 닭이 울어서 술국을 끄리는 듯한 鰍湯집의 부엌은 뜨수할 것같

---

33) '입말의 생생함'과 관련해서는 월터 J. 옹, 앞의 책, 112~116쪽을 참고할 것. 옹에 따르면 시각에 의지하는 문자는 대상과의 분리를 전제로 하며, 명확성과 명료성을 그 특징으로 한다. 그에 비해 청각에 의지하는 음성은 내면성(interiority)와 하모니(harmony)를 특성으로 한다. 음성적인 것은 "인간이나 인간적 존재의 행동, 즉 내면된 인격의 행동을 핵으로 해서 지식을 조직하는 것과 조화를 이루는 것이지, 비인간적인 사물을 핵으로 해서 지식을 조직하는 것과 조화를 이루지는 않는다."는 것이다.

이 불이 뿌연히 밝다//초롱이 히근하자 물지게군이 우물가로 가며/별 사이에 바라보는 그믐달은 눈물이 어리었다//행길에는 선장 대여가 는 장군들의 종이燈에 나귀 눈이 빛났다/어데서 서러웁게 木鐸을 뚜 드리는 집이 있다" 식으로 띄어 써야 할 것이다. 따라서 윗 시의 띄어 쓰기 방식은 〈통일안〉이 강조한 문법 단위에 따른 띄어쓰기가 아니라 실제 발화 과정에서 나타나는 호흡의 휴지(休止)를 반영한 띄어쓰기라 고 할 수 있다.34) 이처럼 호흡에 따른 띄어쓰기 방식은 『사슴』에 실린 시들에서는 아주 분명하게 나타난다. 그리고 그 이후의 시에서도 어 느 정도 유지되지만 점차 문법 단위에 따른 띄어쓰기로 이행하는 듯 이 보인다. 그 결과 호흡단위에 따른 띄어쓰기는 "밥한덩이 질게한술 들여틀여서는 먹였다는"(「넘언집 범같은 노큰마니」), "모두들 쩔쩔끓는 구수한 귀이리차를 마신다"(「함남도안」, 『문장』, 1939.10), "또 가얌에 귀이리에 도토리묵 도토리범벅도낫다"(「월림장」, 『조선일보』, 1939.11. 11) 식으로 부분적으로만 나타나게 된다. 이는 한편으로는 〈통일안〉 의 띄어쓰기 원칙이 문자 행위를 규정하는 규범으로 확고하게 자리를 잡아가고 있다는 사실을, 다른 한편으로는 백석 역시 그런 규범을 수용하고 그에 익숙해져 가고 있음을 말해 준다.

---

34) 하지만 예외적인 경우도 있다. 가령 「정주성」(『조선일보』, 1935.9.10)의 "헌겁심지에 아즈 까리 기름의/쪼 는소리가 들리는듯하다"와 "반디불이난다 파 란혼들갓다"는 구절이 『사 슴』(1936)에서는 각각 "쪼는소리가 들리는듯하다", "파란혼들갓다"로 수정된 것으로 미 루어 보면 단순한 오식의 결과일 수도 있다고 보인다. 하지만 오식이 아니라 백석의 의도 가 반영된 띄어쓰기라고 하더라도 호흡 단위를 따른 것이라고 보기에는 무리가 따른다. 따라서 이 경우는 특정한 음성 효과를 환기하기 위한 띄어쓰기로 이해하는 것이 나을 듯하다. "쪼 는소리가"에서는 "쪼"를 띄어 읽도록 함으로써 등잔불이 탈 때 아주까리기름 이 졸아들면서 내는 소리를 연상케 하고 "파 란혼들갓다"에서는 "파"를 띄어씀으로써 이를 길게 발음하도록 유도하는 것이다. "파란"이라고 발음했을 때와 "파—란"이라고 발음했을 때의 어감 차이를 비교해 보면 이 점은 쉽게 이해할 수 있을 것이다.

4. 백석 시의 방언과 조선어 안의 이질성

백석은 근대의 세례를 받지 못한 토속적인 세계의 질박함을 풍성하게 그려냈다. 동시에 이 세계가 밝은 면과 어두운 면이 공존하는, 근대적 합리성과는 다르지만 그 나름의 합리성과 질서에 의해 유지되는 세계임을 보여주었다. 물론 이 세계에는 근대적인 관점으로는 이해하기 어려운 불행과 고통이 존재하고 있다. 하지만 그것들조차 인간과 공동체, 인간과 자연 사이의 근원적인 결렬에서 비롯된 것으로 그려지지는 않는다. 백석은 근대의 시선을 통해 이 세계를 야만과 미개에서 벗어나지 못한 세계로 타자화하는 대신 "낯설게" 보이도록 만든 것이다. 그런 의미에서 본다면 백석 시의 매력은 바로 근대의 시선에 의해서 낯설게 보이는 것이 사실은 오랫동안 조선인들의 삶을 형성해 온 낯익은 것임을 일깨워 주는 데서 온다고 해도 좋을 것이다.

백석이 그린 토속적인 생활세계를 떠받치는 공동체적인 유대와 조화로움을 유지하는 데서 중요한 의미를 지닌 것은 구술문화였다. 친족/촌락공동체의 성원이 익혀야 할 모든 것은 친족공동체와 촌락공동체 속에서 이루어지는 실제의 생활, 그리고 그 속에서 형성된 다양한 인간관계를 매개로 이루어지는 구술 행위(입말)를 통해 전승된다. 백석은 이런 구술문화의 전통 속에서 성장했고 그로부터 풍성한 시적 자양분을 획득했다. 백석의 시에서 구술문화의 흔적이 다양하게 나타나는 것은 이 때문이다. 백석 시에 나타나는 구술문화의 흔적은 민담, 전설, 다양한 생활의 지혜와 습관, 속신 등에 대한 지식 등 일일이 예거하기 힘들 정도이다. 이런 구술문화와의 지속적인 접촉을 통해서 백석은 말의 힘과 가치, 무엇보다 직접적인 대면 관계 속에서 오가는 말의 힘—화자와 청자를 하나로 묶고 더 나아가서 공동체에 조화롭게 통합되도록 만드는 힘에 대해 깊은 이해를 가지게 되었다고 보인다. 그의 시에서 구술문화와 그 바탕이 되는 입말에 대한 애착과 관심, 그리고 그것을 보존하려는 뚜렷한 노력을 확인할 수 있는 것은 이 때문이라고 할 수 있다.

『사슴』을 낼 즈음, 백석은 그 자신의 언어적 정체성과 관련하여 상당한 위기의식을 느끼고 있었던 것으로 보인다. 고향을 떠난 뒤 시간이 갈수록 고향말에 대한 기억은 희미해지고 있었고 〈통일안〉에 제출된 이후 자기 정체성의 중요한 일부를 이루고 있던 평안도 말은 점차 방언으로 주변화되어 갈 상황에 있었던 것이다. 따라서 백석이 자신의 시에 평안도 방언을 적극 구사한 것은 무엇보다 그 자신의 언어적 정체성을 확인하고 지키기 위한 것이었다고 이해할 수 있다. 평안도 말은 태어나서 성인이 될 때까지 줄곧 사용해 온, 따라서 그 자신의 사물과 세계에 대한 이해, 감수성과 세계관 등을 형성해 준 밑거름이었기 때문이다. 따라서 그가 사용한 평안도 말에는 방언 수집가의 객관적인 냉담함이나 호기심과는 다른 깊은 애착이 담겨져 있다고 해야 한다. 그것은 한편으로는 그 자신이 비롯되고 그 자신을 형성한 근원을 재확인하는 일이었고 다른 한편으로는 서울말로는 도저히 표현할 수 없는 그 자신의 독특하고 내밀한 감정을 표현하는 방법이었다. 그가 굳이 〈통일안〉의 원칙을 어겨 가면서까지 평안도 말의 말소리를 그대로 재현하는 일에 관심을 기울인 것도 이 때문이라고 할 수 있다. 달리 말하여 그는 말소리가 지닌 정감적 가치와 힘에 대해 누구보다 깊이 이해하고 있었고 이 때문에 그 평안도 말의 말소리를 자신의 시에 담아내려 했다고 할 수 있다. 이밖에 그는 개별 어휘의 차원에서는 분명하게 드러나기 어려운 입말의 흔적을 되살리기 위해 시 구문, 표기법과 띄어쓰기 등을 활용했다. 그의 시 구문은 문법의 틀과 논리에 구속되지 않는 개방성을 지녔다는 점에서 글말보다는 입말에 가깝다고 할 수 있다. 문법 단위에 따른 띄어쓰기 대신 호흡 단위의 띄어쓰기를 구사한 것도 같은 맥락에서 이해할 수 있다. 백석의 시가 주는 낯익으면서도 낯선 느낌, 혹은 그 반대의 느낌은 그의 시 내용만이 아니라 이 같은 외형적 특성과도 깊이 관계가 있다.

이런 관점에 따르면 백석은 자신의 시를 통해 글말로 인해 사회적 소통 과정에서 밀려난 입말의 흔적을 그의 시에 살려냄으로써 입말의 존재와 가치를 되살려내려고 했다고 할 수 있다. 이와 함께 흔히 균질화된 것으로 상상되는 '조선적인 것', 혹은 '조선어'라는 관념에 대해 의문을 제기하고 "조선적인 것"과 "조선어"가 그 내부에 다양한 이질성을 내장한 것임을 보여주었다. 그의 시에 그려진 평안도 정주 지방의 토속적인 삶, 그리고 생생한 평안도 말이 불러오는 낯선 느낌을 소중하게 받아들여야 하는 것은 이런 이유 때문이다. 이 낯선 느낌은, 자칫하면 추상적으로 동질화된 전체 속에 용해되어 소멸될 수 있는 개별적인 존재(그것이 토속적인 생활세계든, 평안도 말이든, 아니면 개개인의 삶의 흔적들이든)의 개별성과 고유성이 낱낱이 드러나는 데서 오는 인지적 충격과 관련된다. 백석 시는 이 낯선 느낌을 통해 독자들을 풍성하고 다양한 사상(事象)들로 구성된 세계로 인도한다. 개별적인 존재의 개별성을 드러내는 그의 창작 방법 또한 이와 관련해서 이해할 수 있을 것이다.

'길 위의 삶'과 영혼의 허기

1. 음식과 개인의 정체성

백석이 음식에 대해서 깊은 관심과 애착을 보여주었다는 사실은 잘 알려져 있다. 거의 모든 시에서 음식과 그것을 먹는 행위를 그렸다고 해도 지나치지 않을 정도로 음식을 자주 다룬 것이다. 그래서 그의 시에 등장하는 음식의 종류는 무려 150가지가 넘을 정도이다.[1] 이런 백석 시의 특징은 일찍부터 연구자들의 관심 대상이 되었고 따라서 이와 관련된 다양한 연구 성과가 산출되었다. 이 연구들은, 대체로 식민지 치하의 궁핍과 관련해서 이해하는 관점, 민족 고유의 정서와

---

[1] 김명인, 「궁핍한 시대의 건강한 식욕」, 『시어의 풍경: 한국현대시론』, 고려대학교 출판부, 2000, 33쪽.

관련해서 이해하는 관점, 생활문화 혹은 구체적인 삶의 정서와 관련해서 이해하는 관점, 넷째 생명력이나 사랑에 대한 갈망과 관련해서 이해하는 관점, 공동체와 민족적 연대감을 복원하려는 노력과 관련해서 이해하는 관점 등으로 대별할 수 있다.[2] 이 논문에서는 이와 같은 기존 연구 성과를 수용하면서도 그와는 약간 다른 시각에서 백석 시에 나타난 음식과 그 의미에 대해 살펴보고자 한다.

백석 시에 등장하는 음식의 대부분은 성장기에 먹은 평안도 지방의 토속음식이었다. 이 점은 줄곧 길 위의 삶[3]을 살았다고 해도 과언이 아닌 백석의 삶에 비추어 다소 의외로 느껴질 수도 있다. 하지만 실제로 성년이 된 후 경성이나 동경, 그리고 신경 같은 근대 도시를 오가면서 접한 '근대적인' 음식을 다룬 시는 그리 많지 않다. 물론 참치회나 전복 같은, 당시로서는 귀한 음식을 언급한 경우가 없지는 않지만, 그것은 여행지의 낯선 풍물에 대한 가벼운 호기심을 드러내는 수준을 넘어서지 않는다.[4] 이에 비해 유년 시절에 먹었던 고향 음식에 대한 기억은 그의 시에서 아주 풍부하고 다양한 방식으로 재생된다. 따라서 토속 음식에 대한 백석의 이 같은 관심은, 그 자신에게만이 아니라, 서구식 영양담론이 줄기차게 영향력을 확대해 가고 있던 당대의 상황에서 특별한 의미를 지닌다고 할 수 있다.

---

2) 소래섭, 「백석 시와 음식의 아우라」, 『한국근대문학연구』 16, 한국근대문학회, 2007, 276~277쪽.

3) 조영복, 「파란 혼불처럼 떠도는 문학사의 고아」, 『월북 예술가, 오래 잊혀진 그들』, 돌베개, 2002, 84~90쪽.

4) 1970년대 이전까지만 해도 낯선 생선이었던 '참치회'(「시기의 바다」, 『사슴』, 1936)나 지금도 고급 식재료로 간주되는 '전복'이나 "대구, 도미, 가재미" 같은 생선을 언급하거나(「통영」, 『조선일보』, 1936.1.23), '금귤'(「안동」, 『조선일보』, 1939.9.13) 등에 대한 언급도 나타나지만 이는 모두 여행 과정에서 마주친 현지 풍물에 대한 호기심을 드러낸 것에 지나지 않는다.

실제로 이 시기에는 일본 유학에서 돌아온 이른바 '신여성'들, 그리고 새로운 것을 추구하는 매스 미디어를 중심으로 서구 음식에 대한 지식과 근대적인 영양 담론이 지속적으로 확산되고 있었다. 특히 신여성들은 각종 매스 미디어를 통해 이른바 '생활개선론'을 제기하거나 '식생활 개선운동'을 전개하면서 조선 음식을 타자화하는 데 앞장섰다.5) 또 이들 중 일부는 여학교 교사로 가정 과목을 가르치면서 서구 음식 조리법을 소개하고 서구식 영양 담론을 체계적, 조직적으로 재생산하는 역할을 담당했다. 이런 상황에서 백석이 그린 다양한 토속 음식들은, 그 자신이 의도했든 그렇지 않든 조선 음식, 더 나아가서는 조선 문화의 고유성에 대한 관심을 환기하는 계기가 되었다고 할 수 있다.

하지만 음식에 대한 백석의 관심은 근대적인 영양의 관점이나 조선 시대의 양반 지식인들이 지녔던 양생(養生)의 관점에서 설명하기 어렵다.6) 그보다 음식에 대한 백석의 관심과 애착은 주로 미각, 그리고 맛과 관련된 그 자신의 기호와 취향, 그리고 무엇보다 그 음식 먹을 때의 행복한 기억과 관련된 것으로 이해할 수 있다. 물론 이때의 맛은

---

5) 이은희, 『설탕: 근대의혁명』, 지식산업사, 2018, 195~211쪽. 이 신여성들은 『신여성』·『동아일보』·『조선일보』·『신가정』 등의 매스 미디어를 통해 그리고 학교 교육을 통해 서구적 영양담론을 보급하고 조선인의 식생활을 비판하면서 '식생활개선운동'을 벌였다. 이들이 조선음식을 비판한 것은 영양 가치와 과학성의 측면에서였다. 이은희는 이 '식생활개선운동'이 사회로부터 배척당했다(210쪽)고 했지만, 서구식 조리법 등이 생활면에서 신식을 추구하는 유한계층과 신여성들을 중심으로 조금씩 확산되어 갔다고 보는 것이 사실에 가깝다고 생각된다.

6) 어느 사회에서나 음식과 음식을 이해하는 방식은 "권력, 계급질서와 상당히 정확하게 연동"되어 있다고 할 수 있다. 마크 스미스, 김상훈 옮김, 『감각의 역사』, 성균관대학교 출판부, 2007, 151쪽. 음식을 양생의 차원에서 이해한 것은 주로 지배계급이나 식자계급에게 해당되는 것이었다. 또 음식을 영양의 차원에서 이해한 것은 근대 부르주아들에 의해서였다.

조리과학에서 규정하는 맛7)처럼 객관화할 수는 없는 것이었다. 또 백석이 추구한 맛은 희귀하거나 비싸고 고급스러운 음식의 맛, 혹은 그것을 섭취할 때의 쾌감이나 만족감을 추구하는 식도락(食道樂)과도 거리가 먼 것이었다. 그가 그리워한 맛은 객관적으로 규정하거나 특정할 수 있는 맛도 아니고 근대적인 세련성을 지닌 것도 아니다. 오히려 그가 추구한 맛은 재료의 선택, 조리 방법, 음식을 먹는 상황과 분위기 등 다양한 요인들에 의해서 규정되는, 다분히 주관적이고 문화적인 맛이라고 할 수 있다. 그의 시에 등장하는 음식이 대부분 유년 시절에 먹었던 지극히 평범하고 소박한 음식인 것도 이 점과 무관하지 않다.

음식의 맛은 음식 재료 하나하나의 물성과 상태, 영양 성분, 향신료, 재료와 양념의 배합, 조리법(조리 시간, 가열의 정도와 방법을 포함한), 그리고 재료 자체, 혹은 재료의 가공 정도와 방식에 따라, 그리고 그것을 먹는 사람의 상태나 분위기에 따라 각각 다르게 경험된다. 따라서 맛을 안다는 것은, 이 모든 것에 대해 반응할 수 있는 섬세하고 예민한 미각을 지녔다는 것을 의미한다. 가령 "기장쌀은 기장찰떡이 조코 기장차랍이 조코 기장감주가 조코 그리고 기장쌀로 쑨 호박죽은 맛도 잇는 것을 생각하며 나는 기쁘다"면서 '기장쌀'이 조리 방법에 따라 각각 다른 독특한 맛과 식감을 지닌 별개의 음식으로 변신하는 것을 재미있게 그린 「월림장」(『조선일보』, 1939.11.11)은 음식에 대한 백석의

---

7) 흔히 말하는 오미(신맛, 쓴맛, 짠맛, 매운맛, 단맛) 중에서 '매운맛'은 미각이 아니라 통각과 관련된 것이다. 따라서 근대 조리과학에서는 매운맛 대신 감칠맛(우마미, うまみ)을 오미에 포함시킨다. 최유경, 「메이지 정부의 식육정책과 아지노모토의 발견」, 『일본학연구』 52, 2017. 우리가 음식 맛과 관련해서 흔히 거론하는 다양한 맛, 즉 '손맛' '고소한 맛' '불맛' '깊은 맛' 등은 과학적으로 규정된 맛이 아니라 심리적, 문화적인 맛이라고 할 수 있다. 백석이 그리워한 맛도 마찬가지로 이해할 수 있다.

감각이 얼마나 섬세하고 예민한 것인지 잘 보여준다. 이런 섬세한 미각은 말할 것도 없이 성장 과정의 섭식 체험에 의해서 개발된 것이다. 미각은, 시각·촉각·청각 등의 감각이 출생 이후 일정한 시간이 경과해야 기능을 발휘하는 것과는 달리 출생과 동시에 작동되는 근본 감각인 동시에 성장 과정의 섭식 체험을 통해서 개발되는 문화적인 감각이라고 할 수 있다. 음식과 그것이 지닌 맛과 관련된 기억이 정체성과 밀접한 관계를 맺는다고 말할 수 있는 것은 이 때문이다.

백석이 추구한 맛은 화려하고 세련되고 새로운 것, 즉 도시적, 근대적인 맛이 아니라 성장 과정에서 자연스럽게 익숙해진 지극히 소박하고 향토적인 맛이었다. 또 그가 주목한 것은 명절 음식 같은 예외적인 경우도 있기는 하지만, 대개는 매일 매일의 삶에서 쉽게 접할 수 있는 평범하고 단순한 음식들이었다. 굳이 새로울 것도 신기할 것도 없으며, 따라서 문학처럼 '고상한' 정신적, 문화적 활동의 탐구 대상이 되기 어려울 법한 평범한 음식과 그 맛에 지속적인 관심과 깊은 애정을 보인 것이다. 하지만 백석의 이 '평범한' 식욕을 통해 자칫 영양 담론을 포함한 근대적 시선에 의해 타자화될 수 있었던 평범한 조선의 음식, 그리고 매일 반복되는 것이라 무심코 지나치기 쉬웠던 음식 섭취 행위가 새삼스럽게 관심의 대상으로 떠오르게 된다. 말하자면 백석의 시는 토속적인 음식과 그것을 먹는 일을 '낯설게' 보이도록 만듦으로써 그 의미와 가치를 다시 생각해 보도록 만들었다고 할 수 있다. 백석의 시에서 먹는 행위가 매일 반복되는 범속한 일상 행위가 아니라 어떤 아우라를 지닌 행위, 혹은 축제적이거나 제의적인 성격을 지닌 것으로 그려지는 것도 음식을 보는 백석의 독특한 시각과 무관하지 않다.

이런 점들을 고려하면 백석에게서 음식이란 그 자신의 정체성과 관련된, 혹은 자기 존재의 근원에 대한 그리움과 갈망을 채워 주는 것이었다고 할 수 있다. 특히 줄곧 길 위의 삶을 살았다고 해도 과언이 아닌 백석에게 유년 시절의 음식은 그의 향수와 내면의 허기를 달래 주는 것이었다고 해도 좋을 것이다.[8] 이 경우 주목해야 할 것은 음식이 자기재생산의 물질적 기초라는 점, 어린 시절에 먹은 음식은 대부분 행복의 체험과 연관되며 그 기억이 평생의 입맛을 결정하고 사물과 세계를 지각하는 방식에도 큰 영향을 미친다는 점 등이다. 고향을 떠난 사람들이 흔히 어렸을 때 먹었던 음식을 통해 향수를 달래려고 하는 것도 같은 맥락에서 이해할 수 있다.

이와 함께 관심을 가져야 할 것은 육신의 허기를 끄기 위해서였든 아니면 향수를 달래기 위해서였든 간에 음식에 대한 백석의 관심이 식욕이라는 지극히 사적인 욕망의 긍정에 기초한 것이라는 사실이다. 사적인 욕망의 긍정은 근대적 개인의 탄생을 위한 전제 조건이지만, 한국 근대문학에서 이 사적인 욕망은 민족의 현실과 조화롭게 공존하기 어려웠다. 민족은 늘 개인의 희생과 헌신을 요구했고 따라서 민족 앞에서 사적인 욕망은 억압되거나 유예되어야 했던 것이다. 그러나 백석은 궁핍한 민족 현실 때문에 자신의 욕망을 유예하려 하지 않았고 자신보다 더 큰 공동체를 위한 희생과 헌신의 의지나 열정을 앞세워 자신의 식욕을 억압하려고 하지도 않았다. 이 점에서 그는 동시대의 어느 시인보다 자신의 욕망에 대해 솔직하고 충실하려 한 독특한 시인이었다고 할 수 있다. 그러나 그럼에도 불구하고 백석은 이런 사적인 욕망의 끝에서 자신이 그 일부를 이루는 역사적 공동체(민족)

---

8) 김주언, 「백석의 음식 시편에 대하여」, 『국문학 논문집』 21, 단국대학교 국어국문학과, 2011, 31~33쪽. 김주언은 이 유년을 "우리가 마침내 돌아가야 할 오래된 미래", 즉 근대에 의해서 훼손되지 않은 원형적인 시기에 해당하는 것으로 보았다.

의 존재를 발견하고 그것과의 합일을 경험하게 된다. 역설적이게도 백석은 자신의 사적인 욕망, 식욕에 대한 긍정과 탐구를 통해 개인에 대해 호의적이기 어려운 역사적 공동체, 혹은 민족과 조우하게 되는 것이다. 음식을 다룬 백석의 시를 '민족적인 것'과의 연관 속에서 이해할 수 있는 것은 이 때문이다.

이 글에서는 백석의 시에 나타나는 음식의 문제를 이상과 같은 문제의식 아래 살펴보고자 한다. 이를 위해 다음과 같은 순서로 논의를 전개하게 될 것이다. 우선 문제 삼고자 하는 것은 백석에게 음식은 단순히 육신이 아니라 영혼의 허기를 끄기 위한 것, 그리고 그 자신의 정체성을 확인하게 해 주는 매개물이었다는 점이다. 이어서 음식을 먹는 행위가 단순히 개인만이 아니라 공동체의 자기재생산과 관련된 것이며 백석이 음식을 통해 나와 공동체의 통합, 그리고 '지금 여기'와 '그때 거기'의 행복한 일체화를 경험하는 모습을 살펴보게 될 것이다. 그리고 마지막으로 백석의 쏘울 푸드라고 할 수 있는 '메밀국수'를 통해서 개인과 공동체의 통합, 그리고 현재와 과거의 화해가 어떻게 이루어지는가를 살펴보게 될 것이다.

2. 음식, 그리고 '먹는다는 것'의 의미

음식을 먹는 행위는 다음과 같은 몇 가지 차원에서 이해할 수 있다. 그 하나는 가장 기본적인 것이지만 음식물의 섭취가 개체의 생존, 즉 개체의 자기재생산을 위한 필수적인 과정이라는 것이다. 음식을 통한 자연과 인간 사이의 지속적인 물질대사(metabolism)에 의해서 인간의 자기재생산이 가능해지는 것이다. 그런 의미에서 인류의 역사는 이 먹을 것을 확보하기 위한 투쟁 속에서 전개되어 왔다고 해도 지나치지 않을 것이다. 더 안정적으로 더 많은 음식을 얻기 위한 싸움이 국가와 국가, 집단과 집단, 그리고 개인과 개인 사이에서 끊임없이 이어져온 것이다. 그리고 이 투쟁의 결과는 식량의 분배와 소비의 불균형, 혹은 불평등으로 이어진다. 승자, 혹은 지배계급이 기본적인 물질대사의 기회를 과점함으로써 대다수 민중의 기아선상에서 허덕일 수밖에 없었던 것이다. '목구멍이 포도청', 혹은 함포고복(含哺鼓腹)이란 말에서 볼 수 있는 것처럼 근대 이전의 민중은 언제나 굶주렸고 배를 불리는 것이 가장 중요한 문제였다. 따라서 음식은 무엇보다 주린 배를 채울 수 있느냐 없느냐의 측면, 즉 욕망의 충족이라는 측면에서 이해하는 것이 마땅하다.

이런 관점에서 보면 근대 이전 동서양을 막론하고 민중들이 갖추어야 할 미덕으로 권장되었던 금욕주의는 생산력 수준이 낮고 생산물의 고른 분배가 불가능한 상태에서 생산물에 대한 지배권을 독점하려 했던 지배계급의 욕망을 은폐하고 호도하는 이데올로기에 지나지 않았다고 할 수 있다. 또 음식의 섭취를 양생(養生)의 차원에서 이해한 전통적인 사유에 대해서도 다시 생각해 볼 수 있다. 양생은 무엇보다 물질적 궁핍과는 무관하게 비세속적인 삶을 사는 사람들의 섭식 방법, 즉 몸을 정화하고 더 나아가서 정신을 정화하기 위한 섭식 방법을 가리키는 것이었다. 양생이 음식의 맛이나 양이 아니라 기본적으로 식욕의 절제, 식재료의 엄격한 선별, 정제된 조리, 균형잡힌 영양 섭취 등을 강조하는 것도 이 점과 관련이 있다.

두 번째는 음식은 날것 그대로 먹는 것이 아니라 일정한 방식으로 가공, 또는 조리를 해서 먹는다는 점이다. 따라서 음식의 문제는 그 재료의 선택, 보관, 가공, 조리법 등과 밀접한 관계를 가지고 있다.

그리고 이 점에서 음식은 개인이 아니라 그 개인이 속한 공동체와의 관계 속에서 이해하지 않을 수 없다. 무엇을 어떻게 조리해서 먹는가 하는 문제는 공동체가 마주한 자연환경, 그리고 이 환경과의 상호작용을 통해서 결정되기 때문이다. 다시 말해서 공동체가 터잡은 곳의 자연 환경과 그것에 대응하는 방식이 음식 재료의 선택과 보관법, 조리법 등에 직간접적인 영향을 미친다는 것이다. 음식을, 그것을 먹는 사람들의 집단적 정체성과 관련해서 이해할 수 있는 것은 이 때문이다.

세 번째는 음식 자체라기보다는 음식물을 먹는 행위와 관련된 것이다. 음식을 나누어 먹는 것은 기본적으로 친교를 다지는 행위이다. 특히 식구(食口), 혹은 '한솥밥을 먹는 사이'라는 표현 등에서 볼 수 있는 것처럼 음식을 함께 먹는 것은 공동체적 연대감 형성의 토대가 된다. 백석 시에서는 이처럼 음식을 함께 나누면서 공동체적 유대를 다지는 모습이 자주 등장한다. 즉 일가친척(「여우난 곬족」,『새한민보』 1(4), 1947.11), 1936), 이웃(「추야일경」,『삼천리문학』, 1938.1), 또래집단 (「하답」,「주막」, 이상은『사슴』, 1936) 등과 음식을 나누는 모습이 다양하게 그려지는 것이다. 그것은 백석이 음식에 깊은 관심을 기울인 이유가 음식의 맛 그 자체에 대한 그리움이 아니라 음식을 함께 나누는 과정에서 경험한 공동체적 유대에 대한 향수 때문이었다고 판단할 수 있는 근거가 된다. 또 음식을 준비하는 과정에 대한 백석의 남다른 관심 역시 이 협업의 과정을, 공동체 구성원 사이에 존재하는 미세한 균열과 상처를 치유하고 유대를 회복, 강화하는 힘을 지닌 것으로 이해했기 때문이라고 할 수 있다.

마지막으로 거론해야 할 것은 음식의 섭취가 다양한 감각의 충족, 다시 말하면 쾌락과 관련된다는 사실이다. 기본적인 생존 욕구의 충족도 물론 이런 감각적 만족, 쾌락과 무관하다고 할 수만은 없다. 하지만 음식과 관련된 감각적 쾌락의 추구는 주로 기본적인 욕망이 충족된 이후에나 가능해진다. 이 쾌락은 여러 가지 차원에서 설명할 수 있다. 이 쾌감은 우선 음식 섭취로 인한 포만감보다는 음식을 만드는 재료 자체의 질과 가치, 희소성 같은 것, 그리고 조리법, 상차림, 식사의 분위기와 환경 등 문화적인 측면과 밀접한 관련이 있다. 이런 이유에서 음식과 관련된 쾌락의 향유는 주로 지배계급만이 누릴 수 있는 특권이었다. 이들은 음식 자체가 주는 감각적 쾌감 이외에 그런 음식을 먹을 수 있는 특권적 지위나 신분을 확인하거나 과시하는 데서 오는 자족감까지 누리고자 했다. 근대 이후 음식과 그것을 섭취하는 방법 등이 신분, 혹은 소득이나 교양 수준을 말해 주는 일종의 기호로 작용하게 되는 것은 바로 이런 측면과 관련이 있다. 하지만 음식에 대한 백석의 관심에서 이런 미식이나 식도락의 취향, 혹은 음식을 기호 차원에서 소비한 흔적은 찾아볼 수 없다.

3. '영혼의 허기'와 유년의 음식

백석이 어린 시절에 먹었던 음식들에 대해 지속적인 관심을 기울이고 거기에 특별한 의미를 부여한 이유는 무엇보다 근대 도시에서의 삶에 대한 불안이나 불만―세계와의 불화에서 찾을 수 있다. 시인과 세계의 불화는 어느 시대, 어느 시인에게서나 확인할 수 있는 것이지만, 백석은 이를 직접 토로하기보다는 간접적인 방식으로 드러냈다. 즉 행복한 유년기, 특히 그때 먹었던 음식을 떠올리는 방식으로 '지금 여기'의 삶에 대한 불만을 드러냈던 것이다. 백석이 '지금 여기'의 삶에 대해 깊은 불만을 갖고 있었다는 사실은 그의 시에서 이따금씩 표출되는 염세적인 태도와 피세(避世)의 욕망을 통해서 확인할 수 있다. 그에게 세상은 "더러운 것"(「가무래기의 낙」, 『여성』, 1938.10)이었으며, 따라서 함께 할 사람만 있다면 언제든 "버려도 좋을 것"(「나와 나타샤와 힌 당나귀」, 『여성』, 1938.3)이었다. 이런 백석의 태도는 이 세상이 세속적인 이기심과 계산속으로 가득 차 있고 따라서 자신과 같이 순수한 영혼을 지닌 사람에게 끝없이 상처를 준다는 생각 때문이었던 것으로 보인다. 표면적으로 보자면 꽤 성공적인 삶을 산 것처럼 보이는 순간에도 그는 이런 불화를 의식하고 있었고, 이 때문에 은근히 '세상 밖'을 꿈꾸며 살았다고 할 수 있다.

그가 꿈꾼 '세상 밖'의 풍경은 하나같이 근대적, 도시적인 세련성, 화려함과는 동떨어진 것이었다. 그는 "한겨을을 날려고 집을 한채" 구하기 위해서 "작고 곬안으로 깊이 들어"가거나(「산곡」, 『조광』, 1937. 10) 나타샤와 함께 세인의 눈길이 미치지 않는 깊은 산속의 "마가리"(오두막)로 도피하려 한다. 그가 꿈꾼 세상 밖의 모습은 이른바 '만주시편'에서 좀 더 분명하게 나타난다. 그는 도연명처럼 권력 앞에 머리를 조아리는 것을 거부하고 '귀거래(歸去來)'의 자유로운 삶을 꿈꾸었다. 「귀농」(『조광』, 1941.4)은 그가 꿈꾼 삶이 어떤 것인지를 분명하게 보여준다. 그것은 소유에 집착하지 않는 욕심 없고 담백한 삶, 더 많은 소출을 올리기 위해 자신과 자연을 쥐어짜는 대신 살아 있는 모든 것들과 함께 나누는, 한마디로 창조적인 게으름 속에서 무한한 정신의 자유와 충만함을 누리는 삶이라고 할 수 있다.

이처럼 백석이 꿈꾼 '세상 밖'이 근대 도시, 혹은 근대적인 삶과 동떨어진 것이었다는 점을 고려하면 그의 내면에는 근대에 대한 근원적인 불안감과 회의가 숨어 있었다고 추론해도 지나치지 않을 것이다. 이를 고쳐 말하면 그는 겉으로는 근대에 매혹된 모던 보이의 모습을 보여주었지만, 속으로는 근대로부터 벗어나기 위해 안간힘을 썼다고 할 수 있을 것이다. 근대에 대한 이런 모순된 태도는 무엇보다 "모든 단단한 것을 대기 속에 녹여버리는" 근대성의 경험과 무관하지 않을 것이다. 모든 단단한 것을 대기 속에 녹여버리는 변화의 힘과 속도가 근대에 대한 매혹과 공포라는 상반된 감정을 갖게 만든 원인인 셈이다. 백석의 삶에서 확인할 수 있는 외면적인 성취들이 주로 근대의 매혹과 관련된 것이라면 그의 시는 주로 후자와 관련된 것이라고 할 수 있다. 특히 백석의 시가 근대의 영향에 노출되기 이전인 유년기의 기억, 토속적인 삶에 깊은 관심과 애착을 담고 있는 것은, 근대에 대한 불안이나 불만이라는 관점이 아니면 이해하기 어렵다. 그러나 그에게 항상 누군가와 더불어 있다는 충만감과 행복한 느낌을 주었던 고향은 더 이상 돌아갈 수 없었다. 따라서 고향을 대신할 수 있는 새로운 유토피아를 찾지 않을 수 없는 절박한 상황에 놓여 있었다고 할 수 있다. 성년이 된 이후의 백석이 줄곧 근대 도시의 중심부와 주변부를 떠도는 '길 위의 삶'을 산 것은 이 때문일 수 있다.

여행자든 아니든 육신의 허기와 마음의 한기, 그리고 향수를 달래기 위해 음식을 탐하는 것은 흔히 볼 수 있는 일이지만, '길 위의 삶'을 면치 못한 떠돌이의 경우, 그의 내면에는 아무리 음식을 먹어도 충족되지 않는 '헛헛함'이 남기 마련이다. 이 헛헛함은 달리 말하자면 '영혼의 허기'라고 이름 붙일 수 있을 텐데, 백석의 시는 그가 줄곧 이런 영혼의 허기에 시달리고 있었음을 보여준다. 세상 안에서 세상 밖으로의 탈주를 꿈꾸는 것이나 다르지 않은 '길 위의 삶'을 살았던 그에게 이런 허기는 피할 수 없는 것이었다. 그리고 거기에는 항상 외로움과 고독이 뒤따를 수밖에 없다. 동반자가 없는 '길 위의 삶'에서 혼자만의 식사는 피할 수 없기 때문이다. "이즉하니 물기에 누긋이 젖은 왕구새 자리에서 저녁상을 받은 가슴앓는 사람은 참치회를 먹지 못하고 눈물겨웠다"(「시기의 바다」)거나 "낡은 나조반에 흰밥도 가재미도 나도나와앉아서/슬쓸한 저녁을 맞는다"(「선우사」) 같은 구절에서 볼 수 있듯이 여행지에서 그는 자주 이런 쓸쓸한 식사를 경험한 듯이 보인다. 그것은 사무치도록 춥고 쓸쓸한 것일 수밖에 없다. 음식에 불과한 "흰밥"과 "가재미"를 "무슨 말이든 다 할 수 있을 것" 같은 친구, 혹은 속내를 털어놓을 수 있는 대화의 상대로 보는 동화적 상상력이 작동하게 된 것은 그런 고독감 때문이다.9) 그리고 때때로 이 외로움은 "그 뜨수한 구들에서/따끈한 三十五度 燒酒나 한잔 마시고/그리고 그 시래기국에 소피를 너코 두부를 두고 끌인 구수한 술국을 트근히 멧사발이고 왕사발로 멧사발이고 먹자"(「구장로」, 『조선일보』, 1939.11.8)에서 볼 수 있는 것과 같은 왕성하고 맹렬한 식욕으로 표출되기도 한다. 즉 따뜻한 방("뜨수한 구들")에 앉아 음식의 뜨겁고 강렬한 열기("따끈한 삼십오도 소주", "뜨겁고 구수한 술국")에 기대어 육신의 허기와 함께 정신의 한기를 다스리려 한 것이다.

그가 끊임없이 유년기의 음식에 대한 애정과 관심을 보인 것은 이런 영혼의 허기 때문이라고 할 수 있다. 그것은 음식에 대한 백석의 욕망이 어떤 특정한 음식이나 맛을 통해서 충족될 수 있는 것이 아니

---

9) 소래섭은 이를 "음식친구를 바라보는 샤머니즘적 시선"이라고 설명했다. 소래섭, 「백석 시와 음식의 아우라」, 『한국근대문학연구』 16, 한국근대문학연구학회, 2007, 289~294쪽. 하지만 샤머니즘이 샤먼의 매개를 전제로 하는 신앙 체계라는 점에서 보면 이는 샤머니즘이라기보다는 낱낱의 사물이 생명과 영기(靈氣)를 지닌 것으로 보는 물활론적 시선이라고 하는 것이 낫지 않을까 생각된다. 한편 이런 식으로 사물을 대화의 상대로 삼는 상상력은 지극히 동화적인 것이라고 할 수 있을 텐데 이런 동화적 상상력은 해방 전에 쓴 「대산동」, 「꼴뚜기」 등에서도 발견되며 1950년대 후반 북한에서 쓴 「집게게네 네 형제」, 「가재미와 넙치」, 「준치가시」 등의 동시로 이어진다. 김진희는 백석 시의 이 같은 특징을 '타자의 윤리'라는 관점에서 설명했다. 김진희, 「백석 시에 나타난 음식과 타자의 윤리」, 『우리어문연구』 38, 우리어문연구학회, 2010, 415~420쪽.

라, 좀 더 근원적인 어떤 것에 대한 갈망―공동체와의 유대나 합일에 대한 갈망과 관련된 것임을 시사한다. 다시 말하면 그는 유년기의 음식, 더 정확히 말하자면 그 음식을 나누어 먹는 과정에서 경험한 행복한 합일의 경험을 소환하고자 했다고 말할 수 있다. 다시 말해 그는 음식을 통해 그것을 함께 먹던 사람들, 그리고 그들과 함께 엮어간 따뜻하고 행복한 삶에 대한 기억을 재생하고자 한 것이다. 기억 속의 음식을 소환해내는 것만으로도 얼마든지 그 음식과 관련된 행복한 시절을 재생하고 그로부터 위안을 받을 수 있었기 때문이다. 그런 의미에서 이 기억이야말로 '모든 것을 대기 속에 녹여버리는' 근대의 흐름 속에서도 변치 않는 확고한 중심, 그 자신의 정체성을 지탱해주는 중심이었다고 할 수 있다.

유년기의 음식이 이처럼 향수와 마음의 상처, 혹은 영혼의 허기를 달래줄 수 있었던 이유는, 그것들이 대개 무상(無償)의 애정을 바탕으로 제공되며 그 자신의 육체와 감성과 정신을 형성해 주는 바탕이 되기 때문이다. 또 음식을 나누어 먹는 행위를 통해서 친족 및 촌락 공동체와의 접속이 이루어진다는 사실도 이와 무관하지 않다. '한 식구' '한솥밥을 먹는 사람'이라는 표현이 시사하는 것처럼 함께 음식을 나눔으로써 사랑과 신뢰로 결속된 공동체의 일원이 될 수 있었던 것이다. 이처럼 음식을 통해서 친족 및 촌락 공동체에 통합되는 모습은 다양한 방식으로 그려진다. 그 중에서 특히 돋보이는 것은 다양하고 풍성한 음식을 온 식구가 함께 나누는 모습을 통해 친족들 사이의 오해와 갈등이 해소되고 화합에 이르게 되는 명절날의 풍경을 그린 「여우난곬족」이다. "또 인절미 송구떡 콩가루차떡의 내음새도 나고 끼때의 두부와 콩나물과 볶은 잔디와 고사리와 도야지비게는 모두 선득선득하니 찬것들이다"(「여우난곬족」, 『조광』, 1935.12) 같은 구절에서 볼 수 있는 것처럼 명절날은 평소에 접할 수 없는 다양한 음식을 통해서 미각을 충족시킬 뿐 아니라 더 큰 친족공동체의 품안에서 평화와 행복을 맛보는 기회가 된다. 또 여럿이 이런저런 이야기를 주고받으며 모여 음식을 준비하는 협업의 과정에서 구성원들 사이의 갈등과 균열(생활 형편과 개성의 차이 등으로 인한)은 치유되거나 극복된다. 이 시 마지막 부분의 "무이징게국 끓이는 내음새"를 친족공동체의 화합을 상징하는 것으로 이해할 수 있는 것은 이 때문이다.10) 이 점은 「고야」의 다음 대목을 통해서 좀 더 분명하게 확인할 수 있다.

내일 같이 명절날인 밤은 부엌에 째듯하니 불이밝고 솥뚜껑이놀으며 구수한 내음새 곰국이무르끓고 방안에는 일가집할머니도와서 마을의 소문을펴며 조개송편에 달송편에 쥔두기송편에 떡을빚는곁에서 나는 밤소 팥소 설탕든콩가루소를 먹으며 설탕든콩가루소가 가장맛있다고 생각한다

나는 얼마나반죽을 주물으며 흰가루손이되어 떡을 빚고싶은지 모른다
―「고야」 4연

음식을 준비하는 일은 함께한 사람들과 "마을의 소문" 같은 자잘하고 일상적인 이야기를 하는 가운데 진행된다. 시적 주체는 이 과정을 지켜보거나 여러 가지 방식으로 참여하면서 공동체의 문화를 습득하고 공동체의 일원으로 통합되어 간다. 또 이렇게 만들어진 음식을 먹는 행위 역시 오랫동안 동일한 음식을 먹어 온 조상들의 공동체에

---

10) 소래섭, 앞의 논문, 84쪽. 소래섭은 이를 "모든 감각이 통합된 공감각적 체험의 순간, 완벽하게 회복된 총체성의 세계에 대한 상징"으로 보았다.

통합되는 중요한 계기가 된다. 물론 "설탕 든 콩가루소" 운운한 대목에서 볼 수 있는 것처럼 근대적인 식재료와 '근대적인 맛'[11]에 대한 언급도 나타나기는 하지만, 명절날 준비하는 음식의 대부분은 오랫동안 공동체가 함께 먹어 온 것들이다. 명절날의 음식은 개인이 선택하는 것이 아니라 그가 속한 공동체의 역사와 문화에 의해 결정되는 것이다. 그리고 이런 음식을 가족, 또는 이웃과 함께 나눔으로써 "나"는 나보다 더 큰 공동체와 연결된다.

유년기의 행복한 기억 속에는 또래집단과의 함께하는 놀이 체험도 포함된다. 아이들의 놀이는 자연과의 접촉을 통해 감각을 개발하고 신체의 운동 능력을 개발하는 한편, 또래집단 내의 유대를 강화한다. 특히 이 놀이 과정에 포함된 섭식 체험은 대단히 중요한 의미를 지닌다. 또래집단과 함께 나누는 이런 섭식 체험은 그 자체로서 어떤 갈등이나 균열이 존재하지 않는 행복한 유년 시절을 상징하는 기호 역할을 한다. 여름철의 무논에서 놀다가 "개구리 뒤ㅅ다리"를 구워먹거나 개울에서 "날버들치"를 잡아먹는 아이들의 모습을 그린 「하답」, "물코를 흘리며 무감자를" 먹는 아이들을 그린 「초동일」(두 작품 모두 『사슴』, 1936) 같은 작품은 그런 맥락에서 이해할 수 있다. 또 이런 유소년기의 섭식 체험은 때때로 다양한 형태의 일탈을 동반하기도 한다. 가령 주막집 아들인 친구가 엄마 몰래 "호박잎에 싸오는 붕어곰"(「주막」, 『사슴』, 1936)의 맛이 오래 기억되는 것은 "붕어곰" 자체의 맛 때문이라기보다 이런 짜릿한 일탈의 자극과 연결되어 있기 때문이다. 또 "삼춘

---

11) 김은희, 앞의 책, 142쪽. 근대 이전의 '단맛'은 주로 꿀이나 조청으로 냈다. 설탕은 19세기 말에 전래된 것으로 1930년대가 되면 과잉생산으로 인해 가격이 급락하지만 여전히 서민들이 접하기 쉽지 않은 것이었다. 따라서 이 대목은 이 집의 형편, 생활의 감각 등을 추론할 수 있는 단서가 된다고 할 수 있다.

의임내를내어가며 나와사춘은 시큼털털한술을 잘도채어 먹"(「고방」,
『사슴』, 1936)는 것과 같은 깜직한 일탈 행위도 같은 맥락에서 이해할
수 있다. 일탈조차 육체적, 정서적, 지적 성장의 계기일뿐 아니라 공동
체의 성원으로 통합되어 가는 과정일 수 있었던 것이다. 이처럼 백석
에게 유년기의 음식은 유토피아적 시간을 되살려내는 매개체였다.

한편 이 시절의 섭식 체험은 사물과 세계를 지각하는 방식에도 깊은
영향을 미쳤다. 백석이 자신이 먹었던 음식물과 관련된 감각 체험을
통해서 낯선 세계를 지각하는 독특한 방법을 구사한 것이 이 점을
말해준다.12) 눈앞에 있는 것은 무엇이건 우선 입에 넣어봄으로써 사물
과 세계를 지각하는 구순기(口脣期)의 아이들처럼 백석은 낯선 세계가
주는 불편함을 미각 체험을 통해서 해소시키려 했던 것으로 보인다.
"바람맛도 짭짤한 물맛도 짭짤한"(「통영」, 『조선일보』, 1936.1.23)이나 "미
역오리같이 말라서 귤껍지처럼 말없이 사랑하다 죽는다는"(「통영」, 『사
슴』, 1936) 같은 표현은 미각을 통해서 대상을 지각하는 백석의 독특한
방법을 잘 보여준다. 또 후각도 마찬가지로 대상 세계를 지각하는
데 자주 동원된다. "김냄새나는 비"(「통영」, 『조광』, 1935.12), "미역냄새
나는 덧문"(「시기의 바다」, 『사슴』, 1936), "가지취의 내음새"(「여승」, 『사
슴』), "시큼한 배척한 퀴퀴한 이 내음새속에"(「북관」), "물외 내음새
나는 밤"(「야우소회」, 『조광』, 1938.10), "이방거리는 콩기름쪼리는 내음
새속에/섭누에번디 삶는 내음새속에"(「안동」, 『조선일보』, 1939.9.13)처
럼 음식 냄새를 통해 낯선 사물과 세계를 파악함으로써 그것을 친근한
것으로 받아들이는 것이다.13) 이밖에 어떤 상태를 "뚜물같이흐린날"

---

12) 김신정, 「백석 시에 나타난 차이에 대하여」, 『한국시학연구』 34, 2012, 15~16쪽.
13) 이는 후각이 인간의 감각 가운데 가장 먼저 작동되는 근원적인 감각이라는 사실과 무관하

(「쓸쓸한 길」, 『사슴』)처럼 시각을 통해 지각하거나 "머룻빛밤한울에/ 송이버슷의내음새가났다"(「머루밤」, 『사슴』)처럼 시각과 후각을 동시에 활용해서 파악하기도 한다. 또한 "복숭아낡에 시라리타래가 말러갔다"(「초동일」, 『사슴』)거나 "아츰별에섚구슬이 한가로이 익는 골짝"(「추일산조」, 『사슴』) 같은 구절에서 볼 수 있는 것처럼 사물의 상태 변화를 음식 재료와 관련된 시각 체험을 통해서 지각하는 모습도 확인할 수 있다.

이처럼 음식과 관련된 감각 체험을 통해서 낯설고 새로운 세계는 낯익은 것, 친근한 것으로 지각된다. 백석은 이런 식으로 사물과 세계를 지각함으로써 낯선 것에 대한 본능적인 거부감이나 이질감, 혹은 공포를 극복하려 했다고 보인다. 이 점은 '칠흑같은 밤'이라는 관습적인 표현과 '머루밤'이라는 개성적 표현을 비교해 보면 금세 드러난다. 머루밤이라는 표현에서는 달콤하면서도 깊은 맛을 내는 머루의 이미지가 '칠흑같은 밤'이라는 표현에 내재된 부정적이고 음습한 느낌을 지워버린다. 이처럼 자신이 먹어본 음식과 관련된 체험을 통해 낯선 대상을 지각하고 자기화하는 것은 그것을 먹을 수 있는 것, 즉 자신과 동화될 수 있는 것으로 받아들인다는 것과 동일한 의미를 지닌다. 이런 관점에서 보면 백석에게 음식을 먹는 일은 세계와의 화해, 또는 동화를 의미하는 것일 수 있었다. 흰밥과 가재미를 먹음으로써 육체만이 아니라 정신까지도 그것들이 가진 내적 본질, 즉 지극히 맑고

지 않다. 갓 태어난 동물들이 어미 젖을 찾아 입에 무는 것도 후각 작용을 통해서이다. 백석 시에 나타나는 후각의 의미에 대해서는 소래섭, 「1920~30년대 문학에 나타난 후각의 의미」, 『사회와 역사』 81, 2009, 82~86쪽 참조. 이와 함께 임미진, 「백석 시에 나타난 감각의 장소화」, 『춘원연구학보』 8, 춘원연구학회, 2015, 139~144쪽 참조. 임미진은 백석 시에서는 "후각을 통한 기억의 장소화"가 두드러지게 나타난다고 지적했다.

선한 성품에 동화되고 있음을 말한 「선우사」(『조광』, 1937.10)는 이 점을 시사하는 좋은 예라고 할 수 있다.

하지만 가족과의 식사든, 친구들과 먹은 것이든 이 유년기의 음식은 이미 아련한 과거의 추억 속에만 존재하는 것이었다. 따라서 객관적으로 아무리 동일한 맛을 재현해낸다고 하더라도 기억 속의 맛, 즉 그것을 먹을 때의 분위기, 다시 말해서 시간과 공간의 교직 그리고 삶의 총체성에 의해서 결정되는 맛은 결코 재현될 수 없다. 이 음식들에 대한 기억은, 모든 과거의 경험이 그렇듯이 그것을 먹을 때와 장소로부터의 물리적·심리적 거리 때문에 심미화되기 때문이다. 따라서 유년기에 경험한 음식 맛은 다만 기억될 수 있을 뿐 재현되거나 재경험될 수 없는 것이라고 해야 한다. 이런 상황에서 선택할 수 있는 것은 계속해서 행복한 유년 시절의 음식을 소환해내는 것이었다. 백석 시에서 음식이 돌아갈 길도, 방법도 없는 유토피아에 대한 갈망을 함축한 것이라고 말할 수 있는 것은 이 때문이다.

4. 음식과 공동체의 역사

인간이 자연에서 획득한 재료들은 일정한 방식으로 가공, 또는 조리됨으로써 비로소 음식이 된다. 여기에는 물론 그것들을 가공·보존하고 저장하는 방법도 포함된다. 이처럼 단순한 자연물, 또는 먹이를 음식으로 변화시키는 과정은 인간의 인간화 과정이라고 고쳐 말할 수도 있다. 이 과정은 개인이 아니라 공동체 전체에 의해서 오랜 시간에 걸쳐 수행된다. 다시 말해서 공동체가 터 잡은 지리적 자연적 환경이 무엇을 먹을 것인가를 결정한다면, 오랫동안 그 환경 속에서 살아오면서 축적된 공동체의 경험과 지혜가 그것을 어떻게 먹는가를 결정하는 것이다. 음식, 혹은 미각을, 그것을 공유한 집단(지역, 계급, 민족)의 정체성과 관련해서 이해할 수 있는 것[14]은 이런 이유에서이다. 공동체의 구성원이 공통적으로 즐기는 음식 속에는 오랜 세월 동안 그것을 같은 방식으로 조리해서 먹어온 공동체의 역사, 그리고 경험과 지혜가 담겨 있기 때문이다.

따라서 음식을 매개로 한 나와 공동체의 접속은 단순히 '지금 여기'에 그치는 것이 아니라 조상들의 역사, 즉 '그때 거기'로까지 확장될 수 있다. 다시 말해 음식을 통해 그것을 함께 나누어 먹는 공동체와 수평적으로 연결될 뿐 아니라 그것을 먹어온 조상들의 역사에 수직적으로 통합되기도 하는 것이다. 「가즈랑집」(『사슴』, 1936)은 이 점을 이해할 수 있는 단서가 되는 작품이다. 이 시에서 언급되는 수많은 나물의 이름과 그것들에 대한 정보는 오랜 시간 동안 공동체가 축적해 온 지식의 정화라고 할 수 있다. 따라서 "가즈랑집 할머니"가 내게 알려주는 다양한 산나물의 이름을 익히고 철마다 그녀가 만들어주는 음식들을 먹으면서 "나"는 자연스럽게 공동체가 공유하고 있는 경험과 지식을 익히게 된다.

> 토끼도살이올은다는때 아르대즘퍼리에서 제비꼬리 마타리 쇠조지 가
> 지취 고비 고사리 두릅순 회순 山나물을 하는 가즈랑집할머니를딸으며
> 나는벌서 달디단물구지우림 둥굴네우림을 생각하고
> 아직멀은 도토리묵 도토리범벅까지도 그리워한다
>
> —「가즈랑집」 6연

---

14) 마크 스미스, 앞의 책, 159~175쪽.

가즈랑집 할머니가 이처럼 "산나물을 하는" 것은 국토의 대부분이 산지인 지리적 환경, 그리고 기근 같은 자연재해와 지배계급의 수탈로 인한 궁핍 때문에 자주 야생에서 먹을거리를 찾아야 했던 공동체의 경험과 깊은 관련이 있다. 즉 산지가 많은 환경적인 요인과 거듭되는 수탈과 재해로 인한 기아 상태에서 살아남기 위해서 초근목피에 의지해야 했던 역사적 경험이 다양한 산나물에 대한 지식을 축적하게 만든 것이다.15) 이처럼 무엇을 어떻게 먹느냐 하는 문제가 공동체가 자리잡은 곳의 자연적인 조건과 환경, 그리고 공동체의 역사적 경험에 의해서 결정된다. 가즈랑집 할머니는 이 공동체가 공유하고 있는 기억과 경험, 그리고 오랫동안 산속에서 홀로 살아오면서 자신이 획득한 지식을 다음 세대에게 전해 주는 교사(the giver)라고 할 수 있다.16)

이 시에서 나열되는 산나물 이름과 지식은 모두 가즈랑집 할머니로부터 배운 것이다. 그리고 산나물에 대한 가즈랑집 할머니의 풍부한 지식은, 오랜 세월 동안 공동체에 의해서 축적되고 다듬어져 온 것이자 외따로 산에서 살면서 가즈랑집 할머니가 얻게 된 경험과 지식을 망라한 것이다. 그리고 "나"는 가즈랑집 할머니를 통해서 산나물과 관련된 지식과 계절 감각을 습득할 뿐 아니라 산나물의 다양한 향취,

---

15) 정혜경, 『채소의 인문학: 나물민족이 이어온 삶속의 채소, 역사 속의 채소』, 따비, 2017, 42~47쪽. 산나물은 일찍부터 '구황식(救荒食)'으로 활용되었다. 특히 조선시대에는 빈발하는 기근과 관련하여 '구황청'이 설립되기도 했고 『구황본초(救荒本草)』(세종조), 『구황촬요(救荒撮要)』(명종조)처럼 구황 식물과 섭취 방법을 소개하는 책자들이 간행되기도 했다. 한편 한복진에 따르면 일제 강점기 조선인이 먹은 산나물의 종류는 무려 300가지에 달했다고 한다. 한복진, 『우리 생활 100년』, 현암사, 2000, 27쪽.

16) "병이 들면 풀밭으로 가서 풀을 뜯는 소는 인간보다 영해서 열 걸음 안에 제 병을 낳게 할 약이 있는 줄을 안다"(「절간의 소 이야기」)는 것을 알려주는 "칠십이 넘은 로장"도 가즈랑집 할머니와 비슷한 존재라고 할 수 있다.

식감, 맛 등을 경험하고 거기에 익숙해진다. 이처럼 어린 시절의 음식은 나의 육체를 재생산하고 기본적인 감성을 만들어낼 뿐 아니라 나의 미각을 개발하고 결정함으로써 이후의 식생활에까지 영향을 미친다. 음식을 먹는 행위 속에는 이처럼 한 개인만이 아니라 공동체 전체의 자기재생산 과정이 압축되어 있다. 먹을 수 있는 것과 먹을 수 없는 것의 구별, 먹을 수 있는 것을 채취하고 보관하고 조리하는 방법의 개발 등은 모두 공동체의 경험을 통해서 이루어지고 전승되고 축적되기 때문이다.

따라서 음식에 대한 성찰을 통해 공동체의 과거, 혹은 조상들의 길고 오랜 역사와 접속하게 되는 것은 자연스러운 일이라고 하지 않을 수 없다. 백석 시에서 음식을 조리하는 과정이나 방법에 대한 자세한 묘사가 자주 등장하는 것도 이런 맥락에서 이해할 수 있다. 백석은 단순히 조리 방법을 요약한 정형화된 레시피를 제시한 것이 아니라 가족이나 친지, 혹은 이웃이 모여 함께 대화를 나누고 유대를 쌓으면서 음식을 만드는 모습을 그렸다. 그렇게 함으로써 음식을 만드는 일이 하나의 생활 문화로 공동체의 삶 속에 자리잡고 있음을 일깨워준다. "인간들은 모두 웅성웅성 깨여있어서들/오가리며 석박디를 썰고/생강에 파에 청각에 마눌을 다지고//시래기를 삶는 훈훈한 방안에는/영염내음새가 싱싱도하다"(「추야일경」) 한 데서 볼 수 있는 것처럼 그는 조리 과정 그 자체보다 음식을 만드는 과정에 참여하는 사람들의 대화와 함께 수행되는 유기적인 협업, 그리고 조리가 끝난 뒤 함께 음식을 나누어 먹는 즐겁고 따뜻한 분위기에 더 많은 관심을 기울였다.

한편 "기장쌀은 기장찻떡이 조코 기장차랍이 조코 기장감주가 조코 그리고 기장쌀로 쑨 호박죽은 맛도 잇는것을 생각하며 나는 기쁘다"라고 읊은 「월림장」(『조선일보』, 1939.11.11)에서 볼 수 있듯이 백석은 동일한 재료가 조리 방법이나 재료의 배합에 따라 각기 다른 맛과 질감을 지닌 음식으로 변모되는 것을 재미있게 그리기도 했다. 여기서 거명되는 음식들은 모두 동일한 재료(기장)로 만들어진 것이지만, 그 조리 방법, 혹은 다른 재료와의 배합이나 발효 여부에 따라 서로 다른 맛과 식감을 지닌 '다른' 음식이 된다. 이처럼 동일한 재료로 다양한 음식을 만들어 먹을 수 있는 것은 아주 오랫동안 그것으로 음식을 만들어 먹으면서 공동체의 지혜와 경험이 그 속에 배어들었기 때문이다. 따라서 조리 방법 등에 따라 달라지는 맛의 미세한 차이들을 음미하면서 이런 음식을 먹는다는 것은, 단순히 음식을 먹는 데서 그치는 것이 아니라 그런 음식을 낳은 역사와 문화를 음미하고 그것에 접속되는 것과 동일한 의미를 지닌다.

이 점은 "삼에 숙변에 목단에 백봉령에 산약에 택사의 몸을보한다는 六味湯이다"라고 한 「탕약」(『시와 소설』, 1936.3) 같은 작품에서도 잘 나타난다. 전통적인 식약동원(食藥同源)의 관점에서 볼 때 약은 음식과 같은 뿌리에서 나온 다른 가지라고 할 수 있다. 따라서 다양한 약재를 섞고 달여서 특별한 효능을 지닌 탕제를 만들기까지의 과정은 여러 재료를 섞어서 특정한 음식을 만들게 되기까지의 과정이나 별로 다르지 않다. 따라서 그런 탕약을 먹는다는 것은, 그것을 만든 공동체의 오랜 역사와 접속되는 것과 동일한 의미를 지닌다. 그가 시꺼먼 색깔의 탕약에서 "아득하니 깜하야 萬年넷적이 들은듯한데"라고 말할 수 있었던 것, 그리고 거기서 한 걸음 더 나아가 "나는 두손으로 공이 약그릇을들고 이약을내인 녯사람들을 생각하노라면/ 내마음은끝없시 고요하고 또 맑어진다"고 말할 수 있는 것은 바로 이 때문이다.

이런 작품들에서 볼 수 있는 것처럼 백석은 음식이 그 재료 고유의 특성을 유지하면서 서로 다른 맛을 지닌 음식이 되는 조리의 마술적 효과를 깊이 이해하고 있었던 듯이 보인다. 재료의 물리적 조합을 뛰어넘는 새로운 맛을 만들어내는 조리의 마술은, 재료의 조합, 양념의 배합, 조리 시 가해지는 열의 강도와 지속 시간의 차이에 의해서, 그리고 과학적으로 계량화하기 힘들지만 이른바 '손맛' 등을 통해서 작동된다. 그리고 그것을 먹는 사람들과의 상호작용을 통해서 요리는 점점 발전되고 더욱 섬세하게 분화된다. 탕약도 비슷한 방식으로 발전되었다고 할 수 있다. 이처럼 자연에서 채취한 재료들이, 동물적 욕구를 충족시키는 먹이의 수준을 넘어서 독특한 개성을 지닌 음식(약)으로 재탄생되기까지는 오랜 시간이 필요하다. 하나의 음식 속에 그 재료를 가공하고 조리 방법을 개발하고 정착시킨 공동체의 경험과 역사가 아로새겨져 있다고 할 수 있는 것은 이런 이유에서이다. 백석은 이 점을 누구보다 정확하게 이해하고 있었던 듯이 보인다.

明太창난젓에 고추무거리에 막칼질한무이를 뷔벼익힌 것을/이 투박한 北關을 한없이 끼밀고있노라면/쓸쓸하니 무릎은 꿀어진다//시큼한 배척한 퀴퀴한 이 내음새 속에/나는 가느슥히 女眞의 살내음새를 맡는다//얼근한 비릿한 구릿한 이 맛속에선/깜아득히 新羅 백성의 鄕愁도 맛본다

―「북관」 전문

한국인이면 누구나 좋아하는 명태는 잘 알려진 것처럼 동해의 특산 어종으로 해방 전에는 원산이 그 집산지였다. 따라서 이남에서보다는 이북에서 명태를 활용한 조리법이 훨씬 다양하게 발전되었다. 이 시에서 말하는 요리는 명태 창난젓과 무를 고춧가루에 버무린 '창난젓

깍두기'인 듯하다.[17] 그리고 "시큼한 배척한 퀴퀴한 이 내음새"라는 구절로 미루어 보면 이 음식은 재료들을 버무린 뒤 발효시킨 음식이 분명하다. 그런데 여기서 중요한 것은 이 음식이 삭아가면서 내는 "시큼한 배척한 퀴퀴한 이 내음새"와 "얼근한 비릿한 구릿한 이 맛"을 통해서 이 음식을 만들어내고 함께 즐겨온 조상들의 체취를 맡게 된다는 사실이다. 이 음식을 여진, 그리고 신라와 연관 짓는 것은, 함경도 지역이, 한때 여진족이 살았고 삼국통일 이후에는 신라의 강토가 되기도 했던 점을 고려하면 충분히 개연성이 있다. 하지만 여기서 진술의 사실성을 따지는 일보다 더 중요한 것은 이들을 오랫동안 같은 음식을 먹어온 족류 집단(ethnic group),[18] 혹은 공통의 조상들로 받아들이고 있다는 사실이다. 다시 말해서 음식 속에서 그는 '지금 여기', 혹은 영고성쇠를 거듭하는 국가의 경계를 넘어서 아득한 과거에 속한 조상들의 체취를 감지해내고 있는 것이다.

---

17) 소래섭, 「창난젓 깍두기의 테루아」, 안대회 외, 『18세기의 맛』, 문학동네, 2015.

18) '민족'이라는 개념이 당대를 넘어서서 고대사에까지 소급해서 적용되기 시작한 것은 대략 1920년대부터였다고 할 수 있다. ethnie와 nation을 구별한 스미스(A. Smith)의 분류법에 따르면 이런 식으로 민족을 이해하는 관점은 원초론적 관점(primordialism)에 해당된다고 할 수 있다. A. Smith, *Nationalism: Theory, Ideology, History*, Cambridge: Polity Press, 2001, pp. 12~15와 pp. 51~55. 민족(nation)이란 개념이 근대 민족주의의 산물이라는 점에서 보면 근대 이전, 특히 고대사와 관련해서는 민족보다 ehtnic group이라는 용어를 사용하는 것이 더 적절하다고 생각된다. 스미스는 앤더슨(B. Anderson)이나 홉스보움(E. J. Hobsbawm)처럼 민족을 순전한 상상의 산물로 보는 대신 동일한 언어와 문화를 지닌 에스닉 그룹을 기반으로 만들어진 것으로 보았다. 이에 대해서는 A. Smith, *The Ethnic origins of Nations*, Oxford: Blackwell, 1999, pp. 6~18. 스미스의 책(『족류상징주의와 민족주의』, 아카넷, 2016)을 번역한 김인중은 ethnic group을 '족류'로 번역했으나 여기서는 '족류 집단'으로 고쳐 썼다. 이처럼 민족 대신 족류 집단이란 용어를 사용한 것은 백석이 흔히 생각하는 것처럼 민족적인 자각이나 의식을 가졌다고 볼 만한 증거가 없다는 판단 때문이다. 이 점에 대해서는 좀 더 상세한 논의가 필요하겠지만, 백석은 한 번도 '민족'이란 용어를 사용하지 않았다. 그뿐 아니라 근대적인 민족의식—즉 민족의 경계와 국가의 경계를 일치시켜야 한다는—이라고 부를 만한 정치의식(민족주의)을 가졌다고 보기도 어렵다고 생각된다.

앞에서 말한 「탕약」도 이와 비슷한 관점에서 이해할 수 있다. 나는 약사발에 담긴 약에서 환자의 쾌유를 비는 깊고 간절한 마음 이상의 것, 즉 그 약을 만들어낸 옛 사람들의 지혜를 발견한다. 다시 말해서 "하이얀 약사발"에 담긴 새까만 약을 통해서 "이약을 내인 녯사람들"과 만나는 듯한 느낌을 받을 뿐 아니라 거기서 한 걸음 더 나아가 뜻하지 않은 정화의 경험—"내 마음은 끝없이 고요하고 맑어진다"—까지 얻게 되는 것이다. 이처럼 백석에게 음식을 먹는 것은 음식 속에 담긴 공동체의 역사, 즉 그 지혜 및 정서와 교감하는 과정이었다고 할 수 있다. 이런 양상은 백석의 소울 푸드라고 할 수 있는 국수와 관련된 시들을 통해서 좀 더 분명하게 확인할 수 있다.

5. 영혼의 음식 '메밀국수'

백석이 다룬 숱한 음식들 가운데서도 가장 특별한 의미를 지닌 음식은 메밀국수[19]였다. 아예 '국수'를 제목을 내세운 「국수」(『문장』, 1941.4) 말고도 「산숙」(『조광』, 1938.3), 「야반」(『조광』, 1938.3), 「개」(『현대조선문학전집(시가집)』, 1938.4), 「야우소회」(『조광』, 1938.10), 「북신」(『조선일보』, 1939.11.9) 등의 작품에서 국수를 언급했을 정도였으니 국수에 대한 백석의 애착이 얼마나 큰 것이었는지 쉽게 짐작할 수 있을 것이다. 물론 여기서 백석이 말한 국수는 밀가루로 만든 것이 아니라 메밀로 만든 메밀국수였다. 백석은 이 국수에서 복원할 수 없는 '오래된 미래'로 존재하는 유년기의 음식을 능가하는 의미와 가능성—영혼의

---

19) 백석 자신의 표기대로라면 '모밀'로 써야 맞겠지만 현대어 표기법을 따라 '메밀'로 쓴다.

허기를 달래주는 음식이 될 수 있는 가능성을 보았다고 생각된다. 그것은 국수를 만들어 먹는 일이 다분히 일가, 혹은 마을 사람들이 함께 어우러지는 축제적인 성격을 지니고 있는 것과 무관하지 않다. 국수를 만들게 되는 계기도 그렇지만, 국수를 만들고 난 뒤 남녀노소 모두가 한자리에 모여 웃고 떠들며 그것을 나누어 먹는 모습 역시 축제적인 성격을 지니고 있기 때문이다.

중국 남부 지방이 원산지인 메밀이 한반도에 전래된 것은 대략 고려 중기쯤으로 추정된다.[20] 이 메밀은 산간 지대의 척박한 땅, 강수량이 적은 환경에서도 잘 자라기 때문에 중부 이북 지역에서 구황작물로 널리 재배되었다. 그리고 언제부터인지 알 수 없지만, 한반도 북쪽 지방에서는 이 메밀로 만든 국수를 겨울, 그것도 늦은 밤의 밤참으로 즐겨 먹었다. 취사와 난방이 분리되지 않은 가옥구조 탓에 여름에는 국수를 삶기 어려웠고 국수의 시원한 맛을 보장해주는 '동치미 국물'도 쉽게 상했기 때문에 여름보다는 겨울에, 그리고 만드는 과정에 손이 많이 필요하기 때문에 바쁜 낮보다는 한가한 밤에 더 적합한 음식이었던 것이다. 이처럼 관서/관북 지역의 풍토나 살림살이의 특성에 적응하면서 국수는 그럭저럭 살 만한 사람들이 긴긴 겨울밤에 헛헛한 속을 달래기 위해서 먹는 별미로 자리잡았다.

---

20) 메밀에 대한 최초의 기록은 5~6세기 경에 나온 중국 농서 『제민요술(齊民要術)』이란 책에서 발견된다고 한다. 이 메밀이 한반도에 언제 전래되었는지는 확실치 않으나 고려 고종(1236~1251)에 나온 『향약구급방(鄕藥救急方)』이나 비슷한 시기 일본 측의 문헌에 언급된 것으로 보면 대략 13세기 무렵 전래된 것으로 추측된다. 박철호·최용순, 『메밀』, 강원대학교 출판부, 2004, 13~14쪽. 메밀로 국수를 만들어 먹게 되기까지는 상당한 시간이 소요되었을 것으로 보인다. 국수를 뽑기 위해서는 메밀 반죽을 높은 압력으로 압착할 수 있는 장비, 즉 분틀이 개발되어야 했기 때문이다. 따라서 국수와 관련된 '공통의 기억'이 만들어진 것은, 특정하기는 어렵지만, 이런 기술들이 민간에 널리 전파되고 난 뒤라고 해야 할 것이다.

다른 음식과는 달리 이 국수를 만드는 데는 손이 상당히 많이 필요하다. 우선 맷돌에 메밀을 갈아서 껍질을 벗기고 가루를 만들어야 하고, 이를 다시 고운 체로 체질을 해서 거피(去皮)를 한 뒤 남은 가루로 반죽을 해야 한다. 그리고 가마솥 위에 얹은 분틀에 이 반죽을 넣고 높은 압력으로 눌러서 국수를 뽑아야 한다. 분틀을 가마솥 위에 올려놓는 것은 분틀에서 국수가 뽑혀 나오자마자 바로 끓는 물에 삶아야 하기 때문이다. 그렇게 하지 않으면 점성이 낮은 메밀가루로 만든 국수가락의 형태를 유지할 수 없다. 지름 1~2mm밖에 되지 않는 분틀의 작은 구멍으로 된 반죽을 밀어내서 가늘고 긴 국수가락을 뽑아낼 수 있을 정도의 압력을 얻기 위해서는 최소한 성인 남자 두 명 이상이 분틀을 압착하는 지렛대에 매달려야 했다. 유압식 장치를 이용하는 현대식 분틀과는 달리 옛날의 분틀로 국수를 뽑아내려면 오로지 체중으로 분틀을 압착하는 수밖에 없는 것이다. 이처럼 손이 많이 가는 음식이기 때문에 국수는 대개 특별한 때나 만들어 먹을 수 있었다. 이 특별한 때란 어쩌다 꿩이나 토끼 같은 짐승이 잡힌 날, 혹은 이런저런 일로 밤늦도록 식구나 이웃 사람들이 모여 있는 날을 가리킨다. 따라서 국수를 삶아 먹는 일은 대개 흥청거리는 잔치의 분위기를 띠게 마련이었다. 백석이 식구들, 혹은 이웃과 함께 국수를 나누어 먹는 소박한 집안/마을 잔치에서 나와 공동체가 하나가 되는 듯한 행복한 경험, 즉 '지금 여기'와 '그때 거기'가 하나로 연결되는 듯한 느낌을 받을 수 있었던 것은 이런 이유 때문이라고 할 수 있다.

눈이 많이 와서
산엣새가 벌로 나려 멕이고
눈구덩이에 토끼가 더러 빠지기도하면

마을에는 그무슨 반가운것이 오는가보다

한가한 애동들은 여듭도록 꿩사냥을 하고

가난한 엄매는 밤중에 김치가재미로 가고

마을을 구수한 즐거움에 싸서 은근하니 흥성 흥성 들뜨게 하며

이것은 오는 것이다

이것은 어늬 양지귀 혹은 능달쪽 외따른 산녑 은댕이 예데가리밭에서

하로밤 뽀오햔 힌김속에 접시귀 소기름불이 뿌우현 부엌에

산멍에같은 분틀을 타고 오는것이다

이것은 아득한 녯날 한가하고 즐겁던 세월로 부터

실같은 봄비속을 타는 듯한 녀름 빛속을 지나서 들쿠레한 구시월 갈

바람 속을 지나서

대대로 나며 죽으며 죽으며 나며 하는 이 마을 사람들의 으젓한 마음을

지나서 텁텁한 꿈을 지나서

집웅에 마당에 우물든덩에 함박눈이 푹푹 싸히는 여늬 하로밤

아배앞에 그어린 아들앞에 아배앞에는 왕사발에 아들앞에는 새끼 사

발에 그득히 살이워 오는것이다

이것은 그 곰의 잔등에 업혀서 길여났다는 먼 녯적 큰마니가

또 그 집둥색이에 서서 자채기를 하면 산넘엣 마을까지 들렸다는

먼 옛적 큰 아바지가 오는 것같이 오는 것이다.

아, 이 반가운것은 무엇인가

이 히수무레하고 부드럽고 수수하고 슴슴한것은 무엇인가

겨울밤 쩡 하니 닉은 동티미국을 좋아하고 얼얼한 댕추가루를 좋아하

고 싱싱한 산꿩의 고기를 좋아하고

그리고 담배내음새 탄수내음새 또 수육을 삶는 육수국 내음새 자욱한

더북한 삼방 쩔쩔 끓는 아르굳을 좋아하는 이것은 무엇인가

  이 조용한 마을과 이마을의 으젓한 사람들과 살틀하니 친한것은 무엇
인가
  이 그지없이 枯淡하고 素朴한것은 무엇인가

ㅡ「국수」 전문

  이 시는 온 마을 사람들이 함께 국수를 만들고 나누어 먹는 모습을
그린 시다. 하지만 시상이 전개되어 가는 과정에서 그런 산문적 설명
을 훨씬 넘어서는 풍성하고 다양한 의미가 생성된다. 우선 이 시에서
보듯 국수를 삶게 된 것은 뜻하지 않은 자연의 선물, 즉 "눈구덩이에
빠진 토끼"나 꿩 사냥에 성공한 덕택이다. 먹을거리가 흔치 않은 한겨
울, 이 뜻하지 않은 수확물은 얼마든지 가족, 혹은 마을 잔치의 빌미가
될 수 있었다. 특히 북쪽 지방에서 꿩은 주로 만둣국의 육수를 내거나
고기를 잘게 다져 지단을 만들어서 국수와 함께 먹었으므로 토끼나
꿩 같은 이 뜻하지 않은 수확물은 이내 국수를 삶아 함께 나누어 먹는
잔치로 이어지기 마련이었다. 국수는 이처럼 "마을을 구수한 즐거움
에 싸서 은근하니 흥성 흥성 들뜨게 하며", 다시 말해서 가족, 이웃,
그리고 마을 사람들의 기대와 흥분 속에서 상에 오르게 된다.
  메밀은 앞에서 말한 것 같은 협업 과정을 거쳐서 국수가락으로 뽑
혀 나온다. 그리고 분틀에서 뽑혀 나온 면발은 곧바로 물이 끓고 있는
가마솥에서 삶아져서 국수가 된다. 따라서 국수를 삶는 동안 부엌에
는 흰 김이 가득 차기 마련이다. 국수를 삶는 과정은 이처럼 "뽀오햔
힌김 속에 접시귀 소기름불이 뿌우현 부엌"21)의 훈훈하고 신비스러
운 분위기 속에서 진행된다. "아득한 넷날 한가하고 즐겁든 세월로

부터" 이 땅에서 재배되기 시작한 메밀은, 여러 계절의 성장과 결실의 과정을 거쳐서, 그리고 메밀을 갈고 체에 가루를 쳐내고 반죽하고, 그 반죽으로 분틀에 넣고 압착해서 국수로 뽑아내는 협업 과정을 거쳐서, 그리고 국수가 나오기를 기다리는 "마을 사람들의 으젓한 마음"과 "텁텁한 꿈"을 지나서 나와 마을 사람에게로 오는 것이다. 백석은 메밀 재배의 오랜 역사, 가공과 조리의 과정, 그리고 온 마을 사람들이 흥겹게 국수를 만들어 먹는 모습을 이런 식으로 아름답게 표현했다.

여기서 주목해야 할 것은 이 국수가 "곰의 잔등에 업혀서 길여났다는 먼 옛적 큰마니", 혹은 "집등색이에서 자채기를 하면 산넘엣 마을까지 들렸다는/먼 옛적 큰아바지" 같은 신화적이고 영웅적인 인물들, 그리고 더 나아가서는 먼 조상들의 역사를 일깨우는 것으로 그려진다는 사실이다. 다시 말해서 국수를 먹는 것은 나로 하여금 '지금 여기'의 공동체를 넘어서 '그때 거기' 조상들의 역사에 통합되도록 만드는 것이다. 이 마을 잔치는 주로 "김치 가재미선 동치미가 유별히 맛나게 익는 밤"(「개」)에 벌어진다. 천지의 감응 속에서 남녀노소를 불문한 마을 전체가 참여한 잔치가 벌어지고, 이를 통해 '지금 여기'와 '그때 거기'가 하나로 연결되는 것이다. 내가 국수를 "이 반가운 것"으로 받아들이는 것도 국수를 매개로 이루어지는 이 행복한 통합의 경험 때문이다. 국수가 만들어지는 부엌에 "뽀오얀 흰김"과 "접시귀 소기름불"의 희미한 불빛이 어우러진 신비스럽고 몽환적인 분위기를 부여

---

21) 이 부분은 "닭이 두 홰나 울었는데/안방 큰방은 홰즛하니 당등을 하고/인간들은 모두 웅성웅성 깨여 있어서들/오가리며 석박디를 썰고/생강에 파에 청각에 마늘을 다지고//시래기를 삶는 훈훈한 방안에는/양념 내음새가 싱싱도 하다//밖에는 어데서 물새가 우는데/토방에선 햇콩두부가 고요히 숨이 들어갔다"고 한 「추야일경」과 비교해 봄직하다. 어둠과 대비되는 등불, 시래기를 삶는 솥에서 나온 훈기와 김으로 온기가 퍼지는 실내, 이 모든 것이 함께 만든 음식을 나누는 축제적인 분위기와 조응된다.

한 것도 같은 맥락에서 이해할 수 있다. 국수가 단순한 음식이 아니라 그 이상의 것, 나와 자연, 그리고 조상들로부터 이어져온 공동체를 하나로 이어주는 신비한 힘을 지닌 것임을 암시하는 것이다.[22]

이와 함께 이 시는 국수가 단순한 음식 이상의 의미를 지닌 것, 즉 말로 설명하기 어려운 다층적인 의미와 신비를 담고 있는 것임을 계속 상기시킨다. 특히 "아, 이 반가운 것은 무엇인가"의 반복에 이어지는 "이 그지없이 고담하고 소박한 것은 무엇인가"라는 수사적 질문은 독자로 하여금 국수 속에 담긴 복합적이고 다층적인 의미를 다시 한번 생각하도록 만든다. 이 질문에 대한 답은 국수임에 틀림이 없지만, 이때의 국수는 단순한 사물이 아니라 조상들의 역사와 넋이 배어 있는, 따라서 '나'를 고립과 단절의 상태에서 벗어나 더 큰 공동체와 수평적, 수직적으로 연결시켜 주는 매개체라고 할 수 있다. 다시 말해서 이 수사학적 질문을 통해서 국수가 자신을 가족과 친지, 그리고 마을 사람들로 구성된 '지금 여기'의 공동체, 그리고 더 나아가서는 '그때 거기'에 속한 위대한 조상들의 역사와 연결시켜 주고 있음을 거듭해서 확인하고 있는 것이다. "그 곰의 잔등에 업혀서 길여났다는 먼 넷적 큰마니"와 "집등색이에 서서 자채기를 하면 산넘엣 마을까지 들렸다는/먼 넷적 큰아바지"가 바로 나를 그런 위대한 조상들의 역사와 연결시켜 주는 존재들이라고 할 수 있다. 이처럼 국수를 통해서 조상들의 오랜 역사에의 귀속, 또는 합일을 경험하는 모습은 다음 시에서도 마찬가지로 나타난다.

어쩐지 향산 부처님이 가까웁다는 거린데/국수집에서는 농짝가튼 도

---

22) 소래섭은 '아우라(aura)'의 개념을 들어 이를 설명하고자 했다. 소래섭, 앞의 논문.

야지를 잡어걸고 국수에 치는 도야지고기는 돗/바늘가튼 털이 드문드문
백엿다/나는 이 털도 안뽑은 도야지 고기를 물구럼이 바라보며/또 털도
안뽑는 고기를 시껌언 맨모밀국수에 언저서 한입에 끌꺽 삼키는 사람들
을 바라보며/나는 문득 가슴에 뜨끈한것을 느끼며/小獸林王을 생각한다
廣開土大王을 생각한다

—「북신」 2연

이 시에서 강조되는 것은 원시적인 건강성이 살아 있는 '야생의
식사'23)와 이를 통해서 드러나는 거칠고 야성적인 북방인의 기질, 혹
은 원시적인 생명력이다. 이 시의 소재는 그냥 국수가 아니라 그 위에
털도 안 뽑은 돼지고기를 얹은 "맨모밀국수"이다. 여기서 메밀국수가
"시껌언" 색으로 그려진 것은 거피 과정을 제대로 거치지 않아서 껍질
이 섞였기 때문이거나 전분을 첨가했기 때문일 것이다.24) 이 "시껌언
맨모밀국수"와 "털도 안 뽑는 도야지고기"는 하얀 밀가루가 상징하는
근대적 세련성이나 위생과는 거리가 먼 메밀국수의 토속성(혹은 전근
대성), 그리고 거칠고 야성적인 북방인(조상)의 기질과 원시적인 생명
력을 함축적으로 보여준다. 하얀 색이 깊이 없는 표면의 매끄러움을
암시하는 것이라면 "시껌언" 색은 「탕약」의 "시꺼먼"색과 마찬가지로
깊고 오랜 세월과 의미를 함축하고 있는 색이기 때문이다. 이처럼
백석은 "털도 안뽑는 고기를 시껌언 맨모밀국수에 언저서 한입에 꿀
꺽 삼키는 사람"을 통해서 근대적 교육과 위생 담론의 영향 아래 점차

---

23) 신범순, 「원초적 시장과 레스토랑의 시학」, 『한국현대문학연구』 12, 한국현대문학회, 2002.
24) 엄격히 말하면 "시꺼먼"은 메밀국수와는 어울리지 않는 색깔이다. 메밀로 만든 국수의
   색깔은 흰색에 가깝고 껍질이 섞여 들어간 경우라도 '거뭇거뭇한' 것으로 보일 뿐이다.

'근대적'으로 변해 가는 도회지 사람들과는 달리 거칠고 투박한 야성을 지닌 '지금 여기'의 사람들, 즉 한반도의 북쪽 지역에 살고 있는 사람들과 만난다. 그리고 그 만남은 이내 '그때 거기'에 속하는 조상들, 즉 한반도의 북쪽과 만주 지역을 오가며 살았던 옛 조상들의 역사와의 조우로 이어진다. 「북방에서」(『문장』, 1940.7)에서 폐허가 된 역사를 확인하고 모든 가치 있고 의미 있는 것을 잃어버린 자신과 마주쳤던 것과는 달리 국수를 통해서 그는 공동체 역사의 가장 영광스럽고 화려한 순간에 통합되는 희귀한 경험을 하고 있는 것이다. 물론 여기서 소수림왕과 광개토대왕을 떠올리는 것은 역사적 사실에 구애받지 않는 자유로운 상상력(시적 허용)의 소산이다. 따라서 중요한 것은 그 진술의 사실성이 아니라 메밀국수를 통해서 내가 고립과 단절을 넘어서 거대한 공동체의 일원으로 재탄생되는 듯한, 다시 말하자면 자신의 존재가 공간적으로나 시간적으로 확장되고 자기보다 더 큰 존재와 종횡으로 연결되는 듯한 경험을 하고 있다는 사실이다.

백석에게 메밀국수, 특히 길다란 국수가락은 오래도록 이어져 내려온 역사의 흐름, 즉 족류 집단의 연속성(continuity)과 면면부절 이어져온 강인한 생명력을 상징한다고 할 수 있다. 다시말해서 백석에게 국수는 단순히 그 자신의 개인적 기호를 충족시켜주는 음식일 뿐 아니라 오래전부터 그 음식을 먹어온 것으로 상상되는 공동체 전체의 역사와 숨결을 읽어내고 거기에 동화되도록 만들어주는 매개체였던 것이다. 백석의 메밀국수가 단순한 음식이 아니라 영혼의 허기를 끄게 만들어주는 '쏘울 푸드'라고 할 수 있는 것은 이런 이유에서이다. 이 시에서 국수를 먹는 분위기가 축제적인 흥분과 떠들썩함, 그리고 조상들을 추념하는 진지함과 경건함이 뒤섞여 있는 것으로 그려진 것도 같은 맥락에서 이해할 수 있다. 그에게 국수를 먹는 시간은 "지금 여기"와 "그때 거기"가 하나로 통합되는 축제의 시간이자 제의의 시간이었던 것이다. 따라서 이 잔치는 단순한 잔치가 아니라 먼 조상으로부터 나에게까지 이어지는 면면한 핏줄의 흐름을 깨닫게 되는 제사와 다르지 않다.

이 점에서 이 시는 「목구」(『문장』, 1940.2)의 상상력과도 통하는 바가 있다. 제사에 쓰이는 음식과 그것을 담는 목구(木具)는 그 속에 당기는 음식을 매개로 조상과 후손들을 하나로 이어주는 기물(器物)이다. 목구에 담기는 "떡 보탕 산적 나물지짐 반봉 과일들"은 조상들에게 바치는 것일 뿐 아니라 제사가 끝난 뒤 후손들이 나누어 먹는 것이기도 하기 때문이다. 이처럼 제사 음식은 조상과 후손을 하나로 엮어주는 매개물이며 따라서 그런 음식을 담는 목구는 그 이상의 의미, 즉 면면히 이어지는 혼이나 생명력을 담는 그릇이라는 의미를 지니게 된다. 즉 대대로 전해지면서 제사 음식과 후손들의 정성을 담는 목구는 친족 집단의 면면부절한 생명력을 상징하는 기물인 것이다. 백석의 '목구'를 '국수'와 동질적인 의미를 지닌 것으로 이해할 수 있는 것은 이 때문이다.

하지만 "가마귀도 긴 족보를 이룬" 이 공동체의 역사는, "돌비는 깨어지고 많은 은금보화는 땅에 묻히고"(「북방에서」) 같은 구절에서 볼 수 있듯이 쓸쓸한 쇠퇴의 과정으로 파악된다. 따라서 그 쇠퇴 과정의 한 끄트머리에서 벌어진 이 잔치가 마냥 즐거운 것이었다고 할 수만은 없을 것이다. 하지만 백석은 '지금 여기'와 '그때 거기'를 접합해주는 이 공동체적 축제 속에서 '지금 여기'가 겪고 있는 상처와 고통을 치유, 극복할 수 있는 가능성, 즉 나의 존재 망실의 상태를 치유, 극복할 수 있는 가능성을 엿보았다고 생각된다. 백석에게 국수가 다른 무엇과도 바꿀 수 없는 '쏘울 푸드'의 가치를 지녔다고 할 수 있는 것은 이 때문이다.

이 쏘울 푸드의 맛은 "히수무레하고 부드럽고 수수하고 슴슴한 것", 혹은 "그지없이 고담하고 소박한 것"으로 표현된다. 여기서 국수를 말아먹는 동치미 국물의 색깔을 가리키는 "히수무레하고"를 빼고 나면 이 표현은 곧바로 동치미국물과 국수가 어우러져서 내는 맛을 가리키는 것이 된다. 이 "부드럽고 수수하고 슴슴한", 혹은 "고담하고 소박한" 맛은 전통적인 오미(五味)의 개념으로도, 근대 조리과학에서 규정된 맛의 개념으로도 설명할 수 없는 지극히 주관적이고 문화적인 맛이다. 그것은 객관적으로 계량할 수도 없고 표준화할 수도 없으며 인공적인 조미료로 흉내 낼 수도 없는 맛, 오랜 시간 동안 삭으면서 우러난, 그리고 만든 사람의 정성과 혼이 배어 있는 맛이라고 할 수 있다. 따라서 이처럼 자극적이지 않고 담백하면서도 헤아리기 어려운 깊이를 느끼게 하는, 그래서 오랜 시간이 지나도 잊히지 않는 이 맛이야말로 백석이 길고 오랜 음식 편력 끝에 발견한 진정한 맛이라고 할 수 있다.

6. 사적인 것을 통해 만나는 공동체

이상에서 살펴 본 것처럼 백석은, 문학사에서 비슷한 사례를 찾기 어려울 정도로 수많은 음식들을 자신의 시에서 다루었다. 하지만 그것은 단순히 식도락가의 호사 취미 때문도 아니고 육신의 허기 때문이라고 할 수도 없다. 그의 음식은 사치스럽거나 호사스럽지 않으며 그렇다고 해서 궁기를 드러내는 것도 아니었다. 백석이 관심과 애정을 보인 음식은 주로 어린 시절에 먹었던 토속적인 음식이었다. 그것은 백석이 음식을 통해서 돌아갈 수도 없고 돌이킬 수도 없는 행복한 시절을 소환해내고자 했음을 시사한다. 그리고 그 이면에는 근대 도시를 떠도는 길 위의 삶을 살았던 그의 내적 허기가 자리잡고 있었다고 할 수 있다.

유년기의 음식 섭취는 대부분 공동체와의 행복한 조화 속에서 이루어진다. 그리고 그것은 세계를 지각하고 수용하는 방식에도 일정한 영향을 미친다. 이는 백석이 자신이 마주친 낯선 사물과 세계를 음식과 관련된 감각 체험을 통해서 표현했던 것으로 확인할 수 있다. 아울러 다양한 섭식 체험을 통해서 그는 각각의 재료가 그 독자성을 유지하면서 조화를 이룬 음식이 되는 조리의 마술적 효과를 깊이 이해하고 있었던 듯이 보인다. 그에게 음식을 먹는 것은 그 재료가 되는 사물(더 나아가서는 세계)과 소통하고 동화되는 과정이기도 했다. 음식을 먹는 행위를, 그 재료가 되는 사물과 소통하고 동화됨으로써 육체적인 차원에서나 정신적인 차원에서 자신을 정화시키는 것으로 그린 「선우사」 같은 작품은 이를 잘 보여준다.

그뿐 아니라 백석은 음식을 통해서 그 음식을 만들어내고 함께 향유해온 더 큰 공동체와 접속되는 귀한 경험을 한다. 한 공동체가 공유한 음식은 그 공동체의 오랜 역사 속에서 개발되고 정착된 것이기 때문이다. 따라서 그런 음식을 나누어 먹는 것은 '지금 여기'의 공동체와 수평적인 결합을 가져오는 축제(잔치)인 동시에 '그때 거기'의 조상들의 역사와 접속되는 제의나 다를 바 없다. 백석은 이처럼 나를 나보다 더 큰 공동체에 수평적으로, 수직적으로 연결시켜 주는 대표적인 음식으로 국수에 주목했다. 국수를 통해서 나는 고립된 원자가 아니라 '지금 여기'의 공동체, 그리고 '그때 거기'에 존재했던 조상들의 역사와 동시적으로 접속하게 된다. 그런 이유에서 국수야말로 백석의 지친 영혼의 상처를 치유해 주는 쏘울 푸드였다라고 할 수 있다.

이처럼 먹는 것에 대한 관심, 혹은 욕망을 줄기차게 시로 표현한 사례는 우리 문학사에 거의 찾아보기 어렵다. 특히 개인적인 욕망의 억압이나 유예를 당연시하는 민족주의/혹은 계급주의가 지식인들의 의식을 지배하고 있던 일제 강점기의 상황에서 이처럼 솔직하게 자신의 식욕을 표현한 것은 결코 쉽지 않은 일이었다. 민족/계급의 관념은 흔히 개인의 욕망을 죄악시하고 개개인의 삶과 일상을 관리·통제하고 억압함으로써 민족/계급을 위한 개인의 헌신과 개인적인 것 일체의 희생을 당연한 도덕적 의무로 만들려고 했기 때문이다. 따라서 그 자신의 식욕에 대한 탐구를 통해서 '지금 여기'에 매여 있는 자신의 신체를 넘어선 더 큰 존재, 즉 아득한 옛날부터 면면부절 이어져 온 역사적 공동체와 합일되는 모습을 보여준 백석의 시는 대단히 특별한 의미를 지닌다고 할 수 있다. 물론 그것들이 일상과 분리된 어떤 특별한 시간, 축제의 순간에만 성취될 수 있는 것이라는 점에서 아쉬움을 남긴다. 다시 말해 나와 공동체가 하나가 되는 이 행복한 체험은 현실의 삶에서가 아니라 이따금 열리는 축제의 들뜨고 고양된 기분 속에서 아득한 과거를 현재로 소환함으로써만 맛볼 수 있는 것, 그리고 성취와 동시에 소멸될 수밖에 없는 것이었다. 하지만 이를 백석의 탓으로 돌릴 수는 없을 것이다. 문학이 제공하는 꿈의 최대치가 그런 것일 수밖에 없기 때문이다.

"그때 거기"의 꿈과 좌절

: 시인으로서의 자의식과 '게으름'의 미학

1. 백석과 만주

백석이 만주로 이주한 후에 발표한 시들에 대해서는 많은 연구자들이 높은 평가를 내리고 있다. 그리고 이 시들을 다른 시와 구별하기 위해 '만주시편'이나 '북방시편'이라는 용어로 부르는 연구자도 적지 않다. 그런데 문제는 이 '만주시편'이나 '북방시편' 같은 용어들이 꽤 그럴 듯하게 보이기는 하지만 사실은 엄밀한 학문적 검토를 거친, 그래서 학문 공동체 내에서 어느 정도 합의되거나 그 유용성이 확인된 용어가 아니라는 데 있다. 이런 문제점들은 연구자마다 이 용어들을 각기 다른 의미로 사용하고 있고 이에 따라 해당 범주에 포함되는 작품과 그 숫자도 달라진다는 사실을 통해서도 드러난다. 또 포섭이나 배제의 기준이 명확하지 않은 경우도 있다.

먼저 '만주시편'이란 용어와 관련해서는 '만주'라는 명칭을 어떤 의미로 사용하고 있는지 명확하지 않다는 점을 지적할 수 있다. 즉 여기서의 만주가 단순히 작품이 창작된 공간을 가리키는 것인지, 아니면 작품의 소재나 주제가 만주, 그리고 만주에서의 체험이나 삶과 관련되었다는 것인지 불확실하다.[1] 만주를 창작 공간으로 이해한다면 「목구」, 「국수」는 물론이고, 해방 후 허준이 백석을 대신해서 발표한 세 작품도 당연히 여기에 포함시켜야 할 것이지만, 이 작품들을 '만주시편'에 포함시키는 연구자는 하나도 없다. 그렇다면 '만주시편'에서 말하는 만주란 결국 창작공간이 아니라 만주에서의 삶과 체험을 그린 시들을 가리키는 말이라고 할 수 있을 텐데, 이 경우라면 「안동」 같은 작품을 포함시키는 문제에 대해 고민할 필요가 있다고 생각된다. 그런데 더 문제인 것은 '만주에서의 삶과 체험'이란 말의 의미를 좀 엄격히 제한해서 사용할 경우면 '만주시편'에 해당되는 작품은 실상 몇 편 남지 않게 된다는 점이다. 백석의 시에서는 만주에 대한 관심—즉 만주라는 지역의 역사와 현실, 만주에서 살고 있는 제 민족 등에 대한 관심은 거의 나타나지 않기 때문이다.

---

1) 서준섭은 「수박씨, 호박씨」(『인문평론』, 1940.6), 「북방에서」(『문장』, 1940.7), 「허준」(『문장』, 1940.11), 「귀농」(『조광』, 1941.4), 「국수」, 「흰 바람벽이 있어」, 「촌에서 온 아이」(이상 세 편은 『문장』, 1941.4), 「조당에서」, 「두보나 이백같이」(이상 두 편은 『인문평론』, 1941.4) 등 총 9편을 만주 시기의 시로 들었다. 강소천의 동시집 『호박꽃초롱』의 「서시」(『호박꽃초롱』, 1941.1)는 독자적인 작품으로 인정하지 않은 것이다. 서준섭, 「백석과 만주: 1940년대의 백석 시 재론」, 『한중인문학연구』 19, 2006. '만주시편' 대신 '만주체류기의 시'라고 부를 것을 제안한 신주철은 여기에 「목구」(『문장』, 1940.2), 『호박꽃초롱』 서시'와 「아까시야」(『만선일보』, 1940.11.21)을 더해 모두 12편을 만주 체류기의 시로 꼽았다. 신주철, 「백석의 만주 체류기 작품에 드러난 가치지향」, 『국제어문』 45, 국제어문학회, 2009. 하지만 「아까시야」를 백석의 작품으로 제시한 근거가 무엇인지 불확실하다. 이처럼 연구자마다 만주 체제기 시편의 숫자를 다르게 헤아리는 것은 백석의 만주 이주 시기를 각기 다르게 파악한 이외에, 〈『호박꽃초롱』 서시〉에 대한 입장이 다르기 때문이다.

이런 사정은 '북방시편'이라는 용어도 크게 다르지 않다. 이 용어는 「북방에서」(『문장』, 1940.7)에서 끌어온 것이 분명하다. 그리고 이른바 '북방의식을 담은 시'라는 의미에서 '북방시편'이라는 말을 사용하는 듯한데 여기서 우선 문제가 되는 것은 '북방의식'이 대체 무엇을 의미하는가가 불분명하다는 것이다. 이와 함께 '북방'의 경계선을 어디로 설정할 것인가 하는 문제에 대해서도 전혀 합의가 되어 있지 않다. 이 북방을 한반도를 제외한 만주 지역으로 규정하는 경우도 있지만, 이와는 달리 한반도의 북쪽, 즉 관북과 관서 지방까지 포함하는 것으로 보는 연구자도 있는 것이다. 이처럼 북방의 범위가 달라지면 그렇지 않아도 가뜩이나 모호한 '북방의식'의 내용은 물론이고 이 '북방의식'을 담은 '북방시편'의 범위 또한 달라질 수밖에 없다.[2]

이처럼 용어의 문제점을 지적하는 데서부터 논의를 시작하는 것은 백석이 만주로 간 뒤에 쓴 시에 대한 높은 관심과 평가에도 불구하고 그 이면에는 연구의 기초가 되어야 할 사실관계에 대한 혼란이 여전히 남아 있음을 말하기 위한 것이다. 이 혼란의 대부분은 앞에서 거론한 용어의 문제에서 비롯된다고 생각된다. '만주시편'이나 '북방시편'이라는 용어 모두 연구 대상을 명확하게 확정짓는 데 방해가 되기 때문이다. '만주시편'이라는 용어를 사용하든 '북방시편'이라는 용어

---

2) 이희중은 '북방생활의 체험'이 시작의 동인이 되었음을 소재나 주제에서 확인할 수 있는 시를 '북방시편'으로 규정했다. 그리고 강소천의 『호박꽃 초롱』 발문에 해당하는 「서시」를 제외하는 한편, 「남신의주 유동 박시봉 방」을 더해서 모두 8편을 '북방시편'으로 분류했다. 이희중, 「백석의 북방시편 연구」, 『우리말글』 32, 우리말글학회, 2004, 318쪽. 이에 비해 강연호는 남신의주 유동 박시봉방 까지를 포함하여 모두 11편을 '북방시편'으로 꼽았다. 강연호, 「백석의 북방시편 연구」, 『열린정신 인문연구』 15, 원광대학교 인문학연구소, 2014, 26쪽. 한편 곽효환은 '북방시편'이라는 용어를 사용하지 않았으나 이른바 '북방의식'을 담은 시로 북관·관서 기행시편과 만주 유랑 시편('함주시초', '서행시초'에 포함된 시들)을 들었다. 곽효환, 「백석의 북방의식 연구」, 『비평문학』 45, 한국비평문학회, 2012, 41~55쪽.

를 사용하든 연구자들마다 여기에 해당하는 작품의 범위를 각기 달리 규정하고 그 숫자 또한 들쑥날쑥하게 되는 것이다. 이처럼 연구 대상이 확정되지 않으면 적절한 연구 방법을 선택하기 어렵고, 연구자들 사이의 생산적인 대화도 불가능해질 뿐 아니라 신뢰할 만한 연구 결과도 끌어내기도 어렵게 된다. 따라서 용어와 관련된 혼란을 속히 정리하고 연구 대상을 명확히 할 필요가 있다고 생각된다.3)

사실 만주에서 쓴 백석의 시에서는 이용악의 「두만강 너 우리의 강아」(『낡은집』, 1938), 「전라도 가시내」(『시학』, 1940.8) 같은 식민지 백성의 고달픈 삶에 대한 관심과 일제에 대한 분노와 저항의지도 찾기 어렵고, 김해강의 「귀심(歸心)」(『대조』, 1930.8)에서처럼 만주에서 전개된 항일 무장투쟁에 대한 관심도 보이지 않는다. 또 이태준의

---

3) 이와 관련하여 무엇보다 이 용어들의 타당성부터 검토할 필요가 있다고 생각된다. 우선 '만주시편'이란 용어를 순수하게 시가 창작된 공간과 관련해서 사용한다면 별 문제가 없다고 생각된다. 하지만 이를 '만주에서의 삶과 체험'을 다룬 시를 가리키는 용어로 사용하는 것은 적절치 않다고 보인다. 백석 시에서는 만주에 대한 관심―그 지역의 역사와 현실, 만주에서 터잡고 살아온 만주족, 그리고 현재 만주국 경내에서 살고 있는 제 민족, 살기 위해 이주하는 사람들에 대한 관심이 '거의' 나타나지 않기 때문이다. 물론 「수박씨 호박씨」(『인문평론』, 1940.64), 「귀농」(『조광』, 1941.4), 「촌에서 온 아이」(『문장』, 1941.4), 「조당에서」(『인문평론』, 1941.4)「두보나 이백같이」(『인문평론』, 1941.4) 같은 작품들은 만주 체험과 무관하다고 할 수는 없겠지만, 실제의 내용에 있어서는 당시 만주의 현실과는 별 관련이 없다는 점, 그리고 만주에서 만난 '지나나라사람'들을 그린 것이라는 점을 고려하면 선뜻 '만주시편'이라는 용어를 사용하기가 주저된다. '북방시편'이란 명칭은 백석 시에서 끌어온 것이라서 좀 낫기는 하지만, 이 용어와 관련해서 '북방의식'의 개념이 모호하다는 점을 지적할 수 있다. 이 '북방의식'을 엄격한 의미로 사용한다면 여기에 포함될 만한 작품이 「북방에서」(『문장』, 1940.7) 하나밖에 없게 된다. '북방의식' 대신 '북방'이란 방위를 강조할 경우는 그 북방의 경계를 어디로 정할 것인가 하는 문제가 남는다. 더구나 '북방'이라는 방위 의식 속에는 한반도의 북쪽 지방을 변방으로 보는 서울 중심적 시각, 그리고 만주를 회복해야 할 고토(故土)로 보는 한반도 중심의 민족주의적 시각을 반영한 것이라고 할 수 있다. 따라서 이때의 북방은 만주와 관련된 불쾌한 기억을 지우기 위해서 중국이 고안해낸 '동북'이란 말과 별로 다를 바 없게 된다. 이런 이유에서 앞의 각주에서 언급한 신주철처럼 '만주 체류기의 시' 정도로 부르는 것이 적절치 않을까 생각된다.

『농군』(『문장』, 1939.7)이나 안수길의 『북간도』(1966)에서처럼 낯선 땅에서 수전 농업을 일구기 위해 고투하는, 혹은 토지 경작 방식이나 소유권 문제를 놓고 중국인들과 갈등하는 조선 농민들에 대한 관심도 전혀 나타나지 않는다. 그런 의미에서 백석의 만주는 "민족의 이름으로 겪은 가난과 억압, 이주와 개척, 독립과 귀환, 탈출과 고토(故土)의 욕망이 얽힌 서사적 무대, 즉 민족의 외연 혹은 민족 고난의 시험장"[4]으로서의 만주와는 전혀 관계가 없는 곳, 요컨대 만주의 역사와 만주에서 살아가는 사람들에 대한 관심이라는 알맹이가 빠진 이름만의 만주였다고 하지 않을 없다.

백석이 만주로 간 이유를 어떤 뚜렷한 이주 유형에 포함시키기 어려운 것도 이와 무관하지 않을 것이다. 백석의 만주행은, '고토(故土)로의 귀환에 대한 열망'과 관련해서 이해할 수 있는 부분이 없는 것은 아니지만, 당시의 '만주 붐'과 관련해서 나타났던 다양한 이주 유형 중 어디에도 속하지 않는다.[5] 그는 단순히 살길을 찾아 만주로 간 유랑민도 아니고 만주국을 하루빨리 '정상적'인 국가로 만들려는 제국 일본의 정책에 포섭된 개척민도 아니었다. 그리고 적지 않은 조선 지식인들이 그랬듯이 만주국에서 의사(擬似)제국적 주체로 발돋움할 수 있으리라는 환상과 욕망에 사로잡혀서 만주로 갔다고 보기도 어렵다.[6] 그렇다고 해서 일확천금의 기회를 노리거나 독립운동의 꿈을 지니고 만주로 건너간 것은 더더욱 아니었다. 이처럼 만주에 대한

---

4) 한석정, 『만주 모던』, 문학과지성사, 2016, 131쪽.

5) 조선인의 만주 이민 유형에 대해서는 위의 책, 98~102쪽, 재만 조선인의 사회적 지위 및 조선인 화이트 칼라에 대해서는 107~123쪽을 참고할 것.

6) 만주국 건국(1932.3.1) 이래 최남선, 염상섭, 서정주 등 많은 조선 지식인이 만주국으로 건너간 것은 이처럼 만주국에서 '의사 제국적 주체'로 발돋움할 수 있는 가능성을 보았기 때문이다. 이들은 대부분 만주를 '야만과 미개의 땅'으로 타자화했다.

그의 관심 내용과 방향은 특정하기가 대단히 어렵다.

　시에서도 이런 양상은 마찬가지로 나타난다. 하지만 각양각색인 이 시들 모두에서 공통적으로 나타나는 특성이 한 가지 있기는 하다. 그것은 한마디로 시 창작의 현실적, 물질적 토대가 되는 만주의 역사와 만주의 현실, 그리고 만주에서 살아가고 있는 사람들의 삶에 대한 철저한 무관심이다. 그의 상상력 속에서 만주는 그저 그의 관념 속에서 이상화된 중국의 일부일 뿐이며, 그의 시에서 그려진 것은 조선인과 마찬가지로 손님에 지나지 않는 중국인이었다. 그리고 이 중국인들조차도 '지금 여기'의 살아 있는 중국인이라기보다는 백석의 상상력을 중국의 옛 성인이나 현인, 문인들, 혹은 그들이 살았던 세상과 그들의 고아(古雅)한 삶으로 인도하는 기호 같은 것에 지나지 않았다. 이런 점에서 보면 조상들이 살았던 고토로서의 북방(만주)에 주목하고 이 고토로 회귀하려는 열망을 보여준 「북방에서」는 차라리 예외적인 작품이라고 할 수 있다. 하지만 어떤 의미에서 보자면 이상화된 과거의 중국에 대한 향수나 위대한 조상들의 고토에 대한 향수는 동질적인 것이라고 할 수 있다. 양자가 모두 '지금 여기'와는 다른 '그때 거기'(이상화한 과거의 중국, 혹은 자연과의 유기적인 조화 속에서 살았던 종족의 과거)에 해당되는 세계라고 할 수 있기 때문이다. 이 점을 고려하면 백석의 만주행, 그리고 「북방에서」가 말하는 태반으로의 회귀는 모두 '그때 거기'로의 정신적 망명을 의미하는 것으로 이해할 수 있다. 물론 다른 시들에서는 '정신적 망명'의 꿈이 이상화된 중국과 옛 현인, 문사의 고아한 삶을 발견하는 즐거움을 통해서 간접적으로 표현되었다면 「북방에서」는 이 '망명'을 실제로 시도했다는 차이가 있다. 다시 말해서 자신의 '태반'('그때 거기')로 돌아가는 것이다. 하지만 이 회귀 과정에서 그는 자신이 속한 족류 집단의 쇠퇴와 함께 낯설고 거대한 세계 앞에서 왜소한 익명의 존재로 무화되어 가는 자신의 존재를 발견하게 된다. 이때 그를 지탱해 준 것은 하늘로부터 특별한 은총을 받은, 그러나 그 대가로 가난과 소외의 운명을 부여받았다는 시인으로서의 자의식, "가난하고 외롭고 높고 쓸쓸"한 존재로서의 시인이라는 자의식이었다.

만주를 "어진 사람이 많은 어진 나라"(이상화된 중국)로 보는 시각과 '나'의 '태반'으로 보는 시각의 어색한 공존이 어떻게 가능했는지는 불확실하다. 하지만 일단 이 논문에서는 이 난해한 문제에 대한 논의는 뒤로 미루고 이른바 '만주시편'에서 나타나는 이 상반된 시각이 모두 '지금 여기'에 대한 부정적인 인식과 관련된 것이라는 관점에서 그 구체적인 양상을 살펴보게 될 것이다. 이 경우 전자는 그 자신의 문화적 교양에 의해서 이상화된 중국으로의 정신적 망명을 위한, 그리고 후자는 시원으로의 회귀에 대한 열망이라고 규정할 수 있을 것이다. 하지만 이런 시도가 좌절되면서, 그리고 '지금 여기'에서의 탈출이 불가능하다는 사실에 직면하게 되면서 백석은 스스로를 "가난하고 외롭고 높고 쓸쓸"한 존재로 규정한 시인으로서의 자의식에 기대어 존재 망실의 위기를 벗어나려 했다는 것이 이 글의 기본 관점이다.

2. 만주를 대하는 착종된 시각

만주처럼 부단히 호기심과 상상력을 자극하는 미지의 세계에 대한 막연하지만 강력한 끌림, 그리고 만주시편에서 나타나는 이상화된 과거의 중국에 대한 향수는 일단 엑조티시즘(exoticism)의 개념을 원용해서 설명할 수 있다.[7] 물론 낯선 세계에 대한 호기심과 동경, 혹은

'지금 여기'에서 벗어나 '그때 거기'로 이행하려는 욕망과 충동은 어떤 의미에서 모든 인간이 공유하고 있는 보편적인 것이라고 할 수도 있다. 하지만 집단적 취향으로서의 엑조티시즘, 즉 낯선 세계에 대한 꿈과 동경은 지구 곳곳에 식민지를 개척한 근대 서구 부르주아들의 욕망과 호기심과 관련된 것으로 이해할 수 있다. 이들은 서구 제국 확장에 따라 제국의 일부가 된 낯선 세계에 매혹되거나 그에 대해 강렬한 지적 호기심을 가지게 되는 것이다. 산업화가 자국의 공간과 자연을 합리화할수록 부르주아들은 그에 대한 보충적인 무대(setting)로서의 식민지, 즉 개발되지 않은 날것 그대로의 자연과 원주민에 시선을 돌리게 된다. 엑조티시즘에 수반된 이런 지적 호기심은 식민지와 식민지 원주민을 타자화하는 한편 그들을 정신적으로 전유(專有)하는 결과를 낳았다. 그리고 그들이 생산한 지식은 제국의 식민지 경영을 위한 도구(제국의 후광에 힘입어 낯선 것을 명명·규정·분류하는 지식과 권력)가 되었다. 이처럼 엑조티시즘은 근대 서구 국가의 산업화와 그 연장선상에 있는 제국주의적 근대의 산물인 동시에 제국주의의 팽창을 가속화시킨 동력이 되었다.

백석의 엑조티시즘은 제국을 배후에 둔 것이 아니라는 점에서 제국주의 지식인들의 그것보다는 낯선 세계에 대한 호기심과 동경이라는

---

7) Edward A. Tryakian, "Dialectics of Modernity: Reenchantment and Dedifferentation as Counterprocess", Hans Haferkamp and Neil J. Smelser(ed.), *Social Change and Modernity*, Univ. California Press, 1992, pp. 78~92. 상상력 속에서 인간 에너지의 창조적 핵심을, 그리고 임박한 산업적 질서와는 다른 질서를 주조하고(altering) 불러내는(conjuring) 잠재력을 찾고 발견하려 했던 낭만주의나 이성의 통제를 받지 않는 무의식의 세계에 관심을 기울인 초현실주의를 Tryakian이 말하는 재마법화의 한 예로 들 수 있다. 그리고 19세기 말의 유럽을 휩쓴 문화적 내셔널리즘과 엑조티시즘(exoticism)은 이 재마법화와 일정한 관계가 있다. 특히 엑조티시즘은 2차 세계대전에 이르기까지 서구 사회에서 중요한 심리적·정치적 기능, 즉 해외 영토의 식민화와 착취를 위한 지적·정서적 기반을 제공하는 기능을 수행했다.

보편적인 본능에 좀 더 가깝다고 할 수 있다. 하지만 오랫동안 '오랑 캐'의 땅이자 언젠가는 되찾아야 할 조상들의 땅으로 인식되어 왔던,8) 그리고 만주국의 건설(1932)로 뒤늦게 근대의 세례를 받게 된 만주를 바라보는 조선 지식인의 시선이 제국주의 지식인의 그것과 완전히 다른 것이었다고 할 수는 없다. 특히 만주국 건국 이후 '2등 공민'의 신분으로 제국적 주체로 발돋움할 수 있으리라는 환상과 기대 속에서 만주에 진출한 대다수 조선 지식인들이 의사 제국적 관점에서 만주를 타자화했음을 고려하면 만주에 대한 백석의 관심이 그것과 전혀 무관 하다고 할 수는 없을 것이다. 백석이, 일본의 근대 지식인들이 중국을 타자화하기 위해 고안해낸 "지나(支那)"9)라는 명칭을 거리낌 없이 사

---

8) 단지 부족의 이름에 지나지 않았던 만주가 이들이 활동했던 지역 전체를 아우르는 이름으 로 사용되기 시작한 것은 청나라 태종(홍타이지)의 명에 의해서였다(1635). 이후 만주는 청조 200년간 한인들의 출입이 금지된 봉금지역이었다. 하지만 1860년대 이후 러시아의 남진 정책에 맞서기 위해 봉금(封禁)이 해제되면서 비로소 만주에 한족의 이주가 가능해졌 다. 고구려연구재단, 『만주』, 고구려연구재단, 2005. 청조의 멸망(1911)과 중화민국(1912) 수립 이래 만주 지역은 국가 권력에 장악되지 않은 군벌들, 그리고 이권을 노린 열강들의 각축장이었다가 만주국 수립(1932.3.1)을 계기로 급속히 50개 민족, 45개 언어가 혼재하는 다민족 사회로 탈바꿈하게 된다. 이런 만주에 대한 조선인의 인식은 양가적이었던 것으로 보인다. 즉 한편으로는 오랑캐의 땅이면서, 동시에 언젠가는 회복해야 할 조상들의 땅(故 土, homeland), 또는 의사(疑似) 제국적 주체로의 성장이 가능한 공간으로 파악된 것이다. 하지만 이 글에서 만주는 단순히 특정한 지리상의 공간, 즉 요동, 요녕, 흑룡강성을 가리키 는 가치중립적인 의미로 사용했다.

9) 지나(支那)라는 말은 China를 음차한 것으로 근대 이전에도 이따금씩 사용되었다. 하지만 일본 지식인들이 명치유신 이후 이 말을 사용하면서부터 중국을 타자화하는 의미를 지니 게 되었다. 이런 의미가 좀 더 강화되는 것은 청일전쟁에서 승리한 후부터였다. 그리고 신해혁명(1911)으로 청조가 무너지고 손문이 중화민국(1912)을 건설하면서 지나라는 이 름은 공공연히 중국을 비하는 말로 사용되었다. 일찍감치 서구 문명을 수용함으로써 탈아 입구(脫亞入歐)를 꿈꾸던 일본의 입장에서 볼 때, 여전히 반개(半開) 상태를 벗어나지 못하고 있음에도 불구하고 문명의 중심을 뜻하는 '중화(中華)'를 앞세운 나라 이름을 인정 할 수 없었던 것이다. 이에 대해서는 위키피디아 백과사전(ko.wikipedia.org.wiki/지나)을 참고할 것. 한반도의 경우, 신라 시대에도 이미 지나라는 명칭이 사용된 사례가 있기는 했지만, 개화기에 이르러 윤치호, 유길준 같은 일본 유학파 지식인들에 의해서 일본으로 부터 재수입되면서 새로운 함의를 지니게 되었다. 이후 19세기 말에 이르러 청나라에

용한 것도 이런 시각과 무관하지 않을 것이다. 하지만 끝내 제국적 주체가 될 수 없었던 식민지 지식인 백석에게 만주에서의 삶은 그가 전유할 수도 없고 마음대로 변경할 수도 없는 거대한 세계와 홀로 마주 서는 힘겨운 것일 수밖에 없었다.

백석이 만주행이 엑조티시즘과 무관하지 않다는 사실은 만주와 처음 조우한 뒤에 쓴 「안동」(『조선일보』, 1939.9.3)을 통해서 확인할 수 있다. 그는 함흥 영생고보 교사 시절 수학여행 인솔 차, 그리고 그 뒤 『조선일보』 기자 신분으로 '안동'에 다녀왔다. 물론 그것은 본격적인 의미의 여행이라기보다 차라리 '관광'에 가까운 것이었지만 이 여행을 통해서 그는 자신이 익힌 조선의 문법으로는 이해할 수 없는 이질적이고 낯선 세계의 존재를 발견하고 거기에 강렬하게 이끌렸던 것으로 보인다. 이질적이고 낯선 세계와의 마주침이 그의 내면에 숨어 있던 엑조티시즘에 불을 당겼다고 해도 좋을 것이다. 만주와 조우한 최초의 경험과 인상을 그린 시 「안동(安東)」의 다음 구절은 이 점을 잘 보여준다.

대한 인식이 부정적인 것으로 변화되면서 『황성신문』 등의 매체를 중심으로 지나라는 경멸적 명칭이 급격히 확산되었다. 이에 대해서는 정립비, 「개항기 지나 명칭의 등장과 문화적 함의」, 『한국사학보』 69, 고려사학회, 2017, 375~389쪽. 중국이라는 국명은, 조선 시대에도 드문드문 사용된 적이 있기는 했지만 대개는 그때그때 중원을 지배한 왕조의 이름으로 불려졌다. 백석이 "지나나라사람" 이외에 중국의 옛 현인들을 거론하면서 '중국'이라는 국명 대신 해당 인물이 살았던 시대의 왕조 이름을 사용한 것은 이 때문일 것이다. 중국인들에 대한 조선인의 시각은 대국인, 청인(淸人)/되놈의 양면적인 것이었지만 만주인에 대해서는 오랑캐라는 인식이, 그리고 만주 땅에 대해서는 언젠가 회복해야 할 고토(故土)라는 인식이 더 강했다. 한편 '만보산 사건'(1931) 이래 토지 문제와 관련하여 조선 이주민과 갈등 관계에 있었던 만주의 중국인에 대해서는 경멸적인 시각이 더 우세했고 중국인을 '되놈/짱골라' 등으로 불렀다. 하지만 이 글에서는 오늘날 사용하는 그대로 중국이라는 국명을 사용했다.

손톱을 시펄하니 길우고 기나긴 창꽈쯔를 즐즐 끌고시펏다

饅頭꼭갈을 눌러쓰고 곰방대를 물고가고시펏다

이왕이면 香내노픈 취향梨돌배 움퍽움퍽 씹으며 머리채 츠렁츠렁 발굽을차는 꾸냥과 가즈런히 雙馬車 몰아가고시펏다

—「안동」 3연

이 시는 성공작이라고 할 만한 작품은 아니지만, 백석이 만주라는 새로운 세계를 어떤 식으로 받아들이고 있는지를 보여주는 흥미로운 작품이다. 안개인지 비인지 모를 이슬비에 뿌옇게 잠긴 이방 거리를 그리면서 시작되는 이 시의 첫 연은 다소 진부한 느낌을 준다. 하지만 "콩기름 냄새와 번데기 삶는 냄새, 돌물레 소리와 되양금 소리" 등 이국 풍물이 한꺼번에 밀려들면서 감각기관을 자극하는 모습을 그린 2연과 3연은 독자를 순식간에 안동의 이국적인 분위기 속으로 끌어들인다. 실제로 이국땅의 풍물을 눈으로 확인하기에 앞서 우리가 마주치게 되는 것은 식습관과 사용하는 향신료의 차이에서 오는 야릇한 냄새, 그리고 낯선 음색과 선율을 지닌 악기 소리 같은 것들이기 십상이다. 낯선 풍광들, 즉 건물, 낯선 동식물, 사람들의 외모와 옷차림 같은 것들이 시선에 포착되는 것은 그다음의 일이다. 따라서 안동의 전체적인 윤곽을 제시한 1연이 그다지 인상적이지 못한 데 비해 후각과 청각, 청각 등 순서를 가릴 수 없이 밀려드는 다양한 감각적 자극을 통해서 안동의 낯선 느낌을 정확하고 생생하게 그려낸 2~3연은 상당히 인상적이다.

감각에 포착된 낯선 것들이 촉발하는 이 느낌은 곧 직접 그 낯선 풍물에 대한 호기심과 그 속에 뛰어들고 싶다는 다소 무책임한 충동으로 발전된다. 물론 그것은 관광객들이 흔히 갖는 '체험의 욕망', 즉

직접 몸으로 겪어봄으로써 낯선 세계와 연결되는 듯한 환상, 혹은 낯선 세계를 전유(專有)했다는 은밀한 쾌감을 맛보려는 욕망 이상의 것이라고 하기는 어렵다. 특히 3연은 이처럼 모든 사회적 책무와 구속으로부터 벗어나서 오로지 향락에 몸을 맡겨보고 싶어하는 여행객의 낭만적 충동을 잘 보여준다. 손톱을 길게 기르고 '창꽈쯔'를 입고 '만두꼭깔'을 눌러쓰는 등 외모를 바꾸는 것은, 몸에 밴 일상의 억압에서 벗어나려는 욕구와 관련된다. 더욱이 아편을 연상케 하는 "곰방대"는 그가 꿈꾸는 향락이 지극히 퇴폐적이고 자극적인 것일 수 있음을 암시한다. 낯선 이국 처녀와의 도피행은 그런 낭만적 환상의 끝일 것이다. 이 환상은 "香노픈 취향 梨 돌배 움픽움픽 씹으며 머리채 츠렁츠렁 발굽을 치는 꾸냥" 같은 구체적이고 생생한 표현과 결합됨으로써 강렬한 인상을 남긴다. 물론 그것은 직접적인 실천으로 이어질 가능성이 없는, 막연하고 낭만적인 충동에 지나지 않는 것이지만 이런 낭만적 충동, 더 정확하게 말하자면 엑조티시즘이 일찍부터 그의 내면에 자리잡고 있던 피세의 욕망과 결합되고 증폭되면서 만주로 탈주하려는 욕망을 촉발했을 가능성이 있다. 이처럼 「안동」은 작품 그 자체보다 백석이 만주를 어떤 시각으로 바라보았는지, 그리고 만주가 그에게 어떤 의미로 다가왔는지를 시사하는 단서가 되는 작품이라고 할 수 있다.

물론 이 엑조티시즘이 곧바로 백석을 만주로 이끌었다고 할 수는 없다. 경제적인 여유도 제국의 후원도 입을 수 없는 식민지 지식인에게 낯선 세계로의 진출은 그럴 만한, 혹은 그럴 수밖에 없는 구체적인 계기가 주어질 때나 가능한 법이기 때문이다. 이 계기와 관련해서는 여러 가지 견해가 제시되어 있다. 즉 '정상적인 결혼'을 요구하는 집안의 압력과 '자야(子夜)'라는 별명으로 더 잘 알려진 고(故) 김영한 여사와의 관계를 이어가려는 백석의 욕망 사이의 대립에서 오는 번민,10) 박경련과의 연애가 성사되지 못한 데서 오는 실망감, 「북신(北新)」(『조선일보』, 1939.11.9)나 「북방에서」(『문장』, 1940.7)에서 나타나는 것처럼 자기 존재의 근원을 탐색하려는 열정, '내선일체'를 강요당하는 현실에서 벗어나기 위한 것,11) 새로운 시 세계를 개척하고자 하는 열망 등 다양한 견해가 제시되어 있다. 이는 달리 말하면 백석의 만주행에는 어느 하나로 환원하기 어려울 정도로 다양한 요인들이 복합적으로 작용했음을 시사하는 것이기도 하다. 하지만 그것은 결정적인 계기가 무엇인가에 관한 것일 뿐, 백석을 만주로 이끈 힘은 이미 오래전부터 축적되고 있었다고 하는 편이 옳을 것이다.

　백석이 만주로 간 시기와 관련해서는 연구자들의 견해가 다소 엇갈리지만 김응교의 고증에 따르면 백석이 실제로 만주행을 결행한 것은 1940년 초였다고 생각된다.12) 상당기간 동안 동거해 오던 김영한에게

---

10) 김영한, 『내 사랑 백석』, 문학동네, 1995, 86~102쪽. 김영한의 증언은 백석의 '낭만적 기질', 그리고 자신에 대한 속 깊은 사랑을 강조하기 위한 것이지만, 지나치게 자기중심적이다. 한편 박경련에 대한 실연을 만주행의 원인으로 보는 견해도 신뢰하기 어렵기는 마찬가지다. 박경련과의 관계는 어떤 실체가 있는 것이 아니라 일방적인 짝사랑에 불과했기 때문이다. 따라서 '실연'이란 말에는 어폐가 있고 그보다는 차라리 그녀와의 관계를 도와줄 것으로 믿었던 친우 신중현이 그녀와 결혼한 데서 오는 배신감에 주목하는 것이 낫지 않을까 싶다. 마지막으로 낯선 세계에 대한 열망이나 동경을 강조한 논자들은 만주국 건설과 이후의 '만주 열풍'을 특히 강조한다. 하지만 이 만주 열풍이 주로 만주국의 환상과 관련된 것인 데 비해 백석에게서는 오족협화(五族協和)에 대한 기대나 이등국민으로의 지위 상승에 대한 환상이나 열망을 찾기 어렵다.

11) 김재용, 「만주 시절의 백석과 현대성 비판」, 『만주연구』 14, 만주학회, 2010, 162~166쪽. 김재용은 만주국이 표방한 '오족협화(五族協和)'의 허울을 이용해서 조선인으로서의 정체성을 유지할 수 있고 조선어의 사용도 가능했기 때문에 만주를 택한 것으로 보았다. 하지만 그렇다면 백석이 제국주의의 본질과 '오족협화' '왕도낙토'이데올로기의 기만성에 대해 너무 무지했다고 해야 할 것이다.

12) 이 글에서는 『문장』과 신년 문인주소록에서 백석의 신경(新京) 거주 사실을 알린 『만선일보』에 기사를 토대로 백석의 만주 이주가 1940년 1월말과 김영한이 기억하고 있는 섣달 그믐(양력으로는 1940년 2월 7일) 사이에 이루어진 것으로 본 김응교의 견해를 따른다.

만주행에 동반해 줄 것을 요구했다가 완곡한 거절을 당한 뒤 친구 정인택에게 "넓은 땅에 가서 시 한 백 편 얻어오겠다"는 자못 호기로운 말을 남기고 돌연 만주로 떠난 것이다.[13] 만주로 이주한 후 그가 처음 얻은 직업은, 그에게 익숙한 언론사가 아니라 엉뚱하게도 만주국 정무원 경제부였다.[14] 하지만 백석은 측량기사 보조라는 어울리지 않는 일에 종사하다가 얼마 지나지 않아 그만둔다. 창씨개명을 강요하는 분위기 속에서 계속 국무원에 남아 있을 수 없었기 때문이다.[15] 신경(新京: 신징)에 머무는 동안 그가 거주한 곳은 비교적 가난한 조선인들이 많이 사는 '동삼마로(東三馬路) 시영주택 35번지 황씨 방'이었다. 백석은 여기에서 살면서 이따금 전부터 친분이 있는 사람들과 만나기도 했지만, 이내 러시아어를 배우기 위해 백계 러시아인들이 많이 모여 사는 관성자(貫成子)라는 곳으로 이사를 한 것으로 알려져 있다.[16] 이후 한동안 신경 근처의 농촌 마을 백구둔(白狗屯)으로 이주

김응교, 「신경에서, 백석 흰바람벽이 있어: 시인 백석 연구(4)」, 『인문과학』 48, 성균관대학교 인문과학연구소, 2011, 36쪽.

13) 조영복, 『월북 예술가 잊혀진 그들』, 돌베개, 2002, 101쪽.

14) 만주국이 아무리 급조된 괴뢰국가였다고 하더라도 만주에 온 지 얼마 되지도 않은 백석이 어떻게 공식적인 국가 기구, 그것도 중앙정부인 정무원 경제부에 취직할 수 있었을까 하는 의문은 여전히 남는다. 그리고 『만선일보』의 좌담회와 관련하여 "만주국 정무원 경제부" 소속이라고 소개된 그의 신분과 「귀농」에서 언급한 측량 보조원 신분 사이의 관계에 대해서도 더 많은 설명이 필요하다고 생각된다. 신생 만주국에서의 측량은 관습적으로 인정되어 온 토지 경계를 대신해서 근대적, 과학적인 방법으로 토지 경계와 소유권을 확정하는 것, 다시 말해서 만주국 경제의 기초를 다지는 긴요한 사업이었다. 따라서 상당한 전문성을 요하는 기술적인 업무가 아니라 측량 과정에서의 소통을 돕거나 관련 서류를 정리하는 보조적인 업무라고 하더라도 아무 경험도 없는 백석이 감당하기는 어렵지 않았을까 생각된다. 그렇다면 창씨개명과 관련된 압박만이 아니라 이로 인한 부담감도 백석이 측량 보조원 업무를 그만두게 된 중요한 원인이라고 할 수 있을 것이다.

15) 『만선일보』(1940.8.6)에 따르면 창씨계출 기한은 1940년 8월 10일까지로 되어 있었다. 따라서 백석이 창씨에 대한 압박 때문에 국무원을 그만두었다면 그 시기는 이 무렵이었을 가능성이 높다.

해 살기도 했으나[17] 이 생활이 언제부터 언제까지 지속되었는지는 불확실하다. 백석은 그 후에도 여러 곳을 전전했지만 지금까지 확인된 것은 1942년부터 한동안 안동(安東: 단둥)의 세관에서 근무했고[18] 해방 직전에는 광산 일에 대한 관심 때문에, 혹은 징용을 피하려는 의도로 오지의 산속에 들어갔다는 것 정도이다.[19]

만주 문단에서는 새로이 재만 조선 문인 대열에 합류하게 된 백석에 대해 자못 큰 기대를 걸었던 듯이 보인다. 그것은 그의 지명도가 그만큼 높았기 때문일 것이다. 『만선일보』 주최로 열린 「내선만(內鮮滿)문화좌담회」(『만선일보』, 1940.4.5~10)에 조선 문인을 대표하는 인사로 신경에 온 지 얼마 되지도 않은 백석을 참석시킨 것이 이 점을

---

16) 김응교, 「신경에서 지낸 시인 백석」, 『외국문학연구』 66, 한국외국어대학교 외국문학연구소, 2017, 155쪽; 정철훈, 『백석을 찾아서』, 삼인, 2019, 92~107쪽. 정철훈은 백석의 러시아어 학습 과정에 대해 상세하게 설명하면서 만주행의 일차적인 목적이 러시아어 습득에 있다고 주장했다.

17) 백석 연구가 송준은 백석이 신경 근처의 '백구둔'으로 이주했거나 관성자에 거주하면서 백구둔을 오가며 농사를 지었다고 보았으나(송준, 『시인 백석』, 흰당나귀, 2012, 67쪽). 현지를 실제로 답사한 왕염려는 백구둔이 신경으로부터 불과 몇km 떨어지지 않는 작은 마을로, 생존해 있는 노인 가운데 백석을 기억하는 이가 전혀 없는 것으로 미루어 백석이 이곳에 이주했거나 농사를 지었을 가능성은 없는 것으로 보았다. 왕염려, 「백석의 만주시편 연구: 만주 체험을 중심으로」, 인하대학교 석사논문, 2010, 32~39쪽.

18) 백석은 1942년 경 시마무라 기코(白村夔行)라는 이름으로 창씨개명을 하고 안동 세관에 취직한 것으로 알려져 있다. 이와 관련하여 왕염려는 당시 안동 세관 직원명부에서 같은 이름을 찾을 수 없었다고 밝혔다. 왕염려, 앞의 논문, 40~43쪽. 하지만 백석의 함흥 시절 제자로 당시 중국 유학중이던 김희모는 방학을 맞아 귀향하면서 안동의 세관에 들러서 백석을 만났다고 증언했다(「내 고보 시절의 은사 백석 선생」, 월간 『현대시』, 1990.5). 이 증언과 연구 결과는 어느 하나도 배척하기 어려운 모순 관계에 있다고 할 수 있다. 하지만 이 모순은 백석이 단동 세관에 임시직으로 근무했다고 보면 해소될 수 있을 것으로 보인다. 즉 임시직이었다면 실제로 근무를 했어도 직원명부에 등재되지 않을 수 있었을 것이기 때문이다. 그리고 그가 임시직으로 단둥 세관에 근무했다면 징용 문제, 사직과 관련된 의문도 자연스럽게 해소될 수 있다. 임시직인 경우는 징용을 피하기 어려웠고 따라서 징용을 피하기 위해서 세관을 그만두었다고 해도 무리가 없기 때문이다.

19) 송준, 앞의 책, 129쪽. 그러나 송준은 이런 판단의 출처나 전거를 분명히 밝히지 않았다.

말해 준다. 하지만 백석은 이 좌담회가 끝나갈 무렵에야 체면치레라
도 하듯이 "그러면 지금 만주인 문단의 현상을 말하자면 현세(現勢)나
경향이 엇덧습니까"라는 무성의한 질문을 던졌을 뿐이다.[20] 이는 그
가 좌담회 참석을 위한 최소한의 준비도 하지 않았음을 시사한다.

하지만 이런 백석의 무례하고 무책임한 태도에도 불구하고 『만선
일보』에서는 백석에게 계속 지면을 제공하는 등 그 나름으로 배려를
했다. 백석이 박팔양의 『여수시초』 독후감(「슬픔과 진실」, 『만선일보』,
1940.4.6~7)을 쓴 데 이어 같은 신문사 주최로 대화(大和)호텔에서 열린
출판기념회에 참석한 것, 그리고 또 주로 명사들이 돌아가면서 집필을
한 〈일사일언(一事一言)〉이란 고정란에 「조선인과 요설(饒舌)」(『만선일
보』, 1940.5.25~5.26)이란 제목의 수필을 두 차례에 걸쳐 발표한 것은
모두 그런 배려의 결과로 이해할 수 있다. 그럼에도 불구하고 백석은
끝내 이 신문에 단 한 편의 작품도 발표하지 않았다.[21] 그것이 만주국
의 국책을 충실히 따르는 『만선일보』의 어용적 성격에 대한 거부감
때문이었는지 아니면 만주 문단 자체를 인정하지 않으려 했기 때문인
지는 불확실하다. 하지만 앞에서 언급한 좌담회에서 그가 보여준 태
도로 미루어 보면 백석은 만주 문단 자체를 인정하지 않으려 했다고

---

20) 좌담회의 내용은 총 5회에 걸쳐 『만선일보』에 연재되었다. 백석이 이 좌담회에서 한 발언
은 마지막 회 분에 실렸다. 김재용은 백석의 이런 무성의한 태도가 좌담회에 대한 불만
때문인 것으로 보았다. 즉, 오족협화의 이데올로기를 역으로 이용해서 자신의 정체성을
지키려고 했던 백석으로서는 계속해서 조선 작가들이 일본어로 창작을 해야 한다는 주장
이 제기된 좌담회에 불만을 가지지 않을 수 없었다는 것이다. 이에 대해서는 김재용,
앞의 논문, 166~169쪽 참고.

21) 『만선일보』에는 한일 생(生)이란 이름으로 발표된 작품이 「고려묘자(高麗墓子)」(1940.8.7)
외에도 두세 편 더 실려 있다. 이를 백석의 시로 추정한 연구자도 있으나 이는 전혀 근거가
없다고 보인다. 내용, 표현 방법이나 문체 등 모든 면에서 백석의 시와는 너무 큰 차이를
보여주기 때문이다. 이동순, 「백석 시의 연구 쟁점과 왜곡 사실 바로 잡기」, 『실천문학』,
2004년 여름, 353~362쪽.

해도 무방할 듯하다.

　이처럼 만주 문단과 거리를 둔 백석의 교제 범위는 대단히 협소했다. 그는 서칠마로(西七馬路)에 모여 사는 상대적으로 부유한 조선인들은 물론이고 자기 거주지 주변의 조선인과도 별다른 교류를 갖지 않았던 것으로 보인다. 그의 교제 범위는, 주로 만주 문단과는 관계가 없고 예전부터 지면(知面)이 있던 소수의 문인, 가령 이갑기, 허준, 송영 등에 한정되어 있었다. 이로 미루어 보면 협화회 간부이자『만선일보』의 중요 필자이기도 했던 박팔양이 그의 교제 범위에 포함된 것은 다소 의외의 일이라고 할 수 있다. 신경을 떠나 만주 이곳저곳으로 이사를 다니던 시절에도 교제 범위는 마찬가지로 협소했던 것으로 보인다. 다만 특기할 만한 것은, 안동(단둥)에서 세관원으로 근무하던 1943년 무렵 압록강 건너편의 신의주에 거주하고 있던 일본 시인 노리타케 가즈오(則武三雄, 1909~1990)와 가볍지 않은 교분을 나누었다는 정도일 것이다.

　이런 폐쇄되고 고립된 삶은 그의 오래된 결벽증22)과 함께 만주에서 만난 조선인들에 대한 실망감과 무관하지 않다고 보인다. 〈서칠마로 단상〉이라는 부제가 붙은 그의 산문「조선인과 요설(饒舌)」은 백석이 요설의 악습을 떨쳐버리지 못한 조선인들에게 느낀 실망감이 얼마나 큰 것이었는지 잘 보여준다. 그는 이 글에서 "차고 넘치는 연원(淵源)이 없는" 허황된 요설을 일삼는 조선인에 대한 실망감과 함께 조선인들에게 "몽고의 무게"와 "인도의 빛", 그리고 '묵(黙)의 정신'이 부족한 것에 대한 진한 아쉬움을 토로했다. 〈서칠마로 단상〉이라고 된 글의 부제로 미루어 보면 그가 주로 비판한 것은 '서칠마로' 일대에 모여

---

22) 김자야,『내 사랑 백석』, 문학동네, 1995, 110쪽.

살고 있던 일부 부유한 조선인들인 것처럼 보인다. 하지만 정작 이 글을 읽어보면 그가 겨냥한 것이 특정한 부류의 조선인이 아니라 조선인 일반이었음을 금세 알 수 있다. 어떤 단서나 유보도 없이 곧바로 "요설"을 조선인 일반의 부정적인 특징으로 지적하고 있을 뿐 아니라 아예 그것을 망국의 원인 중의 하나일 수도 있다고 비판한 것이다. 이런 논조는 좀 심하게 말하면 조선인을 "공상과 공론의 민족"으로 규정하고 근대 조선사를 "허위와 나타의 기록"이라고 타매한 이광수의 생각(「민족개조론」)과 그리 다르지 않은 것이었다고 할 수 있을 것이다.

상당한 지적 수련 과정을 거쳤을 뿐 아니라 이미 적지 않은 문필 활동의 경력이 있는 백석이 보여준 이 '과도한 일반화'와 논리의 비약을 단순한 실수라고 보기는 어렵다. 게다가 단상(斷想) 형식의 짧은 글에서 조선인들의 결함을 비판하고 그에 대한 대안을 제시하려 한 것은 지나친 오만이나 지적 안이함 때문이었다고 하지 않을 수 없다. 또 그가 대안으로 제시한 인도와 몽고의 미덕이란 것이 구체적인 내용이 전혀 없는 막연하고 모호한 비유와 수사에 지나지 않는다는 사실도 마땅히 지적되어야 한다. 조선인의 결함에 대한 비판에 분명한 논리와 근거가 없었던 것과 마찬가지로 그가 조선인이 본받아야 할 미덕으로 제시한 "몽고의 무게"와 "인도의 빛" 역시 모호하고 막연할 뿐이다. 물론 굳이 그 의미를 따지자면 "인도의 빛"과 "몽고의 무게"란 창조적인 열정과 의지, 웅혼한 기상과 실천력 같은 것을 의미하는 것으로 이해할 수 있을 것이다. 하지만 그것들은 모두 찬란한 문화를 창조한 고대 인도, 혹은 대제국을 건설한 과거의 몽고(골)에나 해당되는 것일 뿐 오래 전 영국의 식민지가 된 인도나 원 제국 해체 이후 몰락의 길을 걷다가 급기야 일부는 소련의 위성국가가 되고 일부는 만주국에 흡수된 '현재'의 몽고와는 전혀 무관하다. 따라서 백석이 힘주어 "인도의 빛"과 "몽고의 무게"를 말했을 때 그것이 그 자신이 비판한 "요설"과 어떻게 다른 것인지를 묻지 않을 수 없다.

"묵의 정신"에 대해서도 마찬가지로 말할 수 있다. 그것은 요설의 내용 없는 소란스러움을 대신해서 내면으로의 침잠에서 오는 고요함의 가치를 강조하기 위한 것이겠지만, 수사적 표현 이상의 구체적인 의미를 가졌다고 말하기는 어렵다. 물론 글의 마지막 부분에서 "감격할 광명(光名)을 바라보아" "입을 담을고 생각하고 노하고 슬퍼하라"고 한 것으로 미루어 보면 백석이 말한 "묵의 정신"이 해방의 그날까지 요설의 유혹에 빠지지 말고 절치부심(切齒腐心). 혹은 와신상담(臥薪嘗膽)하라는 뜻임을 짐작할 수 있지만 모호하고 불확실한 것은 마찬가지이다. 이와 관련하여 "무슨 거짓되고 쓸데없는 것에 놀라서" 그리고 "맑고 참된 마음에 분해서" 울기는 하되 "스스로웁게 삼가면서 우는" 아이를 보면서 장차 "하늘이 사랑하는 시인이나 농사꾼"이 될 것이라고 한 「촌에서 온 아이」(『문장』, 1941.4)에서 "묵의 정신"을 이해할 수 있는 단서를 찾고자 한 연구자도 없지 않지만[23) 그다지 설득력이 있어 보이지는 않는다.

만주 땅에서 마주친 중국인들에 대한 '관대한' 관심에 비하면 조선인의 결점에 대한 백석의 비판적인 태도는 현재의 삶을 바라보는 부정적인 태도나 시각과 관련된 것으로 보인다. 그에게 '지금 여기'는 천하고 비루한 것에 지나지 않았다. '지금 여기'는 「북방에서」가 시사하듯이 과거의 위대함과 광휘가 소멸되고 난 뒤에 남은 찌꺼기 같은

---

23) 이승이, 「희망의 한 풍경으로서 백석의 만주시편」, 『어문연구』 65, 어문연구학회, 2010, 334~335쪽.

것에 지나지 않기 때문이다. '지금 여기'에서 그가 마주친 조선 사람들 역시 마찬가지였다. 이런 생각은 일찍이 "세상 같은 것은 더러워 버리는 것"(「나와 나타샤와 흰 당나귀」, 『여성』, 1938.3), "이 못된 놈의 세상"(「가무래기의 낙(樂)」, 『여성』, 1938.10)이라고 한 데서 나타나는 피세(避世)의 욕망이나 염세적 태도로 미루어 짐작할 수 있다. 이로 미루어보면 백석이 조선을 떠나 만주로 간 것, 그리고 만주에서도 거의 고립에 가까운 폐쇄적인 생활을 한 것은 조선인들의 부정적 속성에 대한 이런 환멸의 감정과 무관하지 않다고 할 수도 있을 것이다.

하지만 중국인들을 바라보는 시각은 그것과 상당히 다르다. 물론 그가 중국인들과 직접 교유하거나 관계를 맺은 사실은 확인되지 않고 그의 시에서만 그 흔적이 나타날 뿐이다. 그는 이 시들에서 다만 외부의 관찰자로서 중국인들의 모습을 그리고 있지만, 중국인을 보는 그의 시각은 조선인들을 보는 시각에 비해서 상당히 너그럽다. 물론 중국인 대신 "지나나라사람"(「조당에서」, 『인문평론』, 1941.4)이라는 말을 사용함으로써 은연중 중국인을 타자화하고 있기는 하지만, 적어도 그들의 결점을 정면으로 비판하지는 않았던 것이다. 그 대신 이들은, 위대했던 그들의 조상에게로 백석을 인도하는 존재로 그려진다. 이는 만주라는 지역의 역사와 특수성, 그리고 중국과 만주의 관계를 외면한 결과라고 하지 않을 수 없다. 아울러 그것은 백석이 만주의 현실은 물론이고 만주를 점령한 데 이어 중국 땅을 조금씩 잠식해 들어가고 있는 일본 제국주의의 야욕에 대해 눈을 감고 있었음을 의미한다. 이른바 '만주시편'에서 아이러니칼하게도 만주와 그 땅의 주인이었던 만주인은 물론이고 만주국 안에서 혼재하고 있는 다른 인종들에 대한 관심은 전혀 나타나지 않는 것이다. 그것은 백석이 자신이 발 딛고 있는 만주와 제국 일본에 의한 만주 침탈에 대해 철저한 무관심으로 일관했음을 말해주는 증거라고 할 수 있다.

이처럼 만주에 살면서도 만주를 철저히 외면한 것은 만주가, 그가 애써 피하고자 했던 세속적 번잡으로 가득찬 공간이었기 때문이었을 것이다. 신생 만주에서 갱생의 기회를 잡으려 했던 것은 조선인만이 아니라 오족협화와 왕도낙토(王道樂土)의 선전에 현혹되어 만주로 몰려든 사람들의 공통적인 욕망이었다. 물론 거기에는 일본의 제국주의적 기획에 따라 집단으로 이민을 온 일본인들이나 살길을 찾아온 조선인도 포함된다. 따라서 만주는 이미 오랫동안 국가의 틀을 유지해온 조선 못지않은, 아니 그보다 더 치열한 약육강식의 아귀다툼이 벌어지는 생존경쟁의 장이었다고 해도 과언이 아니다. 그러나 백석은 이런 것들에는 대해서도 전혀 관심을 보여주지 않는다. 비록 몸은 만주에 있었지만, 만주는 전혀 그의 관심사가 아니었던 것이다.

3. "그때 거기"와 "지금 여기"

'지금 여기'에 대한 부정적 인식은 자연히 '그때 거기'에 대한 관심으로 이어진다. '그때 거기'는 여전히 삶의 건강성이 유지되고 있고 소외가 없는 세계를 뜻하는 것이지만, 그것은 현실이 아니라 관념 속에서나 존재하는 세계일 뿐이다. 백석이 발견한 '그때 거기'는 공교롭게도 찬란한 문화를 꽃피운 과거의 중국, 혹은 이상화된 중국 문화였다. 다시 말해서 그가 꿈꾼 '그때'는 노자와 공자, 제자백가와 도연명, 그리고 이백과 두보의 시대까지를 망라하는, 즉 시대와 나라의 차이를 넘어서 추상적으로 동질화되고 이상화된 과거였다. 그리고 '거기'란 그들이 살았던 중원(中原)과 청조(淸朝)에 이르기까지 한 번도 중국 영토도 포함되었던 적이 없는 만주까지를 아우르는, 다시 말해서 역사적, 지리적 경계가 존재하지 않는 동질화된 공간으로서의 중국이었다.

실제로 백석이 만주에서 쓴 시에서는 자신이 살고 있는 만주, 그리고 만주국 안에서 그와 더불어 살아가는 다양한 인간들에 대한 관심이 전혀 나타나지 않는다. 그의 생활과 관련된 제한된 정보, 그리고 '만주시편'으로 불리는 시들로 미루어 판단하건대 그가 관심을 가졌던 것은 중국과 중국인뿐이었다. 그러나 그것은 '지금 여기'의 중국과 중국인이 아니라 그의 문화적 교양 속에서 이상화된 과거의 중국과 그런 위대한 문화를 낳은 '위대한' 중국인이었다. 다시 말해서 찬란한 문화와 정신을 창조한 과거의 중국, 그리고 그 주역이라고 할 수 있는 노자, 공자, 제자백가, 도연명, 이백과 두보 등이 그가 실질적인 관심을 기울인 중국과 중국인이었던 것이다. 백석에게 '지금 여기'의 중국과 중국인은, 지나와 "지나나라사람"에 지나지 않으며 이미 사라져버린 고아한 중국 문화와 그것을 창조한 옛 현인과 시인들을 현재로 소환하는 계기로서만 의미를 지닐 뿐이었다. 그는 만주에서 살고 있었지만, 그의 시선은 '지금 여기'가 아니라 시대와 왕조, 지리적 경계의 차이를 넘어서 동질화된 추상적인 시간과 공간, 즉 찬란한 중국의 옛 문화를 향해 있었던 것이다.

그런 점에서 만주에서 마주친 중국인들의 습속을 그린 그의 시 「조당에서」나 「두보나 이백 같이」(이상은, 『인문평론』, 1940.4), 그리고 「수박씨, 호박씨」(『인문평론』, 1940.6)에 등장하는 중국인과 그들을 바라보는 백석의 시각을 주의 깊게 살펴볼 필요가 있다. 이 시에서 그려진 "지나나라사람"이란 만주에 대한 봉금(封禁) 조치가 해제된 1860년대 이후 만주 땅에 몰려든, 따라서 엄밀하게 따지자면 조선인이나 별로 다를 바 없는 처지에 있는 중국인들이었다. 이들은 만주국 안에서는 하등 국민으로 대접을 받았지만, 다른 한편으로 토지 소유 문제, 그리고 만주국 내에서의 민족적 위상 문제와 관련하여 조선인들과 첨예한 갈등을 빚고 있었다. 하지만 백석은 이 중국인들이 만주 땅에서 어떻게 살아가고 있는지, 그리고 만주 땅으로 몰려드는 조선인들과 어떤 관계를 맺고 있는지에 대해서는 '전혀'라고 해도 지나치지 않을 정도로 관심을 보이지 않는다. 그는 「수박씨 호박씨」나 「두보나 이백 같이」에서 볼 수 있는 것처럼 이따금씩 중국인들의 낯선 습속에 관심을 보였지만 그것은 그 습속을 이해하고 거기에 적응하기 위한 것이 아니라 옛 중국의 찬연한 문명과 정신을 산출한 선조들과의 만남을 매개하는 계기로 이용되었을 뿐이다.

「조당에서」는 '지금 여기'에서 마주친 중국인을 바라보는 백석의 독특한 시각과 방식을 엿보게 하는 흥미로운 작품이다. 여기서 백석은 조당[24]에서 함께 목욕을 하는 "지나나라사람"들의 모습을 아주 생생하고 구체적으로 그리고 있다. 그것은 이 "지나나라사람"들을 주의 깊게, 그리고 세심하게 관찰했기 때문이다. 이런 세심한 관찰은 그들에게서 느낀 이질감 때문이라고 할 수 있다. 익숙한 것은 흔히 그에 대한 습관화되고 자동화된 인식으로 이어지지만 낯선 느낌은 그런 느낌을 유발하는 대상에 대해 관심을 갖고 세심하게 살피도록 만드는 것이다. 「조당에서」에서 백석으로 하여금 이 중국인들의 모습과 행동을 구체적으로 포착하고 그려내도록 만든 것은 바로 이 낯선 느낌이었다. 그리고 백석으로 하여금 어찌 보면 범상한 것일 수도 있을 중국인들의 모습과 행동을 낯설게 보도록 만든 것은 다름 아닌

---

24) '조당'에 대한 자세한 설명은 김응교, 앞의 논문, 158~160쪽.

근대, 더 혹은 제국의 시선이었다고 할 수 있다. "지나나라사람"이란 호칭은 이 점을 시사하는 강력한 증거이다.

여기서 특히 유념해야 할 것은, 목욕이 만주 땅에서는 아주 낯선 풍속이었다는 사실, 즉 만주국이 수립되고 신경이 근대도시로 탈바꿈하게 되면서 도입된, 문자 그대로 새로운 풍속이자 '근대적인' 생활방식이었다는 사실이다. 그리고 조당에서 목욕을 즐길 수 있는 것은 상당히 개화한, 그리고 경제적으로 여유가 있는 사람들이나 누릴 수 있는 특권이었다는 점도 마땅히 기억되어야 한다. 하지만 일찍부터 신식 교육을 통해 전해진 위생 담론의 세례 속에서 성장한, 그리고 일본 유학을 통해 어느 정도 일본식 목욕 습관에 익숙해진 백석이 목욕이라는 새로운 풍속을 접하는 "지나나라사람"들이 목욕탕을 이용하는 모습과 방식에 대해서 모종의 이질감과 불편함을 느꼈으리라는 것은 불문가지이다.[25] 중국인에 대한 조선인들의 전통적인 편견과 중국을 '지나'로 타자화한 제국 일본, 혹은 문명의 시각이 이런 이질감과 불편한 느낌을 초래했다고 할 수 있을 것이다. 그것들은 이미 일종의 문화적 감각, 교양으로 백석에게 내면화되어 있었기 때문이다.

그런데 여기서 눈여겨보아야 할 것은 시적 주체가 '지금 여기'의 "지나나라사람"들을 통해서 오랫동안 조선 지식인들에게 선망의 대상이었던 '진짜 중국인'을 만나는 듯한 느낌을 받고 있다는 사실이다. 즉 '지금 여기'와는 시간상 천 년 이상의, 그리고 지리적으로는 수천

---

25) 목욕 문화의 문제는 문명과 야만의 차이가 아니라 환경에 대한 적응 방식의 차이에서 비롯된 것이다. 고온다습하고 온천이 많은 일본에서는 목욕이 일상사였지만 춥고 건조한 만주 지방에서 목욕은 대단히 드문 일일 수밖에 없었다. 하지만 이 사소한 생활 습관의 차이는 흔히 문명과 야만의 차이로 받아들여졌다. 이와 관련해서 "뗏국물이 흐르는 시골 뜨기"라는 이유로 조선인의 입욕을 거부하는 일본인 '목욕간' 주인의 모습을 그린 오장환의 시 「목욕간에서」(『조선문학』, 1933.11)를 비교해 볼 수 있을 것이다.

리 거리를 두고 있는 "넷날 진(晉)이라는 나라나 위(衛)라는 나라에
와서/내가 좋아하는 사람들을 만나는 것 같"은 느낌을 받고 있는 것이
다. "나무판장에 반쯤 나가누워서/나주볕을 한없이 바라보며 혼자 무
엇을 즐기는듯한 목이긴 사람"을 통해서는 도연명을, 그리고 "여기
더운물에 뛰어들며/무슨 물새처럼 악악 소리지르는 삐삐 파리한 사람"
을 보면서는 제자백가 중의 한 사람인 양자(楊子)를 떠올리는 것이다.[26]
    양자(楊子)는, 천하를 위해 기꺼이 스스로를 희생하고자 했던 묵자
(墨子)와 대척적인 위치에 있었던 인물, 즉 천하를 위해서라고 할지라
도 제 몸의 털 한 오라기도 내줄 수 없다고 했던, 이기주의의 화신
같이 여겨지는 인물로 이 시를 이해하는 중요한 단서가 된다. 동양
고전에 대해 상당한 교양을 가진 백석이 이런 인물을 언급한 것은
이 인물의 특성을 통해 무엇인가를 말하려 한 것으로 볼 수 있기 때문
이다. 백석이 탕에 함부로 뛰어드는 "삐삐 파리한 사람"에게서 하필이
면 양자를 떠올린 것은 그가 백석에게 익숙한 일본식 공중 예절이나
타인에 대한 배려심을 갖지 못한 이기적인 인물로 비쳤기 때문일 것이
다. 다른 사람들의 모습도 정도의 차이는 있지만 이런 식의 이질감
과 불편함을 느끼게 하는 것은 마찬가지였을 것이다.
    그럼에도 불구하고 백석은 이 "지나나라사람"들에 대한 불편한 감
정을 애써 숨기고 짐짓 "나는 이렇게 한가하고 게으르고 그러면서
목숨이라든가 人生이라든가 하는 것을 정말 사랑할줄아는/그 오래고

---

26) 양자의 본명은 양주(楊朱). 그의 사상은 흔히 '위아론(爲我論)'으로 불린다. 그것은 단순히
    이기주의로 폄훼할 수 없는 것이기는 하지만 백석이 위아론과 이기주의의 차이를 인식하
    고 있었는지는 불활실하다. 양자의 사상에 관한 언급은 『맹자』, 『여씨춘추』, 『회남자』
    등에 나온다. 노사광 지음, 정인재 옮김, 『중국철학사─고대편』, 탐구당, 1997(10판), 182~
    183쪽. 참고로 『맹자』 「盡心」장에는 "孟子曰, 楊子取爲我, 拔一毛以利天下, 不爲也"라고
    되어 있다.

깊은 마음들이 참으로 좋고 우러러진다"고 눙쳐버린다. 시의 문맥상 이 진술은 느긋하게 목욕을 즐기면서 밤의 환락을 꿈꾸고 있는 "지나나라사람"들을 대상으로 한 것처럼 보인다. 하지만 이처럼 말초적 쾌락을 탐하는 삶을 "목숨이라든가 인생이라든가 하는 것을 정말 사랑할줄아는" 것으로 본다면 그가 다른 시에서 바람직한 것으로 그린 삶의 모습과 상충될 수밖에 없다. 따라서 이 구절은 반어적인 표현으로 이해하는 것이 옳다고 생각된다. 이 "지나나라사람"들은 단지 "그무슨 제비의 춤이라는 燕巢湯이 맛도있는것", "또 어늬바루 새악씨가 곱기도한것 같은것을 생각하는", 다시 말해서 말초적 감각의 즐거움이나 탐닉할 뿐인 부화범속한 속물들에 지나지 않기 때문이다.

이 점은 앞부분에서 이 '조당에서' 함께 목욕을 하는 중국인들의 외모와 관련하여 "모두 니마들이 번번하니 넓고 눈은 컴컴하니 흐리고"라고 한 것을 상기하면 좀 더 분명해진다. "니마들이 번번하니 넓고"라는 구절은 이들이 청 제국을 세운 만주족의 풍속을 좇아 변발을 한 상태임을 말해준다. 또 "눈은 컴컴하니 흐리고"라는 구절은 이들의 정신이 맑은 상태에 있지 않음을 암시한다. 이런 점들을 고려하면 이 "지나나라사람"들을 긍정적으로 그리고 있다고 볼 수는 없다. "지나나라사람"이란 표현, 그리고 그들의 외모와 행동에 대한 묘사들은 모두 이런 부정적인 태도를 보여준다. 변발을 한 이들은 '중화'에 대한 자부심과 긍지도 없고 그 정신 또한 맑은 상태에 있지 않다. 그 뿐 아니라 중국의 현실과 만주국에 살고 있는 중국인의 처지에 대해서는 전혀 관심이 없고 단지 말초적인 자극과 쾌락이나 추구하는 졸부이자 속물들에 지나지 않는다. 따라서 "이렇게 한가하고 게으르고 그러면서 목숨이라든가 인생이라든가 하는 것을 정말 사랑할줄아는/그 오래고 깊은 마음"은 이 벌거벗은 "지나나라사람"이 아니라 백석이 문화적 전범으로 여기는 "은(殷)이며 상(商)이며 월(越)이며 위(衛)며 진(晉)이며하는나라사람들"에게 좀 더 어울린다고 할 수 있다. 그렇지 않다면 이 부분은 위대한 선조들과는 전혀 다른 삶을 살고 있는 이들의 속물성을 야유하기 위한 반어(反語)적인 표현이라고 해야 할 것이다.

물론 목욕이 지니는 상징적 의미와 관련해서 보자면 이들의 목욕은 오랜 세월 동안 쌓인 미개와 야만의 흔적과 때를 벗겨내는 정화 의식, 혹은 그들의 선조들이 지녔던 본래의 모습을 회복하기 위한 상징적인 행위로 이해할 수 있는 여지가 있다. 시인이 이들에게서 모종의 동질감을 느낄 수 있었다면 바로 이 부분에서라고 할 수 있을 것이다. 이들도 자신과 마찬가지로 위대한 과거로부터 멀어져 있다는 사실, 그리고 그 위대한 과거를 되살리려는 갈망을 품고 있으리라는 가정과 기대가 이들의 낯선 행위를 견딜 만한 것으로 만들었을 수 있다는 것이다. 하지만 이렇게 본다고 하더라도 이 "지나나라사람"들에 대한 시적 주체의 감정은 '우호적인' 것이라기보다는 이질감과 동질감이 뒤섞인 모순된 것이라고 보아야 할 것이다. 이들과 발가벗고 한 공간에서 목욕을 하는 것이 "어쩐지 반가워지나" "조금 무서웁고 외로워진다"거나 "어쩐지 우스웁기도" 한 것처럼 느끼는 착종된 감정으로 다가오는 것은 이런 이유에서일 것이다. 하지만 시적 주체가 이들의 외모와 행동을 자세히 관찰한 것은 이질감이 동질감보다 더 컸기 때문일 것이다. 이렇게 본다면 결국 이 시가 시로 성립할 수 있는 것은 근대적인 교양, 몸에 밴 생활 습관과 감각, 그리고 전통적인 편견 때문에 이질적이고 부정적으로 파악될 수밖에 없는 "지나나라사람"들의 행동을 그 자신의 문화적 교양에 의해 미화된 과거에 비추어 수용하는 방식, 즉 현실적 경험을 상상적으로 변용시키는 독특한 방식 때문이라고 할 수 있다. 따라서 이 시를 "여러 민족을 조화시키는 데" 기여할 수 있는 시라거나,[27] 식민지 민중을 타자화하는 제국주의적 시각을 넘어선 어떤 인류애적인 동질감을 표현한 시라고 보는 것은 명백한 오독이라고 하지 않을 수 없다.[28]

 "어진 사람이 많은 나라에 와서/어진 사람의 줏을 어진사람의 마음을 배워서/수박씨 닦은 것을 호박씨 닦은 것을 입으로 앞니빨로 밝는다"로 시작되는 「수박씨 호박씨」(『인문평론』, 1940.6)도 같은 맥락에서 이해할 수 있다. 여기서 '어진 나라'란 중국의 빈번한 왕조 교체와는 무관하게 동질화된 중국을 가리킨다. 1932년 3월 1일 정식으로 국가임을 선포한 만주국의 경계 안에서 살고 있으면서도 백석은 이를 외면하고, 아득한 옛날부터 변함없이 존재하는 "어진 나라"를 상상한 것이다. 이 '어진 나라'는 만주사변(1931)과 중일전쟁(1937)의 참화에서 벗어나지 못한 '지금 여기'의 만주와 중국이 아닌 그의 관념 속에서 이상화되고 동질화된 중국이었다. 따라서 '지금 여기', 즉 현실의 만주국 안에서 마주치는 모든 것은 이상화된 중국, 그리고 찬란한 문화를 창조한 옛 중국의 현인들에게로 그를 인도하는 안내판이나 다름없게 된다. 그가 '꿔즈(瓜子)'라고 불리는, 수박씨나 호박씨를 까먹는 중국인의 풍속[29]에서 노자나 공자, 그리고 도연명 같은 옛 중국의 현인과 시인의 체취를 감지해내는 것은 이런 맥락에서 이해할 수 있다. 실제

---

27) 김종한, 「조선시단의 진로 3」, 『매일신보』, 1942.11.15.

28) 이승이, 앞의 논문, 328~332쪽. 한편 김재용은 이 시를 '중국인과 조선인의 연대'를 해학적으로 그린 시로 보았다. 김재용, 앞의 논문, 176쪽. 또 신주철도 이와 비슷하게 「조당에서」, 「수박씨, 호박씨」, 「두보나 이백 같이」 같은 시에서 타자를 인정하고 존중하는 태도를 읽어냈다. 신주철, 앞의 논문, 267~272쪽.

29) 이런 '꿔즈' 풍속이 생겨난 것은 송대(宋代)부터였다고 한다. 왕염려, 앞의 논문, 48쪽. 하지만 이를 중국 고대까지 끌어올린 시적 상상력은 시적 허용(poetic liscence)의 개념에 비추어 이해할 수 있다.

경험의 차원에서라면 백석이 이런 중국인들의 습속에서 어떤 친근감을 느꼈다고 보기는 어렵다. 입을 우물거려 수박씨나 호박씨를 까먹고 아무 데나 껍질을 뱉어내는 이 풍습은 위생과 청결을 강조하는 근대의 관점으로는 야만적이고 비위생적인 것으로 보일 수밖에 없기 때문이다. 또 조선인의 식습관이나 예절, 더욱이 백석의 남다른 결벽증30)에 비추어보더라도 이 풍습은 아름답기는커녕 비위생적이고 품위와 예의가 결여된 미개와 야만의 흔적으로 비쳤을 가능성이 높다. 백석이 이 풍속에 대해 "참으로 철없고 게으르고 어리석은 마음"이라고 말한 것은 이 점을 암시하는 것으로 볼 수 있다. 하지만 그는 이내 자신의 불편한 느낌을 억누르고 "이것은 또 참으로 밝고 그윽하고 깊고 무거운 마음이라/이 마음안에 아득하니 오랜 세월이 아득하니 오랜 지혜가 또 아득하니 오랜 인정이 깃들인 것이다"라고 말한다. 그것은 이 풍속 자체를 긍정했기 때문이 아니라 이 풍속이 중국의 옛 현인들—『도덕경』 5천 글자를 남기고 함곡관 너머로 사라져간 노자(勞資)나 "반소사음수 곡굉이침지 낙역재기중의(飯疏食飲水 曲肱而枕之 樂亦在其中矣)"(『論語』 「述而」편)를 말한 공자, 오두미(五斗米)를 받기 위해 벼슬아치들에게 머리 조아리는 일을 때려치우고 귀거래(歸去來)를 단행한 오류(五柳) 선생 도연명 같은—에게까지 거슬러 올라가는 오랜 연원을 지닌 것으로 상상했기 때문이다.

따라서 시적 주체가 긍정적인 의미를 부여하고 있는 "참으로 밝고 그윽하고 깊고 무거운 마음"이란 눈앞의 중국인들이 아니라 위대한 사상과 문학을 산출한 옛사람들에게나 해당되는 것이라고 보아야 할 것이다. 그의 눈앞에 있는 "지나나라사람"들은 이미 그런 위대한 사상

___
30) 백석의 유난스러운 결벽증에 대해서는 김영한과 함흥 시절의 제자들이 증언한 바 있다.

과 문학을 산출할 수 있는 에너지를 상실한, 혹은 그 위대한 과거에 대한 기억조차 망실한 상태에 있을 뿐이기 때문이다. 다시 말해서 이들도 조당에서 함께 목욕을 하는 앞의 "지나나라사람"들과 별로 다를 바 없는 존재들이었던 것이다. 따라서 그가 '수박씨 호박씨'를 까먹는 중국인의 행동을 따라해 보고 싶다고 말한 것은 이들의 행사가 아름답고 고상하게 보여서도 아니고 그들에 대한 동질감 때문이라고 하기도 어렵다. 그보다는 단순하고 경박하고 비위생적이기까지 한 이 행동에 대한 자의적인 해석과 근거 없는 가정, 즉 이 '꿔즈'라는 풍속에 과거 위대한 선조들의 정신과 품격이 이어지고 있다는 가정에 기대어 누구도 넘보지 못할 높은 정신의 경지에 도달한, 혹은 위대한 사상과 문학을 산출한 '진짜 중국인'을 만나는 듯한 기분을 맛보려고 했기 때문이라고 할 수 있다.

이처럼 백석은 그와 같은 시공간 속에 있는 "지나나라사람"을 그 자체로 수용하는 대신 그들이 중국의 옛 시인이나 현인들, 즉 "어진 사람"들의 정신을 내면에 간직하고 있으리라는 터무니없는 가정을 통해서 수용한다. 하지만 이들에게 설사 그런 흔적이 남아 있다고 하더라도 그것은 정신적 알맹이가 빠진 단순한 외양에 지나지 않는다. 다시 말해 외양은 옛 현인들을 닮았을 수 있지만, 눈앞의 "지나나라사람"들은 옛 현인들(진짜 중국인)이 지녔던 정신의 높이와 내면적인 깊이와 아름다움, 자부심과 긍지는 지니고 있지 못하기 때문이다. 그럼에도 불구하고 백석은 '지금 여기'의 "지나나라사람"들에게서 불편하고 이질적인 느낌보다는 친근한 느낌을 받는다. 조선인에 대한 것과 같은 날카로운 비판의식은 작동하지 않는 것이다.

이처럼 "지나나라사람"을 바라보는 백석의 착종된 시선은 이 낯설음과 이질성을 부정하고 타자화할 수 없는 한계에서 비롯된 것으로 보인다. 다시 말해 제국의 후광을 입을 수 없었던 식민지 지식인 백석은 "지나나라사람"과 그들이 보여주는 모든 낯설음을 분류하고 규정하고 타자화하는 주체가 될 수 없는, 제국의 또 다른 타자에 지나지 않았던 것이다. 이런 상황에서 백석은 자신을 '지금 여기'가 아닌 '그때 거기'에 귀속시킴으로써 만주 생활의 곳곳에서 마주치는 낯선 느낌과 불편함을 해소하고자 한 것으로 볼 수 있다. 더 정확하게 말하면 '그때 거기'에의 상상적인 귀속을 통해서 '지금 여기'의 속악함, 황폐함, 불모성을 견디고 있다고 하는 것이 옳을지도 모른다. 이런 식으로 '지금 여기'를 '그때 거기'에 종속시키는 이 비역사적인 상상력 속에서 '지금 여기'는 그 실체성을 잃을 수밖에 없다.

이처럼 '지금 여기'를 통해서 '그때 거기'를 꿈꾸는 백석의 상상력 속에는 그 자신이 '지금 여기'보다는 '그때 거기'에 좀 더 어울리는 존재, 혹은 아예 '그때 거기'에 속했어야 할 존재라는 생각이 내재되어 있다고 보인다. 「두보나 이백 같이」는 이 점을 잘 보여준다. 이 시에서 그가 자신을 이백이나 두보와 동렬에 올려놓을 수 있는 것은 "쓸쓸한 마음" 때문이다. 물론 이 "쓸쓸한 마음"은 표면적으로는 낯선 땅에서 "정월 보름"을 맞이하는 자의 심회인 것으로 그려진다. 그러나 여러 가지 정치적 사건에 휘말려 고초를 겪은 이백과 '황소의 난' 같은 전란으로 인해 이리저리 방랑하며 불우한 삶을 산 두보의 쓸쓸함과 백석 자신의 쓸쓸함을 동일시할 수 있는 것은, 이 "쓸쓸한 마음"을 단순히 타관 땅을 떠도는 데서 오는 것 이상의 근본적인 감정, 즉 속악한 현실과 어울릴 수 없는 고매한 정신과 현실 사이의 불화에서 비롯된 감정으로 파악했기 때문일 것이다. 이처럼 자신을 '그때 거기'에 연결 짓는 행위, 즉 중국 옛 시인들과의 정신적 연대나 동류의식을 통해서 자신의 쓸쓸함을 위로하는 행위는 일종의 '정신적 망명' 행위라고 할 수 있다. 하지만 그의 망명은 상상 속에서나 가능할 뿐, 그의 몸과 삶은 지리멸렬한 '지금 여기'를 벗어날 수 없었다. 이때 '지금 여기'에 묶여 있는 그가 선택할 수 있었던 유일한 길은, 그 자신을 세속 현실이 아닌 다른 곳, 즉 그보다 '높은' 세상에 자리매김함으로써 스스로를 위무(慰撫)하는 것이었다고 보인다.

'그때 거기'로의 정신적 망명과 관련해서 이해할 수 있는 또 다른 작품으로는 '북방시편'이라는 명칭을 끌어낸 단서가 된 「북방에서」를 들 수 있다. 이 시는 표면상 백석이 만난 중국인들과 그들의 풍속을 그린 앞의 시들과 구별되는 듯이 보인다. 무엇보다 이 시에서는 '북방'(만주)이 중국과는 구별되는 역사 지리적 공간, 다시 말하면 일찍이 족류 집단이 터 잡고 살았던 고토(故土: homeland)라는 인식이 분명하게 나타나기 때문이다. 또 단순히 "지나나라사람"을 관찰하면서 옛 현인들과의 상상적인 조우를 즐기던 여타의 '만주시편'과는 달리 이 시에서는 '나'의 존재에 대한 가혹할 정도로 냉정한 자기인식이 표출된다. 하지만 이 냉정한 자기인식은 앞에서 말한 '정신적 망명'과 무관한 것이 아니라 그 망명, 즉 '나의 태반'으로 되돌아가서 확인한 자신의 모습과 처지에 대한 것이었다. 돌아갈 '그때 거기'란 존재하지 않으며 설사 '그때 거기'로 돌아간다고 해도 상실된 나의 존재를 되찾을 수 없다는 인식을 보여준 것이다.

하지만 이 시에서는 대개의 만주시편에서 추상적으로 동질화되었던 시간과 공간이 그 구체성과 역동성을 회복하고 있다. 역사는 부침을 거듭하며 흐르고 '나'가 마주한 공간 역시 그에 따라 변화된다. 시적 주체가 친근한 모든 것을 배신하고 고토를 떠나는 데서 시작해서 다시금 자기가 비롯된 태반(胎盤)으로 회귀하는 운동 과정은 이같은 역사의 부침과 공간의 변화, 그리고 무엇보다 시적 주체 자신의

변화(조상들의 공동체로부터의 분리와 왜소화)에 대한 인식을 내포하고
있다. 그런 점에서 이 시는 일찍이 「북신」(『조선일보』, 1939.11.9)에서
그렸던 원시적인 생명력과 야성으로 가득찬 시원적인 삶과 그 터전으
로부터 멀어진 족류 집단의 운명, 즉 쇠퇴 과정을 더듬는 한편, '나는
누구인가'라는 근원적인 질문에 대한 답을 찾아가는 모습을 보여준다
고 할 수 있다.

아득한 넷날에 나는 떠났다
夫餘를 肅愼을 渤海를 女眞을 遼를 金을,
興安嶺을 陰山을 아무우르를 숭가리를,
범과 사슴과 너구리를 배반하고
송어와 메기와 개구리를 속이고 나는 떠났다.

나는 그때
자작나무와 익갈나무의 슬퍼하든것을 기억한다
갈대와 장풍의 붙드든 말도 잊지않었다
오로촌이 멧돌을 잡어 나를 잔치해 보내든것도
쏠론이 십리길을 딸어나와 울든것도 잊지않었다.

나는 그때
아모 익이지못할 슬픔도 시름도 없이
다만 게을리 먼 앞대로 떠나나왔다
그리하여 따사한 해ㅅ귀에서 하이얀 옷을 입고 매ㄲ러운 밥을먹고
단샘을 마시고 낮잠을 잤다
밤에는 먼 개소리에 놀라나고

아츰에는 지나가는 사람마다에게 절을 하면서도
나는 나의 부끄러움을 알지못했다

그동안 돌비는 깨어지고 많은 은금보화는 땅에 묻히고 가마귀도 긴
족보를 이루었는데
이리하야 또 한 아득한 새 녯날이 비롯하는때
이제는 참으로 익이지못할 슬픔과 시름에 쫓겨
나는 나의 녯 한울로 땅으로 — 나의 태반으로 돌아왔으나

이미 해는 늙고 달은 파리하고 바람은 미치고 보래구름만 혼자 넋없
이 떠도는데

아, 나의 조상은 형제는 일가친척은 정다운 이웃은 그리운 것은 사랑
하는 것은 우럴으는것은 나의 자랑은 나의 힘은 없다 바람과 물과 세월
과 같이 지나가고 없다

—「北方에서」 전문

이 시의 앞부분은 주로 '나'의 정체성을 규정하는 수직축과 관련된
것,31) 즉 '내'가 그 일부를 이루고 있는 족류 집단32)이 거쳐온 역사—

---

31) 「목구」(『문장』, 1940.2)도 이런 '수직축'과의 관련 속에서 내 존재의 의미를 묻는 작품으로
이해할 수 있다.
32) 이 시에서 열거되고 있는 종족의 계보(genealogy)는 혈연적, 문화적 동질성에 바탕을 둔
족류 집단의 계보로 이해해야 한다. 족류 집단, 혹은 족류 공동체의 개념에 대해서는
A. Smith, 김언중 옮김, 『족류 상징주의와 민족주의』(아카넷, 2009) 2장을 참고할 것. 족류
(ethnie)와 민족(nation)의 차이에 대해서는 A. Smith, *Nationalism: Theory, Ideology, History*,
Malden: Polity Press, 2006. pp. 10~15. 좀 더 자세한 것은 이 책 187쪽 각주 18) 참조.

온갖 동물, 그리고 자연과 친화적인 관계에 있던 근원적인 상태로부터 멀어짐으로써 본래의 생명력이 위축, 쇠퇴되어 가는 과정에 대한 서술이다. 백석의 상상력은 흥안령, 음산, 아무우르, 숭가리 같은 지역을 포함하여 만주 일대에서 부침했던 부여, 숙신, 발해, 여진, 요, 금 같은 부족과 국가, 그리고 심지어는 오로촌이나 쏠론 같은 원시부족까지[33] 모두 동질적인 족류집단에 포함시킬 정도로 확장된다. 그가 상상한 이 족류집단의 계보가 어느 정도의 과학적·실증적 근거를 가진 것인지는 불확실하지만, 백석은 이 족류집단이 오랫동안 친화적인 관계를 유지해 왔던 자연과 동식물들을 배신하고 대대로 살아왔던 고토를 떠나는 순간부터 쇠퇴하기 시작한 것으로 상상한다. 따라서 그것은 어떤 의미에서 낙원 상실의 과정에 대한 서술이라고 해도 좋을 것이다. 이 쇠퇴는 "그동안 돌비는 깨어지고 많은 은금보화는 땅에 묻히고 가마귀도 긴 족보를 이"룰 정도로 오랜 세월과 역사의 부침과 전변을 거쳐 일어난 것이다. 이 족류 집단의 쇠퇴는 결국 그 일부인 '나'의 존재를 위축시키고 왜소화하는 결과로 이어진다. 족류 집단 그 자체와 동일시되고 있던 "나"는 어느새 그 족류 집단으로부터 분리되어 개별화되고 왜소한 존재가 되는 것이다. 이 사실을 깨닫는 순간 시적 주체는 자신이 비롯된 시원의 장소, 즉 "나의 녯 하늘로 땅으로—나의 태반(胎盤)으로" 돌아가고자 한다. 그것은 단순한 여행이 아니라 원초적인 통합의 상태를 회복하려는 열망, 다시 말해서 자기 존재의 의미와 근원을 찾기 위한 것, 혹은 끊어졌던 족류 집단과의 원초적 연대를 회복하기 위한 '그때 거기'로의 낭만적인 회귀 과정으로 이해

---

33) 송준은 백석이 빈번하게 하얼빈을 오갔고 심지어 '오로촌' '솔론' 거주 지역을 탐방하기도 했다고 주장하지만, 왕염려는 당시의 교통 사정, 오로촌과 솔론의 상태 등을 고려하면 그럴 가능성이 거의 없다고 보았다. 왕염려, 앞의 논문, 32~43쪽.

할 수 있다.[34]

하지만 이 시원의 장소에서 "나"는 자신이 비롯된 "나의 태반"이 이미 송두리째 파괴되거나 오염되었고, 따라서 소중하고 의미 있는 모든 것이 사라져 버렸음을 확인하게 된다. "아, 나의 조상은 형제는 일가친척은 정다운 이웃은 그리운 것은 사랑하는 것은 우럴으는 것은 나의 자랑은 나의 힘은 없다 바람과 물과 세월과 같이 지나가고 없다"는 참담한 인식에 도달하게 되는 것이다. 여기서 중요한 것은 시적 주체가 '나의 태반'으로 돌아오는 이 과정에서 '나'의 정체성을 구성하는 또 다른 한 축인 수평적인 관계의 그물망으로부터 완전히 단절되고 고립되었다는 인식에 도달하고 있다는 사실이다. 이처럼 '나'의 존재를 규정하는 수직축·수평축과의 연계가 단절된 상황에서 나의 존재는 결국 '아무것도 아닌 것'일 수밖에 없다. 말하자면 시적 주체는 파괴되고 변질된 시원의 공간에서 자기 존재가 말소되어 가고 있다는 불안과 절망적 인식에 도달하게 되는 것이다.[35]

이 시적 주체가 느끼는 불안감과 절망은 백석 자신의 것이라고 해도 무방하다. 결국 당대 조선 최고의 모더니스트 중의 한 사람이자 '최첨단의 시인'이었던 백석은 만주에서 자기 존재의 근원인 족류 집단의 쇠퇴를 목도하는 한편, 조상들의 역사와 자신을 이어주는 수직축의 붕괴와 모든 수평적 관계의 단절을 뼈아프게 마주하고 있었다.

---

34) 본고의 입장과는 약간 다른 것이지만, 백석 시의 낭만적 경향을 지적한 연구로는 이경수, 「백석 시의 낭만성과 동양적 상상력」, 『한국학연구』 21, 고려대학교 한국학연구소, 2004.

35) 이런 상실의식은 비슷한 시기에 발표한 「국수」(『문장』, 1941.4)에서 수평적, 수직적 공동체와의 합일 경험을 노래한 것과는 완전히 상반된다. 「국수」에 대한 자세한 분석은 이 책 188~194쪽을 참고할 것. 물론 한 시인의 삶이나 사상에서 어떤 논리적 일관성이나 통일성을 기대하는 것은 무리일지도 모른다. 하지만 만주 시절에 쓴 백석의 시에서 나타나는 이런 상반되는 주제의식을 어떻게 설명해야 할지에 대해서는 좀 더 심층적인 분석과 설명이 필요할 것으로 보인다.

다시 말해서 시원의 땅이자 '그때 거기'라고 할 수 있는 만주에서 백석은 폐허가 된 "나의 태반"을 확인하는 한편, 거대하고 황폐한 세계 앞에서 자신의 존재가 속절없이 무화되고 있다는 인식에 도달하게 되는 것이다. 그리고 시의 부제에서 밝힌 것처럼 자신이 익명의 존재로 말소되어 가고 있는 데서 오는 절망감과 고독감을 친구인 화가 정현웅에게 고백한다. 모든 수평적 관계의 단절을 감수하고 선택한 만주, 즉 '그때 거기'에서 백석은, 자신이 더 이상 세인의 주목을 받는 '조선의 첨단 시인'이 아니었고 안정된 삶을 가능케 할 만한 터전이나 직업이 있는 것도 아닌, 거대한 세계 앞에 홀로 서 있는 무수한 익명의 존재 중의 하나에 지나지 않는다는 참담한 인식에 도달하게 된 것이다. 이로써 백석은 근본적인 차원에서 자신의 정체성에 대해 고민하지 않을 수 없게 된다.

4. 시인으로서의 자의식과 '게으름'의 미학

앞에서 본 것처럼 익명의 존재로 지워져 가는 자신을 지키려는 노력은 자신의 정체성에 대한 고민과 재인식으로 이어졌다. 그것은 자신을 '지금 여기'에서 분리시키는 것, 즉 자신을 동시대의 사람들과 다른 위치에 놓는 것으로부터 시작된다. "가난하고 외롭고 높고 쓸쓸"한 이라는 형용사, 혹은 그에 준하는 수식어가 이 시기의 시에서 자주 발견되는 것은, 바로 자신을 이런 자리에 올려놓음으로써 현실에서 겪는 소외와 외로움을 보상받을 수 있을 것으로 기대했기 때문일 것이다. 혹은 자신이 속해야 할 세계가 '지금 여기'가 아닌, 다른 사람들이 범접할 수 없는 높은 곳임을 내세워 자신의 단절과 고립을 정당화,

또는 미화하는 자기 위안 행위로 이해할 수도 있을 것이다.36) 이처럼 자신을 "가난하고 외롭고 높고 쓸쓸"한 위치에 자리매김하는 작업은 '지금 여기'의 가치와 의미를 부정하거나 평가절하하는 태도와 연결되어 있다. 그것은 "세상 같은 것은 더러워 버리는 것"(「나와 나타샤와 힌 당나귀」, 『여성』, 1938.3)이라는 치기 어린 선언의 연장선상에 놓인 것이다. 하지만 이 선언이 단순히 낭만적 도피의 꿈을 정당화하기 위한 것이었다면 만주 시기의 시에서 '지금 여기'의 현실과 삶과 거리를 띄우려는 노력은 좀 더 절실한 의미를 지니게 된다. 즉 만주에서 마주친 모든 것에 대해서 느끼는 낯설음, 그리고 그 낯선 것들에 대하여 자신의 주체성을 관철시킬 수 없는 무력감에 대한 보상의 차원에서 자신을 세상보다 높은 위치에 놓게 되는 것이다.

백석이 그 자신을 '높은' 곳에 자리매김할 수 있는 근거는 일차적으로 그의 시에서 언급한 중국의 고대 현자들이나 동서고금을 망라한 시인들과 교감할 정도의 문화적 교양, 즉 정신적 높이에 있다고 할 수 있다. 이 문화적 교양에 기대어 백석은 '지금 여기'에 그와 함께 있는 "지나나라사람"들의 배후에 존재하는 위대한 과거, 그리고 그것을 이룩한 현자와 시인들과 조우할 수 있었다. 시적 주체가 이처럼 시간과 공간의 제약을 넘어 이들과 자신을 동질적인 존재로 파악할 수 있는 것은, 인간과 세계에 대한 "어진 마음"(「두보나 이백 같이」, 『인문평론』 16, 1941.4), "넘치는 사랑과 슬픔"(「힌 바람벽이 있어」, 『문장』, 1941.4), 다시 말하자면 섬세하고 예민한 감수성, 공감 능력을 공유하고 있기 때문이다. 이 두 가지 중에서 좀 더 중요한 것은 섬세하고

---

36) 남기혁, 「만주시편에 나타난 '시인'의 표상과 내면적 모럴의 진정성」, 『한중인문학연구』 39, 한중인문학회, 20013, 113쪽. 남기혁은 이를 "세계에 대한 자아의 우월성"으로 설명했다.

예민한 감수성과 공감 능력이라고 할 수 있다. 문화적 교양은 교육을 통해 얻을 수 있지만, "넘치는 사랑과 슬픔"이나 예민한 감수성, 공감 능력 등은 그야말로 하늘이 "가장 귀해하고 사랑하는 것들"에게 베푸는 선물이자 축복일 수 있기 때문이다.[37]

그런 의미에서 백석이 염두에 둔 정신의 높이는 상대적인 것이 아니라 절대적인 것이었다고 할 수 있다. 다시 말해 백석에게 있어서 그 자신, 혹은 그와 동류의 인간이라고 할 수 있는 허준 같은 사람은 '지금 여기'가 아닌 "그 맑고 거룩한 눈물의 나라", 혹은 "그 따사하고 살틀한 볕살의 나라"(「허준」, 『문장』, 1940.11)에 속하거나 속했어야 할 사람이었던 것이다. 그가 상찬해 마지않았던 중국의 옛 현인들과 문인들 역시 마찬가지이다. 이런 생각에 따르면 '지금 여기'에서의 삶은 굳이 뿌리 내리기 위해 애쓸 가치도 필요도 없는 것이다. '지금 여기'의 삶이란 단지 "그 멀은 눈물의 또 볕살의 나라"로 돌아가기 위한 시련의 과정, 혹은 "쓸쓸한 나드리"(「허준」)에 불과한 것이기 때문이다. 이처럼 '지금 여기'를 평가절하함으로써 자신을 압박하는 세계의 황폐함은 견딜 만한, 혹은 견뎌야 할 것이 된다. 말하자면 그 자신의 시인됨에 대한 확인, 즉 자신이 하늘이 "가장 귀해하고 사랑하는 것들"에 포함된다는 자의식이 자신의 존재와 삶 전체가 익명의 어둠 속에 묻힌 채 무화되어 가는 위기로부터 그를 구원하는 동아줄의 역할을 하고 있었던 셈이다.

그것은 자신이 마주한 "가난하고 외롭고 높고 쓸쓸하니" 살아가는 삶이 하늘의 특별한 사랑에 대한 대가라는 점, 즉 스스로의 시인됨이

---

37) 백석이 시인적 자질 중의 하나로 거론한 '슬픔'의 의미에 대한 비교적 자세한 언급은 박팔양 시집 독후감인 「슬픔과 진실」(『만선일보』, 1940.5.9~10)에서 발견된다.

축복인 동시에 저주일 수 있다는 깨달음과 통한다. 이런 생각의 연원이 무엇인지는 불분명하다. 일단 생각해 볼 수 있는 것은 베를레느(P. Verlaine)가 보들레르와 랭보를 가리켜 사용한 "저주받은 시인(Les poètes maudits)"이란 개념일 테지만, 그보다는 차라리 백석의 만만치 않은 한학 교양에서 그 연원을 찾는 것이 더 나을 것이다. 동양에서는 그보다 훨씬 전인 당대(唐代)의 시인 하지장(賀之章)이 이백을 적선인(謫仙人)으로 일컬은 바 있었기 때문이다. 물론 백석의 소외의식이 자본주의 사회에서 시인이 겪어야 할 사회경제적 소외와 관련된 것이라는 점에서 보자면 이 부분은 '저주받은 시인' 의식에 더 가깝다고 할 수 있다. 하지만 진지한 시인이라면 누구나 세상과의 불화를 피할 수 없다는 관점에서 보면, 그리고 백석의 한학에 대한 교양을 생각하면 '적선'—이 세상에 유배를 온 신선이라는 말에서 그 연원을 찾는 것이 더 적절할 수도 있다. 그가 굳이 이백과 두보의 이름을 시의 제목으로 내세운 것도 이 점을 시사한다. 하지만 그 연원이 무엇이든 간에 백석이 이런 의식에 기대어 자신을 위협하는 현실로부터 스스로를 구원하고자 했다는 사실 만큼은 분명하다.

그 자신을 세속 현실보다 높은 곳에 있는 존재로 자리매김함으로써 자신의 소외된 삶을 정당하려 했을 때, 그가 특히 주목한 시인적 자질은 "진실로 인생을 사랑하고 생명을 아낄 줄 아는" 마음과 거기서 우러나오는 "높은 시름, 높은 슬픔('픔'의 오식—필자)",38) 그리고 '게으름'이었다. 이 중 전자는 흔히 시인의 자질로 거론되는 공감(compassion) 능력과 관련된 것이라 별다른 설명이 필요 없지만, 후자의 경우에는 좀 더 상세하게 살펴볼 필요가 있다. 이 게으름은 단순한 시간의 소모

---

38) 백석, 「슬픔과 진실(상)」, 『만선일보』, 1940.5.9.

나 낭비를 뜻하는 것이 아니라 '생을 사랑할 줄 아는' 미덕과 관련된, 다시 말하면 사물과 세계를 깊이 들여다 보고 그 의미를 성찰하기 위한 정신적 여유, 그리고 창조적 열정과 에너지의 축적과 관련된 것이다. 이 점을 분명히 보여주는 것은 제자 강소천의 동시집 『호박꽃 초롱』(박문서관, 1941)의 발간을 축하하기 위해서 쓴 「서시」일 것이다.

이 시에서 백석은 "버드나무 밑 당나귀 소리를 임내내는 詩人을 사랑한다"거나 "두툼한 초가집웅 밑에 호박꽃 초롱 혀고 사는 詩人을 사랑한다", 혹은 "안윽하고 고요한 시골 거리에서 쟁글쟁글 햇볓만 바래는 詩人을 사랑한다"고 말한다. 여기서 말한 시인의 게으름은 생산적 노동과는 거리가 먼, 근대적인 관점에서 보자면 아무 쓸모없는 것이다. 하지만 여기서의 게으름이란 실상 사물, 혹은 세계의 아름다움을 음미하고 만상(萬象)과 깊고 내밀한 교감을 나누는 '시인적' 삶의 방식이자 양태이다. 따라서 그것은 속도와 효율성이 지배하는 근대적인 삶에 대한 거부이자 반란을 의미한다고 할 수 있다. 또 새로운 국민국가의 건설을 위한 국민 만들기 프로젝트에 전력을 기울이고 있던 만주국의 상황과 관련해서 보자면 강압적인 국민화의 요구에 대한 거부, 혹은 사보타지일 수 있다. 이런 '게으름' 속에 자족하는 시인이 현실로부터 소외되는 것은 불가피하다. 사물과 세계를 오래, 깊이 바라볼 수 있는 정신적 능력은 하늘이 "가장 귀해 하는 것"에게 준 선물이라고 할 수 있지만, 동시에 현실에의 적응을 가로막고 시인을 현실로부터 소외시키는 원인이기도 하기 때문이다.

이런 게으름, 혹은 의식적으로 게으르고자 하는 모습을 가장 잘 보여준 작품으로는 역시 「귀농(歸農)」(『조광』, 1941.4)을 들지 않을 수 없다. 이 작품을 실제의 귀농 경험과 관련된 것으로 보는 연구자들도 없지 않지만, 백석이 이 시에서처럼 귀농해서 소작을 얻고 농사를 지었을 가능성은 당시의 만주 상황, 그리고 지주-소작 관계의 일반적인 속성을 고려할 때 거의 제로에 가깝다.39) 도대체 소작료를 염두에 두지 않고 땅을 빌려주는 지주, 그리고 생계와 소작료를 위해서 뼈 빠지게 일하지 않는, 그리고 자기가 생산한 것을 선선히 벌레나 도적에게 나누어 주려는 농민이란 시대를 막론하고 존재할 가능성이 없기 때문이다. 게다가 일제의 계획 이민 이외에도 식민지 조선으로부터 수많은 유랑민이 밀려들고 있는 신생 만주국에서라면 더더욱 그럴 수밖에 없었다.40) 또 백석은 농사꾼에게 요구되는 가장 기본적인 능력과 자질은 말할 것도 없고 농사를 짓기 위한 기본적인 조건과 자세조차 제대로 갖추지 못한 '얼치기'에 지나지 않았다. 다시 말해서 백석은 농사 경험이나 지식도 없고 노동력을 확보할 수단(가족)도 없을 뿐 아니라 열심히 농사를 지으려는 마음가짐이나 태도도 제대로 갖추지 못한 문자 그대로의 '백수(白手)'였던 것이다.

따라서 이런 최악의 조건을 가진 백석이 땅을 빌려 농사를 지을 수 있었으리라고 보는 것은 어불성설에 지나지 않는다. 또 "하루종일 白鈴鳥 소리나 들으려고" 백석 같은 사람에게 땅을 빌려 줄 "老王" 같은 지주도 상상 속에서나 존재할 수 있을 뿐이다. 그럼에도 불구하고 "귀치않은 測量도 文書도 실증이 나서" 일 다 팽개치고 "낮잠"이나 자려는 게으르고 황당하기까지 귀농의 꿈을 그린 이 시에서 어떤 가치를 찾을 수 있다면, 그것은 이 시가 오랫동안 동아시아에서 유지되어 온 가혹한 지주-소작 관계, 그리고 식민지 플란테이션(plantation)

---

39) 황염려, 앞의 논문, 32~39쪽.

40) 만주국 시절의 조선인 인구 변동 및 만주국 내의 지위에 대해서는 한석정, 앞의 책, 107~118쪽. 2차대전 종전 무렵 만주국의 조선인 인구는 약 195만 정도에 달했다고 한다.

에 기원을 둔 모노 컬쳐(mono-culture) 중심의 약탈적 농법에 대한 비판적 인식과 대안적 전망을 내장하고 있기 때문이라고 할 수 있다. 이 시에서 "밭을 주어 마음이 한가"한 노왕과 "밭을 얻어 마음이 편안"한 나는 착취하는 지주, 수탈당하는 소작인이라는 현실적 구도와는 달리 서로에게 도움이 되는 평등한 관계, 시쳇말로 하자면 윈윈(win-win)의 관계에 있다. "촌부자 노왕"은 하루종일 "백령조 소리"나 들으며 지내기 위해, 즉 심미적 황홀의 경험을 즐기기 위해 땅을 나에게 내준다. 그리고 나는 "수박이 열면 수박을 먹으며 팔며/감자가 앉으면 감자를 먹으며 팔며/까막까치나 두더쥐 돗벌기가 와서 먹으면 먹는 대로 두어두고/도적이 조금 걷어가도 걷어가는 대로 두어두고" 살겠노라고 당당하게 자기의 생각을 밝힌다. 또 노왕과 함께 "마을끝 蟲王廟에 蟲王을 찾어뵈려가는" 한가한 삶을 영위하고자 한다. 노왕이나 "나"는 모두 힘들여 농사를 지을 생각도, 거둔 것을 독차지할 생각도 전혀 없음을 말하고 있는 것이다.

이처럼 무위(無爲)나 부작위(不作爲)로 유위(有爲)를 대신하려는, 그리고 자연이 내준 것을 다른 생물들, 심지어는 도적과도 나누겠다는 시적 주체의 선언 속에는 그런 소외된 노동, 그리고 자연이 내준 것을 소수의 인간이 독점하는 사적 소유 제도의 모순에 대한 에두른 비판이 내재되어 있다. 그는 물리적 강제 때문에 이루어지는 노예 노동이나 농민 자신과 토지에 대한 무한대의 착취를 강요하는 농업 노동 같은 일체의 소외된 노동에서 벗어나려 한 것이다. 따라서 이 시에서 말하는 게으름은 더 많은 것을 생산하기 위해 자연과 인간을 모두 극한까지 쥐어짜는 소외된 노동에 대한 비판이자 대안이라고 할 수 있다. 자연이 주는 것을 겸허하게 받아들이고 살아있는 모든 다른 것들과 나누는 삶, 즉 탐욕에 얽매이지 않은 여유롭고 자유로운 삶은 인간성의 자유로운 발전과 도야, 그리고 미적 가치의 창조를 위한 필수조건이기 때문이다. 이렇게 보면 백석은 이 시에서 자연과의 조화 속에서 인간이 가진 모든 창조적 가능성을 자유롭게 펼쳐나갈 수 있는 유토피아적 삶에 대한 꿈을 표현했다고 할 수 있을 것이다. 따라서 이 꿈은 '지금 여기'의 불모성에 대한 에두른 비판이라고 할 수 있다.

다른 한편으로 백석이 강조한 게으름은 자신과 자신의 삶에 대한 반성적 성찰의 계기가 되기도 한다. 「흰 바람벽이 있어」(『문장』, 1941. 4)는 이런 게으름 속에서 자기 삶을 돌아다보는 시인의 모습을 보여준다. 이와 함께 이 시에서는 외롭고 상처받은 자신을 따뜻하게 품어줄 존재, 즉 어머니와 "내 사랑하는 사람"에 대한 그리움을 통해 귀환에의 은밀한 욕망을 드러내고 있다. "이렇게 시퍼러둥둥하니 추운날인데 차디찬 물에 손을 담그고 무이며 배추를 씻고" 있는 어머니, 그리고 "어늬 먼 앞대 조용한 개포가의 나즈막한 집에서/그의 지아비와 마조 앉어 대구국을 끓여놓고 저녁을 먹는" "내사랑하는 어여쁜 사람"[41]에 대한 그리움이 그것이다. 하지만 이 작품에서 특히 주목해야 할 부분

---

41) 대다수의 연구자들은 "대구국을 끓여놓고 밥상"에 앉은 "내가 사랑하는 여인"이 '박경련'을 염두에 둔 표현으로 보고 있는 듯하다. 그 근거는 "먼 앞대"가 박경련과 신현중이 사는 통영이라는 추론과 통영 인근에서 대구가 많이 잡힌다는 사실이다. 실제로 백석의 시에서 통영은 "집집이 아이 만한 피도 안 간 대구를 말리는 곳"(「통영」, 『조선일보』, 1936.3.6)으로 묘사되기도 한다. 하지만 작품에 등장하는 여인의 신원을 따지는 것은 이 시를 이해하는 데 별 도움이 되지 않는다고 보인다. 아무리 시인의 경험에 기반을 둔 시라고 하더라도 시로 형상화되는 과정에서 허구화되지 않을 수 없기 때문이다. 따라서 백석 시에 등장하는 여성 역시 특정한 인물이라기보다 시인이 만난 여러 여인의 이미지를 종합하고 변용시킨 것, 즉 상상 속에서 미화되고 이상화된 존재라고 할 수 있다. 아울러 독서 체험 역시 이런 상상적 변용의 과정에 일정한 영향을 미쳤다고 할 수 있다. 백석이 영문학 전공자로서 다양한 영문학 작품을 접했으리라는 점을 전제하면, 이 부분은 여러 나라의 많은 독자들에게 읽힌 테니슨(A. Tennyson)의 『이노크 아든(*Enoch Arden*)』(1864)에 나오는 한 장면, 즉 바다에서 어렵게 생환한 주인공 이노크가 어린 시절의 친구와 재혼해서 저녁을 준비하는 아내와 아이들의 모습을 창문 너머로 엿보다가 쓸쓸히 돌아서는 장면과 연관해서 이해할 수도 있다고 생각된다.

은 자신이 사랑하는 모든 것들로부터 떠나와 가난[42]에 찌들어가고 있는 '지금 여기'의 외롭고 쓸쓸한 삶을 들여다 보는 방식, 그리고 자신의 상처를 어루만지며 그 고독과 소외의 슬픔을 '시인'의 운명으로 받아들이는 모습이다.

> 오늘 저녁 이 좁다란방의 흰 바람벽에
>
> 어쩐지 쓸쓸한것만이 오고 간다
>
> 이 흰 바람벽에
>
> 희미한 十五燭전등이 지치운 불빛을 내어던지고
>
> 때글은 다낡은 무명샷쯔가 어두운 그림자를 쉬이고
>
> 그리고 또 달디단 따끈한 감주나 한잔 먹고싶다고 생각하는 내 가지
>
> 가지 외로운 생각이 헤매인다
>
> 그런데 이것은 또 어인일인가
>
> 이 흰바람벽에
>
> 내 가난한 늙은 어머니가 있다.
>
> 내 가난한 늙은 어머니가

---

42) 백석의 시에서 '가난'은 대개 실제적인 것이 아니라 근대 지식인의 소비 욕구를 충족시킬 수 없는 데서 오는 심리적 가난이라고 생각된다. 그의 초기 시에 등장하는 다양한 음식물 이름만 놓고 보더라도 그의 유소년 시절은 가난과는 거리가 멀었다고 할 수 있다. 성년이 된 이후에도 백석이 궁색한 생활을 하지 않았다는 사실은 객관적 사실과 여러 증언을 통해서 확인된다. 그럼에도 불구하고 『조선일보』 기자로, 『여성』의 편집자로 안정된 수입이 보장되었던 경성 시절에조차 백석은 가난을 말했다. 이 가난은 마음 놓고 "신간서"를 살 수 없거나 좋아하는 창(唱)을 들을 "유성기"가 없는(「내가 생각하는 것은」, 『여성』, 1938.4) 상태를 가리키는 것이었다. 만주 시절에는 생활에 그다지 여유가 없었던 것이 분명해 보이지만, 객관적으로는 가난했다고 하기 어렵다. 일본과 고향을 자주 오간 것으로도 그런 판단이 가능하지만, '흙벽'과 '호롱불'(혹은 등잔불)이 일반적이었던 시대 상황을 고려하면, 「흰 바람벽이 있어」에서 언급된 '흰 바람벽'과 '십오 촉 전등'은 그의 경제 상태를 좀 더 분명하게 보여준다고 할 수 있다. "때글은 다 낡은 무명 샷쯔"도 가난보다는 혼자 사는 사내의 궁상을 보여주는 것으로 이해할 수 있다.

이렇게 시퍼러둥둥하니 추운날인데 차디찬 물에 손을 담그고 무이며 배추를 씻고 있다

또 내 사랑하는 사람이 있다

내 사랑하는 어여쁜 사람이

어느 먼 앞대 조용한 개포가의 나즈막한 집에서

그의 지아비와 마조 앉어 대구국을 끓여놓고 저녁을 먹는다

벌서 어린것도 생겨서 옆에 끼고 저녁을 먹는다

그런데 또 이즈막하야 어느사이엔가

이 흰 바람벽엔

내 쓸쓸한 얼골을 쳐다보며

이러한 글자들이 지나간다

—나는 이 세상에서 가난하고 외롭고 높고 쓸쓸하니 살아가도록 태어났다

그리고 이 세상을 살어가는데

내 가슴은 너무도 많이 뜨거운 것으로 호젓한것으로 사랑으로

슬픔으로 가득 찬다

그리고 이번에는 나를 위로하는 듯이 울력하는 듯이

눈질을 하며 주먹질을하며 이런 글자들이 지나간다

—하눌이 이세상을 내일적에 그가 가장 귀해하고 사랑하는것들은 모두

가난하고 외롭고 높고 쓸쓸하니 그리고 언제나 넘치는 사랑과 슬픔 속에 살도록 만드신 것이다

초생달과 바구지꽃과 짝새와 당나귀가 그러하듯이

그리고 또 「프랑시쓰·쨈」과 도연명과 「라이넬·마리아·릴케」가 그러하듯이

—「흰 바람벽이 있어」 전문

이 시의 시적 주체가 토로하는 것은 지독한 외로움과 무력감이다. 그것은 「북방에서」의 마지막 구절에서 그린, 모든 가치 있고 의미 있는 관계로부터 단절된 '나'의 처지와 관련해서 이해할 수 있다. 이런 감정을 이 시에서는 아주 특별한 방식으로 되새기고 있다. 백석이 과거를 떠올리면서 그 의미를 되새기는 방식은 영화라는 근대적 예술에 친숙한 모더니스트로서의 면모를 확인케 해 준다.[43] 이 시의 시적 주체는 자신의 기억을 재현하는 영화를 감상하면서 마치 무성영화 시대의 변사처럼 장면 하나하나, 혹은 장면의 연쇄(시퀀스)를 해설하는 듯한 서술 전략을 구사하고 있다. 따라서 독자는 자연히 흰 바람벽을 영사막으로, 그리고 그의 머릿속에 연속적으로 떠오르는 과거 경험을, 마치 영화 장면과 그 장면을 해설한 자막을 보는 것처럼 생생하게 받아들이게 된다.

여기서 시적 주체는 단순하게 자신의 기억을 재현하기만 하는 것이 아니라 그 의미와 그에 대한 감정을 해석하는 역할을 한다. 그것은 이 시적 주체가 '기억하는 자아'와 '그 기억의 의미를 되새기는 자아'로 이원화되어 있음을 시사한다.[44] 시적 주체는 상상 속의 화면을 만들어내는 주체이면서 동시에 해당 장면을 해설하고 논평하는 변사의 역할을 동시에 수행하는 것이다. 그리고 마지막에는 "하눌이 이

---

43) 김응교는 이 시의 기법적 특징을 '시네 포엠(cine poem)'의 개념을 빌어 설명했다. 김응교, 앞의 논문. 백석이 영화적 기법을 차용한 흔적은 「석양」(『삼천리문학』, 1938.4) 같은 작품에서도 확인된다. 이 책 32~33쪽을 참고할 것. 백석이 이런 기법을 능숙하게 구사할 수 있었던 것은, 사진기사였던 부친을 통해 일찍부터 사진에 대한 지식을 갖추었을 뿐 아니라 서울, 동경의 근대도시에서 영화 같은 근대적인 시각매체를 자주 접할 수 있었기 때문이라고 생각된다.

44) 남기혁, 앞의 논문, 115~116쪽. 남기혁은 이를 독백으로 보고 이 독백이 '풍부한 대화성'을 구현하며 이 대화성은 "시의 화자가 내면적 모럴의 진정성에 도달하는 통로가 된다"고 보았다.

세상을 내일적에 그가 가장 귀해하고 사랑하는것들은 모두 가난하고 외롭고 높고 쓸쓸하니 그리고 언제나 넘치는 사랑과 슬픔 속에 살도록 만드신 것"이라는 말로 슬픔과 외로움과 무력감에 빠져 있는 자신을 위로한다. 그것은 윤동주가 자신의 시인됨을 "슬픈 천명"(「쉽게 씌어진 시」)으로 받아들인 것과 유사하다. 그러나 윤동주가 살기 어려운 인생 앞에서 "시가 이렇게 쉽게 씌어지는 것"에 대해서 부끄러움을 느꼈던 것과는 달리 백석에게는 그런 부끄러움이 없었다. 그에게 시인됨은 외롭고 쓸쓸한 것, "언제나 넘치는 사랑과 슬픔 속에 살도록" 운명 지워졌음을 의미하는 것이었다. 이 슬픔과 외로움은 다른 사람과 구별되는 '높은 곳'에 있는 시인이 바로 그 때문에 겪어야 할 운명이었던 것이다.

시인으로서의 그 자신을 "가난하고 외롭고 높고 쓸쓸"한 자리에 놓은 이 상상력은 해방 후 발표한 「남신의주 유동 박시봉 방」(『학풍』, 1948.10)에 나오는 '갈매나무'의 이미지와 비교해 볼 만하다. 고독과 슬픔과 후회와 무력감 속에서 자신의 삶을 되돌아보던 이 시의 시적 주체는 "어니 먼 산 바위 옆에 바우 섶에 따로 외로이 서서,/어두어 오는데 하이야니 눈을 맞을," 갈매나무라는 나무를 마음에 품는다. 그것은 「흰 바람벽이 있어」를 포함한 만주시편에서 나타나는 "가난하고 외롭고 높고 쓸쓸"한 삶의 고독한 자족감과는 분명히 다른 것이다. 그것은 "높은 곳"의 삶을 접고 지상의 삶으로 귀환하려는, 다시 말하자면 세속의 삶을 외면하지 않고 받아들이려는 의지를 완곡하게 표현한 것으로 볼 수 있다. 물론 이 경우에도 '가난하고 외롭고 쓸쓸한 삶'은 변하지 않을 테지만, 이때의 외로움과 쓸쓸함은 세속 현실과의 높낮이 차이에서 비롯된 절대적인 것이 아니라 수평적인 거리에서 비롯되는 상대적인 것이 된다.

이 변화는 사소한 것처럼 보일 수도 있지만 상당히 중요한 의미를 내포하고 있다고 생각된다. 이 시에서 드러나는 수평적 거리두기의 욕망은 최소한 "가난하고 외롭고 높고 쓸쓸"한 삶이라는 자의식에 내포된 수직적 거리에 대한 집착에서 벗어나 낮은 곳의 삶을 받아들이려 하고 있음을 시사하기 때문이다. 비록 단편적인 것에 지나지 않기는 하지만 백석이 해방 이후 보여준 능동적이고 적극적인 활동(통역, 소련군 장교들과의 교제, 번역 활동)45) 등은 「남신의주 유동 박시봉 방」에서 암시한 대로 '지금 여기'의 삶으로 귀환하려고 하고 있음을 말해 준다.

5. 귀환에의 꿈과 소망

백석의 만주 체험과 이 시기에 쓴 시들에 대한 연구 성과는 이미 상당히 축적되어 있다. 하지만 그것이 이 시기 백석의 삶과 시들에 대한 연구가 완결되었음을 뜻하는 것은 아니다. 그의 만주행과 만주에서의 삶은 여전히 적지 않은 의문점과 논쟁의 요소를 안고 있고 그가 쓴 시 또한 여전히 세심하고 주의 깊은 연구를 필요로 한다. 특히 우리가 익히 알고 있는 백석의 삶과 시를 고려하면 해방 전 만주에서 귀환한 이후 백석의 삶, 그리고 그가 월남을 하지 않고 북한에 머무른 이유를 이해하기 위해서도 그 연결고리라고 할 수 있는 만주에서의 삶과 시에 대한 좀 더 진전된 연구가 필요하다고 생각된다. 「남신의주 유동 박시봉 방」에서 짙은 회한의 대상이 되는 "나의 어리

---

45) 이 책 302~305쪽을 참고할 것.

석음"은 주로 만주에서의 삶과 관련된 것이라고 할 수 있기 때문이다.

이 글에서는 백석의 만주시편에 내재된 만주에 대한 엇갈린 인식에 내재된 모순, 그리고 자신의 정체성에 대한 고민 끝에 도출된 시인으로서의 자의식을 살펴보았다. 앞에서 살펴본 것처럼 백석에게 만주는 이중의 의미를 지닌 것으로 나타난다. 우선 백석의 '만주시편'에서 '지금 여기'의 만주에 대한 관심은 거의 나타나지 않는다. 그에게 만주는 그의 문화적 교양 속에서 이상화된 '그때 거기'의 중국으로 인도하는 통로에 지나지 않았다. 따라서 '지금 여기' 사는 "지나나라사람"들 역시 '그때 거기'에 살았던, 그리고 찬란한 중국문명을 꽃피워냈던 위대한 중국인들과 만나게 해주는 연결고리로서만 의미를 지닌다. 그것은 「북방에서」처럼 만주를 조상들의 고토(故土)로 파악하고 근원으로의 회귀를 시도한 것과는 완전히 상반되는 것이다. 자신을 포함해서 자신과 관련된 모든 것이 비롯된 "나의 태반"으로 돌아와서 그가 발견한 것은 모든 소중하고 의미 있는 것들로부터 단절되었다는 처절한 자기인식이다. 그것은 다른 한편으로는 '그때 거기'에 대한 갈망이 단순한 환상이었음을 자각한 것과 같은 의미를 지닌다. 이 지점에서 그는 낯설고 황폐한 세계 앞에 홀로 선 자신, 즉 모든 역사적, 사회적 관계로부터 단절된 채 홀로 낯선 세계와 마주 선 자신, 즉 '아무것도 아닌' 익명의 존재로 지워져 가고 있는 자신의 존재를 발견한다.

이런 존재 망실의 위기에서 벗어나기 위해 그는 "가난하고 외롭고 높고 쓸쓸"한 삶—시인으로서의 자의식을 내세웠다. 아울러 「귀농」 같은 시를 통해서는 그 자신이 꿈꾼 이상적 삶의 모습의 모습을 제시했다. 그 원형은 아마도 도연명의 「귀거래사」라고 할 수 있을 텐데 여기서 백석은 모든 형태의 수고로운 노역에서 벗어난 자유롭고 창조적인 삶, 어떤 의미에서는 마르크스가 꿈꾸었던 것과 유사한 삶에 대한 꿈을 드러낸다. 특히 이 시에서는 한없는 '게으름'을 내세워 인간과 자연에 대한 무한한 착취를 기반으로 번성하는 자본주의 체제와 작동 양식에 대한 비판의식을 보여주었다. 무위, 혹은 부작위로써 유위를 대신하려 한 것이다.

이에 비해 「흰 바람벽이 있어」는 그의 만주행이 막다른 골목에 처해 있다는 자각, 그리고 귀환을 준비하고 있음을 시사하는 작품으로 이해할 수 있다. 그 귀환은 이중의 귀환, 즉 만주에서 조선으로의, 그리고 "가난하고 외롭고 높고 쓸쓸"한 삶에서 '지금 여기'로의 귀환을 의미하는 것이었다. 해방 후 발표된 「남신의주 유동 박시봉 방」은 '모든 것을 다 잃은' 존재의 쓸쓸한 귀환과 함께 "가난하고 외롭고 높고 쓸쓸"한 삶에서 '지금 여기'의 삶으로 귀환을 준비하는 모습을 보여준다. 그것은 자신의 과거에 대한 짙은 회한과 반성을 거쳐서 이루어진다. 따라서 「흰 바람벽이 있어」를 포함한 만주시편들은 「남신의주 유동 박시봉 방」과의 상호 대조를 통해 그 의미가 제대로 밝혀질 수 있을 것으로 생각된다.

「남신의주 유동 박시봉 방」과 해방 전후의 백석

1. 「남신의주 유동 박시봉 방」, 풀리지 않은 매듭

남월북 문인에 대한 해금조치가 단행된 1988년 이후 백석의 시와 삶에 대한 연구는 가히 '백석 열풍'이라고 불러도 지나치지 않을 정도로 활발하게 이루어졌다. 이 연구들은 대부분 해방 이전 시기의 작품에 초점이 맞추어져 있었지만 얼마 전부터 해방 이후, 그리고 북한에서의 행적과 시와 관한 자료들이 발굴, 소개되면서 백석과 그의 시에 대한 이해의 지평 또한 조금씩 확대되고 있다. 물론 관련 자료에의 접근과 수집이 쉽지 않기 때문에 연구의 속도는 그다지 빠르지 않고 성과도 해방 전의 삶과 시에 대한 연구에 비하면 아직 미미한 수준에 머물고 있다. 따라서 해방 전후와 북한에서의 백석의 삶과 시작 활동에 대한 연구는 이제 겨우 출발선상에 있는 것이나 다름없고 여전히 해명되어야 할 것들이 많이 남아 있다고 하지 않을 수 없다.

해방 전후 백석과 관련하여 연구자들을 특히 곤혹스럽게 만드는 것은 백석이 그 자신의 기질이나 시 경향과는 전혀 어울리지 않는 북한에 남았다는 사실일 것이다. 그러나 월남을 할 만한 이유와 기회가 없지 않았음에도 불구하고 북한에 그대로 머물렀다는 점, 그리고 해방 직후 평남 임시인민정치위원회와 위원장 조만식의 통역을 담당했던 것을 제외하면 꾸준히 소련 문학 작품 번역에 매진했고 한국전쟁 이후 다시 창작에 복귀했다는 점에서 보면 그가 북한에 남은 것은 그 자신의 선택에 따른 것이었을 가능성이 높다고 하지 않을 수 없다. 물론 현재까지는 이런 심증을 뒷받침할 만한 증거나 해방 직후 그의 정치·사상적 입장을 확인할 수 있을 만한 자료는 발견되지 않았다. 따라서 새로운 자료가 발견될 때까지는 확인된 자료에 기대어 복잡하고 까다로운 퍼즐을 맞춰갈 수밖에 없다. 하지만 손에 쥔 퍼즐 조각은 터무니없이 적다. 이 논문에서 살펴보게 될 「남신의주 유동 박시봉방」이 바로 그 퍼즐 조각 중의 하나이다.

이 작품은 백석의 작품 가운데 가장 뛰어난 작품 중 하나로, 백석 연구자 가운데 이 작품을 거론하지 않은 연구자는 거의 없다고 해도 과언이 아니다. 그럼에도 불구하고 이 작품에 대한 본격적인 작품론은 물론 상세한 분석조차 이루어진 적이 없다. 그것은 이 작품의 모호한 성격과 무관하지 않을 것이다. 이 작품을 해방 전 시작 활동과 작품의 연상선상에 있는 것으로 보아야 할지 북한시인으로서의 삶을 시작 활동에 이어지는 것으로 보아야 할지 판단하기가 어려운 것이다. 시의 내용으로 보자면 전자에 가깝고 발표시기로 보자면 후자 쪽에 가깝다고 해야 할 테지만 어느 한쪽을 선택하기가 어려운 것이다. 이런 모호성은 작품의 창작 및 발표와 관련된 기초적인 사실관계가 제대로 밝혀지지 않은 것과 무관하지 않다. 이 작품의 창작이나 발표와 관련된 기초적인 사실관계, 즉 만주에서 돌아온 시기, 고향을 지척에 두고 있음에도 불구하고 굳이 신의주에 머문 이유, 해방 이후 북한에 그대로 남은 이유, 그리고 이 작품의 창작 시기와 배경, 발표 경위 등에 대해서는 거의 알려진 것이 없는 것이다. 특히 인적 왕래는 물론이고 서신의 왕래조차 불가능해진 시점에, 또 작가동맹을 앞세워 작품 생산을 대대적으로 독려하는 상황에서 굳이 남한의 매체에 이 작품을 발표한 이유와 방법1) 등은 여전히 해명되지 않은 상태이다. 그러나 북한 쪽의 자료에 접근할 수 있는 길이 극히 제한되어 있는 현재로서는 이런 의문들을 해명할 수 있는 마땅한 방법이 없다.

따라서 이 글에서는 이런 문제들에 대한 답을 구하는 일은 일단 앞으로의 과제로 남겨두고 우선은 '꼼꼼하게 읽기(close reading)'를 통해 「남신의주 유동 박시봉 방」을 상세하게 분석해 보고자 한다. 이런 '초보적인' 접근법을 택한 것은, 대다수 연구자들이 「남신의주 유동 박시봉 방」을 한국 근대시 가운데 가장 아름다운 시 중의 하나로 꼽고 있음에도 불구하고 정작 이 작품에 대한 본격적인 작품론은 물론이고 정밀한 분석조차 아직 이루어진 적이 없다는 데 대한 아쉬움 때문이다. 따라서 이 글에서는 무엇보다 작품 자체를 꼼꼼하게 읽어가면서 시적 주체가 슬픔과 절망, 자신의 어리석음에 대한 자책을 털고 일어

---

1) 과업으로 할당된 작품을 제때 '생산'하지 못하는 것만으로도 작가, 시인들을 '반동'으로 몰아세울 정도로 경직되었던 당시 북한의 분위기를 고려하면 백석이 어떻게 남한의 매체에 이 작품을 발표할 수 있었는지 의문이 생기지 않을 수 없다. 이미 상당한 문명을 지닌 중견시인 백석의 이런 행위는, 해방 직후 조만식의 통역비서를 맡았던 경력과 관련하여 자칫하면 '북한혁명'에 반기를 들거나 고의적인 태업을 한 것으로 간주될 수도 있었기 때문이다. 또 시의 내용 역시 북한에서 '부르주아 문학'의 특성으로 규정된 '무사상적'인 작품으로 비판 받을 만한 것이었다. 그러나 이 작품의 발표 경위는 물론이고 작품과 관련된 비판의 흔적은 전혀 찾을 수 없다.

나 '갈매나무'를 자신이 지향해야 할 삶의 표상으로 마음에 품게 되기까지의 변화 과정을 살펴보고자 한다. 이 시가 주는 감동의 대부분은 이 치열한 내면의 드라마, 즉 자신의 어리석음에 대한 한탄과 자책/세상의 사나움에 대한 원망과 자기연민 사이의 대립과 갈등, 그리고 그것을 극복하는 과정을 생생하게 형상화한 데서 온다고 할 수 있기 때문이다. 특히 이 갈등과 대립은 '춥고 누긋한 방-화로'와 '먼 산-갈매나무'의 대립적인 이미지를 통해 생생함과 구체성을 얻게 된다. 따라서 이 이미지의 대립이 가져오는 의미와 감정의 울림 또한 중요한 분석의 대상이 된다.

아울러 이 글에서는 이 '꼼꼼하게 읽기'의 결과와 이 시기 백석의 삶을 상호조회함으로써 해방 전후 백석의 삶과 관련된 내용들을 그 논리적, 인과적인 관계에 따라 다시 정리하게 될 것이다. 이를 위해서는 만주에서의 삶과 시, 그리고 해방 후 북한에서의 행적에 대한 상세한 고찰이 뒤따라야 하겠지만, 이에 대해서는 필자의 다른 글에서 이미 논구한 바 있으므로2) 이 글에서는 논지의 전개에 필요한 최소한의 사항만을 언급하게 될 것이다. 이처럼 작품을 세밀하게 분석하고 그것과 관련된 사실관계를 정리하는 작업들은 장차 씌어질 본격적인 작품론의 토대가 될 수 있을 것이다.

---

2) 이 책에 실린 「"그때 거기"의 꿈과 좌절」(201~251쪽), 「'북한'시인의 길과 북한'시인'의 길」(291~347쪽)을 참고할 것.

2. 자책과 자기연민의 드라마

해방 후 백석의 이름으로 발표된 시는 「산」(『새한민보』 1(4), 1947. 11), 「적막강산」(『신천지』 2(10), 1947.11), 「마을은 맨천 구신이 돼서」(『신세대』 3(3), 1948.5), 「남신의주 유동 박시봉 방」(『학풍』 1(1), 1948.10), 「7월 백중」(『문장』 속간호 3(5), 1948.10) 등 모두 다섯 편이다. 하지만 이 중 「적막강산」, 「마을은 맨천 구신이 돼서」, 「7월 백중」 세 편은 허준이 해방 전부터 가지고 있던 것을 백석을 대신해서 발표한 것이고 한 편은 창작 시기가 불분명하다. 허준은 이 시편들을 발표하면서 백석의 "허락도 받지 않고" 그를 대신해서 작품을 발표하게 된 사연을 간단하게 밝혔다. 즉 「마을은 맨천 구신이 돼서」와 「칠월 백중」에 대해서는 "전쟁 전부터 내가 간직하여 두었던 것"이며 「적막강산」에 대해서는 "이전에 가지고 있던 것"이라고 밝힌 것이다. 이로 미루어 보면 이 세 작품은 모두 "전쟁 전", 즉 태평양전쟁 발발 이전부터 허준이 보관하고 있던 것이 분명하다. 이에 비해 「산」의 경우는 발표 경위에 대한 정보가 전혀 없기 때문에 연구자마다 그 창작 시기를 다르게 추정하고 있는 형편이다.3) 이런 점들을 고려하면 해방 후 쓴

---

3) 백석이 『문장』지에 「허준」을 발표한 것은 1940년 11월이었다. 이로 미루어 보면 허준이 신경에 간 것은 태평양전쟁 발발 이전인 1940년 가을 무렵으로 추정된다. 그리고 허준이 말한 "전쟁 전"이란 바로 그가 신경으로 이주한 직후를 가리키는 것이 분명하다. 허준이 백석을 대신해서 발표한 세 편의 작품을 건네받은 것도 그 무렵이라고 할 수 있다. 정철훈, 『백석을 찾아서』, 삼인, 2019, 194~195쪽. 「적막강산」의 창작 시기에 대해서는 다소 이견이 존재한다. 류순태는 "정주 동림 구십여 리 긴긴 하로 길"을 근거로 백석이 해방 후 신의주에서 정주로 돌아갔던 1945년 후반쯤으로 추정했다(최동호 외 엮음, 『백석 시 읽기의 즐거움』, 서정시학, 2006, 322쪽). 이에 반해 이숭원은 「마을은 맨천 구신이 돼서」, 「7월 백중」의 말미에 허준이 자기가 이 작품을 발표하게 된 내력을 말한 것을 근거로 「산」도 '전쟁 전' 작품일 것으로 추정했다(이숭원, 『백석을 만나다』, 태학사, 2008, 520쪽). 한편 송준은 백석이 만주에 가 있는 동안에도 이따금 고향을 다녀왔으며 이 작품은 바로

것이 확실한 작품은 「남신의주 유동 박시봉 방」한 편뿐이라고 할수 있다. 이 작품을 실은 『학풍』의 편집자 조풍연이 "소설은 상섭이 썼고 시는 신석초와 백석의 해방 후 신작을 얻었다"[4]고 한 것도 이런 추정에 무게를 실어준다. 조풍연이 무엇을 근거로 그렇게 말했는지는 불확실하지만 시의 내용으로 미루어 보더라도 이 시가 해방 후에 씌어졌다는 그의 판단에 이의를 제기하기는 힘들다. 백석 연구자들도 이 점에 대해서는 별 이견이 없는 듯하다.

하지만 이 시의 발표 시기나 상황과 관련해서는 몇 가지 의문점을 지적할 수 있다. 왜냐하면 남과 북에서 각각 별개의 정부가 수립됨으로써 분단이 가시화된 이 시기에 북한에서는 단 한 편의 작품도 발표하지 않은 백석이 남쪽의 매체에 작품을 발표한 것은 당시 북한 문단의 상황과 분위기로 미루어볼 때 대단히 '위험한' 일일 수 있었기 때문이다. 이 시기 북한에서는 건국사상총동원운동이 전개되고 있었고, 문학 작품에조차 '생산계획'의 개념을 적용하여 시 창작 과업을 시인들에게 '할당'하고 목표량을 채우지 못한 시인들을 '직무 태만'이나 심지어는 아예 '반동'으로 몰기까지 하는 상황이었다.[5] 따라서 「남신의주 유동 박시봉 방」을 남한 매체에 발표한 것은 자칫 『응향』사건(1947)보다 더 큰 파장을 불러올 수도 있었다고 하지 않을 수 없다. 공식적으로는 인적 왕래는 물론이고 서신의 교환도 중단된 상태였으

고향을 방문했을 때 쓴 것으로 추정했다. 또 그는 해방 후 신경에 머물던 허준이 귀환하는 도중 평양에 들렀을 때 백석이 그에게 시를 맡겼다고 주장했지만, 그것이 어떤 작품인지를 밝히지는 않았다. 송준, 『시인 백석』3, 흰당나귀, 2012, 149~150쪽.

4) 조풍연, 「편집후기」, 『학풍』, 1948.10.

5) 당시 북한 문단의 전반적인 분위기에 대해서는 현수, 『적치 6년의 북한문단』, (부산)국민사상지도원, 1952, 99~110쪽. '건국사상총동원운동'에 대해서는 오성호, 『북한시의 사적 전개 과정』, 경진출판, 2010, 14~31쪽 참조.

므로 이 작품이 어떤 경로를 거쳐서 남쪽에 전달되었는가가 문제되었을 수도 있었고, 내용과 관련해서도 '북한혁명'에 해독을 끼치는 '무사상적' 혹은 '반동적'인 작품으로 단죄되었을 가능성이 있었던 것이다. 또 이 발표를 백석이 여전히 북한 문단을 인정하지 않고 남쪽을 자신의 활동 무대로 생각하고 있었음을 시사하는 것으로 해석할 수도 있었다. 그리고 이런 해석을 해방 직후 조만식의 통역비서를 담당했던 경력과 연결시키면 문제는 상상 이상으로 확대될 여지가 있었다. 그러나 이 작품을 남쪽 매체에 발표한 경로나 의도, 그리고 작품의 내용과 관련해서 북한에서 이렇다 할 비판이나 제재가 가해졌다는 증거는 찾을 수 없다. 이는 당시 북한 문단의 상황이나 분위기에 비추어보면 대단히 이해하기 어려운 일이 아닐 수 없지만 현재로서는 이런 의문들을 해소하는 데 도움이 될 만한 단서는 전혀 없다. 따라서 일단 이런 의문을 그대로 남겨둔 채 「남신의주 유동 박시봉 방」 자체에 논의를 집중하기로 한다.

우선 편지 겉봉에 쓰는 주소 형식을 취한 이 시의 제목이 백석 스스로 선택한 것이라면 이 시는 친지들에게 자신의 근황과 심정을 알리는 사신(私信)의 성격을 지닌 것이라고 할 수 있다. 하지만 수신자가 특정되어 있지 않은 점을 고려하면 이 시는 해방 후 그의 근황을 궁금해하고 있을 불특정 다수의 독자를 향한 공개서신이라고 해도 별 문제가 없을 것이다. 어느 경우든 이 시가 백석 자신의 인간적 진실을 담고 있는 자기 고백적인 성격을 지닌 시라는 점은 변하지 않기 때문이다. 독자들이 이 시를 통해서 백석의 내면을 들여다보는 듯한 느낌을 받게 되는 것도 이 시의 이런 자기고백적 성격과 무관하지 않다. 이렇게 볼 경우 남신의주라는 공간, 특히 박시봉이라는 목수의 집과 그 집의 "춥고, 누긋한 방"은 백석의 생애에서 특별한 의미를 지닌

공간이 된다. 왜냐하면 이 남신의주, 더 정확히 말하자면 박시봉이라
는 목수의 집과 그 집의 "춥고, 누긋한 방"은 만주에서 돌아온 백석이
끝없는 절망과 고통을 극복하고 새로운 삶의 각오를 다지며 소생하는
공간이라고 할 수 있기 때문이다. 따라서 그가 거주지의 주소를 시의
제목으로 내세운 것은, 이곳이 자신이 부활한 장소이자, 그렇게 되기
까지 그의 내면에서 진행된 복잡한 내면의 드라마가 펼쳐진 무대임을
분명히 하기 위해서였다고 할 수 있다.

「남신의주 유동 박시봉 방」이 백석 자신의 내면적 진실을 드러낸
작품이라는 전제 위에서 이 작품을 논하기 위해서는 먼저 시와 시인의
경험 사이에는 상당한 차이가 존재한다는 당연한 상식을 다시 한번
짚고 넘어갈 필요가 있다. 그 이유는 자칫하면 시와 시인의 삶을 동일
시하거나 시의 내용과 시인의 삶을 일대일로 대응시켜서 이해하려는
유혹6)에 빠지기 쉽기 때문이다. 하지만 다 알다시피 서정시의 '나'는
시인과 문자 그대로 동일시할 수 없는 허구화된 존재(fictionalized 'I')이
다. 이는 시인의 경험이 '날것' 그대로가 아니라 시인의 미적 의장(意匠)
에 의해서 가공되고 변형되어 시에 수용된다는 것을 의미한다. 따라서
시의 내용을 시인의 경험과 일대일로 대응시키는 방식으로 시를 읽는
것은 시를 예술 작품이 아니라 단순히 시인의 생애를 재구성하는 데
필요한 전기적 사실을 담고 있는 문헌 자료로 보는 것이나 다름없는
일이 된다. 그러므로 시와 시인의 상호조회는 이런 미학적 변용의

---

6) 이런 연구 태도는 백석 시에 등장하는 여인의 신원을 특정하려는 노력에서 전형적으로
드러난다. 그러나 시에서 언급된 여인들의 신원을 밝히는 것은 호사(好事) 취미를 만족시
키기 위한 것일 뿐 시를 이해하는 데는 전혀 도움이 되지 않는다. 백석 시의 여인은 특정한
존재가 아니라 백석이 만났던 만난 수많은 여인들을 '재료'로 해서 '재창조된 형상'이기
때문이다.

가능성을 충분히 고려하면서 이루어져야 한다. 「남신의주 유동 박시봉 방」을 읽을 때도 마찬가지다.

어느 사이에 나는 아내도 없고, 또,
아내와 같이 살던 집도 없어지고,
그리고 살뜰한 부모며 동생들과도 멀리 떨어져서,
그 어느 바람 세인 쓸쓸한 거리 끝에 헤매이었다.
바로 날도 저물어서,
바람은 더욱 세게 불고, 추위는 점점 더해 오는데,
나는 어느 목수네 집 헌 삿을 깐,
한 방에 들어서 쥔을 붙이었다.
이리하여 나는 이 습내 나는 춥고, 누긋한 방에서,
낮이나 밤이나 나는 나 혼자도 너무 많은 것 같이 생각하며,
딜옹배기에 북덕불이라도 담겨 오면,
이것을 안고 손을 쬐며 재우에 뜻 없이 글자를 쓰기도 하며,
또 문 밖에 나가디두 않구 자리에 누어서,
머리에 손깍지 벼개를 하고 굴기도 하면서,
나는 내 슬픔이며 어리석음이며를 소 처럼 연하여 쌔김질하는 것이었다.
내 가슴이 꽉 메어 올 적이며,
내 눈에 뜨거운 것이 핑 괴일 적이며,
또 내 스스로 화끈 낯이 붉도록 부끄러울 적이며,
나는 내 슬픔과 어리석음에 눌리어 죽을 수밖에 없는 것을 느끼는 것이었다.
그러나 잠시 뒤에 나는 고개를 들어,
허연 문창을 바라보든가 또 눈을 떠서 높은 턴정을 쳐다보는 것인데,

이때 나는 내 뜻이며 힘으로, 나를 이끌어 가는 것이 힘든 일인 것을 생각하고,

이것들보다 더 크고, 높은 것이 있어서, 나를 마음대로 굴려가는 것을 생각하는 것인데,

이렇게하여 여러 날이 지나는 동안에,

내 어지러운 마음에는 슬픔이며, 한탄이며, 가라앉을 것은 차츰 앙금이 되어 가라앉고,

외로운 생각만이 드는 때 쯤 해서는,

더러 나줓손에 쌀랑쌀랑 싸락눈이 와서 문창을 치기도 하는 때도 있는데,

나는 이런 저녁에는 화로를 더욱 다가 끼며, 무릎을 꿀어보며,

어느 먼 산 뒷옆에 바우 섶에 따로 외로이 서서,

어두어 오는데 하이야니 눈을 맞을, 그 마른 잎새에는,

쌀랑쌀랑 소리도 나며 눈을 맞을,

그 드물다는 굳고 정한 갈매나무라는 나무를 생각하는 것이었다.

―「남신의주 유동 박시봉 방」 전문

이 시는 누구에게나 깊은 감동과 울림을 전해 주는 명편임에 틀림이 없다. 하지만 그 감동이 시의 내용 자체에서 비롯되는 것이라고 할 수는 없다. '좌절과 실의―칩거, 그리고 회오와 반성―불현듯 찾아오는 각성―새로운 삶에의 다짐'이라는 도식은 인간의 지적, 도덕적, 정신적 성장과 성숙을 그리는 가장 일반적인 방식이라고 할 수 있기 때문이다. 이 시의 내용 역시 이런 일반적인 틀과 전혀 다르지 않다. 그렇다면 이 시가 많은 독자들에게 주는 감동과 울림은 내용 그 자체가 아니라 다른 요인, 즉 시인의 개인적 경험과 인간적 진실의 미학적

일반화에 성공한 데서 온다고 하는 것이 옳을 것이다. 달리 말하자면 이 시는 모든 것을 잃고 깊은 실의에 빠져 있던 한 인간이 오랜 후회와 반성 끝에 자신의 어리석음에 대한 자책과 슬픔, 혹은 세상에 대한 원망이나 두려움을 딛고 일어서서 새로운 삶의 각오를 다지게 되기까지의 과정을 절묘한 내면의 드라마로 재창조함으로써 독자들에게 깊은 울림과 감동을 전해 줄 수 있었던 것이다. 즉 시적 주체의 내면적 갈등과 대립, 그리고 반전의 과정을 평이하면서도 명료한 언어와 구체적이고 객관적인 형상을 통해 생생하게 그려냄으로써, 혹은 내용의 진정성을 그에 가장 잘 어울리는 최적의 형식을 통해 표현함으로써 독자들로 하여금 시의 내용을 자신의 삶에 비추어가면서 시적 주체의 경험을 추체험할 수 있도록 만든 것이다. 따라서 이 시에서 주목해야 할 것은 이 시의 내용, 즉 표현된 감정의 진실성과 강렬함이 아니라 다양하고 복잡한 감정들이 만들어내는 극적인 긴장과 갈등, 그리고 그것을 해소, 또는 극복해 가는 과정이라고 할 수 있다.

사실 모든 것을 다 잃고 절망에 빠진 사람의 내면과 감정은 한두 마디 말로 간단하게 정리될 수 없는 복잡하고 모순된 양상을 보여주기 마련이다. 과거의 실수와 잘못들에 대한 회한, 아쉬움, 고독, 슬픔, 절망, 자신의 어리석음과 무능력에 대한 한탄, 자책, 자괴감, 자기혐오, 자기합리화나 자기연민, 혹은 세상과 주변에 대한 의심과 원망 등등 일일이 거론하기 어려울 정도이다. 그리고 그것들은 내면에서 계속 미묘하게 대립하고 충돌하고 갈등을 일으킴으로써 그 속에서 쉽게 벗어날 수 없도록 만든다. 따라서 만약 이런 감정들을 그대로 다 쏟아냈다면, 그것은 시가 아니라 자기연민과 감상에 빠진 자의 넋두리가 되고 말았을 것이다. 하지만 이 시는 그것을 한 편의 심리 드라마 수준으로 끌어올렸다. 그 주인공은 말할 것도 없이 "나"로 등장하는 시적 주체이며 따라서 이 시는 시종일관 "나"의 독백과 행동으로 진행되는 '모노 드라마'를 방불케 한다.

이 심리 드라마를 이해하기 위해서는 먼저 이런 복잡한 감정을 적절히 통제하고 정리하고 질서를 부여하는 시인의 형상화 능력에 주목할 필요가 있다. "나"의 내면을 가득 채우고 있던 복잡한 심정과 다양한 감정의 갈등은 몇 가지 핵심적인 감정—슬픔, 외로움, 부끄러움 등—으로 정리된다. 그리고 그 나머지는 이 감정들과 직, 간접적으로 연관된 동작이나 행위, 그리고 배경을 통해서 암시된다. '세찬 바람이 휩쓰는 밤거리에서의 방황', '북덕불을 안고 재 위에 뜻 없는 글자 쓰기', '손깍지 벼개를 하고 뒹굴기', '과거를 "쌔김질"하기', '화로 옆에 무릎 꿇기', '"갈매나무"를 생각하기' 등이 그것이다.

이 모든 것을 그리는 언어는 대단히 평이하고 간결하지만 결코 간단치 않은 깊이와 울림을 지니고 있다. 언어를 다루는 솜씨가 "원숙한 예사로움의 경지"[7]에 올라 있음을 보여준다고 해도 좋을 정도로 과도한 장식이나 기교, 혹은 과장된 수사를 배제한 채 간결하고 명료하면서도 적확(的確)하고 정확한 언어로 시적 주체의 내면을 드러내고 있는 것이다. 불과 몇 가지로 압축된 감정도 그렇지만, 시적 주체의 간결한 행위와 동작 역시 직접 언표된 감정들 사이에 존재하는 다양하고 미세한 감정들의 뒤얽힘과 흐름을 암시하는 데 부족함이 없다. 특히 시적 주체의 동작과 행위들은 모든 것을 잃어버린 사람의 어수선하고 복잡한 내면을 드러내기 위해 치밀한 계산 끝에 선택되고 조합된 것으로, 시적 주체의 감정과 어우러지면서 직접 언표되지 않은 미세한 감정의 결을 살려내서 그 빈틈을 채워 준다. 다시 말해서 시적 주체의

---

7) 유종호, 「넘치는 사랑과 슬픔 속에」, 『다시 읽는 한국시인』, 문학동네, 2002, 296쪽.

간결한 동작과 행위들은 자신이 마주친 이해할 수 없는 상황에 대한 당혹감, 외로움, 자신의 어리석음에 대한 한탄, 자책과 자기혐오, 자포자기의 유혹, 자신을 절망 상태에 몰아넣은 세상에 대한 원망과 분노, 자기연민이나 합리화 등의 복잡하고 모순된 감정이 뒤얽히고 갈등, 대립하면서 점점 고조되어 가는 모습을 순차적으로, 그리고 효과적으로 드러내 주는 것이다. 이와 함께 이 시에서 빈번하게 등장하는 문장부호(쉼표와 마침표)들도 시적 효과를 높이는 데 기여한다고 할 수 있다. 이 문장부호들은 때로는 자연스럽게, 때로는 약간 부자연스럽게 독서의 호흡에 관여하면서 시적 주체의 복잡하고 어지러운 내면, 즉 여러 가지 상념들이 두서없이, 그리고 단속적으로 떠오르는 상황과 함께 그로 인한 내면의 고통과 슬픔을 시각화한 것이라고 할 수 있다. 다시 말해서 문장부호를 통해서 적절하게 배분되고 통제된 호흡이 독자들을 시속으로 끌어들이고 시적 주체의 내면적 고통과 슬픔, 그리고 그것을 극복해 가는 과정에 공감하게 만드는 것이다.[8]

3. 대조의 미학: "춥고 누긋한 방–화로"와 "먼 산–갈매나무"

이상은 이 시 전체를 개관한 것이지만, 이것만으로 이 시를 다 설명했다고 하기는 어렵다. 따라서 좀 더 자세한 분석이 필요하다. 크게 보면 이 시는 일종의 공황상태에 빠진 시적 주체가 방황하는 모습을 그린 서두(프롤로그), 그리고 절망과 슬픔에 빠진 시적 주체의 내면을

---

8) 이 점을 이해하는 데는 "–는 것이다"의 문체적 효과, 즉 자신의 내면에 대한 반성적 성찰과 논평 효과를 강조한 이경수의 견해도 크게 도움이 될 것이다. 이경수, 「백석 시에 쓰인 '–는 것이다'의 문체적 효과」, 『우리어문 연구』 22, 우리어문학회, 2004, 189~190쪽.

보여주는 전반부와 그것을 딛고 일어서기 직전, 마음을 추스르는 모습을 보여주는 후반부로 나눌 수 있다. 그리고 그것은 "춥고 누긋한 방—화로"와 "먼 산—갈매나무"의 대립된 이미지로 변용됨으로써 주제를 명료하게 드러내고 있다. 이하에서는 이를 좀 더 자세하게 살펴보기로 한다.

이 시는 "어느 사이에 나는 아내도 없고, 또,/아내와 같이 살던 집도 없어지고,/그리고 살뜰한 부모며 동생들과도 멀리 떨어져서,/그 어느 바람 세인 쓸쓸한 거리 끝에 헤매이었다."는 문장으로 시작된다. 현재의 상황을 초래한 과거의 사연에 대한 언급을 과감하게 생략한 채 인간의 삶에서 가장 가치 있고 의미 있는 모든 것(아내, 가족, 집)을 잃고 거리를 배회하는 시적 주체의 모습을 직접적으로 제시하는 것으로 시작하고 있는 것이다. 그런 점에서 첫 문장은 이 내면의 드라마를 여는 프롤로그에 해당된다고 할 수 있다. 여기서 "어느 사이에"라는 부사구는 시에 직접 제시되지 않은 과거의 경험, 시적 주체로 하여금 모든 것을 잃고 홀로 바람이 거세게 부는 거리를 배회하도록 만든 일들이 이유도 원인도 알 수 없는 상태에서, 그리고 미처 그 진행 과정을 인지하고 대처할 방법을 찾을 수도 없을 정도로 급박하게 진행되었음을 암시한다. 다시 말해 시적 주체는 도대체 왜, 어떻게, 무엇이 자신을 이런 상황으로 몰아넣었는지 이해할 수도 없고 무엇을 어떻게 해야 할지 도무지 알 수 없는, 한 마디로 공황 상태에 빠진 채 압록강변의 "바람 세인 거리를" 헤매고 있는 것이다. 이 방황은 단순히 거리를 헤매는 것에서 그치지 않고 그 시간 또한 짧지 않았을 것이 분명하다. 하지만 시인은 그 구체적인 양상을 세세히 묘사하는 대신 "어느 목수네 집 헌 삿을 깐 방에 쥔을 붙이었다"는 간결한 진술로 그 공황 상태가 일단 진정 국면에 들어섰음을 보여준다. "바로 날도

저물어서"라는 구절이 시사하는 것처럼 이런 변화가 마치 같은 날 낮과 저녁에 일어난 일인 것처럼 서술하고 있는 것이다. 하지만 공황 상태로부터 빠져나오는 것이 이렇게 짧은 시간 동안에 간단하게 이루어질 리는 없다. 따라서 이 부분은 「여승」(『사슴』, 1936) 같은 시에서 볼 수 있는 것처럼 상당히 오랜 시간의 경험을 압축적으로 기술한 것으로 읽어야 할 것이다.

본격적인 내면의 고통은 정신적 공황 상태에서 빠져나오는 바로 그 순간부터 세세하고 세밀한 과거 더듬기와 함께 시작된다. 다시 말해서 이 방, 즉 "어느 목수네 집 헌 삿을 깐 방"을 무대로 시적 주체의 복잡하고 고통스러운 내면을 보여주는 드라마가 본격적으로 시작되는 것이다. 이처럼 자신의 과거를 복기하는 과정, 즉 자신이 저지른 온갖 실수와 잘못을 발견하고 그것이 자신의 어리석음에서 비롯된 것임을 깨닫고 인정하게 되기까지의 과정은 누구에게나 힘들고 고통스러운 일일 수밖에 없다. 자신의 부족함과 한계를 자인하고 이를 받아들여야 하기 때문이다. 그리고 그것은 이내 자신의 무능과 어리석음에 대한 부끄러움과 한탄, 자책, 자기혐오를 거쳐 절망과 자포자기의 유혹으로 이어진다. "나는 나 혼자서도 너무 많은 것 같이 생각하며"라는 고백은 시적 주체가 자기 혼자만의 삶을 감당하는 것조차 힘겹게 여길 정도로 크고 무거운 삶의 무게에 짓눌려 있음을 시사한다. 이 삶의 무게가 구체적으로 어디에서 비롯된 것인지, 또 무엇을 뜻하는 것인지는 알 수 없지만, 앞에서 말한 "아내도 없고, 또/아내와 같이 살던 집도 없어지고, 그리고 살뜰한 부모며 동생들과도 멀리 떨어져서" 살게 된 사정이 그것과 무관하지 않다는 것만은 분명하다. 이 "나 혼자서도 너무 많은 것 같"은 착종된 느낌은, 이 모든 사태가 초래한 결과일 수도 있지만 그 반대로 그 원인일 수도 있음을 시사한다. 시적 주체가 "또 문밖에 나가디두 않구 자리에 누어서,/머리에 손깍지 벼개를 하고 굴기도 하"는 모습을 보이는 것 역시 이런 상황과 무관하지 않다. 추위라는 객관적 조건과 세상에 대한 공포 때문에 시적 주체는 무력감에 빠진 채 도무지 무엇을 해야 할지, 무엇을 할 수 있을지 알 수 없고, 따라서 아무것도 하고 싶지 않은 자포자기의 상태에서 두문불출하고 있는 것이다.

하지만 단순히 빈둥거리는 듯이 보이는 이 시간은 문자 그대로 무위도식의 시간이 아니라 과거의 삶을 복기하는 한편 치열한 자기반성과 성찰을 거쳐 그로부터 벗어날 방법을 모색하는 시간이기도 하다. 과거를 반추하는 것은 파탄의 원인을 찾는 과정이면서 그로부터 비롯된 절망과 고통으로부터 벗어날 수 있는 탈출구를 찾기 위한 치열한 고민과 모색의 과정이기도 하기 때문이다. 이런 노력은 모두 "딜옹배기에 북덕불이라도 담겨오면/이것을 안고 손을 쬐며 재우에 뜻 없이 글자를 쓰기도 하"는 행위로 수렴된다.9) 북덕불을 안고 손을 쬐는 행위는 말할 것도 없이 그 온기를 통해 "이 습내 나는 춥고, 누긋한 방"에서 뼛속까지 스며드는 몸과 마음의 한기를 덜기 위한 것이다. 그리고 "재우에 뜻 없이 글자를 쓰"는 행위는, 한편으로는 모든 것을 잊고 화로의 온기에 몸을 맡기고 싶은 무의식적인 욕망, 다른 한편으로는 다시 일어서야 한다는 압박감 사이의 갈등을 암시하는 행위라고 할 수 있다. 동시에 그것은 재 속에 숨어 있을지 모를 불씨를 찾기 위해 재를 뒤적거리는 행위, 다시 말하면 혹시라도 남아 있을지 모를 희망의 불씨를 찾는 행위로 이해할 수 있다.

---

9) 북덕불과 화로는 별개의 사물이 아니라 실상 한 사물을 그 상태에 따라 달리 부른 것으로 보아야 할 것이다. 즉 "딜옹배기"에 담아온 북덕불이 다 타고 나면 그때부터 이 "딜옹배기"가 '화로'의 기능을 수행하게 되는 것이다.

하지만 그런 희망의 불씨가 쉽게 찾아지는 것은 아니다. 따라서 자연히 시적 주체의 에너지는 과거를 반추하는 데 집중된다. "또 문밖에 나가디두 않구 자리에 누어서,/머리에 손깍지 벼개를 하고 굴기도 하면서,/나는 내 슬픔이며 어리석음이며를 연하여 쌔김질하는 것이었다"[10]는 진술을 통해서 확인할 수 있는 것처럼 모든 것을 잃어버린 현재의 삶을 만들어낸 과거를 곱씹으면서 고통스러워하는 것이다. 하지만 이처럼 과거와 현재의 반복적인 순환에 갇혀 있는 상황, 즉 "쌔김질"하는 것만으로는 미래를 향한 길을 열 수 없다. 과거의 잘못에 대한 끊임없는 반추는 이 모든 사태가 자신의 어리석음과 부족함에서 비롯되었다는 자책과 자기 환멸을 거쳐 아예 "내 슬픔과 어리석음에 눌리어 죽을 수밖에 없는 것" 같은 절망 속으로 "나"를 몰아가기 때문이다. 이처럼 이 시의 전반부는 "춥고 누긋한 방"을 중심으로 모

---

10) 이 "쌔김질", 즉 '되새김질'은 백석의 창작방법으로 여러 연구자들의 주목을 받았다. 최두석(「백석의 시세계와 창작방법」, 정효구 편, 『백석』, 문학세계사, 1996, 305쪽), 류경동(「잃어버린 시간의 복원과 허무의 시의식」, 상허문학회, 『1930년대 후반 문학의 근대성과 자기성찰』, 깊은샘, 1998, 375쪽), 이경수(『한국현대시와 반복의 미학』, 월인, 2005, 113쪽) 등이 이 '되새김질'을 백석 고유의 창작방법이라고 본 연구자들이다. 그러나 이를 백석만의 독특한 창작방법이라고 할 수는 없다. 즉흥시가 아닌 모든 시들은 이런 '되새김질'을 통해서 쓰여진다고 할 수 있기 때문이다. 이와 관련하여 워즈워드의 시론은 좋은 참고가 된다. 그는 일찍이 "모든 좋은 시는 강렬한 감정의 자발적인 넘쳐흐름(All good poetry is the spontaneous overflow of powerful feeling)"이라고 주장했거니와, 이 주장에 뒤이어 곧바로 이런 강한 감정이 어떤 사태에 즉(卽)해서 생겨나는 것이 아니라 과거의 경험에 대한 반성적 성찰(recollection in tranquility)—백석의 표현대로라면 "연하여 쌔김질하는 것"—의 소산임을 밝혔다. 낭만주의의 시 창작론의 요체라고 할 수도 있을 이 주장 속에는 시의 창작을 위해서는 불필요한 감정의 여과와 절제, 그리고 경험의 정리와 그 의미 해석을 위한 숙고의 시간이 필요하다는 뜻이 담겨 있다. "가라앉을 것은 차츰 앙금이 되어 가라앉고,"는 바로 이런 상태에 이르렀음을 말해준다. 그러나 "강한 감정의 자발적인 넘쳐흐름"이 저절로 시가 된다고 할 수만은 없다. 이 감정이 시로 승화되기 위해서는 그것을 언어로 객관화하는 과정, 즉 언어를 정련하고 구체적이고 객관적인 형상을 빚어내기 위한 고투의 시간이 필요하기 때문이다. 이 과정에서 시인의 경험은 부단히 수정되고 변용, 정련될 뿐 아니라 재구성되기 마련이다.

든 것을 잃고 탈출구가 없는 막다른 골목에 갇혀 있다는 시적 주체의 절망감, 즉 삶의 목표와 방향 감각, 심지어는 세계와 맞서서 이 총체적인 난국을 헤쳐 나가려는 의욕과 의지까지 잃어버린 시적 주체의 내면을 보여주는 데 초점이 맞추어져 있다.

하지만 이처럼 "문 밖에 나가디두 않구 자리에 누어서,/머리에 손깍지 벼개를 하고 굴기도" 하는 동안 "나는 내 뜻이며 힘으로, 나를 이끌어가는 것이 힘든 일인 것을 생각하고,/이것들보다 더 보다 더 크고, 높은 것이 있어서, 나를 마음대로 굴려가는 것"이라는 깨달음에 도달하게 된다. 이로써 "나"의 내면에서는 본격적인 갈등이 전개된다. 즉 모든 것이 자신의 어리석음에서 비롯된 것이라는 판단에 이어지는 자책과 함께 현재의 상황을 "이것들보다 더 크고, 높은 것"의 작용으로 인한 어쩔 수 없는 것으로 돌려버림으로써 스스로를 면책하려는 유혹 사이에서 갈등하게 되는 것이다. 전자는 "내 슬픔과 어리석음에 눌리어 죽을 수밖에 없는 것" 같은 느낌으로 이어지며 시적 주체를 "북덕불"이 미약한 온기와 위안을 제공하는 실내에서 벗어나지 못하도록 만든다. 자책과 후회에서 빠져나오지 못한 채 내면에 침잠하거나 세계의 냉혹함에 대한 두려움 때문에 화로의 온기가 추위를 덜어주는 실내에 칩거하게 되는 것이다. 반대로 "이것들보다 더 크고, 높은 것이 있어서, 나를 마음대로 굴려가는 것"이라는 생각은 모든 것을 세상 탓으로 돌림으로써 자신의 실패를 합리화하고 아무 반성 없이 스스로를 면책시키는 결과를 낳을 수 있다. "내 뜻이며 힘"보다 "더 크고 높은 것", 즉 세계의 광포함과 위력을 강조하면 할수록 나는 세계의 광포함으로 인해 상처를 입은 '무구한 희생자(innocent victim)'가 되고 삶의 실패에 대한 나의 책임은 희석되고 마는 것이다. 그런 한 나는 자기연민과 자기합리화의 늪에 빠지지 않을 수 없게 된다.

따라서 "이것들보다 더 크고, 높은 것"의 존재와 위력을 발견하는 순간 시적 주체는 자신을 실내, 혹은 내면에 유폐시킨 채 자신의 어리석음과 무능을 곱씹으면서 자책할 것인가, 아니면 세계의 압도적인 위력에 눌려 '무구한 희생자'가 된 자신에 대한 연민에 빠진 채 살아갈 것인가를 놓고 갈등하게 된다고 할 수 있다. 본격적인 내면의 드라마가 시작되는 것이다. 이 중 어느 한쪽으로 기울어지는 순간 이 시는 비극성을 상실하고 범속한 넋두리가 되고 말았을 것이다. 전자 쪽이라면 자아의 무력함과 어리석음에 대한 자책과 후회로 기울 수밖에 없고, 반대로 후자 쪽이라면 압도적인 세계에 의해 휘둘린 자신에 대한 값싼 연민으로 이어질 수밖에 없기 때문이다. 따라서 이 갈등은 쉽게 진정될 수 없고, 진정되어서도 안 된다. 이 갈등은 파국 직전에 이르기까지 치열하게 전개되어야 한다. 시적 주체가 춥고 누긋한 방 안에서 계속 자세를 바꾸고 몸을 움직이는 모습은 이 갈등으로 인한 내면의 고통이 점점 고조되어 가고 있음을 암시하기 위한 것으로 이해할 수 있다. 이 몸짓과 자세의 변화가 자칫 밋밋해질 수도 있었을 이 시에 역동적인 긴장을 불어넣는 것이다.

이 내면의 갈등이 쉽게 해소되지 않으리라는 사실은 "이렇게 해서 여러 날이 지나는 동안에 가라앉을 것은 차츰 앙금이 되어 가라앉고,"라는 진술을 통해서도 확인할 수 있다. 시적 주체는 "여러 날"에 걸친 갈등 끝에 세계와 나의 관계를 다시 성찰할 수 있는 상태, 즉 "나"를 죽을 것 같은 상태로 몰아갔던 복잡한 감정들이 가라앉은 명징한 마음의 상태에 도달하게 된다. 구체적인 진술을 생략한 채 간단하게 "여러 날"이라고 말하고 있지만, 자책과 자기연민 사이의 치열한 갈등이 전개되는 이 "여러 날"이라는 시간은 그 축자적 의미를 훌쩍 뛰어넘는 길고 오랜 시간이라고 해야 한다. 시적 주체는 이 "여러 날" 동안의 갈등과 고민 끝에 명징한 상태에서 진지하게 자기성찰을 하는 시간을 맞이하게 된다. "외로운 생각만 드는 때"란 바로 홀로 자신과 마주서는 시간, 세계와 자아의 관계를 다시금 생각하는 자기성찰의 시간을 의미한다고 할 수 있다. 다시 말해 시적 주체는 오랜 갈등 끝에 자책과 자기연민의 함정에서 벗어나게 자신과 세계를 온전하게 바라볼 수 있게 되는 것이다. 그 다음에 이어지는 구절은 이런 성찰이 어떤 결과를 가져오는지 잘 보여준다.

시적 주체는 자신의 어리석음에 대한 자책 때문에 안으로 움츠러들거나 모든 책임을 거칠고 사나운 세계의 탓으로 돌리고 삶에 대한 책임에서 벗어나려고 하지 않는다. 오히려 시적 주체는 자유의지조차도 실은 "이것들보다 더 크고, 높은 것"과의 치열한 대결을 통해서만 실현할 수 있는 것이라는 사실에 대한 자각에 도달하고 있는 듯이 보인다. 이를 확인할 수 있게 해 주는 것은 "어니 먼 산 뒷옆에 바우 섶에 따로 외로이 서서,/어두어 오는데 하이야니 눈을 맞을," "그 드물다는 굳고 정한 갈매나무라는 나무"의 존재이다. 여기서 주목해야 할 것은 시적 주체가 "갈매나무"의 "그 드물다는 굳고 정한" 성품이 선험적으로 주어져 있는 것이 아니라 거칠고 사나운 세계의 한복판에서 그 세계로부터 주어지는 시련과 고통을 마주함으로써 획득된 것임을 깨닫고 있다는 사실이다. '먼 산'에 어둠이 덮이고 갈매나무 위에 눈이 내리는 상황이 이 점을 암시한다. 그것은 시적 주체가 세계의 광포한 위력과 자유의지 사이의 긴장과 대립이 곧 삶의 본 모습이라는 자각에 도달하고 있음을 암시한다. 이로써 나는 자신의 어리석음과 무능에 대한 자책감, 그리고 자기연민의 유혹을 떨치고 일어설 수 있는 반전의 계기를 맞게 된다. 시적 주체가 "이런 저녁에는 화로를 더욱 다가 끼며, 무릎을 꿇어 보"는 것은 그런 깨달음과 관련된 것으로 이해할 수 있다. 무릎을 꿇는 행위는 삶의 엄숙성에 대한 인정, 혹은 장차 전개될 새로운 삶에 대한 예감이나 소망에서 비롯된 경건한 태도를 의미하는 것으로 해석할 수 있기 때문이다.

하지만 여기서 짚고 넘어가야 할 것은 이런 반전이 "이것들보다 더 크고, 높은 것"의 변화 없이는 일어날 수는 없으리라는 점이다. 지금까지 나의 삶을 마음대로 굴려온 "이것들보다 더 크고, 높은 것"의 변화가 전제되지 않으면 내가 어떤 선택을 하든 그것은 별 의미가 없거나 진정성이 결여된 일시적인 미봉책에 지나지 않을 수밖에 없기 때문이다. 시 자체의 문맥 속에서 본다면 "이것들보다 더 크고, 높은 것"은 일단 시의 앞부분에 나온 '추위와 바람'을 가리키는 것으로 볼 수 있다. 그렇다면 "이것들보다 더 크고 높은 것"의 변화는 당연히 일기의 변화를 가리키는 것이라고 할 수 있다. 물론 "여러 날"이라는 시간의 제약으로 인해 이 변화는 계절의 변화에 미치지 못하는 미미한 것으로 그려진다. 즉 애초에 "나"를 "춥고 누긋한 방"으로 몰아넣었던 매서운 바람과 추위가 가시고 그 대신 서서히 어둠이 덮이고 갈매나무 가지 위로 눈이 내리는 정도로 변화되는 것이다. 이 변화는 사소한 듯이 보이지만 상당히 중요한 의미를 지닌다고 생각된다.

이 변화의 의미는 "방안—화롯불"과 "먼 산—갈매나무"의 대비를 통해서 좀 더 선명하게 드러난다. 시적 주체는 여전히 따뜻한 실내에 머물고 있으면서 "먼 산 뒷옆에 바우 섶에 따로 외로이 서서,/어두어 오는데 하이야니 눈을 맞을" "갈매나무라는 나무"를 마음속에 떠올리고 있다. 시적 주체의 마음속에서 갈매나무는 결코 친화적이라고 할 수 없는 세계의 한 가운데서 세계의 사나움을 온몸으로 견디고 있으며, 그럼에도 불구하고 "굳고 정한" 모습을 유지하고 있는 것으로 그려진다. 이처럼 "먼 산—갈매나무"를 마음속에 품음으로써 따뜻한 실내에서 화로의 온기에 몸을 맡긴 채("방-화로") 세상에 할퀸 상처를 핥고 있던, 혹은 과거에 발목을 잡힌 채 자기 내면에 갇혀 있던 시적 주체는 오랜 절망과 무기력의 상태에서 벗어나서 다시금 세상과 마주할 수 있는 힘과 용기를 회복하게 된다.

"춥고 누긋한 방"은 시적 주체를 추위와 세계의 사나움으로 인해 상처를 입은 '나'를 보호해 주는 공간이며 "북덕불"이나 "화로"는 그 추위를 덜어주는 기구이다. 그뿐 아니라 스스로의 어리석음과 부끄러움 때문에, 그리고 "이것들보다 더 크고, 높은 것" 때문에 상처받은 채 고통스러워하는 시적 주체를 위로해주는 것이기도 하다. 하지만 화로가 있는 방은 세계와 단절된 고립되고 사적인 공간에 지나지 않는다. 이에 비해 갈매나무가 서 있는 "어느 먼 산 바우 섶"은 열려 있는, 그렇지만 어둠이 덮이고 눈발이 날리는 공간이다. 다시 말해 '갈매나무'는 모든 것이 갖추어진 온실이 아니라 세계의 한복판에서 내리는 눈발을 맞으면서 당당하게 그 세계의 사나움을 견디고 있는 것이다. 갈매나무가 빛을 발할 수 있는 것은 그 "굳고 정한" 성품이 세계와 무관하게 선험적으로 주어져 있는 것이 아니라 이처럼 세계의 한복판에서 세계의 사나움을 온몸으로 견디면서 성취된 것이기 때문이다. 시적 주체가 갈매나무를 마음에 품게 되는 것은 바로 이런 깨달음 때문이라고 할 수 있다. 따라서 시적 주체가 "갈매나무라는 나무"를 생각한다는 것은 이 갈매나무를 자신이 닮아야 할 삶의 표상으로 선택했음을 말한 것으로 읽을 수 있다.11) 하지만 그렇다고 하더라도 실내의

---

11) 이처럼 자신이 지향하는 삶의 모습을 직접 언급하는 대신 '갈매나무'라는 객관적 사물을 통해 암시하는 방법은, "사랑의 모든 역사를 위해서는/텅빈 문간과 단풍잎을//사랑을 위해서는/서로 기댄 풀잎들과 바다 위 두 개의 불빛을//시는 의미하는 것이 아니라 존재하는 것(For all history of love/An empty door way and a maple leaf//For love/leaning

온기가 제공하는 안전과 위로를 포기하고 "갈매나무"가 있는 바깥으로 나가는 것은 결코 쉬운 일이 아니다.

이렇게 보면 앞에서 말한 "여러 날"이라는 시간의 경과에 내재된 의미를 다시 검토해 보지 않을 수 없다. 자책과 자기연민의 유혹 사이에서 벌어지는 갈등을 극복하는 것도 그렇지만 "이것들보다 더 크고, 높은 것"의 변화가 나타나기 위해서는 상당한 정도의 시간이 필요하다. 따라서 이 "여러 날"을 문자 그대로 이해할 수는 없다. 시의 앞부분에서 그려진 정신적 공황 상태에서 짧은 시간에 벗어날 수 없었던 것처럼 단순히 "여러 날"이 지나는 동안에 "내 슬픔과 어리석음에 눌리어 죽을 수밖에 없는 같은" 절망감에서 벗어날 수 있다고 할 수는 없기 때문이다. 따라서 이 "여러 날"은 사실상 언표된 것 이상의 시간, 즉 단순히 날씨의 변화 정도가 아니라 계절이나 혹은 그 이상의 변화를 포함하는 긴 시간을 압축적으로 표현한 것이라고 하지 않을 수 없다. 또 "이것들보다 더 크고, 높은 것" 역시 시 자체의 문맥 속에서 추출된 의미를 훌쩍 넘어서게 된다. 즉 시 자체의 문맥을 넘어서 인간의 자유의지를 압도하는 운명이나 팔자 같은 초월적이고 신비한 힘, 혹은 시대 현실과 그로 인해 조성된 시세(時勢)나 시운(時運)을 뜻하는 것으로 읽을 수 있게 되는 것이다.

좀 더 현실적인 문맥에서 보자면 "이것들보다 더 크고, 높은 것"의 변화는 일제 말기의 전시 총동원체제와 그로 인해서 조성되었던 시세

---

grasses and two lights above the sea//A Poem should not mean/But be)"이라고 한 아치볼드 매클리쉬(A. MacLeish)의 「시작법(Ars Poetica)」과 연관해서 이해할 수 있다고 생각된다. 한편 이처럼 '갈매나무'를 자기 삶을 비추어보는 거울이자 추구해야 할 삶의 표상으로 삼았다는 점에서 김웅교는 이 갈매나무가 옛 중국 문인들이나 조선시대의 선비들이 마음속에 품었던 간저송(澗低松: 골짜기의 물가에서 자라는 소나무)에 해당하는 것으로 보았다. 김웅교, 『서른 세 번의 만남』, 삼인, 2020, 371~375쪽.

의 변화, 즉 전시 총동원체제의 붕괴와 일제의 패망을 암시하는 것으로 읽어야 할 것이다. 이 경우 문제가 되는 것은 시적 주체가 자신이 지향해야 할 삶의 표상으로 내세운 "갈매나무"가 "어두어 오는데 하이야니 눈을 맞을" 상황이다. 바깥에는 여전히 눈발이 날리는 데다가 어둠까지 깔리고 있다는 상황인식은, 해방을 흔히 어둠으로부터 빛을 되찾은 것(광복), 혹은 만물이 소생하는 봄이나 그에 맞먹는 계절의 변화에 비유하는 표현의 관례에 어긋난다. 따라서 이처럼 어둠이 덮이고 눈발이 날리는 상황을 해방과 관련된 것으로 이해하는 것은 아무래도 당혹스러울 수밖에 없다.

하지만 앞에서 설명한 것처럼 "여러 날"이 언표된 것 이상의 시간을 가리키는 것으로 읽을 수 있다면, 여기서 눈이 내리는 상황으로의 변화는 일단 계절의 변화를 알리는 것, 다시 말하면 겨울이 막바지에 이르렀음을 암시하는 것으로 이해할 수 있다. 하지만 일제 패망의 가능성을 예측한 사람이 거의 없었던 당시의 상황을 고려하면 이 일기의 변화를 시대의 변화를 예고하는 조짐, 즉 겨울이 막바지에 이르렀음을 암시하는 것으로 읽기는 어렵다고 보인다. 함석헌의 말처럼 대다수의 지식인들에게 해방은 누구도 예측하지 못한 상태에서 '도적처럼' 찾아온 것으로 받아들여졌기 때문이다. 따라서 이 시 마지막의 눈 내리는 풍경은, 차라리 춘래불사춘(春來不似春)의 상황을 암시하기 위해 설정된 것으로 읽는 것이 더 자연스럽다고 생각된다. 갑작스럽게 찾아온 해방이 초래한 힘의 공백 상태와 그로 인한 혼란, 혹은 해방 후 조성된 상황과 분위기—크게 보자면 분단으로 치달아가는 한반도의 상황, 좁게는 '북한혁명'이 진행되는 상황—가 해방을 곧바로 빛을 되찾은 것, 혹은 만물이 소생하고 약동하는 상황에 비유할 수 없도록 만들었다고 할 수 있기 때문이다. 이렇게 보면 갈매나무가

"어두어 오는데 하이야니 눈을 맞"는 상황은 불안과 희망이 뒤얽힌 해방 직후의 상황을 암시하는 것으로 읽을 수 있을 것이다.

이와 함께 고려해야 할 것은 '나'와 갈매나무 사이에는 적지 않은 거리가 있다는 사실이다. '나'는 여전히 방안, 화로 곁에 머무르고 있지만 갈매나무는 "어느 먼 산 뒷옆에 바우 섶에 따로 외로이 서" 있다. "먼 산—갈매나무"와 방안에서 화롯불의 온기에 몸을 맡기고 있는 나 사이에는 쉽게 극복할 수 없는 물리적 거리가 존재하고 있는 것이다. 또 이제 막 절망의 상태에서 벗어나고 있는 시적 주체와 갈매나무의 "굳고 정한"의 성품 사이에도 엄청난 내적, 혹은 정신적 거리가 존재한다. 따라서 이 거리를 극복하기 위해서는 우선 따뜻한 실내를 벗어나서 눈발이 날리는 바깥으로 나갈 용기가 필요하고 눈발과 어둠에 맞서서 스스로를 단련할 수 있어야 한다. 갈매나무와 같은 "굳고 정한" 성품을 얻기 위해서는 좁은 방을 벗어나서 세상 한복판에 서서 그 사나움과 맞서면서 스스로를 단련해야 하는 것이다. 하지만 시적 주체는 단지 갈매나무를 마음에 품었을 뿐 아직 그 단계에까지 나아간 것은 아니다.

또 한 가지 주목해야 할 것은 "갈매나무라는 나무"를 수식하는 표현이다. 그것은 "그 드물다는"이라는 전문(傳聞)과 "굳고 정한"이라는 자신의 인식의 결합으로 구성되어 있다. 다시 말해서 "굳고 정한" 갈매나무의 속성은 시적 주체가 이미 알고 있는 기지의 사실이지만, "드물다는" 말이 시사하는 갈매나무의 희소성에 대한 인식은 전문, 혹은 세평(世評)을 통해서 얻은 것임을 암시하고 있는 것이다. 그렇다면 굳이 "드문" 대신 "드물다는"이라는 수식어를 사용한 이유는 "굳고 정한 갈매나무"의 성품이 아무나 성취할 수 있는 것, 혹은 아무에게나 허용되는 것이 아니라는 세간의 평가나 인식을 넘어서서 그런 "굳고 정한" 삶을 성취하고 싶다는 소망과 의지, 그리고 그렇게 할 수 있으리라는 자신감을 동시에 표현한 것으로 이해할 수 있다. 다시 말하자면 어둠이 내리는 가운데 외딴 산속에서 눈을 맞고 있으면서도 "굳고 정한" 모습을 잃지 않는 갈매나무처럼 외부로부터 가해지는 어떤 시련에도 굴복하지 않고 스스로를 지켜가는 '내적으로 충일한 삶'을 일구어내고자 하는 소망, 그리고 의지와 자신감을 드러내고 있는 것이다.

하지만 시적 주체가 "춥고 누긋한" 방에서 벗어나서 마주하게 되는 것은 어둠이 덮이고 눈이 내리는 상황이고, 그가 꿈꾸는 것은 "갈매나무"를 닮은 삶이다. 이 삶의 의미는 만주 시절의 그가 마음에 품고 있던 자신의 모습, 즉 "가난하고 외롭고 높고 쓸쓸"(「흰 바람벽이 있어」, 『문장』, 1941.4)한 삶과의 대비를 통해서 좀 더 분명하게 드러난다. 그 것은 '그때 거기'의 허망한 꿈과의 단절, 그리고 스스로를 "가난하고 외롭고 높고 쓸쓸"한 존재로 규정함으로써 현실에서의 소외를 달래려고 했던 '허위의식'에서 벗어나서 지상에서의 삶을 직시할 수 있게 되었음을 시사한다. 다시 말해서 결코 녹록치 않은 '지금 여기'의 삶을 피하지 않겠다는 결기를 드러내거나 '낮은 곳'의 삶을 받아들일 준비가 되어 있음을 고백한 것으로 읽을 수 있다. "가난하고 외롭고 높고 쓸쓸"한 삶이 하늘이 가장 "귀해하고 사랑하는 것"들에게 부여한 것이라면 "어니 먼 산 뒷옆에 바우 섶에 따로 외로이 서서, 어두어오는데 하이야니 눈을 맞을" "그 드물다는 굳고 정한 갈매나무라는 나무"를 닮은 삶은 지상의 인간이 스스로의 의지를 통해 성취할 수 있는 최고의 삶일 수 있기 때문이다. 백석은 이처럼 갈매나무의 상징을 통해서 고고(孤高)라는 말로 요약할 수 있는 "가난하고 외롭고 높고 쓸쓸"한 삶의 꿈을 접고 지상의 삶, 즉 '지금 여기'의 삶을 받아들이려는 순명(順命)의 자세를 보여주고 있는 것이다. 객관적으로는 그다지 희소한 것도 아니고 눈에 띄지도 않는 관목에 불과한 갈매나무가 한국 현대

시사가 낳은 가장 아름다운 시적 상징으로 고양되는 것은 바로 이 지점에서라고 할 수 있다. 그렇지만 어두워오는데다가 눈까지 내리는 상황이 암시하는 것처럼 시적 주체가 마주하게 될 삶은 여전히 그에게 친화적이지 않다. 이 녹록치 않은 현실 속에서 자기 자신을 지켜가는 일, "굳고 정한" 삶을 일구어가는 것은 결코 쉬운 일이 아니다. 또 갈매나무 나무의 이미지에서 유추할 수 있듯이 이 지상의 삶은 남의 시선을 끌 만큼 화려한 것도 아니고 외로움에서 벗어나기도 어려운 것일 가능성이 높다. 그럼에도 시적 주체는 갈매나무를 마음속에 품고 그것을 닮은 삶을 향해 나아가고자 한다. 따라서 "갈매나무라는 나무"를 생각하는 것으로 마무리되는 마지막 부분에 시적 주체의 정신과 육체의 에너지가 집중되고 있다고 할 수 있다.

하지만 이 시가 말하고 있는 것은 '어떻게' 살 것인가에 대해서일 뿐 '무엇'을 할 것인가에 대해서는 여전히 침묵하고 있다. 그것은 앞에서 말한 잘 감지되지 않을 정도로 미미한 것으로 설정된 날씨의 변화와도 무관하지 않다. 춘래불사춘인 상황에서는 무엇을 할 것인가를 쉽사리 결정할 수 없기 때문이다. 따라서 이 지점에서 시를 마무리한 백석의 구성 감각을 높이 평가하지 않을 수 없다. 여기서 반 발자국만 더 나갔더라도, 즉 '무엇을'과 관련된 암시를 하거나 섣불리 실내를 벗어나서 방을 벗어나는 것으로 시를 마무리했다면 이 시는 평범한 수준으로 떨어졌을 것이다. 이처럼 마땅히 끝내야 할 지점, 의미 있는 어떤 행위가 일어나기 바로 직전의 상태, 육체와 정신의 에너지가 한 점에 집중되는 바로 그 시점에서 마무리를 지음으로써 이 시는 깊고 오래가는 여운을 남기는 명편의 반열에 오를 수 있었다고 생각된다.

4. 백석의 해방 전후

이상에서 본 것처럼 「남신의주 유동 박시봉 방」은 제법 삶의 연륜이 쌓인 사람이라면 누구나 공감할 만한 시임에 틀림이 없다. 이 시의 감동은 앞에서 말한 것처럼 이 시의 탁월한 형상성 덕분이라고 할 수 있다. 그리고 그 때문에 이 시속에 담겨 있는 백석 자신의 삶과 경험, 인간적 진실이 좀 더 진솔하게 다가오게 된다. 따라서 이 시를 백석 자신의 삶에 조회함으로써 해방 전후 그의 삶에 좀 더 가까이 갈 수 있으리라는 기대를 해도 좋을 것이다.

이런 기대가 충족되기 위해서는 먼저 「남신의주 유동 박시봉 방」에서 처절한 후회의 대상이 되는 과거의 삶이 무엇인가를 따져 보아야 하겠지만, 일단은 신의주로 돌아오기 직전인 만주에서의 삶에 주목하지 않을 수 없다. 이 만주에서의 삶과 시에 대해서는 이미 만주 시절의 시와 삶을 다룬 글에서 상세하게 논의한 바 있으므로[12] 여기서는 논지 전개에 필요한 만큼만 간략하게 다루기로 한다. 우선 만주에서의 삶이 애초의 기대와는 달리 파탄지경에 있었으리라는 단서는 「북방에서」(『문장』, 1940.7), 「흰 바람벽이 있어」 같은 작품을 통해서 확인할 수 있다. 전자는 알려져 있다시피 조상들의 고토(古土)를 떠나면서부터 끝없는 쇠퇴를 겪게 되는 족류 집단의 역사에 관한 서술로 이해할 수 있다. 이 서술을 끌어가는 "나"는 족류 집단을 대표하는, 혹은 족류 집단 그 자체라고 해도 좋을 만한 존재였다. 하지만 이 "나"는 이 족류 집단의 쇠퇴의 역사를 서술하는 중간에 돌연 족류 집단과 분리된 왜소한 존재로 전락하게 된다. 이 점을 확인하는 순간 "나"는 오래전

---

12) 이에 대해서는 이 책 201~251쪽을 참고할 것.

조상(나)들이 버리고 떠나온 존재의 근원, 즉 "나의 태반"으로 되돌아가고자 한다. 그것은 족류 집단과 분리되기 이전의 본모습을 되찾기 위한 것이라고 할 수 있다. 하지만 거기서 "나"는 자신이 모든 소중하고 의미 있는 것을 다 잃어버린 '아무것도 아닌 존재'라는 냉정한 자기인식에 도달하게 된다. 즉 "아, 나의 조상은 형제는 일가친척은 정다운 이웃은 그리운것은 사랑하는것은 우럴으는것은 나의 자랑은 나의 힘은 없다 바람과 물과 세월과 같이 지나가고 없다"는 인식에 도달하게 되는 것이다. 이 도저한 상실/단절/고립의식은 만주에서의 삶에 대한 기대, 즉 자기 존재의 근원에 가 닿고자 하는 소망이 송두리째 무너졌음을 시사한다. 만주 시절 백석을 괴롭힌 가장 중요한 문제는 바로 이것이었다고 할 수 있다.

그가 이 고통을 이겨내기 위해 의지한 것은 시인, 혹은 자신이 '하늘이 특별히 귀해 하는' 존재라는 자의식이었다. 즉 자신이 마주하고 있는 "가난하고 외롭고 높고 쓸쓸"한 삶이 하늘로부터 받은 특별한 은총 때문에 지불해야 하는 대가라는 식으로 자신을 위로했던 것이다. 이 특별한 은총의 내용은 말할 것도 없이 "넘치는 사랑과 슬픔"(「흰 바람벽이 있어」), 다시 말하면 섬세한 감수성과 사물과 세계에 대한 공감 능력—시인으로서의 자질이라고 할 수 있다. 말하자면 만주 시절의 백석은 하늘로부터 특별한 천분을 부여받은 '시인'이라는 자의식에 기대어 자신이 '아무것도 아닌 존재'라는 자기인식에서 비롯되는 고통을 견디어 내려고 했던 것이다.

하지만 태평양전쟁이 막바지에 이르면서 만주국에서의 삶은 이런 자의식에 기대서 견뎌낼 수 없을 정도로 악화되었다. 전시총동원 체제 아래서 개개인의 일상적 삶에 대한 통제의 수준은 더욱 높아졌고 거기에 이혼의 아픔까지 더해졌다. 좀 더 구체적으로 말하자면 시시

각각 다가오는 징용의 위협과 함께 안동(단둥) 세관 사직, 이혼 등으로 인한 고통에 시달리고 있었던 것이다. 이들 사이의 시간적 선후관계나 인과관계는 여전히 불확실하다. 하지만 이것이 "어느 사이에 나는 아내도 없고, 또,/아내와 같이 살던 집도 없어지고,/그리고 살뜰한 부모며 형제들과도 멀리 떨어져서"라는 구절이 시사하는 상황을 빚어낸 요인들임에는 틀림이 없다. 이런 상황에서 그는 안동 세관에 근무하는 동안 일본 시인 노리타케와 교유하면서 낯을 익힌,[13] 그렇지만 연고가 전혀 없는 신의주로의 이주를 단행한 것으로 보인다. 육사가 "매운 계절의 채쭉에 갈겨" "북방으로 휩쓸려" 갔다면 백석은 그와는 달리 "매운 계절의 채쭉에 갈겨" "남신의주 유동"까지 휩쓸려온 것이다. 「남신의주 유동 박시봉 방」의 앞부분은 이렇게 신의주로 '휩쓸려온' 직후 백석의 내면을 잘 보여준다고 할 수 있다.

백석이 만주에서의 생활을 접고 조선으로 돌아온 시기에 대한 견해는 다소 엇갈린다. 백석 연구자로 백석의 생애와 관련된 자료들을 발굴 소개하고 그의 평전까지 쓴 송준은 백석이 이미 해방 전에 귀국을 했으며 "고향에서 해방을 맞았다"고 보았지만, 이숭원이나 정철훈은 '해방 후'에 조선으로 돌아온 것으로 보고 있다. 또 북한에서 이루어진 백석의 문학 활동에 대해 연구를 해 온 이상숙은 이와는 달리 백석이 "광복 후 고향인 정주로 돌아간 후 오산학교 교장이었던 조만식의 러시아어 통역을 맡았"다고 주장했다.[14] 그리고 그가 귀국해서 머문 곳

---

13) 정철훈, 앞의 책, 338쪽.

14) 이상숙, 앞의 책, 15쪽. 다른 연구자들의 견해로는 송준, 『시인 백석』 3, 흰당나귀, 2012, 140쪽을 참조할 것. 해방 직후의 백석에 관한 그의 기술은 대부분 오영진의 회고록에 기초하고 있는 듯이 보이는데, 귀국 시기를 해방 전이라고 못 박은 근거가 무엇인지는 불확실하다. 이밖에 다른 연구자들은 백석의 귀국 시기가 해방 후이며, 일단 신의주에 지내다가 고향으로 돌아간 것으로 보고 있다. 이숭원, 앞의 책, 같은 쪽; 고형진 편, 『백석』,

도 신의주, 정주, 평양 등으로 연구자마다 다른 견해를 제시하고 있다. 이는 귀국 시기를 정확히 알려줄 만한 객관적인 자료가 없는 상황에서 주로 관련된 인사들의 증언이나 정황에 의지해서 귀국 시기를 추정했기 때문일 것이다. 물론 만주에 머무는 동안에도 백석은 여러 차례 이사를 했고 단둥의 세관원으로 근무하는 동안에도 여러 차례에 걸쳐 평양, 신의주, 정주, 그리고 심지어 동경까지 오고 갔으므로[15] 그의 귀국 시기와 장소를 따지는 것은 새삼스러운 일일 수도 있다. 하지만 귀국 시기, 그리고 장소와 관련된 이런 혼선은 「남신의주 유동 박시봉 방」에 대한 온전한 이해를 가로막을 뿐 아니라 시인의 삶을 이해하는 데도 도움이 되지 않으므로 일단 정리하고 넘어갈 필요가 있다.

백석이 신의주로 옮겨온 시기를 추론할 수 있게 해 주는 단서가 되는 것은 "어느 사이에 나는 아내도 없고, 또/아내와 같이 살던 집도 없어"졌다는 진술이다. 여기서 말하는 '아내'는 피아니스트 문경옥을 가리킨다고 보아도 무방할 것이다. 알려진 바대로라면 백석은 1942년 중반쯤에 평양에서 무사시노(武藏野) 음악학교를 나와 평양 음악학교에서 피아노를 가르치던 문경옥과 결혼을 했다. 그러나 이 결혼은 아이의 유산과 그로 인한 시어머니와의 갈등 등으로 인해 불과 1년 뒤인 1943년 파탄에 이르게 된다.[16] 그 후 백석은 1945년 12월 평양에

<hr />

새미, 1996, 322쪽). 또 정철훈은 백석이 단둥에서 해방을 맞고 귀국하는 이주민의 행렬을 따라 신의주로 온 것으로 추정했다. 정철훈, 앞의 책, 363쪽.

15) 송준, 앞의 책, 117쪽. 그리고 정철훈, 앞의 책, 337쪽을 참고할 것.

16) 송준은 문경옥과 결혼한 시기를 특정하지 않은 채, 1943년 아이를 유산하고 난 뒤 고부간의 갈등으로 3년 간의 결혼 생활을 끝냈다고 적었다. 송준, 앞의 책, 132~133쪽. 이에 비해 정철훈은 문경옥이 무사시노 음악학교를 졸업한 것은 1942년 봄이고 졸업발표회에서 독주를 한 뒤 정신대로 끌려가지 않기 위해 고향에 왔다가 오빠의 중신으로 백석과 결혼을 했다고 밝혔다. 이로 미루어 보면 문경옥과의 결혼은 그해 여름쯤이었던 것으로 추정할 수 있다. 정철훈, 앞의 책, 264~267쪽.

서, 이후 그가 사망할 때까지 곁을 지키게 되는 이윤희와 결혼을 했다. 그러므로 '어느 사이에 아내도 없고'라는 구절은 이 쓸쓸한 신의주에서의 생활이 문경옥과 이혼한 1943년 이후의 상황과 관련된 것으로 이해할 수 있다. 이 상태는 이윤희와 재혼하게 되는 1945년 12월까지 지속된다. 그런데 이 1943년 무렵은 백석이 시라무라 기코(白村夔行)라는 이름으로 창씨 개명을 하고 안동의 세관에 근무하던 시기와 겹친다. 이 세관원 시절 백석은 이따금 압록강 철교를 건너 신의주를 오가면서 일본시인 노리타케와 교분을 나누고 있었다. 또 짧은 기간 동안이기는 하지만 동경에 가서 지내기도 했고 평양에도 자주 오가는 등 대단히 분주한 생활을 했던 것으로 보인다. 그러다가 어느 시점엔가 문경옥과 이혼을 하고 신의주까지 오게 된 것이다. 또 이혼과 선후관계를 따지기는 어렵지만 안동 세관의 일을 그만두고 강제 징용을 피해 단동 인근의 탄광으로 피신했던 것으로 알려져 있다. "어느 사이에"라는 부사구, 그리고 "나는 아내도 없고, 또/아내와 같이 살던 집도 없어지고"라는 구절은 아내와 집과 부모형제과도 떨어져서 신의주에 와서 지내게 된 이 일련의 일들이, 태평양전쟁이 종전을 향해 치달아가는 급박한 상황 속에서 의식하지 못한 사이에, 그리고 대처할 틈도 없을 정도로 긴박하고 정신없이 진행되었음을 시사한다. 따라서 그 선후관계를 따지는 것은 별 의미가 없을 수 있지만 군이 순서를 따지자면 귀국 전에 거친 마지막 경유지는 탄광이었다고 할 수 있다. 하지만 폐쇄되고 고립된 탄광 지역에서 무작정 버티기는 어려웠으므로, 오래지 않아 노리타케와의 추억이 깃들었을 뿐 아니라 익숙하기도 한 신의주로 이주했으리라는 것이다.

"어느 사이에 나는 아내도 없고, 또/아내와 같이 살던 집도 없고"에 이어지는 "살뜰한 부모며. 동생들과도 떨어"진 상황은 결혼과 관련한 여러 차례의 우여곡절 끝에 그 자신이 선택한 문경옥과의 결혼조차 겨우 1년 정도밖에 유지하지 못한 데서 오는 자괴감과 무관하지 않을 것이다. 특히 알려진 대로 아이의 유산과 그 뒤에 이어진 고부간의 갈등이 이혼의 이유라면17) 그 빌미를 제공한 어머니와 마주하는 것 역시 쉽지 않았기 때문에 정주 대신 신의주에 머물렀으리라는 추론도 가능하다. 이와 함께 징용을 피하려는 의도가 작용했을 가능성도 있다. 특히 전선의 확대와 함께 징병을 재만 조선인에게까지 확대하기 위한 호적 조사(1943)가 광범위하게 실시된 이후였으므로 원적지인 정주로 가는 것보다는 아무 연고가 없는, 그렇지만 단둥 시절 자주 오가면서 낯을 익힌 신의주로 가는 것이 훨씬 안전할 수 있다는 판단도 한몫했을 가능성이 있다.

이런 점들을 고려하면 백석이 "살뜰한 부모며 동생들과도 멀리 떨어져서" 홀로 쓸쓸하게 신의주의 "바람 세인 거리"를 헤맨 것은 태평양전쟁이 막바지로 치달아가는, 따라서 전시 총동원 체제가 개개인의 일상을 옥죄이고 있던 1944년 겨울, 즉 1944년 말부터 1945년 초 사이일 가능성이 높아 보인다. 그후 백석이 얼마 동안이나 신의주에 머물렀는지는 분명치 않지만, 이 시의 제목이나 내용으로 미루어본다면 신의주에서의 생활은 한동안, 특히 앞에서 말한 것처럼 "이것들보다 더 크고, 높은 것"의 변화가 가시화될 때까지 지속되었을 가능성이 높다. 그러나 앞에서 보았듯이 어떻게 살 것인가 하는 문제에 대한 답을 하는 데 머물고 있을 뿐 무엇을 할 것인가 하는 문제에 대한 고민의 흔적이 전혀 나타나지 않는다. 그것은 갑작스러운 해방의 충격과 무관하지 않은 것으로 보인다. 해방으로 인한 갑작스러운 힘의 공백 상태가

---

17) 송준, 앞의 책, 132~133쪽.

초래한 혼란과 무질서, 상황의 유동성 앞에서는 구체적으로 무엇을 할 것인가를 결정하는 것은 불가능하거나 무의미했기 때문이다. 이렇게 보면 「남신의주 유동 박시봉 방」은 바로 이 시점, 즉 더 이상 이전처럼 살 수 없게 되었음이 분명해졌지만 아직 무엇을 위해 어떻게 살 것인지를 결정할 수 없는 시점까지의 경험을 시화한 것으로 볼 수 있다. 하지만 시는 갈매나무가 눈을 맞으며 서 있는 세상으로의 귀환을 다짐하는 데서 마무리지을 수 있었지만, 삶은 계속되어야 했다.

따라서 유동하는 현실에 대한 정보를 가능한 한 빨리, 그리고 정확하게 파악하기 위해서 그런 정보가 집중되는 곳으로의 이동이 불가피했다. 백석이 해방 직후 신의주에서 평양으로 거처를 옮겼다고 추정할 수 있는 것은 이 때문이다. 이 시기를 특정하기는 어렵지만, 백석이 평남 임시인민정치위원회의 외사과장으로 통역을 담당했던 점을 고려하면18) 소련군이 평양에 진주하고 평남 임시인민정치위원회가 조직되는 8월 말 이전이었을 가능성이 높다. 그런데 소련군의 평양 진주와 함께 군정을 실시하게 되는 것은 8월 말 경이었다.19) 따라서 백석이 임시인민정치위원회의 통역 업무를 맡으려면 최소한 그 이전에 평양에 와 있었어야 했을 것이다. 이렇게 보면 백석이 해방 전후 자신

---

18) 오영진, 『하나의 증언: 소군정하의 북한』, 중앙문화사(부산), 1952, 82~83쪽, 136~140쪽 등. 오영진의 회고담은 해방 직후 백석의 행적을 전해 주는 거의 유일한 자료이다.

19) 임영태에 따르면 평남인민정치위원회가 조직된 것은 8월 27일이었다. 임영태, 『북한 50년 사』, 들녘, 1999, 25~26쪽. 한편 김학준은 소련군 본대가 평양에 진주한 것은 8월 24~26일, 치스치아코프 사령관이 평양의 철도호텔에 「북조선 주둔 소련점령군 사령부」를 설치하고 군정을 개시한 것은 8월 26일이라고 보았다. 김학준, 『북한 50년사』, 동아출판사, 1995, 66~69쪽. 한편 와다 하루키는 소련군 제1극동방면군 소속의 25군이 함흥을 점령한 것이 8월 24일이고 26일에 치스티아코프가 평양으로 와서 29일에 조만식의 평남 건국준비위원회와 평남 공산당위원회 양측의 대표를 만나 평남임시인민정치위원회를 만들도록 했다고 주장했다. 와다 하루키, 『북조선』, 돌베개, 2002, 70~72쪽.

의 경험과 심정을 시로 형상화할 엄두를 내게 되는 것은 이 시점부터
였다고 할 수 있다. 이미 한 시대가 끝났지만 아직 새 시대가 시작되지
는 않은 과도적이고 불안한 상황에서 자신의 삶을 돌아보고 미래를
준비하는 자신의 경험을 시화하려는 욕구를 가졌다고 볼 수 있다는
것이다.

하지만 통역 업무를 포함한 해방 직후의 분주한 생활 때문에 이런
욕구를 실제 창작으로 이어가는 것은 불가능했을 것이다. 오영진에
따르면 이 무렵의 백석은 통역 업무 때문에 "시를 집어치우고 군사령부
손님을 접대하기에 바빴"기 때문이다. 이처럼 해방 직후 백석은 작품
을 쓰고 고치고 다듬을 만한 시간적, 정신적 여유가 거의 없을 정도로
분주하게 지낸 것으로 보인다. 하지만 이 시의 정제된 언어, 군더더기
없는 깔끔하고 절묘한 구성 등으로 미루어 보면 이 시를 완성하기까지
투여한 시간과 공력은 결코 간단치 않았을 것이다. 따라서 이 작품의
실제 창작은 조만식이 고려호텔에 연금되고 난 뒤,[20] 혹은 후배 고정훈
에게 통역일을 넘기고[21] 어느 정도의 자유를 얻은 다음부터 시작되었
다고 해야 할 것이다. 좀 넉넉하게 잡는다면 이윤희와 결혼을 하고
평양 동대원 구역에서 신접살림을 차린 1945년 말부터 어느 정도 시간
적, 정신적 여유를 확보하면서 시작에 착수했을 가능성이 높고 1948년
『학풍』에 원고를 넘길 때까지 계속 그것을 고치고 다듬었으리라고
추측된다. 굳이 조풍연의 회고가 아니더라도 이 시를 해방 후의 소작이
라고 볼 수 있는 것은 바로 이런 이유 때문이다.[22] 하지만 그가 어떻게

---

20) 조만식은 1945년 말 모스크바 3상 회의에서 한반도에 대한 신탁통치안이 결의된 이후
   줄곧 반탁 입장을 고수하다가 1946년 2월 5일부터 고려호텔에 연금되었다. 김학준, 앞의
   책, 100~102쪽.
21) 고정훈, 「끌려왔노라, 어둠을 보았노라 기록하노라」, 『현대공론』(1988.12)을 참고할 것.

이 시를 남한의 매체에 발표할 수 있었는지는 여전히 불확실하다.

5. '낮은 곳'으로의 귀환

「남신의주 유동 박시봉 방」은 누구에게나 깊고 풍부한 감동을 주는 명편임에 틀림이 없다. 이 시는 그 자신의 어리석음과 잘못, 혹은 '이것들보다 더 크고, 높은 것' 때문에 모든 것을 잃어버린 자의 외롭고 쓸쓸한 삶, 고독과 슬픔, 자책이 뒤섞인 모습을 보여준다. 하지만 이 시의 시적 주체는 자책에 빠지거나 모든 것을 "이것들보다 더 크고, 높은 것"의 탓으로 돌림으로써 삶에 대한 책임을 벗어나려고 하는 대신 치열한 내면의 투쟁과 자기성찰의 자세를 보여준다. 그런 점에서 이 시는 자책과 자기연민 사이의 갈등과 대립, 그리고 그것을 극복하고 절망과 고독에서 벗어나는 시적 주체의 모습을 그린 내면의 드라마라고 할 수 있다. 시적 주체의 내면을 지배하는 대립과 갈등은 "이것들보다 더 크고 높은 것"의 변화, 즉 외적인 상황의 변화와 치열한 자기성찰이 맞물리면서 극복된다. 그리고 시적 주체는 어둠 속에서 눈을 맞고 있는 "갈매나무라는 나무"를 마음속에 품음으로써 자기가 지향해야 할 삶의 방향을 명확히 하는 한편, 갈매나무의 '굳고 정한' 성품을 닮고 싶다는, 그리고 닮겠다는 소망과 의지를 드러낸다. 이때 갈매나무를

---

22) 김응교는 이 시가 1930년대 말에 씌어진 것으로 추정했다. 김응교, 앞의 책, 366쪽. 이에 비해 최두석은 태평양 전쟁 전에 씌어진 것으로(최두석, 「백석의 시 세계와 창작방법」, 김윤식·정호웅 외, 『한국근대리얼리즘 작가연구』, 문학과지성사, 1988), 그리고 이숭원은 조풍연의 말에 근거해서 해방 후에 쓴 '신작'으로 추정했다(이숭원, 『백석 시의 심층적 탐구』, 2006, 143쪽).

닮은 삶은 만주 시절에 꿈꾸었던 "가난하고 외롭고 높고 쓸쓸"한 시인의 삶과는 다른 것일 수밖에 없다. 갈매나무의 형상을 빌어 '지금 여기', 즉 시정(市井)의 삶으로 귀환하려는 모습을 보여주고 있는 것이다.

이 작품이 발표된 1948년의 시점에서 보자면 이 작품을 남한의 매체에 발표한 경로와 백석의 의도, 이를 방관(?)한 북한의 입장 등 아직도 많은 의문점이 남아 있다. 하지만 일단 이 시를 통해서 백석이 조선으로 귀환한 것은 1944년 겨울(1944년 말이거나 1945년 초)로 해방이 될 때까지 신의주에 머물렀음을 추론할 수 있었다. 그리고 해방 후 곧바로 평양으로 자리를 옮겨서 통역으로, 번역가로 활동했음을 확인할 수 있었다. 이로 미루어 보면 백석은 적극적이지는 않았더라도 당시 진행되고 있던 '북한혁명'에 그나름으로 힘을 보태고 있었다고 하지 않을 수 없다. 하지만 그것이 딱히 사회주의 이념을 수용했기 때문이거나 '북한혁명'에 공감했기 때문이라고 할 만한 증거는 없다. 오히려 이 시의 배경으로 선택된 추위, 어둠, 눈으로 미루어 짐작컨대 당시 북한 현실에 대해 그다지 긍정적인 인식을 가지고 있지 않았다고 하는 것이 옳을 것이다. 그럼에도 불구하고 백석은 결국 어둠이 덮이고 눈이 내리는 북한에 남았고 1950년대 중반 이후부터는 창작에 복귀하여 1960년대 초까지 북한'시인'으로 활동을 했다. 이 과정에서 그는 '북한' 시인의 삶을 살 것을 요구하는 현실의 압력 속에서 북한'시인'으로 살기 위해 고투했다. 물론 결국에는 '북한'시인으로 작품활동을 했지만 그 기간은 길지 않았다. 이내 필봉을 꺾고 칩거의 삶을 살다가 생을 마감하게 되는 것이다. 하지만 아직도 많은 것이 베일에 싸여 있는 상황에서 백석의 삶과 시를 어떻게 이해하고 평가할 수 있을지를 논하는 것은 아직 시기상조인 감이 있다.

'북한'시인의 길과 북한'시인'의 길

1. '북한'시인의 길로

최근 들어 분단 이후 북한에서의 백석의 활동에 대한 연구가 활기를 띠고 있다. 이는 말할 것도 없이 분단 이후 백석의 삶에 대한 정보가 웬만큼 밝혀졌고 1950년대 중반 이후부터 백석이 발표한 작품들 중 상당수가 발굴 소개된 데 힘입은 것이다.[1] 특히 북한에서 발표한

---

[1] 북한에서 발표한 작품을 포함한 '전집' 발간은 김재용에 의해서 이루어졌다. 김재용(『백석전집』, 실천문학사, 1997. 이후 백석의 번역, 동시, 산문, 그리고 생애와 관련해서 새로운 자료를 발굴 소개한 대표적인 연구자로는 박태일을 들 수 있다. 박태일의 연구 성과로는 다음과 같은 것들을 들 수 있다. 「백석이 옮긴 마르샤크의 동화시집」, 『비평문학』 52, 한국비평문학회, 2015; 「백석의 새 작품 발굴 셋과 사회주의 교양」, 『비평문학』 57, 비평문학연구회, 2015; 「백석의 어린이시론 『아동문학』 연간평」, 『현대문학이론연구』 62, 현대문학이론연구학회, 2015; 「1956년의 백석, 그리고 새 작품 네 마리」, 『근대서지』 12, 근대서지학회, 2015; 「백석의 번역론, 번역소설과 우리말」, 『근대서지』 15, 근대서지학회,

작품까지를 망라한 『백석전집』(실천문학사, 1997)의 발간은 분단 이후의 백석에 대한 연구자들의 관심을 자극한 계기가 되었다. 그리고 분단 이후 졸년에 이르기까지 백석 생애의 대체적인 윤곽을 복원한 송준의 연구2)도 북한에서의 백석의 삶과 시에 대한 연구를 촉진시킨 중요한 계기가 되었다. 그 이후 분단 이후 백석의 문학 활동에 대한 연구가 꾸준히 이루어져 왔지만 해방 전의 작품에 대한 연구 성과에 비하면 아직 그 성취는 미미한 편이다. 특히 백석 동시와 번역에 대한 연구가 비교적 활발하게 이루어지고 있는 데 비하면 시에 대한 연구는 아직 뚜렷한 진척이 없는 것처럼 보인다.3)

분단 이후 백석의 삶과 시에 대한 연구가 아직 뚜렷한 성과를 거두지 못하고 있는 것은 일차적으로 해방 이후와 북한에서 이루어진 백석의 삶과 문학 활동에 대한 충분한 자료와 정보가 확보되지 않은 데 원인이 있을 것이다. 이와 함께 백석에 대해 대다수 남한 연구자들이 갖고 있는 고정관념이나 당혹감도 백석이 북한에서 발표한 시에 대한 연구를 가로막는 중요한 요인이라고 할 수 있다. 분단 이전의 백석 시에 관심을 가진 연구자들의 입장에서는 자료의 부족 때문에 백석이 북한에 남은 이유를 설명하기가 쉽지 않고4) 그가 북한에서

2017; 「삼수 시기 백석의 새 평론과 언어 지향」, 『비평문학』 62, 한국비평문학회, 2016; 「백석과 중국 공산당」, 『근대서지』 18, 근대서지학회, 2018.12; 「리식이 백석이다」, 『근대서지』 20, 근대서지학회, 2020.6.

2) 분단 이후 졸년에 이르기까지 백석의 행적을 밝히는 데는 백석 연구가 송준(『시인 백석』 3, 흰당나귀, 2013)의 공이 컸다.

3) 김재용 「근대인의 고향상실과 유토피아의 염원」, 『백석전집』, 1997, 실천문학사, 469~513쪽; 이상숙, 「분단 후 백석 시의 분석과 평가를 위한 제언」, 『북한시학의 형성과 사회주의 문학』, 소명출판, 2014; 이상숙, 『가난한 그대의 빛나는 마음』, 삼인, 2020.

4) 송준에 따르면 백석은 청산학원 후배이자 신경 시절 교분을 쌓았던 고정훈으로부터 전후 두 차례에 걸쳐 월남을 권유받았다고 한다. 송준, 앞의 책, 176~177쪽. 그 처음은 해방 직후로 백석은 고당(古堂)과 가족을 거론하며 절필하고 번역에 매진하겠다는 뜻을 밝혔다

쓴 시들을 분단 이전의 시와 관련하여 설명하는 것 또한 쉽지 않을 수밖에 없기 때문이다. 이에 비해 북한 시 연구자들은 백석 시의 가치오 중요성을 인정하면서도 그의 작품이 당시 북한 시의 흐름을 조망하거나 이해하는 데는 별 도움이 되지 않기 때문에 백석 시에 대한 연구를 미루고 있는 듯이 보인다.

객관성과 정확성, 그리고 일관성을 유지해야 하는 연구자의 입장을 고려하면 백석 시 연구가 지체되는 상황을 이해하지 못할 바는 아니지만, 그렇다고 해서 분단 이후 백석 시에 대한 연구를 그와 관련된 모든 정보가 확보될 때까지 미루어두는 것이 반드시 바람직하다고 할 수는 없다. 훗날 밝혀질 정보와 자료에 의해서 논박되거나 수정되는 한이 있더라도 현재의 시점에서 백석의 작품과 그의 시작 활동이 지닌 의미를 해석하고 평가하는 것이 현재의 연구자에게 주어진 과제일 수 있기 때문이다. 그런 의미에서 본고에서는 분단 이후, 특히 북한 체제 성립(1948.9.9) 이후의 백석의 시작 활동을 개관하고 그가 발표한 작품들을 검토해보고자 한다.

현재까지 확인된 자료에 따르면 백석은 해방 이후 「산」(『새한민보』 1(14), 1947.11), 「적막강산」(『신천지』 2(10), 1947.11), 「마을은 맨천 구신이 돼서」(『신세대』 3(3), 1948.5), 「7월 백중」(『문장』 3(5); 속간호, 1948.10) 그리고 「남신의주 유동 박시봉 방」(『학풍』 1(1), 1948.10) 등의 시를 발표했다. 하지만 이는 대부분 해방 전에 쓴 것으로 허준이 백석을 대신

고 한다. 두 번째는 한국전쟁 시기로 국군 정훈장교로 평양에 온 고정훈이 월남을 권했지만 이 역시 거절했다고 한다. 이런 점들로 미루어 보면 백석이 북한에 남은 것은 그 자신의 선택이었을 가능성이 높다고 보인다. 그러나 한국전쟁 기간 중 일시적으로나마 백석이 미군의 통역을 맡았다거나 군민들에 의해서 정주 군수로 추대를 받기도 했다는 송준의 주장은, 남북을 불문하고 '부역자'에 대한 가혹한 색출과 처벌이 이루어졌던 당시의 상황을 고려하면 납득하기 어렵다.

해서 발표한 것이다. 따라서 해방 후에 쓴 것이 확실한 작품은 「남신의주 유동 박시봉 방」이 유일하다고 할 수 있다. 그리고 1950년대 중반 아동문학을 통해 창작에 복귀하게 될 때까지 백석은 주로 소련 문학작품의 번역에 매진했고 1956년부터 1964년에 이르기까지 다수의 동시와 시를 발표했다.[5] 확인된 자료만을 놓고 보면 대략 10년 정도의 휴지기를 가진 뒤 그보다 짧은 기간 동안 작품 활동을 한 셈인데, 이는 해방 직후의 행적, 그리고 그의 시적 개성과 북한 체제 사이의 거리에서 기인하는 불가피한 것이었다고 보인다. 특히 그가 꽤 오랜 기간 동안 시를 쓰지 않은 것은 북한문단의 상황이나 분위기와 깊은 관계가 있다고 보인다. 특히 행사시, 과업시의 생산을 독려하는 데다가 최소한의 형상성도 갖추지 못한 '뼈다귀시'가 양산되는 상황, 그리고 『응향』, 『관서시인집』 등의 시집, 『예원』 써클' 등과 관련하여 작가 시인들에 대한 사상 통제가 강화되고 있던 북한 시단의 분위기 속에서 시를 쓰는 것은 엄청난 고역일 수밖에 없었기 때문이다.[6]

하지만 분단 직후부터 1960년대 중반 북한 문단에서 자취를 감추게 될 때까지 줄곧 소련 문학 작품을 번역했을 뿐 아니라 다수의 동시와

---

5) 박태일은 백석이 리식이라는 이름으로 1964년까지 작품 및 평론 활동을 했음을 밝혀냈다. 박태일, 「리식이 백석이다」, 『근대서지』 21, 근대서지학회, 2020.6. 박태일에 따르면 백석은 1955년 무렵부터 1964년에 이르기까지 리식이라는 이름으로 여러 편의 작품과 가극평을 발표했다고 한다. 이 주장은 위탈리 비안끼라는 러시아 작가의 『이야기와 예』말'이란 책의 번역자 문제에 대한 분석에 근거한 것이다. 그에 따르면 이 책의 전반부『동물이야기』의 역자는 리식으로 되어 있고 그로부터 2년 뒤에 나온 이 책의 후반부『동화와 이야기』(교육도서출판사, 1956)의 역자는 백석으로 되어 있는데, 실제로는 백석이 전부 번역한 것일 개연성이 높다는 것이다. 이하 리식이라는 이름으로 이루어진 백석의 활동에 대한 내용은 박태일의 이 논문을 참고했다.

6) 이런 분위기에 대해서는 현수(박남수)의 증언을 참고할 수 있다. 현수, 『적치 6년의 북한문단』, 국민사상지도원, 1952, 106~107쪽. 이 책에서 현수가 사용한 '뼈다귀시'란 용어는 사상성만 앞세운, 형상성이 결여된 시를 비판하기 위해 카프 시절부터 사용되어 온 용어다.

시를 발표하고 평론 활동까지 했던 것으로 미루어 보면 백석이 북한 체제에 대해 마냥 거리를 두고 있었다고 볼 수만은 없다.[7] 해방 직후 북한에서 '선진 쏘베트' 문학 작품의 번역은 곧 북한 문화 건설에 참여하는 것과 동일한 의미를 지니는 작업이었기 때문이다. 따라서 백석이 해방 직후 한동안 창작 대신 번역에 힘을 기울인 것은 창작에 비해 이념적 압박을 덜 받을 수 있었을 뿐 아니라 번역의 의의와 전문성을 내세워 각종 동원의 요구에서 비켜 서 있을 수 있었기 때문이라고 할 수 있다.

이런 활동 내역과 함께 월남의 기회가 아주 없었던 것이 아니었다는 사실에 비추어 보면 백석이 북한에 남은 것은 결국 그 자신의 선택에 따른 것이었다고 생각된다. 이런 판단은 물론 분단 이전 백석의 시를 기억하고 있는 사람들의 입장에서는 당혹스럽지 않을 수 없을 것이다. 하지만 백석이 '북한시인'이라는 이 엄연한 사실을 인정하지 않는 한 백석이 분단 이후에 쓴 시에 대한 객관적이고 공정한 연구는 불가능하다고 생각된다. 따라서 이 글의 논의는 백석이 스스로를 북한시인으로 자리매김하고 당과 국가의 요구에 따라 시작 활동했다는

---

7) 백석이 조선작가동맹의 맹원으로 활동한 흔적은 여러 자료를 통해서 확인된다. 1947년에는 조선작가동맹 외국문학 분과위원으로 이름을 올렸고(『조선문학』, 1947.2), 그가 번역한 『이싸꼽스키 시초』와 『평화의 깃발: 평화옹호세계시인집』이 발간되었음을 알리는 광고가 『문학예술』(1949.5)와 『조선문학』(1950.7)에 각각 실렸다. 이로 미루어 볼 때 백석이 일찍부터 번역 활동에 매진하고 있었음을 알 수 있다. 이후 1953년 말에 조선작가동맹 외국문학 분과위원회의 위원으로 재차 임명을 받았다(『조선문학』, 1953.12). 백석이 주로 번역한 것은 소련 작품이었으나 소애매의 「전사에게 드리는 선물」(『조선문학』, 1950.1) 같은 중국 시인의 시를 번역하기도 했고, 1950년대 중반 이후에는 체코나 이집트 등 이른바 제3세계 시인들의 시를 번역하기도 했다. 하지만 이는 대부분 중역이었던 것으로 판단된다. 백석의 번역과 관련해서는 이상숙과 박태일의 연구를 참고할 수 있다. 특히 1962년 백석이 북한 문단에서 모습을 감추기까지 번역한 작품의 목록은 이상숙, 앞의 책, 27~31쪽에 자세하게 정리되어 있다. 이후 1964년까지의 활동에 대해서는 박태일, 앞의 논문 참고.

사실을 전제로 전개될 것이다. 하지만 그렇다고 해서 백석이 '인간 정신의 기사'가 되라는 당과 국가의 요구를 아무 저항 없이 받아들였다고 생각되지는 않는다. 현재까지 확인된 자료들로 미루어 보면 백석은 선전선동의 효과만을 강조하는 당과 작가동맹의 요구에도 불구하고 시다운 시를 쓰고자 하는 시인적 열망을 포기하지 않으려고 했던 것으로 보인다. 다시 말하면 백석은 '북한'시인이 될 것을 요구하는 현실의 압력에도 불구하고 그 나름으로 북한'시인'이 되기 위해 고투했다고 할 수 있다. 그가 이 시기의 다른 북한시인들에 비해 뛰어난 시를 쓸 수 있었던 것은 바로 이 때문이었다고 생각된다. 하지만 북한은 백석에게 끊임없이 '북한'시인이기를 요구했고, 결국 1960년대 이후에는 백석도 어쩔 수 없이 '북한'시인의 길을 걷지 않을 수 없었다고 할 수 있다. 형상성에 대한 최소한의 고민도 없는 저급한 선전선동적인 시를 쓰기에 이르는 것이다. 하지만 당의 요구와 압력 때문에 더 이상 시인으로서의 긍지와 양심을 유지할 수 없게 된 이런 상황이 지속되면서, 백석은 아예 시인으로서의 삶을 포기하고 평범한 문학지도원의 삶을 선택했다고 보인다.

이런 변화의 과정을 정확하게 재구성하려면 좀 더 많은 자료들이 발굴·검토되어야 할 테지만, 이 글에서는 현재까지 확인된 자료들에 의지해서 해방 이후부터 작품 활동을 중단하게 되는 1964년까지 백석의 활동과 시들을 살펴보게 될 것이다. 이 경우 마땅히 고려해야 할 것은 한국전쟁 이후 북한 정치와 문단의 변화이다. 특히 제2차 조선작가대회(1956.10) 이후, 그리고 천리마 대고조기가 시작된 이래 북한 문단은 '온탕과 냉탕'을 오갔다고 할 수 있는데, 이 변화와 그 의미를 놓치면 백석 시에서 나타나는 미세한 변화, 작가동맹과의 미묘한 긴장과 갈등을 이해하기 어렵기 때문이다. 따라서 이 글에서는 제2차 조선작가대회 이후와 천리마대고조기 전후 북한 문단의 변화를 고려하면서 백석의 시를 살펴보게 될 것이다.

2. 해방, 그리고 침묵과 모색

해방 직후 백석의 활동을 알려주는 직접적인 자료는 거의 없다. 하지만 비록 단편적이기는 하지만 이 시기 그와 함께했던 사람들의 기록을 통해서 간접적으로 그의 활동을 간략하게나마 정리할 수 있다. 그중에서 가장 중요한 것은 평남 임시인민정치위원회에서 조만식의 개인비서로 활동하다가 월남한 극작가 오영진의 기록 『하나의 증언: 소군정 하의 북한』(중앙문화사, 1952)이다. 또 이기봉의 『북의 예술인』(사사연, 1986)은 대부분 오영진의 책을 토대로 한 것이기는 하지만, 오영진이 언급하지 않은 한두 가지 사실을 알려준다. 이밖에 청산학원 후배이자 한동안 신경에서 함께 지내기도 한 고정훈의 회고담도 중요한 참고자료가 된다. 백석 연구자로 백석 전기를 쓰기도 한 백석 연구가 송준, 그리고 최근 만주에서의 행적을 추적한 정철훈 등은 이런 자료들에 근거해서 해방 직후 백석의 활동에 대해 정리하고 있다. 여기서는 일단 이런 자료들을 참고해서 해방 후 백석의 활동을 간략하게 정리하기로 한다.

백석이 만주에서 조선으로 돌아온 시기에 대한 견해는 다소 엇갈린다. 백석 연구자로 백석의 생애와 관련된 귀중한 자료들을 발굴 소개하고 그의 평전까지 쓴 송준은 백석이 "고향에서 해방을 맞았다"고 보았지만, 이숭원이나 정철훈, 이상숙 등은 '해방 후'로 각각 다르게 보고 있다. 그리고 그가 귀국해서 머문 장소에 대해서도 신의주, 정주 등으로 엇갈리고 있는 형편이다.[8] 그러나 이런 혼란은 「남신의주 유동 박시봉 방」과 해방 직후 한 동안 그와 함께 평남 임시인민정치위원회에서 활동한 오영진의 증언을 참고하면 비교적 분명하게 정리할 수 있다. 먼저 「남신의주 유동 박시봉 방」, 특히 "나는 어느새 아내도 없고"라는 구절이 실제 백석의 실제 경험에 기초한 것으로 보면 그가 신의주로 귀환한 것은 문경옥과 이혼한 1943년 이후, 범위를 좀 더 좁히면 1944년 말이나 1945년 초였다고 할 수 있다.[9] 그리고 이 시의 내용으로 미루어볼 때 백석은 해방이 될 때까지 이곳에서 지냈던 것으로 지냈던 것으로 추정할 수 있다. 특히 이 시 마지막 부분에서 시적 주체가 "그 드물다는 굳고 정한 갈매나무라는 나무"를 마음에 품게 되는 것은 "이것들(나의 뜻과 힘—필자)보다 더 크고, 높은 것"의 변화를 전제하지 않으면 이해하기 어렵다. 그런데 "이것들보다 더 크고, 높은 것"의 변화란 시대 상황의 극적인 변화, 즉 해방을 의미하는 것으로 보지 않을 수 없다.

그렇다면 백석은 해방 전 신의주로 귀국을 해서 해방이 될 때까지 계속 그곳에서 머물다가 해방 이후 급변하는 형세에 대한 정확한 파악을 위해서, 그리고 '할 일'을 찾아서 평양으로 거처를 옮겼다고 보는

---

8) 송준, 『시인 백석』 3, 흰당나귀, 2012, 140쪽. 이 시기의 백석에 관한 그의 기술은 대부분 오영진의 회고록에 기초하고 있는 듯이 보이는데, 귀국 시기를 해방 전이라고 못박은 근거가 무엇인지는 불확실하다. 한편 대다수 연구자들은 백석의 귀국시기를 해방 후로 보고 있고, 일단 신의주에 지내다가 고향으로 돌아간 것으로 보고 있다(이숭원, 앞의 책, 같은 쪽; 고형진 편, 『백석』, 새미, 1996, 322쪽). 정철훈은 백석이 단둥에서 해방을 맞고 귀국하는 이주민의 행렬을 따라 신의주로 온 것으로 추정했다(정철훈, 『백석을 찾아서』, 363쪽). 이상숙은 백석이 "광복 후 고향인 정주로 돌아간 후 오산학교 교장이었던 조만식의 러시아어 통역을 맡았"다고 했지만 정주에 있던 백석이 어떻게 조만식의 통역을 맡았다는 것인지에 대해서는 설명을 하지 않았다(이상숙, 앞의 책, 15쪽).

9) 이에 대해서는 이 책 283~285쪽을 참고할 것.

것이 합리적일 것이다. 물론 이 과정에서 정주에 들렀을 가능성이 없는 것은 아니지만, 당시의 교통 상황을 고려하면 신의주에서 곧바로 평양으로 옮겼다고 보는 것이 훨씬 상황에 부합한다고 보인다. 평양으로 옮겨 온 백석은 곧바로 '할 일'을 찾게 된다. 평남 임시인민정치위원회의 통역일이 바로 그것이다. 백석과 함께 평안남도 임시인민정치위원회에서 활동했던 극작가 오영진에 따르면 백석은 해방 직후부터 평남 임시인민정치위원회의 외사과장으로 통역 업무를 담당했던 것으로 보인다. 원래 백석과 함께 통역 일을 하던 사람이 자리를 옮기는 바람에 "로어를 해독하는 유일의 존재인 백석은 몸이 열이 있어도 모자랄 지경"이어서 아예 "시를 집어치우고 군사령부 손님을 접대하기에 바빴다"[10]는 것이 오영진의 증언이다.

물론 이 증언만으로는 백석이 평남 임시인민정치위원회에서 외사과장직을 담당하게 된 정확한 시기와 기간을 추정할 수는 없다. 그렇지만 백석이 통역일을 맡을 수 있었던 것은 소련군이 평양에 진주하고 군정을 개시하는 시점, 혹은 평남 인민정치위원회가 조직되는 시점[11]에 이미 평양에 와 있었기 때문일 것이다. 군정 당국과의 원활한 소통을 위해서는 무엇보다 통역이 중요했고 따라서 위원회의 출범과 함께 통역 업무도 시작되어야 했기 때문이다. 그런데 소련 군정이 시작되는 시점을 감안하면 군정 실시와 함께 통역 일을 맡았다고 하더라도 그것은 해방된 날짜로부터 최소한 열흘 이상 지난 뒤였다고

---

10) 오영진, 앞의 책, 1952, 82~83쪽, 136~140쪽 등. 하지만 이런 바쁜 '통역일'에서 벗어난 뒤에도 백석이 시를 쓰지 못한 것은 새 국가 건설을 위한 인민 동원이 일상화된, 그리고 이를 위한 선전과 선동이 끊임없이 내면의 고요를 뒤흔들뿐 아니라, '북한혁명'의 성과를 찬양하는 '과업시'의 생산이 강조되는 상황과 무관하지 않을 것이다.

11) 이에 대해서는 이 책의 286쪽 각주 19)를 참고할 것.

할 수 있다. 따라서 이 사이에 신의주에서 평양으로 가는 도중에 위치한 고향 정주에 들렀을 가능성이 없지는 않지만, 설사 그렇다고 하더라도 그 기간은 별다른 의미를 부여할 수 없을 정도로 짧았다고 해야 할 것이다.

평양에서의 백석은 마치 폐인처럼 지냈던 신의주 시절과는 달리 대단히 정력적으로 활동을 한 듯이 보인다. 공식적인 통역 업무 이외의 영역에서도 마찬가지였다. 오영진은 단편적이기는 하지만 이런 사실을 잘 전해 준다. 그에 따르면 백석은 「김일성 장군 개선 평양 시민대회」(1945.10.14)가 끝나고 나서 열흘쯤 지난 뒤인 24일 평남 임시인민정치위원회 주최로 「가선(歌扇)」이라는 일본식 요정에서 열린 '김일성 장군과 그 가족에 대한 환영연' 자리에 오영진과 함께 참석했다. 이기봉 역시 같은 내용을 기술하면서 백석이 최명익과 함께 평남 예술문화협회의 문인 대표 자격으로 이 자리에 참석했다는 내용을 추가했다.12) 이기봉이 오영진의 책 이외에 어떤 자료에 기초해서 이런 진술을 한 것인지는 불확실하지만 전후 상황을 고려하면 굳이 이 진술을 배척할 만한 이유는 없다. 이 환영연은 임시인민정치위원회가 주최한 것이기는 했지만, 개인이 아니라 초청을 받은 단체의 대표 자격으로 참석했다고 보는 것이 합리적이기 때문이다. 특히 오영진이 위원장 조만식의 비서 자격이 아니라 영화계를 대표해서 참석한 것으로 미루어 보면 백석이 최명익과 함께 평남 예술문화협회의 문인 대

---

12) 이기봉, 『북의 예술인』, 사사연, 1986, 120~129쪽. 이기봉에 대해서는 알려진 것이 별로 없으므로 증언 내용의 신빙성을 뒷받침할 만한 약력을 해당 책에 실린 대로 간략히 소개한다. "단국대학교 국문학과 졸업, 6.25 참전(일선부대 소대장·중대장. 북괴 포로수용소 탈출, 북괴군 최고사령부 총정치국 정치참모부 심리전처 집필위원.) (…이하 생략…)." 이후 다수의 북한 관련 도서를 출판했다. 같은 책, 371쪽.

표 자격으로 이 자리에 참석했다는 이기봉의 주장은 충분히 설득력이 있다고 보인다.

오영진은 이 환영연 자리에서 자신은 「비적 김일성을 잡으러 갔던 조선인 출신 일본 군인의 추억」이라는 즉석 꽁트를 낭독했고 백석은 「장군 돌아오시다」라는 즉흥시를 낭독했던 것[13]도 이 참석 자격 문제와 관련해서 이해할 수 있다. 물론 백석의 기질이나 성향으로 미루어 보면 그가 정말로 이런 즉흥시를 썼을까 하는 의문이 들기는 하지만, 민족 해방의 영웅에 대한 대망이 고조되고 있던 당시의 상황에서라면 충분히 그럴 수도 있었으리라고 생각된다. 김일성의 이름은 이미 1930년대 말부터 보천보 전투와 관련하여 국내에서 널리 알려졌을 뿐 아니라 백석이 만주에서 지냈던 시기에도 『만선일보』에 그에 관한 기사가 대대적으로 연재되었을 정도였으니[14] 이 전설적인 항일 영웅을 직접 대면하는 감격이 작지 않았을 것이기 때문이다.

백석이 조만식의 통역비서를 맡은 기간이 언제부터 언제까지였는지는 불확실하다. 하지만 조만식과의 개인적인 인연[15]을 고려하면 평남 임시인민정치위원회의 외사과장 자리를 맡은 것과 거의 동시에

---

13) 오영진, 앞의 책, 96~99쪽.

14) 『만선일보』에는 1940년 4월 16일부터 24일까지 「비적 김일성의 생장기」라는 제목으로 모두 5회에 걸쳐, 그리고 같은 해 8월 7일부터 13일까지 모두 6회에 걸쳐 「전전경방대무용전(前田警防隊武勇傳)」(2회부터는 '전전경방대무용담'으로 제목을 바꿈)이라는 제목으로 김일성에 관한 기사가 연재되었다. 오영진의 꽁트는 이 기사들(특히 후자)에 근거한 것일 가능성이 있다. 김일성에 관한 보도는 이미 『신천지』, 『동아일보』 등에서도 이루어진 바 있었지만, 만주에 거주하고 있던 조선인들에게 김일성의 인상을 강렬하게 각인시킨 것은 바로 이 『만선일보』 기사였다고 해야 할 것이다. 이 보도에서는 물론 김일성을 '비적의 수괴'로 소개하고 있지만, 이는 달리 보면 김일성이 악명높은 관동군을 상대로 '혁혁한' 전과를 올린 항일투사였음을 말해주는 것으로 읽힐 수 있었기 때문이다.

15) 조만식과 백석은 단순한 사제 관계 이상의 친분을 지닌 것으로 판단된다. 오산학교 교장 시절 조만식이 백석의 집에서 상당 기간 하숙을 했기 때문이다. 송준, 『시인 백석』1, 흰당나귀, 2012, 31~32쪽. 오산학교 재학시절의 인연에 대해서는 같은 책, 55~73쪽.

통역비서로 발탁되었다고 보아야 할 듯싶다. 그런데 조만식의 통역비서를 맡은 그 순간부터 백석은 항시 조만식의 지근거리에서 대기 상태에 있어야 했으므로 신의주나 정주를 오갔을 가능성은 거의 없었다고 해야 할 것이다. "정주 동림 구십여리 긴긴 하로길"(「적막강산」, 『신천지』, 1947.11)이라고 한 데서 알 수 있듯이 당시의 교통 사정으로는 평양-정주-신의주를 오가는 일이 그리 만만치 않았기 때문이다. 통신 환경도 마찬가지였다. 따라서 해방 후 백석이 정주에 머무르면서 "공산당 산하에 있는 '조선작가동맹' 기관지 『조선문학』에 아동문학, 평론, 창작, 시, 수필 번역 시를 발표했다"16)는 진술은 수용하기 어렵다. 백석의 통역비서 활동은 조만식이 소련 군정에 의해서 고려호텔에 연금되면서17) 대폭 축소되었음이 분명하지만, 1946년 11월 경까지 간헐적으로라도 지속되었던 것으로 보인다. 이는 백석의 청산학원 후배로 만주 체류 시절에 가깝게 지낸 고정훈의 증언을 통해 확인할 수 있다. 고정훈은 해방 후에도 하얼빈에서 체류하다가 1946년 11월경 귀국하게 되는데 귀국하자마자 "일본 청산학원 선배였던 P형"의 부름으로 평양 고려호텔에 연금되어 있던 조만식을 만나서 곧바로 통역을 맡게 되었다고 술회했다. 여기서 "일본 청산학원 선배였던 P형"은 백석을 가리킨다.18) 이로 미루어 보면 백석이 최소한

---

16) 함흥 영생중·고등학교 동창회, 『영생 백년사』, 2007, 329쪽.

17) 조만식은 1945년 말 모스크바 3상 회의에서 한반도에 대한 신탁통치안이 결의된 이후 줄곧 반탁 입장을 고수하면서 소련 군정 당국과 대립각을 세웠고 1946년 2월 3일 평남 인민정치위원회에서 북조선주둔 소련 점령군 사령부의 간부 전원을 상대로 한 담판 과정에서도 찬탁을 요구하는 소련 측의 회유를 강력하게 거부했다. 이로 인해 소련 군정 측으로부터 위원장직 사퇴를 강요당하게 되었고 급기야 2월 5일부터는 고려호텔에 연금되었다. 김학준, 앞의 책, 100~102쪽.

18) 고정훈, 「미소공위 결렬」, 『전환기의 내막』, 조선일보사, 1982, 72쪽. 이숭원이 작성한 연보에는 백석이 1946년 초부터 조만식의 통역 비서를 맡은 것으로 되어 있는데 앞에서

1946년 11월까지는 조만식의 통역을 담당했다고 추정할 수 있다.

한편 백석은 앞에서 언급한 김일성 환영연에 대한 답례 형식으로 김일성 측이 마련한 연회에도 오영진과 함께 참석을 했다. 그리고 이 두 차례의 환영연에서 낯을 익힌 소련군 장교들과 자주 만나면서 친분을 쌓았다. 이 소련군 장교들은, 거칠고 무지하고 난폭하기까지 했던 일반 병사들과는 달리 상당한 지적 능력과 문화적 소양을 지닌 사람들로 백석과 오영진은 이들과 함께 소비에트 러시아의 사회와 문화예술, 즉 문학과 영화 등에 대해 많은 대화를 했다고 한다. 이들과의 통역은 주로 백석이 담당했다. 이미 청산학원 시절부터 시작된 백석의 러시아어 독학은 함흥 시절과 만주 시절에도 계속되었고, 번역과 공식적인 통역 활동만이 아니라 사적인 교제에서도 이렇게 쌓은 러시아어 실력을 마음껏 발휘한 것이다.

하지만 조만식이 고려호텔에 연금된 뒤에는 이렇다 할 만한 공적 활동을 하지 않고 주로 이후 삶의 내용과 방향에 관해 암중모색하면서 소련 문학 작품의 번역에 힘을 쏟았던 것으로 보인다. 이미 만주 시절 백계 러시아인 바이코프의 소설 「식인호」(『조광』, 1942.2)과 「밀림유정」(『조광』, 1942.10~1943.2), 「초혼조」(『야담』, 1942.10) 등을 번역함으로써 번역 능력을 검증받은 바 있는 그는 이윤희와 결혼한 1945년 말 이후 평양 "동대원의 벽돌집"에 기거하면서 소련 문학 작품의 번역에 매진했던 것으로 알려져 있다. 특히 조만식의 통역비서 직을 후배 고정훈에게 넘기고 난 뒤에는 이 번역 작업에 좀 더 집중할 수 있었던 것으로 보인다. 『이싸꼽스키 시초』(1949), 『평화의 깃발: 평화

인용한 오영진의 진술로 미루어볼 때 이는 사실과 거리가 멀다고 생각된다. 이숭원, 『백석 시의 심층적 탐구』, 태학사, 2006, 286쪽.

옹호세계시인집』(1950) 등을 잇따라 번역·출간한 것은 이런 집중적인 노력의 결과였다고 할 수 있다.

　백석의 번역 활동은 '북한개혁'에 동참하는 백석 나름의 방식이었다고 보인다. 즉 그는 번역 활동을 통해서 "돈 있는 자는 돈을 내고 힘 있는 자는 힘을 내고 지식 있는 자는 지식을 내"라는 건국사상총동원운동에 참여하고 있었던 것이다.19) 소련 문학작품 번역은 그 자체로서 북한 문화 건설에 기여하는 일일 수 있었기 때문이다. 또 이 번역 활동은 해방 직후 조만식의 통역을 맡았던 경력이나 그의 사상성과 관련해서 제기될 수 있는 비판에 대한 방어막, 그리고 건국사상총동원과 관련된 각종 동원을 면제받을 수 있는 명분이 될 수 있었을 것으로 보인다. 그뿐 아니라 이윤희와 결혼을 해서 가장으로 가정을 꾸려가야 할 그에게 번역은 안정적인 수입을 위한 생계 수단일 수 있었다. 이처럼 번역은 여러 가지 점에서 북한 체제에 어울리지 않았던 백석이 해방 직후 북한에서 '문인'으로 살아남을 수 있는 최선의 선택이었다고 할 수 있다. 아울러 '선진 쏘베트' 문학의 자양분을 습득하려는 지적 욕구도 이런 활발한 번역 활동의 동력이 되었다고 할 수 있다. 그가 창작을 재개한 이후, 그리고 문단에서 완전히 자취를 감출 때까지도 꾸준히 번역을 한 것은 바로 이런 이유에서였다고 생각된다.

　이와 함께 소련 문학 작품 번역이 그의 사상에 영향을 미쳤을 가능성도 고려할 수 있을 것이다. 문학 작품을 통해서 사회주의 사상에 입문한 지식인이 적지 않았음을 생각하면 이 가능성을 부정할 수는

---

19) 분단 이후 백석의 작품과 번역에 대해서는 이상숙이 정리한 작품 연보를 참고할 것. 이상숙, 앞의 책, 27~30쪽. 이 연보에 따르면 백석이 해방 후 처음으로 번역한 작품은 쎄모노프의 『낮과 밤』(1947)이다.

없다고 생각된다. 그리고 그 가능성을 인정할 수 있다면 백석이 북한에 남은 것은 사회주의 이상에 대한 공감에 기초한 그 자신의 선택에 따른 것이라는 추론도 불가능하지 않을 것이다. 특히 이태준이나 오장환처럼 토지개혁(1946) 등의 '북한개혁'을 보면서 월북을 단행한 문인들도 적지 않았음을 생각한다면, 백석이 북한 현실을 긍정하지는 않았다고 하더라도 최소한 그 변화를 지켜볼 만한 가치가 있는 것으로 판단했을 가능성은 충분히 있기 때문이다. 『응향』 사건(1947) 이후 구상 등의 문인들이 월남한 것을 목도하기도 했고, 그 자신에게 월남의 기회가 전혀 없지 않았음에도 불구하고 월남의 길을 택하지 않았던 것도 이런 심증에 힘을 더해 준다.

백석의 번역은 대부분 「조쏘협회」 기관지인 『조쏘문화』에 실렸거나 북조선출판사, 조선문학가동맹 출판사, 혹은 교육성 출판사에서 출판되었다. 이는 백석이 일찍부터 조선문학가동맹에 가입해서 활동하고 있었음을 말해 준다. 공식적으로는 『조선문학』 2(1947.2)의 권두에 실린 「북조선문학동맹 전문분과위원 명단」에 '외국문학위원'으로 정률(鄭律), 박무(朴茂), 유문화(柳文華), 박이순(朴利淳), 엄호석(嚴浩奭), 이휘창(李彙昌), 최호(崔浩), 김상오(金常午), 장기동(張起동) 등과 함께 백석의 이름이 올라 있음[20]이 확인된다. 이로 미루어 보면 백석이 그보다 훨씬 이전부터 작가동맹에 가입했다는 추론도 가능하다. 특히 앞에서 인용한 이기봉의 언급대로 그가 해방 직후 평남문화예술협회에 가입했었다면 조선작가동맹 결성을 전후한 문단 재편 과정에서 자동적으로 작가동맹의 맹원이 되었다고 할 수도 있을 것이다. 이밖

---

20) 백석은 1953년 11월 14일 조선작가동맹 제4차 상무위원회에서 조선문학가동맹으로부터 외국문학분과위원으로 다시금 임명되었다. 『조선문학』(1953.12)에 실린 상무위원회 결정서.

에 해방 직후의 활발한 번역 활동, 소련군 장교들과의 친분, 소련문화 수용을 강조했던 당시의 분위기 등으로 미루어보면 백석은 어떤 형태로든 「조쏘문화협회」와 관계를 맺고 있었다고 하지 않을 수 없다.[21]

이처럼 활발하게 번역 활동을 하던 백석은 1950년대에 들어서면서 한동안 자취를 감추게 된다. 그러나 최근 박태일은 백석이 사용한 여러 가명(필명)을 확인하는 한편, 1950년부터 1964년까지 이런 이름들로 발표한 백석의 번역과 산문 자료들을 발굴, 소개했다. 이중에서 특히 중요한 것은 백석이 한국전쟁 중 연변으로 소개되어 잡지를 발간하는 등 전시 선전선동 업무를 담당했을 뿐 아니라 중국공산당 30주년을 기념하는 축사를 쓰기도 했다는 사실이다. 박태일은 이 사실과 함께 백석이 썼다는 문건, 즉 「당을 노래하며 당의 위대한 형상을 창조하자—중국공산당의 30주년을 기념하면서」(『연변문예』 2, 연변문련주위원회, 1951, 8~10쪽) 전문을 공개했다.[22] 이처럼 접하기 어려운 자료들을 수집해서 지금까지 알려지지 않았던 백석의 가명과 연변에서의 활동을 밝힌 박태일의 노고는 충분히 값진 것이지만, 그의 연구 결과를 받아들이기 위해서는 세심한 주의가 필요하다고 보인다.

특히 백석이 한국전쟁이 진행되는 동안 연변으로 소개(疏開)되어 선전선동 활동을 했다는 점에 대해서는 좀 더 세심한 검토가 필요하다고 생각된다. 인천상륙작전 이후 패주한 북한 인민군 중 일부가

---

21) 박태일, 「리식이 백석이다」, 『근대서지』 21, 한국근대서지학회, 2020.6, 97~97쪽. 박태일에 따르면 백석은 조쏘협회의 기관지 『조쏘친선』(구 『조쏘문화』)에 가명(혹은 필명)으로 다수의 번역작품을 실었다. 박태일은 「쏘베트 시문학: 제2차 전련맹 쏘베트 작가대회에서의 싸메드 부르군의 보충 보고」(『조쏘친선』, 1955.12) 등의 글을 그 예로 들었다. 이 잡지에는 번역자의 이름이 명기되어 있지 않으나 그 이듬해에 나온 『제2차 전련맹 쏘베트 작가대회 문헌집』에는 이 글의 번역자가 백석으로 되어 있다는 것이다.

22) 박태일, 「백석과 중국공산당」, 『한국근대서지』 18, 한국근대서지학회, 2018.12.

만주로 가서 전열을 재정비한 것은 틀림없는 사실로, 그 규모가 심지어 전체 인민군 병력의 3분의 1에 해당된다고 알려져 있기도 하다. 그뿐 아니라 김일성을 비롯한 최고위층이 가족을 만주로 피신시킨 것도 사실이다.[23] 따라서 백석이 만주로 갔을 개연성은 충분히 있다. 하지만 연변으로 소개되었다는 것은 또 다른 문제라고 해야 한다. 전시에 가장 안전한 후방지역으로 소개되는 것은 그야말로 극소수의 특권층이나 그 가족, 혹은 '혁명 역량의 보존'이라는 목표와 관련해서 중요한 의미를 지니는 인사들만이 누릴 수 있는 특전이었기 때문이다. 하지만 백석을 포함한 문인들이 이런 범주에 속한다고 보기는 어렵다. 실제로 문예총 지도부는 물론이고 문예총 소속 문인 대부분은 김일성 등 북한 지도부가 지휘소를 구축한 평안북도 강계로 대피한 게 고작이었다.[24]

이 점을 고려하면 백석이 전쟁의 영향에서 벗어난 연변에 가 있었다는 것은 그가 그만큼 중요한 인사로 평가받고 있었기 때문이라고 해야 할 텐데, 바로 이 부분과 관련해서 의문을 제기하지 않을 수 없다. 전쟁 전이든 전쟁 후든 백석이 당내에서 그 정도로 중요한 존재로 평가되었다고 믿을 만한 증거는 확인된 바 없기 때문이다. 후방에서의 선전선동 활동에 대해서도 비슷하게 말할 수 있다. 후방에서의 선전선동 활동이 인민군의 사기 진작과 관련하여 매우 중요한 사업임에는 틀림이 없지만 이런 업무를 담당할 수 있는 조건은 해당 업무와 관련된 기술적 능력이 아니라 투철한 사상성이나 당성일 것이다. 그

---

23) 박명림, 『한국 1950: 전쟁과 평화』, 나남출판, 2002, 541~547쪽.

24) 박남수, 『적치 6년간의 조선문단』, 국민사상지도원, 1952, 179·190·193쪽. 문예총 지도부 (한설야, 안함광, 이찬, 홍순철, 엄호석)은 밤을 도와 강계로 도망을 쳤고(1950년 9월 16, 17일) 그후 문예총도 강계로 소개했다고 한다.

러나 1950년의 시점에서 백석이 그런 투철한 사상성이나 당성을 가지고 있었다거나 당에서 중요한 지위를 차지하고 있었다고 볼 수 있는 증거는 아직 확인된 바 없다. 설사 백석이 해방 후 사상적 전회를 했다고 하더라도 그토록 짧은 시간 동안에 안전한 후방으로 소개될 만큼 중요한 위치에 올라섰다고 보기는 어렵다. 따라서 백석의 연변행이 어떻게 가능했는지, 그리고 연변 체류가 언제부터 언제까지 지속되었는지를 설명할 수 있는 추가적인 자료의 발굴이 필요하다고 생각된다.

그 다음 백석이 썼다는 「당을 노래하며 당의 위대한 형상을 창조하자—중국공산당의 30주년을 기념하면서」와 관련된 의문이다. 박태일 자신도 인정한 부분이기는 하지만, 그가 인용한 해당 글의 전문[25]을 보면 백석이 쓴 다른 글의 문체와 너무 큰 차이가 나서 이 글을 정말 백석이 쓴 것인지 의심스럽다. 하지만 일단 그런 의심을 접어놓고 본다고 하더라도 다음과 같은 문제점을 지적하지 않을 수 없다. 우선 백석이 과연 중국공산당 30주년을 기념하는 축사를 쓸 만한 자격을 갖추고 있었는가 하는 의문을 제기할 수 있다. 이런 축사를 쓰기 위해서는 무엇보다 중국공산당의 역사에 대해 해박한 지식을 가지고 있어야 하고, 당 안에서도 축사에 무게를 실어 줄 수 있을 정도의 지위에 있어야 하기 때문이다. 그러나 지금까지 알려진 대로라면 백석이 중국 공산당의 역사에 대한 해박한 지식을 갖고 있었다고 보기도 어렵고, 또 당내에서 그런 축사를 쓸 만한 지위에 있었다고 보기도 어렵다. 또 박태일의 지적처럼 '연변 지성계'의 역량과 자존심을 고려한다면 연변 지성계가 중국 공산당과 아무 관계도 없고 우당인 조선노동당

---

25) 박태일, 앞의 논문, 253~259쪽.

내에서도 미미한 존재일 수밖에 없었던 백석에게 이런 글을 쓰도록 한 이유에 대해서도 설명이 필요할 것이다. 이런 점들을 감안하면 박태일이 발굴한 새 자료들은 사실상 백석의 행적과 관련된 의혹을 덜어 주었다기 보다 백석 연구자들에게 이 설명하기도 어렵고 납득하기도 어려운 문제들을 설명할 수 있는 추가적인 자료의 발굴과 해석이라는 새로운 과제를 던진 셈이라고 하는 것이 옳을 것이다.

3. 전후 북한 시단의 변화와 창작의 재개

백석이 북한에서 발표한 동시 가운데 가장 이른 것은 1952년에 발표한 「병아리싸움」(『재건타임스』, 1952.8.11)이라고 할 수 있다.26) 하지만 이 작품 발표 이전에도 동시를 발표했는지는 확실치 않으므로, 이 작품을 북한에서 발표한 최초의 동시라고 말하기 위해서는 '지금까지 확인된 바로는'이라는 단서를 붙여야 한다. 이후 백석이 본격적으로 아동문학에 대한 관심을 기울이고 더 나아가서 동시를 창작, 발표하게 되는 것은 1956년 이후라고 할 수 있다. 1956년과 그 이후 2~3년간은 북한문학사에서 대단히 미묘한 시기에 해당된다. 이 해 10월에 열린 〈제2차 조선작가대회〉 이후 북한 문단에 상대적으로 '자유로운' 분위기가 조성되었기 때문이다. 하지만 반종파투쟁(1956.8)의 승리를 발판으로 김일성 유일지도체계가 굳어져 가고 있는 상황이었으므로 이 작가대회 이후에 조성된 '자유로운' 분위기는 실제로는 소련을 의식한 제스추어에 지나지 않았다고 할 수 있다. 다시 말해서

---

26) 이에 대한 상세한 논의는 이 책 356~357쪽, 특히 각주 9)를 참고할 것

걸으로 표방한 것과는 달리 여전히 문학예술에 대한 '쯔다노프식 통제'와 개인숭배의 분위기가 북한문학의 저류를 형성하고 있었던 것이다. 그리고 이 저류는 얼마 지나지 않아 다시금 표면으로 떠올라서 천리마 대고조기를 앞둔 시기부터 완전히 북한문단의 흐름을 주도하기 시작했다. 여기서 특히 중요한 것은 이 무렵부터 문학의 교양적 기능을 부쩍 강조하는 한편 교양 대상의 범위 또한 대폭 확대하려는 움직임이 노골화되기 시작했다는 점이다. 아동문학을 통한 교양을 학령 전 아동에게까지 확대하는 문제를 둘러싼 이른바 '아동문학 논쟁'은 그런 분위기 속에서 벌어진 것이다.

이처럼 문학을 통한 교양 사업을 강화하고 교양 대상의 범위를 대대적으로 확대하려는 노력은 그 후로도 지속되지만, 천리마운동이 발기된 1958년부터는 그 교양 내용과 관련해서도 뚜렷한 변화가 감지된다. 이와 관련하여 무엇보다 중요한 것은 〈제2차 조선작가대회〉 이후 잠시 주춤하는 듯이 보였던 김일성에 대한 개인숭배가 재개되기 시작했다는 사실이다.[27] 그것은 해방 이후부터 소련의 압도적인 영향 아래 있던 북한이 적어도 문학예술 분야에서만큼은 소련의 영향에서 벗어나고 있음을 시사한다. 이런 변화의 조짐과 구체적인 양상은 「조선작가맹 중앙위원회 5개년 계획 전망」 같은 문건 등을 통해서 확인할 수 있다.[28] 이 글에서는 전후 모든 평론의 준거가 되다시피 했던

27) 이종석, 『조선로동당연구』, 역사비평사, 1995, 3장과 4장(134~153쪽) 참고.

28) 「조선작가동맹 중앙위원회 제2차 전원회의에서」(『청년문학』, 1958.1). 작가동맹 중앙위의 공식회의였음에도 불구하고 이 자리에서는 제2차 조선 작가대회 이후 공식 문건에서 항상 준거로 활용되던 "소련 공산당 제20차 전당대회"와 "제2차 소련 작가대회"의 정신에 대한 언급이 전혀 나타나지 않는다. 「조선작가동맹 중앙위원회 5개년 전망 계획에 관하여: 동맹 12차 확대 상무위원회에서 한 한설야 위원장의 보고」(『문학신문』, 1958.5.15)에서도 마찬가지였다. 하지만 그 조짐은 이미 그 이전부터 나타나고 있었다고 보아야 할 것이다. 그 근거로 한설야, 「우리 문학의 새로운 창작적 앙양을 위하여: 조선작가동맹

소련공산당 제20차 전당대회, 그리고 〈제2차 소련 작가대회〉의 정신에 대한 언급은 물론, 〈제2차 조선작가대회〉에 대한 언급도 나타나지 않는다.

그 대신 이 문건이 강조한 것은 제1차 5개년 인민 경제계획의 성과, 그리고 "당의 문예 정책과 그 지도"의 정당성이었다. 문예는 "근로 대중에 대한 사회주의 교양 사업"을 목표로 해야 하며 이를 위해 "로동 활동과 불가분적 통일을 이룬 사회 생활과 개인 생활의 다양성 속에서" 긍정적 인간과 당적 인물을 형상화해야 한다는 것, 즉 "모범적인 형상의 창조"가 필요하다는 것이었다. 이와 함께 이 문건에서는 작품을 군중 속에 침투시키는 사업, 가령 독서조 사업과 써클 사업, 그리고 작가의 조직 사상적 강화, 즉 맑스―레닌주의 사상의 순결성을 확보하기 위한 "재교양 사업과 현지 파견 사업"의 필요성을 강조했다. 장형준이 "당적 지도성과 당적 리념을 체현한 당적 인간을 인민의 분신으로, 그의 전위로 옳바르게 형상화"할 것을 강력하게 주문한 것도 같은 맥락에서였다.29)

이런 흐름이 완전히 정착되는 것은 같은 해 9월 조선로동당 전원회의의 이름으로 전체 당원에게 발송된 '붉은 편지'와 김일성의 연설 「작가, 예술인들 속에서 낡은 사상 잔재를 반대하는 투쟁을 힘 있게 벌일 데 대하여」와 「공산주의 교양에 대하여」30) 등의 문건이 발표된 이후였다. 그 후 이 세 문건은 〈소련공산당 20차대회〉와 〈제2차 소련

중앙위원회 제2차 전원회의에서 한 한설야 위원장의 보고」(『문학신문』, 1957.11.14)를 들 수 있다.

29) 장형준, 「작품에서의 당적 지도성의 체현」, 『문학신문』, 1958.6.5.

30) 이 두 개의 문건은 모두 『김일성 전집』 22권(조선로동당출판사, 1998)에 수록되어 있다. 전자(1958.10.14)는 같은 책, 391~399쪽에 그리고 후자(11.20)는 475~501쪽에 각각 수록되어 있다.

작가대회〉의 정신을 대신해서 북한 평론의 새로운 준거로 자리잡았다. '붉은 편지'의 내용은 직접 확인할 수 없지만, 뒤의 두 문건에 담긴 내용은, 한마디로 현실을 견인하는 사상의 힘에 대한 강조로 요약할 수 있다. 먼저 「작가 예술인들 속에서 낡은 사상 잔재를 반대하는 투쟁을 힘있게 벌릴 데 대하여」는 "낡은 생산관계의 사회주의적 개조"가 완성되어 도시와 농촌에서 "사회주의적 생산관계가 유일적으로 지배"하게 되었고 사회주의 건설에서 "일대 혁명적 고조"가 일어나고 있다고 지적하면서 근로자들 속에서 자본주의 사상 잔재를 뿌리 뽑고 그들을 "공산주의 사상으로 무장시키는 것"이 우리(작가, 예술가─필자)의 임무임을 강조했다. "공산주의 교양을 강화하지 않고서는 승리한 사회주의 제도를 공고 발전시킬 수 없으며 공산주의를 건설할 수 없"다는 것이다.

사상성에 대한 강조는 "낡은 사상 잔재"를 청산하지 못한 예술가들, 그리고 당의 지도를 받지 않으려는 "자유주의적 행동"에 대한 격렬한 비판, 그리고 이런 무규율적인 현상을 극복하기 위해서 "당의 령도"를 강화해야 한다는 주장으로 이어졌다. 또 가족주의적 현상 역시 극복해야 할 대상으로 지적되었다. 이와 함께 이런 낡은 사상 잔재를 극복하기 위해서는 '붉은 편지'를 토의하는 사업과 결부하여 "낡은 사상 잔재를 뿌리 뽑기" 위한 투쟁이 필요하며 이를 위한 방법으로 "현실 속에서 배우며 자신을 단련하는" 방법이 필요하다고 강조했다.

현실을 견인하는 사상의 힘에 대한 강조가 좀 더 분명한 어조로 드러나는 것은 「공산주의 교양에 대하여」에서였다. 이 글 역시 전후복구건설의 성과에 대한 강력한 자신감을 바탕으로 한 것으로, 김일성은 이른바 '평양속도'라고도 일컬어진 현실 변화의 속도를 내세워 일본을 추월하는 것도 멀지 않았다고 강조했다. 이어서 김일성은 이런 위대한 승리가 '당중앙위원회의 령도가 정확했고 당의 경제정책'이 정당했기 때문이라고 자화자찬하면서 5개년 계획을 앞당겨 완수하기 위하여 공산주의 교양사업을 통한 "기술혁명과 문화혁명"을 강조했다.[31] 여기서 핵심이 되는 것은 작가와 시인들을 '당에 대한 충실성의 정신으로 교양하는 문제'였다. 그리고 그것은 앞서 말한 '혁명전통'과 결부되면서 곧바로 1930년대 항일유격대의 정신에 대한 강조로 이어졌다. 이를테면 공산주의 교양과 항일혁명전통, 특히 항일유격대의 정신과 도덕성이 아무 매개 없이 동일시된 것이다. 그것은 항일유격대를 이끈 수령에 대한 절대적인 충성심이 장차 공산주의 교양의 핵심으로 격상되리라는 것을 시사하는 것이기도 했다. 문학예술은 이 사상 사업을 위한 무기가 되어야 했고, 그 전위부대가 되어야 할 작가, 시인의 사상은 마땅히 강화되어야 했다. 이처럼 작가와 예술가들에 대한 사상사업의 중요성이 강조되면서 대대적인 현지파견이 재개되었다.[32]

이 두 편의 글에서 주목해야 할 것은 사회주의적 생산관계의 완성이라는 현실 진단과 공산주의 사회로의 이행이라는 목표의 문제이다.

---

31) 김일성, 「공산주의 교양에 대하여」, 앞의 책, 494쪽.

32) 「동맹 제15차 상무위원회 진행」(『문학신문』, 1959.1.1, 12.27). 조선작가동맹 중앙위원회 제15차 상무위원회 개최 소식을 알리는 이 기사의 내용은 1958년 9월의 이른바 '붉은 편지'와 같은 해 10월 14일 「김일성 동지의 교시」 실천을 위하여 노동 현장에 파견되었던 제2차 현지파견 작가들에 관한 것이다. 이와 함께 「로동하며 창작하며 참된 당의 작가가 되자」, 『문학신문』(1958.12.18) 참조. '조선작가동맹 중앙위원회 제3차 전원회의 확대회의' 진행 상황을 보고한(한설야) 이 글의 주된 내용 역시 현지파견에 대한 것이다. 현지파견의 중요성은 북한 체제 성립 초기부터 강조되어 온 것이지만, 이 시기의 현지파견은 약간 성격을 달리한다. 특히 여기서 주목해야 할 것은 1958년 말부터 대대적으로 전개된 작가 시인들의 현지파견이 주로 산간 오지의 농촌 지역에 집중되었다는 사실이다. 이는 '중공업의 우선적 발전과 경공업과 농업의 동시적 발전 노선'에 따라 도시와 공업 부문에 치우쳤던 복구건설의 성과를 낙후된 오지 지역으로 확대해야 한다는 판단에 따른 것으로 보인다. 『김일성전집』에 수록된 연설 가운데서 이런 산간 오지 개발에 대한 언급이 대단히 많은 것은 이 때문이라고 할 수 있다.

이 문건들은 "낡은 생산관계의 사회주의적 개조"가 완성되어 도시와 농촌에서 "사회주의적 생산관계가 유일적으로 지배"하게 되었고 사회주의 건설에서 "일대 혁명적 고조"가 일어나고 있다는 점을 되풀이해서 강조했다. 그것은 이 시대의 상징으로 제시된 '천리마'에 내재된 이중적 의미—변화의 속도, 그리고 공산주의 사회로의 수직적 초월, 혹은 도약의 의지—를 통해서도 짐작해 볼 수 있다. 전자는 천리마라는 낱말 속에 내재된 속도감, 후자는 천리마(천마)의 등에 달린 날개와 관련된다. 그것은 도달해야 할 목표가 아직도 요원한 것, 그리고 현재의 북한보다 몇 단계 위에 있는 것임을 암시한다. 북한 현실과 지향하는 목표 사이의 거리와 높이(단계)의 차이를 단숨에 극복하겠다는 과잉 의욕이 날개가 돋힌 천리마라는 기형적인 상징물을 만들어낸 것이다. 김일성이 애써 공산주의 교양을 강조한 이유는 이로써 명확해진다. 새로운 단계로의 도약을 위해서는 인민과 물자에 대한 대대적인 동원이 불가피했거니와 이를 위해서 사상의 힘을 빌리고자 했던 것이다.33) 이 과정에서 항일유격대가 소환된 것은 이 항일유격대야말로 위대한 '사상의 힘'을 보여주는 생생한 사례였기 때문이다.

작가, 시인들에 대한 사상의 단련과 강화, 그리고 이를 위한 현지파견의 필요성이 새삼 강조된 것은 이런 분위기 속에서였다. 새로운 분위기의 조성을 위해서는 늘 그런 것처럼 과거 문학에 대한 비판과 단죄가 수반되었다.34) 동시에 당은 인민과 작가 모두를 주마가편(走馬

---

33) 김일성이 '공산주의 교양'을 처음 강조한 것은 1958년 10월 30일에 발표된 「군인들 속에서 공산주의교양과 혁명전통교양을 강화할 데 대하여(조선인민군 각급 군사학교 교원대회에서 한 연설」(앞의 책, 424~426쪽)에서였다. 여기서 김일성은 인민군대의 임무는 "사회주의 전취물을 지키며 사회주의와 공산주의를 향하여 나가는 인민들의 창조적 로동을 철옹성 같이 보위"하는 것이라고 하면서 이를 위해 공산주의 사상으로 무장해야 함을 역설한 데 이어 항일 혁명전통 교양의 중요성을 강조했다.

加鞭)의 기세로 몰아붙였다. 사상성을 앞세운 평가의 기준은 매번 높아졌고, 이는 작가들에게 거듭해서 사상의 강화를 요구하는 것으로 이어졌다. 이 시기의 비평은 이 점을 잘 보여준다. 가령 엄호석은 "짧은 문학 형식으로서의 서정시는 시대정신이 충분한 사색을 거쳐 탄알처럼 장약되었다가 시인의 심장의 목소리로 튀여 나올 때만" 독자들을 고무시키고 전진시킬 수 있으며 시인은 "공산주의로 지향하는 우리 현실을 시로 써서 공산주의 리상으로 키워진 시인의 심장의 꽃"을 보여주어야 한다고 주장했다. 그리고 이를 위해서는 결국 "미학적 리상과 지적 사상을 제고하는 문제"가 절실하며, 따라서 "서정적 체험으로부터 구어져 나온 사색된 시적 사상을 강화하는 것"을 목표로 해야 한다고 강조했다.[35] 전동우도 비슷한 맥락에서 서정시에서의 '혁명적 랑만성'의 문제를 다시 강조했다. 그는 '혁명적 랑만성'은 수법의 문제가 아니라 '시인의 빠포쓰'의 문제임을 재확인하면서 "공산주의자의 성격 속에 고유한 그 백절불굴의 투쟁 정신, 최후 승리에 대한 확고 부당한 신념과 뜨거운 열정"을 담은 "투쟁정신으로 충만된 격조 높은" 시가 필요하다고 강조했다.[36]

하지만 가장 주목해야 할 것은 1930년대 항일유격대의 '혁명전통'이 문학이 계승해야 할 새로운 '혁명전통'(백절불굴의 의지, 혹은 혁명적

---

34) 「시문학에서 부르죠아 사상 잔재를 청산하자: 1958년 시문학 분과 위원회 창작 총화 회의」, 『문학신문』, 1959.2.1. 그 대표적인 희생물이 된 것은 김순석이었다. 김순석의 시집 『황금의 땅』(1957)은 "부르죠아 사상과 미학 취미가 집대성"된 것으로 "낡은 청춘들의 애수"를 표현한 것에 지나지 않고(리맥), 「마지막 오솔길」은 "소부르죠아적 인테리의 감상과 애수와 영탄으로 일관된 작품"으로 젊은 작가들에게 '해독적 영향'을 미쳤다(정서촌)는 것이 비판의 요지였다. 이와 함께 홍순철, 서만일 등도 비판의 대상이 되었다.

35) 엄호석, 「서정시의 사상성」, 『문학신문』, 1959.4.5.

36) 전동우, 「서정시에서의 랑만성」, 『문학신문』, 1959.7.2.

낭만주의, 수령에 대한 충성심—필자)으로 급부상했다는 사실이다.[37]
1950년대 중반까지 북한문학의 기원으로 강조된 것은 1920년대 카프
(KAPF)의 '혁명전통'이었지만, 1959년 무렵부터 1930년대 항일유격대
의 혁명전통이 강조되기 시작한 것이다. 이후 한동안은 카프의 혁명
전통과 항일유격대의 혁명 전통이 따로 거론되거나 양자가 함께 거론
되는 경우에도 양자 사이의 관계에 대한 명확한 언급은 없었다. 하지
만 이내 항일유격대의 혁명전통, 즉 김일성의 직접적인 영도 하에
형성된 항일혁명문학의 전통이 카프에 영향을 미친 것으로, 다시 말
하면 카프문학도 항일혁명문학의 지도 아래 발전된 것으로 규정되었
다.[38] 이를 정당화해 준 것은 항일혁명문학이 "항일무장 투쟁 대오
속에서 직업적 혁명가들에 의하여" 창작된 것으로 공산주의적 당성으
로써 일관된 진정으로 자유로운 문학, 그리고 조선문학사에서 처음으
로 "당 단체의 직접적 지도 하에 창작된 철두철미 당적인 문학", 다시
말해서 창작 과정(집체적 창작)과 존재 형식(대중적인 존재), 보급에서
의 집체성, 인민성, 군중성을 지닌 "공산주의 예술의 싹"이라는 논리
였다.[39]

　이는 결국 반종파투쟁에서 승리함으로써 항일 빨치산을 중심으로

---

37) 「조선작가동맹 중앙위원회 제4차 전원회의 결정서」, 『조선문학』, 1959.5, 25쪽. 이 결정서
　　는 이와 함께 "근로자들과 청소년들을 미래의 인간 공산주의 사회의 인간으로 교양 육성
　　하는 공산주의 문학 건설"이 목표임을 분명히 했다. 공산주의자의 전형적 성격을 창조하
　　고 "인식의 정서화"를 통해 이를 표현해야 한다는 것이다(26~29쪽). 여기서 주목해야
　　할 것은 공산주의자의 전형적 성격이 "김일성 동지를 비롯한 30년대의 혁명 투사들의
　　공산주의적 전형을 창조"하는 것과 동일시되고 있다는 점이다.
38) 1960년대 초까지는 한설야 등 구카프 계열 문인들을 중심으로 카프의 혁명전통을 강조하
　　는 글이 『조선문학』과 『문학신문』 등에 연이어 실렸다. 이는 1950년대 말부터 항일혁명문
　　학이 계승해야 할 핵심적인 혁명 전통으로 급부상하는 데 따른 반응이었다고 생각된다.
39) 문학연구실, 「공산주의 교양과 문예학의 과업」, 『공산주의 교양과 우리문학』, 과학원출판
　　사, 1959, 12~13쪽.

한 김일성 유일지도체계가 구축된 결과였다고 하지 않을 수 없다. '혁명전통 주제'를 다룬 작품을 많이 쓰자는 주장이 대두된 것도 마찬가지다. 이 주장은 결국 항일유격대와 그 지도자인 김일성이 북한문학이 다루어야 할 핵심적인 주제임을 선언한 것이나 다름없었다. 바로 그 전해에 있었던 〈아동문학 논쟁〉이 결국에는 학령 전 아동기부터 1930년대 김일성 원수가 이끈 항일유격대의 정신과 도덕성을 중심으로 한 공산주의 교양을 주어야 한다는 것으로 수렴된 것도 이런 분위기 속에서였다.[40] 백석의 시 창작은 이상에서 살펴본 것처럼 〈제2차 조선작가대회〉 이후의 표면적으로 '자유로운' 듯했던 분위기가 다시금 문학의 사상성과 교양성을 강조하는 쪽으로 변화되기 시작하는 미묘한 시점에 재개되었다.

4. 북한'시인'과 '북한'시인의 거리

지금까지 확인된 대로라면 백석은 먼저 아동문학을 통해 창작을 재개했고, 이어서 시를 발표한 것으로 보인다. 그 중 지금까지 확인된 가장 첫 작품은 『문학신문』에 연재되는 〈내 고장의 자랑〉이란 고정란에 발표한 「등고지」라는 작품이다. 이 〈내 고장의 자랑〉이라는 고정란은, 향토에 대한 인민들의 애정과 긍지를 고취시키기 위해 마련된 것으로, 주로 해당 고장 출신 문인의 작품을 싣는 란(欄)이라고 할 수 있다. 그런 제약에도 불구하고 백석이 자기 고향도 아닌 '신도(薪島)'[41]에 관한 시를 여기에 실은 것은 아마도 그 자신이 『문학신문』의

---

40) 이에 대해서는 이 책 378~382쪽을 참고할 것.

편집위원이었기 때문이었기 때문일 것이다. 신문 같은 매체의 고정란에 실을 마땅한 작품을 확보하지 못한 경우, 편집위원 중의 한 사람이 그것을 채워 넣는 관행에 따라 이 시를 썼을 가능성이 높은 것이다. 이 작품이 해당 지역에 대한 취재나 탐방 경험을 담은 시의 성격을 띠고 있는 것은 이 때문일 것이다.

하지만 이 작품을 통해서 단편적이나마 한국전쟁에 대한 백석의 인식을 엿볼 수 있다는 점에서 짚고 넘어갈 필요가 있다. 이 시는 일종의 '후일담(後日譚)' 성격의 시, 혹은 회고시에 해당하는 것이지만, 적에 대한 분노와 격정, 적과 싸우는 인민의 영웅적인 용기와 희생을 강조하는 대개의 북한시와는 상당히 다른 모습을 보여준다. 이 시의 화자는 모종의 이유(아마 과거 전적지에 대한 탐방 취재 차)로 과거 전장이었던 '신도(薪島)'를 찾아가는 중에 만난 "늙은 사공"(한때 전사였던)을 통해서 적에게 빼앗긴 섬을 되찾기 위해 죽음을 무릅쓰고 섬으로 가서 "원쑤"들과 싸운 인민들의 영웅적인 모습을 확인하게 된다.[42] 그리고 전쟁의 상처를 극복하고 다시금 풍요로움과 아름다움을 회복한 신도에 가고 싶다는 소망을 담담하게 말한다.

정거장에서 60리
60리 벌'길은 멀기도 했다.

가을 바다는 파랗기도 하다!

---

41) 『조선대백과사전』 15권(312~314쪽)의 '신도' 항목에 따르면 이 섬은 압록강 하구에 있었으나 후에 마안도, 양도, 장도, 말도 등과 제방으로 연결되면서 현재는 '비단섬'의 일부가 되었다.

42) 이상숙, 앞의 논문, 105쪽.

이 파란 바다에서 올라 온다-
민어, 농어 병어, 덕재, 시왜, 칼치…가

이 길외진 개포에서
나는 늙은 사공 하나를 만났다.
이제는 지나간 세월

앞바다에 기여든 원쑤를 치러
어든 밤 거친 바다로
배를 저어 갔다는 늙은 전사를!

멀리 붉은 노을 속에
두부모처럼 떠 있는
그 신도(薪島)라는 섬으로 가고 싶었다.

—「등고지」(『문학신문』, 1957.9.19) 전문

이 시에서 눈여겨보아야 할 것은 '조국해방'이나 '수호' 같은 거창한
이념을 내세우거나 지나친 감격벽(癖)으로 인한 과잉된 정서를 토로
하는 대신 차분하게 가라앉은 목소리로 전쟁 시절과 현재를 대비시키
고 있다는 점이다. 이 시에서 "신도"의 풍요로운 물산(2연)과 평화스럽
고 아름다운(4연) 현재 모습은 조국전쟁 시기의 전사였던 "늙은 사공"
을 매개로 해서 과거(전시)와 연결된다. 이는 이 전쟁이 풍요롭고 아름
다운 자기 고향을 침입한 '외적'을 물리치기 위한 것이었음을 확인하
기 위한 장치라고 할 수 있다. 이 진술은 현재 화자의 눈앞에 펼쳐진
이 아름답고 풍요롭고 평화로운 섬의 모습이 그런 자위적 투쟁의 결

과임을 일깨우는 효과를 발휘한다. 젊은 시절 "어든 밤 거친 바다를/ 노 저어" 가서 "앞바다에 기여든 원쑤"들을 물리치기 위해 죽음을 무릅쓰고 싸운 이 평범한 인민들의 투쟁 덕분에 이 아름답고 풍요로운 섬을 지켜낼 수 있었다는 것이 이 시가 전하는 메시지인 셈이다. 이처럼 자기 터전을 지키기 위해서 인민들 스스로 힘을 기르고 단결해서 적과 싸워야 한다는 주제는 그의 동시에서 반복적으로 등장하는 것이기도 하다.

「등고지」 다음에 발표한 작품은 부르주아 과학에 대한 프롤레타리아 과학의 승리를 상징하는 1958년의 사건, 즉 소련의 '제3 인공위성' 발사를 축하하기 위해서 쓴 「제3 인공위성」(『문학신문』, 1958.5.22)이다.[43] 이후 그가 문단에서 자취를 완전히 감추게 되는 1964년까지 그가 발표한 시 가운데 현재까지 확인된 것은 모두 17편 정도로 이 작품들은 모두 1958년 초 삼수로 현지파견을 나간 이후에 쓴 것들이다. 이 중 눈여겨보아야 할 작품으로는 1959년과 1960년 사이에 쓴 「이른 봄」, 「공무려인숙」, 「갓나물」, 「공동식당」, 「축복」(이상 5편은 『조선문학』, 1959.6), 「돈사의 불」, 「하늘 아래 첫 종축 기지에서」(『조선문학』, 1959.9), 「눈」, 「전별」(『조선문학』, 1960.3) 등 9편을 들 수 있다. 이 작품들은 해방 전 백석 작품의 특성을 어느 정도 유지하고 있을 뿐 아니

---

43) 이 시는 행사시로 특별한 의미를 부여하기 어렵지만 사회주의 체제와 이념에 대한 백석의 입장을 엿볼 수 있게 해 준다. 백석은 이 시에서 이 인공위성(스푸트니크 3호)을 "공산주의의 천재"로 규정하고 "이 땅을 … 영광으로 빛내이며/이 땅의 모든 설계를 비약시키누나"라고 읊었다. 그것은 이 작품 이후에 발표한 산문(「이 지혜, 이 힘 앞에」, 『문학신문』, 1960.1.26)에서 말한 것처럼 이 인공위성의 발사를 자본주의 세계 체제로부터 가지는 군사적 위협으로부터 스스로를 지킬 수 있는 수단을 확보한 '쾌거'로 받아들였기 때문이다. 하지만 이런 판단은 이 인공위성 자체가 군사적 수단이어서가 아니라 이 인공위성을 궤도에 올리기 위해 사용된 로케트의 추력이 대륙간 탄도탄을 실어 나를 수 있을 만큼 강력한 것이라는 데서 비롯된 것이다.

라 시적 성취의 측면에서도 당시 북한 시단에서 가장 뛰어난 작품으로 볼 수 있기 때문이다. 한동안 시작으로부터 거리를 두었던 그가 불과 몇 달 사이에 이 정도의 작품을 발표한 것은 천리마 시대의 본격적인 개막과 관련하여 작가동맹이 창작이 부진한 작가, 시인들의 적극적인 활동을 촉구하면서 '총동원령'을 내린 것과 무관하지 않을 것이다.44) 또 백석도 다시 당의 신임을 회복해서 평양으로 복귀해야 한다는 절박한 심정으로 시의 창작에 임했을 가능성이 높다.

하지만 이 시들을 단순히 당과 작가동맹의 요구에 따라 마지못해 쓴 것으로 볼 수만은 없다. 이 시들에는 현지 체험, 특히 그 속에서 겪은 현실의 변화와 농민들의 삶에 대한 깊은 공감 없이는 담아내기 어려운 진정성이 담겨 있다고 보이기 때문이다.45) 그것은 백석이 전후 복구건설의 성과를 직접 확인하면서 생산 관계의 사회주의적 개조의 필요성, 즉 공산주의 사회로의 도약을 위한 물적, 제도적 토대를 만들어야 할 필요성 등에 어느 정도 공감하고 있었음을 시사한다. 전후 복구건설의 성과는 북한 특유의 과장법에 때문에 실제보다 부풀려진 부분이 없지 않지만, 단순히 그런 이유를 들어서 부정할 수 없을 정도로 뚜렷한 성과를 거두고 있었기 때문이다.

「까치와 물까치」(『아동문학』, 1956.1)는 이런 전후 복구건설의 성과를 서로 자기가 사는 지역의 복구건설 현장을 자랑하는 '까치와 물까치'의 논쟁과 화해를 통해 잘 보여준다. 거의 맨손으로 진행되다시피한 이 복구건설은 인민들의 무한한 희생과 헌신을 통해서만 가능했

---

44) 1957년 11월과 12월에 연속해서 발표된 「우리도 천리마를 타자」(『조선문학』, 1957.11), 「천리마의 기상으로」(『조선문학』, 1957.12) 등의 논문 참고.
45) 김재용, 「백석 문학 연구: 1959~1962년 삼수 시절을 중심으로」, 『현대북한연구』 14(1), 2011.

다. 북한 체제 성립 시기부터 북한문학의 핵심적인 원리로 강조되었던 '혁명적 낭만주의'는 이 전후 복구건설 과정에서 그 어느때보다 큰 힘을 발휘했던 것이다. 동시 「나무 동무 일곱 동무」(『집게네 네 형제』, 1957)도 전쟁의 승리와 복구건설을 위해 모든 것을 바치는 '나무 동무'의 형상을 통해 인민들의 기꺼운 헌신, 혹은 인민들 사이에서 퍼져가는 혁명적 낭만주의 정신을 그린 작품이다.

백석이 이처럼 복구건설을 위한 인민들의 성심과 헌신을 직접 경험하게 된 것은 책상을 벗어나서 삼수로 현지파견을 나간 뒤부터였다고 할 수 있다. 말하자면 삼수 같은 산간 오지에까지 미치고 있는 '놀라운' 변화를 목격함으로써 이런 변화를 만들어내고 있는 인민의 모습을 그릴 수 있었던 것이다. 이런 관점에서 우선 주목해야 할 작품은 「공무려인숙」(『조선문학』, 1959.6)이다. 이 작품은 현지파견 직후, 아직 안정된 처소를 마련하기 전에 임시로 머물렀던 '공무려인숙'에서 만난 젊은이들의 모습을 그린 것으로, 해방 전에 발표한 「산숙(山宿)」(『조광』 4(3), 1938.3)을 연상케 한다. 「산숙」에서 백석은 '국숫집'을 겸한 산골 여인숙에서 "목침들에 새까마니 때를 올리고" 간 사람들, 즉 삶에 뿌리를 내리지 못하고 길 위의 삶을 살아가는 사람들의 누추하고 고달픈 삶을 떠올리며 그들의 애환에 깊은 공감을 느끼는 애틋한 심정을 그렸다. 이에 비해 「공무려인숙」은 산간 오지를 개간함으로써 인민들의 삶을 변화시키겠다는 사명감과 열정으로 무장한 젊은 '지식인'들을 그린 작품이다. 이 '공무려인숙'은 각기 지정된 임지로 떠나기 직전의 젊은이들이 만나고 헤어지는 임시 숙소이다. 하지만 이 '공무려인숙'을 통해서, 그리고 여기에서 만나 교감을 나누는 젊은이들을 통해서 전후 복구건설의 의지와 열정은 증폭되고 확산된다. 따라서 이 '공무려인숙'은 그 낡고 허름한 외관과는 달리 어떤 도덕적 광휘를 지닌 공간으로 변모하게 된다.

이처럼 미래에 대한 낙관적인 전망, 그리고 그에 기초한 사명감과 열정, 즉 혁명적 낭만주의로 무장하고 현지에 파견된 젊은이의 모습은 북한시에서 상투적으로 등장하는 것이지만, 이 시기에는 좀 더 특별한 의미를 지닌다. 전후 복구건설, 특히 다급한 식량 문제의 해결을 위해서는 척박한 산간 오지의 개발이 필요했고 이를 위해서는 무엇보다 젊은이들의 열정과 헌신이 절실했기 때문이다. 따라서 이처럼 전후의 피폐한 현실 속에서 당의 호명(呼名)에 따라 산간 오지로 온 이 젊은이들이 내면에 간직된, 공동체를 위한 희생과 헌신의 열정 속에는 상당한 자발성과 진실성이 내포되어 있었다고 좋을 것이다. 이 시가 보여주는 것은 바로 이런 혁명적 낭만주의와 열정이 젊은 지식인들 사이에서 조용히 퍼져나가는 모습이다. 이 점에서 이 시는 이 시기를 대표하는 작품 중의 하나라고 할 수 있는 김순석의 「벽동계선장」(『조선문학』, 1963.9)과 비교할 만하다. 이 '벽동계선장'이라는 나루터도 '공무려인숙'과 마찬가지로 산간 오지로 파견을 나가거나 돌아오는 젊은 사람들이 만나고 헤어지는, 그리고 혁명적 낭만과 열정을 나누는 공간이다. 김순석은 이 '벽동계선장'에서 만나고 헤어지는 젊은이들 사이에서 산간 오지를 개발하려는 의지와 열정이 퍼져가는 모습을 실감나게 형상화했다. 하지만 「벽동계선장」이 이 때문에 높은 평가를 받은 데 비해, 같은 주제를 다룬 「공무려인숙」은 그 뛰어난 형상성과 성취에도 불구하고 북한문단에서 별다른 주목을 받지 못했다.

「벽동계선장」이나 「공무려인숙」은 현지 파견에 대한 불만, 낯선 생활에 대한 두려움, 미래에 대한 불안 같은 것이 전혀 없이 오로지 당이 부여한 임무를 수행하려는 공적 의지와 열정으로 무장한 젊은이들의 모습을 그리고 있다. 이처럼 자기 자신이 아니라 전체 인민을 위해 기꺼이 자신을 희생하고 헌신하려고 하는 인물 형상들, 그리고 그들이 지닌 내면의 열정은 충분히 아름답다고 할 수 있다. 하지만 문제는 그 형상들의 열정에 공감하기 어렵다는 사실일 것이다. 물론 시의 화자는 이런 젊은이들의 모습에 기꺼이 공감을 표하면서 새롭게 결의를 다지지만, 어딘지 모르게 공허한 느낌을 준다. 그것은 이 시가 보여주는 공적 열정과 희생의 의지가, 그 표면적인 아름다움에도 불구하고 내적인 깊이가 결여되어 있기 때문이다. 이처럼 인민의 공적 열정, 그리고 공동체를 위한 기꺼운 희생과 헌신의 의지는 시기를 막론하고 북한시가 줄곧 그려온 것이지만, 그것은 대개 개개 인간의 내면에 자리잡고 있는 이기적인 본능이나 욕망과의 치열한 대결을 통해 성취된 것이 아니라 외부(당, 국가)로부터 주입된 것이었다. 북한 문학이 창조한 이 아름다운 형상과 감정들이 독자들의 공감으로 이어지지 않는 것은 바로 이 때문이라고 보인다. 한 점의 회의도 망설임도 없이 곧바로 공적 목표의 성취를 위한 희생과 헌신의 의지와 열정으로 고양되는 서정적 주인공의 모습이 상투적 반응 이상의 공감을 불러오지 못했던 것이다. 다시 말해 서정적 주인공의 가슴을 채우고 있는 헌신에의 의지와 열정이, 그들의 내면에서 벌어지는 당위와 현실, 혹은 이념과 개인적 욕망 사이의 갈등을 이겨냄으로써 얻어진 것이 아니라 외부로부터 주입된 것에 지나지 않기 때문에 형상 자체의 아름다움에도 불구하고 깊은 문학적 감동을 전해 주지 못한 것이다.

이에 비하면 「갓나물」(『조선문학』, 1959.6)은 이런 영웅적 감정의 조작 없이 전후 복구건설의 승리로 인한 생활의 변화를 실감나게 그린 수작으로 꼽을 수 있다. 이 시에서 백석이 주목한 것은, 단지 잠깐 고향을 떠났다가 돌아왔을 뿐인 서정적 주인공조차도 인지할 수 없을 정도로 빠르게 변해가는 현실의 모습이다. 변화의 물결—즉 계획경제의 효율적인 운영으로 인한 자원의 원활한 유통—이 국가 행정력이 즉각적으로 미치기 어려웠던 산간 오지까지 빠른 속도로 밀어닥치고 있음을 보여준 것이다. 하지만 이 시의 서정적 주인공인 처녀는 그런 변화를 선도하는 영웅적인 인물이 아니라 변화의 기미조차 깨닫지 못하는 약간은 '둔감한' 인물이다. 따라서 "한 달 열흘 고향을 난 동안에/조합에선 세 톤 짜리 화물 자동차도 받아/래일 모레 쌀과 생선 실러 가는 줄,/래일 모레 이 고장 갓나물을 실어 보내는 줄"을 깨닫지 못하고 있던 그녀가 고향으로 돌아와 현실의 변화와 마주치는 순간, 그녀는 엄청난 '경탄'의 감정에 사로잡게 되고 이런 변화를 가져온 당과 국가에 대한 충성을 다지게 된다. 현실의 변화를 일일이 예거하는 대신 에둘러 표현하는 간결하고 압축적인 서술, 그리고 변화의 중심이 아니라 바깥에 있던 처녀의 내면에서 일어나는 반전(무지에서 경탄으로의 급격한 전환)을 통해 전후 복구건설의 '놀라운' 성과를 그린 것이다. 이처럼 시인의 주관적인 감격을 토로하는 대신 시인이 창조한 인물 형상의 시선을 통해서 변화된 현실의 모습을 보여준다는 점에서 이 작품은 백석이 여전히 해방 전의 시적 역량을 유지하고 있음을 보여주는 작품으로 평가할 수 있다.

「축복」(『조선문학』, 1959.6)은 "어린 것의 첫 생일"을 맞아 이웃과 "이 먼 타관에 온 낯설은 손"을 대접하는 젊은 부부를 그린 작품이다. 이 시에 등장하는 젊은 부부는 어려서 고아가 되었으나, 다른 사람의 도움을 기대하기 어려운 역사의 격변기를 거치는 동안 "당과 조국의 보살핌" 속에서 어엿한 성인으로 성장한 사람들이다. 그들이 부부의 연을 맺고 낳은 첫 아이의 돌잔치에 초대받은 화자는, 이들의 삶을 통해서 인민의 세세한 일상까지 보살피는 '자상한' 당과 국가의 존재를 발견한다. 봉건 왕조와 식민지 시대를 거치는 동안 국가의 억압과 폭력 밖에는 경험해 보지 못한, 더구나 "고아로 자라난" 이 집의 주인에게 자신들을 보호하고 성장을 이끈 "당과 조국의 은혜"는 사무치는 것일 수밖에 없다. 따라서 화자는 이들이 "당과 조국의 은혜"속에 "길고/탈없는 한평생을 누리기와,/그 한평생이 당과 조국을 기쁘게 하는/한평생이 되기를" 축복한다. "당과 조국"에 대한 반복적인 언급이 시의 맛을 떨어뜨리기는 하지만, 집을 묘사하는 대목이나 생일잔치 상에 오른 음식, 그리고 그것을 함께 나누는 사람들의 모습에 대한 묘사한 부분, 즉 "이깔나무 대들보 굵기도 한 집엔/정주에, 큰방에, 아이 어른—이웃들이 그득히들 모였는데,/주인은 감자국수 눌러, 토장국에 말고/콩나물 갓김치를 얹어 대접을 한다"라고 한 3연은 해방 전에 발표한 「국수」(『문장』, 1941.4) 같은 작품을 연상케 한다. "당과 조국의 은혜"를 되풀이하는 부분을 빼고 고아로 자라서 가정을 이룬 부부가 첫아이의 돐을 맞아 마을 사람을 대접하는 모습만 놓고 보면 이 시는 읽는 사람의 마음을 따뜻하게 해주는 작품이라고 평가할 수 있다.

현지 파견 후 백석이 체험한 협동농장의 모습과 분위기는 앞서 언급한 백석의 동시들을 통해서도 어느 정도 파악할 수 있지만 「공동식당」(『조선문학』, 1959.6)은 이 점을 좀 더 구체적으로 보여준다. '공동식당'의 풍성하고 흥겨운 분위기는 식당 안팎을 드나들며 떠들썩하게 노는 아이들, 음식을 준비에 분주한 아낙들, 그리고 "밭 갈던 아바이, 감자 심던 어머이/최뚝에 송아지와 놀던 어린것들,/그리고 탁아소에서 돌아온 갓난것들"이 모여서 식사를 기다리는 모습을 통해서 생생하게 그려진다. 특히 「여우난곬족」(『사슴』, 1936) 마지막 연에 나오는 아이들의 놀이를 연상케 하는 이 부분은 이 협동농장과 공동식당의 활력과 열정을 잘 보여 준다. 이 공동식당은 말할 것도 없이 농촌경리의 협동화, 특히 협동농장의 건설과정에서 만들어진 것이다. 이 공동식당의 의미는, 협동농장에 관한 북한 인민의 다양한 반응과 관련해서 이해할 수 있다. 농업의 노동집약적 성격을 고려하면 전후 북한이 농업경리의 협동화를 서둘러 추진한 것은 전쟁 기간 중 입은 막대한 인력 및 축력의 손실을 만회하고 농업 생산력을 신속하게 회복하기 위한 불가피한 선택일 수 있었다. 하지만 농민의 입장에서는 경자유전의 원칙에 따라 분여되었던 농지의 수용을 전제로 한 협동농장화가 마냥 반가운 것이었다고 할 수만은 없었다. 따라서 농업경리의 협동화에 대한 반응은 지역적 특성에 따라 저항에서부터 관망, 그리고 적극적인 협조에 이르기까지 다양하게 나타났다.46) 노동력의 확보가 쉽지 않은데다가 변변한 경작지조차 없는 삼수 같은 오지에서는 이런 협동농장이 개간에 필요한 노동력을 안정적으로 확보하는 효율적인 수단으로 받아들여졌던 것으로 보인다. 이 시의 공동식당은 이런 협동농장에서 취사와 육아 같은 가사노동의 집중화, 조직화를 통해 노동력을 최대한 생산 부문에 투여하기 위해 만들어진 것이라고 할 수 있다. 따라서 실제적인 운영 과정에서 수다한 문제가 발생할 가능성을 안고 있기는 하지만 적어도 초창기에만큼은 공동식당의 효율성에 대한 기대가 적지 않았다고 생각된다.

백석이 그린 공동식당의 풍경은 바로 이런 초창기의 모습—모든 사람이 화해롭게 협력하고 이를 통해 얻은 결실을 나누는 삶, 정확하게 말하자면 그런 삶에 대한 희망과 기대를 표현한 것으로 이해할 수 있다. 식당 안팎을 오가며 즐겁게 노는 아이들은 바로 그런 의욕과 활력, 그리고 미래에 대한 희망 섞인 기대를 보여준다. 다시 말해 공동

---

46) 협동경리에 대한 반응의 차이에 대해서는 오성호, 「재건의 의지와 열정」, 『북한시의 사적 전개과정』, 경진출판, 2010, 83~93쪽을 참고할 것.

식당의 활기와 활력, 그리고 그런 공동체적 분위기 속에서 성장한 아이들이 미래를 담보하게 되리라는 기대를 표현한 것이라고 할 수 있다. 그런데 여기서 주목해야 할 것은 이런 농민들의 삶을 비추는 "한없이 아름다운 공산주의의 노을"에 관한 언급이다. 이들의 삶이 '당과 조국의 배려'나 수령의 은덕이 아닌 공산주의 이념의 인도에 따른 것임을 말하고 있는 것이다. 이런 양상은 "양진이소리" "뜨락또르 소리" 같은 흥겹고 역동적인 농촌의 소음 속에서 "알곡을 분배 받던 기쁨"과 "증산의 결의"를 나누는 인민들의 모습을 그린 「이른 봄」에서도 마찬가지로 확인된다.

「하늘 아래 첫 종축기지에서」나 「돈사의 불」(이상은 모두 『조선문학』, 1959.9) 같은 작품들은 백석이 직접 경험한 종축기지의 모습과 함께 이 시기의 북한 인민이 꿈꾸었음 직한 사회주의적 이상을 그렸다. 이 종축기지와 돈사는 '인민들에게 더 많은 고기를' 제공하기 위한 '국가와 당의 배려'로 건설된 것이다. 앞에서 언급한 『김일성전집』(22권)의 곳곳에서 김일성이 산간 지역의 특성에 맞는 축산과 임업을 장려한 데서 볼 수 있는 것처럼 전후 북한에서는 몽골로부터 양을 도입하는 등 산간 오지에서의 축산을 적극 장려했다. 고지대이자 산간 오지인 삼수 지방에서도 다양한 방식의 축산이 장려되었다. 백석이 일시적으로 사양공으로 일했던 삼수의 목장은 바로 이런 축산 장려 정책에 따라 건설된 것이다.[47] 앞에서 언급한 두 작품은 이런 현실 체험, 그중에서도 백석 자신의 사양공 체험을 직접 반영한 작품들이다. 특히 어미 돼지의 분만을 기다리느라 며칠 씩 밤을 새는 양돈공들

---

47) 「관평의 양」이라는 수필은 삼수군의 중심인 삼수에서 도상(圖上) 거리로 약 4킬로미터 정도 떨어진 관평에서 사양공으로 일한 체험을 그린 수필이다. 하지만 백석이 사양공으로 일한 기간은 그리 길지 않았던 것으로 보인다.

의 모습은 그린 「돈사의 불」과 「하늘 아래 첫 종축기지에서」는 「공무려인숙」에서 그렸던, 공동체를 위한 사명감으로 무장한 젊은 일꾼들이 현실 속에서 변화된 모습이라고 해도 틀리지 않을 것이다. 따라서 돼지를 돌보는 사양공들의 헌신의 의지와 열정에는 상당한 진실성이 담겨 있다고 보아도 무방하다. 이 시에 등장하는 사양공들은 천리마 대고조기의 초기, 말하자면 당의 지도가 관료화되고 동원의 일상화에 따른 사회적 피로감이 만연되기 이전의 북한 사회와 인민, 즉 개인적 욕망보다는 공적 이익을 위한 헌신을 앞세우는 자세를 보존하고 있는 순박한 인민들의 모습을 반영한 것이라고 할 수 있기 때문이다.

「돈사의 불」의 무대는 '한 오리 남짓' 되는 돈사를 가진 대규모 종축장이다. 인민들에게 더 많은 고기를 제공하기 위한 '당의 배려'로 만들어진 이 돈사는 단순한 양돈장이 아니라 더 많은 씨돼지(종돈)를 생산하기 위한 종축장이다. 이 종축장에서 일하는 것은 전체 인민을 위해 복무한다는 사명감과 긍지로 무장한 젊은이들이다. 자신들이 돌보는 짐승들에 대한 깊은 애정과 관심은 이런 사명감과 결합되면서 더욱 증폭된다. 생명에 대한 애정이 자신들의 노동에 내포된 사회적 의미에 대한 자각과 결합되면서 기꺼운 헌신으로 전환되는 것이다. 이 헌신의 모습은 며칠 밤을 새워가며 새끼 돼지의 분만을 준비하는 사양공의 모습을 통해 구체적이고 생생하게 그려진다. 이처럼 전체 인민을 위해 기꺼이 헌신하는, 그리고 사심 없이 돼지새끼들을 돌보는 이 사양공들의 모습은 충분히 아름답다. 그러나 돈사를 비추는 "가스 불빛" 이외의 또다른 불, 즉 "언제나 꺼온 줄도, 희미해질 줄도 없이 밝은 불"에 대한 시인의 직접적인 언급으로 인해 이 헌신적인 노동의 아름다움이 주는 감동은 급격히 감소되고 만다. 더구나 그 불이 "당 앞에 드리는 맹세로 켜진, 그 붉은, 충실한 마음의 불"이라는 해설적인 표현은 전혀 백석답지 않은 표현이다. 앞에서 본 「공동식당」에서 공동식당에서 식사를 하는 농민들과 아이들의 생생한 활기와 활력이 "한없이 아름다운 공산주의의 노을"이라는 구절 때문에 순식간에 무너지는 것과 비슷한 일이 일어난 것이다. 이처럼 시인이 자신의 시에 동원한 상징의 의미를 직접적으로 해설하는 것은 대개 독자의 감상 능력을 신뢰하지 못하기 때문이지만, 백석이 이런 식으로 돈사의 불이 지닌 상징적 의미를 직접 해설한 것은 '인민성'을 강조하는 북한의 문예 원칙을 따른 결과라고 할 수 있을 것이다.

깊은 산'골의 야영 돈사엔
밤이면 불을 켠다.
한 5리 되염즉, 기다란 돈사,
그 두 난골 낮은 처마 끝에 달아
유리를 대인 기다란 네모 나무등에
가스'불, 불을 켠다.

자정도 지난 깊은 밤을
이 불 밑으로 번식돈 관리공이 오고 간다.
2년 5산 많은 돼지를 받노라, 키우노라,
항시 기쁨에 넘쳐 서두르는
뜨거운 정성이, 굳은 결의가 오고간다―

다산성 번식돈이 밤 사이
그 잘 줄 모르는 숨'소리 사이로,
1년 3산의 제 2산 종부가 끝난 번식돈의

큰 기대 안겨 주는 그 소중한, 고로운 숨'소리 사이로,
또 시간 젖에 버릇 붙여 놓은 새끼 돼지들의
어미의 젖꼭지를 찾아 덤비는 그 다급한 웨침 소리 사이로.

그러던 이 관리공의 발'길이 멎는다,
밤'중으로, 아니면 날 새자 분만할 돼지의
깃자리 보는 그 초조한 부스럭 소리 앞에,
그 발'길이 기대에 찬 분만의 자리를 지켜 오래 머문다.

밀기울 누룩의 감자술 만들어 사료에 섞기도 하였다,
류화철 용액으로, 더운 물로 몸뚱이를 씻어도 주었다,
그러나 한 번식돈 관리공의 성실한 마음이 이것으로 다 못 해
이제 이 깊은 밤을 순산을 기다려 가슴 조이며
분만 앞둔 돼지의 그 높고 잦은 숨'소리에 귀 기울여 서누나.

밤이 더 깊어 가면 골안에 안개는 돌아
돈사 네모등의 가스불'빛도 희미해진다,
그러나 돈사에는 이 불 아닌 또 하나 불이 있어
언제나 꺼온 줄도, 희미해질 줄도 없이 밝은 불.

이 불―한 해에 천 마리 돼지를 한 손으로 받아
사랑하는 나라에 바치려, 사랑하는 당의 바라심을 이루우려,
온 마음 기울여 일하는 한 젊은 관리공의
당 앞에 드리는 맹세로 켜진, 그 붉은, 충실한 마음의 불.
                                          ―「돈사의 불」 전문

혼히 지적되는 것처럼 과장된 측면이 없지는 않지만, 여러 가지 증언과 자료로 미루어볼 때 1970년대 초까지만 해도 북한 경제의 활력은 실로 눈부신 바 있었고,[48] 인민들의 생활 전반이 과거에 비해 나아진 것도 사실이었다. 그것은 당과 국가, 더 나아가서는 수령의 은택으로 선전되었고 인민들은 생활을 실감을 통해 그런 선전을 받아들였다. 그런 의미에서 본다면 「공동식당」에서 "둘레둘레 놓인 공동 식탁" 위를 비추는 "한없이 아름다운 공산주의의 노을"을 언급한 것이나 '돈사'에 켜진 가스등에서 "당 앞에 드리는 맹세로 켜진" 양돈공들의 "충실한 마음의 불"을 연상하는 시의 결구를 단순한 정치적 수사라고 할 수만은 없다고 생각된다. 적어도 천리마 대고조기가 시작되는 1950년대 말까지만 하더라도 북한에서는 전후 복구건설의 가시적인 성과로 인해 당의 지도에 대한 신뢰, 전체 인민을 위한 희생과 헌신을 당연한 도덕적 의무로 받아들이는 인민들의 의지와 열정이 어느 정도 유지되고 있었다고 할 수 있기 때문이다.[49] 그런 점에서 이 시들에서 때로 당과 조국에 대한 언급이 나타나기는 하지만 수령에 대한 언급은 전혀 나타나지 않는다는 점, 이에 비해 "공산주의 노을"이나 "충실한 마음의 불"처럼 공산주의 이념이나 인민의 순수한 자발성을 강조하는 모습이 뚜렷하게 감지된다는 점은 반드시 기억될 필요가 있다. 그 이유 중 하나는 이를 통해서 백석이 모든 것을 수령의 은덕으로 치부하는 개인숭배의 분위기에 편승하지 않았음을 확인할 수 있기 때문이다. 그 다음으로는 백석이 이처럼 자발적인 헌신의

---

48) 김학준에 따르면, 1954~60년 사의 북한의 경제성장률은 연평균 20.3%에 달했다고 평가했다. 김학준, 『북한 50년사』, 동아일보사, 1995, 206~207쪽.

49) 이런 복구건설의 체험을 형상화한 대표적인 예로 김순석의 『황금의 땅』(조선작가동맹출판사, 1957)을 꼽을 수 있다.

의지로 무장한 농장원들, 그리고 이들의 협력을 통해 유지되는 협동농장을 통해서 해방 전의 시에서 즐겨 그렸던 친족공동체의 폐쇄성을 넘어서는 더 크고 개방적인 공동체 형성을 가능성을 꿈꾸었다고 할 수 있기 때문이다.

인민의 선의와 자발적 의지에 기초한 공동체에 대한 기대감은 가령 개구리의 넉넉한 마음씨로 인해 다양한 곤충들이 서로 힘을 합쳐 평화롭게 밥상을 차리고 함께 먹는 모습을 그린 동시 「개구리네 한솥밥」(『집게네 네 형제』, 조선문학가동맹출판사, 1957)에서도 나타나지만, 1959년과 1960년 두 해 동안 쓴 시들은 거기서 한 걸음 더 진전된 모습을 보여준다. 이 시들은 협동농장이 공통의 지향과 이상으로 맺어진 새로운 형태의 공동체로 발전할 가능성을 지니고 있음을 시사한다.[50] 이 공동체 속의 각자는 각기 고립된 섬으로 존재하는 것이 아니라 서로의 삶에 깊숙이 발을 들여놓고 함께 삶의 무게를 지탱해 가는 존재가 된다. 백석은 이런 얽힘을 서로의 자유를 구속하는 것이 아니라 서로를 지탱해 주는 힘으로 그린 것이다.

전쟁통에 남편을 잃고 늙은 시부모와 여덟 자식을 길러내는 여인의 고달프지만 희망에 찬 삶을 그린 「눈」(『조선문학』, 1960.3)은 그런 맥락에서 이해할 수 있다. 전쟁통에 배우자를 잃은 홀아비와 홀어미들의 재결합(혹은 그 가능성)은 전쟁의 상처를 보듬어 안고 치유하는 현실적인 대안일 수 있었다. 따라서 이들에게 내리는 눈은 이들이 서로 기대며 살아가는 아름답고 풍요로운 미래를 암시하는 것으로 이해할 수 있다. 하지만 이 시는 "노전결이 밤 작업"에 나가는 그녀의 잔등에 내리는 눈을 "홀아비를 불러 낮에도 즐겁게/홀어미를 불러 이 밤도

---

50) 김재용, 앞의 논문, 621쪽.

즐겁게" 살 수 있도록 배려를 아끼지 않는 당의 "크나큰 은총"에 빗댐
으로써 시적 긴장을 깨뜨려버린다. 인민의 내밀한 삶에까지 미치는
따뜻한 당의 배려와 보살핌을 강조하려는 의도가 오히려 시를 파탄에
이르게 만든 것이다. 또는 이 시에서 강조한 '조국과 당의 배려', 즉
"요람에서 무덤까지"라는 공리주의의 구호를 연상케 할 정도로 '자상
한' 당의 배려와 관심이 부단히 개인의 삶을 관리하고 통제하는 전체
주의적 체제를 연상케 한다고 할 수도 있다. 이에 비해 「전별」(『조선문
학』, 1960.3)은 복구건설 과정의 협업 노동을 통해 서로에 대해 긴밀한
유대감을 갖게 된 농촌 공동체의 모습을 잘 보여주는, 백석이 북한에
서 쓴 시 가운데 가장 뛰어난 작품이라고 생각된다.

어제는 남쪽 집 처자의 시집가는 길
산 우 아마밭 머리에 바래 보냈더니
오늘은 동쪽 집 처자의 시집가는 길
산 아래 감자밭둑에 바래 보내누나.

해'볕 따사롭고 바람 고로옵고
이 골짝, 저 골짝 진달래 산살구 꽃은 곱고
이 숲 속 저 숲 속 뻐꾸기 메'비둘기 새소리 구성지고
동쪽 집 처자는 높은 산을 몇이라도 넘어
먼먼 보천 땅으로 간다는데
보천 땅은 뒤'재 우에서도 백두산이 보인다는 곳.
사람들 동쪽 집 처자를 바래 보낸다
먼 밭, 가까운 밭에, 웅기중기 일어서
호미 들어, 가래 들어 그의 앞날을 축복한다.

말하자면 이 어린 처자는 그들의 전우

전우의 앞날이 빛나기를 빈다.

하루에 감자밭 천 평을 매제끼는 솜씨—

이 솜씨 칭찬하는 마음도 이 축복에 따르고

추운 날 산 위에 우둥불 잘도 놓던 마음씨—

이 마음씨 감사하는 마음도 이 축복에 따르누나,

동쪽 집 처자는 산'길을 굽이굽이

뒤를 돌아보며, 돌아보며 발'길 무거이 간다.

가지가지의 산천의 정이, 사람들의 사랑이

별리의 쓴 눈물 삼키게 하매

그 작은 붉은 마음 바쳐온 싸움의 터—

저 골짜기 발전소가, 이 비탈의 작잠장이

다하지 못한 충성을 붙들어 놓지 않으매,

동쪽 집 처자는 고개를 넘어 사라진다,

그러나 그 깔깔대는 웃음소리 허공에 들리누나,

그러나 그 흘린 땀냄새 땅 위에 풍기누나,

어제는 남쪽 집 처자를 산 위에

오늘은 동쪽 집 처자를 산 아래

말하자면 이 어린 전우들을 딴 진지로 보내는 것은

마음 얼마큼 서운한 일이니

그러나 얼마나 즐겁고 미쁜 일인가

그러나 얼마나 거룩하고, 숭엄한 일인가

—「전별」 전문

이 시는 그 동안 산간 오지의 개척에 앞장섰던 젊은 남녀들의 결혼을 통해, 그들의 열정과 공동체적인 유대가 전 사회적으로 확산되어 가리라는 기대와 소망을 보여준다.51) 결혼을 계기로 자기 마을을 떠나 다른 마을로 가게 된 처녀와 그녀의 앞날을 축복하는 마을 사람의 모습을 그리면서 화자는 이 '처녀들'을 통해서 점차 확산되어 갈 사회주의 낙원의 아름다운 미래를 내다본다. 농촌 곳곳에서 일고 있는 이런 변화의 분위기, 그리고 이를 통해 형성되고 확산되어 가는 공동체적인 유대감에 대한 기대와 미래에 대한 낙관은 1959~60년 사이에 발표된 북한시에서 공통적으로 드러난다. 그러나 이 시들은 대부분 앞에서 말한 것과 유사한 파탄, 즉 인민들의 내면에 '사회주의 낙원'의 이미지를 각인하기 위해서 만들어진 인공적인 풍경과 인물들을 그리는 한편, 이런 사회주의 낙원 건설을 위해 '인민들이 마땅히 가져야할' 감정을 상투적으로 되풀이하는 치명적인 결함을 벗어나지 못했다. 이에 비해 「전별」은 산촌의 아름다운 봄날 풍경과 마을 사람들의 소박하고 따뜻한 마음씨가 어우러지면서 자아내는 깊은 공명(共鳴)을 생생하게 보여준다. 작은 이별의 서운함이 더 큰 만남에 의해 해소되리라는 인민들의 소박한 기대를 통해 순수한 사회주의적 열정이 확산되는 모습을 탁월하게 형상화한 것이다. 더군다나 이 시에서는 당시 북한시에서 거의 공식처럼 동원되었던, 수령의 은덕과 당의 배려에 감사하는 마음에 대한 언급조차 생략되고 인민들의 순수하고 소박한 열정과 유대만 강조되고 있다. 이처럼 백석은 그 나름으로 시다운

---

51) 이 작품들에 대한 북한의 평가는 그다지 호의적이지 않았다. 시문학분과 위원회 1960년도 창작 사업 총화 회의를 정리한 기사를 작성한 기자는 「눈」과 「전별」에 대해 "우리 시대 인간들의 참신한 생활 감정을 노래할 대신에 아직도 낡은 생활 감정을" 표현하는 데 그쳤다는 냉정한 평가가 내려졌음을 보고했다. 원석파, 「우리 시문학에 천리마적 기상이 나래치게 하자」, 『문학신문』, 1961.2.10.

시를 쓰기 위해서 고투하면서 북한'시인'의 삶을 유지하려고 했다고 할 수 있다. 하지만 북한체제와 문단에 필요한 것은 '북한'시인이었지 북한'시인'이 아니었다.

5. 유일지도체계의 정착과 '북한'시인의 삶

1959년과 1960년에 발표한 백석의 시에서 주목해야 할 것은 백석이 현실의 변화를 긍정적으로 그리면서도 다른 시인들과는 달리 모든 것을 수령의 덕택으로 돌리지는 않고 있다는 사실이다. 백석은 산간 오지인 삼수 지역에서 일어나고 있는 변화를 '어질고 위대한' 수령의 특출한 지도력이 아니라 "한없이 아름다운 공산주의 노을"(「공동식당」), "당과 조국"(「축복」), "당의 은총"(「눈」), 그리고 그것을 충실히 따르는 인민들의 "그 붉은, 충실한 마음의 불"(「돈사의 불」), 혹은 인민들의 자발적인 희생과 헌신(「전별」) 때문인 것으로 그리고 있는 것이다. 이 점은 김일성이 「10월 14일 교시」나 「공산주의 교양에 대하여」에서 그 자신의 지도력 대신 '당의 역할'을 그릴 것을 요구했던 것과 아주 무관하지는 않을 것이다.

하지만 이무렵 북한의 상황을 고려하면 김일성의 이런 교시가 진심이었을 가능성은 별로 없다. 더군다나 천리마 대고조기 이후 수령에 대한 개인숭배가 다시 시작되면서 이처럼 당의 역할과 지도력, 혹은 인민의 자발성을 강조하는 분위기는 더 이상 지속될 수 없었다. 시의 선전선동 기능, 그리고 수령 형상 창조에 대한 요구가 전에 없이 강화되었기 때문이다. 1960년 이후 백석의 시에서 나타나는 급격한 변화, 즉 시적 형상성의 약화와 노골적인 선전선동성은 이런 분위기를 반영한 것으로 보인다. 수령 유일지도체계가 정착, 강화되어 가면서 국가의 억압성과 경직성이 증대되고 창작의 자율성이 위축되어 가는 상황을 더 이상 피할 수 없었던 것이다. 특히 이와 관련하여 1959년 말부터 공산주의 교양의 중요성을 대대적으로 강조하고 이를 위한 방법으로 문학에서 다양한 '공산주의자의 전형'을 형상화하라는 요구가 제기되는 상황,[52] 즉 형상화의 방향과 방법에 대한 구체적인 지시가 떨어진 것을 주목할 수 있다.

여기서 중요한 것은 "가장 인간적이며 가장 건실한 공산주의자의 전형"[53]인 수령에 대한 집중적인 형상화의 요구가 직접적, 노골적으로 제시된다는 사실이다. 수령에 대한 노골적인 개인숭배, 그리고 충성과 찬양의 요구가 본격화된 것이다. 실제로 이 무렵부터 〈제2차 조선작가대회〉이후 한때 자제되는 듯이 보이던, 김일성에 대한 노골적인 찬양, 충성을 강조한 시들이 다시 발표되기 시작했다. 물론 그 이전 시에서도 김일성에 대한 언급이 전혀 없었던 것은 아니다. 가령 리호일은 「백두산」(『조선문학』, 1957.8)이란 제하의 연작시 중의 하나인 「불길」에서 '백두산'에서 인민혁명군 사열하는 김일성을 언급하면서 감격에 겨운 어조로 "빨찌산 김대장"을 부르고 "김장군 동상'의 위용에 감탄하는 모습을 그렸다. 또 박근은 「곤장덕 숲속에서」(『조선문학』, 1958.10)라는 시에서 보천보 전적지를 답사하면서 보천보 전투

---

52) 엄호석의 「공산주의자의 전형 창조를 위하여」(『조선문학』, 1959.11), 김창석의 「공산주의자의 전형 창조에서 제기되는 리론적 문제」(『조선문학』, 1959.12) 같은 글을 예로 들 수 있다.

53) 강능수, 「우리 문학에서의 수령의 형상」, 『조선문학』, 1954.4, 111쪽. 강능수는 수령의 형상을 그리는 것은 "문학의 사상 정서적 교양의 기능"을 무한히 제고시키는 것, 다시 말해서 새로운 시대로의 도약을 위한 공산주의 교양을 최대로 발휘하기 위한 가장 중요한 방법이 된다고 주장했다.

를 이끈 김일성의 위업에 대해 언급했으며 김희종은 공화국 창건 10
주년을 기념하는 「백두의 투지」란 시에서 "영채 으리으리한 스물 다
섯 나이의 김일성 사장!"이라고 읊었다.[54] 하지만 이런 표현들은 기억
할 만한 전기적인 사실이나 사건을 언급한 것이어서 개인숭배라고
하기에는 좀 모자란 감이 있다. 하지만 한동안 북한 시에서 자취를
감추었던 수령의 실명과 함께 그에 대한 노골적인 찬양의 언사가 등
장하기 시작한다. 그것은 김일성에 대한 개인숭배가 재연되고 있음을
웅변하는 것으로 이해할 수 있다.

　1958년부터는 이른바 '정론시'에 대한 요구가 본격적으로 제기된
데[55] 이어 노골적으로 김일성을 찬양하는 작품들도 잇따라 발표된다.
심지어 박세영은 「당신은 공산주의에로의 인도자」(『조선문학』, 1959.
4)에서 아예 "김일성 시대에 사는 이 영광이여!/당신의 만수무강을
비옵니다."라고 읊었다. 이 노골적인 '송가'는 김일성에 대한 개인숭
배의 재개, 그리고 본격화가 시작되었음을 말해 준다. 실제로 백석과
같은 지면에 작품을 발표한 박우의 「여름밤의 총소리」(『조선문학』,

---

54) 필자가 조사한 바로는 1956년부터 1958년까지 작가동맹기관지인 『조선문학』에 실린 시,
그리고 간행된 시집 가운데 김일성을 해방과 '조국해방전쟁'을 승리로 이끈 영웅으로
그리거나 그의 실명을 언급한 작품은 거의 나타나지 않는다. 물론 본문에서 언급한 이외
에도 '김일성 광장'이라는 고유명사를 사용한 예와 '당 중앙'(허우연, 「그 어데 섰어도」,
『조선문학』, 1956.10) 표현이 발견되지만 이는 개인숭배와는 거리가 멀다. 『아동문학』에
서도 김일성의 어린 시절을 다룬 동시나 동화들이 발견지만 그것도 개인숭배라기보다는
'영웅전기'의 머리 부분에 해당되는 것이라고하는 것이 옳다고 생각된다. 이처럼 개인숭
배를 자제하는 듯한 분위기가 나타나는 이유는 아무래도 개인숭배의 자제를 요청한 소련
을 의식했기 때문일 것이다. 이 점에 대한 자세한 논의는 오성호, 「제2차 조선작가대회와
전후 북한연구」, 앞의 책, 295~320쪽을 참고할 것.

55) 백인준, 「시의 형상성의 개념 확대화를 위해: 정론시 문제를 중심으로」, 『문학신문』, 1958.
9.18. 백인준은 '정론시'에 국한된 것이기는 하지만, "우리 시인은 응당 이 '구호'를 시화하
며 자기 시를 이 '구호'가 가지고 있는 전투적 호소성과 고무 동원적 위력의 수준에로
이끌어 올려야 할 것"이라는 주장을 제기했다. 이 글을 필두로 정론시 창작을 촉구하는
평론이 다수 발표되기 시작했다.

1959.6)는 김일성 부대의 보천보 전투를 통해, 그리고 김철의 「삼지연」(『조선문학』, 1959.9) 김일성 부대의 자취를 더듬으면서 격앙된 어조로 "그분", 혹은 "김대장"의 위대함을 노골적으로 찬양했다. 이런 분위기 속에서 단지 협동농장의 공동체적인 분위기와 당의 은혜에 감사하는 마음으로 살아가는 인민들의 모습을 그린 백석의 시가 천리마 시대의 시대정신이 아니라 "낡은 생활감정"을 표현하는 데 그쳤다는 평가를 받거나 아예 문단의 주목을 받지 못한 것은 어쩌면 '당연한' 일이었는지 모른다.

이런 분위기 속에서 결국 백석은 "인민영웅의 탑" 건설 현장에 동원된 젊은이들을 그린 「탑이 서는 거리」, 재일동포의 귀환을 그린 「돌아온 사람」, 주어진 임무를 성실히 수행한 기차 차장에게 손뼉을 쳐서 감사의 뜻을 전하고 격려하는 승객들의 모습을 그린 「손뼉을 침은」(이상은 『조선문학』, 1959.12) 같은 노골적이고 선전선동적인 시를 발표하기에 이른다. 이 시들에서는 백석 시의 주된 특징이라고 할 수 있는, 주변의 사람이나 사물에 대한 각별한 관심과 애정, 시어와 시의 형상성에 대한 관심 등, 작품의 질적 수준을 높이려는 노력은 거의 나타나지 않는다. 따라서 이 시들은 시인의 내면으로부터 우러나온 진실된 감정이 아니라 당의 요구에 따라 마지못해 쓴 것인 듯한 느낌을 준다.

이 시기 백석의 시와 관련하여 한 가지 지적해야 할 것은 당의 요구에 따라 시를 쓰면서도 끝내 자신의 시에 김일성에 대한 개인숭배의 내용을 담으려 하지 않았던 것으로 보인다는 점이다. 이는 물론 지금까지 확인된 자료만을 근거로 판단한 것이지만, 1960년 이후의 시에서 마지 못해 수령을 언급하는 경우에도 백석은 가급적이면 김일성의 실명을 언급하지 않으려고 했던 것으로 보인다. 또 "어머니 당"을 칭송한 경우

는 있지만(「강철장수」, 『새날의 노래』, 아동문학도서출판사, 1962) "어버
이 수령"을 칭송한 경우도 아직까지는 발견하지 못했다. 물론 당 대신
'수령'이나 '원수'를 언급한 경우가 아예 없었다고 할 수는 없다. 그러나
이 경우에도 백석은 김일성을 직접 거명하는 대신 "그이" 같은 대명사
나 '영웅' 같은 일반명사, 혹은 "원수"나 "수령"(「천년이고 만년이고」,
『당이 부르는 길로』, 조선로동당 창건 15주년 기념시집, 1960) 같은 공식적
인 명칭이나 직함을 사용하는 데서 그쳤다.56)

하지만 박태일에 따르면57) 백석도 북한 문단의 변화를 완전히 외면
할 수는 없었던 것처럼 보인다. 백석은 1959년 6월 보천보전투 22주년
을 기념해서 보천읍에서 열린 '시인의 밤' 행사에서 「절을 드리옵니다」
와 「승리의 밤」이라는 작품을 발표했다고 한다. 작품의 내용을 확인
하지 못해 확언하기는 어렵지만 제목으로 미루어 보자면 전자는 수령
을 찬양하는 송가(頌歌)에 해당되고 후자는 보천보 전투와 관련된 작
품이라고 생각된다. 이와 함께 백석은 량강도에서 박혁이라는 극작가
와 함께 "토끼 사양공으로 이름높은 장일순 동무의 자랑찬 생활을
내용으로 하는 단막 가극 초고를 끝내여 합평회에 회부"58)했고 박혁
과 함께 장막가극을 써서 해방 기념행사 작품으로 무대에 올리기도
했다고 한다. 그리고 1960년 1월부터 5월에 이르기까지 량강도의 삼

---

56) 산문에서는 "지난 해 8월 김일성 원수께서는 체육 지도 일꾼들을 부르시었다."에서처럼
수령의 실명을 직접 거명한 경우가 있다. 백석, 「눈 깊은 혁명의 요람에서: 삼지연 스키장
을 찾아」, 『문학신문』, 1960.2.19. 하지만 원고지 수십 매 분량의 이 글에서 김일성의
실명을 거명한 것은 한 번뿐이고 다른 경우에는 "수령의 따사롭고 원대한 뜻", 혹은 "자기
들의 경애하는 수령"으로 표현했다. 수령의 '혁명 활동'을 한 역사적인 장소와 관련된
글이지만 의식적으로 수령의 실명을 거명하지 않으려 한 점이 인상적이다.

57) 박태일, 「리식이 백석이다」, 『근대서지연구』 21, 2020, 103~105쪽.

58) 『문학신문』, 1960.4.19; 박태일, 앞의 논문, 104쪽에서 재인용.

수와 혜산을 중심으로 현지파견의 경험을 담은 동시 「오리들이 운다」, 「송아지들은 이렇게 잡니다」, 「앞산 꿩 뒷산 꿩」(이상은 『아동문학』, 1960.5) 같은 동시들을 연달아 발표했다.

박태일은, 백석이 이런 활동의 결과로 1960년 11월 경에는 평양으로 복귀했고 1961년까지 평양에서 활동한 것으로 추정했다. 또 1961년에는 리식이라는 이름으로 「산울림」(『민주조선』, 1961.10.5)이라는 가극의 평을 썼다고 한다. 백석이 리식이라는 이름으로 평을 쓴 이 「산울림」이라는 작품은 대단히 높은 평가를 받았고, 덩달아 리식도 가극과 관련된 명성을 쌓아갔다는 것이 박태일의 주장이다. 또 같은 해 12월에 백석은 신포로 20일간에 걸친 짧은 현지 파견을 다녀오기도 했다고 한다. 그리고 1962년 2월에는 동시집 『우리 목장』을 내는 등 활발하게 활동을 했다. 그러나 전체적으로 볼 때 1960년대 들어서면서 백석의 활동에는 눈에 띌 만한 변화, 그것도 부정적인 방향으로의 변화가 나타난다고 해야 한다. 이를 한마디로 북한'시인'에서 '북한'시인으로의 변모라고 할 수 있을 것이다.

프로이드를 비판한 「쉬파리의 행장」(『문학신문』, 1960.3.23) 같은 평론은 이런 변모를 감지할 수 있게 해 주는 글이다. 노골적이고 천박한 언사를 동원해서 프로이트를 비판한 이 글은 백석이 더 이상 시인, 문필가로서의 품격을 유지할 수 없는 상태에 이르렀음을 보여준다. 그 이후 『새날의 노래』(1962.3)라는 책자에 실린 「석탄이 하는 말」, 「강철장수」, 「사회주의 바다」[59] 등의 작품은 이 점을 잘 보여준다. 또 5.16 이후의 남한 사회를 비판한 「조국의 바다여」(『문학신문』, 1962.4.10) 같은 정론시는 백석 시가 막다른 골목에 다다랐음을 여실하게

---

59) 송준, 앞의 책, 463쪽.

말해준다고 할 수 있다.[60] 여기서 백석은 "그리하여 그 어느 하루 낮도, 하루 밤도/바다여 잠잠하지 말라, 잠자지 말라/세기의 죄악의 마귀인 미제,/간악과 잔인의 상징인 일제/박정희 군사 파쑈 불한당들을/그 거센 물'결로 천 리, 만 리 밖에 차 던지라."고 읊었다. 하지만 이 시는 당의 요구에 따라 미제, 일제로 요약되는 제국주의 세력과 박정희 파쑈 정권에 대한 거칠고 노골적인 증오와 적개심을 표현한 상투적이고 저급한 정론시에 불과하다.

백석이 그 자신의 이름으로 발표한 마지막 동시는 「나루터에서」(『아동문학』, 1962.5)였다. 여기서도 백석은 김일성이란 이름 대신 '원수님'이라는 공식적인 직함을 사용했다. 이 경우 '원수님'이 김일성을 가리키는 것이라는 점은 누구나 알 수 있는 것이지만, 실명과 직접 연결되지 않은 공식 직함은 상황에 따라 얼마든지 다른 이름으로 대체될 수 있는 개방성을 지니게 된다. 이 점은 사소해 보일 수도 있지만, 한 편의 작품에서조차 문맥과 상관없이 격앙된 어조로 김일성이란 이름을 되풀이해서 언급하면서 온갖 화려하고 장황한 수사를 동원한 이 시기의 다른 시들에 비하면 무시할 수 없는 차이라고 하지 않을 수 없다. 이는 백석이 김일성에 대한 개인숭배 분위기에 동조하지 않았을 가능성을 시사하는 증거로 읽을 수 있다. 하지만 「나루터에서」 이후 더 이상 백석이라는 이름으로 발표된 작품은 확인되지 않는다. 1962년 하반기에 백석이 만포군 별오제재공장으로 또 한 번의 현지파견을 갔던 것도 이와 무관하지 않을 것이다. 박태일은 1962년 이후에도 백석이 리식이라는 이름으로 활동을 했음을 밝히면서 1964년 8월

---

60) 5.16 직전 백석이 이석훈에게 보낸 서간문인 「가츠리섬을 그리워 하실 형에게」(『문학신문』, 1961.5.12)에서도 비슷한 방식으로 남한과 이승만 정권의 폭정을 비판하고 그에 대한 저항을 촉구하는 내용이 발견된다.

에는 리식이라는 이름으로 세네갈 시인 샹베니 우스만의 「자유」라는
작품을 번역했고 또 9월 29일에는 량강도의 '만포군 별오제재공장
통신원 리식'의 이름으로 된 현지 보고를 냈으며 10월 6일에는 「물'길
따라」라는 시를 『문학신문』에 발표했다고 밝혔다. 이런 활동들은 백
석이 어쩔 수 없이 '북한'시인이 되라는 당의 요구를 받아들이고 있음
을 말해준다.

이상에서 살펴본 백석 시의 변화는 조선작가동맹이 조선문학예술
총동맹으로 재조직된(1961년)61) 당시 상황이나 분위기와 무관하지 않
은 것으로 보인다. 이 조직 개편은 작가, 시인들에게 '천리마적 기상'
을 담아내는 문학예술 작품을 좀 더 많이 생산할 것을 다그치기 위한
것이었다. 이런 상황과 분위기 속에서 백석이 시다운 품격을 갖춘
작품을 쓰는 것은 대단히 어려웠을 것이다. 1964년 리식이란 이름으
로 「물'길따라」를 발표한 이후 백석의 작품이 더 이상 발견되지 않는
것은 이 때문이라고 할 수 있을 것이다. 앞에서 살펴본 대로라면, 당의
요구를 순순히 따르지 않았다는 이유로 작품 발표 기회가 제한되었거
나 1950년대 중반과는 너무 달라진 분위기 속에서 북한'시인'으로 살
아가려는 희망과 의욕을 잃고 창작을 포기했기 때문일 가능성이 높다
고 보인다. 이후 백석은 삼수군 문화회관에서 청년들의 창작 활동을
지도하면서 가족과 함께 지내다가 1995년 사망한 것으로 전해진다.

---

61) 이 조직 전환의 명분은 "천리마 시대의 문학예술 발전을 성과적으로 추진시키기 위하여
문학 예술 각 부문들의 독자적 기능과 활동을 조직적으로 발양시킬 수 있는 집체적 지도
기관"을 발족시킨다는 것이었다. 「천리마 시대의 문학 예술 창조를 위하여: 조선문학예술
총동맹 결성대회에서 한 한설야 동지의 보고」, 『문학신문』, 1961.3.3. 이 총동맹의 규약은
같은 신문 3월 7일자에 실려 있는데, 여기서는 북한 문학이 계승해야 할 전통으로 진보적
민족문화 유산, 조선프롤레타리아 문학예술 동맹(카프), 1930년대 항일 투쟁 시기의 혁명
적 문학예술을 들었다.

1960년대 이후 문학지도원 생활을 하는 동안 북한 문단에서 백석은 완전히 잊혀진 존재나 다름없었다.62)

6. '시인'의 죽음

혼히 생각하는 것과는 달리 백석은 비교적 이른 시기부터 소련 작가들의 작품에 대한 번역을 통해 북한 문화 건설에 참여했다. 하지만 그가 동시와 동시 평론을 통해 창작 일선에 복귀한 것은 대체로 휴전 이후, 정확하게는 북한이 전후 복구건설의 승리를 선포한 1956년 이후였다. 그의 동시는 찬사를 받기도 했지만 이내 비판을 받았다. 그러나 이 비판은 작품의 성취가 부족했기 때문이 아니라 학령 전 아동을 대상으로 한 작품에도 사회주의적 교양을 담아야 한다는 작가동맹의 요구를 따르지 않은 것을 포함해서 북한 문단의 대세에 순순히 응하지 않았기 때문이라고 생각된다. 이 점은 '아동문학 논쟁'에서도 어느 정도 확인되지만, 백석은 자신에게 가해진 비판과 압력에도 불구하고 자신의 입장을 쉽게 포기하려 하지 않았던 것으로 보인다. 이 때문에 천리마운동의 본격적인 발기를 앞두고 작가들에 대한 사상 강화의 필요성이 제기되고 현지파견이 강조되면서 백석도 '사상 단련'을 위해 함경북도 삼수의 협동농장으로 파견되었다.

이 현지파견의 경험을 토대로 백석은 다수의 동시와 시들을 창작했

---

62) 송준, 앞의 책, 469~472쪽. 송준은 1960년대 한때 백석의 시를 수거, 폐기하려는 움직임이 있었다고 주장했으나 그 근거는 밝히지 않았다. 하지만 임화처럼 공화국에 해독을 끼쳤다는 이유로 처형을 당한 경우라면 몰라도 멀쩡히 살아 있는 백석의 작품에 대해 그런 조치가 취해졌다고 보기는 어렵다고 생각된다.

다. 그것은 한편으로는 눈앞에서 펼쳐지는 변화에 어느 정도 공감했기 때문일 수도 있고 다른 한편으로는 작품을 통해서 자신이 사상적으로 충분히 단련되었음을 입증하고 인정받아야 한다는 절박감 때문이었다고 할 수 있다. 하지만 백석은 이 시들에서 전체 인민을 위한 희생과 헌신의 각오로 일하는 소박하고 어진 인민의 모습을 다양하게 그려냈다. 사실 전후 복구건설을 그린 그의 시들로 미루어 보면 이 시기 북한 현실에 대한 백석의 입장은 상당히 긍정적이었다고 생각된다. 다시 말해서 그는 자신이 몸담고 있는 현실이 지킬 만한 가치가 있는, 그리고 반드시 지켜야 할 것이라는 믿음을 가지고 있었던 듯이 보인다. 특히 북한 현실에 대한 백석의 긍정적인 태도는 생산관계의 사회주의적 개조와 함께 그 나름으로 '사회주의 배급체계'를 완성해 가고 있던 것과도 무관하지 않은 것으로 생각된다. 보기에 따라서 이 '사회주의 배급체계'는 과거에 경험한 폭력적이고 억압적인 국가 (일본, 만주국)와는 다른 새로운 국가의 모습을 보여주었다고 할 수 있기 때문이다. 현지 파견 이후의 시들은 이런 긍정적인 현실인식의 바탕 위에서 씌어진 것이라고 할 수 있다.

이 시들에서 특기할 것은, 현실의 변화가 수령의 인도가 아니라 공산주의 이념과 당의 인도 그리고 인민의 자발적인 희생과 헌신의 결과임을 강조했다는 사실이다. 그리고 그 중에서도 백석이 가장 강조한 것은 인민들의 자발적인 희생과 헌신의 열정이었다. 이는 김일성에 대한 개인숭배의 언사가 일종의 문학적 관례처럼 동원되던 당시의 상황에도 불구하고 백석이 개인숭배의 분위기에 편승하지 않았음을 말해 준다. 그뿐 아니라 1959년부터 빗발치듯이 제기되는, 혁명전통 주제를 더 많이 다루라는 요구, 혹은 항일유격대의 형상을 그리라는 요구에 대해서도 백석은 이렇다 할 반응을 보이지 않았다. 지금까지 확인된 작품 중 항일유격대를 그린 경우는 전무하며 이른바 혁명 전통 주제를 다룬 작품도 거의 없는 것이 이 점을 말해 준다.

하지만 김일성 유일지도체계가 점차 강화되고 이에 따라 당과 국가의 억압성 또한 강화되어 가는 상황에서 인민의 자발성에 대한 믿음과 기대를 지속하기는 어려웠다. 또 수령에 대한 개인숭배의 요구를 마냥 외면할 수도 없었다. 1962년에 발표한 「나루터에서」는 그 결과일 것이다. 하지만 본격적으로 수령을 찬양하는 이 시기의 다른 시들에 비하면 이 작품의 주제를 개인숭배라고 할 수 있을지는 의문이다. 하지만 항일유격대와 수령의 형상을 그리라는 현실의 압력 속에서 백석의 시적 상상력과 열정은 급격히 위축되고 만다. 1960년 이후의 시들이 보여주는 현저한 미학적 퇴보는 이 점을 분명하게 보여준다. 시적 대상에 대한 관심과 애정, 시적 형상성 획득을 위한 고심, 시어를 갈고 다듬으려는 노력의 흔적이 전혀 보이지 않고 단순히 저급한 선전선동시를 쓰는 '북한'시인의 모습을 보여주게 되는 것이다. 물론 그 속에서도 어떻게든 북한'시인'의 모습을 유지하려는 안간힘 같은 것을 찾아볼 수 있기는 하지만 1960년대에 들어서면서부터는 시를 선전 선동의 도구로 만들려는 현실의 요구를 더 이상 거부하기는 힘들었던 것으로 보인다. 말하자면 '북한'시인이 되라는 현실의 압력으로 인해 백석은 북한'시인'으로 남으려는 의지는 물론이고 아예 시를 포기하는 지경에 이르게 되었다. 1964년 이후 백석의 시가 발견되지 않는 것은 이 때문일 것이다. 결국 상상과 표현의 자유, 문학의 자율성을 인정하지 않는 경직된 체제가 한국 근대시 사상 가장 뛰어난 시인 중의 하나인 백석을 창작 불능의 상태로 몰아가는 비극을 만들어낸 것이다.

공산주의 교양과 북한 아동문학의 향방

: 백석의 동시와 "아동문학 논쟁"을 중심으로

1. '새 인간'의 창조와 아동문학

북한은 일찍부터 아동문학에 주목했다. 그리고 김일성 역시 일찌감치 아동들의 보호자를 자처하면서 아동교육과 아동문학에 특별한 관심을 기울였다. 이는 새로운 제도에 알맞은 '새 인간'을 길러내기 위해서는 무엇보다 아동들을 '올바르게' 가르치는 것이 중요하다는 생각에 따른 것이었다.[1] 이미 과거의 체제에 오염된 기성세대는 아무리

---

[1] 북한에서는 해방 직후부터 아이들이 어른들의 '낡은 세계관'에 오염되지 않도록 탁아소, 유치원 교육을 실시했지만 그 교육 내용에 대해서는 별다른 관심을 보이지 않았다. 하지만 1950년대 중반 이후부터 유치원에서의 계급적 교양문제를 적극 강조하기 시작했다(엄현숙, 「북한 유치원 교육의 정치사회화에 관한 연구」, 『통일연구』 18(2), 통일연구원, 2014, 76~80쪽). '학령 전 아동문학'에서의 교양 문제에 대한 유별난 관심은 이처럼 유치원에서의 교양이 강조되는 분위기와 무관할 수 없다. 현실적으로 동시나 동화를 통한

교육을 해도 '새 인간'으로 전화될 수 있는 가능성이 낮은 반면, 때 묻지 않은 아동들은 얼마든지 '새 인간'으로 성장할 수 있고 성장해야 했던 것이다. 탁아소가 부모와 가정을 대신해서 아동들을 양육하고 훈육함으로써 '새 인간'으로 만들어내는 핵심적인 장소이자 기관이 된 것은 그런 이유에서였다.

북한의 아동문학 역시 이런 맥락에서 이해할 수 있다. 즉 아동문학을 통해 집단주의적 원칙에 충실한 사회주의적 인간, 더 정확하게 말하자면 수령에게 충성을 다하는 인간을 길러냄으로써 체제를 공고히 하고자 한 것이다. 하지만 아동문학의 중요성에 대한 강조에도 불구하고 정작 아동들에 대한 '교양' 사업을 언제부터, 어떤 방식으로 시행해야 할 것인가 하는 문제에 관해서는 1950년대 중반까지 명확하게 결정된 바가 없었다. 물론 일찌감치 "생동하는 예술적 형상을 통하여 어린이들을 설득하며 교양하는 아동문학"의 필요성을 강조하면서 "유치반 정도의 어린이"(학령 전 아동—필자)에게도 "구체적인 민주주의 교양"을 가르치는 일이 가능하다는 주장이 제기되기도 했지만,[2] 그것은 단지 하나의 주장이었을 뿐 확정된 원칙은 아니었다.

1950년대 중반을 넘어서면서 아동들에게 계급적 교양을 시작해야 할 시기와 관련하여 '아동문학 논쟁'이 벌어진 것은 이런 이유에서였다. 이 논쟁의 핵심은 학령 전의 아동, 즉 인민학교에 입학하기 전의

교양은 개별 가정이 아닌 유치원을 통해서 이루어질 수밖에 없었기 때문이다. 한편 유치원에서의 교양 문제가 강조되는 분위기는 1961년 보통교육성령 제26호의 '유치원에 관한 규정'에서 "유치원은 학령 전 어린이들에게 공산주의 교양을 조선로동당의 정책교양, 혁명전통교양과 밀접히 결부하여 실시"하는 교양기관(강근조, 『조선교육사』 4, 사회과학출판사, 1991, 684쪽; 앞의 논문, 80쪽에서 재인용)이라는 정의로 이어졌다.

2) 김명수, 「아동문학 창작에 있어서의 몇 가지 문제」, 『조선문학』, 1953.12. 아동교육과 아동문학의 관계에 대한 북한의 인식에 대해서는 이영미, 「북한 아동문학과 교육 연구」, 『한국문학이론과 비평』 30, 한국문학이론과 비평학회, 2006, 225~259쪽.

아동들을 대상으로 한 작품에 계급적 교양을 담는 것이 옳은가 하는 것이었다. 논쟁에 참여한 다수 논자들의 입장은 '학령 전' 아동들에게도 당연히 계급적 교양을 담은 작품을 읽혀야 한다는 것이었다. 하지만 백석은 학령 전 아동들을 위한 작품에 계급적 교양을 담는 것이 불가능한 것은 아니지만, 바람직하지는 않다는 견해를 고수했다. 백석의 이런 견해는 받아들여지지 않았다. 그것은 백석의 견해가 그릇되었거나 논리가 부족했기 때문이라기보다는 천리마 대고조기를 앞두고 어느 때보다 더 사상성을 강조해야 했던 북한문단의 분위기 때문이었다. 그러나 어느 경우든 이 논쟁에서 보여준 백석의 견해는 그가 '북한'시인이기보다는 북한'시인'이고자 했었음을 시사하는 것으로 이해할 수 있다.

이 논쟁의 의미를 정확히 이해하기 위해서는 무엇보다 당시 북한 정치 및 문단의 변화와 관련하여 논쟁의 경과를 상세하게 살펴볼 필요가 있다. 이 변화와 관련해서 특히 주목해야 할 것은 이 논쟁 직후인 1958년부터 이른바 '천리마 대고조기'가 시작되었고, 뒤이어 김일성에 대한 개인숭배와 함께 항일유격대의 전통이 본격적으로 강조되기 시작했다는 사실이다. 이런 정치적 흐름의 변화는 북한 문단에 거의 직접적으로 영향을 미쳤다. 그중 하나가 항일혁명문학에 평가의 변화, 그리고 계급교양, 혹은 공산주의 교양의 중요성에 대한 강조였다. '아동문학논쟁'이 끝난 직후부터 항일유격대의 정신, 즉 고난과 시련을 이겨낸 항일유격대의 사상—수령에 대한 충성심, 혁명적 낭만주의, 공산주의 사상—의 중요성이 강조되기 시작한 것이다. 따라서 '아동문학논쟁'이 학령 전 아동을 대상으로 한 문학에까지 계급적 교양을 담아내야 한다는 결론으로 마무리된 것은 이런 흐름과 연관해서 이해하지 않을 수 없다. 가급적 어린 나이부터 '계급적 교양'을 내면화하도록 해야 체제 이탈의 가능성이 없는, 그리고 수령에게 충직한 문자 그대로의 '새 인간', 즉 공산주의적 인간의 창출을 기대할 수 있었기 때문이다.

'아동문학논쟁' 이후에 전개된 논의들, 즉 아동문학에 담아야 할 '교양'의 내용이 이처럼 공산주의 교양을 거쳐서 김일성을 중심으로 한 항일유격대의 투쟁으로 변화하게 되는 것을 보면 학령 전 아동들을 겨냥한 계급적 교양에 대해 소극적 입장을 보인 백석의 패배는 논쟁 이전에 이미 결정되어 있었던 것이나 다름이 없었다고 할 수 있다. 백석은 여전히 〈제2차 조선작가대회〉 직후의 '자유로운 분위기'에서 벗어나지 못함으로써 닥쳐오게 될 현실의 변화, 즉 천리마 대고조기의 개막과 더불어 전개된 현실의 변화를 읽어낼 수 없었던 것이다. 물론 백석도 아동들에 대한 계급적 교양 자체를 반대했다고 할 수는 없다. 그가 반대한 것은 단지 학령 전 아동을 계급적 교양의 대상으로 삼으려는 조급한 움직임일 뿐이었다. 하지만 이 반대는 대단히 '소극적인' 것일 수밖에 없었다. 따라서 문단의 분위기가 학령 전 아동을 대상으로 한 작품에도 계급적 교양을 담아야 한다는 쪽으로 기울게 되자, 백석도 이를 받아들이지 않을 수 없었다. 하지만 계급 교양 문제에 대한 그의 소극적인 태도는 그의 사상적 불철저성, 혹은 불투명성에서 비롯된 것으로 비판을 받게 되었다. 그가 '사상적 단련'을 위해 현지에 파견되는 것은 이런 이유에서였다.

이 '아동문학 논쟁'은 비교적 일찍부터 남한 연구자들에게 포착되었고 그 결과 여러 편의 연구 성과가 제출되었다.[3] 이 연구들은 논쟁

---

3) 북한 아동문학에 대한 연구사는 마성은, 「북한 아동문학연구 현황과 과제」(『현대북한연구』 15(2), 북한대학원대학교, 2012)를 참고할 것. '아동문학 논쟁'을 다룬 연구로는 다음 논문들을 들 수 있다. 김재용, 「근대인의 고향상실과 유토피아의 염원」, 『백석전집』, 실천

의 전체적인 윤곽을 그리는 등 그 나름의 성과를 거두기는 했지만 이 논쟁의 배경이 되는 북한 정치의 변화, 아동문학논쟁과 천리마운동을 전후한 북한 정치의 변화와 그에 따른 문단의 대응을 충분히 고려하지 못함으로써 아동문학 논쟁에 내포된 의미를 충분히 드러내지는 못한 것처럼 보인다. 따라서 이 논문에서는 먼저 백석의 동시와 동시관을 살펴보고, 이를 바탕으로 아동문학 논쟁의 전개 과정을 자세히 추적하게 될 것이다. 이와 함께 논쟁이 마무리되어 가는 과정에 직간접적으로 영향을 미친 현실의 변화, 즉 천리마 대고조기의 개막을 전후한 북한 현실과 문단의 변화를 통해 이 논쟁에 내포된 의미를 파악해 보고자 한다.

2. 백석의 동시관(觀)과 동시

분단 이후 주로 번역에 매진했던 백석이 동시를 발표하게 된 것은 몇 가지 측면에서 이해할 수 있다. 먼저 고려해야 할 것은 기록주의, 도식주의와 함께 창작에 대한 행정적 간섭에 대한 비판이 제기된 〈제2차 조선작가대회〉(1956.10)로 인해 전후에 열린 〈전국작가예술가대회〉(1953.9)에 의해서 조성되었던 북한 문단의 경직된 분위기가 다소 완화되는 듯한 조짐이 나타나고 있었다는 점이다. 이 〈제2차 조선작가

문학사, 1997; 김제곤, 「백석의 아동문학 연구」, 『동화와 번역』 14, 2007; 장성유, 「백석의 아동문학 사상에 대한 고찰: 북한 『문학신문』의 논쟁을 중심으로」, 『한국아동문학 연구』 17, 2009; 장정희, 「분단 이후 백석 동시론」, 『비평문학』 45, 한국비평문학회, 2012; 원종찬, 『북한의 아동문학』, 청동거울, 2012, 183~238쪽; 이상숙, 「분단 후 백석 시의 분석과 평가를 위한 제언」, 『북한 시학의 형성과 사회주의 문학』, 소명출판, 2013.

대회〉는 잘 알려져 있다시피 스탈린 사후(1953), 그리고 〈제2차 소련작가대회〉(1954.12) 이후 소련과 소련 문단에 불어 닥친 '문화적 해방'의 영향 아래 열린 것이다.[4] 그동안 줄곧 소련 문학작품을 번역, 소개해 온 백석은 소련에서 시작된 이런 '문화적 해방'의 분위기에 대해 누구보다 잘 알 수 있는 위치에 있었다. 그리고 북한에서 열린 〈제2차 조선작가대회〉를 통해서 이런 '문화적 해방'의 분위기가 북한에 전파되는 듯한 모습을 보면서 창작을 재개하려는 의욕을 가지게 되었고 상대적으로 이념의 압박을 덜 받을 수 있는 동시를 통해 시작 활동의 가능성을 타진한 것으로 볼 수 있다.

이와 함께 해방 전에 발표된 그의 시가 대부분 유소년기의 경험을 다루었고, 다양한 동화적 요소들을 내포하고 있었다는 사실도 마땅히 주목할 필요가 있다.[5] 해방 전에 발표한 그의 시에는 동화에서 흔히 볼 수 있는 환상적인 요소가 적지 않게 내포되어 있었을 뿐 아니라 사물과 세계를 대하는 태도와 방식에서 유아적인 특성을 보여주는 예가 적지 않았다.[6] 이런 동화적 요소와 관련해서 지적할 수 있는 것은, "힌밥과 가재미와 나는/우리들은 그무슨이야기라도 다할것같다/우리들은 서로 믿없고 정답고 그리고 서로 좋구나"라고 한 「선우사」(『조광』, 1937.10)에서 볼 수 있는 것처럼 사물과의 직접적인 소통, 혹은

---

4) 북한이 소련 작가대회의 영향을 수용하는 방식에 대해서는 오성호, 「제2차 조선작가대회와 전후 북한문학」(『북한시의 사적 전개 과정』, 경진출판, 2010, 295~320쪽)을 참고할 것.
5) 장정희, 「분단 이후 백석의 동시에 관하여」, 『서정시학』 25, 2015, 169~186쪽.
6) 이밖에도 「고야」(『사슴』, 1936)나 「외가집」(『현대조선문학전집(시가집)』, 조선일보사출판부, 1938), 「산」(『새한민보』, 1947.11) 등의 시에서 나타나는 동화, 혹은 민담적 요소를 적극 활용한 것도 아동문학에 대한 백석의 관심이 새삼스러운 것이 아님을 말해 준다. 또 자신이 눈 오줌의 색과 냄새와 소리에 대한 관심을 보여주는 「동뇨부」(『문장』, 1939.6) 도 자신의 배설물에 대한 관심을 보이는 유아적 행동과 관련해서 이해할 수 있다.

대화가 가능하다고 믿는 유아적 상상력이 두드러지게 나타난다는 점일 것이다. 또 "입으로 먹을 뿜는건/몇십년 도를 닦어 퓌는 조환가/앞뒤로 가기를 마음대로 하는건/손자의 병서를 읽은 것이다/갈매기 쭝얼댄다"(「꼴뚜기」, 『조광』, 1938.10) 같은 데서 볼 수 있는 사물의 의인화, 혹은 환상적 요소 등도 동화적 상상력이 발현된 예라고 할 수 있다.

백석이 그린 유년 세계는 어떤 외적 규범이나 윤리, 도덕 같은 것에 얽매이지 않는 자유롭고 활달하고 순수한 동심의 세계였다. 그리고 그의 시에서 발견되는 동화, 민담적인 요소들—「고야」(『조광』, 1936.1)의 조마구, 「외가집」(『현대조선문학전집—시가편』)의 도깨비, 「산」의 "덕거머리 총각"(『새한민보』, 1947.11) 이야기 등—역시 유교적 이념이나 윤리 의식과는 무관한, 사물과 세계에 대한 아이들의 발랄한 호기심과 상상력을 자극하는 것들이었다. 요컨대 백석은 일찍부터 동화적인 상상력과 이를 바탕으로 창조된 세계에 친숙했을 뿐 아니라 다양한 방식으로 세계와 접하면서 세계를 인지하기 시작하는 유소년기의 경험을 시화하는 데 관심을 기울였던 것이다. 이런 관점에서 보면 동화와 유소년기의 다양한 체험에 대해 좋은 기억을 가지고 있었을 뿐 아니라, 그 스스로 유년기의 자녀를 둔 부모이기도 했던[7] 백석이 북한의 아동 문학에 대해 가졌을 법한 아쉬움과 불만도 그가 동시 창작에 나서게 된 동기 중의 하나라고 할 수 있을 것이다. 문학을 통해서 이제 세상에 막 눈뜨기 시작하는 자신의 자녀와 그들 또래 아동들의 지적, 정서적 발달에 도움을 주려는 소박한 욕망, 그리고 자신과 공동체가 체득한 삶의 깨달음과 지혜를 자라나는 아이들에게 전해야 한다는 사명감이

---

7) 송준, 『시인 백석』 3, 흰당나귀, 2014, 173쪽과 254쪽 참고. 이 무렵 백석에게는 이윤희와의 사이에서 태어난 딸 '화제'와 아들 '증축'이 있었다.

나 열망 같은 것이 그가 아동문학에 관심을 갖고 동시에 창작하게
했다고 할 수 있는 것이다.

백석이 언제부터 동시 창작을 시작했는지를 정확히 확인하기는 어
렵다. 하지만 현재까지 확인된 최초의 동시 작품으로는 「병아리 싸움」
(『재건 타임스』, 1952.8.11)을 들 수 있다.[8] 이 작품은 서로 "물고 뜯고
재치"다가 급기야 "면두(벼슬―필자)"에서 피를 흘리기까지 하던 병아
리들이 어미 닭 품에 안겨 싸움을 끝낸다는 내용으로 되어 있다. 여기
서 문자 그대로 '동족상잔'의 싸움을 벌이고 있는 병아리들은 한국전쟁
의 당사자인 남과 북을 가리키는 것이 분명하다. 하지만 이 작품은
싸움의 원인과 책임 문제에 대해 침묵한 채 '어미닭'으로 하여금 병아
리들의 싸움을 끝내도록 함으로써 이 전쟁의 의미를 부정하는 듯한
태도를 취하고 있어 의미를 자칫하면 큰 문제가 될 소지가 있었다고
보인다.[9] 국토 '완정(完整)'을 위한 정의 전쟁이자 미제의 침략에 맞선

---

8) 박태일, 「백석의 미발굴 시 '병아리싸움' 변증」, 『한국근대문학의 실증과 방법』, 소명출판,
2004, 23쪽.

9) 참고로 병아리싸움의 전문을 인용한다. "성난 독수리마냥/두놈이 마주서 노린다/아직
날개쭉지도 자라지 않고/젖비린내나는 두놈이//눈알맹이는 팽팽돌고/독사처럼 독오른
주둥이는/금시 간알픈 심장을 쪼아박아/들짱이 날것만같다//푸드득―날샌 조약과함께/
물고 뜯고 재치고/한놈은 기어코/또 한놈의 면두를 물고 늘어졌다//면두에서 피가 흐르고
/가슴은 팔닥거려/밑에 깔린 놈이나/위에 덮친 놈이나 쥐죽은듯하다//이윽고 어미닭이
나타났다/두놈은 아무렇지도 않다는 듯이/스르르 싸움을 헤치고/어미등에 품에 기여든
다"(「병아리싸움」 전문) 병아리가 이념의 차이 때문에 싸우는 남북을 가리키는 것이라면
어미닭은 이념의 차이를 넘어선 민족을 가리키는 알레고리라고 할 수 있다. 이렇게 읽는
것이 이 동시에 대한 자연스러운 독법일 것이다. 만일 누군가가 이 작품을 이런 식으로
읽었다면 이는 전쟁을 벌이는 당사자들의 책임에 대한 판단을 거부하고 전쟁의 의미
자체를 부정한 허무주의적인 태도를 드러낸 것으로 비판받았을 가능성이 높다. 이와 비슷
하게 문제적인 작품으로 『집게네 네 형제』(조선작가동맹출판사, 1957)에 실린 「귀머거리
너구리」를 들 수 있다. "귀먹은 도적놈"(너구리)을 용감한 것으로 오해해서 지도자로 선택
한 "귀밝은 도적놈"(그밖의 산짐승)들이 사람들에게 혼쭐이 나는 모습을 그린 이 우화
형식의 동(화)시에서 '귀먹은 겁장이 너구리'가 누구를 지칭한 것인가를 놓고 '다양한'
해석이 가능하기 때문이다. 특히 개전 초의 호언장담과는 달리 김일성이 강계까지 도주해

'조국수호전쟁'이 한창 진행 중인 상황에서 이를 시비선악을 따질 수 없는 동족상잔의 싸움으로 그린 것은, 자칫하면 전쟁의 무용성, 혹은 허망함을 말한 것으로 해석될 여지가 있었기 때문이다. 하지만 이 작품과 관련된 논란의 흔적은 아직 확인된 적이 없다. 그것이 이 작품의 존재를 몰랐기 때문인지, 아니면 이 작품 속에 내재된 '유해성'을 포착하지 못했기 때문인지는 불확실하다.

이 작품 이후 백석이 계속해서 작품을 발표했는지는 확실하지 않다. 하지만 『조선문학』 등에서 백석의 이력이 번역가나 시인이 아니라 '아동문학가'로 소개되었던 점, 그리고 백석이 『아동문학』 편집위원으로 활동하면서[10] 이 잡지에 「지게게네 네 형제」와 「까치와 물까치」(『아동문학』, 1956.1) 등의 작품을 발표한 것 등으로 미루어 보면, 단지 확인이 되지 않았을 뿐 이 작품 이후에도 계속해서 동시를 발표했을 가능성이 높다. 하지만 이 작품 이후 백석이 다시 문단에 모습을 나타내는 것은 아동문학 평론을 통해서였다. 아동문학에 대한 그의 견해는 「동화문학의 발전을 위하여」(『조선문학』, 1956.5)와 「나의 항의, 나의 제의」(『조선문학』, 1956.9)[11] 같은 글을 통해서 살펴볼 수 있다. 특히 이 두 편의 글은 아동문학에 있어서의 사상성과 교양성에 관한 그의 입장, 그리고 동화와 동시에 대한 견해와 함께 그의 문학(시)관을

야 했던 상황을 고려하면 이는 김일성에 대한 에두른 비판으로 읽힐 수 있는 소지가 없지 않다. 그러나 이 작품 역시 논란의 대상이 되었던 적이 없는 것으로 보인다.

10) 백석은 일찌감치 외국문학분과에 소속되어 있었지만(『조선문학』, 1947.2), 이 무렵 그의 실질적인 문단 활동은 주로 아동문학 분과에서 이루어졌다고 보인다. 이후 백석은 1953년 다시금 외국문학 분과위원회 위원으로 임명을 받았다(『조선문학』, 1953.12).

11) 이 글은 제2차 조선작가대회를 앞두고 준비한 토론문으로, 백석과 함께 토론문을 준비했던 리원우의 「아동문학의 예술성 제고를 위하여」는 작가대회에 채택되어 『제2차 조선작가대회문헌집』(조선작가동맹출판사, 1956)에 수록되었다. 이에 대해서는 원종찬, 『북한의 아동문학』, 청동거울, 2012, 216~217쪽 참고.

잘 보여주므로 '아동문학 논쟁'에서 보여준 백석의 입장을 이해하기 위해서 세밀하게 검토할 필요가 있다.

여기서 먼저 짚고 넘어가야 할 것은 백석이 일단 동시와 동화를 구별하고 있었다는 사실이다. 백석은 원칙적으로 아동들의 연령에 따라 인지 능력과 수용 능력의 차이가 나며, 따라서 이를 고려하여 연령에 따라 각각 다른 방식으로 접근을 해야 한다고 생각했다. 즉 아직 지적, 정서적 발달이 충분하게 이루어지지 않았고 사물과 세계에 대한 초보적인 인식을 형성해 가는 단계에 있는 '학령 전' 아동에게는 길이가 짧고 운율감이 있는 동시가 적합하며, 사물과 사물, 혹은 사물과 세계 사이의 인과 관계를 이해하고 사리를 판단할 만한 지적 능력을 갖추어 가고 있는 학령기 아동에게는 동화가 더 적합하다고 본 것이다. 백석이 아직 인지 능력이 충분히 발달되지 않은 학령 전 아동들에게 길이가 짧고 운율감이 있는 동시가 더 적합하다고 본 것은, 가벼운 쾌감을 동반하는 운율감이 있는 동시가 사물과 세계에 대한 기본적인 인식과 기초적인 감수성을 형성하는 데 도움이 된다고 생각했기 때문이다. 이에 비해 어느 정도 인지 능력을 갖추고 있고 사고 능력이 발달된 학령 이상의 아동들에게는 일정한 이야기를 품고 있는 동화가 더 적합하다는 점을 강조한 것은 이런 이야기들이 개개 사물들의 특성과 관계에 대한 아동들의 호기심을 일깨우는 한편 자기 자신과 세계를 좀 더 깊게 이해하는 데 도움이 되리라고 보았기 때문이다. 하지만 이런 구별은 원론적인 것일 뿐이고 실제 창작에 엄격하게 적용되었다고 하기는 어렵다. 물론 이런 구별을 의식하면서 창작을 한 경우가 없지는 않지만 명확하게 구분을 하지 않은 경우가 더 많은 것이다. 특히 그가 번역한 마르샤크의 『동화시집』 이후에 '동화시'12)라는 용어를 사용한 것으로 보면 백석은 오히려 동화적인 요소와 동시적인 요소의 융합 가능성에 더 관심을 가졌던 것으로 보인다.

동화에 대한 백석이 입장을 좀 더 분명하게 보여주는 것은 「동화문학의 발전을 위하여」라는 글이다. 이 글에서 백석은 동화 창작의 목적이 "아동들의 인격을 도야하며, 사회의식을 배양하며, 앞으로 올 새 시대의 좋은 역군으로 그들을 방향 지워주며, 이 방향으로 아동들의 주의를 돌리는 것"에 있으며, 이를 위해서는 무엇보다 작가의 "옳바른 세계관과 정당한 륜리관"이 필요다는 점을 강조했다. 또한 동화가 "아동들의 물질적 세계관의 형성"이나 "관찰에서 리해로 이행하는 지향"에 도움이 될 수 있다는 점을 역설했다. 이런 점들로 미루어 보면 백석은 동화가 학령기 아동들의 세계관이나 가치관 형성에 영향을 미칠 수 있다는 점을 분명히 인식하고 있었고 그들이 읽는 동화에 일정한 사상성과 교양성을 담아내는 문제에 대해서도 긍정적인 입장을 취하고 있었다고 할 수 있다.

이런 긍정적인 입장은 백석이 동화가 다루어야 할 소재와 창작방법을 구체적으로 적시한 데서 분명하게 확인된다. 그는 동화가 마땅히 다루어야 할 소재로 "8.15 해방, 산업의 복구와 건설, 토지개혁, 관개공사, 황무지 개간, 새로운 경작 방법, 조국해방전쟁, 농촌의 협동화, 령도자의 형상" 등을 들었다. 또한 동화작가들이 단순히 옛 동화의 세계에서 머물지 않고 "기적을 행하는 놀라운 장색들, 그들의 과감한

---

12) 백석이 번역한 마르샤크의 『동화시집』(백석 옮김, 박태일 엮음, 경진출판, 2014)은 박태일이 발굴하여 번인했다. 이경수는 백석이 마르샤크의 『동화시집』을 번역한 후부터 '동화시'라는 용어를 사용한 것으로 추정했다. 이경수, 「백석의 동화시 창작과 음악성 실현의 의미」, 『우리문학연구』 47, 우리문학회, 2015, 303쪽. 박명욱, 「백석의 동화시와 마르샤크의 동화시 비교연구」, 『한국 아동문학연구』 28, 한국아동문학회, 2015도 참고할 수 있다. 하지만 백석이 실제로 동화시와 동시를 명확히 구별해서 창작을 한 것 같지는 않다. 이 글에서는 동화적 요소가 강한 동시들에 대해서 잠정적으로 동(화)시로 표기했다.

모험, 로동 공적 등"을 그려야 하며 "자연개조, 공간과 시간의 정복 등에서 빛나는 로력 영웅의 형상"들을 창조해야 한다는 적극적인 주장을 제기하기도 했다. 동화에서는 이런 식으로 계급적 교양을 담을 수 있다고 생각했던 것이다. 특히 창작방법과 관련해서 백석은 동화가 "시정(詩情)과 철학적 일반화"를 동반한 것으로 이를 위해서는 단순히 사실적인 것에만 머물러서는 안 되며 때로는 "과장과 환상"이 필요할 수도 있다는 점을 강조했다. 환상과 과장은 "인간의 실재적인 리상, 인간의 부단히 장성하는 자기 위력에 대한 리상"을 포함한 것이므로 "과장과 환상"이 없는 작품은 단지 오체르크나 펠레톤[13]에 지나지 않는다는 것이다.

이에 비해 「나의 항의, 나의 제의」는 장차 벌어지게 될 '아동문학논쟁'의 단서가 될 만한 내용을 담고 있는 글이다. 이 글은 조선문학가동맹 아동문학 분과위원회의 1.4분기 작품 총화회의에서 류연옥의 동시 「장미꽃」(『아동문학』, 1956.3)에 대해 "벅찬 현실"을 그리지 않았다는 비판이 제기된 것을 반박하는 데서 시작된다. 여기서 말한 '벅찬 현실'은 말할 것도 없이 '전후 복구건설'이 이루어지고 있는 다양한 현장을 가리키는 것으로, 이 비판은 결국 류연옥이 복구건설의 열정을 북돋는 대신 '장미꽃'을 노래한 작품을 썼다는 사실을 겨냥한 것이었다. 하지만 백석은, 이런 비판이 "벅찬 현실"을 단순히 소재주의적인 차원에서 해석한 데서 비롯된 것이며, 이런 사고는 도식주의의 원천이 될 수 있다고 지적했다. "어떤 현실의 일정한 면만이 벅찬 것이며 이여의 현실 면들은 죄다 벅차지 않은 것이라는 견해"는 잘못되었다

---

13) 『현대조선말사전』(과학백과사전출판사, 1981)에 따르면 펠레톤은 프랑스어 Feuilleton의 러시아식 발음으로 "사회생활에서의 부정적인 현상을 야유하거나 조소하는 비판적 색조가 강한 신문기사의 한 형태"(2276쪽)를 가리킨다.

는 것이다.

동화와는 달리 동시에서는 가급적이면 정치적, 교양적인 내용, 혹은 '속류 사회학주의적인' 소재들을 배제해야 한다는 백석의 생각은 사회주의 리얼리즘 미학이론에 대한 그 나름의 이해에 기반을 둔 것이었다. 백석이 소련 평론가의 글(『꼼뮤니스트』 18, 1955)을 인용하여 "전형적인 것을 다만 당해 사회적 력량의 본질의 구현이라고만 고찰하는 것"은 "예술적 형상이 아니라 도식들을 창조하는 결과"를 초래할 뿐이라고 주장한 것이 이 점을 말해 준다. 이어서 그는 "진실로 높은 감정의 도야 없이, 아름다운 정서의 련마 없이 어떻게 진실로 용감해질 수 있으며 어떻게 진실로 완강해질 수 있을 것인가"라고 반문하면서 아동문학은 무엇보다 "감정과 정서의 아름답고 옳은 성숙"을 지향해야 하며 이를 위해서는 "시적 개성"과 자유를 인정해야 한다고 역설했다.

이와 함께 백석은 "교양성의 로출", "상식적인 사회학적 성격의 로출"에 편중하는 경향,[14] 즉 예술성과 기교를 무시하고 교훈적인 주제를 직접적으로 주입하는 상투적인 시, 기록주의적인 편향들을 비판하면서 "생활에서 오는, 선명한 말"과 "정서적 채색이 없는 시"는 독자에게 결코 수용될 수 없으며 따라서 사상성과 교양성도 발휘할 수 없음을 강조했다. 그에 따르면 "시는 무난하고 평탄하고 애매하고 무기력한 것을 참지 못한다. 시는 긴장되여야 하며, 박력에 차야 하며 굴곡이 있어야" 하기 때문이다. 백석은 이를 다시 풀어서 시에 형식의 미와

---

14) 이런 생각은 "아이들의 시에서 이러한 정치성의 노출은, 교양성의 노출과 마찬가지로 리롭지 않다"는 주장으로까지 이어진다. 「년간 평」, 『아동문학』, 1956.12. 여기서는 박태일, 「1956년의 백석, 그리고 작품 네 마리」, 『근대서지』 12, 근대서지학회, 2015, 408쪽에서 재인용.

제약이 필요한 것은 바로 이 때문이며, "묘사의 단순화"와 "언어의 률동성"의 요구되는 것도 이런 이유에서라고 설명했다. 아울러 시에는 "그 언어의 갖은 음영의 진폭"이 있어야 하며 교훈은 이런 "음영 즉 형상" 속에 깃들어야 비로소 의미가 있는 것이 된다는 점을 강조했다. 이런 견해는 단순한 동시론의 차원을 넘어선 것, 즉 백석 자신의 시관, 혹은 시어관을 표명한 것으로 볼 수 있다. 그리고 그것은 굳이 '사회주의'라는 딱지를 붙이지 않아도 좋을 만큼 보편성을 지닌 시론이라고 해도 무방한 것이었다.

1956년 이후 『아동문학』 등에 백석이 발표한 동시들은 대부분 이런 자신의 동시관에 기초한 것이라고 해도 좋다. 그리고 이 작품들을 묶어서 펴낸 동(화)시집 『집게네 네 형제』(조선작가동맹출판사, 1957)는 북한 평단으로부터 높은 평가를 받았다.[15] 이 동(화)시집에 실린 동(화)시들은 아동들의 흥미와 언어 능력을 고려한 쉽고 재미있는 표현, 이해를 돕고 흥미를 돋우기 위한 연쇄법과 동일어구의 반복에 의한 사건 서술, 간결하고 경쾌한 리듬감 등을 주된 특징으로 하고 있는[16] 성공적인 작품들이라는 것이다. 이는 이 시기 백석의 동시들이 아동문학에 대한 '당의 요구와 기대'에 상당히 부합하는 것으로 인정받고 있었음을 말해 준다. 이런 평가가 가능했던 것은 이 시기까지만 해도 작가동맹이 문단에서 학령 이전의 아동들을 위한 아동문학 작품에

---

15) 표제작인 「집게네 네 형제」의 원래 제목은 「지게게네 네 형제」(『아동문학』, 1956.1)였으나 동시집에 실리면서 내용과 제목 모두 수정되었다. 개작의 상세한 내용과 경위에 대해서는 이상숙, 앞의 글과 박명옥, 「백석의 동화시 개작 연구: '지게게네 네 형제'와 '집게네 네 형제'를 중심으로」, 『비평문학』 45, 한국비평문학회, 2012, 115~128쪽 참고. 한편 이 「지게게네 네 형제」는 「우레기」, 「굴」(『아동문학』, 1956.12) 등과 함께 '인민군 창군 5주년 기념 문학예술상'의 아동문학 부문에서 3등 상을 수상했다. 『조선문학』, 1957.7, 144쪽.

16) 이경수, 「백석의 동화시 창작과 음악성 실현의 의미」, 『우리문학연구』 47, 2015, 313~321쪽.

사상성이나 교양성을 담아내는 문제에 대해서는 그다지 관심을 기울이지 않았기 때문일 것이다. 그의 동시에 대한 집중적인 비판이 제기된 이른바 '아동문학 논쟁'이 벌어지는 동안에도 이런 평가가 어느 정도 유지되었던 것이 이 점을 시사한다.

이 동화시집에 실린 동(화)시들의 주제는 크게 보아 여러 가지 바다 생물의 특징을 알려주는 인식적인 측면에 충실한 작품, 전후 복구건설의 승리를 강조한 작품, 자주적이고 주체적인 삶의 가치를 일깨워주기 위한 교훈적인 내용을 담은 작품 등으로 구별할 수 있다. 가령 「오징어와 검복」, 그리고 「가재미와 넙치」(『집게네 네 형제』, 조선작가동맹출판사, 1957) 등은 바다 생물들이 저마다 특징적인 생김새를 갖게 된 유래를 우화적으로 그린 작품이다. 백석의 표현을 빌자면 "박물학적"인 내용을 담은 동(화)시이고, '아동문학논쟁' 과정에서 백석이 쓴 「메'돼지」, 「강가루」, 「기린」, 「산양」(이상은 모두 『아동문학』, 1957.4) 등을 비판했던 북한 평론가들의 입장에서는 사상성이나 교양성보다는 여러 가지 사물에 대한 인식을 주는 데 그친 동시인 셈이다. 하지만 백석의 동시 가운데 이처럼 사상성이나 교양성을 담지 않고 순수하게 사물과 세계에 대한 객관적인 인식을 제공하는 데 주력한 작품은 사실상 그다지 많지 않다.

그의 동(화)시는 우선 전후 복구건설에 승리한 조국, 그리고 이를 위해 헌신한 인민의 모습을 그리는 데 초점을 맞추고 있다. 가령 나무를 의인화한 「나무동무 일곱동무」(『집게네 네 형제』, 조선작가동맹출판사, 1957)는 전쟁 기간 동안 자기 터전을 지키기 위해 힘을 합쳐 싸운 '나무동무'들이 전후에는 복구건설에 필요한 자재로 아낌없이 자신을 바치는 모습을 그린 작품이다. 여기서 의인화된 '나무'의 형상이, 전쟁은 물론이고 전후 복구건설의 승리를 위해서 기꺼이 스스로를 희생하고 헌신한 인민들을 가리킨다는 것은 말할 나위도 없는 일이다. 이와 비슷한 주제를 다룬 작품 가운데 가장 주목받은 작품으로는 「까치와 물까치」(『아동문학』, 1956.1)를 꼽을 수 있다. 이 작품은 "'바다'가 산'길에서/서로 만나/저마끔 저 잘났다/자랑하던/까치와 물까치"가 경쟁적으로 자기 고장의 변화된 모습을 자랑하다가 이런 경쟁이 잘못된 것임을 깨닫고 "크고도 아름답게/일떠서는/우리나라/모두모두 구경하며" 함께 날아가는 모습을 그렸다. 특히 이 작품에서는 지기 싫어하는 아동의 경쟁 심리와 수다스러운 아동들의 특성을 까치와 물까치에 투사한 참신한 상상력이 돋보인다. 까치와 물까치가 쉬지 않고 재재거리며 자기 고장에서 이루어지고 있는 복구건설의 성과가 더 뛰어나다고 자랑하다가 결국에는 그런 이기적인 경쟁심을 털어내고 함께 조국의 하늘 위를 날면서 전쟁의 상처를 극복하고 일어서는 도시와 공장의 모습을 구경하는 것으로 작품을 마무리한 것이다. 이처럼 이 작품은 까치와 물까치의 눈을 통해 사회주의의 승리를 위한 전 인민적 협력과 그 '찬란한 성과'라는 주제를 '성공적으로' 표현했다.

전후 복구건설의 승리를 그린 동시의 밑바닥에 깔려 있는 것은 남을 흉내 내지 않고 올곧게 자신만의 삶을 일구어가는 '주체(자주)적인' 자세에 대한 믿음이다. 그의 동시 가운데 대표작으로 평가되는 「집게네 네 형제」는 이런 주제를 다루고 있다. 이 작품에서 '막내 집게'는 겉보기에 그럴듯하게 보이는 남을 흉내 내다가 결국 화를 당하고 마는 다른 형제와 달리 흔들림 없이 자기 식으로 살아감으로써 화를 면하고 이후로도 평안하게 살아간다.

그러나/막내동생/아무것도 아니쓰고/아무 꼴도 아니 하고/아무 짓도 아니 해서/오뎅이가 떠와도/겁 안 나고/낚시질'군 기웃해도/겁 안 나고/

황새가 찾아와도/겁 안 났네//집게로 태여난 것/부끄러워 아니 하는/막
내 동생 집게는/평안하게 잘 살았네

—「집게네 네 형제」 17~18연

이 작품은 아동들에게 '자주적인 삶', 혹은 주체성을 지키는 일의
소중함과 가치를 가르치려는 의도를 담은 것으로 복구건설 과정에서
독자적인 발전노선을 걸음으로써 그 나름의 성과를 거두고 있는 북
한의 선택에 대한 자부심과 긍지가 그 밑바탕에 깔려 있다고 할 수
있다.17) 또 허황된 꿈을 좇다 낚시에 걸린 메기 이야기를 통해 무분
별하게 남을 흉내 내는 일의 어리석음을 경계한 「어리석은 메기」(『집
게네 네 형제』, 조선작가동맹출판사, 1957)도 비슷한 주제를 다룬 작품
이다.

누가 돌보지 않아도 홀로 바닷물을 마시며 굳세게 성장하는 굴을
그린 「굴」(『아동문학』, 1956.2)의 주제의식은, 거듭되는 패배에도 불구
하고 스스로 힘을 길러 끝내 사람들을 못살게 구는 오소리를 물리치
는 산골총각을 그린 「산'골총각」(『집게네 네 형제』, 조선작가동맹출판
사, 1957), 험준한 바위산에 살면서 어떤 사나운 짐승이 쳐들어오더라
도 맞서 싸워 물리치겠다는 올연한 의지를 뽐내는 산양을 그린 「산양」
(『아동문학』, 1957.4)으로 이어진다. 이와 함께 백석은 작고 여린 것들
이 스스로 힘을 합쳐 적을 물리치는 모습도 다각적으로 그렸다. 즉

---

17) 이 작품의 발표 시기와 관련해서 보자면 이 동시가 높은 평가를 받은 것은, 그 주제를
김일성이 선택한 전후 복구건설 노선(중공업 발전을 우선으로 농업 발전을 추구하는)의
정당성과 관련해서 이해할 수 있었기 때문이라고 보인다. 특히 '자기 식'의 삶의 중요성을
강조한 이 주제의식은 훗날 김일성이 내세우게 되는 '주체'와 통하는 부분이 있다. 하지만
이런 정치적인 맥락을 배제하고 보면 이 작품의 주제는 남한에서 많이 읽히는 「아기돼지
삼형제」의 그것과 동일하다고 할 수 있다.

숲속의 '나무 동무'들은 숲의 평화를 위협하는 '원쑤'를 물리치기 위해 스스로 힘을 합치며(「나무 동무 일곱 동무」), 어린 송아지들은 사자나 승냥이를 막기 위해 잘 때조차 둥그렇게 원을 그리고 엉덩이를 맞대고 자는 것으로 그린 것이다(「송아지들은 이렇게 잡니다」, 『아동문학』, 1960.5). 이런 주제의식은 이 시기 백석이 동시를 통해 아동들에게 전하려고 한 메시지가 어떤 것이었는지를 잘 보여준다.

이런 주제의식은 표면적으로 장차 김일성이 내세우게 되는 '자주, 자립, 자위의 혁명정신'[18]과 유사한 부분이 있다. 하지만 이 시기는 김일성조차 아직 '주체'에 생각이 미치기 전이었으므로 백석의 이런 주제의식이 위로부터 주어진 것이라고 할 수는 없다. 오히려 그것은 인민들의 소박한 애국주의(patriotism), 즉 백석 자신을 포함하여 6.25 기간 중 전선이 남북을 오르내리는 동안 전쟁의 광기와 폭력에 휩쓸려 엄청난 고통을 당한 '후방 인민'들의 공통 경험에서 도출된 주제의식이라고 할 수 있다. 다시 말하면 공동체 전체가 겪은 경험으로부터 도출된 삶의 지혜를 후대에게 전하고자 하는 소박한 열망과 작가로서의 기대가 이런 주제의식으로 이어진 것이다.

전통적인 민담이나 설화를 활용한 동(화)시에서도 이런 식으로 공동체의 경험과 그로부터 비롯된 '교양'을 담아내려 한 흔적이 발견된다. 봉건 지배층의 가혹한 수탈 때문에 죽은 뒤 달래로 환생한 '오월이'의 이야기를 그린 「쫓기달래」(『집게네 네 형제』, 조선작가동맹출판사, 1957)가 그런 예에 해당된다. 이런 내용은 계급교양을 담아낸 것으로 이해할 수도 있지만, 사실은 전래 동화에서 흔히 발견되는 이야기

---

18) 김일성, 「국가 활동의 모든 분야에서 자주, 자립, 자위의 혁명정신을 더욱 철저히 구현하자」, 『조선문학』, 1968.1.

를 변형한 것이라고 생각된다. 또 곤란한 상황에 처해 있다가 개구리의 도움을 받아 곤경을 이겨낸 여러 동물들이 개구리의 은혜에 보답한다는 인과응보의 논리를 바탕으로, 사람다운 삶의 도리를 이야기한 「개구리네 한솥밥」(『집게네 네 형제』, 조선작가동맹출판사, 1957)는 인민적 연대와 단결이라는 계급적 교양을 담은 것처럼 보인다. 하지만 이 주제는 조선시대의 향약(鄕約)에서 강조한 환란상휼(患亂相恤)이나 상부상조의 가르침을 변형한 것이라고 해도 좋을 것이다. 이런 동시들에서 확인할 수 있는 것은, 백석이 실제 창작에서 앞에서 말한 것과 같은 기준으로 동시와 동화를 엄격하게 구별한 것은 아니었다는 사실, 그리고 그의 동시들은 표면적으로 계급적 교양을 담은 것처럼 보이는 경우에도 결코 그렇게 해석할 수만은 없다는 점 등이다. 앞에서 언급한 동시의 주제의식은 어떤 특정한 계급이나 정치 이념으로 수렴되는 것이 아니라, 장소와 시대, 그리고 계급적 차이를 뛰어넘는 보편성을 지닌 것이라고 할 수 있기 때문이다.

백석의 이런 주제의식은 박태일이 발굴해서 소개한 「소나기」, 「착한 일」, 「징검다리 우에서」(이상은 모두 『소년단』, 1956.8)를 통해서도 확인할 수 있다.[19] 이 작품들은 모두 일정한 이야기를 품고 있는, 학령기 아동들을 대상으로 한 작품들이다. 「소나기」는 학교에 가기 싫어서 꾸물거리다가 소나기를 맞아 흠뻑 몸을 적신 아이를 그렸다. 「징검다리 우에서」는 징검다리에서 어른과 마주치자 자기가 먼저 건너겠다고 고집을 부리던 아이가 자기 때문에 건너 왔던 다리를 다시 건너가는 어른을 보고 잘못을 깨닫고 반성하는 모습을 그렸다.[20] 또 「착한

---

19) 박태일, 「1956년의 백석, 그리고 새 작품 세 마리」, 『근대서지』 12, 2015, 419~429쪽. 박태일은 「소나기」를 동시로, 다른 두 작품을 '줄글'로 소개하고 있으나 앞에서 본 백석의 분류 기준을 따른다면 이 세 편은 모두 동화시의 범주에 포함시킬 수 있다.

일」은 갑작스럽게 쏟아지는 비에도 불구하고 제 몸을 챙기기에 앞서 돌보는 사람 없이 비를 맞고 있는 '조합소'를 돌보는 소녀의 모습을 담담하게 그린 작품이다. 이런 주제들 역시 계급적인 관점에서 해석할 수 있기는 하지만 사실은 그것을 넘어선 보편성을 지닌 것이라고 할 수 있다.

이상에서 살핀 것처럼 백석은 동시에 직접적으로 사상적, 교양적 요소를 담는 것을 반대했다. 그것은 아동들이 특정한 정치적 사상이나 이념으로 물드는 시간을 가능한 한 연기함으로써 지적, 정서적으로 균형 잡힌 인간으로 성장해 가기를 바라는 부모로서의 소망과 입장, 그리고 그 자신의 문학적 신념과 양심 때문이라고 할 수 있다. 하지만 구체적인 작품 창작에서 반드시 이런 계급적 교양을 배제했다고 보기는 어렵다. 특히 이야기와 동시를 결합한 동(화)시의 경우에는 그 나름으로 일정한 계급적 교양을 담아내려고 한 것이 사실이다. 심지어 동시에서도 때때로 아동의 특성, 흥미와 관심사 등을 고려하여 그에 걸맞는 수준의 교양을 담으려고 했다. 물론 백석은 이런 경우에도 교양적 내용을 직접적으로 제시하는 대신 구체적인 형상 속에 담아내려고 했다. 또한 백석이 선택한 주제는 계급적, 사회주의적인 교양의 외관을 지니고 있지만 반드시 거기에만 한정할 수 없는 보편성을 지닌 것이라고 할 수 있다. 따라서 엄격하게 말하자면 백석이 동시에 담아낸 교양은 변화하는 시대 현실과 관련된 당이나 작가동맹의 요구와는 적지 않은 거리가 있었다고 하지 않을 수 없다. 이처럼 백석의 동시 창작은 체제의 요구와 백석 나름의 문학적 신념과 원칙 사이의 보이지 않는 긴장

---

20) 이 작품은 젊은 세대의 도덕성에 대해 백석의 불만(「사회주의 도덕에 대한 단상」, 『조선문학』, 1958.8)과 관련하여 이해할 수 있다.

속에서 진행되었다고 할 수 있다. 이런 관점에서 보면 '아동문학 논쟁'의 소지는 이미 그의 내면에 이미 잠복되어 있었다고 해도 좋을 것이다.

3. '아동문학 논쟁'의 경과와 그 의미

앞에서 살펴본 것처럼 백석의 동시관과 동시는 문학을 통해 사회주의 교양 사업을 전 사회적으로, 그리고 전 연령층으로 확대, 강화하려 했던 북한의 입장과는 다소 거리가 있었다.[21] 이른바 '아동문학 논쟁'은 이런 입장의 차이에서 비롯되었다. 이 논쟁의 핵심은 (아동)문학의 사상성이나 교양성이라는 원론적인 문제가 아니라 교양의 대상을 '학령 전 아동'에게까지 확대하는 것이 과연 타당한 것인가, 바람직한 것인가 하는 문제였다. 다시 말해서 문학을 통한 교육의 효과를 극대화하기 위해 학령 전부터 문학을 통한 교육에 힘써야 한다는 작가동맹의 입장과 최소한 학령 전 아동에게만큼은 사상과 교양에 앞서 균형 잡힌 인성과 정서 발달을 위해 노력해야 한다는 백석의 입장이 서로 충돌한 것이다.

이 논쟁에 내포된 의미를 이해하기 위해서는 논쟁의 직접적인 발단이 된 조선문학가동맹 아동문학분과위원회의 연구회(1957.2.20)까지 거슬러 올라가서 그 경과를 찬찬히 살펴볼 필요가 있다.[22] 여기서

---

21) 1956년에서 1960년 사이의 『문학신문』과 『청년문학』 등에는 지역별, 직장 단위별 '독서조'나 문예써클의 조직 및 운영에 관한 기사가 자주 실렸다. 이는 문학을 통한 교양사업을 전 사회적으로 확대, 강화하려는 의지의 산물이라고 할 수 있다. 원종찬, 앞의 책.

22) 이영미, 「북한의 자료를 통해 재론하는 백석의 생애」, 『한국문학이론과 비평』 13(1), 2009, 172~179쪽.

논의된 내용은 『문학신문』에 상세하게 소개되었다.[23] 이 글에 따르면 백석은 「아동시에서의 몇 가지 문제」란 보고를 통해 학령 전 아동들을 위한 작품 창작 문제와 아동시에 있어서 민족적 특징을 살리는 문제, 그리고 동시에서 과학 정신을 살리는 문제 등 별다른 논쟁의 여지가 없는 내용을 발표했다. 이에 비해 리순영은 유년층 아동들에게는 사회 사상을 강요할 수 없으며 오직 그가 살아가는 주위 환경의 모든 사물에 대하여 서정적으로 노래함으로써 유년들에게 그에 대한 인식적 교양을 줄 수 있다고 주장했다. 그리고 이어서 이런 견해가 거부된다면 아동문학은 "구호의 제창이나 만세식 작품"들로 회귀할 수밖에 없다는, 타당하기는 하지만 당시의 북한 문단의 분위기를 고려하면 대단히 '과격한' 주장을 내세웠다. 이 발표 후에 이루어진 토론에서 리순영의 견해에 대해 어떤 반응이 나왔는지는 불확실하다. 하지만 『문학신문』에 소개된 내용으로 미루어 보면 아동문학 논쟁에 불씨를 던진 사람은 백석이 아니라 리순영이었다고 해야 할 것이다.[24]

이 문제에 대한 논의는 같은 해 5월에 열린 아동문학 분과위원회 연구회에서 다시 이루어졌다. 이 연구회에서 특별하게 다루어진 것은 "유년 동요에서의 사상성 문제"였다. 이 자리에서 리순영은 다시금 "유년들에게 사상적 교양을 강요하는 것"은 부당하다고 주장했다. 이에 비해 백석은 사상성을 개념을 폭넓게 해석하는 다소 유연한 주장을 내세웠다. 즉 사상성이란 반드시 계급의식적인 것만을 의미하는 것은 아니며 "높은 구마니즘(휴머니즘―필자), 선과 악에 대한 정확한

---

23) 류도희, 「작품에 시대정신을 반영하자: 아동문학 분과 확대 위원회에서」, 『문학신문』, 1957.2.28.

24) 원종찬, 앞의 책, 224~225쪽.

인식, 아름다운 것에 대한 지향, 락천성, 애정 등, 이 모든 것이 포함된다"고 강조한 것이다. 하지만 이 시기 북한의 대표적인 서정시인으로 평가받는 김순석은 유년 동요에서도 사상성이 "반드시 있어야" 하며 유년의 특수성, 즉 단순하고 강한 감수성과 환경에서 받는 큰 영향력 때문에 "더욱 강한 사상성이 요구된다"는 뜻밖의 견해를 제시했다. 이에 대해 분과 위원장 리원우는 일단 "동물의 생태나 습성만을 반영하는 것도 유년들의 인식적 역할을 높이는 데 도움을 준다는 문제를 해결하였다"는 식으로 백석의 의견에 동조하는 듯한 모습을 보이면서 토론을 마무리했다.25)

이렇게 미봉되었던 논쟁은 이후 구체적인 작품 평가와 맞물리면서 본격적인 논쟁으로 비화되었다. 그 직접적 계기가 된 것은 리순영의 미발표작 「고양이」와 백석이 발표한 「메'돼지」 「강가루」 「산양」 「기린」 (『아동문학』, 1957.4) 등의 작품이었다. 이전의 연구회에서는 소극적이나마 아동문학의 인식적 역할을 긍정하는 듯한 태도를 취했던 리원우는 리순영의 작품이 고양이의 생태를 묘사한 것 이외에는 "시 정신이 약하다"고 비판했다. 그리고 백석의 「메'돼지」는 주제가 모호하고 「강가루」는 생활의 진실을 제대로 반영하지 못했고 「산양」은 약탈자를 벼랑으로 차 굴리겠다는 교양적 기능이 약하며, 「기린」은 "인공적"이며 "우리 생활 감정(강조는 원문)이 없"다고 비판했다. 리원우에 따르면 이 모든 결함은 결국 "시적 빠포쓰"의 부족으로 인한 것이었다.26)

하지만 백석은 사상성을 정치성으로, 그리고 교양성을 도덕 교훈으

---

25) 「주제를 확대하자」, 『문학신문』, 1957.5.2.

26) 리원우, 「유년층 아동들을 위한 시 문학에서의 빠포쓰 문제와 기타 문제」, 『문학신문』, 1957.5.23.

로만 이해하는 것은 "사상성의 협애한 이해와 단순화", 그리고 교양성의 "속학적 해석과 협소화"를 초래할 수 있다는 반론을 제기했다. 그에 따르면 사상성은 "유년층 아동의 세계관의 위치 설정의 준비"를, 그리고 교양성은 "유년층 아동의 생활 관찰의 능력 배양의 준비"를 의미하는 것이어야 한다. 다시 말해서 아동문학은 사물과 현상에 대한 정치적 해석과 사회적 의의를 해설하는 대신 "그것들의 생성 발전의 참된 면모를 정확히 과학적으로 인식시킴으로써 그들의 세계관 형성을 돕는 것", 그리고 도덕 교훈만이 아니라 "유년들의 건강한 심미감과 취미를 배양하며, 성정의 도야를 꾀함으로써 그들의 생활에서 진실하고 아름답게 되는 것"을 목적으로 하여야 한다는 것이다.

이어서 백석은 "인식과 감득, 행동과 리해, 같은 것들은 그것들이 건실하며 과학적이며 진실하고 아름다울 때 충분히 사상적인 것임을 부인할 수 없"으며 교양의 과정이란 대단히 장구하고 복잡한 것이어서 "어느 한 형식, 또는 몇몇 형식의 문학"만으로는 이 과업의 완수가 불가능하다고 주장했다. 여기에 덧붙여 백석은 소련의 아동문학가 마르샤크를 인용하여 "건강하고 명랑한 웃음"을 주는 "웃음의 문학"이 오히려 "강요되는 교훈과, 주입되는 의식을 떠나 진실한 문학의 일익"일 수 있다고 주장했다. 이와 함께 고리끼를 끌어와 아동문학에서 "장난"이 지닌 의의, 즉 아이들의 '장난'이 창조적 상상력의 발전, 지능의 계발, 성격 형성 등에 기여한다는 점을 강조했다. 아울러 사상성과 교양성에 대한 협소한 견해와 교조주의적, 독단론적 경향을 극복하기 위해서는 이런 "문학상의 진실"에 주목해야 한다는 점을 지적하는 한편, 넓은 의미의 사상 세계와 "주위 사물과 생활 현상에 대한 광범하고 심오한 관찰"의 필요성을 역설했다. 관찰을 기본으로 한 문학이 아이들을 "주위 환경에 대한 예리한 관찰력을 가진 명민한 사람으로" 만들 뿐 아니라 사물과 현상에 대한 감동적인 정서를 일깨우고, 흥미를 불러일으키며 "심상하고 소박한 것의 아름다움에 친근하게" 만들 뿐 아니라 "자연의 신비성을 해명"해 주기 때문이라는 것이다. 이어서 백석은 관찰의 문학은 "아동들에게 황홀한 정서 속에서 자연의 비밀을 관찰하게 하며 이 관찰을 일반화하게" 하는 것이므로 이런 문학에서는 "인식의 희열이 빠포쓰로 나타나며 이 빠포스는 웃음으로 나타나는 것이 특징적"이라는 주장을 내세웠다.[27]

이처럼 백석은 사물과 세계에 대한 올바른 인식이 교양성, 사상성에 선행해야 한다는 점을 강조했다. 특히 백석은 학령 전 아동의 경우, 사물에 대한 올바른 인식이 시비선악과 미추(美醜)에 대한 주체적인 판단 능력, 그리고 그에 대한 올바른 태도를 형성하게 만드는 결정적인 요인이 될 수 있으므로 사물과 세계에 대한 '박물학적' 인식이 대단히 중요한 의미를 지닌다고 보았다. 백석은 이런 입장을 뒷받침하기 위해 "시의 정확성은 대상에 대한 심오하고 체계적인 지식에 기초한 대담한 상상력으로만 보장될 수 있다"는 마르샤크의 동시관을 끌어들였다.[28] 이처럼 아동문학이 아동들에게 사상이나 이념을 주입하는 수단이 아니라, 아동 스스로의 지적, 정서적, 도덕적 성장의 계기가 되어야 한다고 본 백석의 견해는 충분히 타당한 것이었다.

「큰 문제 작은 고찰」이란 겸손한 제목의 글에서도 백석은 이런 입장을 고수했다.[29] 여기서도 백석은 아동문학에서 주제와 제재를 처리하

---

27) 백석, 「아동문학의 협소화를 반대하는 위치에서」, 『문학신문』, 1957.6.20.

28) 마르샤크, 「시적 화상의 예술」, 『문학신문』, 1957.7.18. 이 글의 번역자가 누구인지는 밝혀져 있지 않다. 하지만 이 무렵 마르샤크의 글이 대부분 백석에 의해서 번역되었다는 점을 고려하면 이 글의 번역자가 백석이라고 추론해도 좋을 것이다.

29) 백석, 「큰 문제 작은 고찰」, 『조선문학』, 1957.6.

는 방법, 아동문학에 잔존한 결함—"무갈등론, 리상적 주인공론, 도식화, 개념화, 독단과 교주주의…"—과 과학 세계 취급의 필요성 등을 두루 언급하면서 학령 전 아동문학과 관련해서는 "사물을 옳바로 인식시켜야" 하며 "교양"은 그 다음에나 주어져야 한다는 입장을 재확인했다. 이와 함께 아동문학에서는 "장난과 셈 세기"를 주요한 제재로 할 것과 "산문보다 시"를 주된 장르로 삼아야 한다는 점을 강조했다. 또한 기존 아동문학의 가장 중요한 결함이 "해학의 감정이 류로(流露)되지 않는" 데 있다고 지적하면서 "계몽도 웃음으로 싸고, 교양도 웃음으로 쌀 때" 소기의 효과를 볼 수 있다고 주장했다.

이에 대해 뒤늦게 논쟁에 뛰어든 리진화는, 리순영의 「고양이」와 자신의 작품을 긍정하고 변호한 백석의 견해가 아동문학의 기능을 "관찰과 인식의 세계를 넓히는" 데만 국한시킨 데서 비롯된 오류, 다시 말해 아동문학을 "생활의 반영의(강조는 원문) 문학으로서라기보다는 사물의 객관적 인식의 문학"으로 이해한 결과라고 비판했다. 그리고 이어서 「산양」은 "아동들의 생활이 약하게 반영되고 있"고 「기린」은 기린의 목에 깃발을 달아보고 싶어 하는 것이 "성인이 상식화된 흥미"를 표현한 것이어서 아동의 흥미를 끌 수 없으며 설사 이 작품이 기린에 대한 객관적 인식을 노린 것이라고 하더라도 그 인식에 수반되어야 할 지향성에 대해서 눈을 감고 있다고 지적했다.[30] 또 「강가루」에 대해서는 교양에 대한 고려 없이 "흥미를 위한 흥미"를 주는 데 불과하다고 혹평을 했다.

이어서 김명수는 사회주의 리얼리즘 미학 이론에 기초해서 일종의 관전평을 썼다. 그는 "주위 사물과 현상을 과학적으로 인식하는 것"

---

30) 리진화, 「아동문학의 정당한 옹호를 위하여」, 『문학신문』, 1957.6.27.

자체가 "한 개 사상성"을 띤 것이라는 백석의 견해가 원칙적으로 옳은 것임을 인정했지만 인식적인 것과 교양적인 것을 분리시키려는 경향은 잘못된 것임을 지적했다. 인식 단계에서는 계급의식을 요구할 수 없다고 본 백석의 견해가 대단히 "협소하며 속학적인 경지에 머물러" 있다는 것이다. 결국 김명수는 세계관은 계급적인 성격을 가진 것이므로 세계관을 형성시키는 준비 사업 역시 "계급적"일 수밖에 없다는 입장을 내세워 아동문학에서 "이데아의 선명성과 명백성"을 강조한 리원우, 그리고 "인식과 지향성"을 분리하지 말도록 요구한 리진화의 손을 들어준 것이다.31)

한편 리효운은 리순영이나 백석처럼 "계급적 의식을 떠나서나 사상적 교양자의 태도를 떠나서는" "우리의 문학"이 있을 수 없다면서 카프 시절의 아동잡지 『별나라』에 실렸던 박세영의 「할아버지의 헌 시계」를 예로 들어 혁명적 낭만주의와 미래에 대한 낙관을 동시가 지향해야 할 바로 제시했다.32) 그리고 백석의 「메'돼지」와 「감자」(『평양신문』, 1957.7.19), 그리고 리순영의 「고양이」는 모두 "작가의 적극적인 지향과 생활 현상, 주위 사물에 대한 혁명적 평가가 극히 모호하며 아주 사변적"인 작품이라고 비판했다. 특히 백석의 경우는 사물과 생활 현상을 "있는 그대로(강조는 원문) 묘사하는 반면에 그것에 대한 적극적이고, 넓은 의미에서의 진취적인 분석과 평가를 약화시키는 데"로 기울었다고 꼬집었다.33)

---

31) 김명수, 「아동문학에 있어서 인식적인 것과 교양적인 것」, 『문학신문』, 1957.7.28.
32) 리효운, 「최근 아동문학에 관한 론쟁에 대하여」, 『문학신문』, 1957.8.22.
33) 박세영은 「지게게네 네 형제」, 「까치와 물까치」(이상은 『아동문학』, 1956.1)에 대해서는 높이 평가했으나 「메'돼지」에 대해서는 그 내용의 모호함을, 「강가루」(『아동문학』, 1957.4)에 대해서는 창작 태도의 진실성을 들어 비판했다. 박세영, 「학령 전 아동문학에 대하여」, 『조선문학』, 1957.9.

하지만 비판의 대상이 되었던 백석의 동시에 교양적 요소가 없었다는 판단은 오독의 결과에 지나지 않는다. 물론 「강가루」처럼 대상의 독특한 속성에 대한 인식적 측면에 초점을 맞춘 작품도 있지만, 대개의 작품에서는 앞에서 본 「집게네 네 형제」에서처럼 그 나름의 교양을 제시하고 있기 때문이다. 가령 기린의 목에 붉은 깃발을 단다는 발랄한 상상력을 보여준 「기린」의 경우, '붉은 색' 깃발이 지닌 상징성을 고려하면 아이들이 자라서 '사회주의적 교양', 혹은 이념을 거부감 없이 수용할 수 있는 정서적, 인식적 기반을 마련하는 데 도움을 주는 작품으로 평가할 수 있다. 또 험한 바위산에서 사는 산양의 생태적 특성과 함께, 어떤 사나운 짐승이 덤벼도 스스로를 지키고 물리치겠다는 올연(兀然)한 모습과 의지를 강조한 「산양」 역시 마찬가지로 이해할 수 있다. 이처럼 사물의 자연적 속성과 무관하게 일정한 도덕적 자질을 부여하는 알레고리는 백석이 동시에서 즐겨 사용한 표현기법이었다. 따라서 「기린」과 「산양」을 겨냥한 비판은 의도적이건 아니건 이 점을 놓친, 명백한 오독의 결과라고 하지 않을 수 없다. 백석의 동시에 내포된 교양적 측면은 전적으로 무시되거나 왜곡된 것이다. 이는 당시 북한 문단의 분위기가 그만큼 경직되어 가고 있음을 말해 주는 증거라고 생각된다.

이후에 열린 『아동문학』 확대 편집회의(1957.9.27~28)에서 내려진 결론도 이와 비슷하다.[34] 여기서 운문 부문의 보충 보고를 맡은 윤복진은 「메'돼지」는 "무엇을 의도하였는가가 명확하지 않"으며 「강가루」는 "인식적인 것 이외에 다른 무엇을 찾아보기 힘"들다고 지적했다. 이에 대해 백석은 부분적으로나마 이 비판을 수용하여 「메'돼지」, 「강가루」

---

34) 「아동문학의 전진을 위하여」, 『문학신문』, 1957.10.3.

가 "아이들의 리해력에 맞지 않았으며 독자에게 혼동을 주게 한 데"
대하여 자기비판을 했다.35) 하지만 그는 여전히 "아동들의 생활을
떠난 쩨마는 그 교양성의 강박과 주입을 초래"하며 "인식적인 것이라고
해서 교양성이 없다고 말할 수 없다"는 자신의 종래 주장을 고수했다.
그러나 이 총화의 결론은, 아동문학분과 위원장 리원우가 백석의 일련
의 작품은 "생활에 접근하지 못하고 시대의 주류 정신을 반영하지
못하였다"고 비판하고, 이어서 『아동문학』 주필 정서촌이 인식적인
것과 교양적인 것을 분리하는 백석의 견해에 대해 모든 토론자들이
반대했음을 확인하는 것으로 매듭지어졌다.

이 결론은 조선작가동맹 중앙위원회 제2차 전원회의에서 위원장
한설야에 의해서 다시 확인되었다. 한설야는 맑스-레닌주의 미학상
문제에 대해 "필자 자신이 명확한 미학적 견해를 못 가짐으로 하여"
착오를 범했던 창작의 실례로 백석과 리순영을 거명하면서 "학령 전
아동에게는 계급적 교양은 필요 없다거나 동물적 본능으로서 충분한
계급적 교양을 대행할 수 있다"는 그들의 주장은 잘못되었다고 최종
적인 판정을 내렸다. 이것이 학령 전 아동문학에 있어서 인식, 사상,
교양성 문제에 대한 조선작가동맹의 공식적인 결론이었다.36) 이상과

---

35) 이 자기비판은 「강가루」보다는 「메」돼지」(『아동문학』, 1957.4)에 대한 것이라고 보인다.
「강가루」의 경우는 어미의 육아낭에서 나오지 않으려는 새끼 '강가루'의 모습을 그린
것으로 캥거루의 생태적 특성을 알려주려는 의도로 쓴 동시이다. 따라서 이 작품이 아동
의 이해 범위를 넘어선 것이라고 말할 수는 없다. 이에 비해 "하루 온종일/산'비탈 감자밭
을/다 쑤셔 놓았다"면서 자신의 잠을 깨우지 말라고 하는 멧돼지의 모습을 그린 1연과
소나 보습이 없는 집에서 "나를 데려다가/밭을 갈지 않나"라고 한 2연의 내용이 명확히
연결되지 않다. 물론 멧돼지를 순치시켜서 밭갈이에 이용하는 농민들의 지혜와 그것에
대한 멧돼지의 불만(투정)을 그린 것이라고 할 수 있지만, 아이들이 이 작품의 주제와
의미를 즉각적으로 파악하기는 좀 어렵다고 보인다. 따라서 자신의 작품이 "아이들의
리해력에 맞지 않았으며 독자에게 혼동을 주"었다는 백석의 '자기비판'은 「강가루」보다는
「메」돼지」에 관한 것이라고 보아야 할 것이다.

같은 전개과정을 보면 이 논쟁은 작품 합평회에서 시작된 논란에 대해 상부 기관에서 최종 결론을 내리게 되는, '아래로부터의 발의'를 수렴한 논의인 것처럼 보인다. 하지만 논쟁이 진행되는 과정에서 대다수 논자들의 비판이 백석에게 집중된 것, 심지어 일반 독자까지 내세워 백석을 비판하도록 한 것37) 등으로 미루어 보면, 이미 준비되어 있는 결론에 정당성을 부여하기 위해 그와 같은 형식적 절차를 거친 것에 지나지 않는 것처럼 보인다.

'아동문학논쟁'이 이런 식으로 귀결된 것은 이른바 '천리마 대고조기'가 시작되면서, 〈제2차 조선작가대회〉 이후 거의 모든 평론의 준거로 활용되던 "제20차 소련 공산당 전당대회와 〈제2차 소련 작가대회〉의 정신"을 대신해서 '당의 사상 사업'의 중요성이 부각되는 것과 긴밀하게 맞물려 있는 것으로 보인다. 이 관련성은 "당의 정책을 열렬히 선전하는 붉은 작가"가 되기 위해서는 작가들이 "로동 계급 사상으로 무장해야"하며 현대적 주제와 역사적 주제를 결합하도록 노력해야 한다는 리원우의 주장을 통해서도 이해할 수 있다. 이 주장의 속내는 결국 아동문학에서도 "1930년대 김일성 동지를 선두로 한 견실한 공산주의자들의 혁명 전통에 대하여" 써야 한다는 것이었기 때문이다. 리원우는 "항일 빨찌산 투사들의 혁명적 정신과 고상한 도덕적 풍모"가 "우리 인민들의 가장 고귀한 혁명적 전통으로 되고 있"으므로 이를 "본받도록 배워주는 것"38)이 아동문학에 제기된 중요한 과제 중의

---

36) 한설야, 「우리 문학의 새로운 창작적 앙양을 위하여」, 『문학신문』, 1957.11.14.

37) 「아동들에게 더 친근한 작품을」, 『문학신문』, 1957.8.1. '작가학원 시 문학반 김봉'이란 독자의 글로 백석의 「강가루」와 「감자」에서 나타나는 "교양적인 것의 결핍"은 어린이들에 대한 사랑과 "도덕적 의무감"이 희박하기 때문이라고 비판했다.

38) 리원우, 「아동문학에서의 현실적 주제」, 『문학신문』, 1959.1.11.

하나라고 주장했다.39) 이 주장은 후대들을 "당의 사상 체계로 무장시키고 그들을 공산주의적 새 인간으로 육성하기 위하여" 혁명 전통을 주제로 한 작품, 특히 "1930년대 성실한 공산주의자들처럼 당과 혁명에 충실하도록 교양"할 수 있는 작품, 이른바 "혁명전통 주제"를 다룬 작품을 더 많이 쓰라는 요구로 이어졌다.40)

여기서 주목해야 할 것은 더 이상 아동의 연령을 구분하지 않고 공산주의 교양의 일방적인 주입을 강조하고 있다는 사실이다. 아울러 카프 아동문학의 전통과 함께 '항일혁명' 전통이 강조된다는 점도 마찬가지다. 이때까지 문학 분야에서 그다지 강조되지 않았던 항일유격대의 혁명전통이 아동문학과 관련하여 강조되기 시작한 것이다.41) 하지만 더 중요한 것은 '혁명전통'의 강조와 함께 아동들에게 주어야 할 교양의 내용이 계급적, 사회주의적인 것에서 공산주의 교양으로 바뀌고,42) 그것이 다시 '1930년대 항일 빨치산들의 혁명정신'으로 변화된다는 사실이다. 이 점은 아동문학 분과위원회 위원장인 리원우

---

39) 리원우, 「우리 아동들에 대한 공산주의 교양을 위하여: 1958년도 아동문학분과 창작 총화 회의에서 한 아동문학 분과 위원장 리원우의 보고」, 『문학신문』, 1959.1.22.

40) 리원우, 「아동문학에서의 현실적 주제」(『문학신문』, 1959.1.11), 「아동문학의 사상 예술적 질을 높이기 위하여: 1959년 상반년도 아동문학 분과 총회에서 한 리원우 동지의 보고」(『문학신문』, 1959.8.25), 그리고 기사 「아동들의 생활을 더 다양하게」(『문학신문』, 1959.8.25) 참고.

41) 1960년대 초까지는 항일유격대의 혁명전통이 카프의 혁명전통과 함께 강조되었지만 이른바 '혁명 주제'를 다룬 작품을 더 많이 쓰라는 요구가 지속적으로 제기되면서 1960년대 중반 이후에는 후자가 아예 북한문학의 원천으로 격상된다.

42) 이런 급격한 변화의 원인은 김일성이 '공산주의 교양'을 언급한 데 있다. 김일성이 '공산주의 교양'에 대해 처음으로 언급한 것은 「군인들 속에서 공산주의 교양과 혁명전통 교양을 강화할 데 대하여」(1958.10.30, 같은 책)에서였다. 그 이후 흔히 10월 14일 교시로 불리는 「작가, 예술인들 속에서 낡은 사상 잔재를 반대하는 투쟁을 힘 있게 벌릴 데 대하여」와 「공산주의 교양에 대하여」(1958.11.20)를 차례로 발표했다. 이로써 '공산주의 교양'은 문학인들이 감당해야 할 가장 중요한 과제가 되었다. 이 세 문건은 모두 『김일성전집』 22(조선로동당출판사, 1998)에서 확인할 수 있다.

등이 아동문학에서의 공산주의 교양의 핵심으로 항일유격대(빨치산)의 생활과 정신을 강조한 데서도 분명하게 드러난다. 그는 학령 전 아동문학에서도 김일성을 중심으로 한 1930년대 항일유격대의 생활을 반영한 작품을 제작할 것을 요구했다. 그것은 아동문학이 장차 '주체형 공산주의자'의 전형으로 일컬어지게 될 항일 유격대원의 형상, 그리고 그들이 보여준 '고귀한 공산주의 도덕', 즉 항일 빨치산들의 강의성과 수령에 대한 끝없는 충성심을 아동들의 뇌리와 심성 구조 속에 각인시키는 역할을 담당해야 한다는 것을 의미했다.

이처럼 '혁명전통 주제'를 다룬 작품, 항일유격대를 그린 아동문학 작품을 더 많이 쓰라는 요구는 1960년대에 들어서면서 거의 모든 아동문학 평론에서 되풀이된다. 그것은 아직 시비선악과 미추를 제대로 판단할 만한 능력이 형성되지 않은 아동들에게 '공산주의 교양', 그리고 수령에 대한 항일유격대의 충성심을 주입함으로써 체제로부터 이탈할 가능성이 없고 수령에 대한 끝없는 충성심으로 무장한 문자 그대로의 '새 인간', 즉 충직한 '혁명전사'를 길러내기 위한 것이었다고 할 수 있다. 이런 효과를 극대화하기 위해서 문학 교육은 학령 전 아동기까지 확장되어야 했다. 학령 전 아동문학에서의 교양 문제는 그만큼 당 사상 사업의 성패와 관련된 중요한 문제였던 것이다.

이상에서 살펴본 것처럼 '아동문학논쟁'이 마무리되고 난 이후에 전개된 논의들을 보면 '아동문학논쟁'은 연령과 상관 없이 모든 아동들에게 김일성을 중심으로 한 항일유격대를 그린 작품을 읽혀야 한다는 '최종결론'을 이끌어내기 위한 예비적인 절차에 지나지 않았던 것으로 보인다. 다시 말해서 첫 단계에서는 먼저 '계급 교양'을 주어도 좋을 아동들의 연령과 관련된 논의를 통해 학령 전 아동에게도 계급교양을 담은 작품을 주어야 한다는 결론을 끌어냈고, 그 다음 단계에는 아동들에게 제공해야 할 교양의 내용으로 공산주의 교양을 강조했으며 최종적으로는 김일성을 중심으로 한 항일유격대의 형상을 그 교양의 핵심으로 제시한 것이다. 이처럼 조금씩, 그리고 단계적으로 아동문학을 통해서 아동에게 주어야 할 교양의 내용을 바꾸어 감으로써 최종적으로 항일유격대와 김일성의 삶과 투쟁을 그리라는 결론에 이르게 되는 것이다. 이 과정에서 공산주의 교양과 항일유격대의 정신(혁명적 낭만주의와 수령에 대한 충성심)은 아무 매개 없이 동일시되었다. 이처럼 아동문학논쟁 이후 전개된 논의들은 모두 항일유격대와 '어버이 수령'의 위대성을 그린 작품을 써서 아동들에게 읽혀야 한다는 것으로 수렴되었다. 그것은 1958년 이후 김일성 유일지도체계가 확립되고 항일 유격대 출신들이 북한 정치 전면에 등장하게 된 것과 무관하지 않다고 생각된다.

4. 현지파견 이후의 동시

'아동문학 논쟁' 과정에서의 비판에도 불구하고 백석의 동시 창작은 비교적 활발하게 지속된 것으로 보인다.[43] 이는 논쟁과 관련하여 당장 백석에게 직접적인 제재가 가해진 것은 아니라는 사실을 말해 준다. 하지만 천리마 시대의 개막과 함께 대대적으로 제기된 사상 단련과 개조의 요구를 비켜 갈 수는 없었다. 그 결과 백석은 사상

---

43) 「아동들에게 주는 작가의 선물」, 『문학신문』, 1958.6.5. 이는 백석의 『네발 가진 메'짐승들』 과 『물'고기네 나라』의 출간을 알리는 기사이다. 이 단행본 동시집들은 아직 발굴되지 않았지만 이를 '그림책'이라고 소개한 점으로 미루어 보면 주로 '학령 전 아동'을 위한 것, 즉 동물이나 물고기들의 모습이나 습성에 대한 '인식', 그리고 소박한 사회주의 교양을 담은 동시들로 채워졌을 것으로 짐작된다.

단련과 개조를 위한 현지파견의 대상이 되었다. 현지파견은 해방 직후부터 사상성, 당성이 부족한 것으로 판정된 시인, 작가들을 단련시키기 위해 가장 흔하게 동원된 방법이었다. 즉 '개전의 정'이 보이는 작가를 현지에 보내 노동에 참여하도록 함으로써 사상을 단련시키고 개조하기 위한, 경고와 독려의 의미를 담은 행사였던 것이다. 따라서 새 시대의 개막을 앞두고 작가들의 미학적 수준과 예술적 소양을 높이기 위한 "일련의 조직적 대책", 즉 "인민 생활과의 련계를 일층 밀접하게 하기 위한 적절한 조치"로서 현지파견이 대대적으로 재개되었다.

작가들에 대한 현지파견 문제가 본격적으로 거론된 것은 조선작가동맹 중앙위원회 제3차 전원회의 확대회의에서였다. 이 회의에서는 "전체 당원에게 보내는 조선 로동당 중앙위원회의 편지(속칭 「붉은 편지」)와 「전체 작가예술가들에게 주신 김일성 동지의 교시」(1958.10.14) 실천을 위하여"란 제하에 조직 문제 등이 토의되었다. 이 토의에서는 현지파견이 천리마 시대의 작가 집단을 "문화혁명의 유력한 부대"로 만들기 위한 작업, 즉 "작가 대렬의 조직 사상적 강화"를 위한 조처임을 확인하는 데 초점이 모아졌다. 이날 토론에서 특히 중요했던 것은 현지파견의 명분이자 이유인, "창작이 부진한 작가도 로동 생활만 충실히 한다면 쓸 수 있다"는 명제의 타당성을 입증하는 것이었다. 이에 따라 현지파견의 효과에 대한 보고가 잇따랐고 이어 작가들의 추가적인 현지 파견 문제가 토론되었다.[44] 그리고 이 토론에서 "작가 재교양 사업과 현지 파견 사업"이 결정됨에 따라 백석도 삼수로 현지파견을 나가게 된다.[45]

---

44) 「로동하며 창작하며 참된 당의 작가가 되자: 조선 작가동맹중앙위원회 제3차 전원회의 확대회의」, 『문학신문』, 1958.12.18.

백석의 현지파견이 결정된 것은 작가동맹 제15차 상무위원회(1958. 12.27) 이전인 것으로 보인다. 이렇게 추론할 수 있는 것은 이 상무위원회 개최와 이 자리에서 이루어진 현지파견 작가들의 협의회를 보도한 기사 때문이다.46) 현지파견은 이 협의회가 열리고 난 뒤 새해가 시작된 직후부터 시작되었다. 이 점은 같은 해 1월 10일 백석이『문학신문』에 보낸 편지를 통해서도 확인할 수 있다.47) 삼수48)로 현지파견된 후 백석은 농장의 축산반, 농산반에 배치되어 일했고, 심지어는 벌목공으로 일하기도 했던 것으로 알려져 있다. 그것은 노동 경험이 없던 백석으로서는 견디기 힘든 것이었음에 틀림이 없다.49) 그러나 이런 악조건 속에서도 백석은 다수의 동시와 시를 발표하게 된다. 1959년과 1960년 두 해에 걸쳐 십여 편의 시50)를 포함한 다수의 동시를 발표했을 뿐 아니라 1961년에는 동시집『우리 목장』을 낸 것이다.

---

45) 한설야, 앞의 글. 백석은 "당의 〈붉은 편지〉를 받들어 로동 속으로" 들어왔다고 썼다. 「관평의 양」,『문학신문』, 1959.5.14.

46) 「동맹 제15차 상무위원회 진행」,『문학신문』(1959.1.1). 이 기사는 전해 12월 27일에 상무위원회가 개최되었고 이 자리에 2차 현지파견 대상자로 결정된 26명의 작가, 시인들이 참석했다는 내용을 담고 있다. 이 26명의 명단은 밝혀져 있지 않지만 백석이 여기 포함되어 있었을 가능성이 높다.

47) 백석, 「『문학신문』 편집국 앞」(『문학신문』, 1958.1.18)과 「관평의 양」(『문학신문』, 1959.5.14). "붉은 편지"를 받들어 "삼수에 온 지 한 주일"이라는 구절과 1월 10일로 된 편지 작성일로 미루어 그가 현지파견된 것은 신년 초였다고 보인다. '관평'은 양강도 삼수군의 행정중심지인 삼수에서 약 4km 정도 떨어진 곳의 지명이다.

48) 『조선대백과사전』(과학백과사전출판사, 2001)의 '삼수' 항목에는 삼수가 해방 전까지 일제의 가혹한 압박과 착취를 피해 모여든 화전민들이 살던 곳으로, "사람 못 살 고장"으로 알려졌으나 김일성의 배려와 김정일의 영도로 살기 좋은 고장으로 전변되었다고 소개되어 있다.

49) 삼수에서의 생활에 대한 평가와 관련해서는 이영미, 앞의 논문, 179~189쪽 참조.

50) 「공동식당」, 「공무려인숙」, 「축복」, 「눈길」, 「갓나물」, 「이른 봄」(『조선문학』, 1959.6), 「하늘 아래 첫 종축기지에서」, 「돈사의 불」(『조선문학』, 1959.9), 「눈」, 「전별」(『조선문학』, 1960.3) 등이 여기에 해당된다. 김재호, 앞의 논문, 503~513쪽. 김재용, 「백석 문학 연구: 1959~1962년 삼수 시절을 중심으로」,『현대북한연구』14(1), 2011을 참고할 것.

이런 활발한 활동은 농촌 현실에 대한 경험이 창작 의욕을 북돋았기 때문인 것으로 해석할 수 있다. 또한 작품을 통해 사상성을 검증받고 평양으로 복귀해야 한다는 절박한 심정도 일정하게 영향을 미쳤다고 할 수 있을 것이다. 하지만 그 원인이 무엇이든 결과적으로 이 현지파견 시기의 작품들, 시와 동시 모두 상당히 뛰어난 성취를 보여준다는 점은 분명하다.

『우리 목장』은 아직 발굴되지 않았지만 시집으로 묶이기 전 『아동문학』(1960.5)에 발표한 「오리들이 운다」, 「송아지들은 이렇게 잡니다」, 「앞산 꿩 뒷산 꿩」 등 3편과 리맥의 평론에서 부분적으로 인용된 다른 동시 구절들을 통해서 대체적인 윤곽을 짐작할 수 있다.51) 리맥은 이 동시집에 실린 작품들이 "평범한 보통 주인공들을 노래하면서도 로동의 랑만 세계를 여실히" 그려냈으며 "형상의 선명성, 묘사의 간결성, 언어의 평이성, 그리고 정서와 환상의 풍부성"을 통해 자칫 무미건조하고 건조한 서술로 전락할 수 있는 위험성을 극복했다고 긍정적으로 평가했다. 하지만 이 동시들이 "천리마 기상으로 나래치는 시대인 오늘의 로동이 보여주는 그 참다운 아름다움과 그 위대성"을 충분히 보여주지 못했을 뿐 아니라, 서정적 주인공인 소년의 적극성을 충분히 그리지 못했다고 비판함으로써 앞에서 내린 긍정적 평가를 뒤집었다.

이 세 작품이 형상화에 성공했다는 리맥의 평가에 대해 선뜻 동의하기는 어렵다. 이 작품들은 오리나 꿩 같은 평범한 날짐승을 통해 협동농장의 활기와 활력, 그리고 미래의 풍요로운 삶에 대한 기대를 그리기는 했지만 '평이한' 수준에 머물렀기 때문이다. 「오리들이 운다」, 「앞산 꿩 뒷산 꿩」 같은 작품들은 꿩이나 오리를 사육하는 협동조합의

---

51) 리맥, 「아동들의 길'동무가 될 동시집」, 『문학신문』, 1962.2.27.

활기와 활력, 그리고 이런 날짐승들조차 협동조합에서 살고 싶어 한다는 내용을 담고 있는 소박한 작품들이다. 하지만 농촌 현실, 그리고 인민들의 구체적인 삶과의 접점을 확대함으로써 구체적이고 생동감 넘치는 동시를 창작할 수 있었다는 점에서 백석의 현지파견은 그 나름으로 성공적인 결과를 가져왔다고 해도 좋을 것이다.[52] 그러나 잠을 잘 때조차도 엉덩이를 맞대고 머리를 밖으로 두고 자는 송아지를 통해 외적을 막기 위한 인민의 단결이라는 주제를 제시한 「송아지들은 이렇게 잡니다」 같은 작품에 대해서 리맥이 시대정신을 충분히 담아내지 못했다는 평가를 내린 것은 다소 의외이다. 앞의 두 작품이 뚜렷한 이념성이 나타나지 않고 단순히 협동농장의 활기를 그린 것임에 비해 「송아지들은 이렇게 잡니다」는 "승냥이가 오면, 범이 오면, 뿔로" 받아 버리기 위해 "모두 엉덩이를 맞대고" 자는 것으로 그림으로써 '자주', 혹은 '자위'라는 주제의식을 표현한 것이기 때문이다.[53]

그것은 리맥이 생각하는 이 시기 북한의 시대정신이 이런 상식적인 것과는 다른 것이었음을 시사한다. 이 시대정신의 내용이 무엇인가는 이 이후에 발표된 백석의 시와 동시들을 통해서 확인할 수 있다. 특히 1960년 이후의 동시들에서는 사물과 세계에 대한 정확한 인식을 아동들에게 제공하려는 노력, 작품의 형상성과 시적 언어에 대한 고민의 흔적, 그리고 아동들의 흥미와 관심에 대한 배려를 더 이상 찾아볼 수 없고 그 대신 노골적이고 직접적인 선전, 선동적 어구들이 시를 채우게 되는 것이다. 이는 백석도 시를 선전, 선동의 도구로 만들려는

---

52) 이 점에 관해서는 김재용, 앞의 논문 참고.
53) 정작 이 동시에서 비판받았어야 할 점은 송아지가 "뿔"을 가진 것으로 그린 점이라고 할 수 있다. '사물과 세계에 대한 초보적인 인식을 형성해 가는 아동들'에게 잘못된 인식을 제공할 수 있기 때문이다.

'시대정신'에 따르지 않을 수 없는 상황에 이르렀음을 의미한다. 실제로 1960년대에 들어서서 발표한 「천 년이고 만 년이고」(『당이 부르는 길로』, 조선작가동맹출판사, 1960), 「탑이 서는 거리」「손뼉을 침은」「돌아온 사람」(이상은 『조선문학』, 1961.12), 「조국의 바다여」(『문학신문』, 1962.4.10) 같은 시, 그리고 「석탄이 하는 말」「강철장수」「사회주의 바다」(이상 3편은 『새날의 노래』, 1962.3), 「나루터」(『아동문학』, 1962.5) 등의 동시는 이 점을 분명하게 보여 준다.

「나루터」는 김일성이 어린 시절 만주로 갈 때 건넜다는 '나루터'를 가꾸기 위해 동원된 아동들에게 주는 동시이다. 시인은 이 나루터를 건너는 '어린' 김일성의 심정을 "이 때 원수님은 원쑤들에 대한 증오로/그 작으나 센 주먹 굳게 쥐여지시고/그 온 피'대 높게, 뜨겁게 뛰놀며/그 가슴 속에 터지듯 불끈/맹세 하나 솟아올랐단다—"(「나루터」)고 묘사했다. 이어서 이 나루터를 공원으로 꾸미기 위해 동원된 아이들에게 너희들이 누리는 행복이 바로 "원수님의 고난" 덕임을 상기시키면서 수령에 대한 감사의 정을 가지라고 주문했다. 아마 백석의 동시 가운데 이처럼 노골적으로 수령에 대한 찬사를 늘어놓은 작품은 이것이 유일하다고 해도 좋을 것이다.

이처럼 1960년대에 들어선 뒤에 발표한 시와 동시들에서는 개개의 사물에 대한 관심이나 애정, 언어의 미적 효과에 대한 섬세하고 치밀한 고려 대신 선전, 선동의 의도만이 두드러진다. 이는 결국 백석이 자신이 지키고자 했던 최후의 문학적 신념을 내려놓지 않으면 안 되는 막다른 상황에 마주쳤음을 말해 준다. 이런 변화는 앞 절 마지막 부분에서 살펴본 1959년 이후의 정치적 상황 변화, 그리고 이에 따른 문단 변화와 무관하지 않다. 하지만 그 나름으로는 지금까지 유지해 온 신념과 원칙을 포기하고 '시대정신'에 순응하려고 했던 백석 시의 이 주목할 만한 변화는 누구에게도 주목받지 못했다. 이는 학령 전 아동을 위한 문학에서도 항일유격대와 수령의 형상을 그려야 한다는 요구가 비등하고 있던 북한 문단에서 그가 설 자리가 대단히 협소해졌고 번역가로든 시인으로든 평양 문단으로 복귀할 길이 막혀 버렸음을 시사한다.54) 최근 밝혀진 바에 따르면 백석은 1960년 일시적으로 평양 문단에 복귀했으나 1961년 무렵 다시 량강도의 만포군 별오면 제재공장의 통신원으로 현지 파견을 나가서 리식이라는 이름으로 1964년까지 작품 활동을 했다고 한다.55) 하지만 그것은 타던 불이 꺼지고 난 뒤 재가 날리는 것과 다를 바 없는 것이었다고 생각된다. 그 이후 백석은 삼수군의 문학지도원으로 살다가 1995년에 소천한 것으로 알려져 있다. 1964년 이후 그의 작품이 더 이상 발견되지 않는 것은 최소한의 문학적 신념과 양심, 시인으로서의 자존심조차 지킬 수 없게 된 상황 앞에서 그 스스로 붓을 꺾었기 때문이 아닐까 추측된다.

5. 절필과 '문학 지도원'의 삶

이상에서 본 것처럼 동시, 그중에서도 학령 전 아동을 위한 동시에 관한 백석의 입장은 대단히 명확하고 단호한 것이었다. 그는 아동들이 지적, 정서적으로 올바르게 성장하기 위해서는 사상이나 교양을

---

54) 송준에 따르면 백석이 가족들을 삼수로 불러 내린 것은 1959년 봄이었다(송준, 앞의 책, 425~427쪽 참고). 이는 이미 백석이 자신의 현지파견이 길어지리라는 것을 예감했기 때문일 것이다. 송준은 이 예감이 한설야의 숙청(1963)으로 현실이 되었다고 보았지만 굳이 한설야가 아니더라도 백석의 평양 복귀는 불가능했을 것으로 보인다.
55) 1960년 평양 문단 복귀를 전후한 백석의 활동에 대해서는 이 책 340~343쪽을 참고할 것.

주입하기에 앞서 사물과 세계에 대한 올바른 인식을 제공해야 한다는 입장을 고수했다. 이런 백석의 견해는 '아동문학 논쟁' 과정에서 집중적인 비판의 대상이 되었다. 하지만 이런 이론적인 입장이 그의 창작에서 항상 관철되었다고 할 수는 없다. 특히 동시적 요소와 동화적 요소가 결합된 동(화)시의 경우는 그 대상 연령을 명확히 한정짓기 어렵고, 따라서 인식적인 요소와 사상, 교양적 요소를 함께 담은 경우가 많기 때문이다. 그는 이런 식으로 동(화)시에 남을 흉내 내지 않는 주체적인 삶, 전후 복구건설의 승리, 혹은 스스로를 지키기 위해 힘을 기르고 단합해야 한다는, 교양적 주제를 담으려고 했다. 그러나 그것은 굳이 사회주의적인 것으로 한정짓기 보다는 시대나 이념의 제약을 넘어선 좀 더 보편적인 가치와 의미를 가진 주제라고 할 수 있다. 그리고 이런 주제의식은 '수령'의 교시를 따른 것이라기보다 그 자신의 경험에 대한 성찰을 통해 도출한 것이라고 할 수 있다. 이로 미루어 보면 백석은 동시를 통해 특정한 정치 이념보다 그 자신, 혹은 공동체 전체의 삶과 경험을 통해 얻은 지혜를 아동들에게 전하려고 했다고 할 수 있을 것이다.

하지만 학령 전의 아동에게도 계급적 교양을 제공해야 한다는 결론으로 마무리된 '아동문학 논쟁'에서 백석의 미학적 입장은 물론이고 그의 동시에 내재된 교양적 가치와 주제 의식도 철저히 무시되었다. 이러한 논쟁의 경과와 그것이 정리되는 과정은 이 논쟁이 학령 전 아동에게도 계급적 교양을 주어야 한다는 이미 정해진 결론을 끌어내기 위해 형식적으로 진행된 것이 아닌가 하는 생각이 들 정도이다. 이처럼 사회주의 교양의 대상을 학령 전 아동에게까지 확대하려는 '과격한' 주장이 세를 이룰 수 있었던 것은 결국 천리마 시대의 출범을 앞둔 시대적 분위기 때문이었다. 다시 말해 아주 이른 시기부터 문학

예술을 통한 전방위적인 교육이 이루어져야 오로지 수령에 대한 충성심으로 무장한 '새 인간'을 길러낼 수 있으며 그래야만 천리마운동을 승리로 이끌 수 있다는 분위기가 조성되었던 것이다. 논쟁 이후 문학을 통한 교양이 시작되어야 할 시기, 즉 문학 작품을 통해 사상, 교양적 내용을 전해도 좋을 아이들의 연령과 관련된 논의가 더 이상 나타나지 않고 그 대신 아동문학에서 '1930년대 항일 유격대의 정신', 혹은 이들을 중심으로 한 '혁명적 전통'의 교양에 힘쓰라는 요구가 비등하게 되는 것은 이 점을 이해하는 중요한 단서가 된다.

이후 백석은 1959년 초 노동을 통한 사상의 개조, 강화라는 명분 아래 삼수로 파견되었다. 그 결과 현지파견의 체험을 바탕으로 백석은 다수의 동시와 시를 썼고 적지 않은 성과를 거두었다. 하지만 이 시기의 동시에서도 항일유격대는 물론이고 수령에 대한 언급은 거의 찾아보기 어렵고 아이들의 자연스럽고 발랄한 상상력을 북돋는 내용이 주를 이룬다고 할 수 있다. 이 점은 아동문학을 수령과 체제에 무한히 충성하는 '혁명의 후대'를 키워내는 도구로 삼으려 했던 동맹의 입장과는 분명히 거리가 있는 것이었다. 하지만 아동문학까지 선전선동의 도구로 만들려는 동맹의 요구는 더욱 거세졌고, 이런 상황에서 백석이 자신의 창작 원칙을 계속 고수하는 것은 불가능했다. 그 결과 1960년대 이후 발표한 그의 시와 동시에서는 더 이상 문학적 형상성에 대해 고심한 흔적을 찾기 어렵게 된다. 백석도 노골적인 선전, 선동적인 작품을 쓰게 된 것이다. 그리고 심지어는 작품의 문맥과 상관없이 '수령'을 언급하는 모습을 보여주기도 한다. 이는 백석이 더 이상 창작에 가해지는 압력을 견뎌내기 어려웠기 때문이라고 해야 할 것이다. 하지만 이런 변화에도 불구하고 그의 평양 문단 복귀는 실현되지 않았다. 이후 그가 창작을 포기하게 되는 것은 이처럼 '북한'시인도 북한'시인'도 될 수 없는 엄혹한 상황이 조성되었기 때문으로 보인다. 이후 그는 사망할 때까지 삼수에서 평범한 문학지도원으로 나머지 삶을 살았다. 이 삶은 눈을 맞으며 홀로 추위를 견디는 '갈매나무'의 삶과 비슷한, 아니 그보다 훨씬 쓸쓸하고 어두운 것이었을 가능성이 높다.

참고문헌

1. 기초 자료

고형진 편, 『백석』, 새미, 1996.

고형진 편, 『정본 백석시집』, 문학동네, 2007.

고형진, 『백석 시의 물명고: 백석 시어 분류사전』, 고려대학교 출판문화원, 2015.

김열규 외, 『한국의 무속문화』, 민속당, 1998.

김재용 편, 『백석 전집』(개정증보판), 실천문학사, 2011.

김학동 편, 『백석전집』, 새문사, 1990.

송준 편, 『백석 시전집』, 학영사, 1995.

송준 편, 『백석 시 전집』, 흰당나귀, 2012.

이동순 편, 『백석시전집』, 창작사, 1987.

이동순, 『모닥불: 백석시전집』, 솔, 1998.

이숭원 편, 『백석을 만나다』, 태학사, 2008.

정주군지편찬위원회, 『정주군지』, 정주군지편찬위원회, 1975.

정효구 편저, 『백석』, 문학세계사, 1996.

조선민주주의인민공화국 과학원 편, 『공산주의 교양과 우리 문학』, 과학원출판사, 1959.

한글학회, 『사정한 조선어 표준말 모음』(제5판), 조선어학회, 1946.

현대시비평연구회 편, 『다시 읽는 백석 시』, 소명출판, 2014.

『만선일보』.

『문장』 18(1940.7).

『문학신문』, 조선작가동맹출판사, 1956.1.1~1962.5.30.

『아동문학』, 조선작가동맹출판사, 1956.1~1962.12.

『인문평론』 16(1941.4).

『인문평론』 93(1940.6).

『조광』 7(4)(1941.4).

『조선문학』, 조선작가동맹출판사, 1956.1~1962.12.

『청년문학』, 조선작가동맹출판사, 1956.3~1962.12.

『호박꽃초롱』(1941).

2. 단행본

고구려연구재단, 『만주』, 2005.

고형진, 『백석 시 바로 읽기』, 현대문학, 2006.

고형진, 『백석 시를 읽는다는 것』, 문학동네, 2013.

김소운 편, 『언문 조선구전민요집성』, 민속원, 1988.

김영한, 『내 사랑 백석』, 문학동네, 1995.

김응교, 『서른 세 번의 만남』, 삼인, 2020.

김이협, 『평북방언사전』, 한국정신문화연구원, 1981.

김재용, 『백석 전집』, 실천문학사, 2011.

김재용, 『백석시 전집』, 실천문학사, 1997(2013 재판).

김종대, 『한국의 도깨비 연구』, 국학자료원, 1994.

김태곤 편, 『한국무가집』, 원광대학교 민속학연구소, 1971.

김학준, 『북한 50년사』, 동아출판사, 1995.

마크 스미스, 『감각의 역사』, 성균관대학교 출판부, 2007.

무라야마 지쥰(村山智順), 『조선의 귀신』, 동문선, 1993.

무카로브스키, 김성곤·유인정 옮김, 『무카로브스키의 시학』, 현대시학, 1987.

박명림, 『한국 1950: 전쟁과 평화』, 나남출판, 2002.

박철호·최용순, 『메밀』, 강원대학교 출판부, 2004.

배항섭, 『조선 후기 민중운동과 동학농민전쟁의 발발』, 경인문화사, 2002.

송준, 『시인 백석』 1~3, 흰당나귀, 2012.

송호근, 『시민의 탄생』, 민음사, 2013.

시정곤, 『훈민정음을 사랑한 변호사 박승빈』, 박이정, 2015.

심헌영, 『한반도에서 전개된 러일전쟁연구』, 국방부 군사편찬연구소, 2011.

안도현, 『백석평전』, 다산글방, 2014.

안상원, 『백석 시의 '기억'과 구원의 시 쓰기』, 역락, 2018.

영생중·고등학교 동창회, 『영생 백년사』, 2007.

오성호, 『북한시의 사적 전개과정』, 경진출판, 2010.

오영진, 『하나의 증언: 소군정하의 북한』, 중앙문화사(부산), 1952.

와다 하루키, 『북조선』, 돌베개, 2002.

원종찬, 『북한의 아동문학』, 청동거울, 2012.

월터 J. 옹, 이기우 외 옮김, 『구술문화와 문자문화』, 문예출판사, 1995.

이경수, 『한국 현대시와 반복의 미학』, 월인, 2005.

이기봉, 『북의 문학과 예술인』, 사사연, 1986.

이동순, 『백석시전집』, 창작과비평사, 1987.

이상숙, 『가난한 그대의 빛나는 마음』, 삼인, 2020.

이상숙, 『가난한 그대의 빛나는 마음』, 삼인, 2020.

이숭원, 『백석 시의 심층적 탐구』, 태학사, 2006.

이숭원, 『백석을 만나다』, 태학사, 2008.

이숭원, 『한국 시문학의 비평적 탐구』, 삼지원, 1985.

이은희, 『설탕: 근대의 혁명』, 지식산업사, 2018.

이종석, 『조선로동당연구』, 역사비평사, 1995.

임영태, 『북한 50년사』, 들녘, 1999.

임혁백, 『비동시성의 동시성』, 고려대학교 출판부, 2015.

정주군지편찬위원회 편, 『정주군지』, 1975.

정철훈, 『백석을 찾아서』, 삼인, 2019.

정혜경, 『채소의 인문학: 나물민족이 이어온 삶속의 채소, 역사 속의 채소』,
　　　　따비, 2017.

조영복, 『월북 예술가 오래 잊혀진 그들』, 돌베개, 2002.

최정례, 『백석 시어의 힘』, 서정시학, 2008.

한복진, 『우리 생활 100년』, 현암사, 2000.

한석정, 『만주 모던』, 문학과지성사, 2016.

허재영, 『일제강점기 어문정책과 어문 생활』, 경진출판, 2001.

현수, 『적치 6년의 북한문단』, (부산)국민사상지도원, 1952.

현대시비평연구회 편, 『다시 읽는 백석 시』, 소명출판, 2014.

후지무라 미치오, 허남린 옮김, 『청일전쟁』, 소화, 1997.

George Mosses, *The Nationalization of The Mass*, New York: Howard Fertig, 1975.

Smith, A., *Nationalism: Theory, Ideology, History*, Cambridge: Polity Press, 2001.

Smith, A., *The Ethnic origins of Nations*, Oxford: Blackwell, 1999.

3. 논문

강연호, 「백석시의 미적 형식과 구조연구」, 『현대문학이론연구』 17, 현대문학
이론학회, 2002, 5~133쪽.

강효숙, 「황해·평안도의 제2차 동학농민전쟁」, 『한국근현대사연구』 47, 한국
근현대사학회, 2008, 114~151쪽.

고정훈, 「끌려왔노라, 어둠을 보았노라 기록하노라」, 『현대공론』, 1988.12.

고형진, 「백석 시에 쓰인 '-이다' '것이다' 구문의 시적 효과」, 『한국시학연구』
14, 한국시학회, 2005.

고형진, 「백석 시와 판소리의 미학」, 『현대문학이론연구』 21, 현대문학이론학
회, 2004, 5~26쪽.

고형진, 「백석시와 엮음의 미학」, 박노준·이창민 외 엮음, 『현대시의 전통과
창조』, 열화당, 1998.

곽효환, 「백석 시의 북방의식 연구」, 『비평문학』 45, 한국비평문학회, 2012, 31
~78쪽.

곽효환, 「한국 근대시에 투영된 만주 고찰」, 『한국시학연구』 37, 한국시학회,
2013, 135~159쪽.

김동운, 「현대시의 방언과 공간적 상상력」, 『한국시학연구』, 한국시학회, 2010,
89~115쪽.

김미선, 「백석 시에 나타나는 측은지심(惻隱之心)」, 『한국시학연구』 43, 한국
시학회, 2015, 363~387쪽.

김신정, 「'시어의 혁신'과 '현대시'의 의미: 김영랑, 정지용, 백석을 중심으로」,
『상허학보』 4, 상허학회, 1998, 55~98쪽.

김신정, 「백석 시에 나타난 '차이'에 대하여」, 『한국시학연구』 34, 한국시학회,
2012, 9~40쪽.

김용희, 「백석 시에 나타난 구술과 기억술의 이데올로기」, 『한국문학논총』 38, 한국문학회, 2004, 143~164쪽.

김은석, 「백석 시의 '무속성'과 식민지 무속론: 백석 시의 '무속적 상상력' 재고」, 『국어국문학』 48, 국어국문학회, 2010, 115~137쪽.

김응교, 「백석 〈모닥불〉의 열거법 연구」, 『현대문학의 연구』 24, 한국문학연구 학회, 2004, 277~304쪽.

김응교, 「백석 시 〈가즈랑집〉에서 평안도와 샤머니즘: 백석의 시 연구(2)」(〈특 집〉 문학연구 방법론의 재검토: 지역연구와 한국문학, 문학연구와 한 국문학), 『현대문학의 연구』 27, 한국문학연구학회, 2005, 65~93쪽.

김응교, 「신경(新京)에서, 백석 〈흰 바람벽이 있어〉」, 『인문과학』 48, 성균관대 학교 인문과학연구소, 2011, 36~63쪽.

김응교, 「신경에서 지낸 시인 백석」, 『외국문학연구』 66, 한국외국어대학교 외 국문학연소, 2017, 149~174쪽.

김재용, 「근대인의 고향상실과 유토피아의 염원」, 『백석전집』, 실천문학사, 1997.

김재용, 「만주 시절의 백석과 현대성 비판」, 『만주연구』 14, 만주학회, 2012, 161~184쪽.

김재용, 「백석 문학 연구: 1959~1962년 삼수 시절을 중심으로」, 『현대북한연 구』 14(1), 북한대학원대학교, 2011, 118~143쪽.

김정수, 「백석 시에 나타난 공동체의 성격과 그 의미」, 『대동문화연구』 66, 성 균관대학교 대동문화연구원, 2009, 449~470쪽.

김정수, 「백석 시에 나타난 슬픔의 의미와 성격」, 『어문연구』 142, 한국어문교 육연구회, 2009, 319~339쪽.

김제곤, 「백석의 아동문학연구: 미발굴 작품을 중심으로」, 『동화와 번역』 14, 건국대학교 동화와번역연구소, 2007, 71~96쪽.

김주언, 「백석의 음식 시편에 대하여」, 『국문학논문집』 21, 단국대학교 국어국
　　문학과, 2011, 33~48쪽.

김진희, 「백석 시에 나타난 음식과 타자의 윤리」, 『우리어문연구』 38, 우리어문
　　학회, 2010, 409~435쪽.

김헌선, 「한국 시가의 엮음과 백석 시의 변용」, 『한국 현대시인연구』, 신아,
　　1998.

남기혁, 「백석의 만주시편에 나타난 '시인'의 표상과 내면적 모럴의 진정성」,
　　『한중인문학연구』 39, 한중인문학회, 2013, 95~124쪽.

남기혁, 「백석의 만주시편에 나타난 '시인'의 표상과 내면적 모럴의 진정성」,
　　『한중인문학연구』 39, 한중인문학회, 95~126쪽.

류경동, 「잃어버린 시간의 복원과 허무의 시의식」, 상허문학회, 『1930년대 후
　　반 문학의 근대성과 자기성찰』, 깊은샘, 1998, 355~380쪽.

마성은, 「북한 아동문학 연구 현황과 과제」, 『현대북한연구』 15(2), 심연북한연
　　구소, 2012, 99~126쪽.

박명옥, 「백석의 동화시 개작 연구」, 『비평문학』 45, 한국비평문학회, 2012,
　　111~134쪽.

박명옥, 「백석의 동화시와 마르샤크의 동화시 비교 연구」, 『한국아동문학연구』
　　28, 한국아동문학학회, 2015, 63~92쪽.

박순원, 「백석 시의 시어 연구: 시어 목록의 고빈도 어휘를 중심으로」, 고려대
　　학교 박사논문, 2007.

박순원, 「백석 시집 『사슴』의 시어 양상 연구」, 『한국시학연구』 41, 한국시학
　　회, 2015, 201~226쪽.

박옥실, 「백석 시에 나타난 공간의식의 변모 양상」, 『한국시학연구』 19, 한국
　　시학회, 2007, 121~152쪽.

박태일, 「1956년의 백석, 그리고 새 작품 네 마리」, 『근대서지』 12, 근대서지학

회, 2015, 399~437쪽.

박태일, 「리식이 백석이다」, 『근대서지』 20, 근대서지학회, 2018, 94~126쪽.

박태일, 「백석과 중국 공산당」, 『근대서지』 18, 근대서지학회, 2018, 251~279쪽.

박태일, 「백석의 미발굴시 '병아리싸움' 변증」, 『한국근대문학의 실증과 방법』 소명출판, 2004, 261~285쪽.

박태일, 「백석의 번역론, 번역소설과 우리말」, 『근대서지』 15, 근대서지학회, 2017, 250~275쪽.

박태일, 「백석의 새 발굴 작품 셋과 사회주의 교양」, 『비평문학』 57, 비평문학회, 2015, 87~117쪽.

박태일, 「백석의 어린이시론, 『아동문학 연간평』」, 『현대문학이론연구』 63, 현대문학이론연구학회, 2015, 191~223쪽.

박태일, 「백석이 옮긴 마르샤크의 『동화시집』」, 『비평문학』 56, 비평문학회, 2014, 161~200쪽.

박태일, 「삼수 시기 백석의 새 평론과 언어 지향」, 『비평문학』 62, 비평문학회, 2016, 133~167쪽.

박혜숙, 「백석 시의 엮음 구조와 사설시조와의 관계」, 『중원인문논총』 18, 건국대학교 중원인문학연구소, 1998.

박호영, 「〈정주성〉 시 해석의 일 방향」, 『한중인문학연구』 36, 한중인문학회, 2012, 57~74쪽.

서준섭, 「백석과 만주: 1940년대의 백석 시 재론」, 『한중인문학연구』 19, 한중인문학회, 2006, 267~292쪽.

소래섭, 「1920~30년대 문학에 나타난 후각의 의미」, 『사회와 역사』 81, 한국사회사학회, 2009, 69~94쪽.

소래섭, 「1930년대 문학에 나타난 "나라"의 의미: 백석의 경우」, 『현대문학의 연구』 49, 한국현대연구학회, 2013, 85~112쪽.

소래섭, 「백석 시에 나타난 감정과 언어의 관련 양상」, 『한국시학연구』 31, 한
　　　국시학회, 2011, 35~60쪽.

소래섭, 「백석 시에 나타난 음식의 의미 연구」, 서울대학교 박사논문, 2008.

소래섭, 「백석 시와 음식의 아우라」, 『한국근대문학연구』 16, 한국근대문학회,
　　　2007, 275~300쪽.

소래섭, 「창난젓 깍두기의 테루아」, 『18세기의 맛』, 문학동네, 2015.

신범순, 「원초적 시장과 레스토랑의 시학」, 『한국현대문학연구』 12, 한국현대
　　　문학회, 2002, 9~68쪽.

신용목, 「〈모닥불〉의 은유와 환유 구조」, 『한국시학연구』 33, 한국시학회,
　　　2012, 245~271쪽.

신용목, 「백석 시의 현실인식과 미적 대응」, 고려대학교 박사논문, 2013.

신주철, 「백석의 만주 생활과 「흰 바람벽이 있어」의 의미」, 『우리문학연구』
　　　25, 우리문학회, 2008, 353~376쪽.

신주철, 「백석의 만주체류기 작품에 드러난 가치 지향」, 『국제어문』 45, 국제
　　　어문학회, 2009, 251~277쪽.

신철규, 「백석 시의 비유적 표현과 환유적 상상력」, 『어문논집』 63, 민족어문
　　　학회, 2011, 363~389쪽.

엄현숙, 「북한 유치원 교육의 정치사회화에 관한 연구」, 『통일연구』 18(2), 통
　　　일연구원, 2014, 67~109쪽.

오문석, 「한국시에 나타난 샤머니즘 연구」, 『한국시학연구』 38, 한국시학회,
　　　2012, 101~126쪽.

오성호, 「백석 시와 무속」, 『배달말』 58, 배달말학회, 2019, 233~260쪽.

오성호, 「백석 시의 열거와 그 의미에 관한 연구」, 『남도문화연구』 25, 순천대
　　　학교 남도문화연구소, 2013, 349~376쪽.

오성호, 「백석의 만주 체험과 시」, 『배달말』 60, 배달말학회, 2017, 155~196쪽.

오태환, 「혼과의 소통, 또는 무속적 요소의 문학적 층위:김소월, 이상, 백석 시의 무속적 상상력」, 『국제어문』, 국제어문학회, 2008, 203~242쪽.

왕염려, 「백석의 '만주' 시편 연구」, 인하대학교 석사논문, 2010.

유성호, 「백석 시의 세 가지 영향」, 『한국근대문학연구』 17, 한국근대문학회, 2008, 7~31쪽.

유종호, 「넘치는 사랑과 슬픔 속에」, 『다시 읽는 한국시인』, 문학동네, 2002.

유종호, 「시원회귀와 회사의 시학: 백석의 시세계 1」, 『다시 읽는 한국시인』, 문학동네, 2002, 237~266쪽.

유종호, 「시원회귀와 회상의 시작」, 『문학동네』, 2001년 겨울.

이강언, 「국어 표기법에 있어서의 형태주의와 표음주의의 갈등: 그 역사적 변천 과정을 중심으로」, 『어문학교육』 4, 한국어문교육학회, 1981, 317~337쪽.

이경수, 「1930년대 시에 나타난 식민지 조선어의 위상: 김기림·정지용·백석을 중심으로」, 고려대학교 박사논문, 2008.

이경수, 「1930년대 후반기 시에 나타난 '가난'의 의미: 백석과 이용악의 시를 중심으로」, 『현대문학의 연구』 32, 한국현대문학연구학회, 2007, 153~180쪽.

이경수, 「백석 시에 나타난 '마음'의 형상화 방식과 의미」, 『한국시학연구』 38, 한국시학회, 2013, 147~178쪽.

이경수, 「백석 시에 나타난 문화의 충돌과 습합」, 『한국시학연구』 23, 한국시학회, 2008, 7~33쪽.

이경수, 「백석 시에 쓰인 '-는 것이다'의 문체적 효과」, 『우리어문 연구』 22, 우리어문학회, 2004, 309~336쪽.

이경수, 「백석 시의 낭만성과 동양적 상상력」, 『한국학 연구』, 고려대학교 한국학연구소, 2004, 49~85쪽.

이경수, 「백석의 기행시편에 나타난 장소의 심상지리」, 『민족문화연구』 53, 고려대학교 민족문화연구소, 2010, 359~400쪽.

이경수, 「백석의 동화시 창작과 음악성 실현의 의미」, 『우리문학연구』 47, 우리문학회, 2015, 307~337쪽.

이경수, 「백석의 시와 산문에 나타난 '아이-시인'의 연구」, 『국제어문』 67, 국제어문학회, 2015, 235~269쪽.

이경수, 「한국 현대시의 반복기법과 언술 구조」, 고려대학교 박사논문, 2002.

이경수 외, 「백석 시 「고야」에 나타난 설화적 특성」, 『어문논집』 45, 중앙어문학회, 2010, 379~400쪽.

이광호, 「백석 시의 서술주체와 시선 주체」, 『어문론총』 58, 한국문학언어학회, 2013, 331~348쪽.

이근화, 「1930년대 시에 나타난 식민지 조선어의 위상: 김기림, 정지용, 이상을 중심으로」, 고려대학교 박사논문, 2008.

이동순, 「문학사의 영향론을 통해서 본 백석의 시」, 『인문연구』 18(1), 영남대학교 인문과학연구소, 1996, 69~100쪽.

이동순, 「백석 시의 연구 쟁점과 왜곡 사실 바로잡기」, 『실천문학』, 2004년 여름.

이상숙, 「분단 후 백석 시의 분석과 평가를 위한 제언」, 『북한 시학의 형성과 사회주의 문학』, 소명출판, 2013, 477~510쪽.

이숭원, 「백석 시 연구의 현황과 전망」, 『한국시학연구』 34, 한국시학회, 2012, 99~132쪽.

이숭원, 「백석 시에 나타난 자아와 대상의 관계」, 『한국시학연구』 19, 한국시학회, 2007, 211~237쪽.

이숭원, 「백석 시와 샤마니즘」, 『인문논총』 15, 2006.

이승이, 「희망의 한 풍경으로서 백석의 만주시편」, 『어문연구』 65, 어문연구학회, 2010, 325~343쪽.

이영미, 「북한 아동문학과 교육 연구」, 『한국문학이론과 비평』 30, 한국문학이론과비평학회, 2006, 225~260쪽.

이영미, 「북한의 자료를 통해 재론하는 백석의 생애」, 『한국문학이론과 비평』 42, 한국문학이론과비평학회, 2009, 169~192쪽.

이지나, 「백석 시 원본과 후대 판본의 비교 고찰」, 『한국시학연구』 15, 한국시학회, 2006, 273~296쪽.

이혜령, 「한글운동과 근대 미디어」, 『해방 전후사의 재인식』 1, 책세상, 2006.

이희중, 「백석의 북방시편 연구」, 『우리말글』 32, 우리말글학회, 2004, 311~342쪽.

임미진, 「백석 시에 나타난 감각의 장소화」, 『춘원연구학보』 82, 춘원연구학회, 2015, 135~156쪽.

장성유, 「백석의 아동문학 사상에 대한 고찰: 북한 『문학신문』의 논쟁을 중심으로」, 『한국아동문학연구』 17, 한국하동문학학회, 2009, 105~130쪽.

장정희, 「분단 이후 백석 동시론」, 『비평문학』 45, 한국비평문학회, 2012, 171~204쪽.

장정희, 「분단 이후 백석의 동시에 관하여」, 『서정시학』 25, 2015, 166~189쪽.

전봉관, 「백석 시의 방언과 그 미학적 의미」, 『한국학보』 26(1), 일지사, 2000, 127~159쪽.

전성곤, 「'샤먼' 개념을 통한 아이덴티티의 재편 논리: 도리이류조(鳥居龍藏), 최남선, 이하후유(伊波普猷)를 중심으로」, 『동아시아 고대학』 19, 동아시아고대학회, 2009, 355~376쪽.

전형철, 「백석 시에 나타난 〈무속성〉 연구」, 『우리어문연구』 32, 우리어문학회, 2008, 633~659쪽.

정립비, 「개항기 지나 명칭의 등장과 문화적 함의」, 『한국사학보』 69, 고려사학회, 2017, 359~392쪽.

조용복, 「백석 시의 언어와 정치적 담론의 소통 가능성」, 『한국 현대시와 언어의 풍경』, 태학사, 1999.

조용훈, 「한국 현대시에 나타난 영화적 양상 연구: 백석 시를 중심으로」, 『시학과 언어학』 15, 시학과언어학회, 2008, 171~203쪽.

최두석, 「백석의 시세계와 창작방법」, 정효구 편, 『백석』, 문학세계사, 1996.

최두석, 「백석의 시 세계와 창작방법」, 김윤식·정호웅 외, 『한국근대리얼리즘 작가연구』, 문학과지성사, 1988.

최미경, 「〈개구리네 한솥밥〉의 특성과 교육적 의의」, 한국교원대학교 석사논문, 2010.

최유경, 「메이지 정부의 식육정책과 아지노모토의 발견」, 『일본학연구』 52, 단국대학교 일본연구소, 2017, 195~216쪽.

최정례, 「1930년대 시어, 자연어와 인공어의 구도」, 『한국시학연구』 13, 한국시학회, 2005, 51~89쪽.

최정례, 「백석 시의 근대성 연구」, 고려대학교 박사논문, 2005.

한경희, 「백석 기행시 연구: 유랑의 여정과 장소 배회」, 『한국시학연구』 7, 한국시학회, 2002, 267~291쪽.

한수영, 「감각과 풍경: 백석 시에 나타난 감각의 특징」, 『현대문학이론연구』 47 현대문학이론학회, 2011, 371~391쪽.

한수영, 「백석의 시에 나타난 소리의 의미와 시적 기능」, 『어문연구』 72, 어문학연구회, 2012, 461~483쪽.

황루시, 「한국무속의 특성」, 김열규 외, 『한국의 무속문화』, 민속당, 1998.

지은이 **오성호**

1957년 강원도에서 태어났다. 연세대학교 국어국문학과를 졸업했으며 1993년 연세대학교 대학원 국어국문학과에서 「1920~30년대 한국시의 리얼리즘적 성격 연구」라는 논문으로 문학박사 학위를 받았다. 1995년부터 현재까지 전남 순천시에 있는 순천대학교 국어교육과 교수로 재직하면서 한국 현대시와 글쓰기 등을 가르치고 있다. 『김동환: 한 근대주의자의 행로』(건국대학교 출판부), 『서정시의 이론』(실천문학사), 『북한 시의 사적 전개과정』(경진출판), 『낯익은 시 낯설게읽기』(이학사) 등의 저서가 있다.

백석 시 꼼꼼하게 읽기

© 오성호, 2021

1판 1쇄 발행__2021년 11월 10일
1판 2쇄 발행__2022년 10월 20일

지은이__오성호
펴낸이__양정섭

펴낸곳__경진출판
    등록__제2010-000004호
    이메일__mykyungjin@daum.net
    사업장주소__서울특별시 금천구 시흥대로 57길(시흥동) 영광빌딩 203호
    전화__070-7550-7776 **팩스**__02-806-7282
    일러스트__김나현

값 29,000원
ISBN 978-89-5996-831-2 93810